徒然草への途

中世びとの心とことば

荒木 浩

勉誠出版

目次

序　章――本書へのいざないと展望……1
一　一つのカラダに二つの心……1
二　外にある心……4
三　妄心のいたりて狂せるか――〈心〉と〈外部〉……8
四　魔と文芸……10
五　自分の内なる二つの心――真心と妄心……13
六　心と鏡――妄心こそ悟りの証し……16
七　本書への展望……17

第一章　心に思うままを書く草子――徒然草とは何か……21
一　『徒然草』成立伝説が示唆すること……21
二　つれづれなるままに……25
三　『徒然草』序段表現の典拠再考――『枕草子』跋文をめぐって……30
四　序段謙退の構造……36

五　心に浮かぶことを書き付ける系譜……40
六　手習・反古と思うままを書く草子……44
七　『徒然草』序段と『源氏物語』――「硯にむかふ」手習……48
八　『徒然草』序段と『源氏物語』――「そこはかとなく書きつくる」手習……55
〈補論〉……68
その一　「ものぐるほし」について……68
その二　「硯にむかふ」女……71
その三　兼好と「小野」……74

第二章　心に思うままを書く草子――〈やまとうた〉から〈やまとことば〉の散文史へ……81
一　『源氏物語』の手習から『徒然草』へ……81
二　心に思うことを書くことと『古今和歌集』……85
三　心に思うままを詠む京極派への批判が拓く散文表現の可能性……89
四　兼好の『古今和歌集』注釈と『徒然草』……93
五　歌人としての兼好と「随意」なる「やまとことば」の提唱……98

六　思う心と綴ることば――『徒然草』の選択と方法……105
七　『徒然草』という達成――中世散文史へ向けて……111

第三章　徒然草の「心」……121
一　心に動く――問題の所在……121
二　心にうつりゆく――『徒然草』序段の解釈……125
三　心に「うつりゆく」と鏡の譬喩……130
四　心と鏡の中世……135
五　『徒然草』二三五段の譬喩をめぐる……141
六　『徒然草』と禅的表現――『仏法大明録』をめぐって……146
七　『明心』が提起する視界……151
八　真心と妄心の構造――『徒然草』への途……156
九　心と詞――鏡の比喩がもたらすもの……162

第四章　徒然草と仮名法語……173
一　『徒然草』と禅宗との関係……173
二　『徒然草』と仮名法語の類似性……177
三　仮名法語の体用論をめぐる問題と『徒然草』……180
四　『徒然草』と禅という視点……185
五　聖一国師仮名法語について……188

第五章　ツクモガミの心とコトバ……193
一　ちいさきもの――ヒアシンスハウスの心……193
二　物に宿る精気、変化するツクモガミ……195
三　ツクモガミと『伊勢物語』古注……197
四　「作物所」とツクモガミ……201

第六章　和歌を詠む「心」……207
一　『撰集抄』に於ける和歌と唯識……207
二　唯識を説く『古今和歌集』注釈書……211
三　『沙石集』の歌論が示唆するもの……215
四　和歌を詠む〈二つの心〉と唯識論……220
五　外から来る心と散文の成立……223
六　和歌と散文――根拠と離脱へ……228

第七章　和歌と阿字観――明恵の「安立」をめぐって……235
一　明恵『遣心和歌集』の「安立」……235
二　仏教語「安立」再考と為兼歌論「相応」との連続……241
三　「安立」が導く阿字観と和歌の関係……244
四　『遣心和歌集』の「安立」再読――阿字観との関わり……247
五　阿字観と『古今和歌集』……251

六　阿字観と明恵……257

第八章　沙石集と〈和歌陀羅尼〉説——文字超越と禅宗の衝撃……263
本論の前提——はじめにかえて……263
一　和歌陀羅尼説について……264
二　『沙石集』の和歌陀羅尼説……269
三　『沙石集』に先行する和歌陀羅尼説と意味——三国言語観をめぐって……273
四　『沙石集』の言説と神道・真言・天台、そして禅宗……283
五　マルチ言語としての三国言語観とハイパー言語としての以心伝心——和歌陀羅尼観のゆくえ……293

第九章　仏法大明録と真心要決——沙石集と徒然草の禅的環境……303
一　無住『沙石集』と兼好『徒然草』——その類似と禅的環境……303
二　聖一国師円爾に於ける『宗鏡録』と『仏法大明録』……304
三　虎関師錬の『仏法大明録』忌避……306

四　普門院蔵の宋版『仏法大明録』と古写本が示すこと……309
五　良遍著『真心要決』における『仏法大明録』引用……311
六　良遍『真心要決』の成立と円爾そして『仏法大明録』所引のこと……314
七　「真心」と「妄心」をめぐる『宗鏡録』と『仏法大明録』の位置……316
八　『真心要決』に対する『仏法大明録』のさらなる影響について……320
九　『沙石集』の「真心」について……322
十　無住と円爾――『宗鏡録』と『仏法大明録』をめぐって……331
十一　無住論の行方――おわりにかえて……336

第十章　『徒然草』というパースペクティブ……347
一　『徒然草』前半部と『枕草子』――問題の所在……347
二　「法師」をめぐる……352
三　山極圭司の『枕草子』影響論……355
四　堺本「めでたきもの」と『徒然草』第一段……359

五　堺本再評価と前田家本独自箇所の位置づけ……362
六　中世に於ける堺本の流行と『徒然草』……367
七　堺本から見た「法師」論……371
八　『徒然草』の地平と視界……375
九　第一九段から見えること……379
十　『徒然草』のパースペクティブ――都・あづま・片田舎の発見……385

あとがき……397
初出一覧……403
引用本文等一覧……407

索　引
人名索引……左1
書名・事項等索引……左10
徒然草章段・諸本索引……左19

序　章——本書へのいざないと展望

一　一つのカラダに二つの心

文字通り、本が一冊書けるぐらいの葛藤を経て、岡嶋二人は「コンビを解消し」、「消滅」した。独りの作者のパーソナリティを二人で担当する…。ユニークで、しかしだんだんと重たくなっていくその執筆活動は、「一九七七年から八九年までの十三年間」に及ぶ。一九九〇年を跨いで、井上夢人は、喪失感やさみしさなど、「すでに消滅してしまった「僕」」に複雑な感情を抱きながら、自分の名のもとにすべてを集約して、新しい創造の世界へと足を踏み出そうとしていた（井上夢人『おかしな二人　岡嶋二人盛衰記』講談社、一九九三年）。

初めて井上名義で書き下ろされたのは、『ダレカガナカニイル…』という長篇小説であった。自分の中への〈他者〉の混入、あるいは〈心〉と〈外部〉の交錯を、主要なテーマに据えている。とあるカルト宗教団体の警備に当たることになった西岡は、その施設の中で、不思議な衝撃を受けて倒れる。ふと気が付くと「僕」は、頭の中に、女性らしい誰かの声が響くのを聴いた。

《ここは、どこ？》
え？　と、僕は、周囲を見回した。晶子と目が合った。
「なに？」と晶子が訊いた。
「何か、言いました？」
「何かって？」僕は、首を振った。晶子の声ではなかった。松崎の声でもない。空耳か——と、僕は思った。
《どこ？　何も見えない》
僕は息を飲み込んだ。今度ははっきりと聞こえた。誰かが頭の中で喋《しゃべ》ったようだった。まるでそれは、遠くの記憶が不意に甦《よみがえ》ったような感じだった。（中略）
《どうなったの？》
不意に、またあの声が頭の中で言った。これは、どうしてなのだろう？　デリカ・ワゴンの脇で倒れてから、ずっと鳴り続けている。（中略）
しかし「ここはどこ」とか「誰かいるの」とか、どうしてこんな言葉が頭に浮かぶのだろう。まるで、頭の半分が夢を見ているみたいだ。
白昼夢……？
それが、どういうものであるのか、僕は知らなかった。いままで、そんなものを見たことなど一度もない。いや、見えるのではない。これは聞こえるだけなのだ。音だけの夢——？
《夢？　これは夢？　あたしは夢の中にいるの？》
「…………」

これ以降、「どうかしてる、と僕は思った。頭の中の声と話をしている」などと自問しながら、内なる声を抱えた西岡と、教祖であるという母を失った晶子との、奇妙な交流が続く。小説の中盤で、二人は、〈心〉をめぐって次のような問答を交わしていた。


「ええ。今、西岡さんは、心が身体を飛び出すって言われましたね。つまり、西岡さんは、心があたしたちの身体の中にあると思っておられるんでしょう?」

「…………」

「心は、もともと身体の外にあるんです」

「外?」

「ええ、外というと、また違うイメージを持たれるかもしれませんね。言ってみれば、あたしたちの身体は、自分の心の中に存在しているんです。身体を心が取り巻いているんですよ。心のほうが外側で、身体は内側にあるんです。あたしたちは心に包まれているんです」

「……なんだか、わからない」


(井上夢人『ダレカガナカニイル…』新潮社、一九九二年一月)

晶子の不思議な言説に、そうそう「なんだか、わからない」と相づちを打つ読者も多いだろう。ところが小説論の視点で見れば、「ダレカガナカニイル」という設定は、すでに「古典的」なモチーフに過ぎないという。

その中心的テーマとは、タイトルに明示されているとおり、他者の意識の侵入。何者かの意識がとつぜん心の中にとびこんできて、やがてしゃべりはじめる。ひとつの体にふたつの心……といえば、「ひとつの名前にふたりの作者」で書きつづけてきた岡嶋二人のコンビ解消後第一作としてはいかにも暗示的だが（中略）このテーマ自体、ジャンルSFの世界ではむしろ古典的なものだといっていい。映画『ヒドゥン』や大原まり子の『エイリアン刑事』につながるハル・クレメントのクラシック『十億の針』を代表格に、自分の体に入り込んだ他者の意識との対話をモチーフとする作品は枚挙にいとまがないほど。

（『ダレカガナカニイル…』大森望解説、新潮文庫、一九九五年）

そういえば、新井素子のデビュー作『あたしの中の……』（一九七七年）もそうだった。誰でも一つや二つは思い出すだろう。しかしながら、この小説の魅力は、そうした類型の指摘をほとんど無意味なものとする。「一読すればわかるとおり、『ダレカガナカニイル…』は、その種のSF作品とはアプローチの方法がまったくちがう。いかに破天荒な設定であろうと、本書は結末に向かって収束すべく細部まで緻密に計算された端正な謎解きミステリーなのである」と大森は解説する。SFでもあり、またSFでもない。ミステリーでもあり、心理小説でもあり、恋愛小説のセンスも十分に内在するこのすぐれた現代小説は、ジャンルとしては、「モダンホラー・ブーム以降、エンターテインメント小説の世界では」「ひとつの潮流をなしている」、「ジャンルミックス」というものであるという（大森望同上解説）。

二　外にある心

だが、さらにいえば、『ダレカガナカニイル…』に描かれた精神世界のイメージは、小説やジャンル論など、文学の枠組みを飛び越えて、読者の心の深部に、ある共鳴を引き起しはしないだろうか。「心は、もともと身体の外にある」、「身体は、自分の心の中に存在している」、「身体を心が取り巻いている」、「心のほうが外側で、身体は内側にあ」り、「あたしたちは心に包まれている」。それは一見、荒唐無稽で倒錯的なスケッチだが、(1)古代や中世にも、同じようなメンタリティの風景を見出す。

たとえば十世紀の奇僧、増賀上人に、次のような説話がある。

> 思ふばかり道心の発《おこ》らぬことをのみぞ嘆きて、根本中堂に千夜参りて、夜ごとに千返の礼《らい》をして、道心を祈り申しけり。始めは礼のたびごとに、いささかも音《こゑ》立つることもなかりけるが、六七百夜になりては、「付き給へ。付き給へ」と忍びやかにいひて、礼しければ、聞く人、「この僧は、何事を祈り、天狗付き給へといふか」なんど、かつはあやしみ、かつは笑ひけり。終《をは》り方《がた》になりて、「道心付き給へ」とさだかに聞こえける時、「あはれなり」なんどいひけり。かくしつつ千夜《せんよ》満ちて後、さるべきにやありけん、世を厭ふ心いとど深くなりにければ……
>
> (『発心集』一―五)

増賀は、あたかも身体の外側を取り巻いて浮遊する「道心」を求めて、「付き給へ、付き給へ」と呼びかけ、どうやら念願の発心を遂げた。逆に、物思いの激しさは、内なる心を、外へとあくがれ出だしてしまう。

> 物思いをすると魂はあくがれ出るものと信じられていた。……魂は外からやってきて個体に棲みこんだものといってもよく……魂は本来、身体から分離しうる性質をもつのであるが、平安期になって分離というよりは游散する傾向がとみに強まるのは、身体と魂との古い調和がここでこうして初めて危機的に破れたためである。精神史としてこれは決して小さな事件ではない。そしてそういう魂の危機を身を以て感受した第一人

者は和泉式部であったといえそうである。……

物思へば沢の蛍もわが身よりあくがれ出づる魂かとぞみる

…さて「物思へば」の歌は、平安時代の危機的心象風景を一首のうちに圧縮した作だが、多くの蛍が闇にとびかっているのを、物思いに砕け散るわが魂と幻視したのだと思う。

(西郷信綱『古代人と夢』第二章「夢殿」、平凡社選書、一九七二年)

『源氏物語』にも同じような場面がある。浮舟に宛てて、母から手紙が来た。夢の中で、浮舟のことが「いとさわがしくて見えたまひつれば」、あちこちで誦経などさせていた母だが、昼寝にまた夢を見て「人の忌むといふことなどなむ見えたまひつれば、おどろきながらたてまつる。よくつつしませたまへ」と娘を心配する内容の文《ふみ》である。浮舟の「ほど近く臥す」女房の右近は、「かくのみものを思ほせば、もの思ふ人の魂は、あくがるなるものなれば、夢もさわがしきならむかし」(浮舟巻)と心配するのだが…。それをよそに、浮舟は、入水を決意して失踪する。手習巻の回想によれば、簀子《すのこ》の端に足をおろして来し方行く末を思い悩み、いっそ死んでしまおうと思っていたその時、不思議な「いときよげなる男」が現れて浮舟を誘う。「いざたまへ、おのがもとへ」と抱かれて「ここちまどひ」、何もわからなくなって気が付けば「多くの日ごろも経《へ》にけり」という。

西郷信綱は、「魂は、自己のなかに棲みこみ」、「自己にとっては他者でもあ」る。「私が魂を持つのではなく、私は魂の保管者なのである」と述べる。古代人と夢をめぐる精神史の基盤として、その他者性を理解する西郷は、次のような「魂」の在処へと視野を拡げていった。

貧乏や死を何かの実体と考えているわけではないのに、貧乏神にとりつかれるとか死神に見舞われるとかいったものいいが今でもされることがある。いうまでもなくこれは比喩なのだが、しかし古代人には、恋、狂気、罪、出産など、魂や肉体を痛烈にゆさぶる経験はすべて、外から人間に突如おそいかかってくる或る力のしわざと考えられていた。

（西郷信綱前掲書、補論一「夢を買う話」）

西郷は「そのもっともいい例は「もののけ」だ（同上）という。いつしかそれは、折口信夫が「まなあ」という言葉で称んだ、古代の魂の作用へと繋がっていく。

もともと人間の肉体の外側にあって、ある時期そこからやって来て人間に活力を発揮させる〈たましい〉を、彼（＝折口信夫）は好んで「外来魂」と呼び、その本質は「まなあ」（mana）であると繰り返し述べている。この外来魂は、外部から人間の肉体へと附著し、また人間の肉体から外部へと遊離していくものであった。

（中村生雄「たましい」『岩波講座東洋思想　日本思想2』一九八九年）

心が付く、心を付ける、などという常套的ないい方も、増賀の逸話を思えば、根っこはこの思想史に含まれる。『徒然草』から挙例しておこう。

月・花はさらなり、風のみこそ、人に心はつくめれ。

（『徒然草』二一段）

心ばかりではない。死も無常も、むろん老いらくさえ、外から襲いかかって来て、ひとびとを変えてしまう。

桜花ちりかひくもれ老いらくの来むといふなる道まがふがに　（『伊勢物語』九七段）

貪ることのやまざるは、命を終ふる大事、今ここに来れりと、たしかに知らざればなり。（『徒然草』三四段）

生《しやう》老《らう》病《びやう》死《し》の移り来《きた》ること、またこれに過ぎたり。四季はなほ定まれるついであり。死期《しご》はついでを待たず。死は、前よりしも来らず。かねて後《うしろ》に迫れり。人皆死ある事を知りて、待つこと、しかも急ならざるに、覚えずして来《きた》る。（『徒然草』一五五段）

世を背ける草の庵には、閑《しづ》かに水石《すいせき》を翫《もてあそ》びて、これをよそ所に聞くと思へるは、いとはかなし。閑かなる山の奥、無常のかたき、競ひ来らざらんや。（『徒然草』一三七段）

言葉として〈ツク〉を負う憑依や託宣、また西郷の切り開いた夢の問題などが隣接するテーマである。特に夢は、夢中得句、夢想和歌、そして絵画など、文芸の創作と深く関わり、しばしばミューズの神を演じるだろう。

三　妄心のいたりて狂せるか——〈心〉と〈外部〉

だが『方丈記』の本文には「夢」の文字さえ出てこない。[2] 鴨長明（一一五五?～一二一六）は、深まる夜の闇の中で、夢とは違う次元で自分の心を見つめ、徹底した覚醒の中で、沸き起こるとめどない想念を書き留めようとしていた。

夫《（ソレ）》、三界ハ只心ヒトツナリ。心若《（モシ）》安《ヤス》カラズハ、象馬・七珍モヨシナク、宮殿・楼閣モノゾミナシ。今、サビシキ住《ス》マヒ、一間《ヒトマ》ノ菴《イホリ》、ミヅカラコレヲ愛ス。……閑居《（カンキヨ）》ノ気味《（キビ）》……住《ス》マズシテ誰《（タレ）》カサトラム。抑《（ソモソモ）》、一期《（イチゴ）》

ノ月影《カゲ》カタブキテ、余算《ヨサン》ノ山ノ端《ハ》ニ近《チカ》シ。タチマチニ三途《サンヅ》ノ闇《ヤミ》ニ向《ム》カハントス。何《ナニ》ノワザヲカカコタムトスル。仏ノ教《ヲシ》ヘ給フ趣《ヲモム》キハ、事ニ触《フ》レテ執心《シフシン》ナカレトナリ。今、草菴《サウアン》ヲ愛《アイ》スルモ、閑寂《カンセキ》ニ着《ヂヤク》スルモサバカリナルベシ。イカヾ要《エウ》ナキ楽《タノ》シミヲノベテ、アタラ時ヲ過《ス》グサム。シヅカナルアカ月《ツキ》、コノ事《コトワ》ハリヲ思《ヲモ》ヒツヾケテ、ミヅカラ心ニ問《ト》ヒテ言《イ》ハク、世《ヨ》ヲ遁《ノガ》レテ山林《サンリン》ニ交《マジ》ハルハ、心ヲ修《ヽサ》メテ道ヲ行《ヽコナ》ハムトナリ。シカルヲ、汝《ナンヂ》、スガタハ聖人《ヒジリ》ニテ、心ハニゴリニ染《シ》メリ。栖《スミカ》ハスナハチ浄名居士《ジヤウミヤウコジ》ノ跡《アト》ヲケガセリトイヘドモ、持《タモ》ツトコロハワヅカニ周利槃特《シユリハンドク》ガ行《オコナヒ》ニダニ及《ヲヨ》バズ。若《モシ》コレ、貧賤ノ報ノミヅカラナヤマスカ。ハタ又、妄心《マウジン》ノイタリテ狂《キヤウ》セルカ。ソノトキ、心、更ニ答《コタ》フル事ナシ。只、カタハラニ舌根《ゼツコン》ヲヤトヒテ、不請《フシヤウ》阿弥陀仏両三遍申《マウシ》テ已《ヤ》ミヌ。

（『方丈記』末尾）

仏の教えを究めれば、物を書くこの瞬間さえ、「要ナキ楽シミヲノベテ、アタラ時ヲ過」すことだという。このていたらくは、どうしたことか。彼は鋭く自問するが、心は、答えることもない。念仏の声だけが空しく響く。絶対の静寂と孤独の中で、作品は閉じられていくのである。

その結節となる傍線部だが、現在では「宿業のむくいとしての貧賤がおまえ自身を悩ましているのか。あるいはまた、みだりな分別心が、なまはんかな知性がこうじて、気が狂ったのか」（簗瀬一雄『方丈記全注釈』角川書店、一九七一年）と釈すのが通例である。「いたりて」は、昂じての意に解釈され、「狂せるか」は、「狂ったのか」と訳されている。しかし旧説では、流布本の仮名表記に準じて「狂《くる》はせるか」と訓み、他動詞に理解する説が多かった。ところがそれは誤りで、古本系の表記のまま、自動詞と取るべきだと、諸説整理を行った簗瀬一雄『方丈記解釈大成』（大修館書店、一九七二年）は結論づけている。

この通説は、長明が独り自らの宿業を悔い、妄心の昂ぶりを内省して、自戒する風情である。簗瀬が「知性」

という言葉を使ったように、近代人には合理的で、納得しやすい解釈だろう。先に見たような、「人間の肉体の外側」にさまよい、いつしかどこからともなく内なる心に迷い込む、外部の存在としての心は、長明の思考には捉えられなかったということか。

いや、これに対して、「至りて」を、やって来ての意味と読み、「狂《くる》はせるか」と訓みを付けて、「妄心」がやって来て狂わせたのか、と解釈する説も、少数派ではあるが存在する。たとえば「迷ひ心がやつてきて狂はせるために悟れないのか」とする川瀬一馬説（『新註国文学叢書　方丈記』講談社、一九四八年）である。もしこのように捉えることができるとすれば、『方丈記』の心象風景は一変する。『発心集』三—七に「濁世《じょくせ》の習ひ、我が分ならぬことを願ひ、ややもすれば、これを謗《そし》りていはく、「先の世に人に食物《くひもの》を与へずして、分を失へる報いに、自《みづか》らかかる目を見るぞ」ともいひ、あるいは、「天魔の心をたぶらかして、人を驚かして、後世を妨《さまた》げんと構《かま》ふるぞ」などもいふべし」とある。今成元昭は、この例などを参照し、「『方丈記』の問答で」「詰め寄る問者の正体は、前段で「いかが要なき楽しみを述べて、あたら時を過ぐさん」と懺悔覚醒した道心に対して、その引き下ろしを試みようとするもの」であり、「低次の心であると推断せざるを得ない」と論じている。(3)

四　魔と文芸

このように読み解くと、苦悶して近代人のように思索する姿に見えた長明の自問自答は、今成が示唆するように、コンテクストを大きく転換する。あたかもそれは、外から来る「魔」との格闘を説く、天台の座禅儀へと連続する。

魔羅とは、行者を悩乱す。この魔は多く三種の五塵の境界の相を化作し、来たりて人の善心を破す。（中略）化して種種の好悪の音声を作し、あるいは種種の香臭の気を作し、あるいは種種の好悪の味を作し、あるいは種種の苦楽の境界を作して、来たりて人身に触るは、みなこれ魔事なり。その相は衆多なり。具には説くべからず。（中略）この魔が人心に入るとき、よく人をして心神を狂乱せしめ、あるいは憂ひあるいは喜び、これに因りて患をなし、乃至、死を致す。あるときは諸の邪なる禅定、智慧、神通、陀羅尼を得しむ。（中略）かくのごとき等の諸異は一にあらず。説けども尽くすべからず。いま略してその要を示せるは、行者をして坐禅のなかにおいて妄りに諸の魔の境界を受けざらしめんがためなり。

（『天台小止観』第八章「魔事を覚知せよ」岩波文庫訓読）

こうした「魔」の問題とその克服については、長明より少し後輩の同時代人、高山寺中興の明恵上人（一一七三〜一二三二）が、はやく高度で自覚的な言説を残していたと指摘されることがある。

彼（＝明恵）は弟子が、「坐禅をする人々の中に気が変になる人がいるが、それは坐禅が悪いのでしょうか」と質問したのにたいして、「確かにそういうこともないとはいえないが、それは坐禅の罪ではない。世事に執着して気が狂う人はたくさんいるではないか。坐禅で気が変になるのはいささかの見解によって慢心が生じるためで魔がその隙につけこむのだ。あるいは過去の罪によって心の鬼にさいなまれる場合もある。あるいはまた、早急に悟りを得ようとあせって心身共に疲労するため血脈が乱れて狂乱することもある。そういう狂乱は必ず治まる時が来る。治まれば直ちに道心に帰れるが、狂乱を怖れて坐禅をしない僧は永遠の地獄に堕ちるのだ」と答えた。「物狂ひを見て、坐禅を恨む心を怖るべし」（『邪正問答鈔《じゃしょうもんどうしょう》』）。白洲正子の指摘するように、これは明恵自身の体験から出たことばであろうが、それにしても宗教心理学的には模範解答に近い。一三世紀初頭の人として、これはたいへんみごとな洞察であるというほかはない。

（小田晋『日本の狂気誌』講談社学術文庫版、一九九八年）

残念ながら『邪正問答抄』は、明恵の真作ではない。彼より一世紀ほどの後生、夢窓疎石（一二七五〜一三五一）『夢中問答』の抄出である。(4)「たいへんみごとな洞察」を明恵とその時代の功績とすることはできない。しかし、本書でもいくどか取り上げることになるが、確かに明恵に仮託された言説には、しばしば示唆的な心とことばが伝えられている。明恵自身も四十年に渉る『夢記』を残し、「夢」を媒介とする〈心〉と〈外部〉交錯の諸相を独自の文体で記録し続けた。本書では扱わないが、その散文は、観点を変えて考察すべき、豊富な思想と創造性のヒントを秘めている。(5)

さて『方丈記』の一節だが、あの自虐的な自己探求の表現は、すべてを額面通りに受け取ってはいけない。そこには謙辞の常套があり、またそれとは明言しないものの、中世びとの文学表現の所在を根深く規制した、「狂言綺語」という言語観がほのかに響く。その生みの親、白居易には、「詩魔」という詩語の発明もあり、(6)長明と同じようなことを、もう少し楽しそうに語っていた。

苦《ねんごろ》に空門《くうもん》の法を学びしより
銷《け》し尽くす　平生種種《へいぜいしゆじゆ》の心《こころ》
唯《た》だ詩魔《しま》のみ有《あ》って　降《くだ》すこと未だ得ず
風月《ふうげつ》に逢《あ》う毎《たび》に　一《ひと》たび閑吟《かんぎん》す

（白居易「閑吟」、訓読は高木正一注『中国詩人選集　白居易下』岩波書店）

この違いには、すでに唐土で権威ある文学であった「詩」と、その愛読者が和漢混淆という新しい文体を模索して生み出した本邦の散文『方丈記』との間に横たわる、時空と価値観の隔たりが含まれる。

五　自分の内なる二つの心――真心と妄心

近代文学研究者の谷川恵一は、明治期の病をめぐる言説を鋭くえぐり出す論考の一節に、こう書いたことがある。

狂気と正気の二項対立から、狂気でありかつ正気であるような言説空間が浸み出てきた。医師の前であまり狂人らしくふるまうとかえって佯狂を疑われるはめになるように、そこでは、わたしという一人称はどうあがいてみてももはやみずからの正気を立証できない。……わたしのことばが読まれるためにはわたしが狂気と無縁であるということが必須の前提だが、それを立証することがそもそもわたしにはできない。一人称の近代は、あるときふいに、その背後に影のようにつきしたがっている狂気の存在に気づき、じぶんのことばがそこに呑み込まれやしないかと心配しはじめる。

（『言葉のゆくえ　明治二〇年代の文学』平凡社選書、一九九三年）

一人称、語り、狂気をめぐる「二項対立」のずれとゆらぎを論ずるこの言述は、対象とする時代と状況を全く異にするものだが、『方丈記』最終章の読解に、新たな視点を提供する。「みだりな分別心が、なまはんかな知性がこうじて、気が狂ったのか」（前掲簗瀬『方丈記全注釈』）と自問する『方丈記』に「それを立証することがそもそもわたしにはできない」（谷川）と応える。その対話には、通説の内省型解釈がぴったりと符合する。

山田昭全によれば、『方丈記』という作品は、そもそも対句的、二元論的な構文を以て論を進めることを特徴とする。はじめは社会と個人との対比を叙し、次に個人を「二分して」心と身との対比を描く。そして最後に「心そのものを二分している」。山田は、そこに分節される心を、「真心《しんじん》」と「妄心《もうじん》」の「対置」と読む。

方丈記末文では醒めた長明が醒めざる長明に鋭く迫っている。……醒めざる長明は妄念に沈倫する。「そのとき心更に答ふる事なし」と言っているのであるから、醒めずして問いつめられた長明を主宰するのは妄心ということになる。……すると、妄心に対して問を浴びせかける醒めた長明を主宰するものは真心ということになろう。すなわち方丈記末文の自問自答において対置されているものは、真心と妄心であったと言いかえることができよう。

(山田昭全「二人の長明――方丈記から発心集へ――」(7))

長明は、自らの心を内省し、二つの心を分節して「狂」を問い、葛藤する。ところが「それ三界は心ひとつなり、と言うには言ったものの、その心が答えをしない」。堀田善衛『方丈記私記』(新潮文庫、一九七六年)がそうまとめる、沈潜し内向する自問の前提には、『方丈記』が意訳的な訓読を掲げる、「三界唯一心」の偈文があった。

この句は華厳経十地品の第六現前地の経文、特に八十華厳の〈三界所有、唯是一心〉に由来するもので、〈心外無別法〉(心のほかに別のものはない)の句と対比をなして行われる。三界(欲界・色界・無色界)の現像はすべて一心からのみ現れ出た影像で、心によってのみ存在し、心を離れて別に外境(外界の対象)が存在するのではないという意味である。

(『岩波仏教辞典』一九八九年)

このように「三界唯一心」の句は、日本仏教思想史上、きわめて重要なものである。「明恵」の名を付して伝わる次の資料は、同じ偈文を引用して、次のような教理を導いている。

衆生の本心をよくよく見候へば、月輪に顕はれたり。……月の明らかに照る上に、万の影のうつる如く、衆生の本心、清浄なる上に、仏界・衆生界・六道をうつす。鏡の面《おも》てには、定まりて善悪の影なし。されば善も悪も我が物にあらず。外より来るなり。善悪の影分明なれども、善物・悪物とて、取り出すべき物なし。これを空と名付けて、うつる影を仮と名付け、鏡を中と名付けて、空仮中の三諦を宣べ給へり。衆生の本心は鏡の如し。一期の中の一切の事は、皆うつる影なり。何の善悪かある。何の衆生かある。何の六道かあらん。仮にうつる影にばかされて、生死の夢を見る事のはかな（さ）よ。罪と思い、功徳と思ふも、皆影なり。誠になき物にて候ふなり。罪も功徳もある物と思ふは、衆生の迷い也。本心は月と鏡との如くなれば、影によりてけがるる事なし。「三界唯一心　心外無別法」と説き給へり。

（『明恵上人法語』(8)）

心とは鏡のようなものだ。邪悪な妄心も雑念も、すべては「外より来る也」。それは「仮にうつる影」であり、罪も功徳も「皆影」だ。違いに囚われるのは「衆生の迷い」に過ぎない。それが「三界唯一心、心外無別法」という真理だと断じている。

『方丈記』に当てはめれば、これは、心の外部所在説と、通説の内省説との、いわば融合折衷案である。妄心は確かに外から来る。しかしその外から来た心とは、仮にうつる影にすぎない。この世はただ心一つである。すべては私の内省に帰着する…。順序を逆にして、こんなふうに割り切ることができたなら、長明の自問は、そしてまたその苦しみは、どう変わっていただろうか。

六　心と鏡――妄心こそ悟りの証し

心を鏡になぞらえるこの理論は、ここで終わりではない。心はよく磨かれた鏡の如し。そこに外からやって来てうつるのが妄心だ。ここまでは歩みを揃えながら、それこそがあなたの真心の証しだと、一歩進んで反転し、悟りを解き明かす教説がある。

問ふ、「凡夫は妄心起こりてひまなし。いかでかこの真心を知るべし」。
答ふ、「古人云はく、水澄めば月宿り、鏡清ければ影あらはる。知るべし、妄心の起こるとき、真心の明らかなることを」。
問ふ、「真心清きが故に縁心の影浮かぶならば、影なき真心、いかでか是を知るべけんや」。
答ふ、「真心は物をも障《さ》へず。物にも障へられず。鏡の影を留めざるが如し。しかるにはかなき小児は、影を見て鏡を識《し》らず。そのやうに、愚かなる衆生は、明かなる心の上に浮ぶ境界の形を愛して、明かなる鏡の本心をば忘れたること、これに似たり。

（亮順筆『明心』(9)）

「妄心」となる煩悩や乱れた雑念が、自分の心にわき上がる。それを払拭する営みと苦しみこそが修行であるはずなのだが、右の問答は、そう言わない。妄心の湧出がはっきりと認知できるということは、妄念にまみれた自分がそこにあるのではない。むしろ、それを映し出す、自らの心の明鏡が澄んでいることを示すもの。それこそが、自分の内なる「真心」の確立を知ることだ。惑え惑え、と逆説的に、悟りの在処をあぶり出す。『明心』は十四世紀初頭の成立と覚しいが、その原典は『新編仏法大明録』（圭堂居士撰、中国南宋時代成立）である。ただし、本書で詳しく述べるように、こうした論法が定着するのは、『新編仏法大明録』をもたらし、『宗鏡録』の教説を広めた聖一国師円爾の帰国（仁治二年（一二四一）を待たなければならない。『方丈記』を巻き込むのは、ひとまずよしておこう。むしろそれは、円爾に師事したという無住（一二二六～一三一二）を介して、来るべき十四世紀の『徒然草』を解明するための課題である。

真心ハ常住ナレドモ、悪心ハ浮雲ノ如ク、水ノ泡ニ似タリ。時ニ随テ移リ行ク。（無住『雑談集』巻四）

心にうつりゆくよしなしごとを…（『徒然草』序段）

又、「妄心シバシワ《（バ）》起ル。真心弥々《いよいよ》明鏡也」トモイヘリ。只本分ニ不レ闇《くらから》、妄念ニ目ヲカケザレバ、自《おのづから》本心明々タリ。（無住『沙石集』四―一）

また鏡には色かたちなきゆゑに、よろづの影来りてうつる。鏡に色かたちあらましかば、うつらざらまし。虚空《こくう》、よく物を容《い》る。我等が心に念々《ねんねん》のほしきままに来り浮ぶも、心といふもののなきにやあらん。心に主あらましかば、胸のうちに若干《そこばく》のことは入り来らざらまし。（『徒然草』二三五段）

しかし兼好は、悟りを導く教化を行うわけではない。『徒然草』は、「心といふもののなきにやあらん」などと、実存の不安を表出し、不可思議な思索にたゆたう。

七　本書への展望

かくして本書は、『徒然草』へと流れ込む、中世びとの心とことばの所在をテーマとする。とりわけ「心にうつりゆく」ことを記す散文の精神を、中世の文学史に定位しようとする試みを中心に置く。たとえば、心をめぐる言説を追って、思うままを書く「心」と仏教との関係を探り、和歌を詠む「心」と対照する。また『枕草子』と『源氏物語』という古典散文の受容と内面化の様相から、『徒然草』という中世和文の形成を考究する。その過程で、文学表現に潜在する、特質的な仏教要素——唯識や密教、また禅宗的世界の様相の解明に取り組み、阿字観や和歌陀羅尼説を追う。あるいは、鏡をめぐる、心とことばのメタファーを分析して、中世的表現の実現を歴史的な視野から俯瞰する。そうして結句、文学史の見取り図に、一つの道筋を付けようとするものである。

論述は、以下十章に渉り、多岐に及ぶ。必要に応じて、不慣れな領域の文献にも手を伸ばし、荷の重い分析を強いられた部分もある。専門的な見地から、個別に、厳しい批正を乞いたい。なお各篇は、それぞれ依拠する旧稿はあるものの、全面的に改訂を施し、書き下ろしを加えて再構成し、一書総体としての統括を志向したつもりである。その意図がしかるべく具現して、少しでも多くの読者に届けば幸いである。

注

（1）井上夢人が意識しているかどうかは不明だが、禅宗の根本経典『楞厳経』（『大仏頂如来密因修証了義諸菩薩万行首楞厳経』）巻一に、心が身体の外にあるのか、内にあるのか、という問答が仏と阿難の間で展開し、結句、心は外にはなく、身体の内にある、という議論が記されることに注意しておきたい（この問答については、荒木見悟『仏教経典選14　中国撰述経典二　楞厳経』筑摩書房、一九八六年参照）。なお近年、心の外部性は、新たな学際的コンテクストでしばしば取り上げられる今日的テーマである。河野哲也『「心」はからだの外にある——「エコロジカルな私」の哲学——』（NHKブックス、二〇〇六年）、長谷川真理子編著『ヒトの心はどこから生まれるのか——生物学からみる心の進化——』（ウエッジ叢書34、二〇〇八年）、河合俊雄他著『〈こころ〉はどこから来て、どこへ行くのか』（岩波書店、二〇一六年）など参照。

（2）流布本系には「一期の楽しみは、うたたねの枕の上にきはまり」（角川文庫）という、眠りから夢を暗示する句があるが、後世の付加である。
（3）今成元昭「方丈記の末文をめぐって」（『立正大学文学部論叢』六九号、一九八一年二月）。同「『方丈記』その秘められた構想」（『解釈と鑑賞』一九九四年五月）も参照。両論はいずれも今成元昭『『方丈記』と仏教思想——付『更級日記』と『法華経』——』（笠間書院、二〇〇五年）に再収。
（4）山崎淳「明恵の伝記文献・説話研究の現在（翻訳・資料編）」、中山一麿「『邪正問答抄』解説と翻刻」（ともに『〈心〉と〈外部〉——表現・伝承・信仰と明恵『夢記』——』所収）など参照。
（5）明恵の『夢記』研究の現在については、奥田勲・平野多恵・前川健一編『明恵上人夢記 訳注』（勉誠出版、二〇一五年）参照。関連する研究と情報については、荒木浩編『夢見る日本文化のパラダイム』（法藏館、二〇一五年）など参照。
（6）「朗詠入魔」（『中右記』嘉保二年八月十二日）などという用例も本邦にはある。
（7）『国文学踏査』（通刊九号、一九七三年三月）。『山田昭全著作集　第六巻 長明・無住・虎関』（おうふう、二〇一三年）に再収。
（8）納富常天『金沢文庫資料の研究』（法藏館、一九八二年所収）によるが、ここでは読解の便宜を考え、私に和解して句読点やカギ括弧、濁点などを加え、片仮名を平仮名に変えるなど、表記の改編を施した。本書第三章他で言及する。
（9）納富常天『金沢文庫資料の研究』所収。『明恵上人法語』と同様の表記改編を施した。本資料についても、第三章他参照。

第一章　心に思うままを書く草子

――徒然草とは何か

一　『徒然草』成立伝説が示唆すること

『徒然草』とは何か。(1) 難しい問いである。独特の発想と筆致で、魅力的な随想が連鎖し、時に難解な仏教思想を説く。しかつめらしい教訓もちりばめられ、有職故実の些末にあくびをかみ殺していると、打って変わって、秀逸で辛辣な笑いや逸話に緩和される。艶美な王朝的風情が、嫋々と、描写されることもある。自讃も記すが、自身をさらけだすわけではない。巧みな語り口のなかに、飛び切り現代的な感覚を発見して驚かされることも多いけれど、奥深き中世は揺らぐことがない。叙述の意味を一つに決めつけようとすれば、たちまちするりと身をかわす。読者はいつも裏切られ、さかさまの言説で手玉にとられる…。

この不思議な傑作は、どのようにしてできたのだろう。今日まで続く、文学史の謎である。その答えをもとめて、江戸時代には、一つの成立伝説を持ち出し、種明かしめいた解読が行われたこともある。

崑玉集云　西三条三光院殿作（中略）同云、兼好法師つれづれ草は、其世にはしるものなかりしを、わらはの命松丸、今川了俊のもとにつかへてありしに、「兼好、もしや哥などのこるか、作の物やある」ととはれしに、「書捨られしもしほ草、あるは歌のそゞろこと葉も、げにやおほくは菴の壁をはられて候。こゝにもおはしませども、みづからが重宝にもかたみにもとたくはへ申候」とかたりければ、「それたづねさせよ」とて、吉田の感神院へは命松丸をつかはし、伊賀の草菴へは従者伊与太郎光貞といふもの、哥の心ざしありとてつかはされしがたづねとりて、哥の集は伊賀の草庵にてやう〳〵五十まいばかりあつめ、つれづれ草はよし田におほくは壁にはられ、あるは経巻などをうつしものせしうら書にてありしを取てきたりぬ。それを了俊、命松丸などゝとりそろへ、命松丸がもとにありしをも、また二条の侍従のかたによみかはされしなどとひあつめ、哥の集一冊とし、また草子二冊とせしなり。「つれ〴〵なるまゝに」と書いだせし語意がらのおもしろくあはれふかきになぞらへて、つれ〴〵草といふ題号はつけられたり。それより源氏・枕草子などのごとくつたへうつせるをよしとして、たれも〳〵すてぬ草子のおもしろきものになりぬ。

（『卜部兼好伝』(2)）

『徒然草』は、兼好の没後に、今川了俊（一三二六～一四二〇）が反古を集めてまとめたもので、その作成に重要な役割を果たしたのが、命松丸であったという。具体的でおもしろい逸話だが、引用の『崑玉集』は『国書総目録』（岩波書店）に掲載しない。おそらくこれは、架空の偽書で、洞院公賢（一二九一～一三六〇）の日記『園太暦』の欠損を利用して仮構された「園太暦」偽文記事など(3)とともに、「延宝より貞享に至る間」に「一兼好愛好者の筆のすさび」として作られたものだろうと、かつて富倉徳次郎は推定した。(4)

ところが近年、『崑玉集』の伝本が発掘された。(5)右の『徒然草』伝説も、全三巻の中巻に記されている。『崑玉集』末尾には「天正二年三月中旬　三条微官実枝《条》在判」という奥書がある。「西三条三光院殿作」と『卜部兼好伝』が伝称する、三条西実枝（一五一一～一五七九）著作説と合致するのだが、『崑玉集』の内部徴証から観て、どうやらそれも仮託らしい。(6) 結局、右の一節も「いつごろ誰によって創作されたかは」「不明」(7) のまま。近世になって格別の人気を得た『徒然草』が、いかにして成立したかを説明すべく、まことしやかに構成された偽伝であることは動かないようだ。

ところで、この伝説の勘所は、命松丸という人物への着眼である。『卜部兼好伝』は、命松丸の簡略な伝記を含む数条の偽「園太暦」記事(8) とともに、頓阿の『草庵集』を引用して、命松丸に言及する。

草庵集
世中しづかならざりし時、兼好がもとより「よねたまへぜにもほし」といふ事をくつかぶりにおきて…（贈答歌の引用、略す）
同集に
兼好法師が忌日にあたるとて、命松丸、仏のことといとなみて三十首の歌もよほせしに、
霞隔遠樹
たけくまの松はかすみにうづもれてみきとこたへん色もいはれず
（『卜部兼好伝』）

著名な頓阿と兼好の沓冠歌の贈答（『続草庵集』巻四、五三八・五三九番）に付し、「同集に」として、命松丸は、兼好の法事を営み、頓阿にも、三十首の和歌を依頼するような存在であったという。ところが、この詞書と和歌は、現行の『草庵集』（正・続とも）には存在しない。本物の『続草庵集』引用にこと寄せて、こっそりともっともらしい偽作が付加されているとおぼしい。(9) 『徒然草』成立伝説に於ける、命松丸の働きを担保するためのもの

であろうか。

さて、いささかあやしい粉飾にまみれてしまったが、命松丸は、実在の人物である。『卜部兼好伝』も併せ掲げるように、その確実な史料として、他ならぬ今川了俊による記録が知られている。

> 鎮西に侍りし頃、三代集の説、又万葉集の不審を、数寄の人々の問ひ聞き侍りしかば、存知の分を粗々申して侍りしを、二条家の門弟、兼好法師が弟子命松丸とて童形の侍りしかば、歌読にて侍りしが、出家の後に、愚老が許に扶持したりしが云、「如レ此の秘説等を、無二左右一人々に仰せらゝる事、無二勿体一存ずるなり」と云ひしかば…
>
> （今川了俊『落書露顕』）

了俊自らが語るところによれば、命松丸は、確かに兼好の弟子であった。兼好亡き後は、了俊に扶持され、あまつさえ、歌道上の所見を進言している。[10] 詳細は不明ながら、了俊との間に信頼関係があったことも間違いない。命松丸が、了俊に兼好の反古の存在を教えたり、了俊が、命松丸の言葉に突き動かされて、兼好文書の蒐集を命じたりするということも、蓋然性だけは十分にある。意味深長な人間関係が実在したのである。

『崑玉集』の伝える『徒然草』成立譚の信憑性は、このレベルのものである。しかし、その記述内容を真偽の判定という次元から解き放ち、想像力豊かな一つの推論として捉えてみれば、あながち捨てたものではない。特に注目すべきは、『徒然草』独自の形態と内実が生成した由縁を、本質に触れる解釈を含んで提出していることである。

すなわち『崑玉集』は、『徒然草』という作品が、兼好自身によって仕上げられたものではなく、彼が遺した反古を、他者が編集した産物であると説明するのである。しかもそれは、了俊と命松丸という、兼好をよく知る二人の歌人により、「哥の集一冊」と「草子二冊」として編まれたという。このような成立過程を想定することで、『徒然草』がもともと、兼好の和歌を含まないように作られた、散文集であることをさりげなく説明する。そして、歌集と『徒然草』とが、編纂の原理を同期し合うものであることも示される。さらに、第三者が編集した『徒然草』には、特にその章段選択と配列において、簡単には著者個人の意図に還元できない、複雑な連続が輻湊的に内在することが暗示されている。

いま『崑玉集』から読み取るべきことは、伝説の真偽ではない。兼好と『徒然草』との関係について、逸話の形で説明される、こうしたうがった解釈である。本書でも、いくつかの視点と問題提起とを、ここから咀嚼しつつ受け止めて、考察を進めていこう。

二　つれづれなるままに

つれづれなるままに、日くらし、硯《すずり》にむかひて、心にうつりゆくよしなしごとを、そこはかとなく書きつくれば、あやしうこそものぐるほしけれ。

（『徒然草』序段）

『崑玉集』は、この印象的な書出しが「おもしろくあはれふかき」故に『徒然草』と名付けられたという。その認識は、「只発端の詞をもてつれ〳〵草とつけたるといふ説を用ひ侍るべし」と『徒然草文段抄』も誌し、今日でも通用する。この冒頭文を理解することは、依然として、本作品の成り立ちと本質を読み解くための、もっとも重要な階梯である。ところが、ではこの序段をどう読むか、ということになると、なかなか明解を得がたい。平明に見えて、その解釈の確定には、いささか難儀をともなうのである。

膨大な『徒然草』の注釈史を、独自の見解を交えて整理した田辺爵『徒然草諸注集成』（右文書院、一九六二年）は、「つれづれなるままに…」について、「諸家の註釈をみると、まずこの語に、感想のすべてがもりこまれ凝結した解説が試みられている」と述べている。しかし田辺は、別の論文で、「しかるにこの一センテンスをめぐって、さまざまな論義があり、私も諸注をみわたしながら、幾たびか苦笑した」(11)と皮肉たっぷりに、その錯綜を評している。

もちろん、これまでの注解が徒労であったわけではない。多くの類似句や出典に擬せられる章句が指摘され、序段の理解は、徐々に一つの方向へと収斂しつつある。

まず「つれづれ」という語について、小松操は、次のようにまとめている。

> 「つれ〴〵」（徒然）の語は中世日記・家記類に用例がおびただしく、あたかも流行語のようで（中略）だから、「徒然《つれづれ》なる儘に」といえば隠者兼好の生活態度を連想するのは誤解である。……それが日記・家記の類のもっとも平凡でつつしみ深い書出シである点を中世文学の理解の上に加えたく思う。(12)

厳密には、「日記・家記の類」に見える漢語「徒然」と、和語の「つれ〴〵」とを同一に論じることには問題が残るようなのだが、(13)小松の論点には関わらない。この「書出シ」を〈平凡〉なものと認定する見方は、「兼好が冒頭につれづれ云々と書いた時には、さらりと書いたが、兼好の思想内容が深いから、したがって「つれづれ」も深く理解される」という西下経一の指摘(14)と通じている。傍点で強調する〈つつしみ深い〉という観点は、この語の文脈が、常套としての謙辞である、という意味だろう。

序段を謙遜の文脈で読む理解については、「ものぐるほし」という語をめぐって、古注以来の指摘がある。(15)

物くるをしけれトハ、物グルワシケレト云也。謙退《ケンタイ》ノ辞《コトハ》也。

（『徒然草寿命院抄』）

柳田國男は、「随筆」というジャンル名自体に謙遜の意義が含まれるとして、『徒然草』を意識した次のような評論文を残している。

随筆は恐らく昔流行した謙遜なる書名の一種で、相応の見解あり主張ある書物も、是は例のそこはかと無く根無し言を書き列ねたのだと卑下した意味であつたのを…

（『退読書歴』（一九三三年）所収「古書保存と郷土」『柳田國男全集』第七巻）

以上を総合すれば、「この一センテンス」全体は、次の如く要約されることになる。

これは無聊をもてあましている人間が書き綴ったたわいない文章であると卑下した序章。

（新日本古典文学大系脚注）

三木紀人は「「志」の不在証明」だと評したことがある。(16) たしかに序段は、「つれ〲なるあひだ、さま〲心に浮《ウカ》ぶことを書つくるとのこゝろなり」（『徒然草文段抄』）。その行為とプロセスだけが書かれている。具体的な記述対象と、何のために書くのかというモチベーションを、むしろ除外することで成立している表現である。このことに着眼した近代の研究者は、「無目的に書いて見ると」（沼波瓊音『徒然草講話』訂正重版、東京修文館、一九二五年）、「何の主張も、何の意見もあるのではない」「ほんの随筆」（内海弘蔵『徒然草詳解』明治書院、一九一九年）などと解釈してきたのである。

ただし、「随筆」だからそうなった、という理解は、簡単には成り立たない。そもそも『徒然草』が「随筆」であるのかどうか。その定義にも丁寧な考証が必要で、しかも容易には決めかねることだからである。「随筆」を書名に付す著作は、南宋の洪邁（一一二三～一二〇二）著『容斎随筆』（一一六三年起筆、一一八〇年「一筆」公刊、「五筆」途中で著者没）をもって嚆矢とする。同書「一筆」冒頭の自序に、

予老去習懶、読書不多、意之所之、随即紀録。因其後先、無復詮次。故目之、曰随筆。

（予《われ》老い去りて懶《ものくさ》に習《な》れ、書を読むこと多からざれども、意の之《ゆ》く所は、随ひて即ち紀録す。因りてその後先は、復た詮次無し。故に之を目して随筆と曰ふ。[17]）

とある。謙遜をこめた「随筆」宣言がなされており[18]、「有名な『徒然草』の序段を想起させるほど似通った口吻となっている」（大西陽子「『容斎随筆』に見る表現形式――読者との係わりの中で――」[19]）。

しかし『容斎随筆』は、経史や諸子百家から、多様な雑記に至るまで、見聞を誌して弁証する、重厚な学書の側面を有する（近藤春雄『中国学芸大事典』大修館書店）。今日の随筆という語が喚起するジャンルイメージとは大きく違う。大西陽子前掲論文によれば、「随筆」を名乗るのは「作者の主体的な意義付けではなく、むしろ外的要因で」あるという。たとえば沈括（一〇三一～一〇九五）『夢渓筆談』には「意味も無く並べた言葉とおとりいただければ結構です。（以予為無意於言可也）」などと記し、呉曾『能改斎漫録』（十二世紀半ば）にも「胸中にある万巻の書物によって、筆のすさびとして文章を物し、集輯してこの書を作ったのです。（以胸中万巻之書、遊戯筆端、裒為此集）」などとあって、「先行する〈随筆筆記類〉」にもよく似た「但書」の存在が見出せる。大西は「雑多な小論

の集大成である〈随筆〉は、その無秩序さから読者に無目的な著作ととられかねない」。そのために「作者はこのような表現形式で書くことの名目上の意義づけを〈序〉という場を借りて読者に対して施した」。いわば一種の「ポーズ」であったと述べている。

例に挙がった『夢渓筆談』の冒頭には自序があり、「予退二処林下一、深居絶二過従一、思二平日与レ客言者一、時紀二一事於筆一、則若レ有レ所二晤言一、蕭然移レ日、所二与談一者、唯筆硯而已、謂二之筆談一」（「わたしは林間に引退し、奥にとじこもって人づきあいを絶ちました。平素、客人と話したことを思いうかべて、折にふれてはふとあることがらを書き記すと、その人と向いあって話しているかのようで、物思わしく一日が過ぎてしまいます。語り合う相手は筆と硯だけ。そこで「筆談」と名づけました」）[20]と始まる。『徒然草文段抄』は、傍線部分を「貞徳云」と引用し、「よくかなへり」と述べており、『徒然草』序段との類似も、すでに周知のところである。

だが、日本に於いて「随筆」というジャンル分けがなされたのは、ずいぶん後のことになる。そもそも「随筆」の名称を持つもっとも古い作品は、一条兼良（一四〇二〜一四八一）の『東斎随筆』である。ただし同書は、『古事談』『十訓抄』他を出典とする、説話集的な〈類書〉であった。『徒然草』を「随筆」と称するのは、それよりはるかに時代が下がる。「林読耕斎『本朝遯史』（万治三年〈一六六〇〉序、寛文四年〈一六六四〉刊）巻下「吉田兼好」に、「徒然之草は、乃ち華人の筆談・随筆の類なり」（原漢文）とあるのが、割と早い例である」[21]。

そして伴蒿蹊（一七三三〜一八〇六）の『国文世々の跡』が、文体史的視点から『枕草子』を「随筆」と形容する[22]。この『国文世々の跡』「以来」、「『徒然草』風の文学的なものを随筆と称している」。「しかし随筆を一つの文学形態として捉えようとしたのは、近代以後の研究者が文学史の体系化に当って、西欧において発達したessay（英）、essai（仏）を念頭におき、形態的に内容的に相応する作品を性格づける作業においてであった」[23]。随筆という文学ジャンルを前提して、議論を進める倒錯を冒すことはできないのである。

逆に富倉徳次郎は、この序段の宣言が「随感随想の無秩序の集積であることを意味してゐるのではな」く、「自由な態度で」（＝「そこはかとなく書きつくれば」）、「自己に直面して筆を執つてゐること」（＝「心にうつりゆく」）「を語る」ものだと読み取っている。(24)「「志」の不在証明」とは正反対の理解である。

このようにのっけから、対照的な多義性を許容したまま、『徒然草』は愛読されてきた。それは、「おもしろくあはれふかき」作品の魅力によるのはむろんのことだが、一方で結局は、「「つれづれなるまゝに」と書き出だし語意がら」の史的な意味や『徒然草』の内的事情について、いまだ満足すべき俯瞰的な注釈が提出されていない、ということでもあろう。本章では、『徒然草』とは何か、という素朴な、しかし根幹的な問いに今日的な答えを求めて、新たな視点から、序段をめぐる出典論的考察を施し、追跡を試みようと思う。

三 『徒然草』序段表現の典拠再考——『枕草子』跋文をめぐって

そもそも同時代人にとって、『徒然草』は、いかなる姿の作品として現前していたのだろうか。それもやはり、序段と密接に関わる。成立から一世紀ほど経った、十五世紀半ばころ、歌人正徹は『枕草子』を例示して、次のように語っていた。

74 つれづれ草のおもぶりは、清少納言が枕草子の様なり。（『正徹物語』上）

129 枕草子は何のさまとも（「さきらも」「さほうも」の異文あり）なく書きたる物なり。三札有る也。つれづれ草は、枕草子をつぎて書きたる物なり。（同右下）

現在知られるところ、『徒然草』についてのもっとも早い批評である。正徹は「随筆」という語は用いていないが、『枕草子』から『徒然草』へという文学史的系譜を、つとに看破している。「つぎて書きたる」という表現に注目しよう。(25) 言葉通りに受け取れば、『枕草子』の終わりを承けて『徒然草』が始発する謂いである。『徒然草』の始発は序段であり、『枕草子』の終わりは跋文である。序段が『枕草子』跋文を承けて続く…。それは単なる譬喩ではない。『枕草子』跋文と『徒然草』序段とは、直接的な影響関係があるとされ、いくつかの類似する語句を共有していることも、古注以来指摘されているからである。その様態はいかなるものか。ひとまず三巻本の跋文により、対応する部分に傍線を付して示しておこう。

この草子、目に見え心に思ふ事を、人やは見んとすると思ひて、つれづれなる里居《さとゐ》のほどに書き集めたるを、あいなう、人のためにびんなきいひすぐしもしつべき所々もあれば、よう隠し置きたりと思ひしを、心よりほかにこそ漏り出でにけれ。宮の御前《おまえ》に（中略、中宮定子より紙が下賜されて、「此双紙を書初《カキソメ》し起《ヲコリ》」（加藤磐斎『清少納言枕草紙抄』）が記される）…賜《たま》はせたりしを、あやしきを、こよやなにやと、つきせず多かる紙を、書きつくさんとせしに、いとものおぼえぬ事ぞ多かるや。おほかた、これは、世の中にをかしきこと、人のめでたしなど思ふべき、なほ選りいでて……いひいだしたらばこそ、「思ふほどよりはわろし、心見えなり」とそしられめ、ただ心ひとつにおのづから思ふ事を、たはぶれに書きつけたれば、ものに立ちまじり、人なみなみなるべき耳をも聞くべきものかはと思ひしに、「はづかしき」なんどもぞ、見る人はし給ふなれば、いとあやしうあるや。げに、そもことわり、人のにくむをもよしといひ、ほむるをもあしといふ人は、心のほどこそおしはからるれ。ただ、人に見えけむぞねたき。（下略、以下草子の流布など）

ここでは、あえて関連する箇所の全体を掲げた。従来、『枕草子』との一致を「つれ〴〵」という語の出典として重視する傾向があり、引用スペースなどの都合もあってか、次のような部分に限定して抄出・対比されることが多い[26]のを意識してのことである。

枕草子にいはく、此草子は、目にみえ心に思ふ事を、人やは見ずるとおもひて、つれ〳〵なるまとゐのほど、かきあつめたるに云云。此ことのはを引なをして、本としてかけるにや、こゝろはおなじものにはあるべからずや。（加藤磐斎『徒然草抄』）

一読すれば明らかなように、対応は右にとどまらない。本文を江戸時代の定番であった伝能因所持本（能因本）の長跋[27]に換えて、三巻本跋、能因本短跋に共通するとおぼしき部分（萩谷朴『枕草子解環』同朋舎出版参照）を見てみると、文言がより『徒然草』に近づくところもある。

●つれづれなるままに…書きつくれば（『徒然草』）
つれづれなるをりに、人やは見むとするに（高野本「と」）思ひて書きあつめたるを（能因本）
●心にうつりゆくよしなしごとを、そこはかとなく書きつくれば、あやしう（『徒然草』）
目に見え心に思ふ事の、よしなくあやしきも（能因本）
ただ心一つに思ふ事をたはぶれに書きつけたれば（能因本）
●あやしうこそものぐるほしけれ（『徒然草』）
あやしきを、こじや（「うしや」の本文もあり）何やと（能因本）

「はづかし」など、見る人の、の給ふらむこそあやしけれ　（能因本）

こうしてみると、近世の注釈書が、『徒然草』序段は、『枕草子』が委曲を尽くして説明した自著成立の由来の叙述を「ことのはを引なをして」（前掲『徒然草抄』）象られたものだと考えたのも無理はない。だが今日の私たちが、両者の関係をことさら限定的に捉え、印象で批評するのはあやういことだ。たとえば内海弘蔵は、「すらすらと軽く筆をつけて、さらりと出したところが、いかにも巧である。枕草紙のあのくどいことわり書きよりは、この方がうまいと思ふ」（内海『詳解』評）と『徒然草』を高く評価するが、佐野保太郎はその逆で、「徒然草の先輩ともいふべき枕草子」のこの長跋は「いかにも率直な書き方で、実際その人とその場合とを見るやうな気がする」と『枕草子』を褒め、「後世のものになると、かう率直には行かない」。『徒然草』序段の書きぶりは「その天真爛漫な点に於ては、到底枕草子とは比較にならない」。「とにかくもう或型を作つて、それにあてはめようとするところが確にある」と『徒然草』を腐している（佐野保太郎『徒然草講義』上、福村書店、一九五三年）。別の補助線を引いた比較論が必要である。

『枕草子』跋文全体と比べてみると、『徒然草』序段は、『枕草子』から、抽象的かつ一般的な部分のみを抜き取ったかたちで成っている。そのことによって『徒然草』では、成立をめぐる状況が一般化され、普遍化された方法のように提示されている。だが『枕草子』に於いても、それは一種の謙辞として付されており、しかもそれは、『枕草子』の具体的な成立事情を説明する文脈から切り離すことのできない、一体のものであった。同時に、『徒然草』と類似する『枕草子』の記述は、能因本長跋を見てもわかるように、複数箇所の叙述の対応がある。文脈の重畳が『徒然草』序段の読みを複雑にしていることにも注意が必要だ。

『徒然草』にもたらされる『枕草子』跋文の構造と意味の様相は、貴人からの執筆要請と成立と評価、そして再撰という、『枕草子』跋文のいう事情と一部状況を重ねる、藤原俊成『古来風体抄（再撰本）』の跋文を参照するとよくわかる。

此草紙の本体は、かのみやよりおほきなる草紙をたまひて、かやうの事かきて奉れと侍りしかば、たゞその御さうしにかきみてむとばかりにて、何となきよしなし事をおほくしるしつけ侍りしなり、そのうへに生年已八十四の年、人にもみせだにあはせ侍らず、たゞあさきみづぐきの跡にまかせてしるしつけ侍りにしかば、いかばかり僻事はおほく侍らむとおぼえ侍るを、又御覧ぜむと侍れば、今更になほすべきにもあらで、又おなじ事をしるしつけ侍る心のはかなさ、申すかぎりなくこそかたはらいたく侍れ。…

（『古来風体抄（再撰本）』）

ともにその跋文は、一度は他見に晒された自著の初度本を振り返りつつ、あらためて、改訂・再撰された自著を語るという文脈である。その対比は、『徒然草』が「引なをし」た『枕草子』謙遜の文辞が、なぜ繰り返し気味に重なるのかを教えるだろう。『古来風体抄』も『枕草子』も、自著を語る視線に、少なくとも二つの方向からの謙遜が在った。一つは、貴人から光栄にも賜った紙を〈書き尽さむ〉〈かきみてむ〉とする意志のもと、これから書かれようとし、書かれていった、生成する自分の文字を見て去来する心境である。いわばそれは、著述行為がなされつつあった、執筆当時の気持ちを内省しての謙遜である。もう一つは、書き終えて完成した時点で、現前する自作の内容の拙劣を、客体的に顧みての嘆きだろう。

執筆過程に内在する自己表出の高まりと、それを成し終えたあと、他者としての読者になり、自分の生み出した文章を客観視する批評性と。創作行為に於いては誰でも経験することだが、両書でも、その二つの方向から、謙辞が誌されているのである。かてて加えて、『枕草子』には顕著な他者の評価が記される。「ただ心ひとつにおのづから思ふ事を、たはぶれに書きつけたれば、ものに立ちまじり、人なみなみなるべき耳をも聞くべきものかはと思ひしに、「はづかしき」なんどもぞ、見る人はし給ふなれば、いとあやしうあるや」。自己の謙遜は、それを覆す他者の評価とぶつけられ、「はづかしき」という、自著への栄えある評価の記法として、二度目の「あやし」を記述する。ひとたび形をなして他者に読まれ、その評価を受けて再生した『枕草子』と『古来風体抄』に付された跋文は、執筆行為の内省や謙退の所在を、よく練られ行き届いたやり方で、自著を語る、安定したお手本の型として描出される。

さらにこの二つの謙遜は、〈思うまま〉に書いたからそうなった、という言辞に承接して収斂し、統括される構造になっていることに注意しよう。ただしそれもまた、すでに一つの型であったらしい。そのことは、たとえば次の短文を併読すれば、より明確に理解される。

> 生年已八十四にて、かきつけ侍ことゞもいかばかりひが事おほく侍らんと申かぎりなくはおもふたまへながら、おもふところにまかせてかきしるし侍りぬる。…
>
> （『古来風体抄（初撰本）』）
>
> 或人の、歌はいかやうに詠むべきものぞと問はれて侍りしかば、愚なる心にわづかに思ひわきまふることを書きつけ侍りし。いさゝかの由もなく、唯詞に書きつけて侍り。見ぐるしけれど唯思ふまゝのことなり。
>
> （藤原定家『近代秀歌（遣送本）』）

ただし、俊成や定家の歌論は、読者は意識されつつも、文脈上は、依頼者と自己との二者に基本的には限定されて、文章の往来が記されている。それに対して、『枕草子』跋文は、自著が実際に外部に流出して、他者の評価が持ち込まれ、それに応対するようなかたちで書かれている。それ故に、構造ははるかに複雑である。すなわち「宮の御前に…」以下に述べられた初度の「此草紙書し由来」（岡西惟中『枕草紙旁註』）の前置きとして、「この草子…漏り出でにけれ」の部分が、「著作事情の概説」(28)として据えられている。さらに能因本長跋では、肝心の〈型〉の部分が、「拙劣・俗悪・冗漫にして、重複・矛盾に満ちた」（萩谷朴『枕草子解環』五、同朋舎、一九八三年）悪文で、語られていることになる。それが『徒然草』の「さらりと出した」単線的な構文に落とし込まれている。いわば『徒然草』の背景や含意として、その煩雑さには注意が必要である。

四　序段謙退の構造

『枕草子』と比べるならば、執筆過程、執筆後、他者への目を意識した改訂時、というような輻輳する謙退を、抽象的一般的な方法に関する部分だけ、抜き出して作られたかたちになっているのが『徒然草』序段である。「書きつけた結果が他人の目にどう映るかという想像に動いて行く精神は、徒然草にはない。徒然草は他者を考えずに、「書きつくればあやしうこそ物狂ほしけれ」と、自分の心をのぞきこんで行く」（桑原博史「優雅な生活」（『国文学　解釈と教材の研究』一九七二年七月号）などと『徒然草』に一面的な没入を見ようとする理解が、逆に、いかにバイアスのかかった限局的曲解であるかが分かるだろう。解釈史を見ても、『徒然草』序段には、『枕草子』跋文と対応する重層的な謙退が、内在する多義性というかたちで潜んでいることは明確である。

「怪しうこそ物狂ほしけれ」と云のは、書上げて仕舞つた上で自ら評した言と解するは中らぬ。又斯うしてこんなことを書いて行くのが、物狂ほしいと自ら評したのでも無い。しばらく書いて行つて見て、その書き了つた所を顧みて、これは妙なものが出来て行く、と自ら評したのだ、と見たい。（沼波『徒然草講話』）

多くの註解書が、これを『こんな妙なものができ上つてしまつた』と、この書の上をみづから評していうたのだと解いてゐるのであるが、それはをかしい。妙にものくるひのやうだといふのは、勿論、自分のその気分をいうたのに違ひない（書いたものが、妙にものぐるほしいといふのは、意味をなさぬ）。

（内海弘蔵『徒然草詳解』）

「物狂ほし」の機縁となるものは、自らの行為か、書きつらねた事がらか。「物狂ほし」というのは、自ら反省し恥じることを表わしたのか、それとも、「物狂ほし」といわれるような行為のしかた、内容なのか。

（注14所掲白石大二「徒然草の構造」）

ところが、ここで早くも『徒然草』の読みかたは二つに分れてしまう。つまり、この「ものぐるほし」いのは、いったい何か。書きつづけてきた文章が「ものぐるほし」いものになったというのか、書いている作者の心象が「ものぐるほし」くなったのか、という二つの見解が対立しはじめるのである…

（永積安明『徒然草を読む』岩波新書、一九八二年）

右には、他者の評価への謙遜、という視点だけがうまく取り込まれていないが、ともあれ「軽く」「さらりと書いた」序段は、このように、どう読んでも落ち着きが悪い。しかしそれは、『徒然草』が『枕草子』跋文を略抄しすぎたことだけが原因ではないようだ。正徹が「つれづれ草は、枕草子をつぎて書きたる物なり」と評したことを敷衍して先述したように、『徒然草』は、『枕草子』の終わりに書かれている文章世界を承け、それを冒頭に持って来るかの如くに跡を継ぐ。そうした倒錯したスタイルで書き始められていることにも理由があるのではないか。『徒然草』序段は、冒頭文としてよりはむしろ、末尾に付されるのに相応しいすがたをしている。そのことは、この一節を、本や文の終わりに引用して綴られた文章の安定感によって、逆に証明されるだろう。

…正平つちのえのいぬのとしの春、学のいほりの夜の雨に、吉野の花の露をしためて、よしなしごとを書きつらね侍るこそ、ものぐるほしけれ。

（『吉野拾遺』末尾、『吉野拾遺評釈』）

…今や森本君の評釈の増訂版が世に出ようとするを聞き、忙中の寸暇を硯に向ひてよしなしごとを序文に書くのも物狂ほしい限りであろうか。

（新村出「『徒然草』の和へ物」、森本謙蔵『徒然草新講』序文末尾、創生社、一九二五年、『新村出全集』第八巻『典籍叢談』所収）

序段には「書きつくれば」とのみあって、「たり」や「ぬ」、あるいは「き」など、アスペクトやテンスの助動詞を接続させない。このことも序段の不安定な感じに一役買っている。(29) しかし如上は『徒然草』の巧拙とはおそらく別の問題である。たとえば、黒川由純『徒然草拾遺抄』（貞享三年（一六八六）跋）がつとに「私堤中納言物語、御カヘリハウラニヨ、ユメ〱、ツレツレニ侍ルマヽニ、ヨシナシコト書ツクル也」と指摘する、『徒然草』序段の類例『堤中納言物語』「よしなしごと」にも、よく似た問題が存するからである。

かかる文など、人に見せさせたまひそ。福つけかりけるものかなと、見る人もぞ侍る。御かへりは、裏によ。ゆめゆめ。つれづれにはべるままに、よしなしごとども、書きつくるなり。聞くことのありしに、いかにいかにぞやおぼえしかば、風の音《おと》、鳥の囀《さへづ》り、虫の音《ね》、波のうち寄せし声に、ただ添へはべりしぞ。

（日本古典集成）

この「書きつくるなり」にも、やはりテンス・アスペクトの助動詞がない。そして傍線部にもまた、位置づけと関わる異説があった。すなわち右文脈の中で、作品冒頭の序文を承けた「作者跋文」（終わりの詞）とみる説と、継いで書かれた「書簡の追信」（その書き起こしの詞）と捉える説とで解釈が分かれる。(30) あたかも『徒然草』序段の文脈の分裂と事情を共有して、それは一つの書きぶりであった。

『枕草子』は「この草子、目に見え心に思ふ事を」「書き集めたる」と跋文冒頭でその作品性を規定し、『徒然草』は作品の劈頭で「心にうつりゆく」「ことを書きつくる」と記して『枕草子』を受け止めた。『徒然草』は『枕草子』になぞらえて、「心に浮ぶことを書つくる」（『文段抄』）という宣言の歴史的正当性を保とうとする。

だが『枕草子』の場合は「「志」の不在証明」などとは決して読めない。俊成が「かのみや」から賜った「おほきなる草紙」を「かきみてむ」と記したように、『枕草子』の「志」は、中宮から下賜された紙を「書きつくさんと」いう、名誉ある、しかし拒みがたい外的要請という大前提の下で果たされたと、その第一義的な必然性を明確に説く。中国宋代の「随筆」類にも、それなりの事情説明があった。だが『徒然草』は、そうしたモチベーションの説明をそもそも欠如して始まっている。

これは、類似性の中で際立つ重要な相違点だ。『徒然草』は、他者の圧力や外部の要請、さらには自身を取り巻く環境さえ、明示的には執筆の弁明とはしていない。純化された「つれづれ」の中で、どこからともなく彼を突き動かす「心」によって書かれようとする。

『枕草子』と『徒然草』は、ここのところで根本的に袂を分かつ。もちろん『徒然草』が『枕草子』を強く意識した作品であることは間違いない。じっさい、この後すぐ第一段で、『徒然草』最初の固有名詞「清少納言」＝『枕草子』が引用される（本書第十章参照）。しかし、そのことと序段の位置づけとは、別して考える必要がある。たしかに『枕草子』を意識した読者は、『徒然草』序段の記述を、殊更『枕草子』に結び付けて理解しようとするだろう。けれども、そのように意識せず、文字面や形態だけで比べれば、たとえば次に引く一節の方が、よほど『徒然草』に近いともいえるのである。

公事ノヒマハ、老ノツレ〳〵ナグサメガタキマヽニ、サセル日記ヲモヒカズ、タヾ古物語ノ心ニウチヲボユルマヽニ、カキツケテ侍也。

（『教訓抄』巻八、『日本思想大系　古代中世芸術論』）

五　心に浮かぶことを書き付ける系譜

したがって『徒然草』自らが宣言する、ただ「心にうつりゆく」ことを「書きつく」る和文の伝統をたどるためには、先蹤の『枕草子』を挙げてこと足れり、とするわけにはいかない。よく似た模範が、別のかたちで、まだどこかに存している可能性がある。先入見を排して視野を拡げ、そうした文学伝統を追いかける試みを続行する必要がある。[31] その時、直ぐに想起されるのは、仮名の日記文学である。たとえば『徒然草』作者もその読者であった（一八一段参照）『讃岐典侍日記』を一例としてあげてみよう。

…心のどかなる里居に、常よりも昔今のこと思ひつづけられて、ものあはれなれば……いそのかみ古《ふ》りにし昔のことを思ひ出《い》でられて、涙とどまらず。思ひ出《い》づれば、わが君につかうまつること……忘れがたさに、なぐさむやと、思ひ出づることども書きつづくれば、筆のたちども見えず、霧《き》りふたがりて、硯《すずり》の水に涙落ち添ひて、水くきの跡も流れあふここちして…[32]

（上〔一〕、新編日本古典文学全集）

「序——執筆の動機」として記されたこの言明は、[33]「自由」とは裏腹な視野の限定を意味している。それがそのまま、謙辞として筆者の「いいわけのための予防線というか、あるいは擬態」[34]となっていることは、『枕草子』と同じである。

うち見ん人、「女房の身にて、あまり物知り顔に、にくし」などぞそしりあはんずらん。かやうの法門《ほふもん》の道などさへ、朝夕のよしなし物語に、常におほせられ聞かさせたまひしかば、ことの有様、思ひ出でらるるままに書きたるなり。もどくべからず。しのびまゐらせざらん人は、何とかは見ん。われはただ、ひと所の御心のありがたくなつかしう……忘らるる世なくおぼゆるままに、書きつけられて。（『讃岐』下〈二八〉）

げに、書きいで、人の見るべきことにはあらねど、この草子を、人の見るべき物と思はざりしかば、あやしきことも、にくき事も、ただおもふことを書かむと思ひしなり。（『枕』一四一段「とり所なきもの」）

さるは、かう思ふ人、ことにすぐれてもあらじかし。いづれをよしあしと知るにかは。されど、人をば知らじ、ただ心地にさおぼゆるなり。（『枕』一九五段「ふと心おとりとか」）

同様に〈思ひ出づるままに書く〉という宣言が、方法でもあり「擬態」でもあった、男性貴族の回想文を掲げておく。

御中陰の程……をろかなる心のうちにうごき。又はかなき筆のはしにもあらはしなどし侍るほどに。御百ヶ日にいたるまでの事をそこはかもなきやうにかきつゞけ侍るとて。……遠からぬ御いとなみどものはなやかにみたてまつりし事ども。はし〴〵思いづるまゝにかきつらね侍れば。いよ〳〵狂言綺語のあやまりとなるべきなれども。…

（飛鳥井雅縁『鹿苑院殿をいためる辞』群書類従）

そして、その最も極端な例を、

さま〴〵移《うつ》り変《か》はる世《よ》のありさま、人の心《こゝろ》も、たゞ我世《（わが）よ》ばかりに、昔今《むかしいま》けぢめしるかに変《か》はり果《は》てにけるかなと思《おも》ふに、今《いま》さらよしなき古《ふる》事さへ思出《い》でられて、つゞきもなく言《い》ふかひなき、昔物語《むかしものがたり》を、つれ〴〵なるまゝに言《い》ひ出《い》づれば、片端《かたはし》をだにその世《よ》を見ぬ人は、さすがに聞《き》かまほしうするもありけり。（二五四頁）

などと書かれた『たまきはる（健寿御前日記）』（新日本古典文学大系）に見ることができる。

目《め》の筋《すぢ》ならぬことは、よも見じ。（中略）……さやうの事ははか〴〵しからで、知《し》らず、たゞ見る事ばかりのことどもなり。（二七五頁）

かやうの事も、たゞ聞《き》くところばかり、言《い》ふかひなき癖《くせ》は、始《はじ》めも果《は》ても知《し》らず。（二七七頁）

うるさく人の聞《き》かまほしくすれば、おぼえぬことどもの、四十年過《す》ぎにしを書《か》きつくれど、我身《（わが）》のほかはおぼえず。おなじ畳《たゝみ》、一《ひと》つ間《ま》などならぬ人々の事、いづれも〴〵おぼえず。（二八九頁）

おろ〴〵書《か》き出《い》でたるは、見《み》所もなくおこ《（を）》がましけれど…（二九一頁）

こうした視野の限定は、『たまきはる』に頻出し、枚挙に遑もないほどだ。ただし、このような回想の記の方法が『徒然草』とは似て非なるものであることは、また言うまでもないだろう。だが『たまきはる』に於いて注目すべきことは、その言語行為が、独り物を記すことを原点としながら、その推進は、むしろ対話性に立脚している、ということだ。前掲の引用に傍線を引いたように、記主は、「きかまほしうする」人を前になされるべき「昔ものがたり」を想定して語る。その発せざる語りをそのまま書記言語に移行し、代置するものとして、独り紙に向かって綴る営みを捉えていたのである。前引の『夢渓筆談』自序を想起させる。

そのように、伝えるべき知識を有する人が、本来口で伝えるべき事柄（ものがたり）を紙に書き付けようとする時、単なる謙辞とは言えない、本来的な〈思ひ出づるままに書く〉記が成立していく。

すべてはかやうの事。たゞものがたりをしたちぬれば。しぜんのことゞもいでくれども。かゝばやなと思ひたちぬれば。よろづわすれて思いでられず。なをもおもひいでむにしたがひて申べし。かみさまにもかきつくべし。

（『雑秘別録』末尾[35]、群書類従）

逆に、対話や雑談を仮構して作られる物語では、謙辞的表現を裏返して、「おぼしきこと言はぬは、げにぞ腹ふくるる心地しける」（『大鏡』）などと、表現への希求を表明する形式をとることがある。

物の用にもたゝぬ事をたづね給にしたがひて。申さゞらむもやう〳〵しかりぬべきまゝに。口にまかせたるたはごとども。いかにおかしく不思儀にも聞給らん。としよりにゆるしたまへかしといふ。

（『駿牛絵詞』群書類従）

それは、外的な要請により、書く機会を与えられたことで、普段から胸の中では思いながら、うまく書けないでいたことが綴られた、と表明する『古来風体抄（初撰本）』とも意外と近い言述である。

　このこゝろはとしごろもいかで申のべんとはおもふたまふるを、心にはうごきながらことばにはいだしがたく、むねにはおぼえながらくちにはのべがたくて、まかりすぎぬべかりつるを……ことながくとも……もしほぐさかきのべてたてまつるべきよしおほせいだされたることあり。

同様に、貴女に献ずるために成立したと考えられている慶政『閑居友』にも、「さても、この仏の御事の書《か》きたく侍《はべる》まゝに、何《なに》となき事のついでを悦侍《よろこびはべり》ぬるにこそ」（下一〇、新日本古典文学大系）という記述がある。俊成は「このみちのふかきこゝろ、なをことばのはやしをわけ、ふんでのうみをくむともかきのべんことはかたかるべけれ」と続け、先引の跋文「かきつけ侍ことゞもいかばかりひが事おほく侍らんと申かぎりなくはおもふたまへながら、おもふところにまかせてかきしるし侍りぬる」と響かせている（『古来風体抄（初撰本）』）。

六　手習・反古と思うままを書く草子

『枕草子』にその典型を見たように、読者に貴顕を想定する言述行為に於いてなされる〈心に浮ぶばかりを書つける〉〈思ひ出づるままに書く〉という付記は、通常、ネガティブな「ポーズ」や言い訳として作用することが多い。

　思ひ出で候に従ひて、万づの事を申し続け候へば、同じ事も多く、御覧じにくゝも候はむ。

（『広本庭の訓』【二〇】『校註阿佛尼全集』）

だが『毎月抄』跋文は「随分心底をのこさず書きつけ侍り」と誌す。それはもはや謙遜に留まるものではない。伝えたい知識への思いが深く強い場合、そして、伝える側と伝えられる側とが、安定した上下関係と距離を有つ場合に、事情は大きく変わってくる。

…孝経の詞。その外孝行の筋を書置の端々。心に浮ぶ通り書集るものなり。是非二私言一共。定て誤り多からむ。他見有レ憚。唯為二子孫一形見に残置而已。

（『慈元抄』群書類従）

親から子孫へ、師から弟子へと伝えられる言説では、「他見」を許さず、などと対象や伝達の範囲を指定したり、装ったりしてなされることが多い。そうした一種の密室的言述空間の設定で果たされる著述行為に於いては、[36]〈思ひ出づるままに書く〉というスタイルは、一転して、積極的な意義を以て機能することになる。

…か様の事をむかひたてまつりたまひて申さんは、さのみおりふしもなきやうにおぼゆるほどに、かたのごとく書《(かき)》しるしてたてまつる也。つれ〲なぐさみに能々御覧《らん》ずべし。をの〲よりほかに漏《も》らしたまふべからず。（中略）心に思《おも》ひいだすをはゞからず申也。……他人にもらし給ふべからず…

（北条重時『極楽寺殿御消息』『日本思想大系　中世政治社会思想　上』）

こうして綴られた文字は、あくまで「他人にもらし給」うなと注意して、〈身内〉に向けられた言語行為であることを標榜する。そのため、右『極楽寺殿消息』には、「たま〲生れあひたてまつる時の、世の忍おもひでにもとて申也」、「いにしへ人のかたみ」とも書かれていた。それはもはや、一人自らと対峙してなされる、自照的な執筆行為や、あるいは遺言と、殆ど相重なっている。そして密室的な個人性が純化すればするほど、述作は、「他人」にとっては限りなく反古に近づく。著述する自らに於いても、所詮は筆のすさび、もしくは手習と同じだと、韜晦されることになるだろう。その意味からも、次の例は、『徒然草』を考える上で、文言の類似による出典探し以上に、重要な視点を提供する。

つれ〲なるまゝに。てならひの時々させる日記もひかず。そのしるしともなき事を。心にうちおぼゆるまゝにかきつけたり。をのづからすゑのよに見ん人は。さもありけることかなと思んずらむ。又これはひが事よといふ人もあらんずらむ。あはれなる事哉と思ふ人もありなむ。にくかりける事哉といふひともありぬべし。よにかくれたらんをりは。ひとにみすべからず。もしいとをしみあらん人は。みんをり〲かならず念仏を申べし。しそんなりとも。このまざらむ人にとらすべからず。さらんをりは。法花経のれうしに。やりてくわふべし。もしはやりがたくはやきすつべし。

(『龍鳴抄』長承二年(一一三三)成立、群書類従)

はやくこの例に着目した桑原博史は、こうした識語を持たない伝本の存在を『群書解題』が指摘していることに触れ、「必ずしも徒然草に先行するものとはいえない」と注意する。(37) 一方でこれは、先に引いた『教訓抄』の一節とよく似た言い回しを含んでおり、『徒然草』とは別のところで、この類型が、楽書間で流通した、序跋の文章作法であったことを示唆する。(38)

むしろ、直接関係のないところで「つれづれなるままに、てならひ」する形象が『徒然草』と似ていることに注目される。『龍鳴抄』は、音楽についての伝承や楽理を語る自らのいとなみを「てならひ」の延長線上に位置付け、自分が没した後に、伝えるべき子孫がいないときは、「法花経の料紙に破りて加ふべし。もしは破りがたくは焼き捨つべし」と命じている。入木道では「昔の手書は手習したる反古をも焼捨ける也」（『才葉抄』群書類従）と伝えるが、『崑玉集』に描かれた『徒然草』の反古は「経巻などをうつしものせしうら書にてありし」ものだった。別の近世『徒然草』伝説では、兼好の死後、「草庵ノ中ニ残所之者」の中に、「反古手習之書捨二包」が含まれていたと記す（「園太暦」偽文、『徒然草拾遺抄』による）。『徒然草』の中にも、次のような記述がある。

おぼしきこと言はぬは腹ふくるるわざなれば、筆にまかせつつあぢきなきすさびにて、かつ破《や》り捨つべきものなれば、人の見るべきにもあらず。（一九段）

人しづまりて後、長き夜のすさびに、何となき具足とりしたゝめ、残し置かじと思ふ反古《ほうご》など破りすつる中に、亡き人の手習ひ、絵かきすさびたる見出たるこそ、たゞその折の心地すれ。このごろある人の文《ふみ》だに、久しくなりて、いかなる折、いつの年なりけんと思ふは、あはれなるぞかし。（二九段）

第一九段の一節は、「卑下の詞也説…かやうの反古をば人の見ることもあらじとなり諺」（『徒然草諸抄大成』）など釈される。また第二九段との類似を指摘される『無名草子』〈文《ふみ》〉[39]は、次のように叙述する。

文といふものだに見つれば、ただ今さし向ひたる心地して、なかなか、うち向ひては思ふほども続けやらぬ心の色もあらはし、言はまほしきことをもこまごまと書き尽くしたるを見る心地は、めづらしく、うれしく、あひ向ひたるに劣りてやはある。つれづれなる折、昔の人の文《ふみ》見出でたるは、ただその折の心地して、いみじくうれしくこそおぼゆれ。まして亡《な》き人などの書きたるものなど見るは、いみじくあはれに、年月《としつき》の多く積もりたるも、ただ今筆《ふで》うち濡《ぬ》らして書きたるやうなるこそ、返す返すめでたけれ。（新編日本古典文学全集）

『無名草子』が「昔の人の文」に限定して語っているのに比べると、『徒然草』は、ことさら、反古・手習・絵という語を用いて、その範囲を拡げていることがわかる。手習と絵が取り合わされるのは、後掲する『源氏物語』須磨巻や浮舟巻の例にも一致する。『徒然草』作者はこのように、〈手習・反古〉というものが内包する自照性や、書き残されたものが自ずからに持つ、存外の伝達性とその妙ということを熟知していた人であった。『徒然草』と手習と。その結び付きは、しかし、「とまれかうまれ、とく破《や》りてん」（『土左日記』講談社文庫）などという類例[40]を以て普遍化すべきではない。なぜかと言えば、『徒然草』は、自らを意識的に、〈手習〉という言葉と行為になぞらえていこうとしているからである。

七　『徒然草』序段と『源氏物語』――「硯にむかふ」手習

黒川由純『徒然草拾遺抄』は、冒頭の「つれ〳〵」の注に「私勘ルニ源氏物語須磨巻に、つれつれなるまゝに、色々の紙をつきつゝ手習をし給ふ」と記す。『徒然草』と「手習」をめぐる問題に『源氏物語』が関わっている可能性を示唆する古注として重要である[41]。さらに同時代の契沖（一六四〇～一七〇一）は、青木宗胡『徒然草鉄槌』（慶安元年（一六四八）刊）に施した書き入れである『鉄槌書入』に於いて、この須磨巻の例をも含みつつ、より網羅的かつ構造的な引用を行っており、教えられるところが多い。

〔つれ〳〵なるまゝに〕

任。清少納言に云、此さうしは、めに見え耳にふるゝことを、人やはみむす《ズ》ると思ひて、つれ〳〵なるさとゐのほとかき集たるに、あひなく人のため、ひんなきいひすくしなとしつへき所ゝあれは、きよふかくしたりと思ふを、涙せきあへすこそ成にけれ（朱）古今に、枕より又しる人もなき恋を涙せきあへすもらしつるかな、此哥にて、もらしつるといふことを、涙せきあへすとはいへり。源氏須磨に、つれ〳〵なるまゝに、いろ〳〵のかみをつきて、手ならひをしたまふ。夕貝に、つれ〳〵なるまゝに、みなみのはしとみあるなかやにわたりきつゝ。葵に、つれ〳〵なるまゝに、たゝこなたにて、五うち、へんつきなとしつゝ、日をくらしたまふ。橋姫に、つれ〳〵なるまゝに、うたつかさのものともなとやうのすくれたるをめしよせつゝ、はかなきあそひに心をいれて、おひ出たまへれは。…

（『契沖全集』岩波書店）

特に注意されるのは、『源氏物語』葵巻の一節である。原文を掲げておこう。

つれづれなるままに、ただこなたにて、碁打ち、偏つきなどしたまひつつ、日を暮らしたまふに、心ばへのらうらうじく愛敬《あいぎやう》づき、はかなきたはぶれごとのなかにも、うつくしき筋をしいでたまへば、おぼし放《はな》ちたる年月こそ、たださるかたのらうたさのみはありつれ、しのびがたくなりて、心苦しけれど、いかがありけむ、人のけぢめ見たてまつりわくべき御仲にもあらぬに、男君《おとこぎみ》はとく起きたまひて、女君はさらに起きたまはぬ朝《あした》あり。人々、「いかなればかくおはしますらむ。御ここちの例ならずおぼさるるにや」と見たてまつり嘆くに、君はわたりたまふとて、御硯《すずり》の箱を、御帳《みちやう》のうちにさし入れておはしにけり。人間《ひとま》にからうじて頭《かしら》もたげたまへるに、引き結びたる文《ふみ》、御枕のもとにあり。何心もなく、ひきあけて見給へば、

あやなくも隔てけるかな夜《よ》をかさねさすがに馴れし夜《よる》の衣《ころも》を

と、書きすさびたまへるやうなり。

傍線を引いたように、これは『源氏物語』の「詞」が、いかにして『徒然草』へと受け継がれていったかを示す好例である。こうしてみると、序段の主要な語句は、むしろ『源氏物語』によって彩られているかのようだ。『源氏』は、『枕草子』跋文とは違うかたちで『徒然草』の表現に資していたのである。ただし描かれた場面は、光源氏と紫の上とが交わした、新枕の後朝という、『徒然草』執筆を宣言する序段とは、全く関係のない世界である。『源氏』「詞」の尊重と文脈の捨象とが、『徒然草』に於ける『源氏物語』利用の特質だということもよくわかる例だろう(42)。こうした『源氏物語』と『徒然草』との関係の理解が、序段の読解には必要なのである。稲田利徳は「「徒然草」の虚構性」と題する卓論の中で、次のような提言を示したことがある。

従前の注釈は、主として「徒然草」の表現を、言葉の意味や論理の方向から解明する傾向が強く、本文の典拠も指摘のみにとどまるか、意味理解に援用されるだけであった。「徒然草」の読解や鑑賞の一つのありかたが、作者の創作心理の襞に分け入り、作者の脳裡に去来したイメージや情趣を追体験することにあるとすれば、そのような方向に即した注釈も行われてよいのではないか(43)。

その意味で、序段は、特に近代になって、案外に「注釈」されなくなってしまったといえよう。たとえば「硯にむかひて」がその象徴である。この連語は、安良岡康作の大冊『徒然草全注釈』では、語釈が省かれており、その扱いが知れる。古注ではどうだろうか。

硯にむかひては硯のほかに調度もなきよし也。（中略、『夢渓筆談』『釈名』を引く）…下巻に筆をとれは物か丶んことおもひとあるに、おもひあはすべし。硯にむかひてゐる故にかきつけし心也。造作《ざうさ》に落《をち》てか丶ぬよしなり。

（加藤磐斎『徒然草抄』）

このように磐斎は合理的に解釈する。『徒然草諸抄大成』では「對レ硯と書べし又向の字もかくべし」と述べ、先引の『夢渓筆談』（「沈中存中筆談序」）とともに、恵空『徒然草参考』から漢籍らしき書物の例を挙げている。ここでは直接『徒然草参考』の頭注から引用しよう。

草堂暇筆ニ曰ク毎ニレ有ル二日課ノ之暇《イトマ》一偶然トシテ對《ムカヒ》レ硯ニ筆シ二乎目ノ之所ヲレ視ル筆スル二乎耳ノ之所ヲレ聆ク而已《ノミ》

「草堂暇筆」なる書については、浅聞にしていまだその所在を確認することが出来ない。(44) 諸注釈等の先行研究にも分析はないようだ。ただ鈴木春湖『校註徒然草文段抄』（積善館、一八九二年）がこれを引き、「此意能くかなへり」と言うように、『徒然草』にあまりにも「能く」似過ぎていることが、かえって気になるところではある。

「対硯」の例として、もう一つ注意すべきは、契沖『鉄槌書入』の指摘である。契沖は、「万葉巻十七、握翰腐毫、對研忘渇」という例を示す。これは、大伴池主の漢文序の一節で、「但しこれ下僕《やつかれ》、稟性《ひんせい》彫《え》り難《がた》く、闇神《あんしん》瑩《みが》くことなし。翰《ふで》を握《にぎ》り毫《ふみて》を腐《くた》し、研《けん》に対《むか》ひて渇《かわ》くことを忘る。終日目流《しゅうじつもくりゅう》して、これを綴《つづ》ること能《あた》はず。所謂文《いはゆるぶん》章《しやう》は天骨《てんこつ》にして、これを習《なら》ふこと得《え》ずといふ」（『万葉集』巻十七・三九七六番、岩波文庫の訓読）と連なる。「毫」とは「筆の穂先」で、「これを腐らすとは、文章が書けないもどかしさに筆の先を噛んでいるうちに、筆が傷んでしまうことをいう」。また「「研」は「硯」に同じ」（新編日本古典文学全集頭注）。「対研」は「硯に向って」（岩波文庫の現代語訳）の意で、「筆を下しかねているうちに硯の墨水を乾かしてしまうこと」（岩波文庫注）である。新編全集も「研の渇くことを忘れるとは、詩文がうまく作れないでいるうちに硯の水が渇いてしまい、それさえも気付かないことをいう」（同頭注）と釈して、いずれも「硯に向かう」の熟語典拠に触れない。こうした注解が示すように、熟語としての「対（向）硯（研）」は『佩文韻府』等に見出すことが出来ず、契沖の『万葉代匠記』にも格別の注がない。宋代の仏書に例を見ないわけではないが、その広まりの追跡については、今後の検討を期したい。(45)

一方、和語の用例としては、『寿命院抄』以来指摘がある『風雅集』の一首に着眼しなければならない。

恋硯といふ事を　　徽安門院

いつとなく硯にむかふ手ならひよ人にいふべき思ひならねば　（九六七番、中世の文学）

この用例は、「にわかに決め難い」「徒然草との先後関係」（久保田淳「徒然草評釈・一」『国文学』一九七八年三月号）が問題になるほどよく似ており、両者の直接的な影響関係の有無が取り沙汰されてきた。しかしより重要なことは、次田香澄・岩佐美代子校注『中世の文学　風雅和歌集』（三弥井書店）頭注も指摘する如く、むしろこの歌が『源氏物語』手習巻の一節を踏まえて詠まれている、ということだ。契沖『鉄槌書入』は、「対研」の用例に続けてその一節を引証する。

源氏てならひに云、思ふことを人にいひつゝけんことのは、もとよりたにはかく〳〵しからぬ身を、まひてなつかしうことはるへき人さへなけれは、たゝ硯に向ひて、思ひ餘る折には、てならひをのみ、たけきことゝはかきつけ給ふ硯に向かう、というのは、一見「物を書く姿勢の描写として、古来例が少くないであろう」（久保田淳前掲「評釈」）と思われ、ごくありきたりな連語のようにも読める。だがじつは、とても限定的な意味世界を担っていた。少なくとも『源氏物語』の中では、契沖所引部、唯だ一例しか見えない。その他、中古から中世にかけての和文に於いても、『源氏』の影響作品以外には、容易に見出すことができないのである。(46) そうであるならば、三木紀人『徒然草全訳注』（講談社学術文庫）の示した『連珠合璧集』の寄合が、改めて参照されなければならないだろう。

731 硯トアラバ、
きる　紫の石　水　池　むかふ　わる　かわら　箱　かめ　おもて
（『中世の文学　連歌論集一』）

というのは、中世の「源氏物語梗概書」(47) のたぐいに、次のような記述を見出せるからである。

御くしおろし給ひて姫君うれしくも成つる身かなとて、小野に居てかたり慰む友もなければ、山里のさひしきまゝに、手習の硯に向ひて居たるのみそ、むかしの友なる心ちして、思ひあまる折〳〵は、手習の双紙に歌とも書つけみせ給ふゆへに、姫君を手習の君と云也。又此故に、巻の名をも手習と名付る也。
（今川範政『源氏物語提要』永享四年（一四三二）成立、源氏物語古注集成）

かやうになりて後は、むかしにかはらぬ事とては、硯に向ばかりなり。おもふ事をば手習（に）しけり。さるにより、うき舟をも手習の君と系図にあり。
（『源氏大鏡』第一類本、古典文庫）

此まきをてならひといふ事は、うき舟、おの〳〵あまにつれられて、おのにすみけり、あらぬよにむまれたる心ちして、たれに我身の事をも、ふるさとの物かたりをもいふべきなければは、たゝつく〳〵とてならひをして、すゞりにむかひて、おもふ事を歌によみしなり、さて此のまきより、てならひのきみといふと心へべし。
（『光源氏一部連歌寄合之事』『古典文庫　良基連歌論集 三』所収）

この連語は、性格を異にする三種の梗概書に於いて、いずれも巻名の由来を説く重要な箇所に、略されずに誌されている。「…此ゆへに、てならひの巻と云と、其ほどのことば、すずりにむかふ、こひ〳〵たるふでのすさび」（『書陵部本『げんじのちう小かゞがみ』(48)などをみても「源氏寄合(49)」と理解すべきであろう。だがその認定の是非は大きな問題ではない。重要なことは、「鎌倉期につちかわれたさまざまな実験の上に立って」、「その原形を辿っていくと」「南北朝期に」遡源するといわれる『源氏物語』梗概書に(50)、この部分が保持されているという事実である。それは、この場面への時代的好尚を窺わせる。兼好が「硯にむかひて」と綴った時、『源氏物語』手習巻のこの箇所が「作者の脳裡に去来した」と推定すべきことの蓋然性の高さを示すだろう(51)。

さらに「硯にむかふ」という連語自体はないが、次の二例は、『源氏物語』の文脈が浮かび上がらせる「硯にむかふ」系譜として、見逃してはならないものである。

姫君、御硯をやをらひき寄せて、手習《てならひ》のやうに、書きまぜ給ふを、（父の八の宮が）「これに書きたまへ。硯には書きつけざなり」とて、紙たてまつりたまへば、はぢらひて書きたまふ。
いかでかく巣立ちけるぞと思ふにも憂《う》き水鳥の契りをぞ知る（橋姫巻(52)）
硯ひき寄せて、手習などし給ふ。いとをかしげに書きすさび、絵などを見所多く描《か》きたまへれば…（浮舟巻）

橋姫巻の例は、浮舟の異母姉大君の行為である。浮舟は大君の「形代《かたしろ》」だと物語の中で指示されており（東屋巻他）、姉を苦しめた薫と匂宮の愛情の葛藤を、いずれより複雑な形で引き受け、重ねなければならない未来を背負う。『源氏』は、その大君が、紙ではなく、文字通り硯に向かって、消えゆく文字を書いて手習をしていた時期を描く。浮舟巻の手習が、大君のイメージを引き継いでいることは、並べてみればあきらかであろう。硯に向かう手習を軸に、物語は、二人を合わせ鏡のように形象する。そしてその後、比叡のふもとの小野に移って手習する浮舟の行為は、まさしく「硯にむかふ」とでも言うほかはない没入であった。その様子は、次節に於いて、あらためて確認することにしよう。

八　『徒然草』序段と『源氏物語』――「そこはかとなく書きつくる」手習

こうして「硯にむかふ」という連語は、『源氏物語』世界の手習と、意味を一体的に結び合う。続く連語の「そこはかとなく書きつく」についても、よく似た経緯がたどられる。

諸注釈を参照すると「そこはかとなく」一語を特立させて用例を提示し、注することが通例である。しかしこれも「書きつく」までを連語として押さえなければ、実は意味がないのである。契沖の炯眼は、そのことを見抜いていたようだ。契沖『鉄槌書入』は、「書き付く」の用例を『土左日記』から一つ挙げたあと、「そこはかとなく」の使用例を『源氏』から四つ示しているが、その中の二例（夕顔巻、夕霧巻）が、この〈そこはかとなく書く〉という連語を捉えていた。『源氏』に残るあと一例を加えて、前後を含め抄出し、契沖が引用したところに傍線を付して示す。

…をかしうすさび書きたり。心あてに…（和歌、略す）…そこはかとなく書きまぎらはしたるも、あてはかに

ゆゑづきたれば…　（夕顔巻）

手習ひすさびたまへるを盗みたるとて……そこはかとなく書きたまへるを、見続けたまへれば、朝夕に（和歌、略す）…とや、とりなすべからむ。古言《ふること》など、もの思はしげに書き乱りたまへる、御手など見所《みどころ》あり。（夕霧巻）

遙かにも（和歌、略す）……いかにひがこと多からむ。と、げに、そこはかとなく書き乱りたまへるしもぞ、いと見まほしき側目《そばめ》なるを…　（明石巻）

「そこはかとなく書く」のはいずれも和歌である。それは「すさび書き」、「書き乱り」と形容されるような筆写状況で綴られるのにもかかわらず、「見所あ」る筆跡が残され、そのことへの感嘆が記される。この連語をめぐる『源氏』用例の構造は、このように抽出される。その上で注目すべきは、夕霧巻に「手習ひすさび」とあることだ。

他の二例は消息であって、手習そのものではない。だがたとえば浮舟巻で、薫と匂宮という、二人の懸想人から文をもらった浮舟は「「今日はえ聞こゆまじ」と、はぢらひて、手習《てならひ》に、里の名をわが身に知れば…」（浮舟巻）と、届けざる消息の和歌を手習に詠んでいた。また次の例は、いわば「そこはかとなく」「すさび書」かれたような消息が、「手習のやう」だと表現されたものである。

御硯急ぎ召して、さしはへたる御文にはあらで、畳紙《たたうがみ》に、手習のやうに書きすさび給ふ。（空蟬巻）

このように「硯にむかふ」と同様、ありきたりな表現にみえる〈そこはかとなく書く〉という連語も、やはり『源氏』との密接な関係が想定される。『徒然草』以降なら、先引『鹿苑院殿をいためる辞』（応永十五年（一四〇八））にも「そこはかもなきやうにかきつゞけ」とあるが、『徒然草』以前となると、『源氏』以外の作品ではうまく見当たらない。たとえば兼好が「感得」筆写したと伝えられる(53)、所縁深い勅撰集『続古今集』に、

　みればまづそこはかとなくなげかれてなみだおちそふふでのあとかな　（一二〇九番）

という、筆をしたためる文脈での和歌の用例があるが、「そこはかとなく」は、直接的には「なげかれて」に掛かっている。「そこはかとなく」と「書く」と、ほぼ二語が連続するのは、阿仏尼の使用例である。

　「いざよふ月」と音信《づ》れ給へりし人の御許《もと》へ、（歌）おぼろなる……など、そこはかとなき事どもを書《か》き聞《きこ》えたりしを…
　（『十六夜日記』『新日本古典文学大系　中世日記紀行集』）

また『沙石集』の跋文である第十末「述懐事」の一節は、「そこはかとなき品々」を「思ひ出づるに任かせて」「書き置く」と続く。

　思出《ヲモヒイヅル》ニ任《マカセ》テ、和漢《ワカン》ノ事《ジ》、古今《ココン》ノ物語、ソコハカトナキシナ〴〵ヲ、書置《かきお》キ侍リ。

阿仏尼は『源氏』読みの名人である(54)。『沙石集』も、跋文の「述懐事」で「吏部ガ源氏ノ物語」と、紫式部の『源氏物語』に言及している。いずれも『源氏物語』と親しみのある著者による用法であることが注意される。

ただしこれらも、「そこはかとなく」という連用形で「書」くという動詞を副詞的に形容しているわけではない。「そこはかとなき」という連体形で〈こと〉〈品々〉を修飾して名詞句を作り、それを書くと記されている。このように、何げない言葉でありながら、連語としての歴史を辿れば、やはり『源氏』へと遡源するものなのであった。(55)

『源氏』の用例では、またしても「手習」が含意されていたことにも注意しよう。『源氏物語』に於ける手習とは、「単に「習字」というだけの意味ではない」。

物語などに見えるところでは、古歌の一句とか自作の歌などで、もちろん原則として他人に見せることを予想していない。それだけに、当人のほんとの気持、心の奥底で考えていることが記されることがあるらしい。
(玉上琢彌『源氏物語評釈』手習、角川書店、四四九頁)

そして、「練習の筆先がいつしかお手本をはなれて、自分でも気付こうとしなかった心の奥の想いをおのずから紡ぎ出すありさまを、たとえば紫の上にも見ることができ」る(後藤祥子「手習いの歌」)。(56)

手習《てならひ》などするにも、自《おのづか》ら古言《ふること》も、物思《もの》はしき筋にのみ書かかるるを、さらばわが身には思ふ事ありけりと、身ながらぞ思し知らるる。
(若菜上巻)

女三の宮が、光源氏に降嫁することが決まり、脅かされる自らの状況を何とか受け止めようとする時期の紫の上の苦しみを描く場面である。何気ない古歌引き写しの手すさみなのに、気がつけば、自分の物思いをなぞるような和歌ばかり撰んでいる。手習は、写し手の心を無意識にえぐり、埋もれていた悩みを白日にさらして、紫の上自身を驚かせている。

その代表が、繰り返し触れるように、浮舟であった。彼女は、薫と匂宮のさや当てに悩み、宇治の地で入水の決意を固めるのだが、その時、「むつかしき反古《ほぐ》など破《や》りて…燈台《とうだい》の火に焼き、水に投げ入れさせなど、やうやう失ふ。……つれづれなる月日を経て、はかなくし集め給へる手習などを、破《や》り」捨てて、事情を知らぬ女房達を驚かせていた（浮舟巻）。幸い、横川の僧都の母と妹とに救われた浮舟は、比叡山のふもと、小野に引き取られて隠棲し、僧都の手で、とうとう出家を果たしてしまう。彼女は、いまや手習の君と呼ばれるほど、自覚的に作歌行為に沈潜し、手習に生きる。(57)

（出家の）翌朝《つとめて》は、さすがに人の許さぬことなれば、変りたらむさま見えむもいとはづかしく、髪《かみ》のすその、にはかにおぼとれたるやうに、しどけなくさへそがれたるを、むつかしきことども言はで、つくろはむ人もがなと、何ごとにつけてもつつましくて、暗うなしておはす。思ふことを人に言ひ続けむ言《こと》の葉《は》は、もとよりだにはかばかしからぬ身を、まいてなつかしくことわるべき人さへなければ、ただ硯《すずり》に向ひて、思ひあまるをりは、手習《てならい》をのみ、たけきことにて書きつけたまふ。

「なきものに身をも人をも思ひつつ捨てて世をぞさらに捨てつる

今はかくて限りつるぞかし」と書きても、なほみづからいとあはれと見たまふ。

限りぞと思ひなりにし世の中をかへすがへすもそむきぬるかな

（手習巻）

「ここは筆がひとりでに心のうちを書いてしまうというのではなく、話し相手がなくて鬱屈した心を晴らすために「書きつけたまふ」のである。手習いはむすぼほれた心をのばすための唯一の方法であった」（玉上前掲書、四八五頁）。

手習といえば、次の一節の前半が、「つれづれ」の類例として『徒然草』の諸注釈に見えている。

つれづれなるままに、色々の紙を継ぎつつ、手習をしたまひ、めづらしきさまなる唐《から》の綾《あや》などに、さまざまの絵どもを書きすさびたまへる屛風の面《おもて》どもなど、いとめでたく、見所あり。

（『源氏物語』須磨巻）

手習巻に於いても、小野の山里での浮舟の「つれづれ」が繰り返し強調されている。島津久基は「つれぐ〵となかめることとつくぐ〵となかめることとの心持の隔たりは、或時は引き離して説明することの殆ど出来ぬ場合のあるほどに近接してゐる」という。(58) ならば、手習巻での浮舟の行為を記す先引梗概書の描写は、独り自らの心に思うことを書く「ありさま」として、ほとんど『徒然草』と同じである。再掲しよう。

たれに我身の事をも…物がたりをもいふべきなければ、たゞつくぐ〵とてならひをして、すゞりにむかひて、おもふ事を歌によみしなり。

（『光源氏一部連歌寄合之事』）

ただし、それはあくまでも「歌」なのである。

注

（1）本章旧稿（一九八九年）の出来後、いくつか『徒然草』ジャンル論に関連する研究書が刊行された。本論では、それらについて総論的な批評は行わないが、ここで書名を一部掲出し、参照の便宜としたい。朝木敏子『徒然草というエクリチュール──随筆の生成と語り手たち──』（清文堂、二〇〇三年）、稲田利徳『徒然草論』（笠間書院、二〇〇八年）、島内裕子『徒然草文化圏の生成と展開』（笠間書院、二〇〇九年）他である。稲田の著書とそのジャンル論については、書評を書いたので参照されたい（荒木「【書評】稲田利徳著『徒然草』論」『岡山大学　国語研究』二四号、二〇一〇年三月、一部省略して『レポート笠間』No.51、二〇一〇年十二月に再収）。荒木浩編『中世の随筆──成立・展開と文体──』（竹林舎、二〇一四年）は論集のかたちで、今日的視点から「中世の随筆」の問題を総括的に扱うが、就中、中野貴文「『徒然草』のジャンル論」が研究史を踏まえて、この問題を直接的に論じている。

（2）国立国会図書館蔵本による。引用に際し、私に句読点・括弧と濁点等を付す。藤岡作太郎『鎌倉室町時代文学史』（岩波書店、藤岡作太郎著作集第二冊、一九四九年）には、藤岡の「草稿」からの摘記として「卜部兼好伝写一冊」の翻刻があり、この部分も掲載される（註五）。また富倉徳次郎『兼好法師研究』（富倉二郎名義で東洋館から初版、一九三七年。丁子屋書店、一九四七年版以降は「兼好自撰家集評釈」を欠く）、同『人物叢書　卜部兼好』（吉川弘文館、一九六四年）にもこの部分が引かれている。

（3）「園太暦」偽文については、川平敏文編『近世兼好伝集成』（平凡社東洋文庫、二〇〇三年）、同著『兼好法師の虚像　偽伝の近世史』（平凡社選書、二〇〇六年）など参照。

（4）前掲『兼好法師研究』。なお近世の『徒然草』と兼好伝の展開については、川平敏文の一連の研究がある。前掲『近世兼好伝集成』、『兼好法師の虚像　偽伝の近世史』とともに、近著『徒然草の十七世紀──近世文芸思潮の形成──』（岩波書店、二〇一五年）参照。

（5）青木賢豪「『崑玉集』の紹介」（『古代中世文学論考』第四集、新典社、二〇〇五年）に翻刻がある。海野圭介「崑玉集補説──仮構の兼好伝を伝える一資料とその周辺──」（飯倉洋一編『テクストの生成と変容』大阪大学大学院文学研究科、二〇〇八年）は『和歌秘伝抄』として合冊された『崑玉集』伝本を紹介する。

（6）青木賢豪前掲「『崑玉集』の紹介」。海野圭介前掲「崑玉集補説」は、「江戸時代初期頃の写本としては相当に手の込んだつくりであり、著名な作品とは言えない『崑玉集』がそのような「形態で伝存するのは」、「何らかの理由で権威あるテクストと判断されたからであろう」とし、その「理由の一つ」として、奥書に「実枝の名」が誌されたことを指摘する。

(7) 島内裕子「徒然草以後」(『国文学　解釈と教材の研究』一九八九年三月号)。

(8) 伝記は、応安二年(一三六九)三月条に「命松丸者、父下北面豊ノ下野守貞吉カ姪也。幼而住叡山覚勝院僧正栄海許。後出山、同宿于兼好法師。二条家秘授之哥童也。後葬伊賀国栗山寺ニ」とある(『卜部兼好伝』)。

(9) かつて富倉徳次郎『兼好法師研究』では、この『草庵集』を『落書露顕』と同列に扱ったが、同『人物叢書　卜部兼好』では偽伝として比定している。

(10) 荒木尚『今川了俊の研究』(笠間書院、一九七七年)の第三章「歌人としての兼好」は、命松丸について、前注に所掲した命松丸の伝記には疑義を付しつつも、この『落書露顕』の記事を引いて、命松丸が兼好の弟子であったことは容認する。

(11) 田辺爵「擬古文としての『徒然草』の文体」(『月刊文法』一九七〇年八号)。

(12) 「兼好の生　徒然草前後」(『国文学　解釈と教材の研究』一九七二年七月号)。

(13) 「徒然」と「つれぐ〵」という語の用法については、下房俊一「「つれぐ〵」考――『徒然草』序文の解釈をめぐって――」(『国語国文』一九七七年十二月号)他参照。

(14) 『古典と現代』一号(明治書院、一九六二年)。白石大二「徒然草の構造」(『国文学　解釈と教材の研究』一九六五年七月号、白石大二『徒然草と兼好』帝国地方行政学会、一九七三年に再収)所引。

(15) 語学的に見た「ものぐるほし」の意味とその謙辞としての理解については、小松英雄『徒然草抜書　解釈の原点』(三省堂、一九八三年、一九九〇年に講談社学術文庫)に詳しい。本章〈補論〉その一参照。なお従来あまり注意されないことだが、「兼好卜云ケル能書ノ遁世者」「手書」と『太平記』巻二十一(日本古典文学大系)に所伝する彼にとって、この「あやしうこそものぐるほし」は、書かれた文字に対する謙辞であることを自明に共示《コノテーション》するはずである。

(16) 三木紀人「徒然草・説話的世界への接触」(『国文学　解釈と教材の研究』一九七二年七月号)に於いて、『沙石集』「述懐事」と対比してなされた発言。この示唆的な物差しの是非については、本章、及び第二章に於いて適宜検証を行う。

(17)『容斎随筆』自序の本文は『景印文淵閣四庫全書』により、『和刻本漢籍随筆集3』(汲古書院)の承応二年版本を参照した。訓読は後掲する大西陽子論文をもとにする。

(18)「随即」を訓読した「随ひて即ち」がよりその印象を強めるが、この漢語は本来、直ちに、すぐさま、「立刻」の意味を表す。『漢語大詞典』掲出の、宋・蘇軾『代李琮論京東盗賊状』「若獲真盗大姦、随即録用」など参照。

(19)『お茶の水女子大学中国文学会報』Vol. 6、一九八七年四月所載。

(20)本文は、胡道静校注『新校夢渓筆談』(中華書局)、訳文は平凡社東洋文庫の梅原郁訳による。

(21)川平敏文「鴨長明の儒風――方丈記受容史覚書――」(前掲荒木編『中世の随筆――成立・展開と文体――』所収)。

(22)西尾光雄解説「翻刻　国津文世々跡」(『西尾光雄先生還暦記念論集　日本文学叢攷』東洋法規出版、一九六八年)参照。

(23)『日本古典文学大辞典』第三巻「随筆」の項(秋山虔、中村幸彦執筆。岩波書店、一九八四年)。なお随筆概念をめぐる問題の諸相については、前掲『中世の随筆――成立・展開と文体――』所載の諸論考を参照されたい。

(24)前掲『兼好法師研究』。同『類纂評釈徒然草』(開文社、一九五六年)にも同文がある。

(25)この文脈をめぐっては、本書第十章で、別の観点から研究史をたどりつつ論じている。

(26)『徒然草集説』(京大国文学研究室蔵本)のように、中略をはさみながらも全体を引く例もあるけれども、『文段抄』をはじめ、近代の注釈までも概ねこれに倣う。三木紀人「隠者文人の世界」(『日本文学講座7　日記・随筆・記録』大修館書店、一九八九年所収)は、『枕草子』跋文、また能因本短跋「物くらうなりて…」との関係への再認識を促す。

(27)ここでの引用は、『日本古典文学全集　枕草子』が三二三段として掲出した校訂本文による。

(28)今井卓爾「「この草子」考」(同『枕草子の研究』早稲田大学出版部、一九八九年所収)。

(29)島津久基「「つれぐ〵」の意義」(同『国文学の新考察』至文堂、一九四一年所収)、山際圭司「枕草子をつぎて書きたる物――徒然草序段と第一段――」(『日本文学』一九八三年六月号)参照。

(30)塚原鉄雄校注『日本古典集成　堤中納言物語』参照。なお雨宮隆雄「堤中納言「よしなしごと」考――其の虚構に拠る笑の趣向に就いて――」(『平安文学研究』四一輯、一九六八年)に懇切な分析がある。

(31) 『徒然草』成立後の書と思われるが、二条良基に『おもひのまゝの日記』なる書目がある。但しこれは「かゝる思ひのまゝの代に生れあひぬる事をわれも人もさいはいとおもへり」(群書類従)とあり、「そうした太平の世をことほぎ、末代の為に思いのままに記したところから名づけたもの」(『群書解題』)で別の語義である。また『諸注集成』は「随自意抄」(一三四二年)という書に「輒以狂心、恣廻愚案」という記述が見えると紹介するが、その書名を〈おのが心のまにまにとの意〉と釈している。称名寺蔵金沢文庫寄託の湛睿著『随自意抄』を指すが、この「随自意」という書名は、仏教語の「随自意(語)」(織田得能『佛教大辞典』など)に由来する。その詳細は道津綾乃「湛睿著『随自意抄』について」(『印度学仏教学研究』一二八号、二〇一二年十二月)参照。

(32) 『讃岐典侍日記』については、従来「つれづれのままに、よしなし物語、昔今のこと…」(下〔一八〕)という一節との類似が着目されていたが、この序についても、「序だけを見るならば、これと同一基調に属するのが、徒然草の」「序段であろう」(桑原博史「序のある文芸――撰集抄の位置――」『説話』四号、一九七二年十二月)という指摘がなされている。

(33) 伊藤博・宮崎荘平『中古女流日記文学』(笠間選書、一九七七年)参照。

(34) 今井源衛「枕草子の享受」(同『王朝文学の研究』角川書店、一九七〇年所収)。

(35) 冒頭には「心にくがりてとふ人あらばとて。せう〳〵つねならぬことを思ひいづるにしたがひてしるし申」とある。

(36) 「夜を残したる老のねぶりのうちに。思ひいでらるゝ事どもをしるして。子を思ふみちのあまり。かたはらいたながら」(近衛家基『残夜抄』群書類従)など。

(37) 前掲桑原博史「優雅な生活」。桑原はこの例について、『龍鳴抄』には「書きつけた結果が他人の目にどう映るかという想像に動いて行く精神」があるが、「徒然草にはない…」以下の比較を進めている。また小峯和明『院政期文学論』(笠間書院、二〇〇六年)Ⅶ・二『堤中納言物語』「よしなしごと小考」が指摘するように、雨宮隆雄前掲「堤中納言「よしなしごと」考――其の虚構に拠る笑の趣向に就いて――」が、『徒然草』との影響関係について指摘のある『よしなしごと』を分析する過程で、『龍鳴抄』を所引する。

(38) 『続教訓抄』や『體源抄』にも、相似する表明が付される。中野貴文「楽書の随筆性――藤原孝道のテキストを中心に――」（『国語と国文学』二〇〇三年六月号）は『龍鳴抄』を愛読した藤原孝道による『雑秘別録』序文との類似を指摘する。

(39) 稲田利徳『徒然草論』第二章第二節「「徒然草」と「無名草子」」参照。

(40) 「掻破棄。土左日記ニ、トマレカクマレ、トクヤリテン」と契沖は『鉄槌書入』の一九段の注釈に記す。小松英雄前掲書にもこの用例が言及される。

(41) この用例は北村季吟『徒然草文段抄』にも所引する。

(42) このあたりの問題は、拙著『日本文学 二重の顔〈成る〉ことの詩学へ』第二章（大阪大学出版会、二〇〇七年）で詳述した。なお本章の旧稿と拙著を承け、『徒然草』における『源氏物語』の「詞」の用い方を論じた卓論に、稲田利徳「「徒然草」と「源氏物語」」（『徒然草論』第二章第一節、笠間書院、二〇〇八年）がある。

(43) 『国語と国文学』一九七六年六月号。稲田『徒然草論』第一章第三節に再収。

(44) 類似した書名として、閲微の『草堂筆記』があるが、清代のものである。

(45) 宋の了然述『大乗止観法門宗円記』巻三に「且如挙筆而対於硯。不必対硯亦可対墨亦可対紙。故此之筆名不対法。不同浄必対穢有必対無等」（大日本続蔵経、五五二頁）という用例がある。また現代の著作だが、趙英山『書法新義』（臺灣商務印書館、一九八三年）「三、硯」に「就是対於硯有所貢献」（二六二頁）とある。ただし以上の用例の検出は、精査の結果ではない。

(46) 『狭衣物語』や『恋路ゆかしき大将』など、『源氏』の影響下にある用例が目立つこの用例については、〈補論〉その二参照。但し調査は、依然、既刊の索引類を中心にした便宜的なものに過ぎず、今後のより博い調べを俟ちたい。それは以下に述べる「そこはかと…」についても同様である。

(47) 以下に掲げる梗概書とその内容については、稲賀敬二『源氏物語の研究　成立と伝流　補訂版』（笠間書院、一九八三年）、寺本直彦『源氏物語受容史論考　正篇』参照。その他に「提要を更に圧縮しようとした」（稲賀敬二前掲書）『源氏大綱』、また『光源氏一部歌』（一四五三年）、『源氏秘義抄』等にも見える。宗祇『紫塵愚抄』もここを抄出している。

(48) 稲賀敬二前掲書、二五八頁。

(49) 「源氏寄合」については、寺本前掲書参照。『連珠合璧集』当該箇所には源氏寄合語を示す「源」注記は見えないが、その注記は諸本で出入りがあり、それを寄合の指標とはし得ないようだ（伊井春樹「連珠合璧集に見られる源氏寄合――源氏小鏡・光源氏一部連歌寄合・源氏物語内連歌付合などとの関連――」『連歌とその周辺――金子金治郎博士還暦記念論文集――』広島中世文芸研究会、一九六七年）。またこの寄合を『徒然草』から得たものとする考えは『徒然草』の享受史や、また『連珠合璧集』の「童蒙に連歌の寄合を示すためのもの」（木藤才蔵『中世の文学　連歌論集一』『連珠合璧集』解説）という性格からも考えがたい。木藤も「出典」として『徒然草』を挙げていない（前掲書）。下って『俳諧類船集』（近世文芸叢刊）には「むかふ」の付合語として「硯」を載せる。だがもはやこれは『源氏』ではなく、『徒然草』によるものだろう。この書の時代、「〈徒然ツレヅレ〉の項を見れば、〈双帋　氷雨　日くらし〉云々と付合の語が列挙されたり（『俳諧類船集』高瀬梅盛、延宝四）していることは、まず近世の俳人にあっては、枕草子とともに徒然草が〝草紙〟といえばすぐに浮かぶ基礎概念（俳諧用語の正当な意味での〝寄合〟）になっていた」（檜谷昭彦「後世への影響――あわせて西鶴作品との関連について」市古貞次編『諸説一覧徒然草』明治書院、一九七〇年）からである。因みに『合璧集』には「つれづれトアラバ、すだれ　雨中」とある。

(50)　稲賀敬二前掲『源氏物語の研究　成立と伝流　補訂版』二一八頁。

(51)　『河海抄』や『花鳥余情』などの正統的注釈書は、先引梗概書のような巻名説明をとらず、この場面を注釈してもいない。「梗概化に際して、古来名文とされた辞句、著名な場面はそのまま採用されることが多かった」が、「正統的な諸注釈が無視した中世読者の解釈や読みの実態、註、批評などが、梗概書の中に見出され」、「正統的な註釈書に収載されぬ傍流の説を包含する」と稲賀敬二が指摘すること（前掲書、二〇九、四〇九頁）と関連するだろう。この箇所に載る二首のうち、「なきものに身をも人をも思ひつゝすてゝしよをぞさらにすてつる」の和歌が、「左　をのにてさまかへて　うきふね」（『百番歌合』五九）として、今一首「かぎりぞとおもひなりにしよの中をかへすぐ〵もそむきぬるかな」が「左　さまかふとて　うきふね」（同九一）として、それぞれ『物語二百番歌合』（未刊国文資料）に載せられているのが目につく程度である。大阪女子大本『源氏物語絵詞』などもこの場面をとらない。『兼好自撰家集』には、心境のあらわれた歌として数えられる物の中に、浮舟歌と類想の和歌「うきこともしはしはかりの世中をいく程いとふわか身なるらん」（二一三番）がある。ここには「小野」という地名が見え、その地名と兼好のゆかりという点でも、兼好がこの場面に惹かれる理由の一端があるかもしれない。〈補論〉その三参照。

(52) この例はまさに「紙」ならぬ「硯」にむかっている例として、「硯に向かひ」との連語発生の由縁を暗示する。

(53) 次田香澄「兼好の終焉伝説と歿年」（『国語と国文学』昭和二九―一二）。

(54) 『嵯峨のかよひ』（飛鳥井雅有日記）など。『源氏物語』書写も行っている。田渕句美子『人物叢書　阿仏尼』（吉川弘文館、二〇〇九年）他参照。

(55) 『源氏』愛読者の『更級日記』には「そこはかとなきことを思《おもひ》つゞくるを役《やく》にて」（三九八頁）という連なりがある。ちなみに『更級日記』には「つれづれとながむるに」（四〇一頁）、「次第もなくかきつゞくれば」（四二二頁）、「よしなしごとからうじてはなれて」（四〇二頁）などの表現もある（頁数は新大系）。他の類例では、「何トナキ徒事共…書集」（『続教訓抄』日本古典全集）なども挙げられる。また「そこはか」から「はか」を分節し（小松英雄前掲書参照）、「はかなし」を読み取る語源意識からすれば、「源氏の物語を書きて奥に書き付けられて侍りぬ　はかもなき鳥の跡とは思ふともわがすゑ〴〵は哀れとを見よ」（『新勅撰和歌集』巻七、雑二、一一九九番）、「墓ナクモ書集タルモシホ草」（恵命院宣守『海人藻芥』（一四二〇年）群書類従）なども参考とすべき例である。

(56) 『講座源氏物語の世界』第九集（有斐閣、一九八四年）所収。

(57) 『源氏物語』の手習歌、その手習の巻に於ける深化については、山田利博「源氏物語における手習歌――その方法的深化について――」（『中古文学』三七号、一九八六年六月、同『源氏物語の構造研究』新典社、二〇〇四年に再収）、吉野瑞恵「浮舟と手習――存在とことば――」（同『王朝文学の生成　『源氏物語』の発想・「日記文学」の形態』笠間書院、二〇一一年に再収、初出一九八七年）等参照。

(58) 前掲注29所掲島津久基「「つれ〴〵」の意義」。

〈補論〉

以下に誌す「補論」は、もともと第一章の注として書かれた文章である。改稿の過程でそれぞれが少し長い論述となり、個別論としての性格も帯びてきた。そこで三編を小論として独立させ、コラム風に綴ったものである。第一章本編と併せ読まれたい。

その一 「ものぐるほし」について

『徒然草』序段について、言語学的知見から「ものぐるほし」の語義について分析し、「謙遜」の文脈を測定したのは、小松英雄『徒然草抜書　解釈の原点』である。同書は、次のような二語の位相差と対立を想定する。

ものぐるほし――和文系（平仮名文献）
クルホシ――――漢文訓読系（片仮名文献）

「狂」に対する「クルホシ」という形容詞形の漢文訓読語は、和文系の「ものくるほし」からの再生産であり、「結局、広く用いられることなしに消滅し」たという。

小松は「ものぐるはし」という「ほ」→「は」の母音交代形の形容詞も、「ものぐるほし」から派生した語形であると推測する。そして「ものぐるはしく」振る舞うことは、「「物ぐるひに」ふるまうことだ」と述べ、「ものくるほし」との対義的な「表現価値」の異なりに言及して、明快な解釈を提示している。

もし兼好が、ここを〈気ちがいじみた気分になる〉というつもりで書いたのだとしたら、「あやしうこそものぐるはしけれ」と表現されているはずだということなのです。したがって、ここに現にみえる形が「あやしうこそものぐるほしけれ」となっていることは、くだいて言うなら、〈変てこで、ばかみたいな気分になってくる〉、すなわち、〈書いた自分があきれるような、とりとめのない事柄ばかりだ〉、ということなのであって、いわば、軽い自嘲をこめた挨拶として読むべきことを意味している、と考えなければなりません。要するに、この本の中では以下にいろいろと並べたてる事柄は、ただ、ひまつぶしの手すさびにすぎないのだから、まともなことなど一つも書いておりません、という挨拶のことばとして解釈すべきなのです。

こうして得られた趣旨自体は、第一章で述べたとおり、今日では常識的なものである。

小松の挙げる「ものぐるはし」諸例の中で、『宇治拾遺物語』一四三話の増賀の形容「ひとへに名利をいとひて、すこぶるものぐるはしくなん、わざとふるまひ給ひけり」は、その典型例である。『今昔物語集』には、この説話に関連する二つの増賀説話がある。その一つ、巻十二―三三では、増賀を評して「心ニ狂気ヲ翔《ふるま》フ……様々ノ物狂ハシキ事共ヲ申シテ…事ニ触レテ狂フ」とあり、もう一つの巻十九―十八では、増賀の奇矯な行為に対して「カヽル物狂」と決めつける、人々の評価を紹介している。(1)「ものぐるはし」は、まさしく物狂いに振る舞う形容に用いられているのである。

ただし他の用例を見てみると、必ずしも小松の定義通りには分岐しない。同じ『宇治拾遺』一八話に於いて「物くるほ《(お)》し」が三例見えるが、同文的同話の『今昔』巻二十六―一七では、すべて「物狂ハシ」となっている。また『今昔』巻三十一―二十八で「糸狂シ」とある部分が、同文的な出典『俊頼髄脳』では「物ぐるほし」(『日本古典文学全集　歌論集』)とある。「ものぐるほし」が『今昔』には登場しないことから、「ものぐるほし―和文系」ということは言えようが、「狂はし」も含めて、その間に、過剰な意味上の違いを求めるべきではないだろう。江戸時代の注釈例だが、岡西惟中（一六三九～一七一二）『真字本徒然草』は「あやしうこそものぐるほしけれ」を「怪社狂計礼」と真名表記し、同じく岡西惟中『徒然草直解』は「われながら奇怪《キクハイ》に文法もなり行ｷ是非も審《ツマヒラカ》ならす狂《モノクル》ハしとなり」（いずれも京都大学国文学研究室蔵本）と解釈する。『直解』の当該注は今日でも参照に堪えるものだが、岡西惟中は「ものくるほし」＝「狂」＝「ものくるはし」と対応させ、意識的に同一視している。

これとは別に『徒然草諸注集成』は、「ものぐるほし」について「中世の流行語でいえば、「痴人の狂言」「狂言綺語の戯れ」であり、「狂簡の綺語」となろう」と見なし、『古今著聞集』の序「頗雖為狂簡、聊又兼実録」と、跋「そこはかとなきすずろごとなれども」「すみやかに三十巻狂簡の綺語をもて、翻て四八相値遇の勝因とせん」を類似例として引く。だが『著聞集』の「狂簡」には、少し複雑な個別事情もある。[2] ここは「狂言綺語」観に絞って考察すべきであろう。それは「願はくは、今生の世俗文字の業・狂言綺語の過ちを以て、転じて将来世々讃仏乗の因・転法輪の縁と為さんことを」（白居易「香山寺白氏洛中集記」原漢文）という一節に由来する、日本中世の代表的文学観である。[3]

『徒然草』の先蹤『枕草子』跋文には「たはぶれに書きつけ」とある。『諸注集成』が示唆するように、『十訓抄』（一二五二年）序に「狂言綺語の戯」、『沙石集』序に「然レバ狂言綺語ノアダナルタハブレヲ縁トシテ、仏乗《ぶつじょう》ノ妙《たへ》ナル道ニ入《いら》シメ」と記す。「たはぶれ」と「狂」とは相通じることばである。[4] 清少納言は『白氏文集』の愛読者であった。公任も『枕草子』に登場する。彼女が、公任編『和漢朗詠集』にも後に採られることになる「狂言綺語」を知らなかったはずがない。

『十訓抄』序は、「をのづからいとまあき、こゝろしづかなる折ふしにあたりつゝ…念仏のひまにこれをしるしをはる…」とその執筆行為について述べている。「念仏之暇」（『琑玉集』序、続群書類従）を縫っての筆録という言述も、狂言綺語と一体であろう。たとえば『和歌色葉』の発端は「入道云、若し念仏を止て綺語を談ぜば、偏に罪の基なり。又文籍を離て胸臆に馳せば頗徒事也」と記される。念仏を止めて、文献を離れて思うままに記せば、と語るこの一節は、狂言綺語の常套的言説へと直結する。

　故嗚呼嘲㆓哢狂言綺語㆒。今不㆓避㆑色惜㆒㆑詞。唯任㆓筆力㆒恣記而已。

（『寺門高僧記』四、続群書類従(5)）

　はし〴〵思いいづるまゝにかきつらね侍れば。いよ〳〵狂言綺語のあやまりとなるべきなれども。

（『鹿苑院殿をいためる辞』）

　こうした文脈のなかで、狂言綺語に相当する語として「ものくるほし」＝「狂」が位置付けられる。『徒然草』が「狂言綺語」という定型語を用いず陳腐化を避けるのは、本書序章で触れた『方丈記』とよく似ている。なお「あやし」＋「物狂ほし」という連語は、「怪しく物狂ほしき姿」と阿仏尼の『うたたね』（【一二】『阿佛尼全集』）にも見えているが、文脈は全く別のものである。

—・—・—・—・—・—

その二　「硯にむかふ」女

　第一章本編で詳しく述べたように、『徒然草』序段の「硯にむかひて」は、ありきたりの表現ではない。いわば「源氏世界(6)」の詞として、手習の君となる浮舟と一体的に結ばれている。用例は意外に少なく、おおむね『源氏物語』へと行き着く。

たとえば「大方今より硯にむかひ候まじきにや」という『狭衣物語』の例（狭衣の詞、巻二）[7]や、『恋路ゆかしき大将』巻五の「さい将の君も、たれも〱身にまさる物なしと、いとなさけなければ、すゞりにむかひてもなにのかひなくてすぎゆけば、ましてあひみたてまつり給はん事は、まことによしのゝたきをせかんよりもかたかりぬべし」（『鎌倉時代物語集成　第三巻』三二三頁）[8]という例はあるが、いずれも『源氏』の影響を強く受けた物語作品である。

この他、鎌倉中期の『平親清五女集』に「寄硯恋　あはれしれむかふすずりをかた見にてなみだかきあへぬ水ぐきのあと」（二五五番）とある。この例は、一見『源氏』とは無縁のように見えるが、『藤原政範集』に「源氏名の題をさぐりて人人よみ侍りし時」以下の一連の和歌に、「手習　わすられぬ心ひとつのてならひになみだかきやる水ぐきのあと」[9]（四七八番）とある類歌を参照しても、やはり『源氏物語』手習巻の場面を取った和歌である可能性が高い。[10]「硯にむかふ」は、早くから「源氏世界」の特異語であった。

しかし『源氏物語』以前ではどうか。ここで一つ、取り上げておかなければならない用例がある。藤原公任の家集『公任集』の詞書に見えるものである。

　中宮のうちにまゐり給ふ御屛風の歌、人の家ちかくまつむめのはななどあり……
　人の家にはなの木どもあり、女すゞりにむかひてゐたり
　待つ人につげややらましわがやどの花は今こそさかりなりけれ　（三〇六番）

「中宮」は藤原彰子で、これは、彼女の入内料四尺屛風に描かれた、飛鳥部常則の絵に寄せられた屛風歌である。[11]梅の花の咲く家で、硯に向かって坐しているらしい女の絵によそえて詠まれた和歌の詞書だが、女は、硯を

前に「待つ人につげややらまし」と消息を思案する体である。

この屏風は、絵画史上に於いても重要な意味を持ち、家永三郎『上代倭絵全史』（高桐書院、一九四六年）に言及がある（九四頁）。同『上代倭絵年表』（墨水書房、一九六六年）では、長保元年十月廿九日条（一三四頁）に掲出されている。

屏風歌作成をめぐる事情は、諸記録からわかっている。概観すれば、十月二十一日に道長が人々に詠歌をもとめ（『御堂関白記』同日条、『小右記』では同月二十三日条）、二十七日には道長邸に人々が和歌を持ちより、撰定が行われた（『御堂関白記』『小右記』同日条）。三十日に達筆の藤原行成が屏風の色紙形を書いている（『権記』『小右記』同日条）。彰子の入内は、十一月一日の夕べである。

この屏風歌では、公任の別の歌詠が著聞する。

左大臣むすめの中宮のれうにてうし侍りける屏風に　右衛門督公任
紫の雲とぞ見ゆる藤の花いかなるやどのしるしなるらん
（『拾遺集』巻十六雑春、一〇六九番(12)）

それは、異例ずくめの和歌詠進であった。工藤重矩によれば、和歌を需められた藤原実資は「上達部、左府の命に依りて和歌を献ずるは往古聞かざる事也」（『小右記』同年十月二十八日条）と反発した。「屏風歌は一般貴族の詠まないものという通念が、平安時代中期にはあ」り、「そのようなことは地下人の歌人の為すべき態と考えていたからである」。実資は、「右衛門督公任」が「是れ廷尉、凡人に異な」る立場にありながら、率先して和歌を進上したことにいらだち、「近来の気色、猶し追従するに似たるがごとし」（『小右記』同上）と痛罵している。そして、行成が和歌を屏風の色紙形に書くとき、花山法皇は「不知読人」、道長は「左大臣」と誌したものの、その他、藤原道綱、公任、藤原斉信、源俊賢などが実名であったため、実資はまた「皆名を書く。後代、已に面目を失す」（『小右記』同月三十日条）と歎いている。まるで「専門的歌人」のように、「法皇をはじめ上達部が幾人も屏風歌を詠んだことは、和歌史のうえでは画期的な事件であった」。「道長にとって」、その身分的制約を敢えて侵犯し、「上達部の和歌を娘彰子のための屏風に貼りつけることは、道長の権威を明白に目に見える形で示す手段でもあった」と工藤は論じている。(13) この屏風が献ぜられた彰子に仕えたのが、紫式部である。

屏風には、女が「すゞりにむかひてゐた」る絵と公任の和歌が掲げられる。この〈硯にむかひて〉という連語が、どのように撰ばれて『公任集』の詞書に誌されたのかは不明だが、紫式部との関係は否定できない。『万葉集』の「対研」の如き、男性の漢詩文の用法を離れ、『源氏物語』が〈硯にむかひて〉和歌を手習する「女」の風情を描く契機には、この屏風のインパクトも大きかったのではないか。言うまでもなく、公任は、「このあたりにわかむらさきやさぶらふ」と、紫式部に呼びかけた人（『紫式部日記』寛弘五年十一月一日）。『源氏物語』享受史上、最重要人物の一人であった。

・・・・・

その三　兼好と「小野」

兼好は「小野」と呼ばれる土地に「水田」を購い、九年後、「柳殿塔頭」に売寄進している。(14) 一方で『兼好自撰家集』には「さても猶よをうの花のかけなれやのかれていりしをのゝ山さと」という歌があり（二一一番）、『徒然草』一一段は「神無月の頃、栗栖野といふ所を過ぎて、ある山里に尋ね入事侍しに…」と描かれている。そのため、これらを総て兼好所有の「小野」に結び付け、『徒然草』執筆のある時期までが、この「小野」滞在

の折になされたと説明されることがある。(15)

しかし事情は、そう簡単ではない。山城国には、和歌に詠まれうる三つの「小野」があった。兼好が所有したのは、その内、宇治山科の「小野」である。

当国ニ小野三所アリ、一ハ宇治郡山科ノ小野…一ハ葛野郡北山ノ小野…一ハ愛宕郡即チ此三所共ニ在㆓和歌㆒

（『山城名跡巡行志』三、新修京都叢書）

『源氏物語』夕霧巻には、愛宕郡の「小野」が登場する。一条御息所が物の怪にわずらい、「小野といふわたりに山里持たまへるに渡りたまへり」とその移住先が描かれる。この「小野」については、後に手習巻でも言及がある。横川の僧都の母と妹が「比叡坂本に、小野といふ所にぞ住みたまひける」と紹介され、「かの夕霧の御息所のおはせし山里よりはいま少し入りて、山に片かけたる家なれば」と位置関係が示される。(16) 手習の君・浮舟が隠棲する場所である。

一条兼良『花鳥余情』は、この「小野」を注釈して、山城国には、宇治と愛宕と、小野里が二箇所あったと説明している。

をのといふ所に山さと…此物語の手習の巻にかの夕霧のみやす所のおはせし山さとよりはいますこしいりて山にかたかけたる家なれはとあり　山城国に小野里といふ所二あり　宇治郡に小野里あり　又愛宕郡に小野里あり　この小野は愛宕の名所也　ひえの山よかはのふもとたかのといふ所なり

（廿二夕霧、源氏物語古註釈叢刊）

夕霧巻では、この小野の地が「栗栖野の庄近からむ」と記述する。『花鳥余情』は、宇治郡と愛宕郡の小野にはそれぞれ「栗栖野」があることを示しつつ、『源氏』の場合は、愛宕の下鴨社領の栗栖野だと同定する。

くるすのゝさうちかゝらん……小右記云…栗栖野小野二郷上下社司…今案山城愛宕郡之内小野郷は上賀茂領也栗栖野郷は下社領也…此もの語くるすのゝ御さうちかゝらんといふは此所也　又宇治郡にも小野栗栖野ありそれをいふにはあらす（同上）

もはや明らかであろう。『源氏』読者の歌人であれば、「小野」「栗栖野」といえば当然、夕霧巻や手習巻の舞台「ひえの」「ふもと」の「小野」が第一に想起される。宇治の小野は、「歌枕として特に有名な」愛宕のそれに比して、「歌枕として固定するまでには至っていない」[17]。ただし両者は、『花鳥余情』が敢えて注意を喚起したように、時に混同される。それがいずれであるかは、読まれた歌の「景物や内容から」識別する他はない[18]。

もっとも『源氏物語』愛読者の視点からは、その混同には別の意義もある。『源氏』手習巻は、「昔の山里」を思い捨て、「小野」という地で新たに再生した女の物語であった。「昔の山里」とは宇治のことである[19]。しかし、たとえば第一章本編で引いた『光源氏一部連歌寄合之事』という梗概書は、「うき舟…おのにすみけり、あらぬよにむまれたる心ちして、たれに我身の事をも、ふるさとの物かたりをもいふべきなければ」、硯に向かって思うことを和歌に詠むばかりだったと要約する。心に「ふるさと」を想う浮舟を見てとり、その様子を描いていた。文脈上「ふるさと」は宇治である。数々の「小野」を並べたてる『梵灯庵袖下集』は、付合として、宇治と小野とを結んでいる。

77一手習の小野、名所也。是は宇治の里に候也。宇治とあらば、手習の小野可附。
78一小野の里、をの丶山とすれば、誠の小野の事也。名所也。

（島津忠夫『連歌の研究』翻刻）

だから、次のような和歌や連歌が詠まれるのである。

手習のうつ碁を見ける小野の山をちなる里は宇治の山彦

（『源氏物語巻名和歌』『藤原定家全歌集全句索引』）

てならひの小野の夕にふしほらで／草におきふす宇治のなで物

（『詞道之大事本歌次第不同』島津忠夫前掲書）

宇治の浮舟を「てならひの小野」に結び付ける、横川の「なにがし僧都」は、長谷寺に参った母尼が帰途に病となり、随行していた妹尼からの手紙で急いで下山して、「宇治の院」で二人に逢着した。そこで浮舟が見出される（『源氏物語』手習巻）。妹尼は、その後「比叡坂本に、小野とい〻ふ所」で彼女を養ったわけだが、兼好には、その「横川」に滞在の経験を持つ（『家集』）。「小野」の地を所有した兼好が、手習の君を思い、宇治の「小野」を「ひえの」「ふもと」のそれに思いよそえる…。それならば「昔物語を聞きても、このごろの人の家の、そこのほどにてぞありけんと覚え、人も今見る人の中に思ひよそへらる丶は、誰もかく覚ゆるにや」（七一段）という資質を持つ兼好には、十分考えられることだろう。稲田利徳は、一〇四段に「宇治十帖の世界の雰囲気」が「持ちこ」まれていることを指摘している。[20]

こうして、兼好に於ける「小野」には、源氏詞としての「小野」とその寄合が織り合わされ、輻輳したイメージが盛り込まれている。『徒然草』序段に手習のイメージをうかがう読解にもこの視界は示唆的である。

注

（1）本田義憲「『今昔物語集』における原資料処置の特殊例若干〈附出典存疑〉」（『奈良女子大学研究年報』二八号、一九八四年）参照。

（2）『古今著聞集』の「狂簡」については、拙稿「『古今著聞集』「狂簡」の周辺——中世説話集と「狂言綺語」あるいは〈作者〉のこと——」（『日本文学史論　島津忠夫先生古希記念論集』和泉書院、一九九七年）参照。

（3）狂言綺語をめぐる論考は数多い。関連する情報については、ひとまず本書第八章「沙石集と〈和歌陀羅尼〉説——文字超越と禅宗の衝撃——」参照。

（4）上條彰次「誹諧歌の変貌」（下）注63（『静岡女子大学国文研究』九号、一九七六年三月、同『中世和歌文学諸相』和泉書院、二〇〇三年に再収）など参照。

（5）この例については、小峯和明『今昔物語集の形成と構造　補訂版』Ⅳ第二章「物語観との関連」（笠間書院、一九九三年）注28参照。

（6）この用語については、安達敬子『源氏世界の文学』（清文堂出版、二〇〇五年）参照。

（7）引用は、日本古典全書、上二九四頁（巻二（上））。この一節は日本古典文学大系本、日本古典集成本にもあり、吉田幸一編『狭衣物語諸本集成』（笠間書院、全六巻）を一覧しても、第五巻所収の紅梅文庫本以外はすべて存する。

（8）調査には、辻本裕成「王朝末期物語における源氏物語の影響箇所一覧」（『調査研究報告』一七号、国文学研究資料館、一九九六年三月）を参照した。

（9）『古典文庫　中世歌書集』所載。この歌集と『源氏物語』の関係については、古典文庫の井上宗雄解説、拙著『かくして『源氏物語』が誕生する　物語が流動する現場にどう立ち会うか』第五章（笠間書院、二〇一四年）など参照。

（10）平親清五女の母は実材母である。井上宗雄「藤原政範集を紹介し実材卿母集等との関係に及ぶ」（『国文学研究』六九号、一九七九年）によれば、彼女の家集『実材母集』は『源氏物語』享受史上注目すべきもので、娘の家集とともに『藤原政範集』との類似性が指摘される。

（11）『公任集』ではこの詞書のもと、二九九～三〇七番の和歌を掲出する（五六三番歌も関連歌であるとする説もある）。この屏風歌についての情報は、石埜敬子・加藤静子・中嶋朋恵「注釈『御堂関白記』注釈ノート（二十）彰子入内料四尺屏風和歌」（『言語と文芸』一一八号、二〇〇一年十一月）参照。

（12）この和歌は『栄花物語』巻六「かかやく藤壺」で筆頭に取り上げられ（もう一首は花山院の詠）、『今昔物語集』巻二十四「公任大納言読屏風和歌語第三十三」、『古本説話集』上二では説話化されて掲載される。なお新日本古典文学大系『拾遺和歌集』脚注参照。

（13）以上は、工藤重矩「「和歌を業とする者」の系譜（二）――「歌よみ」の資格――」（同『平安朝律令社会の文学』第二部所収、ぺりかん社、一九九三年）。

（14）『大徳寺文書之六』（大日本古文書）。岩橋小弥太『史料採訪』（大日本出版社峰文荘、一九四四年）。大応国師とのゆかりも指摘される。安良岡康作「歌人としての兼好」（『国文学　解釈と鑑賞』一九五七年十二月号）、同『徒然草全注釈』上「口絵解説」など参照。

（15）安良岡、同右。「栗栖野」比定をめぐる諸説は、久保田「徒然草評釈」二九（『国文学　解釈と教材の研究』一九八一年十一月号）に整理されている。

（16）『源氏物語』「小野」の考証については、奥村恒哉『歌枕』Ⅲ・第一章「『源氏物語』における「小野」の位置」（平凡社選書、一九七七年、初出一九六〇年）に詳細である。また、『源氏物語』夕霧の「小野」と手習・夢浮橋の「小野」という「二つの小野の地理的関係や文学的意義」を考察した論文に福嶋昭治「二つの小野」（角田文衞・加納重文編『源氏物語の地理』思文閣出版、一九九九年所収、初出一九九八年）がある。なお念のため付記すれば、福嶋論の「二つ」はいずれも愛宕の小野に関するもので、『花鳥余情』の「二あり」とは別義である。

（17）片桐洋一『歌枕歌ことば辞典』（角川書店、一九八四年）。

（18）『日本歴史地名大系　京都市の地名』（平凡社、一九七九年）「小野里」（左京区）。「小野」（山科区）も参照。

（19）「細　宇治也孟宇治よりはと浮舟の心也」（『湖月抄』）。

（20）第一章所掲「「徒然草」の虚構性」。稲田には「「徒然草」の地名の注釈をめぐって」（『国語と国文学』一九八〇年三月号、同『徒然草論』再収）という論文があり、そこには「栗栖野」について独自の「注釈」が付される。

第二章　心に思うままを書く草子
――〈やまとうた〉から〈やまとことば〉の散文史へ

一　『源氏物語』の手習から『徒然草』へ

死にきれずにたどり着いた比叡坂本の山里で、浮舟はついに出家を果たし、少しずつ新しい人生に足を踏み出そうとしていた。存在さえ秘せられた小野の手習の君には、語り合う心の友もいない。自由めいた心の空洞を抱えて、浮舟は「ただつくづくと」「硯にむかひ」、独り「鬱屈した心を晴らすために」、和歌を「書きつけたまふ」ばかり。「手習いはむすぼほれた心をのばすための唯一の方法であった」（玉上『源氏物語評釈』四八五頁）。

兼好は「和歌の人」（『文段抄』）だ。「随分の歌仙」と評されたこともある（『正徹物語』）[1]。歌人にとって『源氏物語』の知識は必須であった。兼好には『源氏物語』の書写が伝えられる[2]。前章で見たように、『徒然草』にも『源氏』愛読の痕跡がそこかしこに見てとれる。兼好が『源氏物語』の〈手習〉を発見するのはごく自然なことだ。彼は、「昔物語を聞きても、このごろの人の家の、そこほどにてぞありけんと覚え、人も、今見る人の中の思ひよそへらるるは、誰もかく覚るにや」（『徒然草』七一段）という想像力を自覚する人でもあった。

本居宣長によれば、『源氏物語』の中で手習をする浮舟が描かれるのは、物語の本質をかすめる、重要なことであった。そのことは、『源氏物語』蛍巻に記された著名な物語論(3)の読解と密接に関わる。光源氏が、玉鬘に対して、饒舌に物語の本質を述べ聴かせるくだりである。源氏は、次のように物語起源論を語る。

その人の上《うへ》とて、ありのままに言《い》ひ出づることこそなけれ、よきもあしきも、世に経る人のありさまの、見るにも飽かず、聞くにもあまることを、後《のち》の世にも言ひ伝へさせまほしき節々《ふしぶし》を、心にも籠《こ》めがたくて、言ひおきはじめたるなり。

この傍線部の一節を、本居宣長『玉の小櫛』は、以下のように注解している。

見るにもあかず、聞クにもあまるとは、見る事聞ク事の、そのまゝに心にこめては、過しがたく思はるゝをいふ、すべて世にあらゆる、見る物きく物ふるゝ事の、さま〴〵につけて、うれしとも、おかしとも、あやしとも、をかしとも、おそろしとも、うれたしとも、うしとも、かなしとも、ふかく感ぜられて、いみじと思ふ事は、心のうちにこめてのみは、過しがたくて、かならず人にもかたり、又物にかきあらはしても、見せまほしくおもはるゝものにて、然すれば、こよなく心のさはやぐを、それを聞見る人の、げにと感ずれば、いよ〳〵さはやぐなり、

（『玉の小櫛』一の巻「大むね」『本居宣長全集』）

そして宣長は、「見る事聞く事」に深く感じて、そのまま心にこめては置けず、人に語り、物に書きあらわして「見せまほしくおも」った四つの場面を『源氏物語』から挙げている。最初は、桐壺巻「くれまどふ心のやみも、たへがたきかたはしをだに、はるくばかりに聞えまほしう侍る…」、二例目は、早蕨巻「…思ひむすぼゝ

るゝ事も、すこしづゝかたり聞え給ふにぞ、こよなくむねのひまあくこゝちし給ふ」で、いずれも明確に〈人に語る〉例である。三例目の宿木巻は、「一日うれしく聞侍し心のうちを、例のたゞむすぼゝれながら、過し侍りなば、思ひしるかたはしをだに、いかでかはと、くちをしさに」とある。宣長の引用範囲ではわかりにくいが、薫に応える宇治中の君のことばで、傍線部は「いつものように、口に出さずにすごしましたならば」（角川文庫『源氏物語』の現代語訳）との意味である。薫は「まめやかに聞えさせ承らまほしき世の御物語も侍るものを」と承けており、やはり〈人に語る〉例であった。

そして最後の四例目に、宣長は、手習巻を挙げる。問題の箇所である。

> おもふことを、人にいひつゞけむことのはは、もとよりだに、はかぐ〵しからぬ身を、まいてなつかしくことわるべき人さへなければ、たゞ硯にむかひて、思ひあまるをりは、手習をのみぞ、たけきこととは、かきつけ給ふ、などあるを以てもしるべし、

宣長の例示は以上で終わり、この手習巻だけが〈物に書きあらわす〉例であった。『玉の小櫛』は「手習とは、歌心にうかぶ事を、何となくかきすさふをいふ」と釈し、こうした表現行為は「人の情のおのづからの事にて、歌といふ物のよまるゝもこれ也」という。宣長はつとに『石上私淑言』で「すべて心に深く感ずることは、人にいひ聞かせではやみがたきものなり」、「いはでやみがたきは自然《じねん》のことにして、歌もこの心ばへあるものなれば」（巻一、『日本古典集成　本居宣長集』）と、歌が詠まれる動機を説明していた。

小野に漂泊した浮舟には、「心のうちにこめ」難く「いみじと思ふ事」を語らうような「なつかしくことわるべき人」がいない。自分の失踪のせいだ。彼女は、閉ざされた現実の孤独な環境の中で、「胸に思いの余る時は」、

「精一杯のこととして」、「歌のすさび書きだけを」(4) ぽつねんと手習する。

『徒然草』序段は、この手習になぞらえて、「硯にむかひ」、「そこはかとなく書きつくる」と宣言した。「つれ〴〵なるあひだ、さま〴〵心に浮《ウカ》ぶことを書つくるとのこゝろなり」(『文段抄』)。「心にうかぶ事を、何となくかきすさふ」という、宣長の「手習」釈義と全く同じである。兼好と『徒然草』をこっぴどく言い腐す宣長(『玉勝間』四の巻「兼好法師が詞のあげつらひ」日本思想大系)だが、どこかで認識を重ね合い、同じように『源氏物語』の〈手習〉へとたどり着く。

兼好が見出す手習巻の「硯にむか」う行為は、あくまで詠歌として発動した。宣長の『源氏』論もまた「歌」に帰着する。というより、宣長の物語論自体が、そもそも歌の本質に関する理論の応用であった。『玉の小櫛』より三十年以上も前に著された『紫文要領』上(大意の事上)にも、すでに同一趣旨が説かれている。ただし『紫文要領』では、「見るもの聞くものにつけて」「心の動く」、それが「物の哀れを知る」ということだ、との趣旨が繰り返され、より和歌の理論に近い説明となっている。日野龍夫は『紫文要領』の該当箇所に注釈して、「物語と歌は、人が物のあはれを知り、そのことを表現して他人の共鳴を求めるところに生まれるという点で、本質を同じくする、という考え方」だと概括し、『石上私淑言』巻一(第一三・一四項)を指示する。たとえばそこには、次のような記述がある。

物のあはれに…堪《た》へがたき時は、おのづからその思ひ余ることを、言の葉にいひ出づる。おのづからほころび出づる詞《ことば》は、必ず長く延《ひ》きて文《あや》あるものなり。これがやがて歌なり。……さればあはれに堪へぬ時は、必ずおぼえず自然と歌はよみ出でらるるものなり。(5)

(『石上私淑言』巻一)

日野は、如上の宣長の理論形成を「まず歌の発生を物のあわれを知ることと結びつける考え方が生れ、それを物語の発生にも及ぼしたものであろう」と解説している（日野龍夫校注『日本古典集成　本居宣長集』『紫文要領』六二頁頭注。本文の引用も同書）。

宣長は『紫文要領』の当該箇所では「心にしか思うてばかりはゐられずして、人に語り聞かするなり。語るも物に書くも同じことなり」と記し、語りと筆記を同一視していた。だが『玉の小櫛』ではそう述べていない。〈物に書きあらわす〉『源氏』の用例として、唯一、手習巻の「歌」を手習する有様が末尾に添えられるのみであった。見逃せない微差である。

前章の最後に取り上げた『光源氏一部連歌寄合之事』での硯に向かう手習しかり、宣長が『源氏』蛍巻の物語論を「歌」の理論に引きつけて把捉しようとしたこともしかり。和文に於いて「余る」「思ひ」を〈物に書きあらわす〉くことが本源的に許されていたのは、抑も、まず和歌なのであった。

二　心に思うことを書くことと『古今和歌集』

心に思うことを書く、という言明の下に書かれるべき詞は、「和歌の人」兼好にとっても、やはり「歌」であることが相応しい。『徒然草』序段の類似例として、反古や手習によそえられた歌集の詞書が挙げられているのは、十分に意味のあることだったのである。

つれ〴〵のあまりぬるとき、みるものきくものにつけてかきつくるいたつらことの、むしのすになりてはいちりし中に…

（『長綱集』私家集大成）

いとつれづれなる夕ぐれに、端《はし》にふして、まへなる前栽《せんざい》どもを、「ただにみるよりは」とて、物にかきつけたれば、いとあやしうこそみゆれ、さはれ人やはみる…

（『和泉式部集』八二五番～詞書、岩波文庫旧版）

『和泉式部集』の謙辞は「あやし」と発せられるが、それを「さはれ人やはみる」と受けとることで、『徒然草』序段のように多義的に分裂（前章参照）はしていない。『和泉式部集』にはもう一箇所、「つれづれなりしをり、よしなしごとにおぼえしことどもかきつけしに、世の中にあらまほしき事」（松井本一八八九番～詞書）という類似表現が指摘されている。島津久基は、この類似を「所謂序段の次に「いでや、この世にうまれては願はしかるべきことこそ多かめれ」と続けた心理に似通ふ」と評している。[6] また久保田淳は、『契沖書入』に「俊頼ノ長哥に、うきにたへたるためしにはなる尾の松のつれ〴〵といたづらごとをかきつめて」「とある」ことに着目し、

この段階では、歌人らは、この形式（＝長歌、引用者注）によって「つれ〴〵といたづらごとをかきあつめ」ることができると信じて疑っていない。けれども、兼好はもはやそれが可能だとは考えていなかったであろう。とすれば、彼の心情吐露の形式は、このような散文でしかありえなかった。そういう、文学におけるスタイルの問題を考えさせる点において、右の引用は示唆的なのである。

という論法で、興味深い歌から散文へのみちすじを説く。[7]

ここで、重大な事実をあらためて確認しなければならない。『徒然草』が、兼好自作の歌を、ただの一首さえ、載せようとしてはいないことだ。『徒然草』に於いて、自分の和歌は排除されている。父の名誉のために和歌は詠まない、と標榜する章段を有する清少納言『枕草子』でさえ、数首の自作歌を収載する。[8]『徒然草』の峻別は、

明らかに意図的なものである。

稲田利徳は「徒然草には歌人の執筆したものという臭いがきわめてうすい」と看破し、「歌人である兼好が徒然草で和歌に関する発言をあまり記していないのはなぜであろうか。一考してしかるべき問題である」と問うた。[9] 前章冒頭に引用した『崑玉集』は、その偏りを見落とさない。作者の没後に、反古を分類して編纂した結果、「哥の集一冊」と「草子二冊」ができあがったと誌す。『家集』と『徒然草』とは、他者による意図的な編集上の分別作為による成立であると伝え、その不自然を合理的に説明していたのである。

歌による心情表出の本義を、理論的に、ある場合には信仰に近いほどに支えていた教養が『古今和歌集』仮名序であった。

やまとうたは、人のこゝろをたねとして、よろづのことのはとぞなれりける。よの中にあるひとことわざしげきものなれば、心におもふ事を、みるものきくものにつけていひいだせるなり。（日本歌学大系）[10]

「心におもふ事を、みるものきくものにつけていひいだせるなり」というあたりは、『枕草子』跋の「目に見え心に思ふ事を」や『源氏物語』蛍巻の「見るにも飽かず、聞くにもあまることを…心にも籠《こ》めがたくて、言ひおきはじめたるなり」の典拠となっている。『徒然草』序段との類似を指摘される先引『長綱集』の記述も「つれ〳〵のあまりぬるとき、みるものきくものにつけてかきつくるいたつらこと」と『古今集』序を踏まえていた。本書第七章で述べるように、宣長の歌論も『古今集』の理解と密接である。

『古今集』の論理に則って、俊成も、次のように勅撰集の序を誌す。

そもそもこの歌の道を学ぶることをいふに……たゞ仮名の四十《よそぢ》あまり七文字のうちを出でずして、心に思ふことを言の葉に任せて言ひ連《つら》ぬるならひ…

（『千載集』序、岩波文庫）

「しかはあれども、まことには鑽《き》ればいよいよ堅く、仰げばいよいよ高きものはこの大和歌の道になんありける」と俊成は続ける（同上）。「心に思ふことを言の葉に任せて言ひ連ぬる」だけでは、当代の優れた和歌とはならないのだ。それは「歌の道」自覚以前、最も素朴な、神話時代の始源のすがたを指すと、藤原清輔『奥義抄』は言う。

歌のまち〳〵のすがたはじめよりあるにあらず。ちはやぶる神代には句をとゝのへ、名をわかつ事なし。たゞ思にしたがひ、こゝろざしにまかせてのべき。

多くの歌論は、すでに過ぎ去った歴史性のうちに限定して、その素朴さを認めようとする。そして、より洗練して撰ばれる、心と詞の相即を、近代和歌の論として展開していくのである。[11] ところが、主張の独自性を以て鳴る京極為兼（一二五四～一三三二）の歌論は、同趣旨の歴史を語りながら、それを超克された過去として片付けようとはしていない。

万葉の比は、心のおこる所のまゝに、同事《おなじ》ふたゝびいはるゝをもはばからず、褻晴もなく、哥詞・たゞのこと葉ともいはず、心のおこるに随而《したがひて》、ほしきまゝに云出《いひいだ》せり。

（『為兼卿和歌抄』）

このような和歌史を理想のものとする為兼は、続けて「是にたちならばんとむかへる人々の、心をさきとして、詞をほしきまゝにする時、同事《おなじ》をもよみ、先達のよまぬ詞をもはゞかる所なくよめる」例として、俊成、定家、西行、慈鎮等の近代歌人を挙げる。その一方で「明恵上人の遺心和哥集序にかゝれたるやうに」、「心に思事《おもふ》はそのまゝによまれたれば、世のつねのにおもしろきもあり…」として「明恵上人の作」(12)を顕彰している。岩佐美代子の言葉を借りれば、「為兼が和歌抄において叫んだのは、ただ一つ「心」の絶対尊重、「心のおこるに随而、ほしきまゝに云出」す態度の尊重であり、他の諸論は皆この「心」尊重の本義の正当化と権威づけのために総動員された、方便にすぎない」。為兼は「心に思ふ事はそのまゝによ」むことこそ、みづからの歌論の「本義」であると主張するのである。(13)

三　心に思うままを詠む京極派への批判が拓く散文表現の可能性

だが、こうした見識(14)は、為兼と対立して「詞」を尊重する、二条派の痛罵するところとなった。

又仰云、此人の心をたねとしてといへるをひきいだして、為兼卿ハ異躰の歌を張行する也。彼仁ハ人の心のたねによりて、心に思ことを見聞につけて、ありのまゝにいはんとこそ。古今にもさやうの歌あれば、あながちに詞姿をかざるべきにあらずといへり。こなたざまには、凡詩歌の人の心をたねとして思をのぶる事ハ、いふにやをよぶべき。されバ心なき歌といふ物ありなんや。もしあらバよき歌にハあらじかし。序の心もさらに詞姿をすてたるとハ見えざるにや。人の心ハたねとして、よろづのこと葉となれる所にハ、いかにも詞姿のあるべきにや。……たゞ彼卿ハ人の心をたねとしてといへる一句にはかされて、家の庭訓をわすれて異躰をこのむ、尤も道の加護もいかゞとぞおぼゆる。

（『六巻抄』序注「人の心をたねとして」注(15)）

為兼歌論の形成を出典論的に追うならば、『六巻抄』（二条為世伝、行乗が奥書を嘉暦三年（一三二八）に受(16)）が「人の心をたねとしてといへる一句」のみに「ばかされて」と理解するのは、若干強弁のきらいがある。(17)だが二条派の『六巻抄』に於いて、為兼の主張をこの「一句」にこと寄せて釈し、論難していること自体は注意されてよい。為兼の主張に正面からの論駁を挑んでいる『野守鏡』（永仁三年（一二九五）成立）に於いても、それは同様であった。

為兼卿の歌は、心をたねとするぞとなれば、ともかくも、たゞおもはむやうにその心をたゞちによむべしとて、詞をかざらず物がたりをするやうによめる…

（上「心をたねとしてこゝろをたねとせざる事」）

『野守鏡』は、以下、種々の論点から、為兼を名指しで批判していくことになるのだが、ここでは、右の為兼評が「物がたりをするやうに」と譬えていることに注目しよう。福田秀一『中世和歌史の研究』（角川書店、一九七五年）は、類似する発言として、為兼撰の『玉葉集』（正和元年（一三一二）奏覧、翌年完成）に向けてなされた『歌苑連署事書』の批判を指摘している。

雑部はたゞ物がたりにてこそ侍るめれ。哀傷の所は、盲目法師がかたる平家の物語にてぞある。

（『歌苑連署事書』）

「心をさきとして詞をほしきまゝにする」歌は、和歌ならぬ「物語」であるという批判を受けた。ただし、それは、あくまでも比喩的な物言いである。歌そのものの評価としては、〈くるひよめる〉、〈ひたくちによめる〉、〈狂歌〉（『野守鏡』）などと貶められている。『歌苑連署事書』は、『玉葉集』のある歌に対し、「これは犯したる体なり。撰集にかゝる事はあるまじきにぞ。誹諧は別の事なり」と誹り、その他にも「□風体くだけたり」「狂じたる体」「狂歌」「下品の歌」「ただことばにて物をいひたらむやうなり、歌とはいひがたし」等々、ずいぶん思いきった悪声を放っている」（土岐善麿『新修京極為兼』角川書店、一九六八年、五四頁）。

所詮、そんな為兼風の歌は、もはや歌とは言えぬ「異躰」なものではないか。なぜそんなものを詠み続けるのか。『野守鏡』は、ヒステリックなほどに、俊成に連なる「藤なみの末」の子孫たる「彼卿」為兼の詠み振りを、徹底的に批判し続ける。

彼卿の身としては、及ばざらむまでも藤なみの末をこそおもふべきにて侍るに、かけはなれたるすがたをのみこのみよめる事、家におきても不孝なり、道におきても不義なり。………歌とだにもきこえぬやうなれば、かたぐ〳〵しかるべしともおぼえ侍らず。（中略）彼卿は歌の心にもあらぬ心ばかりをさきとして、詞をもかざらず、ふしをもさぐらず、姿をもつくろはず、たゞ実正をよむべしとて、俗にちかくいやしきを、ひとつの事とするがゆゑに、皆歌の義をうしなへり。（上「心をすなほにして心をすなほにせざる事」）

「為兼卿ナドハ躰ヲシルベカラズト云也。ソレハ歌ニアラズ」と『六巻抄』も切り捨てる（「さかしをろかなりと」注）。しかしそもそも為兼は、「心に思こと」を「ありのまゝに」、「ほしきまゝに云ひ出だ」すという、歌の本義に即して歌論を開陳し、また詠歌したはずだった。ところが彼の歌道は、「歌ニアラズ」、「皆歌の義をうしなへり」と叩かれ、歌であることから逸脱した、ただのいたずらごとと酷評された。

だが裏返せば、この激烈な批判は、意外な視界を映し出すことにならないか。つまりは、歌であることさえ諦めればいい。歌以外の何かであることを許容するなら、むしろ『古今集』序に支えられて、〈心に思うままを書く〉、新しい言述行為が成立する。意外なことに『野守鏡』自身がそう述べていたのである。

人木石にあらざれば、みなおもふ心はありといへども……世俗にいふがごとく、おほきなるものをやがておほきなりといひ、ちひさきものをやがてちひさきといはむには、たれか歌をよまざるべき。心をあらはす事は、いづれもおなじ事にて侍れども、経論、外典、解状、消息、真名、仮名、世俗ものがたり、詩歌の言葉ども、皆その文体ことなり。なんぞいま和歌と世俗おなじくせむや。（上「詞をはなれて詞をはなれざる事」）

『野守鏡』は、為兼理論の否定の果てに、〈心に思うままを書く〉ことで成立する、多様な文体の可能性を、逆説的に提示することになってしまった。和歌の論理に相即しつつ、そこから逸脱していくことは、「歌の義をうしなへ」ることになる。なるけれども、その代わりに、種々の「心をあらはす」「文体」が在ることに気付かせるだろう。『野守鏡』の為兼評には、『徒然草』一四段と類似する記述が指摘されている。両者には、共通の理解基盤もあったようだ(18)。

寂蓮は「歌ほどいみじき事なし。猪のむくつけくおそろしげなる物までかるもかくふすゐの床などよみぬればやさしくなれり」と申しけるやうに、やさしからぬ事をもやさしくやはらげよめばこそ、やまと言葉のおもしろき事にて侍るに、彼卿の歌のおもむきのごとくならば、ゐのしゝのふしたるとこなどよむべきにや。（「言葉をはなれて詞をはなれざる事」）

和歌こそ、なほをかしきものなれ。あやしのしづ・山がつのしわざも、言ひ出《い》でつればおもしろく、おそろしき猪《ゐのしし》も、「ふす猪《ゐ》の床《とこ》」と言へば、やさしくなりぬ。この比《ごろ》の歌は、一ふしをかしく言ひかなへりと見ゆるはあれど、古き歌どものやうに、いかにぞや、ことばの外《ほか》に、あはれに、けしき覚ゆるはなし。

（『徒然草』一四段）

『野守鏡』について、小林智昭は、「心を歌の中核に見据えている点では、二条派の立場による作者もかくべつ京極派と異質的なものではない。ただ心の解釈と対決の場を異にするだけのことである」と述べている（『歌論史上の野守鏡』）。[19] こうした視界が展《ひら》ければ、『徒然草』の言明は、もう成されたも同じである。

『徒然草』の中に認められる、次々に、多種多様な文体を持つ章段が転換し、変化し、去来してゆく、文芸史上かつてない、新鮮・独自な様式……『徒然草』の文体には、兼好の、ある時は親友の如く、ある時は師父の如く、ある時は語り手の如く、ある時は学者の如く、ある時は古老の如く、ある時は評論家の如く、ある時は詩人の如く、読者に対している、千変万化する姿勢・態度が感ぜられ、それが、この作品の大きな魅力をなしていると言えよう。

（安良岡康作「徒然草における文体の問題」『中世的文芸の理念』笠間書院、一九八一年所収）

四　兼好の『古今和歌集』注釈と『徒然草』

歌人兼好は『古今集』を思慕し、受講し、書写し、[20] そして次の如き言説を含む注釈書を著した、と伝えられる。

兼好法師が古今鈔曰、歌はこゝろざしをのぶることばなり。此国の言葉はいづれもやまとうた也。其中に今は長哥短哥ばかりをうたといふ。この序は先、萬のやまとことばを廣く哥と云り。

兼好云、人のこゝろを種とするは詠哥ばかりに非ず。萬の詞をいへる也。

右を含む一連は、西下経一（「兼好法師が古今鈔」『文学』昭和九年一月号、一九三四年）によって発見されたもので、小幡正信『古今和歌集序註』（岡山大学池田文庫蔵、貴H４）からの引用である。[21] 西下は、この記述と「他の註釈書の同じ箇所を併記する」として、同時代の頓阿（一二八九～一三七二）の名を負う注説を掲げている。

歌と云事は、三拾一もじにかぎらず。我が朝のことばを、そうじてみな歌といふべきなり。

（『古今和歌集序注　伝頓阿作』、以下『頓阿序注』と略称）

西下は両者を比較し、「これは「やまとうた」を文学一般と解釈してゐる点が注意される。兼好のはそれを言ひ表はす詞が自由に出てこないといふ趣がある」（同上論文）という言い方で、両者に共通する特徴と、その違いとを表現した。

この「兼好法師が古今鈔」（以下「兼好鈔」と略称する）について、少しだけ後追いをしておこう。西下の発見から三十年以上経って、松田武夫が、西下紹介の「兼好鈔」と内容を重ねる「伝兼好筆古今集注」の存在を報告して論じている（「伝兼好法師筆古今和歌集注の性質――注釈書とは何か――」『専修国文』四号、一九六八年）。松田はその書を「最近一見した」というが、松田論文刊行の一年後、「古今集古注 伝兼好法師筆 南北朝頃古写本」が紹介される（『弘文荘待賈古書目』三六号、一九六九年十二月）。この古写本を「つぶさする機会を得た」小松操は、「その註文はかつて西下経一氏報告の」「引用の分一五ヶ所にテニハまで一致」すると報告した（「伝兼好筆に関する書誌的考察――伝兼好筆古書古筆切目録（一）――」『金沢文庫研究』一六―六、一九七〇年）。[22] 小松は、弘文荘の古写本は松田が紹介した「伝兼好筆古今集注」と「極似」するが、「別本のようである」と評している。

中世の『古今集』注釈の総合的研究を推進した片桐洋一は、『中世古今集注釈書解題　三上』（赤尾照文堂、一九八一年）所収「兼好の「古今集注」をめぐって」に於いて、この問題を取り上げている。片桐は、『弘文荘待賈古書目』記載の兼好注については「実物を見ることが出来なかった」としながらも、「松田氏は伝兼好筆本を弘文荘において御覧になり、この稿を書かれたもののようである」と述べ、両者が同一書であることを示唆している。また片桐は、その忠実な臨模本が東大国文研究室に蔵されていると紹介し、記載を分析した。[23]

私は、こうした研究経緯を追跡する過程で、落合博志の示教により、斯道文庫所蔵のマイクロフィルムに『古今和歌集註伝兼好法師筆』（The Hyde collection、マG277／1）が存在することを知って一覧した。その内容は『弘文荘待賈古書目』の記述と矛盾しない。同一書であろう。[24] 同本は、現在、大阪青山歴史文学博物館に所蔵されている。

しかし、それですべてが解決したわけではない。小松は、弘文荘で見た写本に付された「兼好注」が、西下経一が報告した「引用の分一五ヶ所にテニハまで一致」すると指摘している。小松の誤認でなければ、この報告は重大な意味を有する。伝兼好筆『古今和歌集註』には、先に掲げた「人のこゝろを種とするは詠哥ばかりに非ず。万の詞をいへる也」の条文を欠くからである。[25] 後述するように、この一文には重要な意義もある。そこで本章に於いては、小幡正信注に伝称・引用する「兼好鈔」の範囲でひとまずその記述を捉え、行論しようと思う。

こうした「兼好鈔」の注説について、松田武夫は、『古今集』構造論の視点から、「和歌の本質」を説いた序の注としては、以下のような問題があると難じている。

日本語的表現全体を、広く「歌」といったのだと立言する。これは当を得ない説で、「よろづの言の葉とぞなれりける」を、無制限な広がりを持つものだとした曲解である。和歌は人の心を根底として、各人各様、種々さまざまな言語表現となって外部に押し出されたものだと解した方が、すなおな解釈だといえる。

（松田武夫前掲「伝兼好法師筆古今和歌集注の性質――注釈書とは何か――」）

たしかに『古今集』仮名序の解釈としてはそのとおりであろう。しかし、他ならぬその「曲解」こそが重要である。この「日本語的表現全体を、広く「歌」といった」解釈は突飛なものではないからである。西下の挙げる『頓阿序注』の他にも、「不レ限《カギラ》二長短歌等一こゝろざしをのぶるこゑはみな哥なれば」とする『為家古今序抄』、「心うちにうごき、詞外にあらはる。いひといふこと、みな歌也」とする『蓮心院殿説古今集註』、そして「みなおもひをのふる音、詞は、歌ならさるはなし」と論ずる『大江広貞注』（『京都大学国語国文資料叢書　古今集註』）など、類例は、中世古今集注釈書に散見する。むしろ常識的な言説に類するだろう。(26)

留意すべきは、西下の含蓄ある指摘にいう、その差異である。前掲した中世古今注の諸例は、「日本語的表現全体を、広く「歌」」と捉える理解について、それを逡巡なく肯定し、すでに抽象化されて確定した、一般論として述べている。対して「兼好鈔」は、「それを言ひ表はす詞が自由に出てこない」と西下は評するのである。

すなわち「兼好のは」、慎重に論理を重ね、手探りの確認をしながら、「やまとうた」と「やまとことば」の範囲を自分の言葉で捉えようとする「趣がある」。歌の本義を確認し（「歌はこゝろざしをのぶることばなり」）、我国の言葉は総て「やまとうた」であると「日本語的表現」の範囲を見極める（「此国の言葉はいづれもやまとうた也」）。それなのに現在（「今」）では、その範囲が著しく狭まり、歌が「長哥短哥ばかり」に限定して理解されている。だが「この序は」、「今」の限定された〈哥〉ではなく、すべての日本語表現を広く「哥」と称して論ずるものなのだ（「先、萬のやまとことばを廣く哥と云」）と開陳する。「やまとことば」はすべて「やまとうた」であり、あらゆる「やまとことば」は広く「歌」の範疇である。そう敷衍する「兼好鈔」は、別に「人のこゝろを種とするは詠哥ばかりに非ず。万の詞をいへる也」という注を立て、「人のこゝろを種とする」〈やまとうた〉は、「今」の「詠歌ばかりに非ず。万の詞」全般にわたると再説する。こちらは、和歌を超える「やまとことば」論として、その注説を固めている。(27) 西下の言う「それを言ひ表はす詞が自由に出てこないといふ趣」は、こうした慎重な論理的思考過程に対する評価を含むものだろう。

「兼好鈔」をこのように読解してみると、明瞭に見えた他の諸注の言説は、単純なだけではないかと思われてくる。『古今』序にいう〈やまとうた〉と、「今」の〈哥〉との違いに対する意識が曖昧なまま、一つ言に「いひといふこととみな歌也」と唱えているばかりなのではないか。そんな風にも見えてくる。少なくとも「兼好鈔」は、『古今集』序の解釈が展いた認識に則りながら、より自覚的に〈歌〉以外の「万の詞」としての「やまとことば」の拡がりへと向かい、その可能性を求めている。

西下前掲論文は「兼好鈔」の個別の注説が、二条派の普通の説に類同し「平凡」であると評する。その一方で西下は、先行説の選択、抄出、そして文脈構成による論証過程にこそ「兼好の名にふさはしいやうな特色」が「ほの見えてゐる」とも分析していた。妥当なところであろう。もとより本注が、兼好の説であるどうかの判断はむずかしいが、それは本論に於いては二義的な問題である。それよりも大事なことは、二条派の内部に於ける『古今和歌集』理解に於いて、いま見たような「やまとことば」意識が醸成され、実際に注釈の場で論述されていたことを「兼好鈔」が如実に示していることである。それが兼好の名の下に伝えられていることは、もちろん興味深い比定であることには違いない。「兼好鈔」には、〈心に思うまま〉を書いて産まれる「ただごと」に言及した、次のような注説もある。

兼好云、雅はたゞごと歌也。正也。心に思ふ事を物にもよせずして、ありのまゝにいひのぶる也。花鳥のおもしろきをも、恋恨のかなしきをも、思ひのまゝにいひのぶるを、たゞごと歌といふ也。

『徒然草』の試みを『古今集』序に即した形で解釈し、追体験する発条として、「兼好鈔」は、『徒然草』解析の重要な参考資料となるだろう。

五　歌人としての兼好と「随意」なる「やまとことば」の提唱

兼好の歌人としての評判は、必ずしもかんばしくない。二条良基は、二条派四天王（本章注1参照）の頓阿・慶雲・兼好の歌に触れ、以下のような「昔物語」をしている。

其比は頓慶兼三人いづれも〳〵上手といはれしなり。（中略、頓阿への歌論的分析と賞賛、慶雲への歌論的分析と為定の絶賛を記す）兼好は、此中にちとをとりたるやうに人も存ぜしやらん、されども人の口にある歌どもおほく侍るなり、都にかへれ春のかりがね此歌は頓も慶もほめ申き、ちと誹諧の体をぞよみし、それはいたくの事もなかりし也。

（『近来風体抄』）

「誹諧の体」は褒め言葉ではない。二条派に与する人々が、為兼や京極派をそしる論法にも通じる評言である。

先心をたねとする詞につきてたゞしからぬ心をくるひよめる…次にふるきすがたのやさしき心ことばをまな

びずして、俗に近き姿をよめる…俊成卿は顕輔歌をば…すこし誹諧にかゝりて、歌のすがたやつれたるよしをなむしるしおきて侍り。すでに誹諧にかよへる、猶これをそしれり。いはんや狂歌におなじからむをや。

（『野守鏡』）

「誹諧は別の事なり」（前掲『歌苑連署事書』）。意図して誹諧歌を詠むことと、詠んだ歌が「犯したる体」（同上）と判ぜられて「これをそし」られることとの間には、大きな懸隔が存在する。兼好には、さして誹諧歌を多産した形跡もない。その彼を「誹諧の体」と評した良基の、言外に含むところが奈辺にあるか。(28) 自ずと明らかであろう。

ところで、為兼撰『玉葉集』に対して、逐一の批判を列挙した『歌苑連署事書』は、部立てに言及して次のように述べていた。先引部も含めて引用する。

部だてよりはじめて思ふ様ならず。四季の運転景物の次第よろづみな前後錯乱せり。……これもいとどしどけなくぞ。恋の四巻には四季のやうに次第をたてゝ歌をかゝれたり。いとめづらかなり。恋の四より後、殊によろしからず見え侍り。恋にあらざる歌も同じ。雑部はたゞ物がたりにてこそ侍るめれ。哀傷の所は、盲目法師がかたる平家の物語にてぞある。

こうした記述を目にする時、兼好が自撰家集で、「部立」や編集をめぐって、同様の宣言をしていたことに想到する。

家集事

歌員事

不レ可レ定レ之、多少随レ意或十六首、或七百九十首、三百余首など思々也
長哥連哥等相交、贈答勿論也、
又非二贈答一他人哥、随レ便多書二載之一
部立事
全不レ可レ有レ之、雖レ有二分レ部人一、不レ然、尤甘心者也
巻頭事
無二部立一之上者、可レ任レ意、恋雑等又秋冬勿論也
哀傷歌事
自二巻頭一第十五番書レ之、忠岑集如レ此
詞事
如二日記物語等一長書続、又哥合判詞是非故実等、以レ次書、其才学常事也
以上得二此意一可レ書レ之

（『兼好自撰家集』）

井上宗雄は、いささか奇妙なこの但し書きについて、次のように問う。

この「家集事」はいわば編集方針のメモであって、家集の編纂に当たって自覚的な構成意識が存したことはいうまでもないが、このような構成の仕方を意図したことは（これが何の説によったか明らかではないが）、中世においては珍しい。中世歌人の家集は、多くは部類形式か日次形式である。兼好の家集は、そういう分け方からいえば雑纂形式であるが、敢てこれを意図したのは何故であろうか。[29]

それに対する一つの「答」として、「兼好がいう「不然尤甘心者也」とは、勅撰集的部立て部類などによる形式的統一の無視を意味したのかもしれない」という、荒木尚の指摘がある。(30) この二つの見解を勘案する時、そこには無視できない一つの脈絡――兼好の意志が浮かび上がる。荒木尚は、後に右の部立論を注して「歌集全体に形式的まとまりを考えないことは兼好の意識の投影であり、徒然草の配列形式は歌集の編纂にも機能しているのであろう」と踏み込んでいる（新日本古典文学大系『兼好法師集』脚注）。

たしかに兼好は、盛んに「随意」「任意」を強調している。だが「随意」にはかれば、自ずと次第はみだれてくる。

任レ思得レ記レ之故。事事似レ失二次第一。
（守覚『御記』大正蔵）

随二つて思ひ出づるに記レし之を、次第不同なり。或は乱句、年月日次《にちじ》等不《ふ》二分明《ぶんみやう》一之間《のあいだ》…
（高弁（明恵）（長円記）『却廃忘記』上）

右の例は、謙遜の意を含んだ次第不同の断り書きである。(31) だが兼好の場合には、積極的意志が感じられる。本書第一章でのべた、心に思うままを書く、という但し書きの様相を併せ想起してほしい。「家集事」は、時に「誹諧にかよへる」、「そし」りに甘んぜざるを得なかった彼がひそかに懐いた、ある種の反発やルサンチマンを、歌の世界のルールの中で表現しようとした試みであり、それは詞ならぬ、部立てに於ける〈随意〉であった…。少し想像が過ぎようか。だが前述したように、「兼好注」が『古今集』序の解釈上で抽出した、独自の「やまとうた」という概念は、「今」の狭い和歌の範疇を大きく超越し、「人のこゝろを種と」する「万の詞」としての「やまとことば」と等値であろうとする。その新しい「やまとうた」で綴られ、「心をあらはす」「文体」の試

みが『徒然草』であったとすれば、『兼好自撰家集』の宣言は、シンメトリとしてむしろ自然である。(32)
伝説上の『徒然草』編集者で、実際に兼好と親密であったらしい今川了俊は、二条派歌人の兼好が、みづからの師冷泉為秀の「家」を「ことの外に信じて」いたと伝え（『了俊歌学書』、伊地知鐵男『了俊歌学書とその研究』未刊国文資料刊行会、一九五六年）、その「傍証」も提出されている。(33) 了俊自身は、歌の初学びの頃、出家して玄誓となった為兼の猶子為基からの口伝として「故為兼卿の哥を教られしに……歌をは如此たゞ有のまゝを可詠也との給しとかたられしを、心に納得して、其比は稽古せし也」（『了俊歌学書』）と語っていた。了俊もまた、為兼顔負けの歌論を開陳する。

和歌を詠事、昔より家々のをしへ少つゝ替行とも、心の発は更に別にあらす、只我心に思事を言に出ていふを、則哥と云也、さらは古今集の序にも、花になく鶯、水にすむ蛙も哥をよむとかきたるは、必しも三十一字をよめるにはあらす、我思心有也、なきたきを声に出す事を云り。（中略）まめやかの数寄の人、器用の人は不偽、只我心底よりとり出たる風情、心をのみよまんとたしなむへき也。

（『了俊歌学書』）

さらに了俊は、「世俗の言」の用法をめぐる、和歌との境界について、冷泉派の歌論を次のように展開した。

所詮只言、世俗の言といふ中に、きゝよくて、しかも、今我よまんずる哥の心に可相叶を、世俗の言成共、可詠也。

（『了俊日記』『了俊歌学書とその研究』）

これも、為兼歌論に通ずるものであることは、もはや説明の要もないだろう。それは「寧ろ京極派・冷泉派の理想とする風体でもあ」るのだが、二条派からは、世俗の詞を用いるなど以ての外だと排斥される。たとえば

「唯以二世俗之詞一、僅詠二眼前之風情一歟」（『延慶両卿訴陳状』二条為世）「と難ぜられ」た方法論であった（荒木尚『今川了俊の研究』笠間書院、一九七七年）。しかし了俊が「世俗の言」や「只言」などを梃子に「やまとことば」の範囲を拡げ、「哥の心」を十全に満たそうとした試みは、その理論的基盤を「兼好鈔」と限りなく相似させる。

俊成卿云、哥とは万に付て我心に思事を詞（イ言）にいひ出すを哥と云なりと云々。（中略）哥の本躰と云は、有のまゝの事をかざらずいひ出すを本とせり。

（『言塵集』第一序、日本古典全集）

こうした指向を持つ、才ある歌人の方向性とその行方を、了俊の言説は指し示す。ただし兼好は、実際の詠作に於いては、「今」の歌の領域を常套的に守る。「誹諧の体」も彼の本意ではなかった。しかし、心と詞の問題を犯さない場——家集の部立て・編纂、そして『徒然草』として表現された、非和歌としての「やまとことば」集成——に於いては、レジスタンスを試み、表現のすきまを埋め尽くそうとした。そのあたりに、「家の風をうくる」二条派「上足」の歌人兼好[34]の達成と、また限界があったということではないだろうか。

だがたとえ散文へと流れても、思うことを思うままに書くことは、容易には理想を体現しない。そのような自在を追究すれば、和歌の規範で二条派が為兼を難じたように、生み出されることばは、いずれ肝心の〈あや〉を失うものである。

今代《きんだい》の禅僧、頌《じゆ》を作り、法語《ほふご》を書かん料《れう》に、文筆等を好む、これ則ち非なり。頌作らずとも、心に思はん事を書いたらん。文筆調《ととの》はずとも、法門を書くべきなり。

（『正法眼蔵随聞記』三ノ六、日本古典文学全集）

法語等を書くも、文章に課《おほ》せて書かんとし、韻声違《ゐんしやうたが》へば礙《さ》へられなんどするは、知りたる咎《とが》なり。語言《ごごん》・

文章はいかにもあれ、思ふままの理《ことわり》をつぶつぶと書きたらば、後来《こうらい》も、文章わろしと思ふとも、理だにも聞えたらば、道のためには大切なり。　（同三ノ九）

歌が歌であることについて、『愚問賢註』は、「天地を動かし鬼神を感ぜしむるも、文花を飾り、風情を求むべしと覚えたり」。「俗言俗態をさるべきなり」と述べていた。大切なのは「法門」や「道」であり、伝えるべきは「理」であって、「文章整わずとも」「語言・文章はいかにもあれ」「文章わろしと思ふとも」と繰り返す道元の言説とは対照的なものである。本居宣長は、『石上私淑言』でこの『愚問賢註』の言説を取り上げ、「かの『愚問賢註』の首《はじめ》の問答にいへるところは末のことなれども」、「歌といふ物は、人の聞きてあはれと思ふところが大事なれば、その詞に文《あや》をな」すものだと断ずる。和歌と、ただの詞との間には、超えがたい大きな懸隔があった。「ただの詞はその意《こころ》をつぶつぶといひ続けて、理《ことわ》りはこまかに聞ゆれども、なほいふにいはれぬ情《こころ》のあはれは、歌ならではのべがたし」。「詞《ことば》に文《あや》をなすゆゑなり」（『石上私淑言』巻一）。そう宣長は明言する。宣長が繰り返す「つぶつぶ」という形容と「理《ことわ》り」という例示が、『正法眼蔵随聞記』と共通することにも注意しておきたい。

「世俗の詞もよくよめば歌詞になり、歌ことばもあしくよめば世俗の詞になる事にて侍り」（『野守鏡』上「詞をはなれて詞をはなれざる事」）。秀歌や秀句を志向する「理」と「あや」との葛藤を経て、いつも文学は生成する。[35] さればこそ『徒然草』は、そのはじまりに於いて、ことさらに表現性を「和哥の詞」（『文段抄』）に依存する。そして「源氏見ざる歌詠みは遺恨の事なり」[36]（『六百番歌合』冬十三番判詞）と俊成が言うように、「源氏物語ノ詞ヲ」「多ク」「用」いていたのである（『寿命院抄』）。俳人の各務支考（一六六五〜一七三一）は、『徒然草』を「和歌の法語」（『つれ〳〵の讃』）と呼んだ。その一面を巧みに評したことばであろう。ちなみに俊成は「源氏見ざる歌詠みは遺恨」と述べる判詞の直前に、「紫式部、歌よみの程よりも物書く筆は殊勝なり」（『六百番歌合』同上）と記していた。

歌人兼好の『徒然草』を考える上で、意味深長な文言である。

六　思う心と綴ることば――『徒然草』の選択と方法

するすみにすずりのいしのつぶるまでかくともつきじおもふうれへは

（『風情集』五四〇番）

「うれへ」に限らず、「かくともつき」ざる様々な「おも」いを、『徒然草』は、和歌に寄り添った〈やまとことば〉で書き始める。「徒然なる心がどんなにたくさんなことを感じ、どんなにたくさんなことを言わずに我慢したか」と小林秀雄『無常という事』が評したように、『徒然草』の文体は、近代人の眼には、ストイックに抑制された筆致を感じさせる面もある。だがその内実は、一見饒舌な『枕草子』などより、はるかに多様で雄弁であった。

…徒然草は随筆と称せられるが、単に一口随筆と云つて無造作に片附けられる作品ではない。仔細に吟味すると、修辞学上の文種たる記事文も叙事文も説明文も議論文も皆こゝに包含せられてゐて、頗る多面的である。而して説話文学的要素の認められる点が、殊に興味がある。

（野村八良『近古時代説話文学論』第二章、藝林舍、一九七六年版）

たしかに『徒然草』に比して『枕草子』には、「説話文学的要素」が「殊に」少ない。(37)〈やまとことば〉観に支えられ、和歌から散文へ転じたとき、「歌学書」『枕草子』(38)が再発見される。そこに書かれた「歌学書」から逸脱する部分も、兼好にとって刺激的ではあっただろう。だが本書第一章にも述べたように、その発想には第一義的に『枕草子』があった[39]と述べて解決するほど、『徒然草』のジャンル問題は単純ではない。

> 型に囚はれずに、思つたまま書くところに文章が成立するといふ主張は、半ば真理であるとともに、半ば、表現そのものの性質を無視したことになるのである。……表現といふものが、型なくして成立するであらうかと考へると、それは甚だ疑問である。「思ふままに書く」といふことが云はれるが、一體、「思ふ」といふことが、果して型を離れて成立し得るものであらうか。……古来、文化の創造といふことは、常にそれに先行する、ある型を前提とし、その型を破るところに文化の創造があり得たので、破るべき型なくしては、文化の創造もありえない。
>
> （時枝誠記『文章研究序説』山田書院、一九六〇年）

兼好にとって〈先行する型〉とは、先ず和歌であり、歌人としての自らであった。「つれづれなるままに」「心にうつりゆくよしなしごと」を和歌のように綴る。よく似た表現の一つに「つれづれのつきせぬままに、おぼゆる事をかきあつめたる歌にこそ似《に》たれ」という一節がある（『和泉式部集　続集』一〇一四番〜詞書）。やはりそれは、確実に和歌として発せられるべきことばであった。しかし兼好は自覚的に、和歌にあらざる〈やまとことば〉として表出しようとする。そして跡には「あやしうこそものくるほしけれ」、「あやし」[40]く「いやしき」「くるひ」（『野守鏡』）の文字と言葉が残る（第一章注15など参照）。

『徒然草』一九段に「おぼしきこと言はぬは腹ふくるるわざ」という、表現希求の表明がある。『大鏡』の一節を踏まえたものである。『徒然草』にも「世継の翁の物語」[41]として引用される『大鏡』は、「余る」「思ひ」を語り聞かす「あどうつ」対話の相手を得て、はじめて物語が展開する、という設定を取った。[42]第一章で述べたように、女房日記の『たまきはる』は、「きかまほしうする」人を読者に想定して、回想の記を書いたと宣言する。和歌から離脱した『徒然草』には、話し相手を前提したり、仮構したりする物語や階層のスタイルで「思ふ」事を書く、という選択肢もあった。中世に於いて、それは一つの常套でもあったのである。

つくぐヽとおもひねの夢よりほかに。なぐさむばかりのうつつのとはずがたりもせまほしく侍れど。いひかはしあはれしるべき友もなきまヽ。よしやをのがものから。かたみともみ侍らんため。…　（『山賤記』群書類従）

とはずがたりもせまほしくおもひたまふれど。そのことヽなければ。いたづらにこヽろのうちにくらし侍るに。……おほかたはいたづらなるたはぶれ事のやうなれど。……老のひがおぼえのみぞあるべけれども。いちぐヽにとひ給ふならば。こたへ侍らむ。　（『世諺問答』発端、群書類従）

『徒然草』三八段には、「但し、しひて智を求め、賢を願ふ人のために言はば」という、問いかけの文言もある。『正法眼蔵随聞記』のように、「法語等を書く」方法で「心に思はん事を書」き、「思ふままの理をつぶつぶと書」くやり方もあっただろう。

是即《これすなはち》愚《をろか》なる心《こゝろ》の一筋《ひとすぢ》を先《さき》として…後《ご》人の嘲《あざけり》をも不《ズ》レ顧《カヘリミ》。浮《うか》べるに随《したがつ》て何《なに》と無《な》き水茎《みづぐき》のすさみ、定無浮草《さだめなきうきぐさ》の言《こと》の葉《は》を書集《かきあつ》めて、甲斐《かい》なかるべけれども、常《つね》に是《これ》を身《み》に随《したがへ》て、有レ心《アランコヽロ》人《ひと》、道《だう》心者《じや》に見《み》すべけれ…　（『妻鏡』『日本古典文学大系　仮名法語集』）

だが総体としての枠組で、兼好は、そうした対人的ベクトルの言説を選ばなかった。語るように残される「物語」の詞も、『正法眼蔵随聞記』で道元が語るように法語の真理も、歌の詞と交わらず、拙い「たゞのこと葉」しか生み出さない建前であったからだろうか。併せて兼好が、残し伝えるべき子孫というものを、端から否定していたことも確認しておこう。

我が身のやんごとなからんにも、まして数ならざらんにも、子といふものなくてありなむ。（六段）

夕の陽《ひ》に子・孫を愛して、さかゆく末を見んまでの命をあらまし、ひたすら世をむさぼる心のみ深く、もののあはれも知らずなりゆくなん、あさましき。（七段）

語るべき友についてはどうだろうか。『徒然草』は、友を語るいくつかの章段を残しているが、まずは、次の一連が挙げられる。

同じ心ならん人としめやかに物語して、をかしきことも、世のはかなきことも、うらなく言ひ慰《なぐさ》まんこそうれしかるべきに、さる人あるまじければ、(43) つゆ違《たが》はざらんと向ひゐたらんは、ただひとりある心地やせん。たがひに言はんほどの事をば、「げに」と聞くかひあるものから、いささか違ふ所もあらん人こそ、「我はさやは思ふ」など争ひ憎み、「さるから、さぞ」ともうち語らはば、つれづれ慰まめと思へど、げには、少しかこつ方も、我と等しからざらん人は、大方のよしなしごと言はんほどこそあらめ、まめやかの心の友には、はるかにへだたる所のありぬべきぞ、わびしきや。（一二段）

ひとり灯《ともしび》のもとに文をひろげて、見ぬ世の人を友とするぞ、こよなうなぐさむわざなる。…（一三段）

新大系は、第一二段の類例に、『建礼門院右京大夫集』の叙述を指摘する。

さすが心あるかぎり、このあはれをいひ思《おも》はぬ人はなけれど、かつみる人々も、わが心の友《とも》はたれかはあらむとおぼえしかば、人にも物もいはれず、つく〴〵と思《おも》ひつゞけて、胸《むね》にもあまれば、仏《ほとけ》にむかひたてまつりて、泣《な》きくらすほかの事なし。　（二〇四番詞書、岩波文庫）

このように、彼女が「心の友」の不在を絶望するのは、「寿永元暦などのころ世のさわ《は》ぎ」で恋人を亡くした境遇が追い込む、不可抗力の孤独による。(44) また本章冒頭で触れたように、『源氏物語』手習巻の浮舟＝手習の君も、自らの失踪が招いた結果によって「同じ心なる人もなかりしままに」、「なつかしくことわるべき人さへな」く、必然的に「硯にむか」う。いずれも「とはずがたりもせまほし」（『山賤記』）い気持を現実が遮断し、その「むすぼほれた心をのぼす」（玉上前掲書）ために、物が書かれようとする。

一方、第一二段との出典的表現として、「同じ心なる友なくて、ただ独《ひと》り眺《なが》むるは、いみじき月の光もいとすさまじく、見るにつけても、恋しき事多かるこそ、いとわびしけれ」という『無名草子』の一節が指摘されることもある。上野英二(45)は、この一節が『徒然草』への影響が指摘される同書〈文《ふみ》〉(46)の直前に置かれていることに着眼している。

文といふものだに見つれば、ただ今さし向ひたる心地して、なかなか、うち向ひては思ふほども続けやらぬ心の色もあらはし、言はまほしきことをもこまごまと書き尽くしたるを見る心地は、めづらしく、うれしく、あひ向ひたるに劣りてやはある。つれづれなる折、昔の人の文《ふみ》見出でたるは、ただその折の心地して、いみじくうれしくこそおぼゆれ。まして亡《な》き人などの書きたるものなど見るは、いみじくあはれに、年月《としつき》の多く積もりたるも、ただ今筆《ふで》うち濡《ぬ》らして書きたるやうなるこそ、返す返すめでたけれ。

（『無名草子』）

右の連続が『徒然草』一二・一三段と配置的にも相似形をなすことを、上野は傍証として指摘している。『徒然草』の友は、この『無名草子』に近い。追い詰められた孤独ではない。第一三七段で「「心あらん友もがな」と、都恋しう覚ゆれ」と書き、第一七〇段では「同じ心に向はまほしく思はん人の、つれづれにて、いましばし、今日は心しづかに、など言はんは、このかぎりにはあらざるべし」といい、第一七五段では酒を語って「つれづれなる日、思ひのほかに友の入り来て、取り行ひたるも、心慰む」とも語る。

興味深い先例がある。慈円である。多賀宗隼は、『拾玉集』を引きながら、次のように慈円の「友」を説明する。

出家とは無常なく人を喪《うしな》って真の友・真の同胞を得ることである。

さぞといはゞまことにさぞとあどうちて　なやそやといふ人だにもがな
思ふこと何ぞと問はん人もがな　いとさわやかにいひあらはさん
世をなげく心のうちを引あけて　見せたらばと思ふ人だにもがな
うれしかなしわが思ふことを誰にいひて　さはさかとだに人に知られん
もろともにともなふ人のあらばこそ　いひあはせつゝなぐさめもせむ

心友《しんゆう》を求め人物を求めることは、慈円の一生を通じての切実な要求の一つである。……友を求める心は、あらゆるものを友とする心であるとともに、友の得がたきを歎ずる心にも通ずる。この歎声《たんせい》もまた彼の一生のものであったことはむしろ当然であろう。

よしあしを思しる人ぞ難波がた　とてもかくても世にありがたき
思しる友こそなけれいかにせん　人の心のうきよなりけり
心ある人もあらしの吹く世には　たゞ何事もうき雲のそら

（多賀宗隼『人物叢書　慈円』吉川弘文館、一九五九年）(47)

兼好の孤独は、より自覚的に充足している。キーワード「つれづれ」を用いて、『徒然草』は象徴的な物言いを残していた。

つれづれわぶる人は、いかなる心ならん。まぎるる方なく、ただひとりあるのみこそよけれ。（七五段）

こう語る兼好は、『徒然草』を「ただひとりある」ことの自足の中で書く。(48) 自在に独り居て、独り綴り、「反古」として消費されていく文字言語。彼がなぞらえた「手習」という〈型〉(49)は、『徒然草』にとって、いみじくも相応しいものであった。

七　『徒然草』という達成――中世散文史へ向けて

十三世紀に入ると、橘成季『古今著聞集』（一二五四年）などを一つの頂点として、後に説話集と呼称される和文集が、充実の時を迎えようとしていた。(50)『方丈記』の著者鴨長明も、その序文に「はかなく見ること聞くことを注《しる》しあつめつつ……承《うけたまは》る言《こと》の葉をのみ注す」と述べて『発心集』をまとめている。見聞を忠実に言葉で伝承することを旨とし、自らの詞や、それが照す心を排することを標榜するのが、説話集の立脚点であった。

和文集として、説話集と『徒然草』はどこかで親しく交わるが、その一方で、地平を対極的なものとする。一見、よく似ているかに見える『沙石集』の「見シ事聞シ事、思ヒイダスニ随《したがひ》テ、難波江《なにはえ》ノヨシアシヲモ撰《エラバ》ズ、藻《も》塩草《しほぐさ》手ニ任セテ、書キ集《アツメ》侍リ」(序)という表明も、〈やまとうた〉〈やまとことば〉というフィルターを通じて見れば、根本のところで異なっている。

『沙石集』は「見シ事聞シ事」それ自体が記述対象である。それに対して『徒然草』は、「心におもふ事をみるものきくものにつけていひいだ」すという、『古今集』序の本義に立脚する。

> (『徒然草』は)日本の風儀…神道三教すべて用ひて、治国平天下の助けとなれり。……哥道又此国の風俗なれば、神仏儒道老荘をはじめ。もろ〳〵の道を捨る事なく、品々にうつりゆくこゝろをたねとして、よろづのことの葉にいひ出るわざなれば、此故に此草紙も、かくやまとこと葉をもちて、此もろ〳〵の道のことわりをかきやはらげ……教誡となせる…　(『文段抄』)

「思事ヲ云ハ。皆歌也。物語スルヲモ。ウタフト云」(『了誉序注』)。[51] 『徒然草』はまさしく〈思うこと〉を「ウタフ」、広義の「やまとことば」集であった。『徒然草』序段の宣言は、あたかも「志の不在証明」とも見える、心の表現性に限局した言及である。その先鋭さは、『徒然草』が「志」自体を対象とし、心を直截に言語化して散文化するという、あるいは日本文学史上初めての大きなテーマを、自覚的に背負っていたことの証しである。

『徒然草』の「志」の特別さは、同じように『古今集』序を使って説明される、いくつかの創作態度と対比すれば、よりはっきりと示される。たとえば、宣長がそうしたように、作り物語という散文なら、和歌にそのままなぞらえて、譬喩が成り立つ。

光源氏は、式部か心を種として、よろつのことのはとそなれりける。世中にある人、ことはさしけき物なれは、心におもふ事を、みる物きく物につけてよそへいへるなり。

（『弘安源氏論義』源氏物語大成）

ところが同じ「物語」でも、「承る言の葉をのみ注す」説話集になると、そうはいかない。

いまなにとなく、聞き見るところの、昔今の物語を種として、よろづの言の葉の中より……心をつくる便《たより》となさしめんがために…

（『十訓抄』序、新編日本古典文学全集）

それは、心ならぬ、物語を種として、人に「心をつくる便」となる言葉である。〈心に思ふことを見るもの聞くものにつけて〉表出する和歌とは、ベクトルが逆転している。著者自身の「心」や「思ふこと」は、記述の背後に退き、見えなくなってしまう。

かくして「心にうつりゆく」ことを「書きつく」という『徒然草』の言明を〈心に思うままを書く草子〉と換言しつつ(52)歴史的な視点から探ってみれば、あらためて、当時の代表的散文集である説話集との間に存在する歴然とした懸隔にたどり着く。かつて説話研究の立場から「発想の形態としてまさに対極にある」（注37前掲西尾光一『『徒然草』における説話的発想』）と評された説話集と『徒然草』との距離は、やはり決定的に大きかった。

自己を多く語りつつ、説話を享受する無住の著は、説話集としてはまさにその限界を越えようとする方法と言わなければならず、人間を自由にありのままに理解しつつ、その中に自己を省察する発想は、随筆に転移する一歩手前にある説話評論の書といえよう。兼好が『徒然草』を書いたのは、それから約三十年後のことであった。

（西尾光一『中世説話文学論』塙選書、一九六三年）

こんなによく似ているのに、なぜそこには、超えがたい違いが存在するだろう…。西尾は、そう含意して、書き記しているようにも読める。本書で以下述べるように、『沙石集』と『徒然草』とは、思想史的コンテクストに於いても、いくつかの補助線を重ね合わせる。しかしそれでも、歌人兼好という個性が出現しなければ、「限界を越え」て発想の転換がなされることはなかっただろう。その「一歩」には、単に「三十年」という年月に還元し得ない[53]、文学史的意義が刻印されていたのである。

注

（1）『正徹物語』上74に「随分の歌仙にて、頓阿・慶運・静弁《じやうべん》・兼好とて、その頃四天王にてありしなり」とある。本書第十章参照。同上95には「為秀・頓阿・静弁・兼好などその比四天王といはれし名人ども」、同下193は「頓阿・慶雲・静弁・兼好などいひし上足」と記される。

（2）書写については『源氏物語大成　研究篇』（五九〜六〇頁）など、『源氏』に関連する『徒然草』章段については、新日本古典文学大系『徒然草』脚注など参照。

（3）『源氏物語』に於ける、所謂「蛍巻の物語論」については、本章とは論点を異にするが、阿部秋生『源氏物語の物語論――作り話と史実――』（岩波書店、一九八五年）に専論があり、宣長の「もののあはれ」論への言及もある。

（4）引用は『日本古典集成　源氏物語』当該部の傍注と頭注。

(5) こうした宣長の歌論については、本書第七章「和歌と阿字観——明恵の「安立」をめぐって——」に関連することを述べた。
(6) 島津久基「「つれ〴〵」の意義」(同『国文学の新考察』至文堂、一九四一年所収)。
(7) 久保田淳「徒然草の原泉——和歌——」(同『西行 長明 兼好 草庵文学の系譜』明治書院、一九七九年所収)。
(8) 「この草子に見えたる歌は。凡三十六首あり。然して此うち清少納言が自詠は十六首あるのみにて。そのほかは他人の詠なり」(鈴木弘恭『訂正増補枕草子春曙抄』)。
(9) 稲田利徳「兼好の顔」(『別冊国文学 徒然草必携』学燈社、一九八一年所収)。
(10) ここではその背景に在る中国詩論については問わない。それについては、小西甚一『文鏡秘府論考』研究篇下(講談社、一九五一年)他参照。
(11) 久保田淳「心と詞覚え書」(『中世文学の世界』東京大学出版会UP選書、一九七二年)他参照。
(12) 日本古典文学大系『歌論集　能楽論集』頭注。なお明恵に関するこの一節については、本書第七章に於いて関説する。
(13) 「京極為兼の歌風形成と唯識説」(『創立二十周年記念鶴見大学文学部論集』一九八三年、のち岩佐美代子『京極派和歌の研究』笠間書院、一九八七年所収、改訂新装版、二〇〇七年)。また同『京極派歌人の研究』(笠間書院、一九七四年、改訂増補新装版二〇〇七年)参照。
(14) 為兼の歌論が『為兼卿和歌抄』という成書を通じて流布したかどうかは微妙なところだが(福田秀一『中世和歌史の研究』角川書店、一九七五年)、そのことはいまの問題と直接は関わらない。
(15) 特にことわらない限り、以下引用される「中世古今集注釈書」については、片桐洋一『中世古今集注釈書解題』一～六(赤尾照文堂)に拠る。
(16) 川上新一郎他「古今和歌集注釈書・伝受書年表(稿)」(『斯道文庫論集』四七輯、二〇一二年)参照。
(17) 為兼歌論の形成については、日本古典文学大系『歌論集　能楽論集』注、太田青丘『日本歌学と中国詩学』(桜楓社、太田青丘著作選集、一九八八年)、岩佐前掲書、藤平春男『歌論の研究』(ぺりかん社、一九八八年)等参照。
(18) 白石大二『兼好法師論』第二部四「歌論」(『徒然草と兼好』帝国地方行政学会、一九七三年に再収、初出一

九四二年）、安良岡康作『徒然草全注釈』など参照。福田秀一は『野守鏡』と『徒然草』の直接的関係については「不明ながら、かゝる類似の論をなす以上は…さして異なる立場に居なかったことを認めておけば足りる」と、『野守鏡』と一四段との比較論の立脚点を確認した（『中世和歌史の研究』第二篇第七章Ⅲ「歌人としての兼好」）。参考として引いておく。

(19) 小林智昭『中世文学の思想』（至文堂、一九六四年）所収。いま引用は同『法語文学の世界』（笠間書院、一九七五年）の第二章第三節「野守鏡考」による。

(20) 田中道雄「兼好の古今集受講について」、荒木尚「歌人としての兼好論序説」（いずれも『日本文学研究資料叢書　方丈記・徒然草』有精堂、一九七九年に再収、荒木尚論文は同『今川了俊の研究』笠間書院、一九七七年に改稿再収）他参照。

(21) 小幡正信『古今和歌集序註』は「岡山藩主池田宗政（一七二七～一七六四）の室藤姫が宝暦十二年（一七六二）に書写した」ものだが、これより古い写本として、鶴見大学に『古今和歌集序鈔（小幡正信注）』（正徳二年（一七一二）義孟筆　袋綴一冊）があることが紹介されている（総持学園創立九〇周年鶴見大学文学部ドキュメンテーション学科設立一〇周年記念、第一三八回鶴見大学図書館貴重書展『収書の真髄——勅撰集に関する古典籍・古筆切を中心に——』二〇一四年十月、伊倉史人執筆項）。

(22) 小松は「学会ハイライト　最近における徒然草研究の展望」（『国文学　解釈と教材の研究』一九六九年三月号）で「先頃某氏ご持参の「伝吉田兼好筆古今抄」は故西下経一氏が『文学』昭9年1月での予想に一致し、兼好の歌学研究の傍証となるであろう。佐竹侯の売立目録大正6にある本だ」とも言及する。

(23) 東大本は、帙題「兼好本古今和歌集注」、外題「古今和歌集兼好筆」とある本である（中古11.4／13）。本章旧稿発表後、東大写本をもとにした翻刻と研究が出来した（米田真理子「〈翻〉東京大学国文学研究室蔵『古今和歌集　兼好筆』（伝兼好筆古今集注）」『武庫川国文』五〇号、一九九七年十二月、同「『伝兼好筆古今和歌集注釈書』の伝来と享受」『武庫川国文』五一号、一九九八年三月）。それらは、米田『『徒然草』とその時代』（大阪大学博士論文、二〇〇三年）第三編第二章に改稿所収された。大阪青山歴史文学博物館本の移動の経緯や、東大本の書写について詳細である。米田によれば、「東大本は、もと不忍文庫の所蔵で」「その奥書によると、青霞園主人臨模本のさらなる書写である」（前掲博士論文）。

(24) それぞれ別個に存する錯簡や、筆写の際の若干の誤字脱字等が存する。

(25) なお紛らわしいのは、片桐が（5）として掲出した部分に続く、一字下げの「兼好云私云くハしくとけり此説相応歟」（五四ウ）だが、これは引用のされ方から見て――「私云」とは通常小幡正信の所見を言う場合に、冒頭に付されるものの如くである――兼好の引用ではなく、除外すべきだろうか。すると小松が指摘した如く、十五箇所の所引となる。

(26) この理論と表裏して、三国言語観の中での「やまとうた」「やまとことば」の議論がある。本書第八章参照。その中間的言説に宗祇の「心にあるとは、心に動也。世界に弥倫したる事、心にうごくなり。世界と我身と相対す。世界の事を心にうごかすなれば歌は世界ある理也」（『古聞抄延五秘抄』、本書第三章所引）などとも位置づけられる。

(27) 「兼好鈔」は「よろづのことのはとぞなれりける」に対し、「これは人の哥よむこと也。別の義なし」と記す（片桐翻刻の（2））。これはたとえば『三秘抄』が「はなになく…いづれかうたをよまざりける」について「これは、をの〳〵なくこゑも、かれが心にはうたにてぞあるらんといふ義なり。このほかべちの心あるべからず」と注するのに似た口吻である。「兼好鈔」も「是ハ鶯蛙をはじめ万のとり・けだもの、いきとしいけるもの皆歌をよむといふ也」云々の注説を有する。ちなみに『両度聞書』では「よろづのことのはとぞなりにけるとは、一、二を生じ、二、三を生じ、三、万物を生ずるの心也」といい、さらに『大江広貞注』が「万法は、只心の所変する也。法相宗の唯識論に、たとへをいたして……たとふるかことくに、たゝ万の事は人の心をたねとしてもろもろの事は生するなり」という如く、「言」を広く言語表現以外の「事」一般に敷衍し、論を展開する注説もある。この唯識説の応用については、本書第六章で論じた。

(28) 「誹諧」と「そし」られることについては、「左は有巨病之由…右は誹諧之為體」（『六百番歌合』夏三番判詞）、「…詞花、千載両集の比ほひより、誹諧のすがたみだれまじはり、たゞこと葉なる風をのせたる…」（『和歌口伝（愚管抄）』）、「寛元六帖人々歌大略誹諧たゞ詞也。民部卿入道詠も誹諧體多しとて…故京極中納言入道被ㇾ申候風體には異とて」（『井蛙抄』雑談）という例も同様である。なお本誹諧歌人としての兼好の姿、精神を追跡しようとした試みに、上條彰次「中世文学跋渉（その二）――兼好と誹諧歌のことなど――」（『静岡女子大学国文研究』一六号、一九八二年）『中世和歌文学諸相』がある。

(29) 井上宗雄「兼好家集」(『徒然草講座』第一巻、有精堂、一九七四年)。

(30) 荒木尚『今川了俊の研究』一―三(笠間書院、一九七七年)。

(31) 「凡此書者、為㆓愚癡者㆒、任㆑意抄也。不㆑可㆑為㆑証矣」(『観智院本類聚名義抄』天理図書館善本叢書)という例もある。

(32) 「家集」と『徒然草』の関わりは、種々の面から説かれる(白石大二『兼好法師論――人・時代・伝統――』三省堂、一九四二年、二―二「家集と徒然草」他)。稲田利徳は、『徒然草』のために歌集を読むのではなく、歌集の読みを主軸に据えて、『徒然草』を引き寄せる、と私には読み取れる視点で、「『兼好自撰家集』の交響楽的読み」(稲田利徳『和歌四天王の研究』第四章第五節、和泉書院、一九九九年、初出一九八八年)と題する論考を書いている。

(33) 荒木尚『今川了俊の研究』一―二参照。

(34) 『正徹物語』下193に「頓阿・慶雲・静弁・兼好などいひし上足も、皆家の風をうくる故に…」とある。荒木尚は、冷泉派歌論が、俊成、定家の「心を重んじ」る態度を継承・発展させたものであり、「心よりもむしろ詞の方へ関心を向け」た二条家為家流の主張が、「歌論思想の上でみる限り、傍系的役割しか果たしていない」こと、更に「三家の抗争はその血統的関係者の間において熾烈をきわめたもので」、門弟間において、「それ程までのこともな」く、兼好などが、二条家の門弟として一生通すべく決意したということは、文献の上においても、またその言説の上においても、見出し得」ず、「結びつきは一生を賭けるほど緊密なものでもな」いという。『徒然草』一四段が、しばしば二条派の歌論そのものといわれることと相俟って、兼好に於ける、二条派との連続と逸脱の問題を窺わせ、興味深い。なお一五三段には、為兼逮捕が語られるが、『徒然草』の章段の中に、京極派和歌の発想に通じるもののあることについて、久保田淳の指摘がある(「徒然草の原泉――和歌」)。

(35) 久保田淳「詩と散文の間」(前掲『西行 長明 兼好』)他諸論考、斎藤彰「徒然草の和歌的基盤――表現機能と構成意識――」(同『徒然草の研究』風間書房、一九九八年所収)他参照。

(36) 寺本前掲書に、『源氏』受容と和歌史の問題が詳論される。荒木尚に拠れば、そうした『源氏』重視は、冷泉派に引き継がれるという(前掲書)。

(37) 西尾光一「『徒然草』における説話的発想」(『説話文学小考』教育出版、一九八五年)。

(38) 久保田淳「中世人の見た枕草子」(『国文学　解釈と教材の研究』一九六七年六月号)。正徹が併せ引くように、『徒然草』も歌書として把握享受された歴史を有する(島内裕子「『徒然草』における注釈書的・歌学書的性格とその享受」『国語と国文学』一九八三年十一月号、同『徒然草の変貌』ぺりかん社、一九九二年再収)。

(39) 「草子ノ大躰ハ、清少納言枕草紙ヲ模シ」とつとに『寿命院抄』が評し、山際圭司は、『枕草子』が『徒然草』の「多くの文章」に「深く大きい」「重大な影響を与えた」ことを強調し(「徒然草の成立」『文学』一九八五年四月)、『枕草子』への感興から、『徒然草』が書き始められたと説く(前掲「枕草子をつぎて書きたる物」)。なお『枕草子』との関係については、本書第十章参照。

(40) 「あやしうこそ…」の「あやし」には「見苦しき意を含む」(山田孝雄『つれ〴〵草』寶文館)。『近代秀歌』は「見ぐるしけれど」と自作を評す。

(41) 「世継の翁の物語」と『徒然草』六段に見える。

(42) 拙稿「説話の形態と出典注記の問題――『古今著聞集』序文の解釈から――」(『国語国文』五三巻一二号、一九八四年十二月)に関連する問題を述べた。

(43) 烏丸本は「…ければ」であるが、角川ソフィア文庫は、正徹本によって「けれど」と校訂する。落合博志「『徒然草』本文再考――第十二・五十四・九十二・百八・百四十三段について――」(荒木編『中世の随筆――成立・展開と文体――』竹林舎、二〇一四年)にこの本文をめぐって独自の読解がある。

(44) 上條彰次は、心の「「友」観念が顕在化している点に、『右京大夫集』と『徒然草』との内面的接点を指摘」(上條彰次前掲「中世文学跋渉(その二)――兼好と誹諧歌のことなど――」)する。ここではそれを承けて、両者の差異に着目したい。『右京大夫集』も、歌集への意識とそこからの離脱としてある回想の記として、みづからを見据えた興味ある宣言をもつ(「家の集などといひて、歌よむ人こそかきとゞむることなれ、これは、ゆめ〳〵さにあらず。たゞ…なにとなく忘れがたくおぼゆることどもの、あるをり〳〵、ふと心におぼえしを、思ひ出でらるゝまゝに、我が目ひとつにみんとてかきおくなり」序、「心に思ひしこと」二段、「心にかくおぼえし」三段)。兼好は『右京大夫集』の読者でもある(一六九段)。

(45) 上野英二「見ぬ世の友――読書の古代――」(『成城教育』六八号、一九九〇年)。

(46) 本書第一章参照。なお『更級日記』には「おなじ心に、かやうにいひかはし、世中《よのなか》のうきもつらきもお《を》かしきも、かたみにいひかたらふ人」（四二六頁）という表現がある。

(47)『徒然草』一二段の「心の友」という語に、中世隠者文学に於ける「友」という重要な認識の「自覚的、積極的」な発言をみる指摘（『シンポジウム日本文学　中世の隠者文学』学生社、一九七六年）もある。

(48) 佐竹昭広「中世の言語表現――閑居の文学――」（『岩波講座文学6』一九七六年、『閑居と乱世　中世文学点描』平凡社、二〇〇五年、『佐竹昭広集』第四巻、岩波書店、二〇〇九年に再収）。

(49) もちろんそれは、兼好もそうであったように（前引二九段）、結果としての読者を比定するものではない。図らずも反古が伝わるという、伝達の特殊性を有する手習という形式の然らしむるところである。

(50) 拙稿「説話集と法語」（小峯和明編『日本文学史　古代・中世編』第Ⅱ部第九章、ミネルヴァ書房、二〇一三年）など参照。

(51) 徳江元正・宮内克浩「翻刻『古今序註』其一」（『日本文學論究』四六号、一九八七年三月）。同「翻刻『古今序註』其二」（同誌四七、一九八八年三月）に後半部分を翻刻。

(52)「心にうつりゆく」については、「譬は鏡の上に万象を浮るか如し」（北畠親房『古今和歌集注』「人のこゝろをたねとして」注）を挙例するに留め、本書の次章以降で、あらためて詳論したい。

(53) 無住は、その最晩年に至るまで『沙石集』の改稿補筆を続けている（本書第八章、第九章冒頭参照）。また兼好の詳伝は不明であり、『徒然草』の成立も厳密な意味では未詳である（第一章、第十章参照）。ここはあくまで象徴的な意味での年限と理解する。

第三章　徒然草の「心」

一　心に動く――問題の所在

『古今和歌集』仮名序の冒頭を、代表的な「中世古今集注釈書」(1)の一つ『両度聞書』は、次のように釈する。

…人のこゝろをたねとするとは、詩にいふがごとく心に動を志といふ義也。心にうごく所は世界に弥綸したるそのひゞきの心に動なり。心の天地にひとしきゆへ也。たとえば天地の炎寒の心におぼゆるやうの事也。心にうごくところ言にいづるを歌といへる也。（『両度聞書』近衛尚通本(2)）

『両度聞書』は、飯尾宗祇（一四二一～一五〇二）が、東常縁（一四〇一～一四九四）より、「文明三年（＝一四七一）から四年にわたり二度」「講釈を受けた」聞書(3)である。宗祇説は「宗祇云…世界の事心にうごくなれば、歌は世界にある理也」（小幡正信『古今和歌集序註』）、「大は三国ニ及ふ大也、其故は天竺の梵字を漢字ニうつし、漢字を和字にてのふる也、和字の哥をもて、陀羅尼の心、漢字の詩をもしる、四十七字の和字をもて其心をのへしる事、此道の奥意也」、「詩ニ在ルレ心ニ為レ志ト云々、心にあるとは、心うこく也、世界に弥論(論イ)したる事、心に動也、世界と我身と相対す、世界ニある哥、心にうこく也、心に動く所を、言ニいつるを、哥といへる也」（牡丹花肖柏聞書『古聞』）(4)などと、和歌陀羅尼説（本書第八章参照）とも連続して、雄大に展開していく。(5)

しかし、ずいぶん以前にこの記述を一読したとき、一点、繰り返される「心に動く」という表現が気になって、釈然としない疑問のまま残った。「詩にいふがごとく」ならば、別の中世古今注『六巻抄』（嘉暦三年（一三二八）為世から行乗が奥書を受）が示すように、正しくは次のように対応するからである。

毛詩序曰、詩ハ者志之所《ユク》之。在ヲレ心ニ為シレ志ト、発《アラハル、ヲ》レ言《コトニ》為スレ詩ト。情ロ動テ二於中チ一ニ而形《アラハル》二於言一云々。詩正義曰、情ロ動テ二於中一ニ還テ是レ在ルヲレ心ニ為レ志ト、而シテ形《アラハレテ》二於言《コトニ》一還テ是レ発《アラハルヲ》レ言トニ為スレ詩云々。詩ハ漢土のことば、歌ハ和国のことば也。すがたかはるといへども、志をのぶる詞なれバ、其心同ことなるべし。

（『六巻抄』「やまとうたは　ひとのこころをたねとして」注）

『毛詩』大序にいう「情」を『古今』序の「心」という和語に比定して捉えるならば、「情動二於中一」は「心《こゝろ》中《うち》にうごき、言外《ことほか》にあらはれ」（『新古今和歌集』序、新日本古典文学大系）と訓まれるはずである。少し類例を探してみると、はやく俊成も、先の連語に通じる表現を用いて『古来風体抄』執筆の経緯を綴っていた。

このこゝろは（＝「以上の趣旨は」日本古典文学全集訳）、としころもいかて申のへんとはおもふたまふるを、心にはうこきなからことはにはいたしかたく、むねにはおほえなからくちにはのへかたくて…(6)

だが、この対偶なら問題ない。「心」＝「むね」、「うごき」＝「おぼえ」と対応し、心の中では考え（＝志）が発動していたが、詞に出すまでには到らなかったと、解釈することができる。しかし『両度聞書』は事情が違う。同書は、「心に動く」＝「志」だと『毛詩』を短絡しているからである。

幸いなことに、この釈義については、その後、優れた論考が出現し、ようやく視界が広まってきた。たとえば『両度聞書』の文献的研究に即して、浅見緑はこう説明する。

寛永十五年版本には、『毛詩』の引用に続いて、次のような記述がある。

心にあるとは心にうごくなり

この説明によって、「毛詩序」にいう「在心為志」、訓読すれば「心に在るを志と為し」の「在る」に「動く」を代入すれば、「心に動くを志と為し」となるのである。寛永十五年版本の「心にあるとは心にうごくなり」の記述は、「在ㇾヲ心ニ為ㇾ志ト」という『毛詩』の原文と、近衛尚通本の「詩にいふがごとく心に動を志といふ義也」という記述とを結び付ける役割を果たしている。いいかえれば、近衛尚通本の「詩にいふがごとく心に動を志といふ義也」という記述は、「詩」の原文の解釈に基づいて導き出されたものと考えられる。[7]

なるほど。たしかにそうした「代入」をなせば、一応合理的な説明はつく。けれども、それではなぜ、そうした操作——「心にあるとは心にうごくなり」という「「詩」の原文の解釈」を経て、敢えて「心に動く」という表現を採用すること——がなされなければならなかったのだろうか。続いて、浅見の見解を補足しつつ、こうした疑問にも応えようとした、鈴木元の研究が出来した。鈴木は、「宗祇抄とされる」『詠歌大概註』に「古今集に、やまと歌は人の心をたねとして、とかける心はうごかぬこゝろ也」という記述があることにも着目して、次のような視点で解釈を試みる。

ここで注意されるのは…「心にうごく」ことの強調が見られる点である。勿論、そこには毛詩大序「在心為志」が踏まえられた上で、「…原文の解釈に基づいて導き出された」（＝前掲浅見論）論理があると考えてよいであろう。ただ問題は、その解釈の内容である。宗祇は一方で「人の心」とは「うごかぬこゝろ」だと言い、一方で「人の心をたねとする」とは「心に動くを志といふ義」だと記す。するとそこには、「動く志」に対し「動かぬ心」が想定されているのではなかろうか。(8)

さらに鈴木は、「そこには「心に動を志といふ」とあり、「心が動く」とはない点が気に掛かる。どうやら「心」と「志」とは、同一物の二つの相というよりは、もう少し切り離されたものとしてとらえる見方が存していた」と想定する。その「興味深い」例として、鈴木は、江戸初期の加藤磐斎『愚問賢註見聞抄』の「風情トハ、外ヨリ心ニ来テウツルヲ云也…」という記述を挙げ、『詠歌大概註』に言う「うごかぬ心」を、磐斎の場合は、鏡のごときものの類推からイメージしていたのではなかろうか」（同上）と付言している。(9)

このことは、室町後期から江戸時代初という時代からみて、たとえば「朱子曰……性者。心之理也。情者。性之動也。心者。性情之主也〇未動為性。已動為情。心則貫乎動静而無不在焉」（『性理大全』巻三十三「性理五」心性情、中文出版社刊）などという所説に類する、宋学の存在を予想させる。だが鈴木が同時代資料を用いて「情動説」に慎重に言及するように、問題は単純ではない。それよりも、私にここで注目したいのは、鈴木の「「動く志」に対し「動かぬ心」が想定されているのではなかろうか」という指摘であり、「心に動を志といふ」とあり、「心が動く」とはない点」という差異への着眼である。

二　心にうつりゆく――『徒然草』序段の解釈

「心が動く」と「心に動く」という対立への疑念は、実はつとに『徒然草』に関して提出されていた。

> 心にうつりゆく●心は鏡のごとく万境うつり来るといふ古来の本説あり寿●心にのにの字眼なり。いかんとなれは、心のうつりゆくといふ時は、心が万事にうつりてうごくなり。心にうつるといふ時は心は外へ出ずして物来てうつるなり。しかる時は心物のためにうごかされず。物さればまた本へかへつて無事なり説
>
> （『徒然草諸抄大成』）

加藤磐斎『徒然草抄』は、第二三五段にも触れながら、序段のこの部分への注を次の如く付している。

> 抄云。心くらからず明鏡のごとくなければ。物《もの》がうつらぬ也。……下巻に心にぬしあらましかば。よろづのものは入来ざらましとある心也。その段とおもひあはすべし。（中略）性理大全三十二ノ心潜室。陳氏曰。人ノ心如レ鏡物一来リ則応ス。物一去テ則依レ旧ニ自在ナリ。

これを読めば、磐斎が『愚問賢註見聞抄』で「鏡のごときものの類推からイメージしていた」ことも併せて判明するのだが、それはともかく、『徒然草』と『古今集』とをつなぐこの観点は、多くの問題を内包している。

たとえば『文段抄』は、前章最後に引用したように『古今集』序を踏まえながら、『徒然草』の序段を「品々にうつりゆくこゝろをたねとして、よろづのことの葉にいひ出るわざなれば」と形容する。季吟がせっかく『古今

集』序を持ち出しながら、肝心のところで、「心にうつりゆく」ではなく、「品々にうつりゆく心」と転じたところに、かえってこの表現のむずかしさがあらわれている。

しかし、現行注釈書に於いて、こうした問題意識は殆ど継承されてこなかった。というより、それ以前の段階で、或る停滞を生じている。

心にうつりゆく「移り行く」と「映りゆく」と両説あるが、後説がよい。壬二集上「花はさぞ色なき露の光さへ心にうつる秋の夕暮れ」も、色ある花こそ心の鏡に映りもしようが、無色透明の露は映りはしまいと思はれるのに、その露の光までも映る程、秋の夕暮れは心が澄みわたるといふ意。即ちこの歌の「心にうつる」も、こゝと同意の用法である。さうして、こゝの「うつりゆく」の「ゆく」に移動の意があるのである。ここの通釈をよく読み味つてほしい。……「心〔ノ鏡〕に映つて〔ハ消エ、映ツテハ消エシテ〕行く」

（橘純一『正註つれづれ草通釈』）

……国姓爺合戦に近松は「心の鏡に映りくる」といっているが（山内）、もし「映ずる」という意ならば、「映り来る」としなければならぬ。でなければ、主客が錯乱する（吉川）。もし「心に映りゆく」ならば、主観は客観化されなければならぬ。しかるに事実はそうではない。「ここの事を思ひ、またかしこの事を思ふ（拾遺抄）」のであって、「甲の事を思い浮ぶかと思えば、それが消えて、乙のことが思い浮んでくる（佐成）」とすれば、当然、移行説によらないわけにはいかない。思うに、心の中を移り行くの意味で兼好は書いたにちがいない。……各段々に、連歌的手法がある（風巻）とするならば、あるいは単に事件報告にとどまらず、心に噴湧くする熾烈《しれつ》な感想を述べるものとするならば、なおさら「移」説が妥当であるとしなければならぬであろう。

（田辺爵『徒然草諸注集成』）

心に映ってゆく。「うつり」を「移り」「映り」のいずれと解するかが問題とされている。旧注は多く「映り」と解しているか。（以下寿命院抄、諸抄大成所引磐斎抄、性理大全等を引く、略）ところで、第二三五段に（引用略）という。これを併せ考えると、寿命院抄・磐斎抄の説に従ってよいか。総索引も「……（映行）」としている。和歌には（壬二集、続千載、略）「宮城野の露分け来つる袖よりも心にうつる萩がはなずり」（新拾遺・秋上・三五四隆淵）などの例がある。通釈はこの壬二集・続千載などの例を引く。全注釈はこれを受けて、これらによると「映る」の意に解されるとしながら、「しかし、ここは、『うつる』ではなく、『うつりゆく』であって、古典の用例の『うつりゆく』は、すべて『移り行く』の意味のみであるので、ここも『移り行く』『移動する』の意に解すべきであると思う。心中に『よしなし事』がつぎつぎに移動し、去来する趣である」という。「うつりゆく」だけを取り出せばこの通りかもしれないが、「心にうつりゆく」であるのだから、「心に映り、それが移ってゆく」というニュアンスを認めてもよいのではないかと考える。

（久保田淳「徒然草評釈一」『国文学』一九七八年五月号）

こうして、「心にうつりゆく」という表現の類例が無いことが問題の発端となり、いくつかの難問が生まれている。私に要約すれば、

一、「うつり」とは、「映」か「移」かという、意味と文字の比定のこと。
二、用例を見いだせる「心にうつる」と用例のない「心にうつりゆく」との表現性の差異の測定。
三、そもそも「心にうつりゆく」ことを書くとは、どのような表現行為なのか。

おおむね、この三点ほどにまとめられる。いずれも密接に関わるが、まず一の問題については『今昔物語集』の用例が参考になるだろう。『今昔』は、鏡に影像がうつることを「移」の文字で表記する。

板敷ノ被瑩《みがかれ》タル事鏡ノ如シ、顯《かげ》残リ無ク移テ見ユ。（巻二十四―三十一）

月ノ光ニ、妻ノ、己ガ影ノ移タリケルヲ見テ…（巻二十八―四十二）

我ガ影ノ水ニ移リタリケルヲ見ケルニ、鏡見ル世モ無カリケレバ顔ノ成ニケル様モ不知デ、水ニ移タルヲ見レバ、糸怖シ気也ケルヲ…（同三十一―八）

旧日本古典文学大系は頭注で、『今昔』はこうした「借字」を頻用し、逆に「正字」の「映」を用いない、と説明する。しかしそれは、『今昔』の特殊な用字法ではなかった。中世期の文献には、同様の表記が、枚挙にいとまないほど使用されている。

今二ハ天照大神ノ天ノ岩戸ニ閉籠ラセ給ヒシ時、我形見ヲ移シ留ム。子孫ニ此鏡ヲ見テ、我ヲ見ルカ如ク思シ食トテ鋳移給ヘル鏡ナリ。（『屋代本平家物語』剣巻、貴重古典籍叢刊）

七真諦之事　……実ニハ鏡ノ事也、天台三諦即是ノ法文ニ相当セリ、元来明所空諦無相也、万象所移是仮諦也、有無ノ二ニ不渡シテ而モ二ヲ備ヘタル鏡ノ体也……万象ノウツル所ヲ今トス、
（「当流切紙」『京都大学国語国文学研究資料叢書　古今切紙集』）

又龍田明神の言く、「諸人に心の鏡塵つもれば神明姿の影を宿さず……」と託宣し給えり。此意は祈人の心を鏡に移る影に喩給えり、げにや曇たる鏡に向ていかに心を励まして影を移さんとすれども影を見ることは

叶まじ…（中略）天鏡そらにかかりてよしあしの人の心を移してぞ見る。と心鏡常に曇蔽われ恥を恥とも思わず我は貌にて暮らすこそ浅猿けれ。

（『十王本迹賛嘆修善抄図絵』（嘉永三年刊）、大八木興文堂の翻刻）

さらに書写の「写」を「移」と表記する例も見える。

応仁第二暦……於法隆寺普門院書写之訖、雖有老筆之憚、依尭順房所望、如形移之了……

（『聖徳太子伝暦』上巻奥書、大日本仏教全書）

此伯蔵の著述の書物一櫃ばかり今にありとぞ。その頃は人にも貸し移させなどしけるが今見れば誠の文字にあらずと也。

（『諸国里人談』(10)巻五）

（太子二歳御影を「造刻」するモデルとして）京都持明院王子、三才ニナリマシマス、此王子二才御影ニ少シカハリ給ハス、其形貌ヲ可奉移之由…

（『太子伝玉林抄』巻二、『法隆寺尊英本太子伝玉林抄』吉川弘文館）

こうした用字法が示すのは、「移」という文字の汎用性である。それは「うつる（す）」という和語に於ける「映」「写」る（す）という意味の領域が、依然として「移る（す）」という表記と意義で把握され、統括しうる側面を持つことを暗示している。そのことをもっとも象徴的に示すのが「鏡」という場であった。川崎寿彦は『鏡のマニエリスム――ルネッサンス想像力の側面』（研究社選書、一九七八年）のなかで、「日本語の語源学的考察が暗示してくれることだが、「映す」とは「移す」ことにほかならない」と述べ、鏡に「うつす」という営為が導く、「鏡の向う側に自己の実体が移動し、こちらを見つめているという」「体験」(11)や「鏡の向う側にもう一つ世界があるという認識」に着目する。日本の中世でも近しい譬えが用いられた。坂部恵も引く次の資料には、そのことが、やはり「移す」という文字遣いで語られている。

また鏡に移して影を見るは、自身の全体を見るなり。鏡の影像を見るにあらず。一切法を見るは、たゝ己心を見る。

（『三十四箇事書』常同三身の事付本門、『日本思想大系　天台本覚論』[12]）

このように、「「うつり」を「移り」「映り」のいずれと解するか」ということは、少なくとも「移」という文字に即する限り、「問題」とはならない。[13]

三　心に「うつりゆく」と鏡の譬喩

次に二の「心にうつる」と「心にうつりゆく」との表現性の違いを考えてみよう。まず「心にうつる」という表現ならば、諸注釈が掲載する以外にも、和歌の用例が、あまた存在する。

行く春をしとはいはぬ色ながら心にうつるやまぶきの花

（『続千載集』一九一番）[14]

よそながらみやぎが原をみわたせば心にうつる萩が花ずり

（『月詣和歌集』六三四番）

これらは、色に染まる、ということを心に及ぼした趣向である。また次の例は、『文段抄』以来挙例する『弘長百首』の例をはじめとして、鏡もしくはその類似物の譬喩を背景に持つ表現である。

なにかそれうつらぬ影ぞなかりける心やすめるかがみなるらん　（『弘長百首』六九二番）

涅槃経の如於鏡中見諸色像の心をよめる

きよくすむ心のそこをかがみにてやがてぞうつる色もすがたも　（『千載集』一二五〇番）

如来無辺誓願仕のこころをよめる

かずしらぬちゝのはちすにすむ月をこゝろの水にうつしてぞみる　（『新勅撰集』六一〇番、岩波文庫）(15)

これらもやはり、「心にうつりゆく」ではない。だが、心ではなく鏡のような物に、というのであれば、次のような用例が無いわけではない。

あきの夜のつゆおきまさるくさむらにかげうつりゆく山のはの月　（『新勅撰集』二八四番、選子内親王家宰相）

しかし、こうした表現の類例は乏しい。通常、心と、うつる、うつろふ、うつりゆくという組合せがなされる場合、「心が」うつるのである。

心ぞ花にまづうつりぬる　（『続後撰集』八六番）

春秋に思ひ乱れてわきかねつ時につけつつうつる心は　（『拾遺集』五〇九番）

風も吹きあへずうつろふ人の心の花に　（『徒然草』二六段）

さりともと待し月日をうつりゆく心の花の色にまかせて　（『新古今集』一三二八番）

それはまさしく、移行し、変ずるのであって、「映」ずるものではない。しかし、そこに鏡の譬喩が介入すると、「うつりゆく」は、心を間に挟んで「移行」と「映」とを両義する。典型的には「寄鏡恋」という題目のもと、いくつか見られる表現である。

うつり行く人のこころのます鏡さてや我が身も影となるらん
（『宝治百首』寄鏡恋三〇七〇番）

うつりゆくうらみは人にます鏡影だにみせぬ中ぞくるしき
（『新明題和歌集』寄鏡恋三八六〇番）

うつりゆく契もつらします鏡みし俤はありしながらに
（同三八六二番）

年月ぞめぐりもあはでうつりゆく市の中なるかがみならねば
（『草庵集』一〇六一番）

このように参看してみれば、中世に於いて「心にうつりゆく」とは、まずは「移」という文字を想定し、鏡のようなものの譬喩がその背後に含意されて成り立ち、また読まれるべき表現であったと推察される。鏡の譬喩は多いが、その代表例として、しばしば指摘されるのが「大円鏡智」である。(16)『神皇正統記』が説明する、三種の神器の宝鏡をめぐる言述に注目してみよう。

（神器としての宝鏡について）鏡ハ一物《いちもつ》ヲタクハヘズ。私《わたくし》ノ心ナクシテ、万象ヲテラスニ是非善悪ノスガタアラハレズト云コトナシ。其スガタニシタガヒテ感応スルヲ徳トス。コレ正直ノ本源ナリ。（中略）（「三種ノ神器」は）中《なか》ニモ鏡〔ヲ〕本《もと》トシ、宗廟《そうべう》ノ正體《しやうたい》トアフガレ給。鏡ハ明《めい》ヲカタチトセリ。心性《しんしやう》アキラカナレバ、慈悲決断ハ其中《うち》ニアリ。又正《まさし》ク御影《みかげ》ヲウツシ給シカバ、フカキ御心ヲトヾメ給ケンカシ。
（『神皇正統記』日本古典文学大系）

日本古典文学大系『神皇正統記　増鏡』は、このことについて詳細な補注を付すが、とりわけ注目すべきは「兼好の兄慈遍」が「旧事本紀玄義に」神器を説明し、鏡について「珠事剣事理無礙邪正分明。是名宝鏡。所謂寸鏡而浮万像於無心、心治無相相」（同書巻四）などと述べていることを指摘することである。島内裕子は、それを「心と鏡の類似性が注目されている」『徒然草』二三五段の解釈に応用している。

心を鏡に喩えることは、中世神道思想によくみられる。当時は三種の神器のうちの鏡と心が結び付けられて考えられた。たとえば『旧事本紀玄義』では鏡について次のように述べている。

珠の事、剣の事、理无礙なり。邪正分明なり。是を宝鏡と名づく。所以に、寸鏡にして万像を无心に浮ぶ。心に无相の相を治む。宝基本紀に曰はく、「鏡は霊明の心鏡なり。万物精明の徳なり。故に、混沌の前を照し、元始の要に帰る。斯く天地人の三才は、当に之を受くるに静を以てし、之を求むるに神を以てし、之を視るに无形を以てし実の形を顕すべし。故に、則ち无相の鏡を以て神明の御正躰とするなり」と云々。文意知りつべし。

ここで言われている「无心」とは、その少し前の部分で、「其の无心とは、木石の如きに非ざるなり。即ち、自他親疎等无きことを名づく」と説明している。「寸鏡にして万像を无心に浮ぶ。心に无相の相を治む」とか、「无相の鏡」という部分に、徒然草で「鏡には、色・像なき故に、万の影来りて映る」「心に主あらましかば、胸の中に、若干の事は入り来らざらまし」と書かれている思考と共通するものがあることがわかる。

（島内裕子『徒然草の変貌』ぺりかん社、一九九二年）

だが、右の比定が『徒然草』と格別近いわけではない。そもそも「人間の心が外界を知覚する機能を鏡にたとえるのは古典時代からのならわしであり、神の御業を学びうるすぐれた心を「きずのない鏡」（スペークルム・シネ・マクラ）と呼ぶのはキリスト教の伝統であった」と、川崎寿彦は前掲書で説いている。一方、心を鏡に例える伝統は、日本に於いては、中国に先蹤を有する。(17)「心鏡」という漢語もある。その和らげとして、「心の鏡」という歌語も存在した。

照しみし心の鏡清ければ夢も現もおなし面影　（『経旨和歌』続群書類従）
さやけさは我こころなる鏡山海をへたつるさかひともなし　（『法華経和歌百首』国文東方仏教叢書）
くもりなき君が心のかがみにぞあまてる神は影やどしける　（『新続古今』二〇八八番）
さやかなる胸の鏡をいたつらにくもると見てや猶まよふらむ　（『高野山金剛三昧奉納短冊』国文東方仏教叢書）

さらに、「心ノ鏡」に「移」ると記す、示唆的な資料もある。

心浮カヘ、念ヲハ鏡ニ移影ニ譬リ。此心ノ鏡ニ禅ヲ作時ハ善、影移悪ヲ作時ハ悪、影一切思ト能ナスト成事ハ心影ト成。此影ニヒカレテ、六道四生ニ沈淪スルナリ。（蓬左文庫本『聖一仮名法語』(18)）

それでは『徒然草』は、心を鏡の如きものになぞらえ、自らの創作のありかを表現することにいかなる意味を冠せようとしていたのか。
そこで三つ目の課題が射程に入る。「心にうつりゆく」ことを書くとは、どのような表現行為なのか、ということである。心を鏡になぞらえる、如上の常套的理論とあわせ捉えれば、問題は大きく進展するはずである。

四　心と鏡の中世

兼好にとって、心と鏡のなぞらえは、どのようなイメージをともなっていたのだろうか。兼好は、比叡山に居住していた時期がある。『兼好自撰家集』六三番詞書に「横《よ》河にすみ侍しころ、霊山院にて、生身供《(しやうじんぐ)》の式を書《か》き侍し奥《おく》に書《か》きつく」とある。この宗教的環境を念頭に置くならば、ぜひとも触れなければいけないのが、霊山院を建立した横川の僧都源信の作と伝える、次のような聖教の記述である。

霊知の一念は妄念にあらず無念にあらず、無始の心鏡なり。無始の心鏡は、鏡像円融の心地なり。鏡が万像を現わすごとく、森羅三千の影像は、霊知の一念の鏡のなかに宛然たり。

（『止観座禅記』、岩波文庫『天台小止観』所収）

法門幽玄にして、喩に非ざれば知られず。而るに三諦一諦の旨、諸の喩皆分なり。非三非一の談、鏡の喩最も親し。譬へば明鏡の上に諸の色像を現ずること有るが如し。鏡は万像の体性なり。これを中道の万法の体性為るに譬ふ。明は鏡像を映徹す。これを妙空の三千の性相を亡ずるに譬ふ。像は仮りに鏡の上に現ず。仮諦の中道の仮用為るに譬ふ。明像即ち鏡なるは、空仮即中の如し。鏡即ち明なるは、仮中即空の如し。明鏡即ち像なるは、空中即仮の如し。三に即して一、一に即して三、非三非一にして而も三と一とを照す。

（『観心略要集』第二、原漢文）

…故に空仮の二用は中道の体より開けば、則ち機応万差なれども心性より顕れずといふこと無し。所以に明鏡の万像を浮ぶるは、宛ら心性の三千を現ずるに似たり。

（『観心略要集』第五）

右に見える「三千の影像…霊知の一念」や「心性の三千を現ずる」とは、いうまでもなく、天台智顗説『摩訶止観』にいう「一念三千」をさす。

それ一心に十法界を具す。一法界にまた十法界を具して、百法界なり。一界に三十種の世間を具し、百法界はすなわち三千種の世間を具し、この三千は一念の心に在り。もし心なくば已みなん、介爾にも心あればすなわち三千を具す。

（五上、正修止観、岩波文庫二八六頁）

この記述に続けて、『摩訶止観』は、次の如き問いを設定する。

問う、心起るは必らず縁に託す、心に三千の法を具すとせんや、縁に具すとせんや、共じて具すとせんや、離して具すとせんや。

（同上、二八七頁）

そしてそれは、いずれも正しくないという。

もし一念の心起ればすなわち三仮を具す……まさにこの一念を観ずべし。心より自から心を生ずとせんや、塵に対して心を生ずとせんや、根・塵共して心を生ずとせんや、根・塵離して心を生ずとせんや。もし心自から生ぜば、……かくのごとく……畢竟じて心は自より生ぜざる……もし心は自から生ぜず、塵来たって心を発するが故に心生ずることありといって、経に「縁あれば思生じ、縁なくんば思生ぜず」といえるを引かば、もししからば塵は意の外にあって来たって内の識を発す、すなわち心は他によって生ずるなり。いまこの塵を推すに、これ心なるが故に心を生ずとせんや、心にあらざるが故に心を生ずとせんや。塵もしこれ心ならばすなわち塵と名づけず。また意の外にあらざればすなわち自生に同じ。また二心ならべばすなわち能所なし。塵もし心にあらざればなんぞよく心を生ぜん。……かくのごとく推求するに、心は畢竟じて塵より生ぜざることを知る。……心は畢竟じて合より生ぜざることを知る。……心は畢竟じて離より生ぜざることを知る。中論にいわく、「諸法は自より生ぜず、また他より生ぜず、共ならず、無因ならず、この故に無生と説く」と、すなわちこの意なり。（同上、三三四頁）[19]

この論述の中で、『摩訶止観』が、心を外から来るものとする考えを否定することに注意しよう。別の場所でなされた、次の言説も同様である。

眼が色を受くるときを論ずるに……また反って色を覚する心を観ずるに、外より来たらず、外より来たらば、我においても預ることなし。内より出でず、内より出づれば因縁を待たず。すでに内外なければまた中間なし。常に自ら有るにあらず。……法を覚するの心を観ずるに、外より来たらず内より出でず、法塵なく法者なく、ことごとく空と等し。（二上、九四頁）

こうした天台の心の捉え方は、根本の所で『徒然草』とは相容れない。というのは、『徒然草』後半部に、「心に」、外から「心が」来る、という形の表現が見えるからだ。[20]

心はかならず事にふれてきたる。かりにも不善の戯れをなすべからず。（一五七段）

所願心にきざすことあらば、我を滅すべき悪念きたれりと、堅く慎み恐れて、（二一七段）[21]

すべて、所願皆妄相なり。所願心にきたらば、妄心迷乱すと知て、一事をもなすべからず。（二四一段）

さらに、古注以来指摘されるように、「心にうつりゆく」という表現の形成を考える上で逸せない章段として、二三五段の記述がある。そこでは、外から来る心が、不思議な比喩的表現で、印象的に語られていた。

主《ぬし》ある家には、すずろなる人、心のままに入り来ることなし。あるじなき所には道行人《みちゆきびと》みだりに立ち入り、狐、梟《ふくろふ》やうの物も、人気《ひとげ》に塞《せ》かれねば、所得がほに入り棲み、木霊《こたま》などいふけしからぬ形《かたち》もあらはるるものなり。

また鏡には色かたちなきゆゑに、よろづの影来りてうつる。鏡に色かたちあらましかば、うつらざらまし。

虚空《こくう》、よく物を容《い》る。

我等が心に念々《ねんねん》のほしきままに来り浮ぶも、心といふもののなきにやあらん。心に主あらましかば、胸のうちに若干《そこばく》のことは入り来らざらまし。

ただし、先入観から誤読してはならないことがある。それは「此だんはこゝろにうつりゆくと、初にいふ心法のことを三つのたとへにて云也」と『磐斎抄』がいうように、この章段は、鏡だけを問題として、心が鏡だ、と述べようとしているのではない、ということだ。その「たとへ」の取り方は、広く、外から「入り来るもの」と、それを容れるものという、形やイメージに即してなされている。鏡は、あくまでその一例にすぎない。

一方『摩訶止観』は、心がそうであるように、鏡の像も外からくるものとは捉えない。

鏡中の像は外より来たらず、中より生ぜず、鏡浄きをもっての故に自らその形を見るがごとし。

（二上、七九頁～）

譬喩の譬喩たるあり方において、天台のそれは、『徒然草』二三五段の「万の影きたりてうつる」というたとえとは、大きく異なっている。

もちろん鏡の譬えが、逆に心の捉え方を規制して、教理を逸脱した独自の理解や表現を現出することもありうるだろう。たとえば『摩訶止観』一下には「一念は即空即仮即中にして……たとえば明鏡のごとし。明は即空にたとえ、像は即仮にたとえ、鏡は即中にたとう。合ならず散ならず、合散宛然たり」（一下、五九頁）という「天台三諦」に関する鏡の譬喩がある。『観心略要集』にも引用されている。また「移」の用字例として前掲したように、古今伝授の「当流切紙」（『古今切紙集』所収）には「真諦」を説明して「実ニハ鏡ノ事也、天台三諦即是ノ法文ニ相当セリ、元来明所空諦無相也、万象所移是仮諦也、有無ノ二ニ不渡シテ而モ二ヲ備ヘタル鏡ノ体也…」と鏡に特化した説明も成されていた。そして次の例は、この『摩訶止観』の譬喩を用いながら、鏡になぞらえられた心に、影が外より来ると言うのである。

衆生ノ本心ヲ能々見候ヘハ、月輪ニ顕レタリ。……月ノ明ラカニ照上ニ万ノ影ノウツル如ク、衆生ノ本心ノ清浄ナル上ニ、仏界衆生界六道ヲウツス。鏡ノ面テニハ定マリテ善悪ノ影ナシ。サレハ善モ悪モ我物ニ非ス。外ヨリ来ル也。善悪ノ影分明ナレ共、善物悪物トテ取出スヘキ物ナシ。是ヲ空トナツケテ、ウツル影ヲ仮トナツケ、鏡ヲ中トナツケテ空仮中ノ三諦ヲ宣給ヘリ。衆生ノ本心ハ鏡ノ如シ。一期ノ中ノ一切ノ事ハ皆ウツル影ナリ。何ノ善悪カアル。何ノ衆生カアル。何ノ六道カアラン。仮ニウツル影ニハカサレテ、生死ノ夢ヲ見事ノハカナヨ《（サ脱か）》。罪ト思イ功徳ト思フモ皆影也。誠ニナキ物ニテ候ナリ。罪モ功徳モアル物ト思ハ衆生ノ迷イ也。本心ハ月ト鏡トノ如クナレハ、影ニヨリテケカル、事ナシ。三界唯一心心外无別法ト説給ヘリ。……

（『明恵上人法語』、納富常天『金沢文庫資料の研究』第二編「（8）明恵上人法語」、私に句読点を付す）

「鏡ノ本体ハ空虚ニシテ而モ能万象ヲ備ヘタリ」（「当流切紙」）、「鏡ハ内不レ貯二一物一、而外写二万象一也」（『兼倶本　日本書紀神代巻抄』巻二、続群書類従完成会刊。同書は続けて「心鏡」に言及する）という。一物も蓄えず、さりとてまた虚空の如く万象を移し映ずる鏡は、心とよく似た、広大かつ不可思議な内的宇宙を潜在する。だが、それはあくまで、たとえとしての一面的な一致である。鏡の譬喩に引かれすぎるのは、心の全的な理解を阻むものだ。心と鏡の譬喩に関する、言語の可能性と限界は、十七世紀の禅僧が説くとおりである。

明かなる鏡の如く……何にてもありとあらゆる物をうつすに、移し来るか如くに、微塵もたがはず彰はる。然れども鏡の方より、よき影をとめて置きもせず。見苦しき物をきらふと云ふこともなく、夫々に品をたがへぬは、是れ鏡の明かなる徳なり。人の心の徳も是れに似たり。……心の譬ふべき様なきが故に、是非なくして鏡を譬にひくことなり。必ずしも鏡のやうな体あつて、摺り磨いて心は明かなると思ふべからず。只私なく作為造作なく、照すまゝに照し、自在なるところを取て云ふたることなり。……一切皆己が分別の影と知れば……爰で影と云ふたるは、心に移る分別なり。其の分別を其の侭不生不滅じゃと云ふことは、譬へば鏡の物を移す時に、其影が鏡の底より生じたでもなく、物の方より鏡の中へ入りたでもなく、両方の間より出でたでもなく、法爾として明かに顕はれたるに似たり。是れ不生なる証拠なり。さて其の物を引くときに、其の影が鏡の中へかくれ滅したでもなく、その物に付出て滅したにもあらず。只本然として滅し、影がなくなつたに似たり。是れ不滅なること歴然なり…

（盤珪永琢『心経鈔』国文東方仏教叢書第二輯）

では「心にうつりゆく」というとき、『徒然草』の心の在処は那辺にあるのだろうか。『徒然草諸抄大成』は、前掲した磐斎『徒然草抄』を引いて、次のように注解する。

ゆくの字眼也、執のなき心なり、ただ人は、うつりゆくことなき故なり、ゆく故に、こともものもうつるものなりとなん、下巻に、心にぬしあらましかば、万物は入来らざらましとある心なり、其段と思合べし磐

やはり、その理解のためには、第二三五段が、どのような心を論じているのか、(22)作品内部に即して、掘り下げた分析が必要である。

五　『徒然草』二三五段の譬喩をめぐる

さきに引用した二三五段だが、段落の句切りは『文段抄』にしたがっている。あのかたちであれば「三つのたとへ」は分明である。だがそれは、一つの解釈に過ぎない。たとえば『諸抄大成』では、「此節は」畢竟、譬喩は二つであり、「家と鏡とをたとへに出して」「心」というものを論じた章段だと理解する。「虚空よくものをいる」の部分については『徒然草参考』と『徒然草諺解』とを根拠に指示して、「こゝにては、只前の家に主なきと鏡の中のむなしきとを結していふ」と読んでいる。また『全注釈』は、虚空の段落を続く「いま我等が…」へと付属させる。つまりは、虚空のたとえを独立的なものと見ない立場も多い。その位置づけは、必ずしも明確で

はないのである。それは、構文上の呼吸もさることながら、この「たとへ」の出典が、「虚空よく物をいる」――これ宋儒の言と思はるれど、出典未詳」（山田孝雄『つれぐ〳〵草』）などと、推測はされながら、具体的には「未詳」のままであった故である。

近年の注釈で注目されるのは、

「…我又此虚空ノ如ナル心ノ上ニヲイテ種々ノ風情ヲ色ドルト云ヘドモ更ニ蹤跡ナシ」（『明恵上人伝』）、「明鏡ニ像ノ迹ナクノ色ニソマザルガゴトク、身ト心ヲ練シナス、マコトノ道心ナルベシ」（『沙石集』拾遺三十七）

このように挙例する新大系、また、

「虚空の正体を知りぬれば、心の正体を知り候なり」（『大燈国師法語』）

と注する古典集成である。

ここに、禅僧の著作を見いだすこと[23]は重要である。というのは、管見では、次のような類似例が、禅籍に存在するからである。

無心鏡に似たり、物と競ふ無し、無念空に似たり、物として容れざるなし
（『景徳伝燈録』巻九黄檗「伝心法要」付載「裴相国伝心偈」、岩波文庫『伝心法要』付録の訓読）

この類例がより重要となるのは、次のような記述の存在によってである。

黄檗心要曰。此霊覚性無始以来与二空虚一同……無二形相一無二色像一無二音声一……

圭堂曰、楞厳発二明本心之妙一而曰、心自有レ体有レ体則非レ空矣。黄檗発二明之本心之妙一而曰、心如二虚空一如レ空則非レ体矣。是義幽深互相顕発必也。…

（『新編仏法大明録』巻一明心）(24)

この『仏法大明録』(25)という資料とその受容については、本書第九章に於いて細かく述べる。関連する記述については、本章でも、後に詳しく分析するが、同書の編者圭堂は「霊覚」が「空虚」と同じだという記述について、『楞厳経』と比較しつつ、「黄檗は本心の妙を発明して」、「心は虚空の如く空の如くなれば、則ち、体非ず」と論じたと指摘する。ここにいう「黄檗心要」とは『伝心法要』を指す。引用された記述は第三に見出せる。『伝心法要』にはこの他にも、「此心……猶虚空の辺際あることなく、測度すべからざるが如し」「無心とは一切の心なきなり」（第一）「心をして空ならしめば境自ら空なり……菩薩は心虚空の如くにして」（第五、岩波文庫の訓読）等、数多の虚空の譬喩を用いている。(26)

このように、「虚空よく物をいる」の短文は、家や鏡に従属する譬喩ではない。独立した「出典」の存在を予想させる表現である。当然、単独で「此だん」の「三つのたとへ」の一つに数え上げるべきだろう。

一方、残る二つの鏡と家のたとえについては、『寿命院抄』の引く『性理大全』の記述が、依然重要である。

潜室陳氏曰。人心如レ鏡。物来則応。物去則依レ旧自在。不三曾迎二物之来一。亦不三曾送二物之去一。只定而応。応而定○問。明道言中。有レ主則実。実則外患不レ能レ入。伊川云。心有レ主則虚。虚則邪不レ能レ入。無レ主則実。実則物来奪レ之。所レ主不レ同何也。曰。有レ主則実。謂下有二主人一在レ内先実二其屋一外客不上レ能レ入。故謂二之実一。有レ主則虚。謂二外客不レ能レ入只主人自在一。故又謂二之虚一……（『性理大全』巻三十二「性理四」心）

しかし今日、この記述が、『徒然草』理解のために十全に利用されているとはいいがたい。『徒然草』より後出の『性理大全』（永楽十三年（一四一五））から引用されているために、近代の諸注が、この記述を出典として問題にはしなくなってしまった、という事情もあるだろう。また右引用の前半部、鏡についての記述だけを取り上げれば、『徒然草』とは確かにいささか距離がある。そのため「引用されている文は、明鏡止水の境地にあるから何ものもこばまず時に応じてこれを写し、また去ることができるのであること述べているのであるが、兼好がここで述べているのは、鏡には主体性がないから、何でもこれに写るのであるというので、その見解には大きなちがいがある」（高乗勲『徒然草の研究』自治日報社、一九六八年）と分析されているのである。

しかし『性理大全』に導かれて、引用の後半部にいう「明道」「伊川」、即ち二程子の著作に遡れば、より適切な形で『徒然草』の出典像が浮かび上がってくる。

……如明鑑在レ此。万物畢照。是鑑之常。難レ為レ使二之不一レ照。人心不レ能レ不三交二感万物一。亦難レ為レ使三之不二思慮一。若欲レ免レ此。唯是心有レ主。如何為レ主。敬而已矣。有レ主即虚。虚謂二邪不一レ能レ入。無レ主則実。実謂二物来奪一レ之。……大凡人心不レ可二二用一。用二於一事一。則他事更不レ能レ入者。事為二之主一也。事為二之主一。尚無二思慮紛擾之患一。若主二於敬一。又焉有二此患一乎。所レ謂敬者。主一之謂レ敬。所レ謂一者。無適之謂レ一。（第十五）

（もし明鏡がここにあるなら、万物はすべて映されよう。これが鏡の常であり、映さないようにさせることは困難である。人の心は万物に交感せざるを得ないのであるから、これも思慮させないことは困難である。もしこの患から免れようと思うなら、心に主があればよいのである。何を主とするか。それはまさに敬である。心に主があれば虚である。虚とは邪が入れぬことをいう。主がなければ実である。実とは物が外から来て、心を奪うのをいう。……だいたい人の心は同時に二事に用いることはできない。一事に用いるとき、他の事が心に入れないのは、その事が心の主となっているためである。事が主となっていてさへ、もう思慮紛擾の患はない。もし敬を主とするなら、またどうして紛擾の患などあろう。いわゆる敬とは、主一（心を一事に専念させること、頭注）を敬という。いわゆる一とは無適《せき》（思念をあちこちに向かわせない、同上）を一という。（『程子遺書』、『朱子学大系　朱子の先駆上』の本文と訳・頭注(27)）

『性理大全』（巻三十二、「程子曰」の内）にもひかれる、次の記述も参照しておこう。

人心作レ主不レ定。正如三一箇翻車。流転動揺。無二須臾停一。所レ感二万端一。又如三鏡懸二空中一。無三物不レ入二其中一。有二甚定形一……心若不レ做二一箇主一。怎生奈何。（同上、第二下）

（心に主体性がないのは、ちょうど水車が少しも止まることなく回転動揺するようなものであり、また空中に懸けた鏡のごとく、次々に物が入ってきて何の定形ももたないのだ。……心に主体性がなかったら、どうしようもない。）（同上）

『徒然草』と宋学の関わりについては、近代以降、ほとんど問題にされていない。(28) しかし以上の密接な対応は、その関わりについて、綿密な分析が必要なことを示している。(29) 時代的には、兼好が宋学の所説に耳を傾ける機会は――それがいかようなレベルであるかは別にして――充分可能性があることなのである。

このように捉えれば、第二三五段は、禅学的な譬喩と宋学の譬喩との融合に因って成り立つものの如くである。

それは象徴的なことであろう。十三世紀から十四世紀にかけての宋学の受容は、禅僧を中心になされた。[30] 仏者であった兼好にとっても、排仏を主張する宋学が最も自然な形で享受されたのは、やはり、儒仏不二、もしくは三教一致の立場でなされる、禅学的な場を通じてであったと思う。[31]

ただし、強調して置かなければならないことは、「心に主あ」ることを理想とする宋学的な見方を、『徒然草』はあくまで、反実の仮想もしくは否定の方向で語ろうとしている（「…あらましかば……ざらまし」）、ということなのである。このことは、本書第四章でもう一度考える。

六　『徒然草』と禅的表現――『仏法大明録』をめぐって

こうして、心が「三つのたとへ」を以て語られうるものであることは、心に思いの生ずることを、そとから来るものと、それを「容れ」るものという、心の二元論で捉える認識を前提とする。その譬喩の一つとして、鏡の属性が挙げられていた。「精神の内奥にひそむふしぎな動きを、鏡にたとえようとする」「鏡の哲学」は、中国思想、漢訳仏典、そして禅の教えのなかに、深く刻み込まれている。[32]

また比叡山の横川（「よ河にすみ侍し」『家集』）に滞在した経験を持つ兼好にとって、心と鏡と「客」に準える「客塵」という言い方が、伝源信撰『観心略要集』に示されていることも重要である。

> 心体は自性清浄なれども、染業の熏習に覆はれたり。所以に六道の心相に汚さるるが故に、心性の真金、形色を異にせり。いま諸仏金匠の教に随順して、自身調柔の金を顕はさんと欲するに、功徳の性の顕れざるに依て自身を軽んじ、他人を賤しむべからず。鏡は本明浄なれども、塵積もるが故に闇し。闇しを以ての故に鏡を賤

しまざれ。之を磨く時明を得るが故に。是を以て想ひを心鏡の明に繋ぎて、煩悩の客塵を払ふべきなり。
（同第九）

先にも引いたように『観心略要集』は「法門幽玄にして、喩に非ざれば知られず」と、「喩」の必要性を繰り返し述べていた。ここでも、いくつかのたとえの中の一つとして、鏡が用いられている。『徒然草』に於いても同様だ。心とは鏡のようなものだと、先験的になぞらえて、二三五段の表現が選ばれたわけではなかった。あらためてそのことを確認した上で考えれば、いま問題とすべき禅籍については、次のような論述が注意される。

時に憍陳那《きょうちんな》、起立して仏に白《もう》さく、「我れ今長老として、大衆の中に於て、独り解《げ》の名を得たるは、客塵の二字を悟って果を成ぜるに因りてなり。世尊、譬えば行客の旅亭に投寄して、或いは宿し或いは食す。食宿事畢《ことおわ》って、俶装《しゅくそう》して途《みち》に前《すす》み、安住するに遑《いとま》あらざるが如し。実の主人の若《ごと》きは、自《もと》より往く攸《ところ》なし。是《か》の如く思惟《しゆい》すらく、住せざるをば客と名づけ、住するをば主人と名づく、と。住せざる者を以て、名づけて客の義と為す。又新に霽《は》れて静暘《せいよう》の天に昇るとき、光隙中《げきちゅう》に入りて、空中の諸有《あら》ゆる塵相を発明するに、塵質は揺動すとも、虚空は寂然《じゃくねん》たるが如し。是くの如く思惟すらく、澄寂《ちょうじゃく》なるを空と名づけ、揺動するを塵と名づく、と。揺動する者を以て、名づけて塵の義と為す。」仏の言《のたま》わく、「是くの如し」。
（『大仏頂如来密因修証了義諸菩薩万行首楞厳経』巻一、荒木見悟『仏教経典選中国撰述経典二　楞厳経』筑摩書房[33]）

この記述を含む一連の『楞厳経』巻一の所説が、前掲した『仏法大明録』巻一・明心の劈頭に、三段に分かって引用されている。右は、その第三段目に相当する部分である。『仏法大明録』は、この部分に「此一段又以レ客喩二妄心一、主人喩二真心一、塵喩二妄心一、虚空喩二真心一」という割注を付す。さらに「圭堂曰」として注を設け、「真心妄心之弁」を「明」して、「且何以謂二之妄心一。念々起滅。陸続而不レ息者是也。……又何以謂二之真心一。本来面目。寂然不レ動者是也…」と論を進めていく。注目すべきは、割注がまとめるように、家の主人と客、そして虚空と、「三つのたとへ」のうち二つの素材が顔を覗かせていることである。

鏡はどうか。そのことを考察するために、『仏法大明録』が右の記述に前置した『楞厳経』引用の第二段目に着目しよう。

如来常説、諸法所レ生、唯心所レ現。一切因果、世界微塵、因レ心成レ体。阿難若諸世界一切所レ有……詰二其根元一、咸有二体性一。縦令虚空亦有二名貌一。何況清浄妙浄明心、性一切心（この句『大明録』ナシ）、而自無レ体……縦滅二一切見聞覚知一、内守二幽閑一、猶為二法塵分別影事一。（同経巻二）

（「如来はいつも、『諸法が生じるのは、絶対一心のあらわれである。一切の因果とか、世界の物象とかは、心によってその本体が作られる』と説いている。阿難よ、もしあらゆる世界の一切の存在……も、その成立の根源をきわめると……それぞれの物がらをもっており、虚空とても名称と相状をもっている。まして清浄で霊妙な心が、一切のものの不変の本性となりながら、しかも自らが体《たい》をもたないことがあろうか。……たとい心が一切の見聞覚知を断ち切って、内部に深い閑寂《かんじゃく》を保っても、（それは真の完全無欠な本性ではなく、）依然として意識一般の対境としての幻影的事境に過ぎないのである。

（前掲荒木見悟『仏教経典選』の訳）

先に『仏法大明録』所引の「黄檗心要」に触れたが、そこには「圭堂曰。楞厳発二明本心之妙一而曰。心自有レ体有レ体則非レ空矣。黄檗発二明之本心之妙一而曰。心如二虚空一如レ空則非レ体矣」という編者の解説があった。

右はその「楞厳発明本心之妙」に相当する。心には体があり、空ではない、と述べた趣旨が記述されている。
荒木見悟は、この経文の受容について「縦滅一切見聞覚知」以下の「一句は本経中の最も重要な警句として、広く思想界に普及した」（同上書注）と注意を喚起し、その例として明の「後学雲棲寺沙門袾宏」著『楞厳摸象記』に言及している。右所掲の『楞厳経』には鏡の語が用いられていないが、影響を受けた『楞厳摸象記』は、ここを鏡のようだと説明するのである。

本心は鏡に似たり。法塵は物に似たり。内の守る所は猶し明鏡中に現ずる所の影たるのみ。[34]

（架蔵明暦二年刊本の付訓による訓読）

これは後代の例だが、遡って宋・子睿『楞厳経義疏注経』は「唯心所現」という連語について、「如㆑水起㆑波、如㆑鏡現㆑像」（『卍続蔵経』）という譬喩を使用する。ここに『楞厳経』の理解をめぐって「三つ」の「たとへ」が出そろう。かくして、しかるべき『楞厳経』の理解を背景に、次のような説明が為されることとなる。

楞厳経曰、仏告阿難、如来常…（以下前引箇所、略）是乃し妄心も亦皆縁慮の用有るを以て心と名くることを得と雖も、而も是真心に非ず、此に茲妄心は真心の上の影像にして妙明心中に所現する物なり、若此の影像を認て真と為ば影像の滅する時、此の心即ち断ぜん、還て塵縁を執せば即ち断滅に同す、妄心を以て塵を攬て体と為さば、猶是水月鏡像の如し、月に迷て影を執す、影消て月滅す、鏡に迷て像を執す、像滅して心亡す、心夫れ亡すと謂ふを断見と名く、……縁慮の妄心は境に随て起滅す…

（『愚迷発心集直談』巻四、岩波文庫）

右の記述は、次のような資料が、実はきわめて重要であることに改めて気づかせるだろう。

明心　学道ノ人ハ先真心妄心ヲ可知一。何妄心ト云。依テ縁一ニ念々ニヲコリテ不休モノナリ。是ヲ煩悩トモ云、此ヲ情識トモ云。又客塵トモ名ケ、無明トモ名ク。真心ト云ハ、自無始一以来タ寂不動ニシテ明ナルモノナリ。是ヲ仏性トモ云、此ヲ真如トモ云、又ハ般若トモ云、如意宝珠トモ云。是二心譬ヲ以明サハ、妄心ハ如影一ノ、又如シ客人一ノ。真心ハ如鏡一ノ、又如シ家主一ノ。常ノ人此ノ如ナル影一ノ客人ヲ我心ト思ヒ、念々ニ起滅シテシハラクモヤム時ナシ。若真心ノ明ナル所ヲエツレハ、縁心ハ自忘レ真心ハ日ニソヘテチカツクナリ。此由ヲキケトモ、大機ニアラサル人ハウケカハス。

問、凡夫ハ妄心ヲコリテヒマナシ。争テカ此真心ヲ可知一。

答、古人云、水スメハ月ヤトリ、鏡ミ清ケレハ影アラハル。知ヘシ、妄心ノヲコルトキ、真心ノアキラカナルコトヲ。

問、真心清カユヘニ縁心ノ影ウカフナラハ、無影一真心争カ是ヲ可知哉。

答、真心ハ物ヲモサヘス。物ニモサヘラレス。鏡ノカケヲト丶メサルカコトシ。而ニハカナキ小児ハ影ヲ見テ鏡ヲシラス。ソノヤウニ、ヲロカナル衆生ハ明ナル心ノ上ニ浮境界ノ形ヲ愛シテ、明ナル鏡ノ本心ヲハワスレタルコト是ニ似リ。……

又明心ト者、真心妄心ヲワクルナリ。諸法ノヲコルヲ我心ト思ケルハ妄心ナリ。此ヲ情識ト云。真心ト明鏡ノ如是ヲアキラムルヲ、明心ト云。縁ニシタカヒテ白黒ト見、ニクシ、イトヲシト思ヘトモ、是ヤミヌレハ心ニアタルコトナシ。譬ヘハ明鏡ニヨロツノモノウツレトモ、鏡ノ所ニハ一物モト丶マラサルカ如シ……妄心ヲ我心トヲモヘルホトハ、縁ニアヒテヲコル心ニシタカヒテ地獄ニモヲチ、畜生ニモナリツルヲ、本ヨリ此縁ニ随フ心ハ客人ニテ有ケレハ、此心来ト云ヘトモ、ツイニト丶マルト云コトナシ。真心ハアルシナレハ、ハタラクコトナクシテ、ヨクアヒシラヒテキタレハ、来ヲモ不厭一、去ヲモトヽメサルナリ。サラトウカフ心ヲ不シテ用二真心ヲモテ見聞ナラハ、一切ノ善心ノ事ハ皆浄行也。此ノ真心ヲ不知シテ縁ニ随フ心ヲ我心ト思ツルハ、因果ノ道理ニテツクル罪ニシタカヒテ生ヲ受ケツルヲ迷ト名ケ、真心ヲモチヰル時、迷コトナカリケリト得意一処ヲ破迷ト名ク…

（亮順筆『明心』、納富常天『金沢文庫資料の研究』第二編「(9) 大明録」）

この『明心』という資料は、納富常天によって「『仏法大明録』の篇目について簡単に解説を加えたもので、従来まったく未知の資料である」（納富常天同上）と紹介されたものである。その概要は、「『大明録』の中の明心・浄行・破迷・入理・工夫・入機・見師・大悟・的意・大用の綱要を解説し、特に「学道の人は先ず真心・妄心を知るべし」で始まり、「明心」を中心に解説したもので」、「篇目には一四節の名はあるが、実際には真空・度人・入寂・化身の四節に相当するものはない」(35)という内容である。

七　『明心』が提起する視界

椎名宏雄は、本書の価値を認めた上で「『明心』一篇は『大明録』の項目を解説するという形式をとりつつ、内容的には学人に対して見性禅の要諦を説きあかすための、きわめてすぐれた法語を形成している……本書はもはや『大明録』の末疏というよりも、中世初期における、すぐれた禅宗カナ法語一篇とみることが可能であろう」（前掲論文）と位置付ける。さらに早苗憲生は『明心』の高野山本を発見し、その流布が証明された。(36)そのことは『仏法大明録』に於いても、しかるべき咀嚼と享受の広がりがあったことを示す。(37)

実際に『明心』は、その仮名書きの表記形態とも相俟って、『仏法大明録』の中世日本に於ける受容の様態について、多くのことを教えてくれる。もっとも『明心』は『仏法大明録』のすべてを受け止めているわけではないので注意が必要だ。たとえば「虚空」については、黄檗の所引も『楞厳経』の言述も落されている。

だが、心は鏡に譬えられ、「旅亭」の「主人」は「家主」と表現されており、『徒然草』にいっそう近づく。また『仏法大明録』の「真心」＝「主人」は、「不動」に収斂するたとえであると説明され、「客人」たる「妄心」が「念々起滅。陸続不息」と転変することと対比される。一方『明心』に於ける「家主」の譬喩は、「不動」を踏まえつつも逸脱して、「アルジナレバ、ハタラクコトナクシテ、ヨクアヒシラヒテヰタレバ、来ルヲモ厭ハハズ、去ルヲモトヾメザルモノナリ」というふうに、家の主としての役割を担わされかけているのである。

とりわけ重要なことは、「真心」と「妄心」との比定のあり方である。「凡夫ハ妄心ヲコリテヒマナシ。争デカ此真心ヲ知ルベシ」、凡夫には、後から後から妄心が沸き起こっていとまもありません。どうしてこの「真心」を知ることが出来るでしょう。そう悩む衆生に、『明心』は、沸き起こる妄心、結構なことである。むしろ、その妄心を、しっかりと見据えることだ、と逆説で解答する。すなわち「真心」は、鏡のように「妄心」をうつし出すもの。鏡としての「真心」が澄んでいればいるほど「妄心」が現出するのだから、「妄心」を自覚することは「明心」の階梯である。「鏡ミ清ケレバ影アラハル。知ルベシ、妄心ノヲコルトキ真心ノアキラカナルコトヲ」と。「真心」は「不動」でかつ「物ヲモサヘ」ざる「鏡」として実現する。しかし一方で「真心」は、「家主」として、「来ト云ヘトモツイニトヽマルト云コトナ」い「客人」としての「妄心」を「アヒシラ」い、「サラトウカブ心ヲ用ヒズシテ、真心ヲモテ見聞スルナラバ、一切ノ善心ノ事ハ皆浄行也」という「ハタラ」きを要されている。

「妄心」が浮かべば浮かぶほど「真心」は冴え渡る。その時、「さらと浮かぶ」心には囚われず、「真心」によって見聞すればよい。それこそが善心であり、浄行を導くのだと『明心』は諭そうとする。だが、そんなことが可能だろうか。こうして追跡してみると、『徒然草』二三五段のとまどいや渋滞、もしくは疑念は、そのあたりに懐胎しているようにも見えてくる。

『徒然草』は、まず主なき家の様を丹念に描く。しかしそれを仏典の訓読などで示すことはしない。ここの「木霊《こたま》などいふ」一節は『源氏物語』に依拠する。「バケ物ナドノヤウ」な一連の記述は、「蓬生ノ巻ニテ書タリ」と『寿命院抄』以来の指摘がある。

> …月日に従ひて、上下《かみしも》の人数《ひとかず》少なくなりゆく。もとより荒れたりし宮のうち、いとど狐の住処《すみか》になりて、うとましう、気遠《けどほ》き木立に、梟の声を朝夕に耳ならしつつ、人気《ひとげ》にこそ、さやうのものもせかれて影隠しけれ、木霊《こたま》など、けしからぬものども、所を得て、やうやう形をあらはし、ものわびしきことのみ数知らぬに…
>
> （『源氏物語』蓬生巻）

末摘花の棲む、常陸宮邸の荒廃を描く場面である。そして「白氏文集凶宅詩心也、在夕顔巻」と『河海抄』が指示するように、この箇所には『徒然草』作者の愛読書『白氏文集』が響いている。そして鏡、虚空という、そとから来るものと、それを「容れ」るものという共通性を持つものの叙述を重ね、いつのまにか滑らかに心の譬喩へと転じていく。「三つのたとへ」は、事柄に即してひとつひとつ無理なく解釈されて示され、鏡、虚空になぞらえられる真心が、同時に「家主」に譬えられることの矛盾を柔軟に突いていくのである。

鏡といい虚空といい、あたかも「主なき家」のようなものだからこそ、外から妖しげなものがやってくる。だとすれば「我等が心」もそのように、「主」がないからこそ「そこばくのこと」が「入りきた」るのではないか。「家主」と「主なき家」と、その決定的な異なりが顕現する結節点に於いて、宋学的見解めいたものが挿入される。翻訳をもう一度引いておこう。「もし明鏡がここにあるなら、万物はすべて映されよう。これが鏡の常であり、映さないようにさせることは困難である。人の心は万物に交感せざるを得ないのであるから、これも思慮させないことは困難である。もしこの患から免れようと思うなら、心に主があればよいのである。…心に主があれば虚である。虚とは邪が入れぬことをいう。主がなければ実である。実とは物が外から来て、心を奪うのをいう」。そして金沢文庫蔵『明心』の表現は、「家主」という表現を用い、『仏法大明録』によりつつも、丁度その「主人」と宋学的な「心の主」と『徒然草』との三者をつなぐように成り立っている。[38] 少なくとも江戸時代の視点で見れば、「こゝにいふは、無著の主なり。禅法の主人公なり」(『諸抄大成』)などと、否応なしに禅の要素が予想されるところであった。

『仏法大明録』を将来したのは、『沙石集』作者、無住の師でもあった、聖一国師円爾である。[39] 彼は、鎌倉の地の寿福寺に於いて、『仏法大明録』を講義している。「本書は禅における向上門・向下門のあり方を、見性禅的な立場から項目別に整理することに努めるとともに、さらにこれを宋学的な立場から、儒仏道三教一致の思想を体系化しようと試みた、いわば意欲的で特異な作品とみることができる」(注24所掲椎名宏雄「『仏法大明録』の諸本」)ものである。そして和島芳男が「その儒教に関する部分には、二程子の説を多く引いている。したがって円爾が本書を講じたからには宋学の一端にも触れたもの考えることができよう」(『中世の儒学』吉川弘文館、一九六五年)と位置づけるように、本書は、日本に於ける宋学の移入と禅学の出会いという意味でも、きわめて重要な書物であった。だがかつては「従来から本書はほとんど研究の対象にされていない現状にある」(椎名前掲論文)と評された状況にあった。今日では、『禅学典籍叢刊』第二巻(臨川書店、一九九九年)での影印も刊行され、事情は大分変わってきた。現在の研究状況については、本書第九章を参照されたい。

金沢文庫本『明心』筆者の亮順は、納富常天の調査によれば、一三〇二年から一三三二年までの活動が裏付けられる。東寺醍醐寺に出入りする東密の法匠であり、しかも金沢称名寺をも活動の場として、劔阿より西院流伝法潅頂をうけ（一三三〇於称名寺）、湛睿より三宝院流伝法潅頂を受けている（同年同所）(40)。一方、納富が注目するように、『仏法大明録』は、金沢文庫所蔵の劒阿筆「小蔵経目録」（熊原政男「称名寺小経蔵目録に就て」『金沢文庫研究紀要第一号　金沢文庫書誌の研究』）に「大明録一帖」と名前を見出せる。「亮順筆『明心』」との関係が注目されるところである。ただし、この部分は、熊原正男の認定によれば「劒阿に非らざる別人が書き足した分」（同上）とのことである。

劒阿といえば、兼好から彼に送ったとされる書状懸紙（金沢文庫蔵「卜部兼好書状懸紙」、前掲『よみがえる中世――鎌倉北条氏の遺宝――』）の存在から、両者の間に交際が想定される。また兼好は、次代住持湛睿とも交流のあったことが、早くより推定されている（川瀬一馬他）。この人物関係は、湛睿自筆金沢文庫本『顕密円通成仏心要』識語（正和三年（一三一四）九月）、同人筆金沢文庫本『顕密円通成仏心要』跋文に云うところの「渡宋之禅客道眼坊」の存在がつないでいるのである(41)。

道眼は『徒然草』に二回登場する。

> 入宋《につそう》の沙門《しやもん》、道眼《だうげん》上人、一切経を持来《ちらい》して、六波羅のあたり、焼野《やけの》といふ所に安置《あんぢ》して、ことに首楞厳経《しゆれうごんきやう》を講じて、那蘭陀寺《ならんだじ》と号す。その聖の申されしは「那蘭陀寺は、大門《だいもん》北向きなりと、江帥《がうそつ》の説として言ひ伝へたれど、西域伝《さいゐきでん》・法顕伝《ほつけんでん》などにも見えず、さらに所見なし。江帥は如何なる才覚《さいがく》にてか申されけん、おぼつかなし。唐土《たうど》の西明寺《さいみやうじ》は、北向き勿論なり」と申しき。（一七九段）
>
> 那蘭陀寺にて、道眼聖《だうげんひじり》談義せしに、八災《はちさい》といふことを忘れて、「これや覚え給ふ」と言ひしを、所化《しよけ》皆覚えざりしに、局《つぼね》の内より「これこれにや」と言ひ出したれば、いみじく感じ侍き。（「自賛の事七つ…」二三八段）

この口吻は、道眼の『楞厳経』[42]講説に関する記述が伝聞によるものではなく、『徒然草』作者自らが聴聞し、ひとかどの理解に達していたことを思わせる。[43]『仏法大明録』が『楞厳経』を引いて「明心」を論ずることからも、見逃せない内部徴証である。また前引の劔阿目録（自筆部分）にも『楞厳経』、『円覚経』の注疏類は数種載せられている。

こうした『徒然草』自身が誌す金沢を巡る人物や学問環境の中に『仏法大明録』が存在し、また『明心』という抄物を生み出していた。金沢の地には、早く『小学書』の伝来したことも知られ、[44]『徒然草』に於ける禅学と宋学との融合する状況に於いて、きわめて象徴的な場である。そのことをうかがわせる意味でも、同時代資料としての『仏法大明録』の資料価値はきわめて大きい。

八　真心と妄心の構造――『徒然草』への途

心をどの様に捉えるにせよ、心をしずかにし、動かさないことが、悟りの道へのあり方として、一つの理想であることは変わらない。

何以謂之真心。本来面目。寂然不動者是也。（前掲『仏法大明録』）

寂を楽わば、妄は心より出づと知り、心を息むればすなわち衆妄みな静なり。（『摩訶止観』五上、三〇七頁）

心は縁にひかれて移るものなれば、閑《しづ》かならでは、道は行じがたし。（五八段）

若き時は、血気《けつき》内に余り、心物《もの》に動きて、精欲多し。……老いぬる人は、精神衰へ、淡く疎《おろそ》かにして、感じ動く所なし。心おのづから静かなれば、無益《むやく》のわざをなさず…（『徒然草』一七二段）

すべて所願皆妄想《まうざう》なり。所願心にきたらば、妄心《まうしん》迷乱すと知て、一事をもなすべからず。直《ただち》に万事を放下《はうげ》して道に向かふ時、さはりなく、所作なくて、心身《しんじん》ながく閑《しづ》かなり。

（同二四一段）

しかし『仏法大明録』を通して浮かび上がってきた「知ベシ、妄心ノヲコルトキ真心ノアキラカナルコトヲ」という逆説的な把握は、妄心の存在の自覚こそが真心の発揮に他ならないという論法である。あわやその前提を脅かしかねない、妄心と真心との並存をいう。それはたとえば、真心・妄心の用例として必ず挙げられる『大乗起信論』と、はたして両立する議論だろうか。

一切の衆生は妄念あるを以て、念念分別して、皆相応せざるが故に、説いて空と為す。若し妄心を離るれば、実には空ずべきもの無きが故なり。言ふ所の不空とは、已に法体は空にして妄無きを顕はせるが故に、即ち是真心なり。

（『大乗起信論』岩波文庫）

「妄心を離」れ「妄無き」ことが「真心」であるとする理解とは、やはり明確な分岐がある。しかし、聖一国師に師事した無住『沙石集』の用例は注目に値する。彼はしばしば真心・妄心を説くが、次の例など、『仏法大明録』所引『楞厳経』を通じて見た理解のそれに相同する。

衆生《しゆじやう》ノ心モ真心《しんしん》ハ体《たい》也、水ノ如シ。情識《じやうしき》ハ用也。波ニ似タリ。

（二―四）

仮染《かりそめ》ノヤドカルモノハ妄心《まうじん》……妄心ハ又、貪《とん》・嗔《じん》・癡《ち》ノ別、浮雲雷光ノ如クシテ、アルニ似テ実《まこと》ナシ。境《きやう》ヲ縁《エン》ジテ移リ、物ニ随《シタガ》テ転ズ。我《が》ト云《いふ》ベキ物ナシ。コレヲ客塵《かくじん》ニタトフ。

（五末―十一）

就中、次の例は、重要である。

円覚経《ゑんがくきやう》ノ中《なか》ニ、観心《くわんじん》ノ用意分明《ようゐぶんみやう》ナル文アリ。……「於二諸妄心一亦不二息滅一」（『円覚経』、清浄恵章の一節、引用者注）ト云《いふ》ハ、妄心《まうじん》モトヨリ〔虚《きよ》ナリ。体性寂滅セルユヘ《（エ）》ニ、コレ滅スベキニモアラズ。霊光《れいくわう》ハ又ケツベキニアラ〕ズ。滅セント思フ念、則（ち）妄分別《まうふんべつ》也。此（の）故ニ「瞥起《べつき》ハ是《これ》病、ツガザルハ是薬《これくすり》」トモ云《いひ》、「念《ねん》起ラバ覚《かく》セヨ、是《これ》ヲ覚スレバ則（ち）無《む》也」トモイヘリ。「前念《ぜんねん》ハ是《これ》凡、後念《ごねん》ハ是《これ》仏」トモイヘリ。又、「妄心シバシワ《（バ）》起ル。真心弥々明鏡《しんしんいよいよめいきやう》也」トモイヘリ。只本分《ほんぶん》ニ不闇、妄念ニ目ヲカケザレバ、自本心《おのづからほんしん》明々タリ。

（巻四「（一）無言《むごん》上人の事」）

傍線部の表現は、「鏡ミ清ケレハ影アラハル。知ベシ、妄心ノヲコルトキ真心ノアキラカナルコトヲ」という『明心』に等しい。そして次の記述は『徒然草』へと連続する可能性を示唆する用例である。

心コソ我《われ》ト云《いふ》ベキモ、妄〔心ハ妄境ヲ縁ジテ〕、念々ニ移リキヘ《（エ）》、刹那ニ生滅シ、〔暫モトドマル事ナシ。身モ心モタノムベキモノナシ。〕

（巻八「（二一）老僧ノ年隠タル事」）

本書第二章の末尾で述べたように、『沙石集』と『徒然草』には微妙な距離感が存する。藤原正義は、この「老僧ノ年隠タル事」という章段について、「「刹那々々」そして道念・道人の意識において、さらに文体においても、徒然草中のある部分」、すなわち「西尾実氏の所謂論証的諸段」と「ほとんど質を等しくする」[45]と評したことがあった。この記述に「妄心シバシワ起ル。真心弥々明鏡也」という記述を「代入」し、「真心」の覚知が発動すれば、その時「真心」という「心」に「念々ニ移リキヘ」「うつりゆく」、「妄心」という「心」が、しずかに見据えられ、捉えられることになるだろうか。それはもはや、ほとんど『徒然草』の「心にうつりゆく」という言挙げと同じように見える。

だが、同様の心の観察から出発した二三五段は、そう展開してはいない。そこにはどのような思想が潜んでいるのか。そのことを考えるために、十四世紀後半の成立で『徒然草』より後発と思われる資料ではあるが、『塩山仮名法語』の一節を参照したい。

抑々カヤウニ物ヲ知ラレ思ハレ、此身ヲウゴカシ、ハタラカシ進退スル主《ぬし》ハ、サテ是何物ゾト、只是ヲ自ラ悟ラント志テ、不断ニ心ニヒツサゲテ忘ルヽコトナク……只先《まず》直ニ自心是ナンゾト、ウタガフベシ。カヤウニ深クウタガヘドモ、知ラルヽ方《かた》ナクシテ、イカントモセラレヌマヽ、心ノ道タヘハテヽ、我身ノ中ニ我トイフベキ物モナク、心トナツクベキカタチモナシト知ル物ハ、サテナニ物ゾト、我ニカヘリテヨク〳〵見バ、ナシト知ル心モウチウセテ、ナンノ道理モナキコト、虚空ノ如クナレドモ、虚空ノ如クナリト知ル心、底ヲツクシテタヘハツル時、自心ノ外ニ仏ナク、仏ノ外《ほか》ニ心ナキコトヲ悟ルベシ。……但シカヤウニ書付タル辞《ことば》ノマヽニ、心得テヲクベカラズ。只自ラ悟ベシ。看ヨ〳〵自心是ナニモノゾ。（下略）

（「示二中村安芸守月窓聖光一」『日本の禅語録十一　抜隊』講談社、一九七九年）

これまでの検討にこの記述を対比すれば、「こゝろといふものゝなきにやあらん…」という『徒然草』の叙述は、禅学的な心の分析に明らかに足を踏み入れつつ、何故かその手前で逡巡し、宋学的文辞をものして疑問を呈しているようにもうつる。その問題は、次章「徒然草と仮名法語」に於いて、あらためて論じてみたい。

少なくとも二三五段は「心念々ニ動キテ」(『方丈記』) などといわずに、「心に念々のほしきままに来り浮ぶ」と表現しており、明らかに、動かぬ心と動く心と、ふたつの心を捉えていた。その「来り浮ぶ」心と、それを見つめる心という自覚は、おそらく、心に「サラトウカフ」「妄心ノヲコルトキ」、すでに「真心」は捉えられているとする、心の認識論を意識しているだろう。

ことさらにそれをいうのは、本書第二章で論じたように、兼好の属する二条派の歌人達に痛烈なアンチテーゼを結果的に突きつけることになった、次のような理論を想起するからである。

> 万葉の比は、心のおこる所のまゝに、同事《おなじ》ふたゝびいはるゝをもはばからず、褻晴もなく、哥詞・たゞのこと葉ともいはず、心のおこるに随而《したがひて》、ほしきまゝに云出《いひいだ》せり。心〔の〕自性をつかひ、うちに動心《うごく》を外にあらはすにたくみにして、心も詞も躰も性もいうに、いきをひもをしなべて作者の□《もカ》かれもこれもすべてあらぬ事なるゆへに、たかくも、ふかくも、おもくもある也。(中略)(明恵は) 心に思事《おもふ》はそのまゝによまれたれば、世のつねのにおもしろきもあり。(中略) こと葉にて心をよまむとすると、心のまゝに詞の匂ひゆくとは、かはれる所あるにこそ。
>
> (『為兼卿和歌抄』)

この理論はつづけて「心をさきとして、詞をほしきまゝにする」(同) ことの尊重へとつながっていく。それは「心をたねとして」云々の『古今』序を拡大悪用して解釈したものであるとして、詞と心の論に於いて、二条派からの徹底した非難にまみれることになった。だがこの展開は、和歌というジャンルやその制約さえ気にしなければ、言語表現の方法をを無限に開く可能性を内包していたのである。

彼卿（＝為兼）は歌の心にもあらぬ心ばかりをさきとして、詞をもかざらず、ふしをもさぐらず、姿をもつくろはず、たゞ実正をよむべしとて、俗にちかくいやしきを、ひとつの事とするがゆゑに、皆歌の義をうしなへり。（中略）心をあらはす事は、いづれもおなじ事にて侍れども、経論、外典、解状、消息、真名、仮名、世俗ものがたり、詩歌の言葉ども、皆その文体ことなり。なんぞいま和歌と世俗おなじくせむや。

（『野守鏡』上、本書第二章参照）

注意したいことは、それが『古今』序、そしてまたその典拠である『毛詩』大序に即して説明されること、そして「心に思ふ」とはあくまで「心が起こる」(46)ことであり、すなわち「動く心」であると表現されていることである。

ただし「心に思ふ事」「動く心」が「そのまゝに」著作する心であるという把握は、仏教上、越えがたい着心を残すことになる。

此心明浄なること、猶虚空の一点の相貌なきが如し。心を挙し念を動ずれば、即ち法体に乖く。即ち著相と為す。

（『伝心法要』第一）

生まれた言葉は、そのままでは、心のあり方に於いて、ただの「著相」だけがそこに残ることになりかねない。たまさか和歌と成ったとしても…。では「心」を重視してこの問題を考えるとすればどうなるか。北畠親房は、『徒然草』に期を接し、『古今』序について、次のような理論を提示していた。

人のこゝろをたねとして……と云は、凡人の心はもと渾沌未分の所より起て、天地と気を同して、善もなく悪もなく、邪もなく正もなく、凡もなく聖もなく、天真の道のみ也、如此さとるは聖人也、天・地・人と分て、凡聖の心は別に成てより以来、六識盛におこりて本性をさとらす。（六識、六塵のこと、略）如此差別あれとも一心の所変也、聖人は一心の源を知る故に、用に随而六識を使とも、一心に疵なし、譬は鏡の上に万象を浮るか如し、凡夫は一心の本を不悟か故に、六識に被使て、さまさまの妄念を起す、有無の見に落て、流転三界の苦を不離、若其源をしり、その妄を離れぬれは、聖人と凡夫と一毫の差別なき（イし）、是を得法（イ明徳）とも悟道とも云也、然は彼歌も、聖人の心根・凡夫の意識、大に可有差別、能悟てよめらん歌は即聖言也、出・離・生・死・因縁となるへし、妄念の上にて、色々体愛に伴てよめむ歌は、狂言綺語の誤あるへし、

（『古今和歌集注』）

この問題は、本書第六章「和歌を詠む「心」」で、歌詠実作の立場から考えてみたい。本論冒頭に示した「心に動く」という屈折を含んだ表現の由来も、あるいは心と詞をめぐる、こうした反省に遡源するのかも知れない。

九　心と詞——鏡の比喩がもたらすもの

本書第二章で詳しく見たように、和文の伝統に則って心に思うことを描くためには、和歌の方法を自覚し、その理論に立脚して出発するほかなかった。

兼好法師が古今鈔曰、歌はこゝろざしをのぶることばなり。此国の言葉はいづれもやまとうた也。……兼好

云、人のこゝろを種とするは詠歌ばかりに非ず。万の詞をいへる也。

（小幡正信『古今和歌集序註』）

決められた詞の枠を破り、和歌表現の可能性を極度に押し進めようとしたのが京極為兼の歌論と実作であった。いわばその蛮行が、結果的に切り開く〈和文〉の可能性がある。『徒然草』は、日野資朝の逸話群の中に、次の逸話を置いているが、兼好の為兼観はいかなるものだったか。必ずしも明らかではない。

為兼《ためかぬの》大納言入道、召し捕《と》られて、武士どもうち囲みて、六波羅へ率《ゐ》て行きければ、資朝卿、一条わたりにてこれを見て、「あな羨まし。世にあらん思い出で、かくこそあらまほしけれ」とぞ言はれける。

（『徒然草』一五三段）

第二章ですでに述べたように、二条派歌人兼好にとって、「心に思うままを書く」ことの具現は、「歌の義」にあらざるもの、非和歌としてもたらされる。そして仏者である彼には、非和歌の和文として展開される心は、とりわけ「散乱」や執着を避け、真心を志向する建前が必要だ。「心の起こる」「そのまゝに」、「心のまゝに詞」とすることと、不動なる悟りの心の両立。そのダブルバインドを一挙に解決し、心を静めつつ心の動きを観察することを果たすという方法。「妄心ノヲコルトキ真心ノアキラカナル」、「妄心シバシワ起ル。真心弥々明鏡也」という二元論は、必然的に招かれる帰着としての発見であった。

そして『徒然草』は、和歌以外の方法で、あらゆる外界を、心に於いて把捉する和文の文体を獲得する。心を対象として心に内向せず、対象を叙述して対象に即さない、という叙述姿勢の獲得。(47) そのような心のありようの発見こそが、まさしく『徒然草』に於ける散文の誕生であった。

外界の宇宙を捉える鏡がある。史書である。仮名文学では、『愚管抄』が「ヨツギノ鏡ノ巻」（巻三）と称んだ、『大鏡』がその典型である。とすれば『愚管抄』の次の表現にも、心という鏡にうつる歴史叙述のメタファーがあるのかも知れない。

今カナニテ書事《かくこと》タカキ様《やう》ナレド、世ノウツリユク次第トヲ心ウベキヤウヲ、カキツケ侍《はべる》……和語《わご》ノ本体ニテハコレガ侍ベキトヲボユルナリ。……真名《まな》ノ文字ニハスグレヌコトバノムゲニタヾ事《こと》ナルヤウナルコトバコソ、日本国ノコトバノ本体ナルベケレ。ソノユヘハ、物ヲイヒツヾクルニ心ノヲホクコモリテ時ノ景気《けいき》ヲアラハスコトハ、カヤウノコトバノサハ〳〵トシラスル事ニテ侍ル也。児女子《じぢよし》ガ口遊《くいう》トテコレラヲオカシキコトニ申ハ、詩歌ノマコト道《みち》ヲ本意《ほい》ニモチイル時ノコトナリ。愚癡無智《ぐちむち》ノ人ニモ物ノ道理ヲ心ノソコニシラセントテ、仮名《かな》ニカキツクルオ、法ノコトニハタヾ心ヲエンカタノ真実ノ要《えう》ヲ一《ひとつ》トルバカリナリ。コノヲカシ事《こと》ヲバタヾ一スヂニカク心得テミルベキナリ。ソノ中ニ代々ノウツリユク道理ヲバ、コヽロニウカブバカリハ申《まうし》ツ。ソレヲ又ヲシフサネテソノ心ノ詮《せん》ヲ申アラハサントヲモフニハ、神武ヨリ承久マデノコト、詮ヲトリツヽ、心ニウカブニシタガイテカキツケ侍《はべり》ヌ。

（『愚管抄』巻七）

慈円は「うつりゆく道理」を「心にうかぶばかり」、「心にしたがひて書き付け」ると述べる。ここには鏡の文字はない。やはり鏡を表に出さず、「心にうつりゆく」ことを「そこはかとなく書きつく」と宣言した『徒然草』とよく似た表現となっている。うつりゆく道理とは、天皇代々で推移する、世の中の歴史的必然である。それが鏡としての史書にうつり、彼の心を経由して、道理となって表出される。

「和語《わご》ノ本体」を説く慈円の「仮名」言語・和歌観は、究極的には『古今集』の「やまとうた」へとたどりつくのだが（本書第八章参照）、ここでは『古今集』序とは直接しない。しかし、『徒然草』に見える説話的表現や、有職故実、叙事のたぐいの表現には、ぴったりする記述法であろう。『愚管抄』巻七は「世ノウツリユク次第」、「世ノ道理ノウツリユク事」、「冥ノ道理ノユク〳〵トウツリユク」、「道理ウツリユクコト」など、「うつりゆく」の語を頻用する。本書第二章では、心の友をめぐって、兼好と慈円の心性の近さについて述べたが、案外慈円は、『徒然草』表現形成のお手本の一つだったのかもしれない。

鏡を一つのイメージの媒介として、「心にうつりゆく」という含意ある、また「うつろひの美学[48]」を内包した表現の発見が、まさにそのまま『徒然草』という散文の出発であった。次章以降では、観点を変え、この問題を、宗教観や、詠歌と歌論の問題など、多角的な方向から追求し、考察を進めていきたい。

注

（1）前章にも解れたが、この呼称は、片桐洋一『中世古今集注釈書解題』一～六（赤尾照文堂）に拠る。適宜、中世古今注等と略称する。

（2）片桐洋一『中世古今集注釈書解題』三下所収に拠る。同三上所収の「『両度聞書』の成立」によれば、近衛尚通（一四七二～一五四四）が「おそらくは宗祇自筆の「両度聞書」の、まず仮名序部分を明応六年十一月二十三日に書写、続いて翌明応七年八月二十六日に歌注部分についても書写校合を終えたのがこの本であ」る。

（3）『曼殊院藏古今伝授資料』第五巻『古今序聞書』浅見緑解題（汲古書院、一九九一年）。

（4）平沢五郎・川上新一郎・石神秀美「財団法人前田育徳会尊経閣文庫蔵　天文十五年宗訊奥書「古今和歌集聞書〈古聞〉」並びに校勘記」本文篇、校異篇（『斯道文庫論集』二二、二三輯、一九八八、一九八九年）による。

（5）片桐洋一前掲「『両度聞書』の成立」参照。

（6）『古来風体抄』（冷泉時雨亭叢書に句読点と濁音を付す）。

（7）浅見緑「『両度聞書』と『毛詩』――古今和歌集仮名序注と毛詩注釈――」（『和漢比較文学叢書13　新古今集と漢文学』汲古書院、一九九二年）。
（8）鈴木元「「こころ」の探求――古今集・詠歌大概・愚問賢注の古注から――」（『中京国文学』一二号、同『室町の歌学と連歌』新典社研究叢書、一九九七年の第三章に再収）。
（9）関連する論考に鈴木元「中世和歌における「こころ」の問題――『愚問賢註』を緒として――」（『中世文学』三八号、一九九三年、前掲『室町の歌学と連歌』第三部に再収）。
（10）柳田國男校訂『紀行文集』（『日本紀行文集成』所収）。佐竹昭広『下剋上の文学』にも所引。
（11）『鏡の中の日本語――その思考の種々相――』（筑摩書房、一九八九年）扉。同『仮面の解釈学』（東京大学出版会、一九七六年）には『岩波古語辞典』の「語源学的考察」を基礎とした考察がある。また多田智満子『鏡のテオーリア』（ちくま学芸文庫版、一九九三年）は、鏡をめぐる示唆的なエッセイ集である。
（12）こうした認識の背景には、同書の、天台智顗の所説を逸脱した日本の天台本覚論独特の理論（『日本思想大系　天台本覚論』補注参照）がある。

水中の月を見るは、天月を見るなり。愚人は、これを知らず。その故は、眼も清浄なり、水も清浄なり、月も清浄なり。三つながら、互いに映徹して、眼の水に移り、水より伝へて月に移り、眼次第に伝へて、月の位にあつて月を見るなり。全く水に移る月を見るにあらず。真に天月を見るなり。（常同三身の事付本門迹門とは……譬へば水中の月を見て、いまだ天月を見ず。天月は同一なりといへども、諸水に移る故に、一なれども、長水に宿り、短水に宿り、方水に宿り、円水に宿る……本門は本より水中の月を見ず、最初より、ただ一の月を見るなり。（迹門三身の事）

（13）怱卒な調査ながら、参考までに検すれば、『徒然草』正徹本に於ては、うつる、うつす、うつろふ、すべて仮名書きであり、常縁本では同書一一六段（烏丸本一五五段）の「生老病死の移来ること」という一例以外はすべて仮名書きとなっているようである。烏丸本では一〇八段、一一三段の「時を移す」、一五五段「生老病死の移来る事」に漢字が当たる。時枝誠記『徒然草総索引』（至文堂、一九五三年、一九六七年）を参照した。
（14）本章での和歌の引用は、注記しない限り原則として新編国歌大観に拠り、書名を略称して示す。
（15）『大日経』をふまえて、「こころにみがくかがみ」（『続千載』九三四）といういいかたもある。

（16）伊藤伸江「康永期の京極派──『院六首歌合』の「色」「心」詠をめぐって──」（同『中世和歌連歌の研究』笠間書院、二〇〇二年所収、初出一九九四年九月）など参照。歴史書に於ける「鏡」については、森正人『場の物語論』Ⅲ3「大鏡と百錬鏡──範型と題号──」（若草書房、二〇一二年、初出一九九四年）に詳論がある。なお後述する。

（17）たとえば、小南一郎「鏡をめぐる伝承──中国の場合──」（森浩一編『日本古代文化の探求　鏡』社会思想社、一九七八年）参照。

（18）「（一）仮名法語　聖一国師法語ノ端」の部分（早苗憲生「蓬左文庫本『聖一仮名法語』の研究（一）本文篇」（『禅文化研究所紀要』六、一九七四年五月）。

（19）そこには「鏡と面と」（仏教大系の訓点による）の像の離合の譬えも見えるが、『徒然草』とは別のものだ。またその問いは、『摩訶止観』第一章「止観大意」においては、次のごとく述べられる。

それ心は孤り生ぜず、必らず縁に託して起る。意根はこれ因、法塵はこれ縁、所起の心はこれ所生の法なり。この根塵・能所は三相に遷動す。……ただ根塵あい対して一念の心の起るを観ずるに…妄りに心起ると謂ふも、起るに自性なく、他性なく、共性なく、無因性なし。起るときは自・他・共・離より来たらず。去るときは東西南北にむかって去らず。この心は内・外・両・中間にあらず、また常におのずからあるにあらず、ただ名字のみあり、これを名づけて心となす。（二下、五五頁〜）

（20）『徒然草』前半部には「世に従へば、心のほかの塵にうばはれてまどひやすく…」（七五段）という表現が目につくくらいで、掲載の如き用例は拾えないようである。一五七段と類似した発言は、五八段では「心は縁にひかれてうつるものなれば」とある。

（21）本段は大福長者の言葉の引用という体裁をとるが、その言葉の中の一文である。

（22）『徒然草』に心という言葉の使用は多いが、自らの心そのものを分析の直接の対象として語っているのは、古注の言うように序段と二三五段であろう。『徒然草参考』は「石匏子《セキハウシ》清神篇《セイシンヘン》に、此主ある家の事、鏡の空虚《クウキョ》にしてものをうつす事などをたとへて清神《セイシン》の事を論じたり。諸子彙函《ショシイカン》二十四の巻にも、其清神篇《セイシンヘン》をぬき出してのせたり。文章ながきゆへにこゝにのせず。兼好も此石匏子《セキハウシ》によりてかけるかなどうたがはるゝほど、論意《ロンイ》の躰《テイ》似たる段也」という。『諸子彙函』（内閣文庫本）には「劉昼。字孔昭」云々と注記がみえるから、「石匏子」とは『劉子』をさす。いうところは「形者生之器也。心者形之主也……清虚棲レ心。即不レ誘二於外一。神恬心清。則形无レ累矣。虚室生レ白。吉祥至矣〈人心内若生レ白而不レ濁。則吉祥至矣。瞻レ彼不レ闋者。虚室生レ白。人心若空虚。則純白独生。司馬彪曰。闋空也。止也〉人不レ照二於昧金一而照二於瑩鏡一者。以二瑩能明一也。不レ鑑二於流波一而鑑二於静水一者。以二静能清一也。鏡水以二明静之性一故。能形二物之形一……」（播州録事参軍袁孝政註『劉子』、中国子学名著集成。山括弧は割注を示す）などの記述であろう。もはや左程の類似は感じられないが、諸注に採られないため参考として掲出する。

(23)「自ラ心ヲ見ニ虚空ノ如シ」（『塩山仮名法語』『日本の禅語録第十一巻　抜隊』講談社所収。本書については後に触れる）とも。『徒然草』と禅宗との関わりについての研究史は、以前のものながら『日本文学研究資料叢書方丈記・徒然草』の小松操氏の解説に詳しい。第四章冒頭に略抄した。

(24)『禅学典籍叢刊』第二巻（臨川書店、一九九九年）。その詳細は本書第八章参照。『仏法大明録』諸本については「原型は明版を経て古活字版にいたるまで忠実にうけつがれている」（椎名宏雄「『仏法大明録』の諸本」『曹洞宗研究生研究紀要』第一一号、一九七九年）という。引用に際し私に返り点と句点を付した。

(25) 本書は「詳しくは新編仏法大明録とい」う（和島芳男『日本宋学史の研究』吉川弘文館、一九八八年）。いま慣例にしたがってこう略称する。

(26)『伝心法要』は金沢貞顕の父北条顕時によって本邦ではじめて開版された。金沢文庫編『金沢文庫新築開館記念展図録　よみがえる中世――鎌倉北条氏の遺宝――』（一九九〇年）他参照。

(27)『二程集』上（中華書局理学叢書、一九八一年）を参照した。

(28)『野槌』は「荘子」「道家」「禅家」「釈氏」等の所説を紹介したあと「儒家の見所を如何と尋ねば程朱の説を見るべし」として幾条かを引用する。そのなかに、この条文と関わる部分として「程子曰聖人之心明鏡止水又曰有主則虚又曰中有主則実々則外患不能入」、及び「朱子曰主一無適謂之敬々者一心之主宰而万事之根本也」がある。

(29) 例えば、『徒然草』第一段「心はなどか賢きより賢きにもうつさばうつらざらむ」という部分は、出典として『論語』学而「子夏曰、賢賢易色」の「古註の点」（『諸抄大成』）を踏まえて「易色云事ヲ移サハナトカ移ラサラント此ノ草紙ニ和ハラケラレタル」（山田孝雄『つれぐ〳〵草』所引「徒然草大意」）ととるのが定説だが、『諸注集成』が指摘する、『論語』陽貨篇「上智与二下愚一不レ移」が「重なっている」とすれば、『程子遺書』の「孔子謂、上智与二下愚一不レ移。然亦有二可レ移之理一（同上、第十八）という一節が、俄然注目される。

(30) 芳賀幸四郎『中世禅林の学問および文学に関する研究』思文閣出版、芳賀幸四郎歴史論集第三巻、一九八一年、初出一九五六年）、和島芳男前掲『日本宋学史の研究』、久須本文雄『日本中世禅林の儒学』（山喜房仏書林、一九九二年）など参照。なお禅僧による宋学の学習が本格化するのは、聖一国師円爾（一二〇二～八〇）の孫弟子虎関師錬（一二七八～一三四六）であり、その後、「鎌倉末期から南北朝期にかけて入元した禅僧は」、「中国文化全般を受容しようとして」、「禅籍だけでなく、儒典や史書・詩文集など様々な漢籍を持ち帰り、最新の宋学を学ぼうとした」こと、そして義堂周信をはじめとする具体的な禅僧による宋学受容と講義などの史的な考察については、川本慎自「中世禅宗と儒学学習」（『歴史と地理』六八七号「日本史の研究」二五〇、山川出版社、二〇一五年九月、引用も同論文）に教えられるところが多い。

(31) 『徒然草』が「儒、釈、道ノ三ヲ兼備スル者歟」とは、つとに『寿命院抄』にいうところである。兼好の生没年は未詳であるが、虎関師錬よりやや年下の同時代人であると考えられる。

(32) 柳田聖山『禅思想　その原型をあらう』鏡の章（中公新書、一九七五年）。

(33) 本経は『首楞厳経』あるいは『楞厳経』などと略称されるが、同じく『首楞厳経』と略称される『首楞厳三昧経三昧経』と区別するために、以下『仏法大明録』の略称に添って『楞厳経』と称ぶ。

(34) 同じ雲棲寺袾宏の手になる『竹窓随筆』（内閣文庫蔵の和刻本、付訓等は略す）は「心喩」（この一部を『徒然草参考』が引く）の項に「心無レ可レ為レ喩。凡喩レ心者。不レ得レ已而権為二彷彿一。非レ真也。」と述べ、「試」みに鏡を挙例し、対比し、その異なりを論ずる。さらに心を「或喩二宝珠一。或喩二虚空一。」ことがあるが、その譬喩も心の「妙明真体」を把捉するものではないという。ここに「鏡」と「虚空」が挙例されることに注目して置きたい。

(35) 石井修道「『新編仏法大明録』について」（『財団法人松ケ岡文庫研究年報』二四号、二〇一〇年）。

(36) 高野山金剛三昧院所蔵（高野山大学図書館寄託）『達磨大師安心法門　幷明心』。室町末から江戸初期写という。「東福寺聖一上人御作　平居師」ともあり、円爾の名が見えることにも注意される。亮順筆本とは本文に微差があり、直接の書写関係ではないと思われる。なお同資料について、早苗は本章旧稿刊行時にすでに翻刻を完成しており、その所在と内容を私信でご教示いただいた。学恩に深く謝する。

（37）　前掲注30、31で示したように、宋学の受容に劃期をもたらした虎関師錬は、円爾の蔵書中に『仏法大明録』があることを認めつつも、その内容については厳しく否定し、円爾がこの書を講じた史実までも否定しようとした（『元亨釈書』巻七・浄禅三之二・慧日山辯圓）。そのことは逆に、当時、特徴ある思想書として『仏法大明録』が相応に知られていたことを裏書きする。なおこの問題については、本書第九章参照。

（38）　「真心ヲモテ見聞」ならぬ、「見聞ノ主」という言葉で「自心」（「自己の本源をなすものとも、自性とも」、古田紹欽「抜隊その生涯と禅」『日本の禅語録十一』）をあらわし、その「主体たる心を追及し、それを悟ることを一筋に生き」た（末木文美士「抜隊得勝における主体の探求」『日本仏教思想史論考』）抜隊得勝（一三二七〜一三八七）は、『楞厳経』（この呼称については注42参照）注の譬え（本章六節所引『楞厳経義疏注経』参照）でそれをあらわす。

　万ノ念、此自性ノ中ヨリヲコルコト、大海ヨリ波ノタツガ如シ。鏡ニカゲノウツルニ似タリ。

（『塩山仮名法語』古田前掲書）

　末木は総論として「抜隊の思想が本覚思想の強い影響を受けている」と指摘する。ただしこの問題について管見に入った天台本覚思想の文献としては「心に十の名あり。謂く、心と識と意と主と体と鏡と明と相と等なり」（『漢光類聚』四「鏡像円融」）くらいで、立ち入るゆとりはないが、ここはむしろ宋学の影響を考えるべきであろうか（『程子遺書』『性理大全』三二等の前掲箇所以外も参照）。

　また「心の主」という言葉だが、この語を立項する『大辞典』は、慈円『拾玉集』三四四四「いとひ悩む心のぬしに事とはんありたき世にぞあられざるらん」を挙げ、「心を統率するもの。心の支配者」と釈する。『日本国語大辞典』も同巧だが、『徒然草』を意識した誤読ではないだろうか。『拾玉集』の直前歌は「いかにせむとつねに心の悩むかないとふもやがていとはしき世を」（三四四三）。この歌に照らせば、「いとひ悩む心のぬし」とは「悩む」「心」そのものととるべきだろう。さればこの「ぬし」は「[…のぬし]」の形で、人名などに添えて敬称としても用いる」（『日本国語大辞典』第二版）ものであり、やや戯れのニュアンスを含む物言いか。むしろ時代的にも注目すべきは「さもあらぬ風のおとさへかなしきよこころのぬしにものを思へば」（歌合「後光厳院文私之比」26、新編国歌大観第十巻所収、貞和五年（一三四九）ころ成立）という用例だろうか。

（39）　『聖一国師年譜』。なお詳しくは本書第九章参照。

(40) 以上納富前掲書。同書第三編、第四編に劔阿、湛睿についての詳細な研究があり、また第五編の「金沢貞顕と東山常在光院」に兼好と金沢との関わりに触れ、教えられるところ多い。また『徒然草』は「賢助」（東寺長者、醍醐寺長者）もしくは「顕助」（東寺長者）という人物との交際を記す（二三八段、高乗勲「兼好と東寺を中心とする真言宗関係について」『密教学』六号、一九六九年、小川剛生訳注角川ソフィア文庫補注97参照）。

(41) 其間の事情は『徒然草全注釈』にまとめられる。

(42) 前述したように「首楞厳経」という同名の略称を持つ経に『首楞厳三昧経』があるが、「禅客」ということ、いわゆる『楞厳経』の異名を「中印度那蘭陀大道場経」ということ（『野槌』他）、またいわゆる『楞厳経』の重んぜられ方などからこの経を『大仏頂如来密因修証了義諸菩薩万行首楞厳経』と認定することは諸注異同が無い。

(43) 藤原正義「兼好における時衆と禅」（『兼好とその周辺』風間書房、一九七〇年所収、初出一九六四年）参照。

(44) 前掲和島芳男『中世の儒学』。但し和島はその文永七年の識語を持つ金沢文庫旧蔵本の存在について「この朱子の書が伝来しても金沢北条氏一門の学風に何の影響も及ぼさなかった……要するに博士家の家学の伝播する所には、朱子の書がまれに伝存しても、朱子を頂点とする宋学を受容する余地は乏しかった。したがって中世儒学史の新生面は……禅僧の活動によってこそ打開されなければならなかった」と論ずる。

(45) 藤原正義「徒然草と沙石集――その思想と文体と――」（同『兼好とその周辺』桜楓社、一九七九年）。

(46) 和語にすれば同じ「心がおこる」であっても、発心の訓読語としてのそれは、全く逆に展開すること『徒然草』の次の対句が示すとおりである。「心更におこらずとも、仏前にありて数珠を取り、経を取らば、怠るうちにも善業をのづから修せられ、散乱の心ながら縄床に座せば、おぼえずして禅定なるべし」（一五七段）など。

(47) 『古今集』仮名序は「心に思ふ事を、見るもの、聞くものに付けて、言ひ出せるなり」（この引用は新日本古典文学大系）という。

(48) この語は、佐竹昭広の論文（『岩波講座　転換期における人間　2自然とは』Ⅲ―4「自然観の素型を探る日本」一九八九年）による。同論文は佐竹『萬葉集再読』（平凡社、二〇〇三年）、同『佐竹昭広集　第五巻』（岩波書店、二〇一〇年）に「自然観の祖型」として再収された。また「心にうつりゆく」という表現をめぐる含意についての興味深い考察として、山田晶『岩波講座　転換期における人間　3心とは』Ⅰ―3「「こころ」と「たましひ」」（一九八九年）がある。

第四章　徒然草と仮名法語

一　『徒然草』と禅宗との関係

かつて小松操は『日本文学研究資料叢書　方丈記・徒然草』（有精堂、一九七一年）の解説に於いて、兼好の仏教的環境に関する研究史を次のように整理した。禅宗への親近についても相応の論述がある。

兼好の宗旨は室町期の『行者用心集』（永正・大永成立）に兼好法師天台宗也とあり、林瑞栄氏は初めて横川登山前後の兼好を、鈴木久氏は『摩訶止観』の投影を考証、また小林智昭氏は真言宗秘儀への関心の深さを、高乗勲氏は東密との交渉の深さを詳細に検討した。黒田亮氏から、藤原正義氏・山下宏氏は無住を、安良岡氏は大応国師（臨済宗大徳寺派）への傾倒を、藤原氏や安良岡氏が道元《曹洞宗》を、武石彰夫氏は夢窓＝疎石（臨済宗夢窓派）との関連を述べている。私も疎石著『夢中問答』の一大事の因縁、万事放下等の禅学用語や「つれ〴〵なぐさむ」の語が共通する点を感じていた。相馬御風氏の指摘（実は『徒然草句解』寛文元刊が既に引用。）通り、賀茂の競馬の話が、実は禅家の鳥窠禅師を語る話で、周信編『祖苑聯芳集』《貞和成立》などには同禅師を詠じた詩藻多数を収めている。念仏門でも法然房《浄土宗》に、一遍《時宗》房に比肩する人がいる。近世、恵空《天台宗》・厭求《浄土宗》上人を初め、近代でも高津柏樹《禅宗》・島地黙雷《真宗》から高瀬承厳や故江部鴨村《真宗》まで兼好を仏者として捉え、『徒然草』を宗教文学として読む態度があった。だが、天台・真言関係や大応国師を除けば、伝記研究上に兼好との交流を証し得ぬばかりか、当時の知識人は禅律密、念仏宗を皆兼学したのであり、各門流の相克、各教派間の思想・信仰上の対立、即ち臨済宗中でも夢窓派⇅大徳《大応》寺派間の激しい教学上の対立を等閑に付してはならぬ。さらに論者は親鸞・日蓮・北畠親房・世阿弥等にも比肩したが、類似は兼好が中世人ゆえ当然の帰結で、ここにも野間正英氏における時代様式の指摘が回想される。……兼好の独自性が、中世文学的視野で読み取られねばならぬ。……(1)

近年いささか等閑に付されてきた感もあるが、『徒然草』という作品の時空――十四世紀に成立し、京都と鎌倉と双方向からの視野を持つ仏教者による著作であること――を考えれば、兼好と禅宗との関わりという視点を逸することはできない。

禅との交渉であるが、この点についてはかなり密なるものが指摘されるようである。しかしその直接的資料とみるべきものは「徒然草」にはきわめて少いが、禅的発想、あるいはその思想との連関を思わしめる間接資料をも含めるとなると相当量に達する。

（小林智昭「仏者兼好論」(2)）

この問題について、とりわけ詳細な検討を試みたのは、藤原正義である。藤原は「兼好における時衆と禅」(3)という論文に於いて、当時の研究状況を精しくうがって詳論する。重要な論点を含むので、長くなるが、可能な範囲で、区切りながら引用して参照する。

まず藤原は、禅宗をめぐる時代的状況と兼好の位置を確認する。

兼好と禅、特に徒然草と正法眼蔵随聞記とのかかわりについては、これまでしばしば諸家によって論及されてきたところであるが、両者の間の思想・文体上の類似や同質性については、時代の歴史的社会的、とくに思想的な動向にその因を求めているのが一般である。こうした見解は、兼好が随聞記に接したという明らかな証拠がない今日では、巨視的な論理としてこれを拒むことはできないし、それはその通りであると考えられるけれども、同時に鎌倉期末における曹洞系と臨済系とを含めての禅宗の実勢が見過ごされてはならず、京・鎌倉における禅の主流は臨済であり、道元正統の禅は永平寺に継承され、これにたいして地方に伝播流布して教勢を張りつつあったのは、永平禅から分立した大乗寺派の禅であったということも見落とされてはならないであろう。野守鏡が非難し批判したのも、建仁寺・建長寺、つまり京・鎌倉の臨済禅を目してであった。

次に、兼好の禅との直接的関係について、大応国師との所縁に注意を喚起し、『徒然草』の記述にも着眼して論ずる。

元亨二年四月、兼好が大応国師の塔頭に山科小野の水田一町を売寄進した。これは、徳政による契約の無効を見越してのものであって、これによって兼好の禅への帰信を測ることはむずかしいのであるが、大応国師塔頭へこうした売寄進がなされたのには、塔頭あるいは臨済禅との何らかの関係が事前にあったのかもしれない。それは一つの推測にとどまるけれども、兼好が禅的なものと交流するところがあっただろうことは、一遍の時宗が法燈国師の禅（臨済）を吸収したものであり、行仙房（一言芳談。徒然草九八段）について「禅門の風情あり」と云われていることからも推察にかたくない。

そして本書第三章「徒然草の「心」」でも言及した、『徒然草』一七九段[4]に描かれる入宋の沙門道眼の「首楞厳経」＝『楞厳経』講義に触れ、次のように付言する。

後に金沢称名寺に移った沙門湛睿が、正和三年（一三一四）九月五日泉州久米多寺で校合した顕密円通成仏心要に記した識語「延慶二年己酉（一三〇九）比、有二入唐之禅侶一、名道眼房、奉レ渡二一切経一之時、適感二得此書印本一、同亦渡レ之」とあるのによれば、道眼は「入唐之禅侶」であった。

右に続けて藤原は、道元やその法嗣を継ぐ「曹洞門とくに永平寺系」が『楞厳経』に批判的であったことから、『楞厳経』を講義した道眼は「臨済系の禅侶であったとみられる」と推定し、兼好と臨済禅との接触の可能性を述べる。さらに大応国師の法語などを引いて兼好との思想的親近を考察し、文体にも言及して『徒然草』と仮名法語との類似を示唆している。

さて最後に、文体の問題について。文体は思想と不可分であり、思想は文体において自己を顕在化する。その意味で、徒然草のある部分の文体と随聞記との間に近似ないし等質の関係が見出せることはすでに云われているところである。同じ関係は、臨済禅仮名法語との間にも指摘できる。聖一・大応・大燈・法燈など鎌倉期末臨済禅の仮名法語を一括してみるならば、その文体と徒然草のある部分との近似、等質の関係を見出すことは困難ではない。

このように述べる藤原は、「ただ問題は、随聞記をも含めて禅法語一般が示衆の文章であり、嗣法の師より参学の同行への説示の文章であるということ」にあるとの注意喚起を忘れていない。本書第二章で論じたように、そこには『徒然草』との本質的な相違点も内在する。

二　『徒然草』と仮名法語の類似性

こうして、禅宗の仮名法語というものの重要性にあらためて着目される。たとえば本書でしばしば言及する、亮順筆『明心』も、十四世紀の仮名法語とみることができる。

『明心』一篇は『大明録』の項目を解説するという形式をとりつつ、内容的には学人に対して見性禅の要諦を説きあかすための、きわめてすぐれた法語を形成している。……本書はもはや『大明録』の末疏というよりも、中世初期における、すぐれた禅宗カナ法語一篇とみることが可能であろう。

（椎名宏雄「『仏法大明録』の諸本」『曹洞宗研究生研究紀要』第一一、一九七九年）

本書第二章で論じたように、この『明心』と、その典拠の圭堂編『仏法大明録』（中国南宋末期成立）を併せ捉えれば、『徒然草』二三五段の印象的だが難解な一節の理解に大いに資する。たとえば、近年、二三五段を分析した末木文美士は、「まず①の家の比喩であるが、これは仏典に適当な典拠は見あたらないようである」と論じた。(5)　しかし『仏法大明録』を読解した『明心』には、心の譬えとして、家主と客人の関係が次の如く見えている。

是二心譬ヲ以明サハ、妄心ハ如影一ノ、又如客人一ノ。真心ハ如鏡一ノ、又如シ家主一ノ。常ノ人此ノ如ナル影一ノ客人ヲ我心ト思ヒ、念々ニ起滅シテシハラクモヤム時ナシ。若真心ノ明ナル所ヲエツレハ、縁心ハ自忘レ真心ハ日ニソヘテチカツクナリ。

（納富常天『金沢文庫資料の研究』）

『仏法大明録』を将来したのは、東福寺開山聖一国師円爾（一二〇二～一二八〇）である。第三章で述べたとおり、『仏法大明録』は、「禅における向上門・向下門のあり方を、見性禅的な立場から項目別に整理することに努めるとともに、さらにこれを宋学的な立場から、儒仏道三教一致の思想を体系化しようと試みた、いわば意欲的で特異な作品とみることができる」（椎名宏雄前掲論文）。かつては「ほとんど研究の対象にされていない」（椎名宏雄前掲論文）かったために、手近に読解を進めることすら困難であった『仏法大明録』だが、今日では『禅学典籍叢刊』第二巻（臨川書店、一九九九年七月）に影印と解題（椎名宏雄稿）が収録され、研究環境は格段に向上した。

小さな仮名法語『明心』は、典拠の『仏法大明録』を承けて、『徒然草』の成立環境に於ける禅学と宋学の交流点の日本的な和解の様相を示す。「心」論のありかを解明するための貢献は、決して小さくないだろう。

そうした目で見れば、類同する注目すべき仮名法語は他にもある。

大徳寺開山示二萩原皇后《キサキ》一ニ　仮名法語

（前略）彼本来ノ面目ト云ハ、色形ナキ物也。タトヘハ虚空ノ如シ。虚空ニハ形ハナキ也。故ニ仏説□(三)云、仏身法身猶虚空ノ如シト説玉フ也。仏心ト云モ法身ト云モ、本来ノ面目ノ事也。彼本来ノ面目ハ元名字ナキ也。不(本か)来ノ面目トモ、或ハ主人公トモ、或ハ仏性共、或ハ心仏トモ、コナタヨリ名ハツケタリ。タトヘハ出タルトキ名ハナケレトモ、以後色々ニ名ヲ付ル也。一千七百ノ公案トテ話頭ノ員ハ千七百則アレトモ、皆々彼本来ノ面目ヲ見セシメン為也。世尊雪山六年端坐シテ明星ヲミテ悟給モ、彼ノ面目ニ相見シ給事也。其外古人ノ大悟大徹ト云モ、彼面目ニ相見スルヲ云也。二祖□(八)立テヒヂヲキツテ悟、六祖金剛経応無所住而生其心ト読ヲキイテ悟、霊雲ハ見桃花悟リ、香厳ハ土器ノ竹ニアタル声ヲ聴テ悟、臨済ハ黄檗ニ六十棒打レテ悟、洞山ハ水渡ルトテ我影ヲ見テ悟ル。彼本来ノ主人ニ相逢事也。彼肉親ハ家也。家ニハ必ス主人アルヘシ。彼家ノ主ヲハ本来面目ト云也。誰トモ吾トモ云也。熱キ寒キナトヲ知、或ハ物ニ貪着ノ心アリ。或ハ欲心アルハ皆々妄念也。真ノ家ノ主ニテハナキ也。彼妄念ハナキ物也。一束ノ息キルヽトキ同消スル物也。彼妄念ニ引テ地獄堕テ六道ニ輪廻スル也。彼念ノ起ル源ヲ能々坐禅ヲシテ見ヨ。全念ハ形ナク体ナキ者也。死シテ後モ彼念ハノコリ有ベキト思ニヨリ、地獄ニ堕テ種々ノ苦ヲウケテ、又ハ娑婆世界ニ輪廻シテ苦ヲ受ナリ。時々ニ起ル念ヲ捨ツヘシ。古人云、心生スレハ種々ノ法生ズ。心滅スレハ種々ノ法滅スト説玉フモ此事也。彼一念起ルニ依テ種々ノ悪心ヲコリ、色々ノ罪ヲ造リ、悪道ニ落ル也。心滅トハ、一念ハ元ト体ナシ。死スレハトモニ死スル物ト思ヘハ、地獄天堂モナキ也。タトヘハ白紙ナトニ地獄ヲ書、罪人ヲ書、鬼神ヲカキ、極楽浄土ヲ書出スカ如シ。本来ハ明カニシテ、地獄モナク極楽モナシ。一念ヲ以テ色々ニ作リ出ス也。只念ヲ払捨ル事専ニスヘシ。彼ノ念ヲ払ヱト云ハ坐禅ヲスヘシ。念ヲ治レハ彼本来ノ面目アラワル也。念ハタトヘハ雲ノ如シ。雲晴レハ月アラワルヽ也。真如ノ月ト云モ本来ノ面目ノ事也。又ハ念ヲ鏡ノ上ノ曇ニ喩フ也。曇ヲ払ヱハ鏡アラワルヽ也。念ヲ収テ未タレ生サキノ面目ヲ見ヨ。生セサル已前ト死ノ後トハ一ツ也。生レサル已前ヲ知ラハ、死テノ後ヲモ知ヘシ。生レサル已前ハ□(地獄)ナク極楽モナシ。只本来ノ面目ノミアツテコトナルコトナシ。□(本来ノ)面目トイヘハトテ形ナトノ有ヘキ物ニテハ有ルヘカラス。能々工夫ヲシテ見玉フヘシ

（下略）(6)

これは、『徒然草』と同時代の大徳寺開山大燈国師宗峰妙超（一二八二〜一三三七）が、花園上皇の皇后(7)に示した著名な仮名法語である。(8)花園天皇自身も大燈に帰依し、上皇となってからは、大燈と問答を交わし（『興禅大燈国師年譜』元亨元年条）、両者自筆の問答記も残る。(9)一方で、花園天皇が宋学を好み学んだこともよく知られている。そうした状況も加味すると、この法語は、より興味深い内容を持つことがわかるだろう。

三　仮名法語の体用論をめぐる問題と『徒然草』

しかし、この一節の持つ面白さは、単に『徒然草』二三五段の文言や譬喩と類似していることだけにとどまらない。そこには、同じ『徒然草』の冒頭表現「心にうつりゆく」の「に」の働き（第二章参照）に通じる、所謂「体用」論の反映があることに注意したい。大応国師（一二三五〜一三〇九）の法語は、より直截にそれを語っている。

問…ナニトシテカ心ト法ト一如ナルヘキ。答、我ラカ見聞覚知ノ精霊ハ尽虚空ヲ以テ躰トス。常住不変ノ妙心ヨリ出ル妙ノ用ナリ。此妙用ノ鏡キヨキ時ハ万象ノカゲ、妙用ノカヽミニウカフ。…

（『大応国師法語』（一）大応国師語）

心ハ本ヨリ自性ナキカ故ニスルワサニ随イ、境界ニ向イ付テウツリ以テ行也。…華厳経曰、三界唯一心、心外無別法、心仏及衆生、是三無差別。又曰ク、心ハ工《タク》ミナル絵《エ》師ノ如シ。種々ノ五陰ヲ作ル。一切世間ノ中ニ心ヨリ生セサルハナシ。又同経曰ク、此心ヲハ浄法界ノ心ト名ツク。浄法界ノ心ハ、晴タル空ノ如シ。虚空ノ晴タル時ハ、只青ノミ見ヘテ、揔テ余ノ物ナキニ、イツクヨリカ来ツラン。少キ雲、一ムラ来ルト見ルホトニ、其雲次第ニ大ニヒロコリテ一天ニヲ、イヌレハ、風ヲ、コシ、雨ヲフラス。其時ハ虚空ノ姿ミナ失シテ、只クロキ雲ノミヲ、ヘリ。此雲ヲ無明ト名ツクル也。諸ノ煩悩ノ根源ヲ無明トハ申也。心モ又カクノ如シ。ナニ事モ不レ思シテアル時ハ、晴タル虚ノ如ニシテアルホトニ、見聞覚知ノ境界ニ逢テ、一念偏意例ニタカウ処ナリ。ヲコル時、妄念ノ雲アツクヲ、イテ、本心揔テ陰没シヌ。サレトモ妄念ハ、生スル物ニテアルアイタ、ツイニハ滅シヌル後ハ、本心ニテアル也。雲ハレヌレハ、キヨキ虚空ニテ有カ如シ。又、此心ヲ一ノ鏡ニタトウ。心ニウカフ念ヲハ、鏡ニウツルカケニタトウ。此心ノ鏡ニ善ヲ作ル時ハ、善ノ影ウツリ、悪ヲ作ルトキハ、悪ノカケウツル。一切ノ思ト思ワサ、ナストナス事、心ノカケト成テ、此カケニヒカレテ六道四生ニ沈輪スルナリ。（中略）抑諸物ヲ納タル其心ハ、何ニ有ソト尋ルニ、揔テ行難者也。内ニモアラス。内ニアラハ、五臓六腑ヲモミルヘシ。外ニモアラス。外ニアラハ、唐土天竺、心ニウカフ所、ミナ見ヘシ。色ヲ見ス。形ヲサル者ナリ。本心既ニナキ上ニハ、影マテアル念モアルヘカラス。二ツナカラ無ランニハ、何カハ思ノ影モウ（ママ）ツリ、シワサノカケモ留ラン。

（同前（五）同先師法語）⑩

そもそも体用論は、禅宗の根幹的重要論理の一つである。そしてそれは、「心」をめぐる論として、表面上は廃禅毀仏をいう宋学に、じつは深く影響を与えていた。

久須本文雄に拠れば、宋学の嚆矢の一人である「（程）伊川は、道と一体同会なる心に、体用の両面あることを説」き、「心一也、有二指レ体而言者一、〈寂然不動是也〉有二指レ用而言者一、〈感而遂通天下之故是也〉…（二程文集、巻八）」として、「元来心は唯一不二なる当体である」が、「彼は心を体用両面に分看している」という。「これは仏禅に於いても説く所で（用例省略）…すなわち見聞覚知は、仏性或は本心の作用にして、仏性と作用とは、不即にして不離なる関係にあるものとしている」(11)。

それは、宋代に於ける、宋学側からの禅の吸収であり、宋学的な応用であった。(12)

ここで、久須本が「心」をめぐる体用論に触れて、

> 仏教殊に唯識宗並びに倶舎宗の教理に於いて心を心王・心所に分類しているが、これも心の体用を説くものである。すなわち「心王」とは意識作用の本体にして、対象の一般相（総相）を認知する所のものであり、「心所」とは心所有法のことで、その対境の特殊相（別相）を認識する所の心作用で、心王に随順せざれば生起する能わざるものである。(13)

と述べていることに注意しておこう。本書第九章で触れるように『仏法大明録』の読者でもあった法相の良遍（一一九四～一二五二）は、唯識思想の文脈で「心王・心所」を論じ、鏡を譬えに、よく似た体用論を説いている。

そして良遍は、それを「如此キノ不思議ノ理ハリ、我ガ宗ノミ断ズル所ナリ」と自負しているのである。

> 心ト云フ物ハ明浄ナル事、タトヘバ明カナル鏡《カヾミ》ノ如シ。己《ヲノレ》ガ用ヲ知ルノミナラズ、カヘリテ能ク己《ヲノレ》ガ体ヲモシルナリ。如レ此キノ不思議ノ理《こと》ハリ、我ガ宗ノミ断ズル所ナリ。カサネテ委ク云《いわ》バ、タトヘバ明カナル鏡ヲ以テ物ノ形ヲ照ス時、必ズ鏡ノ中ニ其形チウツレリ。其影ハ鏡ノ外ニアルガ如シ。只鏡ノ体ノ清《きよき》ニ依テ、物ニムカフレバ必ズ照ス故ニ、テラサルル用トシテ現ズル所ナリ。其ノ鏡ノ光リノシタシク照ス所ハウツレル影ナリ。ウトク照ストコロハカガミニムカヘル物ノ本体ノ形チナリ。鏡ノ用ハ清クミガケル銅ノ功能也。鏡ノ体ハ清クミガケル銅ナリ。サレバウツレル影ト是ヲ照ス光トハ鏡ノ用也。鏡ニ離レテ物体ナシ。心

ノ物ヲ知ルアリ様、如レ此。シラルル物ノ心ノウチニ浮メルヲバ相分ト名付ク。鏡ノ影ノ如シ。其相分ノ本体ノ形ヲバ本質《ほんぜつ》トナヅク。其本質ハ又アラ耶識ノ相分也。阿頼耶識ノ相分ニハ本質ナシ。能ク知《しる》用ノ心ノ上ニ起ルヲバ見分ト名付ク。鏡ノ光ノ如シ。能ク浮メ、ヨク知ル用ヲ起ス体ヲバ自証分トナヅク。カガミノ体ノキヨク、銅ノ如シ。暫ク眼識起リテ青・黄等色ヲ見ル時、眼識ノ前ニ色浮ミ顕ルル、是ハ相分也。其色ノ本質ハ則第八識ノ相分也。眼識ノ能ク是ヲ見ルハ見分也。此ミラルル色ノ用トミル見分ノ用トヲ起スハ眼識ノ体也。体ハ則チ自証分也。是ニ随ヘル心所モ皆ナ如此。耳識ノ声ヲキキ、鼻識ノ香ヲカギ、乃至意識ノ万ヅノ事ヲ思惟分別スル時ノ心王・心所ノ有様モ皆ナ如此。次第ニ思食シ合セルベク候。…色法モ一心ニ離レズ。一切唯識也。

（『法相二巻抄』上）

このことも併せて、末木文美士が、前掲論文の中で次のように発言していることを想起したい。

さて、それで心に主があるか否かということであるが、仏教の常識から言えば、主があるはずはない。もちろん、阿毘達磨の用語で、「心所《しんじょ》」に対して「心王《しんのう》」が立てられたりするが、実体的な実在性を有するものではない。仏教の無我の原則から言えば、心に主となるような存在は考えられない。ただ、禅の方では『臨済録』の「赤肉団《しゃくにくだん》上の一無位の真人」のような、まさに自己の主体性を重んじる思想があり、「随処に主となる」（『臨済録』）とか、さらには文字通り「主人公」と言う表現もある。有名なところでは『無門関』第十二則に出る。（引用略）まさにここで言われていることは、「主体性の確立」と言ってもよいであろう。古注が「主人公」と言うとき、この禅の用法を念頭に置いていることは明白である。しかし、『徒然草』の素養の範囲を見ると、他の段でもこのような禅の思想はほとんど大きな影響を与えていないようであり、その仏教の系統は伝統的な顕密諸宗と浄土系が主と考えられる。(中略)従って、この箇所を禅的な方向から「主体性の確立」と理解するのはかなり困難と言わなければならない。

末木のいう「古注」とは、「さて此一段家と虚空と鏡の此三つを以て自己本分の一主人公をしらせたるなり」(『徒然草諸抄大成』所引「徒然草大全」)や「心の主人公をとり守るべきことをいへり」(『徒然草諸抄大成』浅香山井説)を指す。また『無門関』の「主人公」の用例は、『新版禅学大辞典』(大修館書店、一九八五年)にも所掲するところだが、同辞典は「人人本具の佛性の異称。自己本来の面目」と釈している。この語は、先に掲げた「大徳寺開山示萩原皇后仮名法語」にも見えていた。末木が言及する『臨済録』の一節などもまた、久須本によれば、宋学の『二程語録』十二に「物各付〈物〉物便役〈物〉物也」とあるのに通ずる「境地にして、「柳緑花紅底」の万境如如の相を具現する、本地の風光というべきである」[14]。同様に宋学への影響が考えられる心性論である。ただし、末木は、こうした方向からの読み取りには否定的であった。

私はここに兼好の正統的な仏教からの逸脱、あるいは常識的な思考からの意図的な逸脱をみることができるのではないかと考える。(中略)本段は心の主体性の確立を説いたものでもなく、また、空=無執着を説いたものでもなく、仏教的な空=無執着の理論を前提としながらも、むしろそれ故にこそ、わけの分からない有象無象の想念が心に浮んでくるという事実をなるほどと肯い、それを認めていると考えられるのである。仏教理論を下敷きにしながら、それを逸脱して行くところに兼好の面目がうかがわれると言ってよいであろう。

結句、このように『徒然草』の逸脱を捉える方向へ論を転じていく。

四　『徒然草』と禅という視点

しかし、たとえば天台大師の『摩訶止観』巻第四下には、「心主」という用語がある。

> 第四に、調五事とは、すなわち食を調え、身を調え、息を調え、心を調うるなり。…三事（＝身・息・心）は合して調うとは、三事はあい依ってあい離るることを得ず。初め胎を受くるがごときは、一には煗、二には命、三には識あり。煗はこれ遺体の色、命はこれ気息にして報風連持し、識はこれ一期の心主なり。

日本でも、興教大師覚鑁の撰述に擬せられる臨終行儀の『孝養集』に、心王をめぐって、「客人」の譬えを持ち出す、次のような記述が見えている。

> さて心しづまれば仏に成事譬へば波しづまれば水と成が如し。所謂の心の源は仏なり。されば此妄念の濁り止ぬれば。源の仏顕るる也。此心則王となる。王と申は則大菩提心なり。（中略）但し妄念は月にをほへる雲。鏡にかかる塵の如し。又今来る客人の心也。此故に随ふおりは凡夫なり。不レ随は本心の仏顕るる也。
> （巻中・第九・可心）[15]

伝源信撰『本覚讃釈』（『恵心僧都全集』五）では、「我が心自ら空なり。罪福主なし。心を観ずるに、心なし。心の体性空なりと観ずれば…」ともいう。いずれも『徒然草』二三五段の「心」をめぐる言説に関わる、仏教的文脈である。ただしこれらは、教理的内容を、説示の文体で説くのに対し、『徒然草』は、主なき家にさまよい来たる他者や異類、鏡に浮かび上がる無限の外界をたとえに出し、それらを「我等が心に念々のほしきまゝにきたりうかぶも、こゝろといふものゝなきにやあらん。こゝろにぬしあらましかば、胸のうちにそこばくのことは入きたらざらまし」と反実仮想で自問自答的に問いかける。「文体は思想と不可分であり、思想は文体において自己を顕在化する」（前掲藤原論）。その違いは大きい。

禅ではどうか。荒木見悟は、禅に於ける悟りのありか、すなわち本来性を希求し、絶対的自由を求める心の弁証法的ベクトルを「実践主体の中枢をなすものは、心であるが」、「心がその自覚度を高めるにつれて、自己分裂の契機をはらみ、分裂を意識すればするほど、統一を希求せずにはいられなくなる」と把捉する。荒木によれば、そうした自由への希求と、それ故に派生する不調和の意識は、次のような弁証法的展開をとるという。

こうして心は、自己の本分に忠実であろうとするならば、そこに内具する分裂と統一との相反する性格を止揚しつつ、自らを深化して行かなければならなくなるのである。それでは、心の深化はどのように行われるべきであるか。右に述べたように、分裂の意識のあるところには、必ず統一への志向があり、高次の統一が可能であるためには、分裂を包含しなければならないということ、換言すれば、心の多様化と一元化とが緊密に統合されねばならぬわけであるが、そのことは、実は、多様と統一という現象的対立を越えた形而上的実質を、心が具備していることを物語るものではあるまいか。

そして荒木は、「このように、分裂と統一とが寸分のすきもなくかみ合った至高境地を悟りと呼ぶならば、悟りは現実性の中に自らを開放しながら、しかも現実性を現実性たらしめている最根源者ということになろう。つまり主体は、いつしか現実性を超えつつ、現実性を現実性たらしめるものに足を下しているわけであり、それが本来性というものである。厳密には、「本来性─現実性」一味なる本来性ということである。それを真心《しんしん》と呼んでもいいし、自性清浄心《じしょうしょうじょうしん》と呼んでもいいし、仏・聖人と呼んでもいいであろう」とまとめていく。(16)

こうした思考運動を「悟りと呼ぶならば」、『徒然草』の二三五段の記述は、まさに兼好流の「悟り」の力学の範疇にある。矛盾とも疑われる揺らぎと思考の循環は、まさしく「分裂と統一」、「心の多様化と一元化」の中で形成される、悟りへの希求・模索を、禅的な弁証法に似た論法で述べたものと読めてくるのである。

この視点は、十三、四世紀頃、盛んに残された禅宗の仮名法語の読解が示唆する『徒然草』のコンテクストである。『徒然草』読解のためには、かくの如き仮名法語のテクスト群を把握し、分析することの必要性がよくわかるであろう。ただし、仮名法語の素性は複雑である。仮名法語研究の第一人者、早苗憲生は「現在、数種の禅門仮名法語集が刊行されているが、それらはすべて江戸期開板のそれに基づいている。では、江戸期開板の仮名法語集はどういう経路を辿って板行されたのであろうか。板行にあたって編集の改竄はなかったか。どういう系統の写本に基づいたか、果たして正確な本文を伝えているか、という点も今日では再考されねばならない時期に来ているように思われる」と述べている。(17)

早苗が整理して示すように、先述した大応や大燈の仮名法語は、実は聖一国師円爾の法語の名の下に編集されて収録されたり、大応の法語が大燈の法語の名の下に編集されたりしている。(18)たとえば『徒然草』二三五段の重要な参考文言として新潮日本古典集成が挙げた「虚空の正体を知りぬれば、心の正体を知り候なり」(『大燈国師法語』)という用例も、そうした混乱の中にある。この文言は、正保三年(一六四六)板本『大燈国師法語』などには大燈の法語として収載されるが、実際には大応国師の法語であるらしい。(19)

五　聖一国師仮名法語について

このように、禅宗の仮名法語を『沙石集』や『徒然草』他、日本中世文学の参考資料とするためには、その資料を心がけて読み込むとともに、先学の研究を承けて、仮名法語の資料紹介と、本文批判などの基礎作業の継続が必要である。そこで旧稿では[20]、随心院聖教研究の一環として[21]、これまでの論とも関連する『聖一国師仮名法語』の一本を、随心院所蔵写本の翻刻の形で紹介した。随心院聖教、第五函二六号、「光聖問答法語」と題される書物である。同書については、随心院聖教類綜合調査団『仁海僧正九百五十年御遠忌記念　随心院聖教類の研究』（汲古書院、一九九五年）「第二部　随心院経蔵聖教類概説・七　講義聞書・伝受・抄物関係」（土井光祐執筆）に「室町時代書写本を示す」と紹介された書物群の中に配される。「光聖問答法語」一冊（5-26）は、「奥書を有しないため、素性は分明でないが、管見では他に伝本を知らない」（五五頁上段）と記述されている。

同書は、本文を一覧するに『聖一国師仮名法語』に相当する。「光聖問答」という表題は、その冒頭に、

聖一国師大和尚開示
光明峰寺大殿下法語

と示されるように、光明峰寺大殿下こと九条道家（一一九三～一二五二）と聖一国師との問答形式を略称して名付けたものである。九条道家は随心院門跡代々の遠祖である。

聖一国師円爾の事績は古く『聖一国師年譜』に整理され、無住の『沙石集』『雑談集』『聖財集』などにも載るが、著作で残存するものは『十宗要道記』など多くなく[22]、その思想は、語録のかたちで、虎関師錬編輯『聖一国

師語録』にまとめられる。このほかに仮名法語として『聖一国師仮名法語』と『指月集』が伝わり、[23] 数点の遺墨などが残されている。[24]

随心院本『光聖問答法語』は、正保三年刊の板本『聖一国師仮名法語』[25]にほぼ一致する。ただし板本末尾に附された「古人法語」の部分はなく、代わりに数句の詩頌が附されている。[26]

『聖一国師仮名法語』の最古写本は、室町期写の蓬左文庫本『聖一仮名法語』である。その翻刻と詳細な分析は、早苗憲生前掲「蓬左文庫本『聖一仮名法語』の研究（一）本文篇」になされている。早苗に拠れば、蓬左文庫本『聖一仮名法語』は「聖一国師法語を巻頭に置き、南浦国師すなわち大応国師法語、大燈国師法語等の順に列記する」。巻頭の「聖一国師法語」の前半は、随心院本「光聖問答法語」では十丁表末尾の「見性モ奇特ナシ成仏モ不可得也」までに相当し、[27] 後半は、実は霊山徹翁義亨の法語である。蓬左本の混乱があるらしい。一方、江戸期板本の『大燈国師法語』（「禅宗法語」とも）や『大応国師法語』は、聖一法語を大応国師南浦の法語として納めている。その対応の様相は早苗憲生前掲論文に詳細である。そうした誤解が発生する原因として、蓬左本のような形態の介在が想定される。江戸期初期板本の『大燈国師法語』、正保三年刊『大応国師法語』は、蓬左本の直系ではないにせよ、重要な伝本群であるとされている。

ところで早苗は、その形式と内容から、蓬左文庫本が「本来の聖一国師法語の原型であった」らしく思われるのに対し、正保三年刊『聖一国師仮名法語』は、「蓬左文庫本系の聖一国師法語（原本）に、寛永二十年刊『大覚禅師坐禅論』等その他の資料を用いて、本文内容の補訂を行っている。つまり、より教学的見地からの改作の手が加えられて梓行されたようだ。まず、本文を問答対の文章に改変整理し、相当部分にわたる増補をこころみ、「穴賢々々」と消息法語に似せて筆を擱く。その上、「聖一国師密ニ開二示スル九条ノ大臣一ニ坐禅論終」の尾題を付すなど、後人、恐らく江戸時代の宗門人の技巧をみるのである」と分析する。その内容には後世の改竄が推察さ

れる。(28)

随心院本は、概ね正保三年刊本系統の本文を有しながら、その書写年代は板本より先行する可能性がある。また板本が多く「問曰」、「答曰」とする部分を「問」「答」とすることを原則とするなど、問答体への転換の様相にも示唆的な部分を有する（京大本も同）。

また一点重要な本文上の差異として、二丁裏・五行目以下に「六喩経曰、一切ノ相ヲ離ル、ヲ諸佛トス、故行住坐臥四威儀ノ中、無心無念ナル處實ノ用心也、是工夫也」とあることを指摘しておく。蓬左本、京大本、板本もこはすべて「金剛経」となっているからである。

また付属する詩頌に、

身是菩提樹、心如明鏡臺。時々勤拂拭　莫令曳塵埃。　神秀大師
菩提本無樹、明鏡亦非臺。本来無一物、何處曳塵埃。　恵能大師

古徳頌曰
六國平来一瞬中、心王不動八方通、
五湖皈去孤舟月、六國平来両鬢霜、
右山谷老人詩

という、本論に関係する鏡や心王の記述がある。右には、参考までに当該の翻刻を引用した。全文は本章の旧稿（初出一覧参照）に依られたい。

注

（1）煩瑣になるので、小松が記す掲載誌の情報は割愛して引用した。

（2）小林智昭『中世文学の思想』（至文堂、一九六四年）、同『法語文学の世界』（笠間選書、一九七五年）に所収。

（3）『文学』（一九六四年九月号）、藤原正義『兼好とその周辺』（桜楓社、一九七〇年）に再収。

（4）『徒然草』一七九段については、また別の観点から、落合博志「『徒然草』に関する考察二題――第六十七段・第百七十九段――」（『法政大学教養部紀要』九〇、一九九四年）という卓論がある。

（5）末木文美士「『徒然草』における仏教と脱仏教」（『季刊　文学』八―四、一九九七年十月）、同『解体する言葉と世界』（岩波書店、一九九八年）に再収。

（6）引用は、早苗憲生「蓬左文庫本『聖一仮名法語』の研究（一）本文篇」（『禅文化研究所紀要』六、一九七四年五月）により、同論の校異と蓬左文庫の写真を参照して一部改めた。なお木藤才蔵校注の古典集成『徒然草』が、二三五段の注に「「虚空の正体を知りぬれば、心の正体を知り候なり」（『大燈国師法語』）」と記したのを受け、伊藤伸江「康永期の京極派――『院六首歌合』の「色」「心」詠をめぐって――」（同『中世和歌連歌の研究』笠間書院、二〇〇二年所収、初出一九九四年九月）も二三五段の読解をめぐって、この大燈の法語に注目する。

（7）「萩原皇后《キサキ》」を板本では「萩原法皇之皇后」とする。「萩原法皇」は花園天皇であり、その皇后宣光院実子を指すと理解されるが、異論もある。

（8）『古典日本文学全集　仏教文学集』（筑摩書房、一九六一年）他参照。平野宗浄「大燈　その生涯と禅風」（『日本の禅語録七　大燈』）には現代語訳と分析がある。また同上書に付載の「大燈関係研究文献」参照。

（9）大徳寺蔵。平野宗浄前掲注8論文参照。

（10）以上の引用は、早苗憲生「禅宗仮名法語集の研究（資料篇）霊雲院本『大応国師法語』解題・翻刻」（『禅文化研究所紀要』一三、一九八四年六月）に拠る。

（11）久須本文雄「程伊川と禅」（『宋代儒学の禅思想研究』日進堂書店、一九八〇年、二三〇頁）。

（12）荒木見悟「大応　純禅の風光とその返照」（『日本の禅語録三　大応』講談社、一九七八年）参照。

（13）久須本文雄前掲注11論文、二三四頁。

（14）前掲注11論文、二三〇頁。

(15)『孝養集』の引用は『興教大師全集』所収によるが、通常『孝養集』は写本・刊本とも片仮名書きである。真福寺に元亀三年(一五七二)の奥書を持つ古写本がある。
(16)以上、荒木見悟前掲注12論文。
(17)早苗憲生「資料紹介　今津文庫所蔵『由良開山法灯円明国師法語』」(『禅学研究』六二、一九八三年十一月)。
(18)早苗憲生前掲注6論文「蓬左文庫本『聖一仮名法語』の研究(一)本文篇」他参照。
(19)蓬左文庫本『聖一仮名法語』「(七)南浦国師法語」(前掲早苗「蓬左文庫本『聖一仮名法語』の研究(一)本文篇」)に当該部が載る。その逆に霊雲院本『大応国師法語』(前掲早苗憲生「禅宗仮名法語集の研究(資料篇)霊雲院本『大応国師法語』解題・翻刻」)(九)ロにこの文言が載るが、当該記述は、大燈の法語として引かれている。
(20)本章の旧稿「随心院所蔵『光聖問答法語』(聖一国師仮名法語)翻刻――付・『徒然草』と禅宗仮名法語のことなど――」。
(21)真言宗善通寺派大本山「随心院」の表記は、これまでの研究書や目録類の表記に準じて「随心院」に統一して記す。
(22)『十宗要道記』は、『禅宗』第貳百拾号附録として翻刻が載る(貝葉書院発行、一九一二年)。その記述には鏡の譬えもしばしば見え、また『宗鏡録』所引がある。本書第九章参照。なお円爾の注釈的著作には『大日経見聞』他が知られ、その言説について研究が進められる。
(23)以上の二書は、廣渡正利編著『聖一国師伝補遺』(文献出版、一九九九年五月)他に翻刻がある。
(24)『特別陳列　禅僧と墨跡――聖一国師をめぐって――』(奈良国立博物館編、一九八六年九月)他参照。
(25)同書の書誌については、早苗憲生前掲注6論文「蓬左文庫本『聖一仮名法語』の研究(一)本文篇」参照。
(26)京都大学付属図書館蔵の平松文庫本写本『坐禅論』(六/サ/2。内題「坐禅論/東福開山聖一国師法語/示九条大臣」)は、「古人法語」、数句の詩頌ともになく、冒頭から「「穴賢々々」と消息法語に似せて筆を擱く」(後掲する早苗論文参照)部分までを存する『聖一国師仮名法語』の一本である。電子図書館によりWeb閲覧が可能。
(27)正保三年版『聖一国師仮名法語』も随心院本にほぼ同じ。
(28)廣渡正利前掲注23編著にも関連する言及がある。

第五章　ツクモガミの心とコトバ

一　ちいさきもの――ヒアシンスハウスの心

　早逝した詩人の立原道造（一九一四～一九三九）は、建築家でもあった。晩年というにはあまりに若い、二十三歳のころ、理想の「ちひさい部屋」として「ヒアシンスハウス」を構想する。立原は、何十枚もの図面やスケッチを残し、魅力的な住まいの夢を熱心に追求した。私も雑誌に載った印象的な模型写真(1)を見て、初めてそのすがたを知り、まるで『方丈記』のようだと惹き付けられた。立原道造記念館を訪ねたこともある。残念ながらいまは閉館してしまったが、その事業を引き継ぐ立原道造記念会のホームページなどによって、「ヒアシンスハウス」の輪郭は、幸いにも、簡便にうかがい知ることが出来る。(2)

　鴨長明も、ヤドカリのように心身と一体の極小の方丈草庵にたどりつく。ただ愛着を深めすぎ、『方丈記』終極では葛藤に苦しんで、すべての真中の自分の心に問いかける。(3)そういえば柳田國男の原点も、ネガティブに回顧する「日本一小さい家」（『故郷七十年』『柳田國男全集』第二十一巻）であった。

「なにもなにも、ちひさきものはみなうつくし」（『枕草子』）。愛憎の正負を織り交ぜて、ミニマムの住まいには、ヒトがヒトとしてあることと、artifact＝人工の・創造物としてのモノが、分かちがたく融合して有機的に表現される。立原の詩の言葉を借りれば、「夢見たものは　ひとつの愛　願ったものは　ひとつの幸福　それらはすべて　ここにある」とでもいったところか。

『方丈記』が示すように、「それらはすべて」〈心〉に帰着する。太田全斎『俚言集覧』は、「心をコ、ロと訓るハ」、『万葉集』に「此所をコ、と訓り。ロ者助辞也」。「又所をトコと訓り。又トコロと訓り。トコとコ、と同じ。又トコロとコ、ロと同じ」。心太と書いてトコロテンと言うではないか。「いづれにても心と所とは一ッ言也」と解釈する。〈こころ〉をココとロとに分節し、「ココ」は、いま・ここの意で、「ロ」は〈ところ〉の「ろ」と同じだと語源を分析するのである。

　これが語学的に正しいかどうかは別にして、実存の哲学として秀逸な定義である。心とは、ココという場所にあることだ、「心と所とは一ッ言也」という理解は、『方丈記』の心についても、ヒアシンスハウスに託した立原の思いへの説明としても、暗示的である。

　ヒアシンスハウスが成立する勘所は、ただ一つの窓であった。

> 僕は、窓がひとつ欲しい。あまり大きくてはいけない。…ガラスは美しい磨きで外の景色がすこしでも歪んではいけない。…僕は、窓が欲しい。たつたひとつ。
>
> （草稿「鉛筆・ネクタイ・窓」）

美しく磨かれて澄み切った窓は、その枠取りを通して、遙か外界へとつながっている。その一方で窓は、光を反射し、内界を写す鏡とも成る。この〈内界〉とは、心を意味する語でもあった。あたかも窓は、「人間の心が外界を知覚する機能を鏡にたとえる」、「古典時代からのならわし」（川崎寿彦『鏡のマニエリスム』）に、いつか連なっていく。

小さな家と窓への集約。ヒアシンスハウスは、心のメタファーとして、十二分に適合的なモノである。

二　物に宿る精気、変化するツクモガミ

さて、本書第三章、第四章などで詳述したように、心の所在を独特の喩えで問いかける『徒然草』二三五段は、「主《ぬし》ある家には、すずろなる人、心のままに入り来ることなし。あるじなき所には道行人《みちゆきびと》みだりに立ち入り、狐、梟《ふくろふ》やうの物も、人気《ひとげ》に塞《せ》かれねば、所得がほに入り棲み、木霊《こたま》などいふけしからぬ形《かたち》もあらはるるものなり」と論じ、主無き家に忍び寄る、木霊《こだま》を例に挙げる。主無き家は、同段では、鏡や虚空のように、無垢なるモノの象徴である。この記述は、妖怪論とよほど近い。妖怪もまた、霊《モノ》が外から来て、無垢の物に宿ったものだ。干宝の『捜神記』は次のように説いている。

妖怪者、蓋精気之依レ物也。気乱二於中一、物変二於外一。形神気質、表裏之用也。（『和刻本漢籍随筆集　第13集』）

（「妖怪とは、つまり、精気が物に宿ったものなのである。精気が内側で乱れ動くと、憑かれた物はさまざまに外形を変える。このように、外形と精神、精気と姿態は、表裏の関係をもって働らくのである」東洋文庫・竹田晃訳）

波線を引いた一節は、『礼記』楽記（「凡音之起。由二人心一生也。人心之動。物使二之然一也。感二於物一而動。故形二於声一…」）や『毛詩』大序（「詩者志之所レ之也。在レ心為レ志発レ言為レ詩。情動レ中而形二於言一」）の表現に則って記されている。[4]

違いは、妖怪だけが「精気之依レ物」というプロセスを記し留めていることだ。

本書第三章でも見た如く、『毛詩』大序の理論は『古今和歌集』序文に引き継がれ、そして『徒然草』のような散文を生む。また本書第六章で取り上げるように、『徒然草』は外から来る心を描き、『古今集』に立脚する和歌論は「一心」へ収斂する詞を論ずる。妖怪論と『徒然草』とは、わりと根深く、意外な近接性を保持していた。

ただし、日本のモノの妖怪ツクモガミは、『捜神記』の説明とは異なり、「依レ物」＝「精気が物に宿ったもの」という外部性は曖昧である。室町時代物語『付喪神記《つくもがみ》』は、漢籍風の文献を引用して、「陰陽雑記云、器物百年を経て、化して精霊を得てより、人の心を誑す。これを付喪神と号すといへり」(5)と叙述する。

ただし『付喪神記』は、中国の妖怪のように霊《モノ》が外から来てモノに宿り、その「精気が内側で乱れ動くと、憑かれた物はさまざまに外形を変え」モノを変身させる、とまでは言わない。傍線を付したように、劫を経た器が変化して、精霊を得るとのみ語る。精霊は確かに「宿る」のだが、それは移動ではなく、憑依に近く、むしろ百年を経たモノ自体に内在する、変身性のポテンシャルに力点が置かれているようだ。

> 「つくもがみ」とは「九十九髪《つくもがみ》」がもともとの意であって、それが長生きのメタファー、さらには、それほど長生きしたがために普通の人とは違った特別の霊力を具えた人のメタファーとなり、それが更に転じて器物にまで適用されるようになったと考えられている。つまり、「つくもがみ」とは「九十九神」であり、並みはずれて長生きした人間や器物に宿る精霊のことなのである。
>
> （小松和彦「器物の妖怪――付喪神をめぐって――」）(6)

「よろづの古物のあまりに年をふる故に。自然の生をうけてばけ物と成て。こよひありき侍るとなり」と『狂歌合永正五年正月二日』（一五〇八年）二番判詞にいう[7]。この古例にも外部性付着の含意はない。『付喪神記』では、霊《モノ》がモノに宿る経緯が記されないばかりか、変身の契機さえ描かれない。「康保のころにや、件の煤払とて洛中洛外の在家よりとりいだして捨たるふる具足ども、一所に寄合て評定し」などと、捨てられた器はすぐさま物を語り合い、すでに怨みをかこつ化け物へと変じている。絵の方も、捨てられた「ふる具足」をまずモノとして描いておいて、次の場面になると、それらはもはや目鼻手足を所有しており、化け物として動き出そうとする。

三　ツクモガミと『伊勢物語』古注

この「百年に一年たらぬ付喪神」という一節は、『伊勢物語』第六十三段の「百年に一年たらぬつくも髪われを恋ふらしおもかげに見ゆ」という和歌を踏まえている。当時の知識人なら、誰でも気付く本歌である。田中貴子はこの典拠関係について、『伊勢物語』自体には、「器物の化物などまったく姿を見せない。この歌がなぜ付喪神と結びつくのだろうか」（田中貴子『百鬼夜行の見える都市』新曜社、一九九四年、ちくま学芸文庫、二〇〇二年）という問いを投げかける。引歌というものが、つねに物語形成の根本まで担うような全的機能を持つものなのか。その意味で、別の視点の議論もありうるが[8]、ともあれ、この疑問に答えを用意しておく必要がある。

『伊勢物語』と『付喪神記』との間に縁がないかといえば、そうではない。田中も指摘するように、中世の『伊勢物語』古注釈の世界には、しばしば付喪神との連結が見出される。田中が前掲書で着目する『冷泉家流伊勢物語抄』[9]には、「つくもがみとは、百鬼夜行の事也」と述べ、「陰陽記云」――『付喪神記』の「陰陽雑記」とよく似た書名である――として、狐狸虎狼の類の「けだ物」が、百年を満じて変化となり、人に怯畏を致して「わづらひをあたふ」る故に「属喪神《ツクモカミ》」というと説明し、「けだ物」が「百年いきぬれば色々のへんげ《変化》。と成て人にわづらひをあたふ。是は必夜ありきてへんげをなすゆへに、夜行神ともいふ」と敷衍する。「付喪神《ツクモガミ》」という表記も見えている。おおむね同じ内容は、『十巻本伊勢物語注 冷泉家流』や『増纂伊勢物語抄 冷泉家流』など、同系の「いわゆる「冷泉家流伊勢物語注」」[10]にも記されている。

さらに「冷泉家流系統の注釈の入った『伊勢物語』」[11]と見なされる徳江元正蔵『伊勢物語註（仮題）』[12]には、ほとんど『付喪神記』の引用にみまがう記述がある。

つくも髪と云を古注ニハ百鬼夜行神を云也　又ハ人の家ニある道具何テモアレ百年ニなれハ反化シテ人を悩ます也　され共百年ノ内に見顕ハせハ人ヲなやまさす　是ヲツクモ神と云也　当流ニハ云ス　九十九ニなるとハ不可心得一　只年のよれるを云也

この一致は、文言や叙法を含めて、『付喪神記』のフレームをほぼ把捉している。偶然とは考えにくい。『伊勢物語』の古注釈が、すでに成り立っていた『付喪神記』を引用したか、『伊勢物語』古注が記述した付喪神に関する言説を、『付喪神記』が本説として参照して、作品に仕立て上げる契機としたか、いずれかであろう。『伊勢物語』古注の広まりから見て、『付喪神記』は『伊勢物語』古注を参看して作られたと理解するのが妥当であると思うのだが、『付喪神記』の専門的研究を行ったことのない私には、それ以上の判断は出来ない。ただし、少なくとも『付喪神記』を『伊勢物語』享受から分離して理解しようとすると、その解析は、屈曲したアポリアへと足を踏み入れてしまう。

おそらく、「付喪神」は「つくも髪」に化物らしい用字を宛てて作り出されたと見てよい。だが、「つくも髪」とは「百年に一年足らぬ」ような年齢の老女の髪の毛を指しているらしく、古さという点においては共通するものの、器物の化物との直接的な関連を考えることは難しい。（田中貴子前掲書）

こうした「付喪神」と「つくも髪」との不可解な対応は、むしろ積極的に『伊勢物語』と関連付けることで説明できる。

百とせに一とせたらぬつくもかみ我をこふらし俤に見ゆ

人の家具は、何にてもあれ、年をふれは、変化して、人を悩すなり。されとも、百年にたらねは、人に見あらはされて、人をたぶらかす事、思ふやうにならす。是を、つくも神と云也。又は、百鬼夜行神とも云なり。か様の古事を思て、此女を、つくも神にたとへて、忍て垣よりのそく皃の見えけれは、百年に一年たらぬとは云也。女の年は、此時、五十八なるへし。（『伊勢物語奥秘書』(13)）

この注説は、やはり冷泉流のもので、前掲した徳江元正蔵『伊勢物語註（仮題）』の内容とほぼ同じツクモガミの説明である。だが注目すべきはその形式だ。和歌を一字台頭し、その注説として、直接的に家具としてのツクモガミの伝説が引かれている。これと先の冷泉家流の記述「ツクモカミトハ、百鬼夜行神ノ義ヲ以テ云也。『陰陽記』ニ云、狐《ロ》狸《ト》狼《タラウ》者、満㆓百年㆒ニ、恠《ケウ》㆓喪㆒ヲ、故ニ名㆓夜行神㆒トモ、号㆓付喪神㆒トモト云リ」（ここの引用は『十巻本伊勢物語注 冷泉家流』）を併せれば、『付喪神記』と『伊勢物語』との連絡はもはや自然であろう。重複をいとわず掲載する。

陰陽雑記に云、器物百年を経て、化して精霊を得てより、人の心を誑す、これを付喪神と号すと云へり。是れによりて世俗、毎年、立春に先立ちて、人家の古道具を払ひ出だして、路吹に棄つる事侍り、これを煤払と云ふ。これすなはち百年に一年たらぬ付喪神の災難にあはじとなり。
（『付喪神記』）

もちろん「自然」といったのは、テクスト同士の関係性、という意味である。『伊勢物語』の注釈という本来の趣旨に戻れば、説明のレベルとしては、次のような荒唐無稽な語源説とさほど変わるものではない。

女、九十九にはあらねども、夜ありきて、業平をのぞきて、わびしく心くるしき喪《ワザハイ》をつくる故に、付喪神《ツクモガミ》といふなり。
（『冷泉家流伊勢物語抄』(14)）

ツクモガミをめぐる注解は、いつもこうした、不思議な民間語源的構造の中にある。おそらくそれは、モノの妖怪と、ツクモガミというコトバの持つ語義と対応が、早く忘れ去られてしまったからだろう。忘れられたあとで、意味の対応を喪った「ツクモガミ」というモノの妖怪の伝説が、「つくも髪」を歌う『伊勢物語』享受の場と癒着して復活的に引き寄せられ、『付喪神記』の物語へと素材を提供した。そういうことではなかったか。なにやら的外れの言説を重ねて、執拗に繰り返される語源説(15)の連鎖。それこそが「ツクモ」という語の意味と語構成がわかりにくくなり、ついにはすっかり忘れ去られてしまった証しである。その忘却をいいことに、古注は、中世の好尚として『伊勢物語』のペダントリを縦横に翫ぶ。「ツクモ」の本義は、あらたな視点で、探求し直さなければならない。

四　「作物所《つくもどころ》」とツクモガミ

同じくモノの妖怪を主題とする『百鬼夜行絵巻』(16)は、「法具変妖之図」とも称ばれた。(17)物語の基軸が「法具」という器物の「変妖」にあるからだ。『伊勢物語』古注はその逆に、「ツクモガミ」こそ「百鬼夜行神」であるという。「ツクモガミ」が、器物の変化して「精霊を得」た「神」——この文字には霊魂の意もある——であるならば、言葉として「ツクモ」と「モノ」とが何らかの対応を示し、「直接的な関連」が結ばれるような説明が必要だ。

その空隙を埋め、ぴったりと符合する言葉が存在する。「作物《ツクモ》」である。(18)それはまさに、作り物としてのartifactが生み出される行為と、その結果造り出された器物としてのモノを、あわせ意味する語であった。

平安時代以来、宮中には「作物所《つくもどころ》」があった。そこではさまざまな皇室の調度類を内匠《たくみ》が作る。(19)「つくもづかさのたくみ」（『民部卿家歌合』建久六年（一一九五）の俊成跋文）と呼ばれる内匠《たくみ》たちは、木工・鍛冶・漆工・内豎などに及び（『除目大成抄』）、「割籠、折敷、卓どもなどいろいろにつくる」（『うつほ物語』吹上上）。(20)『付喪神記』に登場する器物のような「雑具」（『西宮記』）様々の生み出される場が、作物所であった。

「物語の出で来はじめの祖《おや》」（『源氏物語』絵合巻）『竹取物語』の中に、印象的な「ツクモ」が描かれている。「くらもちの皇子《みこ》がかぐや姫から要求された蓬萊の玉の枝を、作物所の当代随一の鍛冶匠に作らせる」（『国史大辞典』「作物所」吉川弘文館）ところである。『竹取物語』の中で、くらもちの皇子自身が物語るところによれば、「蓬萊の玉の枝」は、蓬萊というユートピアに於いて、「世《よ》の中になき花の木ども立てり。金《こがね》・銀《しろかね》・瑠璃色《るりいろ》の水、山より流れいでたり。それには、色々《いろいろ》の玉の橋渡せり。そのあたりに照《て》り輝《かかや》く木ども立てり。その中に」あったという（新編日本古典文学全集）。竹取翁は、その美しさにすっかりとだまされ、「あやしくうるはしくめでたき物」としてめでるばかり。精妙至極な偽作「玉の枝」は、ホンモノ以上の輝きをもって、あわや、かぐや姫一家を危機一髪に追い込む。

かぐや姫でさえ「まこと蓬莱《ほうらい》の木かとこそ思」ったという、嘘で固めたくらもちのカタリ＝詐術が暴かれるのは、フェイクなモノ自体の真偽ではない。「ツクモ」の仕儀であった。「玉の木を作り仕《つか》うまつりし」「つくも所のたくみ」（古本）、漢部《あやべ》内麻呂が、くらもちの皇子の賃金不払いを訴えたのである。この「ツクモ」の仕儀とコトバが、すべての幻想を冷ましてしまった。かぐや姫の和歌は、コトバとフェイクと荘厳の関係を言い得て妙な出来映えである。

まことかと聞きて見つれば言《こと》の葉《は》をかざれる玉の枝にぞありける

ツクモは、幻想《ミラージュ》としてのモノを造った作者として、くらもちの「言の葉を飾れる玉の枝」を自らの〈言の葉〉で打ち破った。作物《ツクモ》のわざは、カタリの世界の中で、〈人工〉の極致から、いつのまにか、蓬莱というユートピアの〈自然〉物へと変化《フェイク》しようとして、最後の最後で、大袈裟に言えば、〈造物主〉のコトバがすべてを崩壊させたわけである。時系列が逆転するようだが、すでにそれは、「よろづの古物」が年を経て「自然の生をうけてばけ物と成」るという、「ツクモガミ」のパロディに近い。

ただし、古善本に恵まれないのが『竹取物語』である。当該箇所には「くもん」他の異文が発生している。(21) それは、現行諸本の『竹取物語』が写された中世末期以降に於いてすでに、「つくも所のつかさのたくみ」（『竹取翁物語解』国文学註釈叢書）などと明示されていても、「つくも」と「作物」との対応関係がわからなくなっていた時代状況を示すだろう。これは、中世に於いて、「ツクモ」という語をめぐって民間語源が発生しやすい言語環境にあったことを、如実に示す例である。

私はここで「フルヤノモリ」という昔話を想い出す。オオカミよりも何よりも、この世で一番恐ろしいもの――越後の言葉でいえば「いっちおっかねがん」――が「フルヤノモリ」と「クッチャネ」[22]だ。食っちゃ寝の怠け者と古屋の雨漏り。貧しさ故の嘆息が、忍び込んだオオカミを恐懼させる。未だ見ぬ言葉のお化けである。

おそらく「ツクモ」もそうだった。古屋の漏り《フルヤノモリ》と同様に、作物《ツクモ》という、本当はなんでもない普通の言葉であったものが、語源が忘れられ、意味不透明な音として伝わって、人々の妄想をかき立てる。そして『伊勢物語』の「九十九髪」を引き寄せて結びつく。いつしかそれは、「百年に一年たらぬ」「ツクモガミ」というモノのお化けに変成して、絵巻の中で、ビジュアルに動き出す。付喪神という表記に、民間語源説が本然的にまとわりつくのはそのせいだ。コトバよりもモノよりも、それを産み出す人の心が「やっぱいっちおっかね」。ここにはどうやら、象徴的な、モノ・コトバ、そして心をめぐる問題が潜んでいるらしい。

注

（1）文・中村好文、写真・佐々木光、模型制作・若林美弥子「小屋をめぐって。」（『季刊チルチンびと』No.8、一九九九年）。

（2）以下引用する関連資料も同ホームページによる。二〇〇四年には、さいたま市政令市記念市民事業として、立原の遺志を具現化して、同市別所沼のほとりにヒアシンスハウスが建てられた。「詩人の夢の継承事業「ヒアシンスハウス」ホームページ」（ヒアシンスハウスの会）参照。

（3）本書序章、また第六章「和歌を詠む「心」」など参照。『方丈記』のミニマムハウス論については、『京都新聞』連載の拙稿「方丈記を味わう」（二〇一一年十月二日～一二年三月二十五日、毎日曜日、二十五回連載）、また拙稿「『方丈記』と『徒然草』――〈わたし〉と〈心〉の中世散文史――」（荒木浩編『中世の随筆――成立・展開と文体――』竹林舎、二〇一四年）他で論じたことがある。

（4）『礼記』『毛詩』の引用は『十三経注疏』（中文出版社）による。
（5）引用は『京都大学蔵　むろまちものがたり10』（臨川書店、二〇〇一年）の『付喪神』による。「付喪神記」「付喪神絵巻」他の呼称がある。本章では、化け物としての「付喪神」と紛れないように『付喪神記』の呼称を用いる。その名称と諸本については、同上書解説、及び筧真理子「研究ノート「付喪神絵巻」の諸本について」（『博物館だより』No.15、岐阜市歴史博物館、一九九〇年四月）など参照。
（6）『図説　百鬼夜行絵巻を読む』（河出書房新社、ふくろうの本、二〇〇七年）による。小松和彦『憑霊信仰論』（講談社学術文庫版、一九九七年）にも所収。
（7）田中貴子「前説『百鬼夜行絵巻』はなおも語る」（『図説　百鬼夜行絵巻を読む』所収）が言及する例。群書類従所収。
（8）たとえば川端春枝「水の田芹歌をめぐる――更級日記注釈のいくつかの問題――」（『国語国文』二〇〇七年十二月号）は、『更級日記』冒頭表現とその引歌の関係にも触れ、引用された和歌の句が担う、ある種のルーズな役割について、示唆的な論考である。
（9）片桐洋一『伊勢物語の研究　資料篇』（明治書院、一九六九年）所収。
（10）この二書は、いずれも鉄心斎文庫蔵、片桐洋一・山本登朗責任編集『伊勢物語古注釈大成　第一巻』（笠間書院、二〇〇五年）に翻刻所収。『伊勢物語古注釈叢刊　一』（八木書店、一九八八年）に影印。ただし「属喪神」の表記は見えない。
（11）前掲注10『伊勢物語古注釈大成　第一巻』の片桐洋一解説参照。
（12）徳江元正編『室町文学纂集第一輯　伊勢物語註』（三弥井書店、一九八七年）の解説と本文による。
（13）『伊勢物語古注釈叢刊　一』（八木書店、一九八九年）所収の影印による。『伊勢物語古注釈大成　第一巻』に翻刻がある。
（14）『十巻本伊勢物語注』『増纂伊勢物語抄』にもほぼ同じ記述がある。冷泉家流の古注では、女は五十八だと理解される。
（15）たとえば『伊勢物語奥秘書』は、所掲の他にも、「『伯撰』云」、「古注に、唐に瓊《ケイ》と云所に、夫婦の人あり…」、「一義云、『付喪神の祝』…」などと注解を繰り返す。

(16) 小松和彦『百鬼夜行絵巻の謎』(集英社新書ヴィジュアル版、二〇〇八年) 他参照。
(17) 大高康正「《調査報告》唯称寺所蔵「法具変妖之図」について」(『帝塚山大学大学院人文科学研究科紀要』5、二〇〇一年)、『開山無相大師六五〇年遠諱記念特別展　妙心寺』図録 (二〇〇九年) 他参照。
(18) このことは、かつて拙稿「モノ・ツクモ、カガミ・ココロ」(『INTERFACE HUMANITIES 04号　特集　モノの人文学』大阪大学文学研究科、二〇〇四年七月) に簡略に誌した。
(19) 所京子『平安朝「所・後院・俗別当」の研究』(勉誠出版、二〇〇四年) 及び『平安時代史事典』(角川書店、一九九四年)「作物所」の項 (所京子執筆) 参照。
(20) ただしここは宮中ではなく、それに見まがう「種松が牟婁の家」のさまの描写である。引用は新編日本古典文学全集。
(21) 中田剛直『竹取物語の研究　校異篇』(塙書房、一九六五年)、旧大系補注他参照。
(22) 佐竹昭広「下剋上の文学」(同『下剋上の文学』筑摩書房、一九六七年、のち『佐竹昭広集』第四巻、岩波書店、二〇〇九年他に所収)。高橋実『越後山襲の語りと方言』雑草出版、二〇〇七年) 他参照。関敬吾『日本昔話大成1　動物昔話』に「古屋の漏」として所収。

第六章　和歌を詠む「心」

一　『撰集抄』に於ける和歌と唯識

そのころ、三条内大臣藤原公教の北の方の「第三年の御仏事」が営まれた。「導師は三輪の明遍」である。「若学匠」と評判の人だ。西行に仮託される『撰集抄』の語り手は、「心とまるべき一節もきかまほしくて、その庭にのぞ」む。「さても、その日の説法に、六塵の境に心をとむな」という教えを聞き、「心にいみじくしみて、今に至るまでも、いたく境に思ひをとめ侍らぬ也」と感歎した。しかし、歌人であった彼は、学んだ教説を『撰集抄』で敷衍して語るにあたり、ふと、次のような逡巡を漏らしている。

さても、六塵の境に心をとゞめじと侍れ共、思なれぬる名残のなをしたはれて、眼を開けば、境界あてやかにて心うごき、耳をそばだつれば、歌詠、音楽品々にして思ひをすゝむ。是、実にかたきに似侍れども……

（『撰集抄』九―九、現代思潮社古典文庫）

「六塵の境に心をとゞめじ」という。それが修行であろう。だが、眼を開けば、美しい風景が広がって心を動かし、耳を傾ければ、さまざまな音楽や歌詠が聞こえてきて胸をときめかせる。和歌が生まれ出づる時、必ず発動する感受性であり、才ある歌人として不可欠な心性だ。それを切り捨てることなど出来るのだろうか…。
歌人西行として、ごく自然な懸念である。だが一方で、「説話に少なからず」「唯識教学の反映」の「みえる」[1]『撰集抄』の修行者である西行にとって、心が外界に動き騒ぐことは、「散乱」であり、何よりも忌むべきことだったのである。

掉挙ハ、ウゴキサハギスル心ナリ。失念ハ、物忘レスル心ナリ。カヽル人ハ多ク散乱セリ。……散乱ハ、アマタノ事ニ心ノ兎角ウツリテミダレタルナリ。
（良遍『法相二巻抄』上）

それ故に語り手は、一瞬きざした惑いを豁然と弁証法的に転じ、「万物は心の所変なり」という唯識論を展開する。

…実にかたきに似侍れども、万物は心の所変なり。心をはなれて、顕色、音楽ある事なし。顕色、音楽、心が所作にて実非ずは、彼を執する心、又なかるべし。しかあれば、何に思ひを残し、いづれにか心をとどめむな。衆罪は露として草むらごとにおくといへ共、恵日《ゑにち》はこれをきやすことはやしとは、説法の理を思ひ開けば也。誰もてる恵日なれば、げにげにしき心になりはて、深きさきらをあらはして、六塵の境に思ひをとめずして、罪露をきやし給へ。

すべては心の織りなしだから、執着しているかに見える対象の「顕色」も「音楽」も、心の外《ほか》には存在しない。心が外《そと》に向かって動いているかに見える執着も、心の変ずるところに他ならず、実体など「又なかるべし」というのである。

立派な悟りの境地である。しかし回り回って、歌詠みとしてはどうなのだろうか。外界の映像も音楽も、すべては存在せず、「彼を執する心、又なかるべし」。「何に思ひを残し、いづれにか心をとどめむ」。もしそんなふうになってしまったら、「境界あてやかに」「うごく」「心」、すなわち和歌を詠む心と情動は、いったいどこへ行ってしまうのだろう。和歌など、「散乱」を招く邪魔者に過ぎないではないか。

『撰集抄』の永縁の説話は、その問いに答えるような内容になっている。

山階寺の別当にて永縁僧正と云ふ人……智恵の人に勝れたるのみにあらず、六義の風俗をきはめ侍り。或時は、身を禅室にひそめて、心を法界にすましめ、或時は、花下月前に寄居て、詞を和州にやはらぐ。しづがかきねに卯華の咲そめ、山郭公の里なれしより、人の心情ばみて、心もそらになるを、或時、相智友達の僧の来て、「いかに、此御歌は学問の妨には侍らずや」と問奉り侍りければ、

興福寺別当で僧正だった永縁は、まさに法相・唯識の頂点に立つ人だろう。しかし彼は、「六義の風俗」和歌をも極める。心を法界に澄ます修行と、桜のもと、月の夜に和歌を詠む風情とを、何の苦もなく両立していた。なぜだろう。卯の花が咲いて、ホトトギスが啼きはじめると、人の心はすっかりその風流に奪われて「心もそらになる」ものだ。和歌をお詠みになることは、学問の妨げではないのですか。そう知人は問いかけた。

永縁は明快に即答する。とんでもない。ますます心が澄み切っていく。すべては心の変化であり、心の外に法

はない。騒ぐ心も我が心と見極めることだ。すべては自分の心に帰する。和歌を詠めば、それが手に取るようにわかり、唯識の悟りが開かれるという。

「なじかはしかあらん。弥々心ぞすみ侍らめ。恋慕哀傷の風情をも詠めては皆我心に帰すれば、唯識の悟こゝに開かれぬ。もと心の外に法なし。唯心のいつはれる也。をのが心が心をさはがして、なにと学問の妨とはの給はするぞ。いとゞ無下に侍り」といはれて、涙を落てのきにけりとなん。（下略）（『撰集抄』五—四）

歌詠こそ悟りの回路となる。そう説き知らせるこの論理展開は、詮ずるところ、和歌と仏教をめぐる、普遍的なテーマを語っている。次の説話とも構造的な類同性がある。

恵心僧都《ゑしんそうづ》は、和歌は狂言綺語《きやうげんきご》也とて読み給はざりけるを、恵心院にて曙に水《みづ》うみを眺望し給ふに、沖より舟の行くを見て、ある人の、「こぎゆく舟のあとの白浪」と云ふ歌を詠じけるを聞きて、めで給ひて、和歌は観念の助縁と成りぬべかりけりとて、それより読み給ふと云々。さて二十八品ならびに十楽歌なども、その後読み給ふと云々。（『袋草紙』上、新日本古典文学大系）

この著名な恵心僧都説話の中に述べられる如く、中世においてそれは、いわゆる狂言綺語観へと帰着する。(2)だが、見てきたように『撰集抄』の一連の説話に於いては、歌詠は、狂言綺語という詞の問題として解消されるのではなく、「唯識の悟」へと昇華する。すべての現象は「心の所変」であり、揺り動かされて歌を読み出すべくさわぎ、展開して発動する心も、「もと心の外に法なし。唯心のいつはれる也。をのが心が心をさはがして」

いるのだという。このことを覚知すれば、歌を詠むことで、逆に「弥々心ぞすみ侍らめ。恋慕哀傷の風情をも詠めては皆我心に帰すれば、唯識の悟こゝに開かれぬ」。和歌は、結果としての詞ではなく、むしろそれを生み出す、心の作法が問われていく。

心とことばと。歌詠による「唯識の悟」という方法論は、『撰集抄』に於ける「法相唯識」教理の浸透という個別的な観点(3)にとどまらず、広く中世文学に於ける、和歌を詠む「心」の問題としての拡がりを持つ。

二　唯識を説く『古今和歌集』注釈書

歌詠と心の有りように関わるこの認識は、当然のことながら『古今和歌集』序文が〈和歌の本質〉を論ずる、冒頭部分の解釈に連続する。その解釈を体現し、『撰集抄』の文脈と『古今集』仮名序とが融合して取り込まれたような一節が、謡曲『江口』にある。

またある時は声を聞き　愛執の心いと深き　心に思ひ口に言ふ　妄染の縁となるものを　げにや皆人は　六塵の境に迷ひ　六根の罪を作ることも　見ること聞くことに　迷ふ心なるべし　（『江口』日本古典集成）

『江口』という曲は「西行と遊女の歌の贈答」と「遊女が普賢菩薩と現れた話」の「二つの典拠」によって成り立つ。「《江口》の本説として、以上の二説話が一つにまとまった資料がふさわしいと考えられるところから、『撰集抄』がそれに擬せられたりしている」（古典集成「各話解説」）。

そう紹介する古典集成（伊藤正義校注）自身は『撰集抄』の比定に否定的である。この謡曲の本説論は単純ではないが、江口の説話は『撰集抄』九―八「江口遊女歌之事」に載る。冒頭で取り上げた『撰集抄』九―九の直前に位置している。謡曲『江口』の一節が、『撰集抄』九―九の「六塵の境に心をとゞめじと侍れ共…眼を開けば、境界あてやかにて心うごき…」と表現を一部重ねて似通うのは、両者の関係認定に示唆的である。

『江口』の叙述は、その前後を『古今集』序文が彩っている。「やまとうたは、人のこゝろをたねとして、よろづのことのはとぞなれりける。……心におもふ事を、みるものきくものにつけていひいだせるなり」という、和歌の本義を述べる連なりを織り込む。

この『江口』の叙法に象徴されるように、『撰集抄』の背後にあった「法相宗の唯識論」を顕在化させて援用し、『古今』序の文脈を説明する文献が存在する。『大江広貞注』と呼称される、鎌倉期『古今和歌集』注釈である。

…人の心をたねとしてよろつのことのはとそなりにけるとは、人の心におもふ〔斗〕をたねにて、この歌をはよめはなり。史記一言。詩トハ言《イ》ヒレ志ヲ歌詠スルヲレ詞ニ云。歌とは心さしをのふるゆへ也。いふへき〔斗〕《事》のいまた心にあるときを〔□〕《情カ》〔心《志》さし〕といひ、ことはにあらはるゝ時をは、歌といへり。詩正義云。情ロ動ヒテ二於中一ニ還テ是レ在ルヲレ心ニ為レス志ト而ルニ形《アラハ》ス二於言一ニ還テ是レ發ルヲレ言ヲ為レス詩ト。又云。哀楽之《アイラクノ》起《オコリカナ》冥シ於自然一ニ喜怒之端非レス由ルニ二人事一ニ故ニ（燕）雀（ハ）表ハシ二啁噍之《イウセクノ》感ヲ一鸞鳳有リ二歌舞之容《カタチ》一。この心より、よろつの事は、たゝ、人の心よりおこれり。されは、〔□〕《佛》法世法、内典外典、皆、如此。歌もまた、かくのことくなるへし。万法は、只心の所變する也。法相宗の唯識論に、たとへをいたしていはく、綱を蛇と見れは、やかてその綱、蛇となりて舌をいたしはたらく、くいせを人と見るとき、やかてそのくいせはたらきものをいふ、麻を圓正實正にたとへ、綱をえたにたとへ、くちなはを見るを変化所執にたとふるかことくに、たゝ萬の事は人の心をたねとしてもろもろの事は生するなり。春は花のさくをまち、ちるをおしむより、子規をまちかね、月のおもしろきか入るをなけき、雪のあした庭にあとをおしみ、かくのことく、時節に随て人の心かはりて、見るものきくものにつけて歌をよむ心をいふも、もろもろの藝能は、皆、よき師匠にあひてまなふにむなしき事なし。此和歌は、たゝ、すける人の心をたねとして、ほかにもとむる方な〈く〉、おりふしにつけたる秀句、たゝをのか心よりい〔とゝ《てゝ》〕、をのかさとる物なり。たゝ、歌をは、歌のよみしる物なり。……

（序註二『京都大学国語国文資料叢書　古今集註　京都大学蔵』）

この注釈の特異さは、たとえば次の院政期注釈書と読み比べると一目瞭然であろう。

ヒトノコヽロヲタネトシテ、ヨロヅノコトノハトゾナレリケルトイヘルハ、心動二於中一、言形二於外一之義ヲ云也。但、貫之集ニハ、ヒトツコヽロヲタネトシテトアリ。（中略）上見ル物聞ク物ニツケテ云出ト書タルコソ、見レ花聞レ鳥テ詠歌ヲスル心ニテハアレ。

（顕昭『古今集序注』）

花を見て和歌を詠み、鳥の鳴き声を聞いて歌を作る。ごく常識的な外界との関わりが、『大江広貞注』では、あたかも『撰集抄』の語り手のように「唯識論」を敷衍して合理化される。「春は花の咲くを待ち、散るを惜しむより……時節に随ひて人の心変はりて、見るもの聞くものにつけて歌を詠む心をいふも」という部分も「春のあしたにははなのちるをみ、あきのゆふぐれに……」などと続く『古今集』序の敷衍だが、やはり「ただ己が心より出でて、己がさとる物なり」と説明されている。いずれも、心が動いて「さはぎ」、外界を捉えようとする、ごく自然な和歌詠出の本質に直面すると、この注釈書は、即座に「唯識論」的主張を挟み込んで外界の実在を否定していく。『撰集抄』九―九の西行と同じ論理構造である。

『大江広貞注』という注釈書は、少なくとも序注については、「為家の真作「為家序抄」」を骨子とし、それに別説（特に付会説話の類が多い）を付加する形で成立して」いる。[4] いま論じた部分についても、前半部分は概ね『為家序抄』を要約したような形である。第二段落の「この心より」以下が、本書に「特徴的な」「仏教教理に基づいた説明」[5]を付加したところである。そこに「唯識論」が引証されている。立脚点は明確だろう。

ただし、そのように接合されて屈折した叙述であるため、論述はやや強引で、個々の記述にも不確かなところがある。[6] 肝心の「唯識論」についても、『摂大乗論本』中巻「入所知相分」にさかのぼる、いわゆる蛇縄麻の三喩を使って、遍・依・円の三性を説いているのだが[7]、このままでは正確な紹介とはいえない。本来は、「愚人が闇夜に縄を見て本当の蛇（実我の相としての遍計所執性）と思い、驚き恐れたが、覚者に教えられて蛇でなく蛇に似た縄であること（依他起性が仮の我であること）を知り、さらに実際にあるととらわれている縄（実在性と考えられているものとしての遍計所執性）も、ほんとうは実体がなく、その本質は麻であり（円成実性）、その縄は種々の縁によって、麻が仮に縄の形状をしているにすぎないというのである」（中村元『佛教語大辞典』「三性」東京書籍）。良遍『法相二巻抄』によって、中世になされた平易な説明を引用しておこう。

> …心ノ外ニ有リトヲボユル相ハ、色モ心モ有モ無モ皆悉ク実ノ法ニ非ズ。此ヒガゴトノ形ヲホロモシ失テ、不思議ノ智ヲヲコシテ、内ニ一心ヲ悟《さとる》唯識真実ノ観トナヅク。……此ノ仮ノ相ヲ仮ノ相トモ悟ラズシテ、実ニ有リト念フ前《まへ》ニアタリテ現ズル実有《じつう》ノ面影《おもかげ》ヲ遍計所執《へんげしよしゆう》トナヅク、コレ都無《とむ》ノ法也。是則《すなわち》先ニ申ツル心ノ外ノヒガ事ノ形ナリ。普《あまね》クハカラヒ思フ迷ヒノ心ノ執スルトコロナルガ故ニ遍計所執トナヅク。辟《たとえ》バ縄ヲ見テ蛇ト思フ時、三重ノ事有リ。縄ノ性ハ藁《わら》也。ワラノ上ニ手足等ヲ縁トシテ仮ニヲコレル形也。其縄、形キハメテ蛇ニ似タリ。依レ之人誤テ蛇ト思事アリ。其蛇ノ形ハ只ヒガメル心ノ上ノ面影ニテ、体性都無也。彼《かの》

ナハノ形ハ、縁ヨリヲコリテ仮ニ有ニ似タレドモ、実ノ体ハナシ。実ノ性ハタヾ藁也。サレバ蛇ノ相ハ其性ヒタスラニナシ。ナハノ相ハ仮ニ有リ。ワラノ体ハ縄ノ性トシテマコトニ有リ。円成ノ理ハ其藁ノ如シ。依他ノ諸法ハ彼《かの》縄ノ如シ。遍計所執ハ彼蛇ノ形ノ如シ。(8)

よって『大江広貞注』の記述のうち、「円正実正」「えだ」「変化所執」の「たとへ」も、それぞれ、「円成実性」「依他起性」「遍計所執性」の訛伝であると訂正すべきものである。

三　『沙石集』の歌論が示唆するもの

同じことを『沙石集』は、次のような文脈で説いている。

又法相《ほつさう》大乗ニ、三性〔ノ法〕門ヲノベテ、迷悟《めいご》ノアワ《（ハ）》ヒヲ示《しめす》ニ、遍計《へんげ》・依他《えた》・円成《ゑんじやう》也。遍計所執《しよしふ》ト云《いふ》ハ、依他ノ因縁ノ和合ノ仮《かり》ノ類法ニヲ《（オ）》キテ、実我実法《じつがじつほふ》ノ妄情ヲヲ《（オ）》コシテ、妄情ニアタテ、実ノ法ノ如《ごと》クミユル、六趣四生ノ形《かた》チ、山河大地ノ相《さう》ヲ執《しふし》テ、煩悩《ぼんなう》〔ヲ〕起《おこし》、業《ごふ》ヲ作リ、虚妄《こマウ》ノ苦楽ヲ請《う》ケ、生死《しやうじ》ノ絶《たえ》ル事ナク、流転止《やむ》事ナケレバ、遍計所執ハ都《すべ》テ体用《たいゆう》ナシ。妄分別《まうふんべつ》〔ノ〕情ノミ有《あり》テ其の理《ことわり》ナシ。譬《たと》ヘバ麻《あさ》ニテ縄《なは》ヲ結《むすび》テ、縄ニヲ《（オ）》イテ蛇《じや》ノ思ヲ成シテ、オソル、心アレバ、此の心ニアタリテ、蛇の相貌《さうばう》ヲミルガ如シ。縄所《じようしよ》ニカツテ縄ノ体用ナシ。六趣明々《ろくしゆめいめい》タレドモ、只無明《むみやう》ノ眠《ねぶり》〔ノ〕中ノ妄相《まうざう》ナリ。心ヲ止《とどめ》、執《しふ》ヲ起サザレ。依他《えた》ト云《いふ》ハ、一切衆生ニ八識《はつしき》アリ。第八ノ阿頼耶蔵《あらやざう》ニシテ、諸法ノ種子《しゆじ》・器界《きかい》・五根《こん》等ノ本質《ほんじち》、無始《むし》ヨリ相継《さうけい》シテ、因縁仮合《けがふ》〔シテ〕、非有《ひう》ニシテ、有《う》ニ似テ相等《あひひとし》。歴然《れきぜん》トシテ、麁細体相《そさいたいさう》ノ見《けん》アリ。水月鏡像《すゐげつきやうざう》ノ如シ。此の仮《かりの》縁起《えんぎ》ヲ依他ト云《いふ》。譬《たとへ》バ、本《もと》ノ縄ハ無シ。只麻依《あさよ》リ合《あひ》テ、カリニ縄トナルガ如シ。体挙《たいあげ》テ麻也。法《ほふ》悉ク真如《しんによ》也。次〔ニ〕円成実性《ゑんじやうじつしやう》トハ、真如の妙理、諸法ノ定性トテ、此正体知無分別《これしやうたいちむふんべつ》ノ境界《きやうがい》也。縄ノ仮相《けさう》、其の体空《むな》シ。只麻ノミアリテ、万法唯識《ゆゐしき》、諸境唯心ノ謂是《いひこれ》也。三界唯《さんがいゆゐ》一心、心外無別法《〔々〕げむべつほふ》等ノ経文ヨリ、此の旨《むね》起レリ。外《げ》道《だう》小乗〔ヲ〕破《は》シテ、大乗ノ義理ヲ立《たつ》ル事、此の宗ヲ本《もと》トス。（下略）

（『沙石集』巻三「（一）癲狂人《てんがうじん》ノ利口《りこう》ノ事」）

『沙石集』がこの譬えを「三界唯一心、心外無別法等ノ経文ヨリ、此旨起レリ」と統括していることに着目したい。『華厳経』の一節と認識されていた(9)この偈文を『沙石集』は、別の箇所で、まさしく歌を詠む心に即して位置づけ、次のように説明する。

和歌ヲ綺語《きぎよ》ト云ヘル事ハ、ヨシナキ色《いろ》フシニヨセテ、ムナシキヲ思《おもひ》ツヾケ、或ハ染汙《ぜんう》ノ心ニヨリテ、思ワ《〔ハ〕》ヌ事ヲ思《おもひ》ツヾケ、或ハ染汙ノ心ニヨリテ、思ワ《〔ハ〕》ヌ事ヲモ云ヘルハ、実《まこと》ニトガタルベシ。離別哀傷ノ思切《おもひせつ》ナルニツキテ、心ノ中《うち》ノ思《おもひ》ヲ、アリノマヽニ云《いひ》ノベテ、万縁《まんえん》ヲワスレテ、此の事ニ心スミ、思シヅカナレバ、道ニ入ル方便ナルベシ。古キ歌ヲミルニ、作者ノ心マコトアリテ、思ヲノベタル歌ハ、遥ニ伝ヘ聞《きき》テ詠ズルニ、我《わが》心モスミ侍ルヲヤ。……コレラノ歌ハ、ヨノツネニ、人ノ口ニツケタレドモ、シヅカニ詠ズル時ハ、万縁《まんエン》悉クワスレ、一心漸《やうや》クシヅマルモノヲヤ。老子云《いはく》、「天一ヲ得ツレバシヅカナリ。地一ヲ得ツレバヤスシ」ト。仏法ニ入《いる》方便区《まちまち》ナレドモ、只一ヲウルニアリ。事《じ》ニハ一心ヲ得、理《り》ニハ一性《しやう》ヲサトル。此の故ニ、花厳ニハ、「三界唯一心」ト云《いひ》、法花ニハ、「唯有一仏乗」ト説キ、起信《きしん》ニハ、「一心法界」ト云《いふ》。天台ニハ、「一念三千」ト談ジ、毘尼蔵《びにざう》ニハ、「常爾《じやうに》一心」ト云《いふ》。浄土経ニハ、「一心不乱」ト説キ、禅宗ニハ、「一心不生と」

云《いひ》、密教ニハ、「唯一金剛」ト云フ。然《しかれ》バ流転生死ハ、一理ニソムキテ、差別ノ諸法ヲ執《しふす》ルニヨリ、寂滅涅《ね》槃《ハン》ハ、万縁《まんエン》ヲワスレテ、平等ノ〔一〕理ニカ〔ナ〕ヘルニアリ。一心ヲウル始ノアサキ方便、和歌ニシクハナシ。コレヲ案《あんず》レバ、世務《せいむ》ヲウスクシ、コレヲ詠《えいずれ》バ、名利ヲワスル。事ニフルヽ、観念、折ニシタガウ《(フ)》修行、スヽミヤスク、難レシ忘《(ヒ)》。……仏法ノ中ニモ、実《まこと》ノ悟ヲエザル程ハ、情量ツキズ、念慮ヤマズ。然《しかれ》バマヅ有相ノ方便ニヨリテ、ツイニ無相ノ実理ニ入ル。

（『沙石集』巻五末「（九）哀傷の歌ノ事」）

それぞれの経文にそって大事な説明が施されるべき概念が、ここでは類比的に併置され、個別の教理にとらわれないかたちで普遍化されている。『沙石集』が序文で「夫道《それみち》ニ入《いる》方便一ツニ非ズ。悟ヲ開ク因縁《いんえん》是レ多シ。其の大キナル意《こころ》ヲ知レバ、諸教義異《こと》ナラズ。修《しゆ》スレバ万行旨《まんぎやうむね》ミナ同《おなじ》キ者哉《ものをや》」と述べる通りの意義付けである。それはいずれ「一心」ということばのもとに収斂し、(10)和歌の正統性の立証に適応されて寄与する。たしかに、日本の仏教に於いて、「一心」は特別な語であった。「三界唯一心　心外無別法」という偈文を重要な根拠として、各宗派の立場や位相のもとで、普遍的な真理として語られていたのである。(11)

「一心」を軸に、諸宗派を貫く普遍を述べ、そして和歌を論ずる『沙石集』の言述の方法は、たとえば次の「中世古今集注釈書」の注説とよく似ている。

混沌ハ一心ノ本源タルコト、日本紀ニ云、天地未割陰陽不分時、混沌鶏子ノコトシ。清ク澄メルハ上テ為天ト、其重濁レルハ下テ為地云々。天地未割阴阳不分、其先ハ混沌鶏子ノ如シト云々。先孔子教ニ、混沌ヨリ生万物談ス、大智律師天地陰陽不分前清濁相和ス、故云混沌云々。此即儒家辺詮ナリ。禅宗ニハ教外本分ノ心ト云也。達磨大子ノ云、三界混沌同帰一心、前仏後仏以不文字ト云ヘリ。蜜宗ニハ、是ヲ、本不生阿字ノ心源ト云リ。大日経ニハ、諸法本不生不可得ト説リ。此阿字ノ一心ハ、三界諸法能生ノ本源ナルカ故、不可得ト云也。真言ノ行法混沌ノ借ト云ハ阿字ノ帰二本源一ニノ義ナリ。次ニ、念仏宗ニハ、混沌ノ阿字ヲ弥陀ノ名号トシテ是万経ヲ接ス。

（神宮文庫本『古今秘歌集阿古根伝』）(12)

さらに、その延長上に、いわゆる和歌陀羅尼観が提示される点でも、『沙石集』は「中世古今注」とまさしく連続していた。(13)

和歌ノ一道ヲ思《おもひ》ヒトク〔ニ〕、散乱麁動《さんらんそどう》ノ心ヲヤメ、寂然静閑《じやくねんじやうかん》ナル徳アリ。又言葉《ことば》ス〔ク〕ナクシテ、心ヲフクメリ。惣持《そうぢ》ノ義アルベシ。惣持ト云《いふ》ハ、即《すなはち》陀羅尼《だらに》ナリ。我《わが》朝ノ神ハ、仏菩薩ノ垂迹《すゐしやく》、応身《おうじん》〔ノ〕随一ナリ。素盞雄尊《すさのをの》、スデニ「出雲《いづも》八重ガキ」ノ、三十一字《みそひとじ》ノ詠ヲ始メ給ヘリ。仏《ぶつ》ノ言葉ニコトナルベカラズ。天竺ノ陀羅尼モ、只、ソノ国ノ人ノ言葉ナリ。仏コレヲモテ、陀羅尼ヲ説キ給ヘリ。此の故ニ、一行《いちぎやう》禅師ノ大日経疏《しよ》ニモ、「随方《ずゐはう》ノコトバ、皆陀羅尼」ト云ヘリ。仏モシ我《わが》国ニ出《いで》給ハバ、只和国《わこく》ノ詞《ことば》以《も》テ陀羅尼トシ給《たまふ》ベシ。惣持本《もと》文字ナシ。文字惣持ヲアラハス。何《いづれ》ノ国ノ文字カ、惣持ヲアラハス徳ナカラム。況《いはんや》高野ノ大師《だいし》モ、「五大《ごだい》ミナ響アリ。六塵悉ク文字也《ナリ》」ト、ノ給ヘリ。五音《いん》ヲ出《いで》タル音《いん》ナシ。阿《あ》字ハナレタル詞《ことば》ナシ。阿字即チ、密教ノ真言ノ根本也《こんぽんナリ》。サレバ経ニモ、「舌相言語《ぜつさうごんご》ミナ真言」ト云ヘリ。大日経ノ三十一品《みそひとぼん》モ、自《おのづか》ラ三十一字《みそひとじ》ニアタレリ。世間出世ノ道理ヲ、三十一字ノ中ニツヽミテ、仏菩薩ノ応《おう》モアリ、神明人類《にんるゐ》ノ感《かん》モアリ。彼の陀羅尼モ、天竺ノ世俗ノ言《ことば》ナレドモ、〔陀羅尼ニ〕モチヰテ、コレ〔ヲ〕タモテバ、滅罪ノ徳、抜苦《ばつく》ノ用《ゆう》アリ。日本《につぽん》ノ和歌モ、ヨノツネノ詞ナレドモ、和歌ニモチヰテ思ヲノブレバ、必ず感アリ。マシテ仏法ノ心ヲフクメランハ、無疑陀羅尼ナルベシ。

天竺・漢土・和国、ソノ詞コトナレドモ、其の意通ジテ、其の益《やく》スデニ同《おなじき》ユヘ《（エ）》ニ、仏ノ教《をしへ》ヒロマリテ、其の義門ヲエテ、利益《りやく》ムナシカラズ。コトバニ定レルノリナシ。只心ヲエテ、思ヲノベバ、必ズ感応アルベシ。

（『沙石集』巻五本「（一二）和歌ノ道フカキ理アル事」）

一、夫、和哥トハ、月氏国ニテハ陀羅尼ト名ヅク。震旦ニテハ伽陀ト云也。無垢世界ニテハ和哥集ト号ス。是、実ニハ三密ノ深義、法性真如ノ妙理、此二字ニ納併。三世諸仏、然ニ一切衆生ノ色心モ此字ノ体也。和トハ言也。哥トハ真也。正ニ真言ノ二字也。又、定恵ノ心也。幷、和トハ金剛界大日。歌ト者胎蔵界大日。集トハ蘇悉地大日也。此三字ヲ謂ノ形体トスル也。又云、顕ニハ般若ト名ク。密ニハ加持ト号ス云云。金ハ哥ノ肩《ケン》、和也。台ハ哥ノ足也。蘇ハ哥ノ腰也。集也。三十一字ノ文字ノ種ハ、及我等衆生ノ肉身也。十字ハ皮《如本》也。十字ハ心法ナル也而已。此三字ヲ離ル仏菩薩モナシ。衆生モナシ。情非情モナシト云々。秘ノ中ノ深奥也。他人ニ云ヘカラス。

（内閣文庫本『古今秘伝抄』）[14]

和歌を詠む「心」をめぐって、唯識説へのなぞらえを追い、『古今集』からその注釈書、そして『沙石集』へと展開を見てきた。結局、理論の上では、予定調和的に、歌も仏教も「一心」へと集約され、[15] さらに和歌陀羅尼観の形成へと向かう。[16] そのようにゴールが定まってしまえば、歌僧が歌を詠む際の葛藤も、『沙石集』が述べていたように、「思切ナルニツキテ、心ノ中ノ思ヲ、アリノマヽニ云ノベテ、万縁ヲワスレテ、此事ニ心スミ、思シヅカナレバ、道ニ入ル方便ナルベシ」という超克が保証される。あとは、密教にアクセントをおいてそれを説明するのか、唯識の論理で説明するのか、はたまた天台か。いわばそれは、選択の問題であるということになってしまう。

しかし、こんな論理回路は、はたして歌の作者の実感だったろうか。歌人たる『撰集抄』の語り手は、いったんは悩みつつも、即座に発条して問題を転ずる足跡を窺わせた。実作者の本音と、信仰と。それをつないでいく結節点に於いて、唯識的な詠歌観こそが必然たらねばならない理由はなかったのだろうか。

四　和歌を詠む〈二つの心〉と唯識論

小西甚一は、歌を詠む心に即して、和語の「心」に三つの心を考うべきことを説く。一つは「主観的な心」である。「人間の喜怒哀楽にわたる精神作用」で、『古今集』序の「人の心を種として」の「心」をいう。二つめは「客体的な心」である。「一二世紀よりあと」「題詠」が「盛行」した時代の「題の心」を指す。一と二を総称して「表出される心」と評する小西は、一番おくれて出てくる「心」として、三つめの「歌をどう詠むかという意匠・技巧にはたらく心」を設定した。そこには「歌の中で詠まれている対象としての心とは違い、詠むほうの心のはたらき」があると指摘する小西は、「表出される心」に対して、「表出する心」を措定するのである（『日本文藝史　Ⅲ』）。(17)

小西の「心」の意味論を承けて、(18)井口牧二は、独自の展開を見せる京極為兼の歌論分析に応用する。井口はそれを「唯識説」の概念である「心所」「心王」を用いて説明した。すなわち「心王」＝「表現する心」（表出する心）、「心所」＝「表現される心」（表出される心）と読み替え、さらにそれぞれを「観照主体」「感動主体」と換言するのである。

> 心が明確に二つに分化され認識されているのである。「心所」と「心王」、すなわち感動する心とその状態を観照している心である。（中略）「大方、物にふれてことに心と相応したるあはひを能々心みん」には…二つ

の心が表現されている。はじめの心は物、即ち対象を凝視し、且それに没入して一体となる心である。……(感動主体)である。ところがその気分がいくら昂じても、それだけでは歌とならない。その心の状態を冷静に観照する別の主体があってはじめて感動を言葉に置換することができる。これが「心みん」の心(観照主体)である。

(井口牧二「為兼歌論と仏教思想」『国文学研究』七十二集、一九八〇年十月)

さらに、京極為兼の主張とその作歌に、具体的な「唯識」思想の応用を想定するのが岩佐美代子である。岩佐は、井口の論を承け、「唯識」の理論に従って「この「感動主体」がすなわち心所、「観照主体」が心王、と見てよいであろう」とした上で、次の如くに論を展開している。

…心のおこる所のままに言葉にあらわす態度の尊重は、唯識説においても法界成就に至る実践行として、再々述べた通り強調される所である。……和歌抄の本義は「心」の絶対尊重、「詞」の完全な自由化である……その根本精神は為兼の内心から湧きおこる、「自分の心を自分の言葉でうたいたい」というやむにやまれぬ衝動にあり……彼が内心の欲求をかくも強力に主張しえた最大のうらづけが、当時傾倒していたに違いない唯識説にあったと考える……

(岩佐美代子『京極派和歌の研究』第一編第一章、笠間書院、一九八七年)

ここで注目したいのは、為兼和歌をこのように理解して、その真髄を測定する岩佐美代子が、その先に、作歌活動と相即する形で「仏道修行」があったと説くことなのである。

止心・観察によって影像(面影)を作り出し、これを言葉をもって具体的に正確に認識する実践行をくりかえす。そのためには「心が心を見る」識の活動作用のあり方を極限まで追求せねばならぬ。かくて全身全霊をあげて唯識たる事になり切る時、豁然として「唯識無境」の法界が現成するのである。そこに至るための道程として、自らの心中を刻々に去来する観念を、具象的事物であれ、非具象的思念であれ、忠実に歌として言葉にあらわす事は、それ自体最も正統的な仏道修行であり、同時に為兼が内心から求めてやまぬ真の歌を作り出す唯一の方法であると考えられたのではないか。（同上）

為兼の実作及び歌論に、実際、どの程度、唯識的な思想を窺いうるのか。議論の残るところであるようだが、[19]いまその測定には立ち入らない。岩佐の論考で重要なことは、唯識思想が歌道に取り込まれた場合、作歌精神にどのような作用をもたらすのか。その様相を適切に推定したことである。

岩佐が析出した、「「心が心を見る」識の活動作用のあり方を極限まで追求」し、「自らの心中を刻々に去来する観念を、具象的事物であれ、非具象的思念であれ、忠実に歌として言葉にあらわす事は、それ自体最も正統的な仏道修行であ」るという認識は、『撰集抄』の主張と等しい。実作者が歌を真摯に読む行為と、求道者が悟りを求めて修行する心意と。その二つを矛盾なく合一する、あるいは少なくとも、そのように歌人の側が得心できる新しい歌論の根拠を「唯識論」は提供したことになる。

総論としては「心ノ中ノ思ヲ、アリノママニ云ノベ」（『沙石集』）ることだと集約されてしまうとしても、そこにはしかるべきプロセスがあった。煩悩即菩提的な、天台流の葛藤を経ないもしくは短絡的な狂言綺語観[20]に陥ることなく、葛藤する心を「アリノママニ」見つめて詠歌する。その具体的な歌詠の方法論を唯識思想がもたらし、〈和歌の本質〉を規定する、重要な根拠となり得たのである。

五　外から来る心と散文の成立

『沙石集』が「三界唯一心」を多様なコンテクストに敷衍してみせたように、歌道と詠歌について新しい具体的な方法論を提示した仏教思想は、唯識の占有ではない。やはり西行が登場する、次の逸話を参照されたい。

西行上人常ニ来テ物語シテ云、我歌ヲ読事ハ遥世ノ常ニ異也、花郭公月雪都テ万物ノ興ニ向テモ、凡所有相皆是虚妄ナル事眼ニサヒキリ耳ニ満リ、又読出所ノ歌句ハ、皆是真言ニ非ヤ、花ヲ読共ケニ花ト思事無、月詠スレ共実ニ月共不存、如是シテ任セ縁㆒、随テ興㆒ニ読置所也、紅虹《コウコウ》タナ引ハ虚空イロトレルニ似タリ、白光嚇ケハ虚空明ラカニ似タリ、然共虚空ハ本明ナル物ニモ非、又イロトレル物ニモ非、我又此虚空如ナル心ノ上ニ於種々ノ風情ヲイロトルト雖更ニ蹤跡無、此歌即是如来ノ真ノ形躰也、去ハ一首詠ミ出テハ一躰ノ尊像ヲ造ル思ヲ成ス、一句ヲ思ツヽケテハ秘密ノ真言ヲ唱ニ同、我此歌ニ依テ法ヲ得事有……

（興福寺蔵『栂尾明恵上人伝　上』『明恵上人資料第一（高山寺資料叢書　第一冊）』東京大学出版会）

これは山田昭全が「高雄歌論」と名付けた一節で、独自の和歌陀羅尼（＝真言）説を含んだ歌論である。(21) 山田はこの言述の背景に「大日経疏」を想定し、密教的な読み取りを進めていく。

だが『沙石集』の論法に倣って普遍化すれば、「およそ所有の相、皆これ虚妄なる事、眼に遮り、耳に満てり」と主張する流れは、外界を「万法唯識」と捉える「唯識」的な和歌観と相似形をなしている。ここでは心を虚空に譬え、空にたなびく虹も、輝く白光も、それは本来の虚空をいささかも変ずることはない。心に浮かぶ和歌もまたそのようなものだ。「我また、この虚空なる心の上に於いて、種々の風情を彩るといへども、さらに蹤跡無なし」とその歌境を表現している。『高雄歌論』では、明恵が西行の聞き手に擬せられているが、明恵なら、それを次のように言い換えたかもしれない。

衆生ノ本心ヲ能々見候ヘバ、月輪ニ顕レタリ。……月ノ明ラカニ照上ニ万ノ影ノウツル如ク、衆生ノ本心清浄ナル上ニ仏界衆生界六道ヲウツス。鏡ノ面テニハ定マリテ善悪ノ影ナシ。サレバ善モ悪モ我物ニ非ズ。外ヨリ来ル也。善悪ノ影分明ナレ共、善物悪物トテ取出スヘキ物ナシ。是ヲ空トナヅケテ、ウツル影ヲ仮トナヅケ、鏡ヲ中トナヅケテ空仮中ノ三諦ヲ宣給ヘリ。衆生ノ本心ハ鏡ノ如シ。一期ノ中ノ一切ノ事ハ皆ウツル影ナリ。何ノ善悪カアル。何ノ衆生カアル。何ノ六道カアラン。仮ニウツル影ニバカサレテ、生死ノ夢ヲ見事ノハカナヨ。罪ト思イ功徳ト思フモ皆影也。誠ニナキ物ニテ候ナリ。罪モ功徳モアル物ト思ハ衆生ノ迷イ也。本心ハ月ト鏡トノ如クナレバ、影ニヨリテケガル、事ナシ。三界唯一心心外无別法ト説給ヘリ。……

(『明恵上人法語』、納富常天『金沢文庫資料の研究』の翻刻に句読点と濁点を付す。本書第三章参照)

この法語は、和歌に言及してはいない。だがこれまで述べてきたように、そして『高雄歌論』と併読すれば、こうした「心」の把握は、そのまま歌道の論理へと代置できる。

『高雄歌論』が「虚空」になぞらえた理論を、『明恵上人法語』では「鏡」の喩えを用いて説明する。『古今集』序がいう「見るもの、聞くもの」という詠歌対象の外界は、西行の言うように「虚妄」である。それでも人が、さまざまな心象を思い描いてしまうのは、心という鏡にうつる影のように、私のものではない他者が「外より来れる」ものである。この外部化は、『高雄歌論』との間に横たわる、無視できない微差である。ただし、明恵『法語』は歌論ではない。「仮にうつる影にばかされて、生死の夢を見ることのはかなさよ」と断じ、それは「衆生の迷い」であって、「本心は月と影とのごとく」、いくら心に影像をうつしても、心が汚れることはない。それこそが「三界唯一心　心外無別法」の謂であると説明をまとめている。この法語の語り手として仮託された明恵は、華厳の立場から、「三界唯一心、心外無別法」を歌の世界に合一したと指摘されることがあるのを併せ想起しておこう。(22)

江口で遊女を見た性空のように、目をあけても、また閉じても、人はさまざまな景色を眺め、際限のない心象風景を思い描く。それを虚妄であると峻拒すればそれまでだ。明恵『法語』もそう勧めている。しかしそこで留まれば、歌を詠む営みは著しく狭められてしまう。だがもし、その沸き起こる妄想こそ、鏡のような心にうつし出される、外から来る心の現象だと、しっかりと内部化して捕まえればどうだろう。そこには、目にうつる映像を「アリノママニ」写し取る、和歌の方法論を打ち立てることができるはずだ。

それは、まさに次掲の「中世古今集注釈書」の物言いと同じである。

夫レ和哥者《ハ》、其根ヲ心地ニ託《タク》シ、其花ヲ詞《シ》林ニ開ク者也。宜哉《ムベナルカナ》、此詞ハ千金ニモ莫レレ伝事。但、是ハ、毎ノ難レ有ニ二人口一不ズレ知ラ二其量《ハカル》事ヲ一、以レ伝ヲ二其心一為シ二和哥ノ秘伝ト一、為ス二此道灌頂《クワンチャウ》ト一。然ル則、和哥ハ、心地ヨリ出タリ。心地ト者、心也。鏡《カヾミ》ノ如ク天地ヲ移《ウツ》シテ山野ヲ浮《ウカブ》。山野ニウカブ、則心ユフナリ。サレバ、心ヲ澄シテシヅカニ嘯《ウソブキ》、暫《シバラ》ク妄然《バウゼン》トシテ居ストモ、ツク〳〵ト案スレバ、忽然トシテ面白キ風情心ニ浮ブナリ。此時、風情ヲ浮ブトコロ、幽玄ナル詞ニテ、ナビヤカニ誦習流《ヨミナガス》也。然則、哥人ハ万事ヲ忘却《バウキヤク》シテ、春ノ朝、霞《カスミ》ノ立初《タチソム》ルヨリ、年ノ暮《クレ》ニイソカルヽ有様マデ、ツク〳〵ト吟シテ可レキ見也。其世上ノ気色ヲ有ノママニヤサシク、詞ヲモヤサシク誦アラハスベシ。

（内閣文庫本『古今秘伝抄』）

「和歌」は「心地より出でたり」。「心地とは心なり。鏡のごとく天地をうつして山野を浮かぶ」。そしてこの注釈書は、詠歌を「心を澄してしづかに嘯き、暫く妄然として居すとも、つくづくと案ずれば、忽然として面白き風情心に浮ぶなり」という営為の中で捉える。これなら仏者にも違和感のない歌論である。それはさらに、次のような心の把握と連続するだろう。

円覚経《ゑんがくきやう》ノ中《なか》ニ、観心《くわんじん》ノ用意分明《よういぶんみやう》ナル文アリ。……「於諸妄心亦不息滅」（＝『円覚経』、清浄恵章の一節）ト云《いふ》ハ、妄心《まうじん》モトヨリ〈虚《きよ》ナリ。体性寂滅セルユヘ（エ）ニ、コレ滅スベキニモアラズ。霊光《れいくわう》ハ又ケツベキニアラ〉ズ。滅セント思フ念、則（ち）妄分別《まうふんべつ》也。此（の）故ニ……「念《ねん》起ラバ覚《かく》セヨ、是《これ》ヲ覚スレバ則（ち）無《む》也」トモイヘリ。「前念《ぜんねん》ハ是《これ》凡、後念《ごねん》ハ是《これ》仏」トモイヘリ。又、「妄心シバシワ（バ）起ル。真心弥々明鏡也」トモイヘリ。只本分《ほんぶん》ニ不レ闇、妄念ニ目ヲカケザレバ、自《おのづから》本心《ほんしん》明々タリ。（四—一）

（「真心」は鏡のように「妄心」をうつし）鏡ミ清ケレバ影アラハル。知ベシ、妄心ノヲコルトキ、真心ノアキラカナルコトヲ。（亮順筆『明心』）

これもまた和歌を説くものではないが、逆説的な論法で、相当に革新的なことを論じている。妄想は、起これば起こるほど悟りに届く、というのである。外界に動かされる心を、鏡に写すように「アリノママニ」受け止めて認知すること。そのように「心をうごきさはがす」ことは「散乱」ではない。むしろより明確に「真心のあきらかなることを」を覚知することだという。

ただしそれは、修行者として真摯であればあるほど、より厳しい仏教的境位を歌人にもたらす。『野守鏡』は、京極為兼を批判する文脈において、「それ心に善悪の二あり」と断じ、「歌もまたよき心をたねとして、あしき心をたねとせず」と続けていた（上「心をたねとしてこゝろをたねとせざる事」）。そしていつしか詞への批判を超え、心それ自体の善悪に踏み込んでいく。『沙石集』も「染汙《ぜんう》ノ心ニヨリテ、思ワ《（ハ）》ヌ事ヲ思《おもひ》ツヾケ、或ハ染汙ノ心ニヨリテ、思ワ《（ハ）》ヌ事ヲモ云ヘルハ、実《まこと》ニトガタルベシ」。「作者ノ心マコトアリテ、思ヲノベタル歌ハ…」などと、歌人の心の好悪を説く。かような論理に則って、歌は、直接に「心」の有りようを問う。『古今集』の理論によって、歌ことばは、詠歌主体の「心」もしくは「一心」へと、常に収斂するからである。「狂言綺語」も、歌の詞を飛び越えて、「心」の姿への批判となる。

> 人のこゝろをたねとして……と云は、凡人の心はもと渾沌未分の所より起て、天地と気を同して、善もなく悪もなく、邪もなく正もなく、凡もなく聖もなく、天真の道のみ也、如此さとるは聖人也、天・地・人と分て、凡聖の心は別に成てより以来、六識盛におこりて本性をさとらす、六識と云は眼に物を見、耳に音を聞、鼻に香をかき、舌に味をなめ、身に寒温を知り、意に諸法を分別するなり、かの眼・耳・鼻・舌・身・意をは、六根と云也、色・声・香・味・触・法をは六塵とも云、一々に分別する心をは六識とも云也、如此差別あれとも一心の所変也、聖人は一心の源を知る故に、用に随而六識を使とも、一心に疵なし、譬は鏡の上に万象を浮るか如し、凡夫は一心の本を不悟か故に、六識に被使て、さまさまの妄念を起す、有無の見に落て、流転三界の苦を不離、若其源をしり、その妄を離れぬれは、聖人と凡夫と一毫の差別なき《（イし）》、是を得法《（イ明徳）》とも悟道とも云也、然は彼歌も、聖人の心根・凡夫の意識、大に可有差別、能悟てよめらん歌は即聖言也、出・離・生・死・因縁となるへし、妄念の上にて、色々体愛に伴てよめむ歌は、狂言綺語の誤あるへし、
>
> （北畠親房『古今和歌集注』）

六　和歌と散文──根拠と離脱へ

本書序章で「夫、三界ハ只心ヒトツナリ」以下、「若コレ、貧賤ノ報ノミヅカラナヤマスカ。ハタ又、妄心ノイタリテ狂セルカ。ソノトキ、心、更ニコタフル事ナシ…」(23)へと至る『方丈記』最終部分を提示し、その解釈を問いつつも、中世的な心の把握に即して、それはもはや『徒然草』の問題である、と述べた。論点は異なるが、かつて久保田淳も、西行「高雄歌論」に着目し、その「表現に通いあうものを認め」うる行文として、『方丈記』最終部と『徒然草』二三五段を挙げている。(24)どうやらこのあたりには、中世の和歌と散文を結節する、文学史的状況が潜在している。

一方で、次のような「中世古今集注釈書」がある。傍線部など、『徒然草』の序段と酷似した叙述である。

> 詞ヲ人ニカルヘカラス、只一心ヲ前スル也、思出ルニ随而ツヽクルヲ心ノ種ト云成ヘシ、(中略)人麿赤人ト云、我胸ニ住セル一仏也、三界一心ノ文也……哥ト云ルハ、己身如来成所ナレバ、心ヨリ外ニ別ノ古風有ヘカラス、
>
> (『古今和歌集灌頂』古典文庫『中世神仏説話』)

『古今』序にいう「人の心を種と」する和歌の詞の獲得を、密教的な教理に即して、いわば逆順に提示したものだ。詞は心から出で、心の種へと回帰する。「心より外ニ別の古風有るべからず」。すべては「一心」へと収斂する。西行の「高雄歌論」、明恵の『法語』、そして中世古今注。それぞれ「心」を帰着点として、相似と差異を分かち合う言明は、『徒然草』の達成を測定するのに示唆的である。

本書第三章、第四章で論じたように、『徒然草』は「心にうつりゆく」(序段)と表現する心の把握を、「我等が

心に念々《ねんねん》のほしきままに来り浮ぶも、心といふもののなきにやあらん。心に主あらましかば、胸のうちに若干《そこばく》のことは入り来らざらまし」（二三五段）と描く。際限なく外から来る心を観じて、ついには、心というものがないのではないかと嘆じていく。それはたとえば、一心を絶対の帰結点とする『古今和歌集灌頂』との位相の違いを象徴的に照らし出す。

『徒然草』は、自らの心に覚知される諸相を「外ヨリ」「ほしきまゝにきたりうかぶ」正体不明の〈他者〉として捉え、その果てに「心といふもののなきにやあらん」と言い放つ。そのおかげで、『徒然草』は「ウツリユク道理」や〈外部〉の現実を「心ニウカブニシタガイテカキツケ」る（『愚管抄』巻七、本書第三章参照）ことができる。そしてあたかも和歌のように、心に「鏡のごとく天地をうつして山野を浮か」べ、「心を澄してしづかに嘯き」、「つくづくと案」じて、「忽然として」「心に浮かぶ」「面白き風情」（前掲『古今秘伝抄』を和解）を「心にうつりゆく」そのままに、書き綴ることを達成した。

すべてを「一心」に集約し、「詞を人にかるべからず」（前掲『古今和歌集灌頂』）、真言や一仏を求めて詠歌する求心性や求道が、仏者にとっての究極の和歌である。とするならば、兼好の志向は、その対極へと拡がる自在の追求である。「心にうつりゆく」『徒然草』の「やまとことば」は、和歌に立脚して逸脱し、柔軟にすべてのコトバを包摂しようとする。

兼好法師が古今鈔曰、歌はこゝろざしをのぶることばなり。此国の言葉はいづれもやまとうた也。……兼好云、人のこゝろを種とするは詠歌ばかりに非ず。万の詞をいへる也。（小幡正信『古今和歌集序註』）

「思事ヲ云ハ。皆歌也」（『了誉古今序注』）。しかし本書第二章に述べたように、「兼好の」は、もはや狭義の「歌」

ではない。一心への収斂を捨てることで、歌人として手放したものは大きい。その代わりに兼好は、差別なくあらゆるものを映し出す鏡や、宇宙全てを飲み込みかねない虚空のような不変・不動なる心を「かりて」、自らの言語世界を最大限に現出させる。そして、自己の一心では統括できない絶対的他者や、無限の詞の宇宙を獲得する…。それこそが、『徒然草』に於ける散文の成立ではなかったか。

いそいで結論を導く必要はないが、少なくとも、そう考えて初めてわかることがある。「三界ハ只心ヒトツナリ」と語る長明も、「一心」へと収斂し得ない自らの心の葛藤を描いて『方丈記』という散文を終えたという事実だ。そのことに於いて『方丈記』は、まさに『徒然草』の先蹤であったと語れるのである。

注

(1) 乾克己「撰集抄と南都法相宗」(『和洋女子大学紀要』第二五集、文系編、一九八四年)。山口眞琴「撰集抄――現世と来世をつなぐもの――」(『岩波講座日本文学と仏教　第三巻　現世と来世』第三部第四章、同『西行説話文学論』笠間書院、二〇〇九年第三部第一章に再収)は本話の仏教的コンテクストに関説する。

(2) 狂言綺語観については、多くの研究があるが、いま直接する問題を扱う論文として、三角洋一「いわゆる狂言綺語観について」(『源氏物語と天台浄土教』若草書房、一九九七年)が代表的研究である。また関連する論文として、山本一「修行者の内なる秀歌意志」(『中世歌人の心――転換期の和歌観――』世界思想社、一九九二年)他参照。なお本書第八章参照。

(3) 『撰集抄』と、南都法相宗、唯識思想との関係については、前掲注1所掲の乾克己「撰集抄と南都法相宗」、山口眞琴「撰集抄」、安田孝子「『撰集抄』の特性」(『説話文学の研究　撰集抄・唐物語・沙石集』(和泉書院、一九九七年、初出一九九二年)など参照。

(4) 片桐洋一『中世古今集注釈書解題一』(赤尾照文堂)「大江広貞注とその周辺」。

(5) 田村(浅見)緑、前掲『古今集註』解説。

（6）末尾に引用されている『八雲御抄』の記述も、牽強付会のきらいがある。対照されたい。
俊成がかける物に云、「大かた歌はかならずをかしきふしをいひ……すべて詩歌のみちも、大聖文殊の御智恵よりおこれる事也」といへり。まことにたゞむねのうちを出ざる風情、人のをしへによるべからず。一切の芸は、よき師匠にあひてまなぶにむなしき事なし。此うたのみちにおきては、たゞこゝろのいたると、いたらざるとなり。後白河院の梁塵秘抄といふ物に、今やうの上手のやうをかゝせたまへる中に、「歌よむ輩も、万葉集のやうなどいひて、くせみよめども、まことのよきうたよみになりぬれば、やす〳〵とありのまゝの事とこそきこゆれ。なに事も長じぬればかくのごとし」といへり。まことによく〳〵幽玄をむねとしてよむべき事也。

（『八雲御抄』巻六用意）

（7）ただし、「くいせ」（くひぜ、杭）の譬えについては、煩悩障と所知障について説明するのに通常用いられる譬喩が援用、もしくは混用されている。「喩ヘバ夜ル杌《クヰ》ヲ見テ人ト思フ時、クヒゼトシラヌ心ト、人ト思フ心ト、二重ナレドモ、人ト思フ心ノ外ニ杌ゼトシラヌ心ハ、タヾ用ニマドフト体ニマドフトノ二重ナリ。煩悩・所知ノ二障モ又如此。煩悩ハ人ト思フガ如シ。所知ハ杌ヲシラザルガ如シ」（『法相二巻抄』下）。

（8）同書上。以上、「三性」を始め、本書で説明される唯識教学の理解については、横山紘一『唯識とは何か――『法相二巻抄』を読む――』（春秋社、一九八六年）に教えられるところが大きい。また橋本朝生「狂言と唯識〈杭か人か〉の形成と展開」は「いま和泉流の固有曲」である〈杭か人か〉という狂言を次のように要約して紹介し、

主人が臆病な冠者が「手柄だて」と言うのを止めさせようと思案し、呼び立てて留守を言い付け、出かけたふりをする。冠者は五つ過ぎに槍をかたげて「御用心〳〵」と夜回りをするが、恐ろしさに土を見ても驚く。様子を見に来た主人が立っていると、その物影を見つけて「そこなは人か杭か〳〵」と問う。主人は「杭じや」と答える。物を言うのならやはり人かと冠者が槍で突くが、取り上げられ、命乞いをする。主人は自分だと明かして臆病を叱り、口答えする冠者を槍で突いて追い込む。

本章の旧稿に言及して「三性」の比喩を説明した上で、「「くいぜ」が動き出すとあって、話が少しずれるようだが、先の喩えを引くに違いない。そして狂言はこの少しずれたものではなく、本来の唯識教学によっているとしていいだろう」と論じている（能楽学会『能と狂言』創刊号、二〇〇三年四月。後に橋本朝生『狂言の形成と展

開続』瑞木書房、二〇一二年十月に再収)。三性の比喩の拡がりを示す例として参考までに示しておく。
(9)「三界唯一心」云々の偈文については『岩波仏教辞典』「三界唯一心」「心仏及衆生、是三無差別」の項に要を得た説明がある。本書序章参照。
(10)同様に、普遍化した論法の類例をメモとして挙げておく。

仮諦三千の性相は、夢中の修因感果の如し。空諦の三千の因果を亡泯するは、夢中の依正を求むるに空なるが如し。中道即ち是れ空仮の体性なるは、夢に見る所の諸法、即ち心性なるが如し。修性不二、万法唯心、之を以て悟るべし。諸法万差なれども、一心にあらずといふこと無し。

華厳経に曰く、三界は唯一心なり、心外に別の法無し。心仏及び衆生、是の三差別無しと。云々

義例に云く、唯だ万境に於て、一心を観ず。万境殊なりと雖も、妙観理等し。云々

止観に云く、微塵を破つて大千の経巻を出だすが如く、恒沙の仏法、一心の中に暁む。云々

起信論に云く、三界は虚偽にして、唯心の所作なり。心を離るるときは則ち六塵の境界無し。云々

止観に云く、又眠夢に百千の事を見るが如き、豁悟すれば一も無し。況や復た百千をや。いまだ眠らざるときは夢みず、覚めず、多ならず、一ならず。眠力の故に多と謂ひ、覚力の故に少と謂ふ。

(『観心略要集』、『観心略要集の新研究』の訓読文)

凡大乗の仏法は心の外に別の法なし。ただし聖道は万法一心とならひ、浄土は、万法南無阿弥陀仏と成ずるなり。万法は無始本有の心徳なり。

(『一遍上人語録』下、「門人伝説」『日本思想大系　法然　一遍』)

なおインド以来、仏教思想の歴史的転換を促した「原動力」に「唯識」「唯心」思想を置こうとする興味深い構想の一端を、日本仏教を俎上に載せて論じようとしたものに荒牧典俊「鎌倉仏教源流考——中ノ川実範の仏教思想について——」(大阪大学文学部『日本語・日本文化研究論集　共同研究論集』第3輯、一九八五年)がある。
(11)「一心」の重視についての概観は、『岩波仏教辞典』、横山紘一前掲注8書他参照。『方丈記』がこの文言を引用することについても、序言参照。ただし、個々の文献における理解度は、相応に異なるはずである。
(12)岡見正雄博士還暦記念刊行会編『室町ごころ——中世文学資料集』(角川書店、一九七八年)所収の片桐洋一翻刻に拠るが、内閣文庫本を参照して一部校訂した。本書についても同書所収の片桐解題参照。なお「古今灌頂」系の諸本については、石神秀美「古今灌頂解題稿」(『斯道文庫論集』第二八輯、一九九三年)、『古今集注釈

書影印叢刊4』石神「解題」（勉誠出版、二〇〇九年）、三輪正胤『歌学秘伝の研究』（風間書房、一九九四年）、また片桐洋一『中世古今集注釈書解題』他参照。

(13) こうした一連に見られる『沙石集』と和歌陀羅尼の問題は、本書第八章であらためて詳述する。

(14)『室町ごころ』所収の片桐洋一の翻刻に拠る。なお前掲注12参照。

(15)『古今和歌集』の注釈に「一心」をめぐる言説が現れる理由の一つに「ヒトツココロヲ種トシテ……」（『勝命序注』、新井栄蔵解説「影印　陽明文庫蔵　古今和歌集序注」『論集　古今和歌集』和歌文学会編所収）という異文の存在があるだろう。前掲顕昭『古今集序注』にもこの異文の指摘がある。この異文には、漢語「一心」が想定されると、ことさらに注するのは、新日本古典文学大系である。

(16) 和歌陀羅尼説については、本書第八章参照。

(17) 歌を読むことについて、複数の心の相を認識することは、後には、仏教や宋学などの影響も受けつつ、歌学の具体的な具現の場としての注釈に於いて、さらに独自な理論化が進められていくようであり、重要な研究対象である。赤瀬信吾「心・意・識の論と和歌注釈」（『和漢比較文学叢書5　中世文学と漢文学1』和漢比較文学会叢書、汲古書院、一九九三年）、鈴木元「「こころ」の探求——古今集・詠歌大概・愚問賢注の古注から——」（『中京国文学』一二号、同『室町の歌学と連歌』新典社研究叢書、一九九七年の第三章に再収）他参照。

(18) 小西説のまとめは『日本文藝史　Ⅲ』（講談社、一九八六年）によるが、井口は、その旧稿の一つにあたる小西甚一「有心体私見」（『日本学士院紀要』第九巻二号、一九五一年七月）に拠っているため、若干用語を異にしており、対応を括弧で示す。また小西「玉葉集時代と宋詩」（『中世文学の世界——西尾実先生古希記念論文集——』岩波書店、一九六〇年）参照。

(19) たとえば小西甚一『日本文藝史　Ⅲ』は、岩佐の提言の意味を高く評価した上で、「唯識説のように見える点は、天台教学のなかにおける唯心論から来たものと考えたい」（四一八頁）という。また安田徳子「為兼歌論の性格——空海詩論との関わりを中心に——」（『松村博司先生喜寿記念　国語国文学論集』右文書院、一九八六年、同『中世和歌研究』和泉書院、一九九八年に再収）参照。

(20) 三角洋一前掲注2所掲「いわゆる狂言綺語観について」参照。

(21) 山田昭全『西行の和歌と仏教』（明治書院、一九八七年、『山田昭全著作集第四巻』おうふう、二〇一二年に再収）。この逸話の真偽をめぐっても同書に学説史がたどられている。また、この主張の汎仏教性について、小西甚一は「（西行と明恵の逸話をめぐって）このような話を案出させた理由は、歌を言語曼荼羅だとする歌観において西行と高辨が共通するからであって……歌を言語曼荼羅だとする考え方は、この当時、かなり広く支持されていたようで、無住が和歌を陀羅尼だとしたのも、言い表しがすこし違うけれど、意味するところは同じである。通常言語の表現が意味を伝達しうる機能に限界を認め、それではぜったい宇宙の根源的な理法を説示し尽くすことができないという立場から、言語の通常的な意味を超越したところに真実な表現があると主張するのは、仏教においては密教と禅宗がそれだけれども、両者に理論的な根拠を与えているのが華厳宗にほかならない。華厳宗の中に在って密教的な傾向をもっていた高辨が、言語曼荼羅めいた歌観において西行と共通するのは、むしろ当然であったろう」（小西甚一『中世文藝史　Ⅲ』二七〇頁）とまとめている。

（22）　山田昭全「明恵の和歌と仏教」（『国語と国文学』一九七三年四月号、『山田昭全著作集第五巻　文覚・上覚・明恵』おうふう、二〇一四年に再収）。明恵は、為兼が歌の境地の一つの理論的背景とした仏者であり、歌人であった。この理論の提起する問題と二人の結びつきについては、本書の次章で論じている。

（23）　序章では新大系の校訂本文を示したが、ここでは表記を大福光寺本へ復して引用する。

（24）　久保田淳「「うかれ出づる心」再論」（同『中世和歌史の研究』明治書院、一九九三年所収）。

第七章　和歌と阿字観
——明恵の「安立」をめぐって

一　明恵『遺心和歌集』の「安立」

本書第二章で見たように、京極為兼（一二五四〜一三三二）は、先人明恵（一一七三〜一二三二）の和歌に特別の評価を与え、自らの歌論形成の本質的な根拠の一つとしていた。その一節は、中世歌人としての明恵を語る場合にも、欠かすことの出来ない内容を含んでいる。

たゞ明恵上人の遺心和哥集序にかゝれたるやうに「すくは心のすくなり。いまだ必《かならず》しも詞によらじ。やさしきは心やさしき也。なんぞさだめて姿にしもあらむ」とて、心に思事《おもふ》はそのまゝによまれたれば、世のつねのにおもしろきもあり。さまあしきほどの詞どもゝ、万葉集のごとくよまれたれど、心のむけやう、さらによもかはる所侍《はべら》じ。

（『為兼卿和歌抄』）

『遺心和歌集』は、明恵自撰の散佚歌集である。高信編『明恵上人歌集』の第一部、六〇番歌のあとに「已上遺心和歌集」と記されており、少なくとも一〜六〇番歌までは『遺心和歌集』に相当すると考えられている。だが現行の『明恵上人歌集』には、『遺心和歌集』序が含まれていたはずの巻首を欠く。為兼の引用は、その逸文としても貴重である。類似した記述は、弟子長円の筆録になる高弁（明恵）談話の聞書『却廃忘記』にも見えている。為兼の説明が、明恵の主張を相応に反映していたことは確実である。

専念房ノ和歌コノマル丶事、順行房ノ被ㇾ申次《ついで》ニ仰云、和歌ハヨクヨマナムドスルカラハ、無下《むげ》ニマサナキ也。只何ナク読《よみ》チラシテ、心ノ実《まこと》ニスキタルハ、クルシクモナキ也。

（『却廃忘記』上）

和歌は、うまく詠もうとしてはいけない。「姿」のよい和歌も「さまあしきほどの詞どもも」同じこと。言葉よりも心を重んじ、心の「すく」ままに、ただなんとなく「読チラシテ」、「そのままによ」むのがよい。すると時には「世のつねの」に優る「おもしろき」ものができあがる…。このような明恵の和歌観を考えようとする場合、しばしば注目されるのが、明恵が『遺心和歌集』に採録した、義覚房の不思議な歌群である。(1)

六因義覚房

カリゴロモコズヘ《エ》モチラヌ山《ヤマ》カゲニナガメワブルアキノ夜《ヨ》ノ月

（二七番）

コノ歌《ウタ》カスカニシテ、ソノコ丶ロキコヱ《エ》ガタシ。作者ニトフニコタヘテイハク、「カリゴロモトイフハ雲《クモ》ナリ、月ノタメニカリナルコロモニニタリ。コズヘ《エ》モチラヌトイフハ、雲《クモ》ノネヲコズヘ《エ》トイフナリ。ワケクル雲《クモ》ノサキニワラダバカリナル雲《クモ》ノアルハ、雲《クモ》ノネトイフナリ。山《ヤマ》カゲトイフモマタクモレルヲイフナリ」。カヤウニ安立《（アンリフ）》シテコヽロヲユカシノブルコトハ、一々ニソノイハレアリ。

オナジコヽロヲ　　同人

アフコトヲフミマガフコヒヂニハアケテモマツベキウツヽナリケリ　（二八番）

作者ノ曰《（イハク）》、「アケテモ待《マ》ツベキトイフハ、月ノ雲《クモ》マヨリイデタラム時《トキ》ナリ。ウツヽトイフハ月ノイヅベキ時《トキ》ナリ」。

サテサ夜《ヨ》フクルニ、月雲《クモ》マヨリイデタルヲ見《ミ》テヨメル　　同人

オモヒイヅコロモノスソノカキハレテ色《イロ》ニアラハレル恋《コヒ》ノカゲカナ　（二九番）

作者ノイハク、「オモヒイヅトイフハ月ノイヅルナリ。コロモノスソトハ雲ノヒマナリ。色《イロ》ニアラハルトイフハ、月ノカタチノ見《ミ》ユルナリ。恋《コヒ》ノカゲトハ恋《コヒ》シキ月ノカゲヲ見《ミ》ツレバイフナリ」。安立ノアリサマワリナクメヅラシクキコユ。イトコノ世《ヨ》ニキクコトトハオボヘ《（エ）》ザレドモ、愚詠モヒトノ耳《ミ》ニハカクコソハキコエハムベラメドモ、マタコヽロノユクトコロノ、ユクトコロナキニアラズ、カレタヾオナジコトニヤ。

（『明恵上人歌集』）

左注の解説も、明恵自身が付したものであるが、いずれにも「作者」義覚の自注を引用している。一読しただけでは「かすかにして、その心聞えがた」い歌意は、義覚の自注によって、ようやく意味を現出する。たとえば二九番など、「恋」の語を持つ。すわ僧侶の恋歌かと思えばさにあらず。義覚の自注によれば、雲間に隠れていた月が次第に姿を現し、最後には、その「恋シキ」月が「形」の全貌を「あらは」すという、時の推移が描かれているらしい。

それにしても、語頭以外の句中に母音を含まぬ字余り（「アケテモ待ツベキ」）や、字足らず（一字足らずの「ナガメワブル」二字足らずの「フミマガフ」）が混在して、歌の躰は異様である。この歌群の他に、もう一首載る義覚の和歌も「ウレシサノアヲ淵ニシヅミヌルウカブコトゾカナシカル」（『明恵上人歌集』二番歌）という、句を切るのにさえ困るような、字足らずの破格詠だ。こんな義覚歌を、続けて自撰歌集に採択したところに、明恵の嗜好と意思の反映がある。その詠歌観の把握に不可欠な一連である。

特に注目されるのは、明恵が、義覚自注の内容を「安立」という語で捉えていることである。山田昭全に、早く重要な指摘がある。

明恵はここで、「安立」と「こゝろゆく」とをそれぞれ二度使っている。……「安立」というのは、人間が四囲の事象を弁別し、個々の事象に名をつけ、ことばにあらわすという認識行為をさす仏教語である。……六因義覚が雲の状態を判別し、それを率直にことばに表現したことを安立と言ったのである。一方、「こゝろゆく」はふつう気がすむ、満足するの意に用いるが、明恵の場合はもっと字義通り心が対象に向かうという意味に使っているようだ。「こゝろのゆくところの、ゆくところなきにあらず」は、己れの心が対象に向かい、対象と一つに融け合う状態を言ったものであろう。……こうみてくると、明恵の「安立」と「こころゆく」とは密接な関係を持ってくる。すなわち、作者の心が一筋に素材（雲）に向かい、素材と融け合い、そこに形成される認識（衣・梢・山等の比喩）が安立ということになる。「心ゆく」を他動詞に置きかえれば「心遣《や》る」になる。明恵はみずから「遣心和歌集」と題する歌集を編んでいるが、実は義覚の歌もこの和歌集に収載されたものである。とすると、「心ゆく」および「安立」は歌集の題名と深いかかわりを持つものであり、また同時にそれは明恵の作歌法の根本に触れるものだったと思われてくるのである。

（山田昭全「明恵の和歌と仏教」(2)）

山田は、『歌集』の「安立」を「仏教語」として定位し、この語と「こころゆく」との「密接な関係」を見出す。そして「作者の心が一筋に素材（雲）に向かい、素材と融け合い、そこに形成される認識」が「安立」であると規定して、その延長線上に「明恵の作歌法の根本」を見ようとする。山田は、この後、多岐の視点に渉り、明恵歌詠の所在について分析を進めていく。

山田の先駆的な「安立」の発見と読解について、その重要性を認めつつも、独自の調査で再解釈を試み、明恵の和歌観を検討したのが、平野多恵「明恵『遺心和歌集』の撰集志向――「安立」「遺心」再検討――」である。(3)

平野は、「安立」について、

石田瑞麿『例文仏教語大辞典』（小学館）で「安立」を見ると、「①言葉に表して他との差異がはっきりすること。また、はっきりさせること。②あるものを基礎にして成立すること。③たしかに存在していること。④「あんりゅうたい（安立諦）の略」とある。「安立」は仏典に散見する語で、①と②の用例が多い。

と語義を確認した上で、『遺心和歌集』以外の明恵の著作、伝記、聞書などに於ける「明恵の発言に見える」「安立（案立）」の用例を精査する。そしてそれら用例の多くが「①～③のいずれか」の「意味」であり、「④の用例は見出せなかった」と報告している。

そして平野は、「『遺心集』の中の「安立」の意味としてふさわしいのは、「成立する（または成立させる）」「存在する」よりも「言葉にあらわす」であろう」と帰納して、明恵の用例を次のように解読した。

『遺心集』の「安立」は、いずれも義覚詠の比喩に対して言われたものだった。そして注目すべきは、これらが仏法に直接関係のない内容を詠んだ歌だということだ。ここでの「安立」が「真如」と関連づけて理解されてきたことは先に述べたが、27・29番歌の左注は仏法と直接関わらない歌への解説である。「安立」の用例の検討から考えても、この「安立」をとりたてて真如と関わらせて解釈する必要はないだろう。では、なぜ仏法と関わらない歌の比喩について、仏教語「安立」が用いられたのだろうか。先の明恵による用例から明らかなように、「安立」には自らの考えで言い表す、こしらえ出すという意が含まれる。だとすれば、明恵が「安立」の語を用いて義覚が作り出した特異な比喩を評したのは自然なことに思える。しかもこれらは、高尾の住房で明恵と同輩達の間で詠まれた歌に関しての発言である。「安立」は、明恵が普段から聖教で読み慣れ、また講義でも使い慣れた語であった。それゆえ詠歌の説明にも用いられたのだろう。

（平野多恵前掲論文）

平野論文は、以下「心ゆく」をめぐって論を進め、「遺心」「心ゆく」「心ゆかす」などの類義語を明恵の用例他にたどり、「遺心」としての明恵の和歌作法を解明していく。その詳細については、直接、平野の論述に就かれたい。(4) ここでは、傍線を引いたように、平野が「安立」を仏教的な脈絡から解放しようとしていること、そして「密接な関係」にあると山田が解釈した「安立」と「心ゆく」とをひとまず分断し、それぞれを詳細に分析するかたちで展開していくことを確認しておきたい。

二　仏教語「安立」再考と為兼歌論「相応」との連続

その後、平野は、和歌文学大系『秋篠月清集／明恵上人歌集』（明治書院、二〇一三年）で『明恵上人歌集』の校注を担当し、二八番歌の左注「安立」に次のような注釈を付している。

○安立―仏教語。言葉で表して、他との違いをはっきりさせること。この「安立」は従来、真如を言葉によって表すの「安立諦」に同じとされたが、ここは、言葉によって表現するという意。義覚房が自詠の独特な比喩について一々説明したことを指す。

ここでは、先の論著での記述を要約し、まずは「仏教語」としての定義を行っている。ただし「安立諦」という定義を避け、自説へと帰着する解釈になっている。結果として、導き出された訳語に大きな違和感はないが、本当にそれは「安立諦」とは重ならないのだろうか。もう少し用例の探索が必要である。『沙石集』巻四（一）「無言上人事」には、著名な「安立諦」の用例がある。[5]

円覚経《ゑんがくきやう》ノ中《なか》ニ、観心《くわんじん》ノ用意《ようい》分明《ぶんみやう》ナル文アリ。（中略）[6]
抑《そもそも》法相《ほつさう》三論ハ、中天《ちうてん》ヨリ始リテ、護法《ごほふ》・清弁《しやうべん》、唯識《ゆゐしき》・唯境《ゆゐきやう》ノ諍《あらそひ》堅《かたく》シテ、門徒《もんと》、宗《しう》ヲ分《わか》テル事ヲ、天台ノ祖師《そし》釈《しやくして》云《いはく》、「天親・龍樹、内鑒冷然、外適時機、各據一門」ト云《いへ》リ。法相ノ祖師天親、三論（の）祖師龍樹、〔内〕証ハ皆真如《しんによ》ノ一理ヲ通達シ、外用《げゆう》ノ時、機ヲ引入《いんにふ》スル方便、或ハ唯識無境《ゆゐしきむきやう》トイヒ、或（は）唯境無識ト云《いふ》。有門《うもん》・空門《くうもん》、時ニ随《したがひて》而定レル準《じゆん》ナシ。然《しかる》に末学、仏法ノ源底《げんてい》ニクラクシテ、是非偏執《ぜひへんしふ》ノ過《とが》ヲ致ス由ヲ釈シ玉ヘリ。凡《およそ》仏法（の）大綱《たいかう》ハ、「法体不分、義門得別」ト云《いひ》テ、一心ノ妙体《めうたい》ハ諸教不二《しよけうふに》也。義門ノ差別ハ、諸宗暫《しばらく(ワ)》ハカレタリ。法相《ほつさう》ニモ安立諦《あんりふたいの》時ハ、義門ヲ立《たて》テ浅深《せんじん》ヲ論ズ。非安〔立〕諦、廢詮談旨《はいせんだんし》ノ時ハ、義理隔《へだて》ナシ。（下略）

中村元『佛教語大辞典』（東京書籍）は、この『沙石集』を典拠の一つとして挙げ、「安立諦」を次のように説明する。

【安立諦】あんりゅうたい　言語を絶している真如を仮にことばで差別して表わすこと。真如が言語に表象されて、他の物との区別が立てられることを安立諦といい、相対的なすべての差別を超えて言語を絶していることを非安立諦という。

明恵が六因義覚房の説明に付した「かやうに安立して心をゆかしのぶることは、一々にその謂はれあり」[7]という文脈の「安立」なら、この『佛教語大辞典』の釈義で過不足ない。義覚が詠んだ「かすか」で不思議な歌境、いわば「言語を絶している」その真義を、義覚が自らの「ことば」で「仮に差別して表わ」した営為が「安立」である。平野の注解と訳語とも大きな矛盾はない。要は「真如」という仏教語の比重の捉え方の問題であろう。明恵と義覚と、親しい同輩の仏者が、和歌をめぐって交わした会話である。「安立」も「真如」も彼らの日常仏教語として、俗人の語彙感覚とは異なる拡がりやこなれた用法を持つはずだ。

注意すべきことは、むしろその先にある。ここに「安立諦」を比定することは、歌学史的な意味をも持つと考えられるからである。それは、明恵の歌道を特立して評価した『為兼卿和歌抄』[8]が「相応」という唯識の概念を重ねて援用し、その歌論を展開することとの聯繫である。

凡（そ）一切のこと成就するには、相応をさきとし候なればにや。（中略、伊勢太神宮・八幡・賀茂以下、和国に垂迹した諸神、仏・菩薩、権者、代々の聖主が皆和歌を詠むことを指摘し、最後に東大寺供養に訪れた婆羅門僧正と行基の邂逅と和歌の贈答を掲出して）…とよみ給ふも、和国に来《きた》れば相応の詞をさきとして和哥をよめり。すべて和国は神国なるゆへに、神明はことに和哥をもてのみ、おほくは心ざしをもあらはし給《たまふ》も、相応のゆへと申《まうす》にこそ。されぱみちをもまもり、あらたなる事も先規おほく侍《はべる》るにや。大方、物にふれて、こと〻心と相応したるあはひを能々心えんこと、必（ズ）草木鳥獣ばかりに限《かぎる》べからざるゆへに、よろづの道の邪正〔これに〕志《こころざす》とはいへるにこそ。

（下略、『為兼卿和歌抄』）

『佛教語大辞典』は「安立諦」の説明で『沙石集』の他に『瑜伽師地論』巻六四にも用例があると指示していた。「相応」は「瑜伽」の訳語でもある。『織田佛教大辞典』は「瑜伽」の項に「相応に五義あり、一に境と相応す、二に行と相応す、三に理と相応す、四に果と相応す、五に機と相応す」。「顕宗には多く理相応の義を取る、瑜伽唯識の瑜伽是なり。密教には行相応の義を取る、瑜伽三密の瑜伽是なり」と説明して、次の例を提示する。

述曰。言二瑜伽一者名為二相応一。此有二五義一故不二別翻一。一与レ境相応。不レ違二一切ノ法自性一故。二与レ行相応。謂二定恵等ノ行相応一也。三与レ理相応。安ト非安立トノ二諦ノ理也。四与レ果相応。能得二無上菩提ノ果一也。五得レ果既円。利レ生救レ物赴レ機応レ感。薬病相応。此言二フハ瑜伽一。法相応ノ称ナリ。取二与レ理相応一。多説ハ唯以二禅定一為二相応一。

（『成唯識論述記』巻第二、大正蔵二七二頁下を参照）

傍線を引いた「三に理と相応す。安（＝安立）と非安立との二諦の理なり」という第三義の記述に注目したい。このように「瑜伽唯識の瑜伽」として、「相応」と「安立」とが一体的に接触する場があった。唯識を学び、「相応」の概念に執着した為兼が、愛読する「明恵上人の遺心和哥集」の「安立」に目を留め、「相応」と結びつけて考えることは、およそ自然なことである。

そこには、もう一つ興味深い連関がある。山田昭全は、明恵が『華厳唯心義』を著述して「唯心縁起」を考究したことを取り上げ、それが思想に留まらず「唯心縁起の体現に努力していた事実」を指摘して、「彼の和歌における「心」の重視も理解されてこよう。それは万法は一心より生起するとする華厳の立場の反映としなくてはならない」と論じている（前掲論文）。それは、「唯識」を信奉した為兼の歌道と重なっている。為兼の歌論もまた「ただ一つ「心」の絶対尊重、「心のおこるに随而、ほしきまゝに云出」す態度の尊重であり、他の諸論は皆この「心」尊重の本義の正当化と権威づけのために総動員された、方便にすぎない」（岩佐美代子『京極派歌人の研究』、本書第二章参照）からである。

安立、相応、唯心（唯識）というキーワードは、かくして為兼と明恵とを深く結びつけているのである。

三　「安立」が導く阿字観と和歌の関係

しかし、平野が和歌に関する用例を挙げないように、『新編国歌大観』などで検索しても、『明恵上人歌集』以外に、適切な「安立」の使用を見出すことはむずかしい。そこで、次の新資料に所見する「安立」の用例に注目したい。

サレハ生ヲ受テ、最初阿*ト泣出。自其以来、喜シキ事アレハ、其マヽ阿*ヽト咲ヒ、哀キ事アレハ、其マヽ阿*ヽト歎ク。惜キ物ヲモ阿ヽト惜ミ、ホシキ物ヲモ阿阿*トトム。何事ニ付カ阿*ト不レ云ハ。是法性具徳ノ自然道理ノ種子ナレハ、善悪ノ法器界、国土山河大地惣躰ノ能生ナリ。又風樹林ヲ吹、波砂石打、鳥ノ呵阿**、雀ノシウシウ、何物カ最初ニ不レ唱阿一。カヽル不思議ノ真言本目(自の誤写カ)成就シタリケリト、深ク致シテ信心ヲ観スルヲ、本不生トハ申也。

又云ハ、其躰ヲ、阿*ト者土也。地大故。然ニ見ニ我身ヲ、土ナル事決定セリ。他身モ又尓ナリ。乃至畜類草木等シ(モの誤写カ)如レ是一。又衣服食物是ヲ能々案シ見ニ、土カ土ヲキテ、土カ土ヲ食シテ、土ニ住ス也。

又イトヲシキモ悪モ土ヽト也。如レ是安二立ヲ云観字一ト也。住ヲ此観二云如実、知二自心一云浄菩提心一也。

但初心ニシテハ、其故ヲ不レ可レ問、不レ可レ尋一。只一心ニ阿ヽト可レ唱。是自然道理ノ三摩地也。

此レ覚鑁ノ作

覚悟人辞世

土ワ土火ワ火ニカヘルコトソトワ思ヒシコトヨスワサレハコソ

イツクヨリイツクヘトヲル人ナレハコノ世ヲカリノ宿ト云ラン

思フヘキ我カ後ノ世ワアルカナキカナケレハコソワ此世ニワスメ

見ル時ワ影モカタチモアラハレテ鏡ノ後ハモトノ道源

夢宗ノ哥

円クテモマロカルヘキハ心哉カトノアルニワ物ノ、カヽルニ

天明返哥

マロカレト思フ心ノカトニコソ万ノ物ワカヽリヤスケレ

（随心院蔵『阿字観広略 檜尾口決／覚鑁阿字観』＊を付した「阿*」「呵*」は原文梵字。句読点等は私意）(9)

この『阿字観広略　檜尾口決／覚鑁阿字観』は室町期写本で、阿字観修養のためのいくつかの代表的な阿字観の口伝を収集して載せたものである。そしてそれが「阿字観成就之暁之詠」など、歌詠と併せて編集されているところに特徴がある。たとえば、右に引いた一連の記述は、勝覚の『阿字観次第』を抜書した部分だが、傍線部相当の記述と六首の和歌は『阿字観次第』にはない。随心院本『阿字観広略　檜尾口決／覚鑁阿字観』本文の末尾に付された、独自の記述である。当該の釈文を示しておこう。

> またその体を云はば、阿とは土なり。地大きなる故に。しかるに我身に見るに、土なること決定せり。他身もまたしかなり。乃至畜類草木等もかくのごとし。また衣服食物これをよくよく案じ見るに、土が土をきて、土が土を食して、土に住するなり。また、いとをしきも悪《にく》きも土々となり。かくのごとく安立するを観字と云ふなり。この観に住するを如実と云ひ、自心を知るを浄菩提心と云ふなり。但し初心にしては、その故を問ふべからず、尋ぬべからず。ただ一心に「阿々」と唱ふべし。これ自然道理の三摩地なり。　これ覚鑁の作。
>
> 覚悟人の辞世
>
> 土は土火は火にかへることぞとは思ひしことよすはさればこそ
>
> いづくよりいづくへ通る人なればこの世をかりの宿と云ふらん
>
> 思ふべき我が後の世はあるかなきかなければこそはこの世にはすめ
>
> 見る時は影もかたちもあらはれて鏡の後はもとの道源
>
> 夢宗の哥
>
> 円くてもまろかるべきは心かなかどのあるには物のかかるに
>
> 天明返哥

まろかれと思ふ心のかどにこそ万の物はかかりやすけれ

この独自箇所は、勝覚『阿字観次第』の阿字本不生論を承け、「その体」を説示して、境地を詠んだ和歌を例証する。ここにいう「安立」は、阿字観の根本である「阿字」を「阿とは土なり」と捉え、一切を「土」字と観じていくことを指す。その結果、人の衣食住の営みが「これをよくよく案じ見るに、土が土をきて、土が土を食して、土に住するなり」という、意表をついた見立てや喩えとして捉えられる。まさに「言語を絶している真如を仮にことばで差別して表わすこと」という安立諦の典型例である。より重要なことは、そのように把捉した観法の境地が、和歌に詠まれて示されていることである。「安立」は歌詠と連続している。この流れは、明恵歌集の「安立」を考える上で示唆的である。

四　『遣心和歌集』の「安立」再読——阿字観との関わり

義覚は、不可思議な二九番歌について、逐次「安立」して説明を施す。すなわち、初句「おもひいづ」は「月の出づる」こと。第二句「ころものすそ」は「雲のひま（＝すきま）」、第三句「かきはれて」はそのままで、第四句「色にあらはる」は、「月のかたち」が見えてくること。結句の「恋のかげ」は、恋しい月の光を見たことを詠嘆して詠んだと、その譬喩的詠歌の主題・境地と時間を説明していた。このような時空を招いた、全体の状況については、明恵自身が記している。

承元三年七月十六日ノ夜《ヨ》、深雨ノ即時ニ空《ソラ》イマダハレザルアヒダ、高尾ノ住房ニシテ両三ノ同輩トモニ

クモル空《ソラ》ニ月ヲシノブトイフコトヲヨミシ時

イデヌラム月ノユカリトオモフニハクモル空《ソラ》ニモアクガレゾスル　（二五番）

秋ノ夜モイマイクバクノ月カゲヲイトウラメシクヲシム雲カナ　（二六番）

承元三年（一二〇九）、八月ならぬ七月、望月を一日過ぎた十六夜《いざよい》は、激しい雨が降ったあとで、空はいまだ晴れない。明恵と二三人の同輩は、高尾の住房で、曇る空を眺めながら、静かに月の出を待ち、和歌を詠む。この明恵歌を承け、二七〜九番の義覚の和歌が誌されて、次の一連へと続いていく。

人々モロトモニ雲《クモ》マヨリイヅル月ヲマツニ、サ夜《ヨ》フケヌレドモハレモヤラズ。人々ネイリガタニノキノ松ノコズヘ《（エ）》ノホドハレアガリテ、月ノ光《（ヒカ）》リ草《（ホ）》ノイヲリニサシイルニ、モロトモニ見《ミ》ムトテヒキオコセドモ、ナサケナキホドニオクルコトナケレバ、イト〳〵ウラメシクテ、ネイル人ノコソデノタモトニカキテツケ侍《（ハム）》ベル

チトセフルコ松《マツ》ナラネドヒキカネツフカクネイレルキミガタモトヲ　（三〇番）

ネイリヌルキミヲ《（オ）》バイカニウラムラムコズヘ《（エ）》ニイヅル秋ノ夜ノ月　（三一番）

深更まで晴れやらぬ空に、同輩は待ち焦がれて寝てしまい、「月の光、草の庵に差し入る」風情に気付かない。一緒に見ようと起こしても、「情けなきほどに」眠りこけ、目覚める気配もないていたらく。明恵が感じたじれったさ（「いとゞいとうらめしくて」）と、寝入る人の小袖に和歌を書き付ける趣向と茶目っ気を、詞書は巧みに描く。なるほどたしかに「これら」の「歌」は、「仏法に直接関係のない内容を詠んだ歌」（平野前掲論文）のようにも見

える。だが『遣心和歌集』の文脈は、月を偲びつつ待ち、義覚詠はまさに、雨上がりから雲が晴れゆく時の推移を観じている。そして、「松の」「梢にいづる」秋の月を見出した明恵の感動詠があり、続いて、心を月に見立てる贈答歌へと転じていく。そのことに留意しよう。

　　上見房行弁ト申《マウ》ス人ヨミテツカハセル
ナサケアル人ノコヽロハキヨタキノ水《ミツ》ニウツレル月カトゾ見《ミ》ル　（三二番）
　返《（カヘシ）》
キヨタキニウツロフ月《ツキ》モコヽロアルキミニ見《ミ》ヘ《（エ）》テゾカゲモスヾシキ　（三三番）

山田昭全は前掲論文で、明恵と和歌との関係に内在する仏教的修行性を強調し、明恵に於ける「己れの心が対象に向かい、対象と一つに融け合う」境地に言及していた。そして山田は、明恵『華厳仏光三昧観冥感伝』の一節を引いて、次のように述べている。

> 人事を避け、深山や海辺の閑寂境に松風や朗月を友として、ひとり修行にはげんでいるとき、彼はふと歌心を催すこともあったはずだ。そうしたときに、見聞する月や松風は、おそらく常人のそれと異なるものであった。彼は自性清浄なる心識をもって月を照らし、松風に和したに相違ない。すなわち「一切は心に従って転ず」という唯心縁起の理法が和歌においても実践された結果、あの「安立」や「心ゆく」が生まれたものであろうと考える。（前掲論文）

含意深い記述であるが、論じてここに至れば、もう一歩踏み込んで、より明確な仏教的意義を見出すべきであろう。というのは、月の観想と義覚の「安立」、そして心を水に映る月になぞらえる和歌を続ける流れは、もはやほとんど月輪観に他ならないからだ。あながちの引き当てや連想ではない。阿字観の修養の中には、月輪観が含まれる。

> 初めは目を半眼に開いたまま眼前に本尊の月輪《がちりん》を念じ、暫くたつてから徐ろに目を軽く閉じて念じ、また再び徐ろに目を開いて念ずるというふうに、開目、閉目の月輪観《がちりんかん》をいくたびか反復してもよろしいのであります。
> 次に本尊の月輪を自身の胸中に念じ入れて、それを自己の心月とたがいに融合して一体となつた不二の月輪を念ずる。
> 次に自身の胸中に念ずるところの心月を漸次に大きくしてこれを十方無辺の全世界にまでひろげる。そのとき朗らかな光明のほかには月のまどかな形もなく、また念ずる自心もなく、月輪と自心と宇宙とが全く一つになつて、ただ明朗な光明世界になりきるのであります。
> （中井龍瑞『密教の一字禅』「月輪観」高野山出版社、一九六八年再版）

随心院本『阿字観広略 檜尾口決／覚鑁阿字観』に引く、実恵『阿字観広略』相当部でもそのことは叙述されている。表記を和解して引用しておく。

> 先ヅ能詮ノ字ヲ観ズ。次ニ所詮ノ理ヲ思フベシ。能詮ノ字トハ、自身ノ胸中ニ月輪有リ。秋ノ夜ノ晴レタルガ如シ。其ノ中ニ阿字有リ。阿字ハ月輪ノ種字、月輪ハ阿字ノ光也。月輪ト阿字ト全ク一也。胸中ニ之ヲ

観ジ、自身即チ阿字ト成ル。阿字ハ即チ自身也。是クノ如ク心境不二ニシテ、縁慮亡絶ス。月輪自性清浄ナルガ故ニ、能ク貪欲ノ垢ヲ離ル。月輪清涼ナルガ故ニ、瞋恚ノ熱ヲ去ル。月輪光明ノ故ニ、愚癡ノ闇ヲ照ス。此クノ如ク、王毒自然ニ清浄ニ離散ス。

月輪観とは、秋の晴れた夜の空に浮かぶ月を観ずるようなものだという。中井龍瑞の前掲書（『道詠抄』）を参照すれば、阿字観修養の境地を詠み、雲が晴れた月が出づる光景を描写した、次のような和歌が掲出されている。

心月輪の心を
くらき夜のまよひの雲のはれぬればしづかにすめる月を見るかな　（『新後撰集』六五四番・行尊）
五相成身の通達心のこころをよめる
雲霧もへだつるかたぞなかりける心はれぬるそらの月影　（『続門葉集』九二七番・禅恵）

こうした和歌の境地が、『遣心和歌集』歌群の「安立」と共通するのは、もはや偶然ではないだろう。

五　阿字観と『古今和歌集』

そこで論じてみたいのは、中世人の歌詠と阿字観との密接な関わりである。このことを『阿字観広略　檜尾口決／覚鑁阿字観』に於ける勝覚の『阿字観次第』相当箇所を読みながら考えてみよう。再掲になるので『阿字観次第』を参照して釈文のかたちで引用する。

されば生を受けて、最初「阿」と泣き出だす。それより以来、喜ばしき事あれば、そのまま「阿阿」と咲《わら》ひ、哀《かな》しき事あれば、そのまま「阿阿」と歎く。惜しき物をも「阿阿」と惜しみ、ほしき物をも「阿阿」と求《と》む。何事に付けてか「阿」と云はざる。これ、法性具徳の自然、道理の種子なれば、善悪の諸法器界、国土山河、大地惣体の能生なり。また風、樹林を吹き、波、砂石を打ち、鳥の「呵阿」、雀の「しうしう」、何物か最初に「阿」と唱へざる。かかる不思議の真言、本より成就したりけりと、深く信心を致して観ずるを本不生とは申すなり。（中略）ただし初心にしては、その故を問ふべからず、尋ぬべからず。ただ一心に「阿々」と唱ふべし。これ自然道理の三摩地なり。　これ覚鑁の作

これは、勝覚『阿字観次第』をほぼそのまま抜き出した部分である。それはまた覚鑁の『阿字観儀』に受け継がれる。(10)『阿字観広略 檜尾口決／覚鑁阿字観』が右の引用を覚鑁作として傍線部のように注記し、外題にも反映しているのはそのためだ。

右記述の理解を助けるために、「阿息観」という、阿字観の最初の観行の作法について述べた文章を参照しておこう。

およそ口を開けば、最初に自然に出る声は阿の声であるから本初の声といわれ、あらゆる音声の発する根本であるから衆声の母ともよばれております。

阿息観《あそくかん》というのは、正座して息を調え心をしずめて、出る息、入る息とともにこの本初の声を余念なく念誦することであります。出る息、入る息と共に阿阿ととなえて、そのとなえる阿の声を余念なく念ずることであります。

出る息、入る息は、そのまま命息すなわち生命の息であり、その本源にさかのぼれば、生きとし生けるもの、ありとあらゆるものの根本である天地宇宙の永遠の生命であり、密教の言葉でいえば、阿字第一命であり、三世常住の大日如来であります。そして阿字は大日如来の一字の真言であります。

それゆえに、阿息観においては、出る息、入る息がそのまま、いのちの息であると同時に、三世生きどうしの、みほとけの尊いおんいのちであるとおもうて、阿の声を念誦するのであります。

（中井龍瑞『密教の一字禅』「阿息観」高野山出版社、一九六九年）

『阿字観次第』相当の先引部は、阿字観の根幹をなす「阿」という音の原義を述べているところである。しかしいくどか読んでみると、言うところは、いつしか和歌の原論と類比的に重なっていく。本居宣長の論説が参考になる。

…詞《ことば》のほどよくととのひ、文《あや》ありてうたはるる物は、みな歌なり。（中略）人のみにもあらず、禽獣《きんじう》にいたるまで、有情《うじやう》のものはみなその声に歌あるなり。『古今集』の序に、

花になく鶯《うぐひす》、水にすむ蛙《かはづ》の声をきけば、生きとし生ける物、いづれか歌をよまざりける。

といへるを見るべし。鳥虫なども、その鳴く声のほどよくととのひておのづから文《あや》あるは、みな歌なり。しかるを鶯蛙の歌とて三十一字の歌を伝へたるは、『古今』の序の詞によりて、好事《かうず》の者の作りたるなり。禽獣はいかでか人の歌をよむことあらん。鶯は鶯、蛙は蛙、おのがじし鳴く声の文あるを、それが歌とはいふなり。さればこの世に生きとし生ける物は、みなおのおのその歌あるなり。

ある説に云はく、「歌は、天地《あめつち》のひらけし始めより万《よろづ》の物におのづからその理《ことわ》りそなはりて、風の音・水の

響《ひび》きにいたるまで、ことごとく声あるものはみな歌なり」といへるは、事の心を深く考へて、歌の心ばへを広くいへるに似たれども、かへりて浅き説なり。（中略）歌は物のあはれを知るより出で来るものなり。……（『古今』序の）「心に思ふこと」といふも、またすなはち物のあはれを知る心なり。（中略）なほくはしくいはば、「物に感ずる」がすなはち物のあはれを知るなり。（中略）さて「阿波礼《あはれ》」といふは、深く心に感ずる辞《ことば》なり。……「阿波礼《あはれ》」はもと歎息の辞にて、何ごとにても心に深く思ふことをいひて、上《かみ》にても下《しも》にても歎ずる詞なり。「阿那《あな》」といひ「阿夜《あや》」といふと同じたぐひなり。（『石上私淑言』巻一、日本古典集成）

前半を少し長めに引いたのは、文脈の確認とともに、本書の第二章と関わる内容であるためだ。相互に参照を乞いたい。

さてここは、「もののあはれ」論が展開されるところである。宣長によれば「あはれ」とは、深く心に感ずること、思うことを表現する嘆息であって、「あな」とか「あや」、さらにいえば「ああ」というのと同じことだ。「すべて「阿那」「阿夜」「阿々」など、みな歎ずる詞なり」（『石上私淑言』巻一）。つまりそれは、前述した阿字観の「喜ばしき事あれば、そのまま「阿阿」と咲《わら》ひ、哀《かな》しき事あれば、そのまま「阿阿」と歎く」と全く同じである。宣長はおくびにも出さないが、「もののあはれ」論と阿字観との距離は、ことのほか近いのである。

ただし宣長は、そのような文脈の中で語られる「歌」の意義を、野放図に拡大することには反対であった。傍線を引いたように、「ことごとく声あるものはみな歌なり」などという主張を述べる「ある説」に対しては、「歌は情より出づるものなれば、非情の物に歌あるべき理りなし」。「かかれば風の音・水の響きはいかでか歌といはむ」と否定している（『石上私淑言』巻一）。

宣長はどうやら、中世的な『古今和歌集』注釈の理解を念頭に置いて語っている。「歌の心ばへを広くいへる」

という文言は、本書第二章で「兼好鈔」をめぐって確認した、中世古今注の言説を彷彿とさせる。『日本古典集成　本居宣長集』の頭注で日野龍夫が指摘するように、「ある説」に「似た説は、たとえば『古今和歌集序聞書三流抄』に、「一切の生類はこれ五行（木火土金水）を以て体とす。かの声は五行の響きなり。歌の五句は五行なり。ゆえに生類の声を歌とす。…五行を具足すること有情のみにあらず。草木塵沙、みな五行具足の体詞なり。…春の林の東風に動き、秋の虫の北露に啼くも、みなこれ歌と見えたり。…されば有情非情ともにその声みな歌と見えたり」などとある」。この『三流抄』のような記述なら、よりいっそう阿字観書に接近する。中世の阿字観書と、和歌の根本義となった『古今和歌集』序の中世的理解とは、明確に連絡がある。『為兼卿和歌抄』もよく似たことを綴っている。

されば和漢の字により候《さうらひ》て、からの哥・やまとの哥とは申《まうし》候へども、うちに動《うごく》心をほかにあらはして、紙にかき候事は、さらにかはるところなく候にや。文と申《まうし》候もひとつことばに候よしは、弘法大師の御旨趣にも、委《くはしくみえ》見て候にこそ。境に随《したがひ》て、をこる心を声にいだし候事は、花になく鶯、水にすむかはづ、すべて一切生類みなおなじことに候へば、「いきとしいけるもの、いづれか哥をよまざりける」ともいひ、乃至《ないし》草木を風吹《ふき》て枝をならすも「柯は哥也」とて、それまでも哥なるよし樸揚大師も尺せられて候とかや。(11)

では、このような和歌観は、どこへ帰着しようとするのだろうか。たとえば『沙石集』は、和歌陀羅尼観を説く文脈で、仏法の要諦を覚る手だてとして和歌を捉え、密教の阿字観に通じる論理で説明していた。(12)

和歌ノ一道ヲ思《おもひ》ヒトク〔ニ〕、散乱《さんらん》麁動《そどう》ノ心ヲヤメ、寂然《じやくねん》静閑《じやうかん》ナル徳アリ。又言葉《ことば》ス〔ク〕ナクシテ、心ヲフクメリ。惣持《そうぢ》ノ義アルベシ。惣持ト云《いふ》ハ、即陀羅尼《すなはちだらに》ナリ。我朝《わが》ノ神ハ、仏菩薩ノ垂迹《すゐしやく》、応身《おうじん》〔ノ〕随一ナリ。素盞雄尊《すさのをの》、スデニ「出雲《いづも》八重ガキ」ノ、三十一字《みそひとじ》ノ詠ヲ始メ給ヘリ。仏《ぶつ》ノ言葉ニコトナルベカラズ。天竺ノ陀羅尼モ、只、ソノ国ノ人ノ言葉ナリ。仏コレヲモテ、陀羅尼ヲ説キ給ヘリ。此（の）故ニ、一行《いちぎやう》禅師ノ大日経疏《しよ》ニモ、随方《ずゐはう》ノコトバ、皆陀羅尼」ト云ヘリ。仏モシ我国《わが》ニ出《いで》デ給ハバ、只和国《わこく》ノ詞以《ことばも》テ陀羅尼トシ給《たまふ》ベシ。惣持本《もと》文字ナシ。文字惣持ヲアラハス。何《いづれ》ノ国ノ文字カ、惣持ヲアラハス徳ナカラム。況《いはんや》高野ノ大師《だいし》モ、「五大《ごだい》ミナ響アリ。六塵悉ク文字也《ナリ》」ト、ノ給ヘリ。五音《いん》ヲ出《いで》タル音《いん》ナシ。阿《あ》字ハナレタル詞《ことば》ナシ。阿字即チ、密教ノ眞言ノ根本也《こんぽんナリ》。

（巻五本・一二「和歌ノ道フカキ理アル事」）

それはひとり『沙石集』に限るものではなかった。類例を求めれば、やはり中世古今集注釈書の言説に逢着する。

混沌ハ一心ノ本源タルコト…（中略）禅宗ニハ教外本分ノ心ト云也。達磨大子ノ云、三界混沌同帰一心、前仏後仏以不文字ト云ヘリ。蜜宗ニハ、是ヲ、本不生阿字ノ心源ト云リ。大日経ニハ、諸法本不生不可得ト説リ。此阿字ノ一心ハ、三界諸法能生ノ本源ナルカ故、不可得ト云也。真言ノ行法混沌ノ借ト云ハ阿字ノ帰ニ本源一ニノ義ナリ。次ニ、念仏宗ニハ、混沌ノ阿字ヲ弥陀ノ名号トシテ是万経ヲ摂ス。

（神宮文庫本『古今秘歌集阿古根伝』『室町ごころ』所収）

『沙石集』は、その文脈の中に、「朗月」と「煩悩ノ雲」の譬喩を織り込んでいる。

一心ヲウル始ノアサキ方便、和歌ニシクハナシ。コレヲ案《あんず》レバ、世務《せいむ》ヲウスクシ、コレヲ詠《えいずれ》バ、名利ヲワスル。事ニフル、観念、折ニシタガウ《（フ）》修行、ス、ミヤスク、難レシ忘。飛花《ひくわ》ヲミテハ、無常ノ風ノイトヰ《（ヒ）》ガタキ事ヲシリ、朗月《らうげつ》ニノゾ〔ム〕デハ、煩悩ノ雲ノヲ、《（オホ）》ヒヤスキ事ヲ可レし弁ふ。仏法ノ中ニモ、実《まこと》ノ悟ヲエザル程ハ、情量ツキズ、念慮ヤマズ。然《しかれ》バマヅ有相ノ方便ニヨリテ、ツイ《（ヒ）》ニ無相ノ実理ニ入ル。コレ諸教ノ大意、諸宗ノ軌則ナリ。禅門ニ公案ヲアタエ《（ヘ）》、密宗ニ阿《あ》字ヲ観ズル、此（の）意ナリ。（中略）阿字ト云《いふ》ハ、本不生《ほんぶしやう》ノ義ナリ。文字ヲツタフルニハアラズ。只心不生ナル〔是阿字也。密宗ノ大意是《これ》ニアリ。誠ニ心地《しんぢ》ニ染汙《ぜんう》ナク分別ナクハ、阿字ヲ心得〕ベシ。〔一念不生ノ心即〕阿字ナリ。此故ニアサキ方便ヲトリヨリニセムトテ、和歌ヲス丶メ申《まうし》ケルニヤ。

（『沙石集』巻五末・九「哀傷歌ノ事」）

そして『沙石集』は「阿字観」を説き、「和歌」の勧めへと論をまとめる。こうした符合は着眼に値する。関連する問題も大きい。本書第八章に於いて、角度を変えて考察を進めたい。

六　阿字観と明恵

最後に、「安立」の追跡で浮かび上がってきた、明恵と阿字観の関係を確認しておこう。まずは『徒然草』の一節が想起される。

栂尾《とがのを》の上人、道を過ぎ給ひけるに、河にて馬洗ふをのこ、「あしあし」と言ひければ、上人立ちとまりて、「あなたふとや。宿執開発《しゆくしふかいほつ》の人かな。阿字《あじ》阿字と唱ふるぞや。如何なる人の御馬ぞ。あまりにたふとく覚ゆるは」と尋ね給ひければ、「府生殿《ふしやうどの》の御馬に候《さうらふ》」と答へけり。「こはめでたきことかな。阿字本不生《ほんふしやう》にこそあ

なれ。うれしき結縁《けちえん》をもしつるかな」とて、感涙《かんるい》を拭《のご》はれけるとぞ。　（『徒然草』一四四段）

この記述をめぐって、鈴木佐内に「『徒然草』の明恵逸話と阿字観」（『和洋国文研究』三五号、二〇〇〇年）という詳細な論述がある。阿字観の本義についての分析など、注目すべきことを多く含むものであるが、ここでは、明恵の『阿字観』の存在についての考察を参照する。

明恵の阿字観書として伝えられるものに、「夫菩提心者即阿字観也。阿字観者本不生理也」と始まる「栂尾上人記」『阿字観』がある。『阿字観秘決集』（明治四十五年刊、雷密雲編）にも収載され、相応の流布をみたものである。ただしその内容は、覚鑁作とも伝えられており、明恵の実説を見定めるためには、なお多くの調査と検討が必要である。(13) そこで鈴木は、同上論文に於いて、明恵周辺の阿字観をめぐる環境や、さまざまなテクストを掘り起こす。就中、明恵が病床に臥して聖教に向かえず、閑居して心を見つめ、思いを廻らしたという明恵伝の一節は、特に注目に値する。

…案シマワス時ハ、少クモクモリナク心ニ浮フ、苦クワヒシケレハ、ア丶ト云ヒウ丶トウメクヲモ、ヨソニ人ノ聞クトコロニハ、但コソアメキウメクト思フラメトモ、アメク心ノ内ニ、阿字本初不生大菩提心ノ本尊ノ瑜迦ニ住シ、ウメクコトハノ下ニ、吽字因業不可得ナレハ、虚妄ノ業因漸ク損滅ス…

（『高山寺明恵上人行状』（仮名行状）。引用はいま鈴木に従う。『明恵上人資料第一（高山寺資料叢書　第一冊）』東京大学出版会参照）

鈴木論文は、この記述について、

また「最後御所労以後事」にも同様のことが見えている。これは既述の覚鑁の「阿字観」にも「死する時には、出る息によせて阿と観ずる也。」と言うように「阿字観」に相当するのである。

と指摘する。「ア、ト云ヒウ、トウメク」明恵の姿を、一方では阿字観的世界へ、そしてもう一方では「阿々」と嘆き、「あはれ」と「心ニ浮フ」、和歌の表出へとつなげて行く道筋を読み取ることも出来ようか。

もちろん、明恵の阿字観書追跡の継続と、その内容の確定も重要な問題だ。かつて調査に関わった随心院所蔵聖教にも、明恵と伝称する、阿字観関係言説の引用を見る。「心月輪」に冒頭で触れており、本章の考察と無縁ではない。参考までにその一節を忠実に翻刻して引用し、本章を閉じることにしたい。

阿字観〈故上人御房字輪観トテ／書給字義也〉
心月輪ノ中ニ有リ二阿*字一是一切諸法本不生ノ義
也本不生ト者即一切諸法不壊二セ其生相一ヲ皆
不生義也是ノ故ニ此凡界佛界依正二報皆
悉ク不生也不生ノ故ニ其躰虚假ノ故ニ内外
中間不立一セ生界佛界依正二報皆悉一如
真理也〈今故上人ト者明恵上人御事也／古物中ヨリ見出書寫之〉
祐潤記之(14)

（*を付した「阿*」は原文梵字）

注

(1) 引用は『新日本古典文学大系　中世和歌集　鎌倉篇』により、和歌文学大系を参照した。以下の歌群については、本文で引用した論文の他に、岩佐美代子「明恵上人と京極派和歌」(『仏教文学』八号、一九八四年)、奥田勲「明恵の和歌――規範と逸脱――」(『仏教文学講座』四、一九九五年)など参照。

(2) 『国語と国文学』一九七三年四月号初出、『山田昭全著作集第五巻　文覚・上覚・明恵』(おうふう、二〇一四年)に再収。

(3) 『日本文学』二〇〇四年六月号。引用は、同論を再収した平野多恵『明恵――和歌と仏教の相克――』(笠間書院、二〇一一年)の第I部第三章「心遣りの歌――『遣心和歌集』の撰集――」による。

(4) 平野には、明恵の歌集と和歌について、「明恵の和歌と思想――「深位ノ菩薩」としての詠歌――」(『国語と国文学』八一―一〇、二〇〇四年)、「明恵の自筆草稿を読む」(『和歌をひらく』二、二〇〇五年)他、多くの論考があり、同『明恵――和歌と仏教の相克――』(前掲注3所掲)に改稿・再収されている。

(5) 『沙石集』には「是故ニ嘉祥《カシヤウ》ノ云《いはく》、「二諦《ニタヒ》ハ唯是《タヾコレ》教門《ケウモン》也、不関境理」。天台《テンダヒ》ニハ、「教権《ケウごん》理実《リジツ》トテ、教門ハミナ方便《ハウベン》也」トノ給ヘリ。法相《ホツサウ》ニモ、「依詮《エセン》ト云《いふ》ハ、ミナ方便安立諦《ハウベンアンリウタイ》ト云《いひ》テ、真実ノ処ニ非《アラ》ズ、廃詮《ハイセン》コソ非安立諦《ひあんりふたい》トテ、心念ナク言説《ゴンゼツ》ヲタテズシテ、実ノ仏法」トミヘ《(エ)》タレ。サレバ何《いづれ》ノ宗《シウ》モ、言説《ゴンゼツ》ヲ立テ義理《ギリ》ヲ存《そん》ジテ、是非《ぜひ》分別ノ前ニハ、其(の)宗旨《シウシ》ニクラカルベシ。カノ山中ノ老僧《ラウソウ》ガ詞《コトバ》ハ、マメヤカニ仏意ニ叶《かなふ》ベキヲヤ。書ノ中ニハ、「智、師ニスグレテ、師トヒトシ」ト云ヘリ。此僧ノ智スグレテ、祖師ノ意ヲエタルニヤ」という用例もある(四四五頁)。

(6) この略した部分は『宗鏡録』との関係がある部分である。本書第三章でも触れ、第九章で詳しく論じている。

(7) 新日本古典文学大系は「述ブル」と文字を宛てるが、心をゆかし・(心を)のぶるという対と取り、たとえば「延ぶる」と文字をあて、「心を行かし延ぶる」と連語に理解するのが妥当であろうか。

(8) 明恵と為兼歌論の関係については、本書第二章、第六章など参照。

(9) この書の翻刻は、本論の旧稿「明恵と阿字観の周辺――「安立」の用例から――付・随心院蔵『阿字観広略檜尾口決／覚鑁阿字観』翻刻――」に掲載した。

(10) 北尾隆心『密教瞑想の研究――興教大師覚鑁の阿字観――』第一部第二章(東方出版、一九九六年)参照。

（11）『釈名』に遡源するこの説を、宣長は「かの「柯也」といふ説は、「歌」の字の義にもかなはず。牽強の説なり」と否定する（『石上私淑言』巻一）。

（12）以下の『沙石集』の記述については、本書第六章「和歌を詠む「心」」、第八章「沙石集と〈和歌陀羅尼〉説——文字超越と禅宗の衝撃——」に於いてそれぞれの視点で詳述した。

（13）鈴木前掲論文は、北尾隆心の研究を承けて、「栂尾上人記」とされる『阿字観』が、その識語の解釈により、覚鑁の阿字観書とも伝承されること、また本文としては、それが、北尾紹介の覚鑁『阿字観』「仁和寺甲本」に近いこと、さらにまた北尾が紹介する持明院本『阿字観　覚鑁作　明恵作』の存在に注意している。北尾によれば、持明院本（寛永十九年写）は、「覚鑁作『阿字観』と明恵作『阿字観』（内容は興教大師の①『阿字観頌』の後に「阿字の実義を説いて云わく」・「阿字観功能」・「恵心僧都の語に云わく」・「弘法大師御入定記の内に云わく」が加えられたもの）との合本」であるという（前掲注10『密教瞑想の研究——興教大師覚鑁の阿字観——』第一部第三章）。なお苫部地誠一『平安期真言密教の研究』（ノンブル、二〇〇八年）第二部・第二篇第五章「伝明恵房高弁作『阿字観』をめぐって」に詳論と当該『阿字観』の本文対照表が載る。

（14）随心院聖教、第二八函三六号『両界口伝〈理法隆永ノ口歟〉』裏見返しに記される。同書は江戸期写本、表紙に「安禅寺」の墨書、内題下に同朱印あり。本論の旧稿に翻刻したものを写真と再照合の上で提示した。なお山括弧は小書、「／」は改行を表す。

第八章　沙石集と〈和歌陀羅尼〉説

――文字超越と禅宗の衝撃

本論の前提――はじめにかえて

無住（一二二六～一三一二）によって著された『沙石集』は、これまで繰り返し言及してきた如く重要な文学史的意義を有し、中世・近世を通じて、よく読まれた説話集である。近代に於いては、その享受とともに研究もしかるべく積み重ねられ、はやく英訳もなされている。[1]二〇〇一年には、小島孝之による全訳注『新編日本古典文学全集52　沙石集』が出来した。近年は、無住の七百年遠忌として、長母寺開山無住和尚七百年遠諱記念論集刊行会編『無住　研究と資料』（あるむ、二〇一一年）も出版され、批判的精読の基礎は徐々に固められている。

『沙石集』は、弘安二年（一二七九）に起筆され、同六年にいったん完成。しかしその後も、無住は常に心に留めて改稿を続け、「最後の加筆は、八十三歳の徳治三年（一三〇八）に行われて」いる。まさに「無住の処女作」（以上、新編全集解説）にして畢生の書であった。そして近年、無住伝研究の進展とも相俟って、『沙石集』が内包する密教や神道を軸とした、宗教的言説の汎中世的な重要性に関心が及んでいる。[2]『沙石集』は、いまや説話集や文学という枠組みにとどまらない、きわめて今日的な中世テクストとなっているといっていいだろう。[3]本章では、そうした『沙石集』の思想史的環境に対象を定め、文学と宗教的言説の交錯点である〈和歌陀羅尼〉説を考察する。

和歌は、中世文化の中で、様々な宗教的言説が集中する磁場でもあった。その和歌がインドの陀羅尼と等値であるという〈和歌陀羅尼〉説には、「三国意識にもとづく和歌・和字観や神道・仏教による詩的言語の活性化」（小川豊生）が見られるとも指摘され、今日まで、多くの研究が積み重ねられている。本論では、近接する文学理論である狂言綺語観などにも関説しながら、まずは先行研究の分析を行う。その上で、禅宗の衝撃というファクターを新たに提出して、『沙石集』の和歌陀羅尼説に於ける、中世的文脈を明らかにすることを目途とする。

一　和歌陀羅尼説について

一・一　和歌陀羅尼説研究史概要

最初に、和歌陀羅尼という術語をめぐって、研究史の概観を行っておきたい。一般的に言えば、和歌陀羅尼説は、次のように要約され、説明される。(4)

和歌には仏教の陀羅尼と同等の効用があるとする和歌観。陀羅尼は梵語のまま読誦する一種の経文であり、「持」「総持」などと漢訳され、ことに密教においては害悪排除・利益誘導の呪文として日常盛んに読誦される。平安末から中世初期にかけて、本地垂迹思想の新たな展開にともない、この陀羅尼とわが国固有の和歌との習合がはかられた。すなわち、印度に生じた仏・菩薩とわが国固有の神明とが本地と垂迹の関係で結びつけられた結果、仏・菩薩が陀羅尼を嘉納するならば、これに対応してわが国の神明が嘉納したまうものは和語による和歌であるはずだとの二次的論理があみ出された。ここに和歌即陀羅尼の密教的和歌観が成立する。わが国の国語と国体についての自覚を高め、かつ密教僧であった慈円は、この和歌観の確立に少なからぬ役割を果たし、さらに無住は沙石集においてこの和歌観を発展させ、中世を通じて支配的和歌観となった。

（山田昭全「和歌陀羅尼観」『和歌大辞典』明治書院、一九八六年）

戦前の先駆的研究として、平泉澄『中世に於ける精神生活』（至文堂、一九二七年）の「五　宗教生活の過敏」の章に「古今集の宗教化」「和歌の宗教化」という論考がある。これを承け、和歌と宗教との関係という文脈で、阪口玄章『思想を中心としたる中世国文学の研究』（六文館、一九三二年）の第六章「中世の文学論（歌論）」に「狂言綺語と陀羅尼の文学観」が書かれ、中世における概要が示されている。

戦後の和歌研究の中で、和歌陀羅尼に関する問題を定位したのが、先のまとめを行った山田昭全である。山田は、「柿本人麿影供の成立と展開——仏教と文学の接触に視点を置いて——」（『大正大学研究紀要』五一輯、一九六六年）という論文を代表的なものとして、和歌陀羅尼、狂言綺語、柿本講式他について一連の研究を行い、研究の基盤を確立した。(5)

問題を和歌陀羅尼に絞って先鋭化させ、通史的にその全体像を示したのが、菊地仁「〈和歌陀羅尼〉攷」（初出は「和歌陀羅尼攷」『伝承文学研究』二八号、一九八三年一月）である。(6)菊地は、冒頭に「歌は仏のだらににて、これをよめは、ほさつの、御ないせうにかない、成仏とくだつの、ゐんとなるといへり」という御伽草子『神代小町』を引いて、以下のようにその輪郭を示す。

〈和歌陀羅尼〉とは、和歌がそのまま真言に化すという歌道仏道一如思想である。さきの『神代小町』に即して言えば、「これ（和歌）をよ（詠）」むことが「成仏とくだつ（得脱）の、ゑん（縁）」であって、和歌は詠みあげる行為でもって「仏のだらに（陀羅尼）」と通じあうことになる。このあたりには、『古来風躰抄』から『野守鏡』まで流れる韻律重視の和歌観が投影しているものと思われ、〈和歌陀羅尼〉を単なる〈狂言綺語〉観からの一発展としてのみ片付けることはできないようだ。[7]

その上で菊地は、「まずもって最初にとりあげるべきは、無住の『沙石集』であろう」、「この書にはいくつかの重要な事実が典型的に看取される」と述べて、『沙石集』の重要性を強調する。

一・二　現代的研究の諸相

いま観たように、かつては、主に和歌研究の視点を軸に和歌陀羅尼説が考察されてきた。それに対して現在では、より広く、密教や神道、また三国世界観などと和歌陀羅尼説の関連が広く説かれるに至っている。本章では、それらを可能な限り吸収して、第二節以下で論述を展開したい。

一・三　関連する言語観としての狂言綺語

一方、和歌陀羅尼説と深く関連し、類似した一面を有する言語理論として、本書でもすでに簡単に触れたように、白居易に由来する「狂言綺語」という認識が存在する。

…夫れ、狂簡斐然の文を以て支堤法宝の蔵に帰依すること意に於て云何《いかん》。我に本願有り。願はくは、今生の世俗文字の業・狂言綺語の過ちを以て、転じて将来世々讃仏乗の因・転法輪の縁と為さんことを。…

（白居易「香山寺白氏洛中集記」原漢文）(8)

白居易は、自著の『洛中集』を香山寺という寺院に納めるという、世俗と仏教の象徴的な交流と仏教的な転換を歌い、「狂言綺語」という魅力的な連語を提示した。後掲するように、この一節は、『梁塵秘抄』や『和漢朗詠集』に採られ、歌謡や朗詠としても著聞した。この言説を起点として、日本では、「狂言綺語観」とも呼ぶべき文学潮流が誕生する。その動向は、たとえば次のように説明される。

文学・芸能を仏教思想と両立させようとする文学ないしは芸能観。仏教から見れば、文学は道にはずれ偽わり飾った言葉の行為、すなわち狂言綺語であり、仏法の十悪の中に数えられる綺語・妄語の戒を犯すものである。そこで、文学にたずさわり詩文を捨てられぬ者として、仏徳を讃嘆し、仏説を弘通させる助けとなるような詩文を作り仏寺に納めて、来世への功徳を積もうとする考え方をいう。

（柳井滋「狂言綺語」『日本古典文学大辞典』岩波書店）

それは『沙石集』のような説話集にも、流行り文句のように席巻して、用いられ始める。

「香山寺白氏洛中集記」……は、すなわち白居易の狂言綺語観を吐露したもので、その思想の影響、あるいは「狂言綺語」という言葉の借用は、同時代の説話集に限って見ても、二年前の『十訓抄』序に先蹤があり、やがて『沙石集』序に繰り返され、成季の行為、『古今著聞集』の序跋が、自居易信奉に関して、ひとり際立った特徴を示すわけではない。三集それぞれに、狂言綺語を序跋で論じ、集中処々に白居易の名と作品をちりばめるのである。

（西村聡「無住の白居易」『白居易研究講座　第四巻　日本における受容（散文篇）』勉誠社、一九九四年）

中世に於ける「狂言綺語」には、白居易への理解を超えた思想的展開が観られる。たとえば『和漢朗詠集』永済注は、「願以今生世俗文字之業狂言綺語之誤、飜為当来世々讃仏乗之因転法輪之縁」という一節をこう釈す。

イフ心ハ、麁言軟語《ソコムナンコ》皆第一義ニ帰セムト願カヘルナリ。

（『和漢朗詠集古注釈集成』第三巻、大学堂書店）

この連なりは、つとに『梁塵秘抄』に詠まれている。

狂言綺語の誤《あやま》ちは、仏を讃むるを種として、麁《あら》き言葉も如何《いか》なるも、第一《（ち）》義《ぎ》とかに帰るなる

（『梁塵秘抄』巻二、二二二番）[9]

ここには顕著な「狂言綺語」の日本化がある。つまり「煩悩即菩提や、『涅槃経』に「麁言及軟語。皆帰第一義」と説かれる第一義、すなわち諸法実相の教義に融通させて、独特な」「形成」を遂げた「狂言綺語観」[10]が存するのである。『沙石集』序にも次のようにある。

夫《それ》麁《そ》言軟語《ごんなんご》ミナ第一義ニ帰シ、治生産業《ぢしやうさんごふ》シカシナガラ実相ニ背《そむか》ズ。然レバ狂言綺語ノアダナルタハブレヲ縁トシテ、仏乗《ぶつじよう》ノ妙《たへ》ナル道ニ入《いら》シメ、世間ノ賤キ事ヲ譬《タトヘ》トシテ、勝義《しようぎ》ノ深キ理《ことわり》ヲ知《しら》シメント思フ。

こうした様相については、専論として三角洋一「いわゆる狂言綺語観について」[11]が備わり、詳細に論じられる。その他にも、狂言綺語に関する研究は多く、問題は相応に深められているといえよう。[12]ただし、菊地がいうように、「〈和歌陀羅尼〉を単なる〈狂言綺語〉観からの一発展としてのみ片付けることはできない」。そのことはここで確認しておきたい。

二『沙石集』の和歌陀羅尼説

それでは、和歌陀羅尼観について重要な記述を有する、『沙石集』巻五本「（一二）和歌ノ道フカキ理アル事」の分析へと論を進めよう。長くなるが、論述の都合上、関連部分を引用し、一覧する。諸本を参看しつつも、本章では、先行研究との連関性にも鑑み、ひとまず梵舜本（旧日本古典文学大系）を分析本文とする。

和歌ノ一道ヲ思《おもひ》ヒトク〔三〕、散乱麁動《さんらんそどう》ノ心ヲヤメ、寂然静閑《じやくねんじやうかん》ナル徳アリ。又言葉《ことば》ス〔ク〕ナクシテ、心ヲフクメリ。惣持《そうぢ》ノ義アルベシ。惣持ト云《いふ》ハ、即陀羅尼《すなはちだらに》ナリ。我《わが》朝ノ神ハ、仏菩薩ノ垂迹《すゐしやく》、応身《おうじん》〔ノ〕随一ナリ。素戔雄《すさのをの》尊、スデニ「出雲《いづも》八重ガキ」ノ、三十一字《みそひとじ》ノ詠ヲ始メ給ヘリ。仏《ぶつ》ノ言葉ニコトナルベカラズ。天竺ノ陀羅尼モ、只、ソノ国ノ人ノ言葉ナリ。仏コレヲモテ、陀羅尼ヲ説キ給ヘリ。此の故ニ、一行《いちぎやう》禅師ノ大日経疏《しよ》ニモ、随方《ずゐはう》ノコトバ、皆陀羅尼」ト云ヘリ。仏モシ我《わが》国ニ出《いで》デ給ハバ、只和国《わこく》ノ詞以《ことばも》テ陀羅尼トシ給《たまふ》ベシ。惣持本《もと》文字ナシ。文字惣持ヲアラハス。何《いづれ》ノ国ノ文字カ、惣持ヲアラハス徳ナカラム。況《いはんや》高野ノ大師《だいし》モ、「五大《ごだい》ミナ響アリ。六塵悉ク文字也《なり》」ト、ノ給ヘリ。五音《いん》ヲ出《いで》タル音《いん》ナシ。阿《あ》字ハナレタル詞《ことば》ナシ。阿字即チ、密教ノ眞言ノ根本也《こんぽんなり》。サレバ経ニモ、「舌相言語《ぜつさうごんご》ミナ真言」ト云ヘリ。大日経ノ三十一品《みそひとぼん》モ、自《おのづか》ラ三十一字《みそひとじ》ニアタレリ。世間出世ノ道理ヲ、三十一字ノ中ニツヽミテ、仏菩薩ノ応《おう》モアリ、神明人類《にんるゐ》ノ感《かん》モアリ。彼の陀羅尼モ、天竺ノ世俗ノ言《ことば》ナレドモ、〔陀羅尼ニ〕モチヰテ、コレ〔ヲ〕タモテバ、滅罪ノ徳、抜苦《ばつく》ノ用《ゆう》アリ。日本《につほん》ノ和歌モ、ヨノツネノ詞ナレドモ、和歌ニモチヰテ思ヲノブレバ、必ず感アリ。マシテ仏法ノ心ヲフクメランハ、無くレ疑ひ陀羅尼ナルベシ。

天竺・漢土・和国、ソノ詞コトナレドモ、其の意通ジテ、其の益《やく》スデニ同《おなじき》ユ《（ヱ）》ヘニ、仏ノ教《をしへ》ヒロマリテ、其の義門ヲエテ、利益《りやく》ムナシカラズ。コトバニ定レルノリナシ。只心ヲエテ、思ヲノベバ、必ズ感応アルベシ。大聖《だいしやう》我《わが》国ニアラワ《（ハ）》レテ、スデニ和歌ヲ詠給《えいじ》フ。清水《きよみづ》ノ御詠《ごえい》ニモ、

タヾタノメシメヂガハラノサセモグサ我《われ》世の中ニアランカギリハ

トアリ。コレ必ず陀羅尼ナルベシ。不可疑。神明又多ク歌ヲ感ジテ、人ノノゾミヲ令メレ叶へ給ふ。旁《かたがた》和歌ノ徳、惣持《そうぢ》ノ義、陀羅尼ト一ニ心ウベシ。綺語《きぎよ》ノトガヲ論ゼバ、失《しつ》ハ人ノ〔染《ぜん》〕汙《を》ノ心ニアリ。聖教《しやうげう》トテモ、名聞《みやうもん》利養ニ用フル時ハ、皆魔業《まごふ》トナル。コレ人ノトガナリ。依りレ之に惣持ノ徳ヲ不レ可からレ失ふ。経ヲ読《よむ》〔モ〕ヲリアシキヲ、成論《じやうろん》ノ中ニハ、綺語トナルト云ヘリ。コレハ自《おのづから》此の理ヲ意得《こころえ》テ書置《かき》キ侍リ。ナドカコノイワ《（ハ）》レナカラン。且ハ経釈ノ文《もん》ニミエタリ。私《わたくし》ノ料簡《れうけん》ト思給《おもひたまふ》事ナカレ。

諸法実相也。色香《しきかう》中道ナリ。麁言軟語《そごんなんご》皆帰す二第一義一に。和歌ナンゾ必ズシモエラビステン。治生産業《ぢしやうさんごふ》悉ク実相〔ニ〕ソムカズ。何事カ法《ほふ》ノコトワリニカナワ《（ハ）》ザラン。ソノカミ或る山中ニ閑居シテ侍《はべり》シ時、鹿ノ鳴音《なくこゑ》ヲ聞《きき》テ、此の意ヲツラネ侍リキ。

聞《きく》ヤイカニツマコフ鹿ノ音《こゑ》マデモ
皆与実相不相違背《かいよじつさうふさうゐはい》ト

又真言ノ意ニハ、「法爾所起曼陀羅、随縁上下迷悟転」ト云《いひ》テ、万法ミナ曼陀羅《まんだら》ナリ。縁ニ随《したがひ》テ執《しふす》レバ迷

トナリ、通ズレバ悟ト成《ナル》。体性ハ天然ノ曼陀羅《まんだら》ナリ。此の意ヲ思ツヾケ侍リ。
ヲノヅカラヤケ野ニタテルス、キマデ曼陀羅トコソ人モイフナレ〈坂東ニ、焼野ノス、キヲ、マタラト云《いふ》ナリ〉
顕密ノ大乗ノ意ヲモテ、和歌〔ヲ〕料簡《れうけん》シテ、仏法ノ道理ヲ引《ひき》入レ侍リ。自由ノ邪推、冥《みやう》ノ知見ト云《いひ》、人ノアザケリト云《いひ》、カタ〴〵憚《ハヾカリ》アリト云ヘドモ、心ミニ如此カキ置キ侍リ。科《とが》アラバケヅリテ、後見《こうけん》モチイタマウ《(フ)》コトナカレ。若シ其のイワ《(ハ)》レアラバ、詞ヲソヘテ、タスケ給《たまふ》ベシ。
聖人《せいじん》ハ心ナシ。万物ノ心ヲ以テ心トシ、聖人〔ハ〕身ナシ。〔万〕物ノ身ヲモテ身トス。然《しかれ》バ聖人〔ハ〕言ナシ。万物〔ノ言ヲ〕モテ言トス。聖人ノ言、アニ〔法〕語ニアラザランヤ。若《も し》法語ナラバ、義理ヲフクムベシ。義理ヲフクマバ、惣持《そうぢ》ナルベシ。惣持ナラバ、即ち陀羅尼ナリ。此の心ヲモテ思《おもふ》ニ、神明仏陀ノ和歌ヲ用給《もちゐたまふ》事、必ズコレ真言ナルニコソ。

この『沙石集』の当該部分の意味については、菊地仁「〈和歌陀羅尼〉攷」の分析に大枠はほぼ示されている。

…『沙石集』全体を流れる神仏習合思潮はきわめて明白である。そのあたりの事情をも斟酌しつつ、〈和歌陀羅尼〉の特色を次の二点に集約したい。
そのひとつは、天竺・震旦・本朝という三国的世界観のなかに和歌表現を把握している点である。…こうした思考法それ自体は、早く慈円にも見受けられるもので、『拾玉集』二には「劫初在梵王劫末属釈尊、漢家者孔子我朝者神宮、三国之言音雖異片州之和字摂他者歟」とある。ここにみられる「三国言音説」「二諦一如観」は一種の神本仏迹思想であって、「陀羅尼」の文字もなく直接とは言いがたいが、慈円の存在はまぎれもなく無住の一先蹤になっていると言えよう。

特色のもうひとつは、慈円の介在からも推考されるように、密教思想がかなり影響している点である。たとえば、「高野ノ大師」（弘法大師空海）の『声字実相義』を引用し、真言密教の根本経典『大日経（大毘盧遮那成仏神変加持経）』に言及する。「舌相言語ミナ真言」の一句も、室町時代の願文集『長弁私案抄』に「大日経のふみには台相云□《ママ》皆是真言と説れたり」（「百万首和歌勧進帳草事」）とあるとおり、『大日経』四の「又秘密主乃至身分挙動住止。応知皆是密印。舌相所転衆多言説。応知皆是真言」を意識する表現とほぼ断言してよかろう。一方で『沙石集』は天台本覚思想とのかかわりも論じられている。さきの「麁言軟語皆帰二第一義一……治生産業悉ク実相ニソムカズ」も『沙石集』冒頭と一致することからも注目されるが、『渓嵐拾葉集』九には「真言教舌相語皆是真言云。天台麁言軟語第一義。只同事也」とあり、さきの「舌相言語ミナ真言」と対をなす台密の教義とされている。しかしながら、そのような違いも「あるいは治生産業、皆与実相、不相違背ともたんし、あるいは、麁言及耎語、皆帰第一義ともあかし、舌相言語、皆是真言、身相挙動、皆是密印ともとけり」（お伽草子『玉藻前物語』（赤木文庫蔵））と述べられるように、所詮は『大日経』とともに渾然一体としてしまう相対的なものにすぎない。いずれにしても『沙石集』には、天台・真言両宗からの反映が色濃く窺われることだけはまちがいない。

（菊地「〈和歌陀羅尼〉攷」）

さらに菊地は、如上の問題を黒田俊雄の「顕密体制」論に収斂していくのだが、この論文の初出執筆年代と現在の仏教史・日本思想史研究の状況は同一ではないので、いまその帰結には拘泥しない。(13) ここではいくつかの典拠関係に注意したい。

一つは、右に波線を引いた部分「高野ノ大師モ、「五大ミナ響アリ。六塵悉ク文字也」トノ給ヘリ」の典拠に、空海『声字実相義』（「五大皆有響、十界具言語、六塵悉文字、法身是実相」）があることだ（菊地論文参照）。もう一つの波線部「聖人ハ心ナシ…」云々であるが、古典大系頭注は『老子道徳経』四九章「聖人無常心、以百姓心為心」を典拠に挙げるが、実は『宗鏡録』(14)の「若離方言仏則無説。聖人無心。以万物心為心。聖人無身。亦以万物身為身。即知聖人無言。亦以万物言為言矣」（大正蔵五八三頁）に合致する。後者については、この『宗鏡録』の文言を梃子に、和歌陀羅尼説の総括がなされていることを見逃してはならない。

三　『沙石集』に先行する和歌陀羅尼説と意味——三国言語観をめぐって

三・一　小川豊生の研究——慈円の三国言語観とその周辺

この『沙石集』に前提する和歌陀羅尼説の淵源については、山田昭全や菊地仁が指摘するように、慈円（一一五五～一二二五）の次の様な言説が先駆的なものとされる。

劫初在㆓梵王㆒劫末属㆓釈尊㆒、漢家者孔子我朝者神宮、三国之言音雖㆓片州之和字㆒摂㆓他者㆒歟
（詠百首和歌、二一一五番～序）

それやまとことばといふはわが国のことわざとしてさかんなるものなり、五七五七七にていつつの句あり、五大五行を表するなるべし、真俗これをはなれたる物なし、真諦には五大をはなれたる物なし、仏身より非情草木にいたる、俗諦に又五行をはなれたる事なし、天地よりうみ山におよぶ、これによりておほやまとひたかみのくにはとよあしはらをうちはらひてひらけはじめしより、神神のおほんことばをつたへきたれる、このほかにさらにさきとする詞あるべからず、ただし印度漢朝のことばの文字またいるがせならずしてその

あとより仏のみちをもさとる事なれど、から国には梵字をもちゐることなし、孔子のをしへ作文のみちいみじけれど、やまとごとをはなれてそのこころをさとらず、いかなればこの国の人の漢字をしらずとてかろくおもへる、神の御代の神神、神宮皇后よりさきの十五代の君の御事を、いまだからの文字つたはりこざりしかばとておろかに申すべしやは、このことわりをおもふに、いささかもからの文字にうとしとてこの国のひとは歌のみちをつぎに思ふべからず、ただこの国国の風俗なり、さらに勝劣なかるべし、かぎりあれば真言の梵語こそ仏の御口より出でたることばなれば、仏道におもむかむ人は本意ともしるべけれ、漢字にも仮名つくるときは四十七言をいづることなければ、梵語はかへりてちかく、やまとことばにおなじといへり、土器といふ物あり、これをかはらけといふも、弓をば又たらしといふ、みなかやうの事あまたあり、天竺にいふ梵語とおなじとこそは申すめれ、わが国のことわざなれば、ただうたのみちにて仏道をもなりぬべし、又国をもをさめらるる事なり、此道理にまよひつつ、和歌といひつればあさか山のやまの井よりもあさく、夏の木ずゑのせみの衣よりもうすくおもへり、これはことわりにもそむきまことにもたがふ事にて侍るぞかし、これもし、ひが思ひにて侍らば、そのよしをつぶさにうけたまはらばや、そもそもめいろの山のさんのよもによつの国あり、其中には南瞻部州とて仏のいでたまふくになり、此州には天竺をはじめとしてさまざまの国おほかり、みなそのことばかはれるなるべし、仏この国ばかりに出でたまひて、すべて界内界外の浄土よりはじめて廿五有のありさまををしへたまふ、さればＡ心院の源信僧都もこれをとりなしつつかきおけるなるべし、…

（『拾玉集』五十首和歌、五七三三番〜序）

慈円は、和歌を基軸に、日本の「文字」（和字）と、印度・漢字の「文字」（梵字・漢字）との対比を強調している。しかし小川豊生は、さかのぼって『教長集』の次のような詞書に着目する。

極楽依正、功徳無量、算分喩兮非レ所レ知。今挙二十楽一而讃二浄土一、猶如三一毛渧二大海一云云。而題二此十楽之讃嘆一、詠二其十首之歌頌一。夫動二天地一感二鬼神一、莫レ宜レ於二和歌一。又動二仏界一感二聖衆一惟同者歟。謂倭歌者我国之語也。漢土言二偈頌一、天竺云二唱陀南一。而顕二経論之肝心一、学二仏法之髄脳一、以二偈頌一為二規模一。因レ茲為二我国風俗一、以二和歌一展二彼十楽一。豈非二至誠一心之讃嘆一乎。随則大聖文殊者諸仏智母也。代二飢人一正答二班鳩宮太子之麗藻一、称二行基一、贈二霊鷲山釈尊之佳篇一。加之弘法者東寺密法之嚢祖也。湧二五七六義之言泉一、寄二返報於高津一焉。伝教者天台円教之先哲也。作二三十一字之詞条一、祈二冥加於杣山一矣。自レ爾以降、云二貴賤一云二聖凡一、無下以二和歌一不上レ通レ情。爰我等之懇志在二極楽一、以二倭歌一呈レ之。其詞云　（八六四番～）

そしてこう位置づけている。

天竺・震旦・本朝という三国世界のなかに和歌言語を位置付けようとする在り方は、のちの『沙石集』などで展開されていく和歌陀羅尼説に典型化されるが、その先蹤を慈円に求めがちである。確かに和歌仏道一如思想の醸成に果たした慈円の役割は大きい。そのことは『拾玉集』の「劫初在梵王劫末属釈尊、漢家者孔子我朝者神宮、三国之言音雖異片州之和字摂他者歟」という文言…などの記述によって端的に窺えることだ。だがここに現れているような三国意識にもとづく和歌・和字観や神道・仏教による詩的言語の活性化の基本は、すでに教長の文言において出揃っていると見てよかろう。教長の世代による和語意識の宣揚をさらに推し進めたところに、慈円の「片州の和字他者を摂するか」といった和語中心思想がうまれてくるだろう。そのことは、同様の考え方が教長の『古今集註』にも見られることでより明らかとなる。

故人云、ツラユキ仮名ノ序ヲカキテキノヨシモチニ真名序ヲアトラエケルヲ、父ノ納言長谷雄ワレカカムトテカケルトイヘリ。敦光朝臣モ無疑紀納言ノ筆ナリト讃岐院ニ申ハベリキ。和歌序ノ秀逸云々。和語ナレバ以仮名序ヲ基トシテカケルナルベシ。ソモ〳〵、心ヨリシテコトバヲアラハス。コノユヘニ、人ノ心ヲタネトシテ、ヨロヅノコトノハトゾナレリケルトカケリ。コヽニ梵語者天竺之唱、漢語者唐朝之称、和語者和国之詞、雖二依レ所異一レ名、唯意趣惟同也。天竺世俗之文無レ伝、唯以二経論一察二杣山一矣。云レ仏云レ神無下以二和歌一不上レ通レ情。思レ古案レ今為下述二篇什一早散上レ憤。

（「歌徳論序説」『秘儀としての和歌』所収、初出一九九二年三月）

このように小川は、和歌陀羅尼説に通底する、三国意識の中での和歌言語観(15)について、慈円に先行する教長の存在に注目したのである。

さらに小川は、別稿「夢想する《和語》——中世の歴史叙述と文字の神話学——」（『日本文学』一九九七年七月）(16)においても、次のようにも述べている。

浄土宗中興の祖として名高い了誉《りょうよ》聖冏《しょうげい》（一三四一〜一四二〇）は、その『古今序註』の冒頭近くで、「やまとうた」に注して、中世ではよく知られた「三国言語」の説をとりあげていう。

大和トハ者三国相和スル義也。謂ク天竺ノ梵語ヲ漢土ニシテ翻訳スルハ、ヤワラゲシラセタル也。其漢語ヲナヲ日本ニシテ此国ノ語ニヤワラゲタリ。故ニ三国アヒヤハラゲタル故ニ、大和歌ト云。

小川は、こうした「ヤワラゲ」説が『古今集』序文の注釈書によく登場すること、そして「三国の言語を「ヤワラゲ」た和歌のことばが、人の心をも「ヤワラゲ」る特別な力能をもつという考え方」が広く「中世の教養のベース」として受容されたことを、曼殊院本の尊円『古今序注』を示して敷衍する。そして「そもそも和語が梵語・漢語を「やはらげ」てつくられたものだという見方は十三世紀後半にはごく一般的に共有されていたといってよい」とまとめながら、当の聖冏に於いて、次のような劇的な展開があることを指摘する。

ところが聖冏は、先の引用箇所のすぐあとでこの説を否定して次のようにいう。

但シ初三国相ヒ和グ、本説タヾシカラズ。我国ハ本ヨリ梵天種姓《しゆしよう》ニシテ、神代ヨリノ語ハ皆是梵語也。天竺ノ語ト或ハ同ジ、或ハ異ナル事ハ、若是梵音ノ不ル㆑同ジカラ歟。或ハ亦所伝ノ一ニ非歟《あらざるか》。彼ノ翻訳ノ如キハ語ヲ改メテ文字ヲカヘル故ニ、ヤハラグル義ハイハレタリ。此ノヤマトコトバハ本《もと》神代ノ語ナレバ梵音ノマヽ也。鳥羽多摩《うばたま》、伊舎那岐《いざなぎ》ナド是也。但シ此国ニハ文字ナキ故ニ、梵漢ノ文字ヲシテ配《あて》書ク所也。故ニ或ハ大和トモ書キ、或ハ山跡トモ書キ、或ハ日本トモ書ク。是皆ヤマト、云語ヲモテ彼文字ニテ書ク也。文字モナクテ云伝ヘタルコトハ、配テ書ク所ノ文字ヲ以テ義ヲ云ベキニ非ズ。

神代からの日本の語はみな梵語であって、梵・漢・和と次第に「やはらげ」て成立したものが「やまとことば」だという考え方は誤っている。「やはらげる」とは、語や文字をともに改めることだが、「やまとことば」は「梵音のまま」（「語」はそのまま）なのだから、というのだ。和語の起源（同一性の根拠）を他国の語に求めながら、しかも「翻訳」という媒介を否定する、驚くべき言説である。他国の言語（梵語や漢語）を「やはらげ」てつくられたものが和語であるという、広く受容されたその認識が、ここでは真っ向から否定され、虚を衝くような異論が提示されている。…聖冏といえば、天台・俱舎・唯識・禅等の諸宗の学を渉猟し、さらに神道にも通じる稀代の碩学であって…おそらく、右の聖冏の説を根底でささえているのは、「日本は梵天の種姓である」という考え方であろうが、彼はそうした認識を密教の研鑽から得たものらしい。

とりわけ南北朝・室町期の聖冏に到ると、禅を含む諸宗を兼学し、「密教の研鑽から得た」知見を踏まえて、「「翻訳」という媒介を否定」し、「文字」自体の機能を疑おうとする言述がなされようとしたと指摘されることは、本論の分析にも重要である。

三・二　曽根原理の研究――印信と陀羅尼と和歌と

小川が和歌史的視点を突き詰めて論じたこの問題を、曾根原理は、密教・神道研究の視点から、次のように進展させている。

(『沙石集』巻五本の記述を受けて)ここには、和歌も陀羅尼も世俗の言葉でありながら、仏神との感応により人力を超えた働きを持つ、との主張が見られる。そしてこの〈和歌陀羅尼説〉の形成については、慈円の交遊圏に属す新古今歌人たちが大きく寄与していたと考えられている。その事自体に異論はない。しかし、その後の和歌陀羅尼説の展開に目を向ければ、また異なる姿を発見できるようにも思われる。ちょうど公家の世界で和歌を陀羅尼に習合させたのに対応するかのように、寺家の世界では陀羅尼を和歌に変換する動向が存在した。(中略、「印信」の中で陀羅尼を和歌に書き換える例を櫛田良洪『続真言密教成立過程の研究』を承けて挙げ)

…天竺謌者梵文陀羅尼也、漢語詩也、倭国者今和歌是也。深可レ思レ之。秘々中深秘、云々。(中略、如上は東寺宝菩提院蔵の至徳元年の印信)

ここに見られる、三国世界観に基づく陀羅尼・漢詩・和歌の配当は、明らかに歌学(古今集注釈書)の影響を示している。しかしこの事例は、単に〈歌学の影響下〉では片付けられない側面を持つように思われる。歌学者の説く〈和歌は陀羅尼である〉に対し、ここで提示されているのは〈陀羅尼は和歌である〉ということであろう（種字は胎・金五仏を示す）。一見同じことのように見えるかもしれない。しかし、前者のそれが狂言綺語観に対抗する和歌の側からの自己弁護・自己主張であったと位置づけられるのに対し、後者が陀羅尼の側に立場を置くものであったことは見落とせない。ここには明らかに異なるベクトルが見て取れる。（中略）このように、和歌陀羅尼説には二つの種類が考えられる。歌学者達の和歌の立場からのそれに対し、扱われることは少ないながら、陀羅尼の立場に立つそれが想定できるのである。この種の和歌陀羅尼説は、主として神道灌頂と呼ばれる儀礼の場で機能していた。

（曽根原理「神祇灌頂の神楽歌」『文芸研究』一三五集、一九九四年[17]）

こうして、和歌陀羅尼の問題は、汎中世的な、思想史上の現象ともなってくるのである。

三・三　伊藤聡の研究——三国言語観の展開

以上のような研究史の流れを承け、和歌陀羅尼観の問題を、院政期から鎌倉期にかけての言語観の問題として、「世界意識と自国意識と」を視野に入れつつ、包括的に論じたのが、伊藤聡「梵・漢・和語同一観の成立基盤」（院政期文化研究会編『院政期文化論集一　権力と文化』森話社、二〇〇一年[18]）である。伊藤は、慈円から聖冏までの梵・漢・和語同一説を通観し、その前提に中国の梵語・漢字同祖説があることを指摘する。その上で、かつて日本に於いては、自国の「固有の文字を持たない」ことが「平安期の自国像と明確に結びついて観念されていた」ことを確認する。そして「和語を、梵語・漢語と結びつけていく」思想史上の転機として、「恐らく、それを意識的に行った先覚者は、天台僧の明覚（一〇五六～一一〇六）であろう」と捉える。明覚を慈円に前置することで、伊藤は、慈円の言語観形成を歴史的文脈の中に位置づけようとするのである。

伊藤に依れば、明覚はその悉曇研究の中で、梵語・漢語音通の論証方法を通じて、「梵語・漢語、さらには一部和語をも引き、相互の相通を指摘する」。それを以て、「梵字は十二の摩多を経とし、三十四の体文を緯とするが、相通の理を用いれば、四十七字のなかに収まる。漢音もこれに準じ、畢竟梵漢和三語は、和語五十音に包摂される、というのである」。

ただし伊藤は、「慈円以前にこのことを明言しているのは、明覚以外にはいない」が、それはあくまで「三国の音韻の観察により得られた結論であって、慈円のような神秘的理解は希薄である」という指摘を付す。そして慈円のような「梵漢和語同一説の成立」には、本地垂迹説が背景にあることの具体的な様相を、『愚管抄』などを引例して証明していく。伊藤の論述の展開は、慈円のカナ論をも捉えようとするが、いまは措く。ここでは、見てきたような言語観の形成を、伊藤が、次のようにまとめることを確認しておきたい。

明覚の所説を先蹤として、慈円・了尊へと受け継がれていった和語を中心とする三国言語同一説は、言語における一種の神国思想である。しかしそれは、中世における神国思想自体がそうであるように、和語中心といっても、単純な自国中心主義的主張とはなりえなかった。つとに佐藤弘夫が指摘しているように、中世において神は、本地たる仏の日本（及び日本人）の機根（しかも劣った）に相応した姿として捉えられており、「神国」という意識はそのような否定的自国認識と表裏一体となって成り立っていた。古代から中世に至る三国意識の推移は（中略）日本単独ではひとり立ちすることはならず、印度と結びつくことによって、否定的自国意識を超克し得たのであった。……和語（和字）は梵語（梵字）を「本地」とすることによってはじめて三国の中心に位置づけられるものとなったのである。いわゆる和歌陀羅尼という考え方も、このような梵語・和語の結びつきがあってはじめて成立したといえよう。（以上前掲論文）

神秘的な言語観は、密教的本地垂迹説のコンテクストの中にありつつ、しかも依然、その根底には、和語・和字という「文字」が厳然として前提されていた。

ちなみに、本書のテーマとはずれるが、私見では、こうした天台の和歌陀羅尼観の淵源は、十世紀後半の対外観に根ざすと考えている。それは、源信が『往生要集』を遣宋した時、併せ運んだ慶滋保胤『日本往生極楽記』の改稿に於いて、象徴的に具現する。保胤は、『極楽記』を宋へと運ぶ営為と密接に連動する動機のもとで、夢告に托して、冒頭二話を増補し、作品の姿を一新した。増補された聖徳太子説話と行基説話には、和歌の贈答が含まれている。いずれもそれは、漢文体の中に、漢訳仏典中の陀羅尼と類比的な、音写を基本とする漢字の真仮名を基本として書き記されている。かたや聖徳太子と達磨の化身とされる片岡山飢人が（第一話）、かたや霊山の釈迦説法聴聞の場での約束を果たして再会した天竺の婆羅門菩提と行基が（第二話）、それぞれ和歌を贈答する。文字通りの和歌・梵語であった。そして日本以外では読めない和歌を、あえて漢訳体の中に織り込んで説話を作る。そしてあたかも漢訳仏典の陀羅尼のように擬似的な姿を現出し、宋国へと突きつける。戦略としての和歌陀羅尼であった。一つの見通しとして付言しておきたい。[19]

三・四　鈴木元の指摘——密教・神道と和歌陀羅尼

こうして和歌陀羅尼説の発生を遡源的に追いかけてみた。一方、その展開として『沙石集』を捉えようとすれば、曽根原が指摘した神道灌頂と和歌陀羅尼観の関連について発言する、鈴木元の「歌、遊び、秘伝」（『伝承文学研究』五二、【シンポジウム「言葉遊びと文学・芸能」】二〇〇二年）[20]が示唆的である。鈴木は、室町期の『法華経』注釈書である『一乗拾玉抄』所見の神道と和歌陀羅尼説の関連に注目している。

一神道ニハ和語ノ陀羅尼ト云也、是ハ和哥ノ事也。此州ハ和合海即州土《クニ》ト成テ大和ノ国ト成ル故ニ、吹風立波モ無相法身ノ説法也。況ヤ人間ノ口ヨリ出ル音《言ハ》無障碍ノ法ナル故ニ麁言耎皆帰言皆帰一ト云テ、仮染《カリソメ》ノ言ノ葉モ皆不徒ラ一。法花真言ノ体也。…

（下略、鈴木論文に準拠して引用）

右の部分について鈴木は、「最も注意すべきは、その一つ書きの初めの部分に「神道ニハ」とある点」だとする。そして「事実この部分は、関白流の神道書として知られる『神道灌頂修軌』の一項目、「和語陀羅尼之事」の内容にみごとに照応する。内容は重複になるが、対比のためにも次に掲げておく」として、当該書を引用する。

凡和歌ノ言句和語云、陀羅尼ト云事、此州和合海即州土ト成テ大和ノ州ト成ル故ニ、地体吹風立波无相法身ノ説法也、況ヤ人間ノ口アリ（ヨリか）出ル事、即心智ヨリ吐《ハキ》出ス無障碍ノ法ナル故、声言耎語此帰一乗ト云。カリソメノノ言端モ徒《イタヅラス》、雖レモ然ト人間ノ境ニ入テ三悪道ニ輪廻スル三業併迷ノ源ナル我レ人ノ云事ヲ陀羅尼ト云テハ悪見ニ可レシ入、浄土コソ水鳥樹林ノ声、八功徳ノ浪、言皆是弥陀観音ノ説法トハ此ノ穢土不可爾、依正共得道ノ因縁少《スク》ナシ、若シ得脱ノ因縁ナラハ、マカハス一切ノ言語モ陀羅尼ナルヘシ、請生産業皆与実相不二相背一ト説ク故也、爰ニ得道ノ因縁ト成ル、和語ト云ハ和歌言句ヨリ唱ヘナス時ノ言端也、心智無漏ノ刻ミニ依ル也、柳ハ緑リ花紅ト言、併《シカ》シナカラ心智本有本源ヲ顕ス

（鈴木論文の翻刻による）

鈴木論文は、「一乗拾玉抄は右の記述の前半をふまえ陀羅尼品を記しているとみて誤りない」と確認して別の論点へと展開するが、それは鈴木論の直接的参照を乞いたい。本章では、右に於いて、神道・密教に関わる言説の中に、ひそかに「柳は緑、花は紅」という禅宗の要句が引かれていること、(21) また傍線部の類句が『沙石集』に

も見えていることに注意しておきたい。

四　『沙石集』の言説と神道・真言・天台、そして禅宗

四・一　『沙石集』と「一心」——禅と密教

これまで『沙石集』前後の和歌陀羅尼観をめぐって、多様なコンテクストを概観してきた。次に『沙石集』が説く和歌陀羅尼説と位置的に近接して述べられ、内容も深く関連する『沙石集』巻五末「(九) 哀傷の歌ノ事」の記述に注目したい。内容に準じて、私に三つに分けて分析する。

(一) 和歌ヲ綺語《きぎよ》ト云ヘル事ハ、ヨシナキ色《いろ》フシニヨセテ、ムナシキヲ思《おもひ》ツヾケ、或ハ染汙《ぜんう》ノ心ニヨリテ、思ワ《(ハ)》ヌ事ヲ思《おもひ》ツヾケ、或ハ染汙ノ心ニヨリテ、思ワ《(ハ)》ヌ事ヲモ云ヘルハ、実《まこと》ニトガタルベシ。離別哀傷ノ思切《おもひせつ》ナルニツキテ、心ノ中《うち》ノ思《おもひ》ヲ、アリノマヽニ云《いひ》ノベテ、万縁《まんえん》ヲワスレテ、此の事ニ心スミ、思シヅカナレバ、道ニ入ル方便ナルベシ。古キ歌ヲミルニ、作者ノ心マコトアリテ、思ヲノベタル歌ハ、遥ニ伝ヘ聞《きき》テ詠ズルニ、我《わが》心モスミ侍ルヲヤ。マシテ其の身ニアタリテ、サコソハト思《おもひ》ツヾクレバ、ゲニアワ《(ハ)》レニ侍リ。(中略、例歌を多く引証)

コレラノ歌ハ、ヨノツネニ、人ノ口ニツケタレドモ、シヅカニ詠ズル時ハ、万縁《まんエン》悉クワスレ、一心漸《やうや》クシヅマルモノヲヤ。老子云《いはく》、「天一ヲ得ツレバシヅカナリ。地一ヲ得ツレバヤスシ」ト。仏法ニ入《いる》方便区《まちまち》ナレドモ、只一ヲウルニアリ。事《じ》ニハ一心ヲ得、理《り》ニハ一性《しやう》ヲサトル。此の故ニ、花厳ニハ、「三界唯一心」ト云《いひ》、法花ニハ、「唯有一仏乗」ト説キ、起信《きしん》ニハ、「一心法界」ト云《いふ》。天台ニハ、「一念三千」ト談ジ、毘尼蔵《びにざう》ニハ、「常《じやう》

爾《に》一心」ト云《いふ》。浄土経ニハ、「一心不乱」ト説キ、禅宗ニハ、「一心不生と」云《いひ》、密教ニハ、「唯一金剛」ト云フ。然《しかれ》バ流転生死ハ、一理ニソムキテ、差別ノ諸法ヲ執《しふす》ルニヨリ、寂滅涅槃《ねハン》ハ、万縁《まんエン》ヲワスレテ、平等ノ〔一〕理ニカ〔ナ〕ヘルニアリ。一心ヲウル始ノアサキ方便、和歌ニシクハナシ。コレヲ案《あんず》レバ、世務《せいむ》ヲウスクシ、コレヲ詠《えいずれ》バ、名利ヲワスル。事ニフル、観念、折ニシタガウ《（フ）》修行、ス、ミヤスク、難シ㆑忘。飛花《ひくわ》ヲミテハ、無常ノ風ノイトキ《（ヒ）》ガタキ事ヲシリ、朗月《らうげつ》ニノゾ〔ム〕デハ、煩悩ノ雲ノヲ《（オホ）》ヽヒヤスキ事ヲ可弁。仏法ノ中ニモ、実《まこと》ノ悟ヲエザル程ハ、情量ツキズ、念慮ヤマズ。然《しかれ》バマヅ有相ノ方便ニヨリテ、ツイ《（ヒ）》ニ無相ノ実理ニ入ル。コレ諸教ノ大意、諸宗ノ軌則ナリ。禅門ニ公案ヲアタエ《（ヘ）》、密宗ニ阿《あ》字ヲ観ズル、此の意ナリ。

この言説において重要なところは、「シヅカニ詠ズル時ハ、万縁悉クワスレ、一心漸クシヅマル」という和歌の仏教的効能から、「一心」を静める意義を持つ諸経・諸宗それぞれの立場のキーワードが列挙された後、その普遍性が収斂して「一心ヲウル始ノアサキ方便、和歌ニシクハナシ」と結語していくことにある。このことは、第六章「和歌を詠む「心」」でも若干触れたが、「道《みち》ニ入《いる》方便一ツニ非ズ。悟ヲ開ク因縁《いんえん》是レ多シ。其の大キナル意《こころ》ヲ知レバ、諸教義異《こと》ナラズ。修《しゆ》スレバ万行旨《まんぎやうむね》ミナ同《おなじ》キ者哉《ものをや》」という序文の思想に通じている。ここでは、列挙の筆頭に『老子（道徳経）』が引かれ、その一節が『宗鏡録』の孫引きであることを確認しておこう。

禀㆓一気㆒而化行。則何物而不㆑順。如㆓荘子云㆒。天地一気而能万化。老子云。天得㆑一以清。地得㆑一以寧。神得㆑一以霊。万物得㆑一以生。故聖人以㆓一真心㆒而観㆓万境㆒。則所㆑遇而順適。触㆑物而冥一矣。

（『宗鏡録』大正蔵九一二頁）

なぞらえは「禅宗ニハ、「一心不生」云、密教ニハ、「唯一金剛」ト云フ」と禅宗と密教とを並べてまとめられる。そして一連の記述の最後に「禅門ニ公案ヲアタエ、密宗ニ阿字ヲ観ズル」と禅宗と密教のみが特立的に対置されていることに留意したい。

四・二　「以心伝心」、「文字ハ是瓦礫、文字ハ是糟粕」

続く第二段の『沙石集』の言述は、あたかも密教と禅宗の教説を融合しようとするかのように、空海の文字瓦礫・糟粕の喩と以心伝心説とを併せて引用する。

(二) 西行法師遁世ノ後、天台ノ真言ノ大事ヲ伝《つたへ》テ侍リケルヲ、吉水《よしみづ》ノ慈鎮和尚《じちんくわしやう》伝《つたふ》ベキヨシ仰《おほせ》ラレケレバ、「先《まづ》和歌ヲ御稽古候《さふらへ》ヘ。歌御心《おこころ》エナクハ、真言ノ大事ハ、御心エ候ハジ」ト申《まうし》ケル故ニ、和歌ヲ稽古シ給《たまひ》テ後、伝《つたへ》シメ給《たまひ》ケルト云ヘリ。実ニ真実ノ仏法ハ、言説《ごんぜつ》ノ外《ほか》ニアルベシ。念慮ノ内ニアラズ。心シヅカニ情ウスキトキ、本有《ほんう》ノ霊光忽《たちまち》ニテラシ、自性ノ覚海《かくかい》、漸クス〔ム〕ベシ。サレバ高野ノ大師ノ云ク、「密教ノ本意ハ、心ヲモテ心ヲツタフ。文字ハ是瓦礫《これぐわりやく》、文字ハ是糟粕《これサウはくと》云云」。心ヲツタフト云《いふ》ハ、人ノ心ヲ我レニ伝フベシトニハアラズ。我心《わが》、師ノ心ト、ヒトシキヲツタフト云フ。サレバ、心ヲツタフトハ云ハデ、心ニツタフト云義《いふ》モアリ。世縁俗念ヤミ、重昏巨散《ぢうこんこさん》ノゾコリテ、静《しづか》ニ明《あきらか》ナル心ノ上ニ、人ノ教《をし》ヘヲマタズシテ、シラル、トコロアルベシ。無師〔自悟〕ノ智トモ、自然《じねん》ノ悟トモ云《いふ》ハ是也《これナリ》。念慮ニアラズ。又、念性ヲタ、ズ、見聞覚知《けんもんかくち》ニ住セズ、又、見聞覚知ヲハナレザル処ハ、我心《わが》スミ、静《しづか》ニシテ、ヲ《(オ)》ノヅカラモ、シラレヌベキ時、師即チサシ、メス。コレ仏法ノ秘伝ナリ。宗教ノ旨趣ヲツタフルスガタナルベシ。

傍線を引いた部分は、『性霊集』の断章取義である（一〇七番「答叡山澄法師求理趣釈経書一首」）。だが中世に於いては、「密教ノ本意ハ、心ヲモテ心ヲツタフ。文字ハ是瓦礫、文字ハ是糟粕云云」との一句は、『性霊集』を離れて、禅宗のコンテクストの中で読まれていく。西山美香は、嵯峨天皇后橘嘉智子（檀林皇后）が日本最初の禅宗の祖とされていくことを追跡する論述の中で、こう指摘している。

> 無住は『聖財集』で次のように述べている。
>
> 高野大師、禅門をも御伝ありける事、東寺の碑の文に有りと云事或る人の説也。世間に不二ル披露一故に、彼の人も未レル見之由申き。
>
> 無住がその内容を伝聞によるものとしてではあるが、檀林皇后には言及せず、「高野大師禅門をも御伝ありける事」と記すことによっても象徴されるように、「日本国首伝禅宗記」は檀林皇后に禅を勧めた空海を、禅の日本初伝の功労者として、すなわち日本禅宗の祖師として位置づけるものであったとも推測されるのである。
>
> （右に注して）無住が『聖財集』で「禅門の言に似たり」と記す、空海の「文字は是瓦礫、文字は是糟粕」という言は、禅の宗旨である「教外別伝、不立文字」を表す語として、禅林が空海を「日本禅宗の祖師」とする根拠として使われていた形跡が見られる（『沙石集』や『夢中問答集』でも引用される）。(22)

「禅門の言に似たり」と無住は『聖財集』で述べるが、この句は逆に、密教の側から、禅宗と融合しようとするコンテクストのなかでも用いられるものだった。無住より八十年ほど後輩だが、南北朝時代に、根来寺中性院学匠聖憲（一三〇七～一三九二）が著したとされる『阿字観』には、おおむね次のような跋文がある。

正平三暦（＝一三四八）の秋の初月、予、病気に因りて偃息す。一人の禅者有り。来りて病を問ふ次に、阿字観の義を尋ぬ。固辞する事能はず、彼の禅者の耳に順せんが為に屢ば禅録の語《ことば》を加へて、観門の大綱を示せるのみ。(23)

新義真言の学匠の著作が、禅僧の読者に配慮してなされ、それ故そこには、禅籍の言葉が交えられたという。(24)この聖憲『阿字観』への注釈である、良尊注『阿字観鈔』（『根来寺史』史料編二、一九九二年）には、先の句が「大師ノ言秘蔵ノ奥旨不レ貴レ得レ文ヲ唯在リ二以テレ心ヲ伝レ心ニ文ハ是糟粕ナリ文ハ是瓦礫也云云」と引かれている。禅宗と密教とがそれぞれ融合を試みる、この双方からのベクトルは、『沙石集』の言説を考える上で示唆的である。

四・三　「阿字本不生」と和歌注説

そして第三段は、まさにその阿字を説き、和歌の道に結んで閉じられる。

（三）阿字ト云《いふ》ハ、本不生《ほんぶしやう》ノ義ナリ。文字ヲツタフルニハアラズ。只心不生ナル〔是阿字也。密宗ノ大意是《これ》ニアリ。誠ニ心地《しんぢ》ニ染汙《ぜんう》ナク分別ナクハ、阿字ヲ心得〕ベシ。〔一念不生ノ心即〕阿字ナリ。此の故ニアサキ方便ヲトリヨリニセムトテ、和歌ヲス丶メ申《まうし》ケルニヤ。実《まこと》ニ塵労ノ苦シキイソギヲワスレ、解脱ノタヘナル境ニ入ル方便、和歌ノ一道勝レ侍リ。我国《わが》〔ニ〕跡ヲタレ給ヘル権化《ごんげ》、昔ヨリモテ遊ビ給ヘル事モ此の故ニヤ。

こうして『沙石集』は、和歌の功徳を述べて「一心」安居の大事と諸宗の普遍を称え、禅宗と密教とを融合させて阿字本不生を説き、和歌の一道勝れたりと閉じる。この一連の文脈をそのまま圧縮したような言説が、中世の『古今和歌集』注釈に見えている。おそらく両者には出典関係がない。それ故に、かえってこうした教説と文学理論との交流の拡がりが確認されて目を瞠る。

混沌ハ一心ノ本源タルコト、日本紀ニ云、天地未割陰陽不分時、混沌鶏子ノコトシ。清ク澄メルハ上テ為レ天ト、其重濁レルハ下テ為レ地云々。天地未割阴阳不分、其先ハ混沌鶏子ノ如シト云々。先孔子教ニ、混沌ヨリ生二万物一談ス、大智律師天地陰陽不分前清濁相和ス、故云混沌云々。此即儒家辺詮ナリ。禅宗ニハ教外本分ノ心ト云也。達磨大子ノ云、三界混沌同帰一心、前仏後仏以不文字ト云ヘリ。蜜宗ニハ、是ヲ、本不生阿字ノ心源ト云リ。大日経ニハ、諸法本不生不可得ト説リ。此阿字ノ一心ハ、三界諸法能生ノ本源ナルカ故、不可得ト云也。真言ノ行法混沌ノ借ト云ハ阿字ノ帰二本源一ニノ義ナリ。次ニ、念仏宗ニハ、混沌ノ阿字ヲ弥陀ノ名号トシテ是万経ヲ摂ス。

（神宮文庫本『古今秘歌集阿古根伝』『室町ごころ』所収、片桐洋一翻刻）

『沙石集』著者無住は、聖一国師円爾から「顕密禅教《けんみつぜんけう》ノ大綱《たいかう》」を学んだことを情感を込めて回顧し、その言説から『宗鏡録』を感得したことを語る（『雑談集』巻三「愚老述懐事」）(25)。また本書第七章で、阿字観と和歌の関わりを見たが、聖憲の『阿字観』を注解した随心院本『寓言鈔』が『宗鏡録』を頻用することも指摘しておこう。

四・四　「舌相語皆是真言」・「麁言軟語第一義」の共存と禅宗批判

こうして、禅宗と密宗の接触融合のコンテクストと、和歌陀羅尼説の生成をめぐるトポスとが浮かび上がってきた。さらにこのことを考えるために、『渓嵐拾葉集』巻九「禅宗教家同異事」に注目する。そこでは「教禅勝

劣同異如何　仰云。効教ニ為二一八家一。小乗権門等ハ且ク置レ之。天台若ハ真言家ニハ争カ可レ及耶」として、禅宗を天台・真言と対比して批判する文脈がある。その位相に注意したい。

『渓嵐拾葉集』の禅批判の論法は、聖一円爾を禅宗側の代表的対象としてなされる。(26)

抑モ又東福寺ノ聖一房ハ天台真言ノ上ニ置レ之思ト云事如何　新仰云。天台真言ノ上ニ置二禅宗一云事。聖一房ニモ不レ限。一切教ヲ教家ト下レシテ之禅ヲバ教外別号レ之。禅ニ過タル宗無レ之慢也。天台等ノ教家ハ皆六塵ノ修行ト云テ下レ之。皆皆味ハ落ル也。

この禅宗批判のコンテクストに、菊地仁前掲論文が、『沙石集』和歌陀羅尼説所引文献の考証で挙例した「真言教舌相語皆是真言云、天台麁言軟語第一義。只同事也」、という言述が現れる。(27)

問。以二禅宗一立二不立文字事一如何　新仰ニ云。以二禅宗一名二不立文字宗一ト事ハ。禅宗ハ蟆物ヲ不レ云宗ナレバ不立文字ノ宗ト思タリ。非二其義一也。如二青蟆一如二夏蟬一殊ニ物ヲ云也。然ルヲ不立文字ト云ハ譬バ教家ニハ柱ト云モノハ円ナル物ト云四方モ造レ家以レ之為レ本ソトモ柱ノ有様ヲ付二道理一ヲ云之也。是ヲ号二教家一ト也。禅宗ハ不与柱ナラバ柱畳ナレバ畳ニテ別シテ而不レ云二其故一ヲ也。道理ヲモ不レ云レ之。故不立文字ノ宗ト云也。同阿（梵字）字也。教家ニハ阿字ノ様沙汰スル也。阿字ニテ別ニ不レ立二其道理一ヲ也。仍テ不立文字ノ宗トハ云也。私云。所詮タダチニ達レ体ニ宗門ト云也。国王ハ内裏ニ御ス。彼内裏中ニ何様ニ御スト云ヲ教家ト云也。是即国王ヲ未二拝見一上ニ其御ス有様ノトカク云也。禅宗ハタダチニ拝見シタル上ハ其有様由来ヲ不レ宣也。門内ニ得レ体門外ニ得レ体不同也。修多羅教ハ指レ月如レ指。以レ之為レ教。月ハ国王也。諸字何モ国王モ月モ同事也。見二国王一得レ月処ニ直

> ニ得レ之遠ク得レト之諸宗ノ不同ハ出来スル也。天台宗ノ教観倶字ト云事。指外ニ不レ求レ月云心也。(A)真言教舌相語皆是真言云、(B)天台麁言軟語第一義。只同事也。

『沙石集』を見慣れた私たちには違和感がないが、いま仮に（A）（B）とした句は、それぞれ、前者は真言宗、後者は天台宗という、別のコンテクストを象徴的に担うものとして併置されている。（B）は、天台的な狂言綺語観を担う、おなじみの文言である（澄憲『和歌政所一品経供養表白』他）。[28]

一方（A）は、無住『妻鏡』にも見える。『妻鏡』は「此外真言密教トテ、大日法身、三世常恒、自受法楽ノ説有リ。其機ニ非スハ、十地ノ菩薩ナレトモ入ル事希レナリ。在家ナレトモ、信心堅固ニシテ、宿習開發セン人ニハ、立即（印カ）加持、護摩灌頂ナムトコソ、左右无ク授ストモ、教相ヲヘテ、當躰成佛ノイワレヲ明シテ、光明真言等ノ法ハ強《ア》ニ憚ルヘキニ非ス。此法ハ是レ諸宗ノ最頂、万法ノ惣躰、生佛一如ノ根源、事理倶密ノ秘法也。舌相言語皆是真言、身相挙動皆是密印、所有心想自三摩地。此ノ心ヲ能々悟リ顕ハスヲ真言ノ秘観トス。是レ余宗ニ闕シテ不ル書所也（下略）」[29]と断言する。精査が必要なことではあるが、本来両句は、共存になじまない文言だったように思う。それが、禅宗という異文化の媒介に抗して、顕密仏教側から沸き立つ批判の論理の中で、このように組み合わされて浮上してくる。そういうところが大事なのである。

では『渓嵐拾葉集』がいうように、顕密仏教側が排除しようとしたものとは何だったか。皮肉なことにそれは、「密教ノ本意ハ、心ヲモテ心ヲツタフ…」と空海がかつて述べたと所伝する文言を含む、禅宗側の教説であり、不立文字、以心伝心こそ真理という、文字否定論、あるいは文字超越論であった。

そして『渓嵐拾葉集』の禅宗批判は、聖一円爾を象徴的なターゲットとし、彼をはじめとする禅者が『宗鏡録』を重視することへの詳細な批判と揶揄として展開される。[30]たとえば、「広燈録ニ云。達磨西来教外別伝不立文字直指人心見性成仏已上」という達磨の教説は、次の如く、あえて『宗鏡録』を持ち出して批判されている。

> 達磨和尚天竺ヨリ来時。別シテ而持聖教ニ不ト来云事如何　宗鏡録ハ六巻持シテ楞迦経来ト見タリ。有ル禅僧ニ問ニ之ツマリ畢ヌ。宗鏡録ヲ不見ケルニヤ。不立文字ノ宗ト名ノリテ一切ノ経ヲバ下之謗之ナガラ。楞迦経ヲ来スル所尤不審也。

しかしここまで来ると、批判はいつしか反転する。「宗鏡録を見ざりけるにや」と『渓嵐拾葉集』は批判する。禅僧のくせに読まないのか、『宗鏡録』に書いてあることも知らないのかと揶揄するその物言いは、むしろ旧仏教側の方が、はるか熱心に禅の文献を学んでいるかのようで微笑ましい。「天台真言」の論理を統合・集結してなされるこの執拗な禅宗批判は、無住が円爾の教説として学んだという『宗鏡録』を基礎に置いた「顕密禅教ノ大綱」(『雑談集』巻三「愚老述懐事」、本書第九章参照)をあたかも裏返しにしたかのようになっている。

四・五　無住の立場と和歌陀羅尼

『沙石集』の和歌陀羅尼説は、諸宗一致の視点から、さりげなく「阿字即チ、密教ノ真言ノ根本也。サレバ経ニモ、「舌相言語ミナ真言」ト云ヘリ」という密宗的視点と「諸法実相也。色香中道ナリ。麁言軟語皆帰第一義。和歌ナンゾ必ズシモエラビステン。治生産業悉ク実相ニソムカズ」という天台的視点とを共存させる。(31)こうした文言の意味を、菊地前掲論文は、「慈円の介在」や密教思想の影響(天台・真言両宗からの反映)として解釈し、黒田俊雄の顕密体制論へと帰着する。

「三国」（天竺・震旦・本朝）的世界観はまさにその伝統的な認識であった（＝注で黒田俊雄「中世の神国思想――国家意識と国際感覚――」『日本中世の国家と宗教』岩波書店、一九七五年を引く）(32)。浄土門の神祇不拝を激しく指弾する『沙石集』は、まぎれもなく「顕密体制」を象徴する著作と言いうるだろう。そうした状況を考慮する時、和歌陀羅尼説の形成に果たした慈円の役割は軽々に看過できないように思う。

すでに述べたように、菊地の如上の指摘が孕む時代的拘束を論うことにいま意味を認めないが、ここまで見てきた私たちには、もはや右のように読むことは出来ない。見るべきは、禅宗と密教の融合という、無住の論説の鮮やかさである。

無住は、晩年の著作『聖財集』を改稿する過程で、次のような文言を織り込んでいく。

> 顕家ハ不レ立二文字一、不レ動二念慮一甚深ノ談ト思ヘリ。密宗ハ秘印ヲ手ニ結ヒ、文字ヲ口密ニ誦シ、念慮ヲ観心ニ動スレトモ、事理倶密ノ宗ナル故ニ、仏行ニアラズト云事ナシ。此事大日経ノ説也。
>
> 舌相言語皆是真言、挙手動足皆是密印取意。
>
> 経ニ麁言軟語皆帰二第一義一ト説キ、論ニ森羅万象即身仏ト云エル、真言ノ習ニ符号セリ。或捨テ或用フ、遮情表徳ノ意ナルヘシ。
>
> 顕家ハ遮情ヲ為レ本、内証ノ表徳不レ明ナラ。
>
> 密宗ハ必ス二ッ倶ニ明レ之。
>
> 性霊集ニ文字ハ是瓦礫ト云ヘル、是遮情ノ故也。五大皆有レ響悉文字也トノ給ヘル、表徳也。

浄名ニ云、雖二文字ヲ一解脱ヲ説ニアラズ。唯文字ノ性離セリ、乃至倶ニ除二テ其ノ執ヲ一不レ除二其ノ法ヲ一ト云ヘリ。（中略）達磨大師不立文字ノ宗ハ漢土ニ有二トモ大乗ノ機一、執二文字一不レ得レ旨ヲ。仍且不レ立二文字一々々果シテ非ナラハ楞伽金剛等ノ経、不レ可レ用フ。修多羅ノ教ハ如二ト標レ月指ノ一云ヘルモ、只不レ見レ月事ヲ非ス。必シモ指ヲ不レ可レ棄ツ、（下略）(33)

精しい分析は必要だが、一読して、これまで見てきた『沙石集』の記述と『渓嵐拾葉集』の批判の言説とを織り交ぜたような叙法である。この一連は「顕密差別事」という項目に増補された。無住の和歌陀羅尼言説の本来の所在を、これは物語っている。

一方『渓嵐拾葉集』は、まるで和歌とは無縁のようだが、よく見ると「不立文字」を説いて、「如二青蟆一如二夏蟬一殊ニ物ヲ云也」（青蛙のように、夏の蟬のように、よくものをしゃべるのである）という譬喩が見える。それは『古今和歌集』序の「花になく鶯、水にすむ蛙の声をきけば」（仮名序）、「春鶯之囀花中、秋蟬之吟中樹上」（真名序）や、その注説に示される人語の「蛙の歌」などを思わせる。そのことにも注意しておきたい。

五　マルチ言語としての三国言語観とハイパー言語としての以心伝心
——和歌陀羅尼観のゆくえ

先に概観したように、『沙石集』以前に展開した三国言語相通説は、本来、言語を極め、梵・漢・和の語学・教学研鑽の中で、和語の可能性をマルチ言語的（multi-lingual）に求めようとする言語観である。それはやはり、密教の立脚するところが、空海の言う「文字」であったからに他ならない。

真言密教の見所によれば、個人的人間意識のレベルに生起する意味現象は、宇宙的レベルにおける意味現象の、ほとんど取るにも足らぬミニアチュアにすぎないのだ。宇宙的「阿字真言」のレベルでは、ア音の発出を機として自己分節の動きを起こした根源語が、「ア」から「ハ」に至る梵語アルファベットの発散するエクリチュール的エネルギーの波に乗って、次第に自己分節を重ね、それとともに、シニフィエに伴われたシニフィアンが数かぎりなく出現し、それらがあらゆる方向に拡散しつつ、至るところに「響」を起こし、「名」を呼び、「もの」を生み、天地万物を生み出していく。『声字実相義』に、「五大に響きあり」と言い、かつ空海自らそれに註して「内外の五大に、ことごとく声響を具す。一切の音声は五大を離れず。五大はすなわち声の本体、音響はすなわち用なり。かかるが故に、五大皆有響という」といっているように、それは地・水・火・風・空の五大ことごとくを挙げての全宇宙的言語活動であり、「六塵悉く文字なり」というように、いわゆる外的世界、内的世界に我々が認知する一切の認識対象（もの）はことごとく「文字」なのである。

（井筒俊彦「意味分節理論と空海」『意味の深みへ』岩波書店、一九八五年）

ジャック・デリダの言語哲学になぞらえられることもある、先鋭な言語観を有する空海も[34]、基盤にはことごとく「文字」が存在する。対して禅宗は、そうしたいわばシニフィアンとシニフィエの言語対応のみならず、「文字」そのものを、少なくとも建前としては排除しようとする。「経陀羅尼ト云ハ。文字《モンジ》ニアラス。一切衆生ノ本心也。…文字ヲマコトノ経トハ云ヘカラス。…文字言句《ゴンク》ハ。是絵ニカケル餅ノ如シ」（『聖一国師仮名法語』架蔵正保五年板本）。まさしくコトバを超越する、いわばハイパー言語観（hyper-lingual）であった。そして『渓嵐拾葉集』

の批判は、またそうした言語観を直撃する。ハイパー言語観に立脚し、「不立文字」「教外別伝」などという、つかみ所のない主張をするのが禅宗だと、『渓嵐拾葉集』は、無いものねだりのような意地になって、文献的にまたは言語的に、「文字」立脚の立場でそれを排除しようと躍起になっているかのように見える。

しかして無住が帰着するのは、禅宗への放逸でも否定でもない。「阿字ト云ハ、本不生ノ義ナリ。文字ヲツタフルニハアラズ。只心不生ナル、是阿字也。密宗ノ大意是ニアリ」。先に自ら引いた空海『声字実相義』の所説と通じる、「阿字本不生」と「以心伝心」説との融合の地平であった。

無住は、聖一国師円爾に私淑して会得した、新しい〈顕密・禅宗〉兼学の中で磨かれた言語観を駆使し、独自の和歌陀羅尼説を創出する。それ故にそれは、鮮烈で衝撃的な理論であった。そうした言語観を彼が形成し得たのは、『渓嵐拾葉集』が禅宗批判として示したような、毀誉褒貶激しき時代的潮流からの発条でもあろう。そして『聖財集』の改稿を見れば、無住にとってそれは、和歌への議論にとどまらない。自らの思想の確立でもあった。和歌はこうして、中世的思想として開花する。

無住の構想した和歌陀羅尼観は、文言の上においても、後世、およそ常識となった。

> 夫和謌者、素盞烏尊出雲八重垣之三十一字のことの葉より事おこりて、如来の三十二相を表せり。されば天竺印土にしては、梵王いろはの四十八言を咄て、梵語を以其心をあらはせり。漢朝には、蒼頡文字を作しより以、詩賦を以歌とせり。日域吾朝は、神威或は垂迹和光の方便和語を以本とせり。かるがゆへに、大和歌は、ひとの（心を脱カ）たねとすと、紀の貫之が筆の跡。難波浅かのことの葉は、歌のちゝはゝなるゆへに、秋津洲に生をうくる人、誰か歌をよまざらん。人々具足□□圓成めづらしからぬことぞかし。大日経のふみには、台（舌の誤カ）相云□皆是真言と説れたり。出入の息、おのづから阿吽の二字をとなふれば。一音阿字諸仏常説法

とも説給。己心念清浄阿字第一命とも宣へり。法爾法然即身成仏の義理、麁言要語皆是第一義の談話。いひすつることの葉までも妙なるかや。阿字よりほかの作法なければと古人も詠じけるとかや。

（『長弁私案抄』五十「百万首和歌勧進帳草事」続群書類従）

先述した根来寺の聖憲が『阿字観』と禅録を融合させたというのは、無住に遅れること半世紀以上後のことである。述べてここに至れば、次なる課題は、『声字実相義』他の空海の著述と深く関わる、中世の阿字観注説の総合的把握と文学の関係の考察であるようだ。阿字観については、本書前章でいささか触れたが、密教や空海の問題、そして禅宗との関連をめぐる本格的な考究など、私にはいかにも高い山脈だ。遠い夢の一つとしておきたい。

注

（1）*Sand and Pebbles: The Tales of Muju Ichien, A Voice for Pluralism in Kamakura Buddhism*. Robert E. Morrell. SUNY Series in Buddhist Studies, 1985. 一部抄訳である。本書をもとに重訳もなされ、私はたまたまベトナム語訳を確認した。

（2）近時も阿部泰郎責任編集『無住集　中世禅籍叢刊　第五巻』（臨川書店、二〇一四年）が刊行され、新資料の断簡『逸題無住聞書』が収録された。

（3）こうした学界状況については、かつて拙稿「中世散文〈特集〉平成十二年（自1月～至12月）国語国文学界の動向」（全国大学国語国文学会編『文学・語学』一七二号、二〇〇二年三月）で概観した。

（4）中世を軸とした、和歌を陀羅尼と見なし、信仰的に捉える思想という意味で、以下に示すように和歌陀羅尼観という言い方もなされる。本章では、この思想について、和歌を陀羅尼と見なす学説や考えの総称としてひとまず「和歌陀羅尼説」という表現を用いるが、「和歌陀羅尼観」という用語も適宜併用する。

（5）山田昭全にはまた和歌講式・柿本講式に関する資料紹介なども備わる。山田の研究の全貌は、「山田昭全略歴及び著作目録」（『中世文学の展開と仏教』おうふう、二〇〇〇年）で窺うことができるが、近年刊行された『山田昭全著作集第三巻　釈教歌の展開』（おうふう、二〇一二年）に当該・関連論文は収められている。また人麿影供については研究の蓄積も多いが、佐々木孝浩の一連の研究（挙げるべき論文は多いが、概観としては同「人麿の信仰と影供」『万葉集の諸問題』臨川書店、一九九七年二月がある）、鈴木徳男・北山円正「柿本人麿影供注釈」（『相愛女子短期大学　研究論集』四六、一九九九年）、また、片桐洋一『柿本人麿異聞』（和泉書院、二〇〇三年）他参照。また大谷節子「合身する人丸――和歌秘説と王権――」（今谷明編『王権と神祇』思文閣出版、二〇〇二年）に視点を変えた論考がある。なお佐々木が雑誌『日本文学』の「〈夢想〉・中世」（一九九九年七月）と題した特集号に「人麿を夢想する者――兼房の夢想説話をめぐって――」を掲載する様に、そこには夢と文学の問題がある。また藤原頼長の講書についての詳細な分析を通じ、白楽天影供なども視野に入れて、「影前の文学」なるタームを提示するのは、仁木夏実である。仁木「影前の院政期」（大阪大学学位申請論文『院政期漢詩文の研究』所収）、同「藤原頼長自邸講書考」（『語文（大阪大学）』八四・八五、二〇〇六年二月）他参照。

（6）この論文の位置づけと関連論文については、同論を再収した、渡部泰明編『秘儀としての和歌――行為と場――』有精堂、一九九五年）参照。同書に所収された各論文また渡部泰明による「総論」から、本論は多くの示唆を受けている。

（7）引用は、菊地仁『職能としての和歌』（若草書房、二〇〇五年）の第二章第二節に「〈和歌陀羅尼〉攷」として再収されたものによった。初出に一部補訂が加えられている。

（8）『白氏文集』巻七十・三六〇七。平岡武夫・今井清校定『白氏文集』（京都大学人文科学研究所、一九七一～一九七三年）を訓読。勧学会由来の「百千万劫の菩提の種、八十三年の功徳の林」の句とともに『和漢朗詠集』仏事に摘句された。

（9）『梁塵秘抄』口伝集巻第十には、「法花経八巻が軸々、光を放ち放ち、廿八品の一々の文字、金色の仏にまします。世俗文字の業、翻して讃仏乗の因、などか転法輪にならざらむ」というふうに引かれている。

（10）引用は藤原克己「狂言綺語」（『国文学　解釈と教材の研究』一九九六年七月臨増号）。

（11）前掲渡部泰明編『秘儀としての和歌――行為と場――』所収、初出一九九二年。三角『源氏物語と天台浄土教』（若草書房、一九九七年）に収録された。

（12）たとえば永万二年（一一六六）澄憲作とされ、三角がその「表白の文言を中世の狂言綺語の濫觴と見なし、同時代にも大きな影響を及ぼしたと想定する」（前掲論文）『和歌政所一品経供養表白』（簗瀬一雄『国語国文』四二―四、一九七三年、同著作集第一巻『俊恵研究』中道館、一九七七年に再録、なお渡部泰明『中世和歌の生成』若草書房、一九九九年、畑山栄「和歌政所結縁経表白と狂言綺語観の変形――狂言綺語観から涅槃会による浄化に至るまで――」『金沢大学国語国文』二九号、二〇〇四年など参照）と、ほぼ白楽天の行為を襲う延久三年（一〇七一）の惟宗孝言『納和歌集等於平等院経蔵記』（川瀬一馬「平安末期鈔本「平等院御経蔵目録」」『日本書誌学之研究』講談社、一九四三年、福山敏男「平等院の経蔵と納和歌集記」『日本建築史研究　続編』墨水書房、一九七一年、上野理「納和歌集等於平等院経蔵記」『国文学研究』三三、一九六六年三月など）との間を埋める、所謂第三期勧学会の問題（後藤昭雄「延久三年「勧学会之記」をめぐって――文事としての勧学会――」同『平安朝漢文学史論考』勉誠出版、二〇一二年所収、初出二〇〇一年参照）などがある。なお本章旧稿刊行後、和歌と法会唱導などに関しては、小峯和明『中世法会文芸論』（笠間書院、二〇〇九年）に詳論があり、『納和歌集等於平等院経蔵記』については、近時後藤昭雄による「「納和歌集等於平等院経藏記」私注」（『成城国文学』二九号、二〇一三年三月）というすぐれた読解が刊行された。狂言綺語観についての近年の研究では、狂言綺語観に関連する主要文献目録を付した渡辺麻里子の発表（「尊舜の狂言綺語説について」平成十五年度仏教文学会大会の発表資料〔その一部は「『神達御返歌』考――『尊舜』における狂言綺語説をめぐって――」『仏教文学』二八、二〇〇四年三月」として成稿化〕）、また新しい調査研究として、本論旧稿にも言及する、猪瀬千尋「中世前期における狂言綺語観の展開――唱導文献を軸として――」（『国語と国文学』二〇五年七月号）がある。私の関連論文としては「『古今著聞集』「狂簡」の周辺――中世説話集と「狂言綺語」あるいは〈作者〉のこと――」（『日本文学史論　島津忠夫先生古希記念論集』島津忠夫先生古希記念論集刊行会編、一九九七年）、「知識集積の場――中世への表徴として――」（苅部直・黒住真・佐藤弘夫・末木文美士『岩波講座　日本の思想2　場と器』岩波書店、二〇一三年五月）など参照。

（13）菊地は「〈和歌陀羅尼〉攷」を前掲注7著書に再録する際、本章の荒木旧稿に言及し、「ただ、「顕密体制」論への短絡的な直結には若干の留保が必要かも知れない」と付言している（同論文注9参照）。

(14)『沙石集』と『宗鏡録』の関係については、本書第九章参照。

(15) 関連する研究として、岡﨑真紀子『やまとことば表現論——源俊頼へ——』序論、第Ⅱ部（笠間書院、二〇〇八年）、同「中世歌学における言語意識——仙覚『萬葉集註釈』をめぐって——」（前田雅之編『中世の学芸と古典註釈』竹林舎、二〇一一年）、前田雅之『古典論考——日本という視座——』Ⅲ仏法・和漢・三国（新典社、二〇一四年）など参照。

(16) 小川豊生『中世日本の神話・文字・身体』（森話社、二〇一四年）第Ⅳ部第三章に改稿再収。引用は同書による。

(17) これは、いわゆる呪歌の問題とも関係する。赤瀬信吾「注釈と呪歌」（『日本文学説林』和泉書院、一九八六年）、伊藤聡「或る呪歌の変遷を巡って」（『説話文学研究』三二号、一九九七年）、小峯和明「唱導と呪歌——和歌をよむ場——」（『国文学　解釈と教材の研究』二〇〇〇年四月号、「和歌の脱領域」）など参照。

(18) 伊藤聡『中世天照大神信仰の研究』（法藏館、二〇一一年）第四部第一章に再収。引用は同書による。伊藤には関連する論考として、「祝詞と和歌——中世神道をめぐって——」（浅田徹・勝原晴希・鈴木健一・花部英雄・渡部泰明編『和歌をひらく　第四巻　和歌とウタの出会い』岩波書店、二〇〇六年所収）もある。

(19) 説話文学会平成二十七年度大会講演「対外観の中の仏教説話と説話集」（二〇一五年六月二十七日、二松學舍大学九段キャンパス）他で論じた。関連論文を成稿・印刷中である。

(20) 鈴木元『室町連環　中世日本の「知」と空間』（勉誠出版、二〇一四年）第二部に再収。

(21)「柳緑花紅」は、たとえば『増補首書禅林句集』（貝葉書院）四言に、「現成公案、金剛経註中ノ十六丁著」と脚注、頭注に蘇東坡の詩の一節であることを注記する。

(22) 西山美香「檀林皇后の〈生〉と〈死〉をめぐる説話——禅の日本初伝譚・女人開悟譚として——」（『仏教文学』二五号、二〇〇一年）。

(23) 原漢文。ここでは、聖憲『阿字観』の注釈書である、随心院本『寓言鈔』により読み下した。同『寓言鈔』は、「〔影印〕随心院本『寓言鈔』」荒木浩編『仏教修法と文学的表現に関する文献学的考察——夢記・伝承・文学の発生——』平成14度～16年度科学研究費補助金（基盤研究（C）（2））研究成果報告書、二〇〇五年三月）、「「人間五十年、下天の内をくらぶれば」続貂——聖憲『阿字観』という場をめぐって——付・随心院本『寓言鈔」訓読」（『小野随心院所蔵文献・図像調査を基盤とする相関的・総合的研究とその展開――Vol.Ⅲ――随心院調査報告・国際研究集会報告・笠置寺調査報告』二〇〇八年三月）に影印と訓読による翻刻がある。粕谷隆宣「中性院聖憲と阿字観」（『頼瑜僧正七百年御遠忌記念論集　新義真言教学の研究』大蔵出版、二〇〇二年）に拠れば、「聖憲の阿字観に関する著作として、写本・板本等数種が伝えられているが、実際に聖憲自身の著した『阿字観』（『病中寓言』）は一書である。『仏書解説大辞典』には、『阿字観鈔』『阿字観寓言鈔』『阿字観節解』『阿字観秘伝鈔』を聖憲作としてあげている。しかしながら、これらはいわば聖憲の阿字観の注釈書というべきであり、純粋な聖憲作の『阿字観』と混同されているのである。すなわち高野山西南院良尊（一六一一六頃）の『阿字観鈔』（版）、華海の『阿字観節解』（版）、智積院第二世祐宜（一五三六～一六一二）の『阿字観秘伝鈔』（写）等は、いずれも聖憲の『病中寓言』をもとにして阿字観の得益を説いた書である」という。聖憲『阿字観』本文は『寓言鈔』や『阿字観鈔』の被注本文として所引される。単独の活字本文は、『阿字観秘決集』（明治四十五年、雷密雲編、定光院発行）などに所収される。良尊の『阿字観鈔』については、森口光俊「聖憲作、良尊鈔注「病中寓言阿字観鈔」考（一）～（三）」（『智山學報』五九～六一輯、二〇一〇～二〇一二年）参照。

（24）前注所掲拙稿参照。なお、『本朝高僧伝』巻十七はここを、「憲（＝聖憲）之従弟大徹禅師。住二摂之護国寺一。唱二洞上之宗一。憲著二阿字観法一篇一。以示二学侶一。乃呈二徹公一。徹雑二禅語一。以加二雌黄一」と解し、禅者とは彼の従弟の大徹宗令（一三三三～一四〇八）であるとし、また禅籍・禅語について大徹の添削を受けたことを言うが、根拠は未詳（『本朝高僧伝』巻十七、「根来中性院沙門聖憲伝〈結網集巻中、東国高僧伝〉」、大日本仏教全書による）。『結網集』巻中、『東国高僧伝』巻一〇の聖憲伝、いずれにも大徹来訪を執筆の契機とはいうが、大徹添削については、記されない。

（25）詳しくは本書第九章「仏法大明録と真心要決――沙石集と徒然草の禅的環境――」に於いて考察する。

（26）『渓嵐拾葉集』本文の複雑さについては、田中貴子『『渓嵐拾葉集』の世界』（名古屋大学出版会、二〇〇三年）に詳論があるが、いまここでは仮に「大正蔵」に依る。

（27）菊地は著書再録稿では、西脇哲夫「無住と光宗――『沙石集』の一考察――」（『國學院大學大學院紀要――文学研究科――』第一二輯、一九八〇年度）を指示する。

（28）三角前掲「いわゆる狂言綺語観について」他参照。

(29) 引用は「西大寺蔵写本『妻鏡』」(加賀元子『中世寺院における文芸生成の研究』汲古書院、二〇〇三年)により、『日本古典文学大系　仮名法語集』の区切りを参照した。『沙石集』には「深ク習ヒ、舌相言語、皆是真言也。仏陀ノ名号、何ゾ真言ニアラザラン」(一二三〜一二四頁)ともある。
(30) 『渓嵐拾葉集』における『宗鏡録』批判については、関連する論考として、本書第九章を参照されたい。
(31) 後者は菊地論文にもいうように、『沙石集』序文に通用する。同序は続けて狂言綺語を説くが、既述した如く『和漢朗詠集』古注の世界では、「麁言軟語…」の句は、「狂言綺語」への注として機能している。
(32) 先述したように、菊地はこの箇所の注で荒木旧稿に言及する。
(33) 狩野文庫本『聖財集』下巻。いま論点を確認する意味もあり、引用は、小島孝之「無住晩年の著述活動」(同氏『中世説話集の形成』若草書房、一九九九年、初出一九八〇年)に準じた。
(34) 『声字実相義』などをめぐる空海の同書の言語観とジャック・デリダの比較論については、井筒俊彦前掲『意味の深みへ』、及びAbe, Ryuichi. *Weaving of Mantra.* New York: Columbia University Press, 1999. の第三部(第七節)、"Semiology of the Dharma; or, The Somaticity of the Text"にすぐれた分析がある。

第九章　仏法大明録と真心要決
――沙石集と徒然草の禅的環境

一　無住『沙石集』と兼好『徒然草』――その類似と禅的環境

十三世紀の後半の起筆から十四世紀をまたぎ、『徒然草』が誕生する「一歩手前」まで、無住一円は『沙石集』の改訂を続けた。無住と兼好は、近しい時間を重ね合わせて生き、各々の流儀で〈あづま〉を深く体感した。そうして成立する『沙石集』と『徒然草』は、それぞれユニークなスタイルを具現して、現代にいたるまで広く享受されている。散文の成立をめぐる両書の距離感については、しっかりと把捉して分析を進める必要があるが、ともに中世の時代思潮の中で、説話を巧みに引きながら、笑いと教訓の振幅を自在に往来する書きぶりで、読後感は、相互にどこか似通っている。具体的な記述について、類似が指摘されることもあり、その影響関係をめぐっては、早くから議論がある。(1)

しかし繰り返された改稿と、受容の豊富さとも相俟って、『沙石集』は、諸本の関係が単純ではない。『徒然草』という作品も、叙述の作法に独特の個性があり、記述の出典認定にはそれなりの手続きを要する。種々の面で、この二つの名編の間に明確な典拠関係を確定させることは、必ずしも容易ではない。

この関係性を考えるために、これまで十全には検討されてこなかった要素として、禅的環境の問題がある。本書第三章以下で論じてきたように、東福寺開山聖一国師円爾の弟子だったという無住と『徒然草』を架橋する文献として、円爾が将来した南宋の圭堂編『新編仏法大明録』二十巻（以下『仏法大明録』『大明録』などと略称する）という、新来仏典受容の問題がある。本書第三章では、『徒然草』二三五段に見える、家・鏡・虚空のなぞらえをめぐって、『仏法大明録』及びその仮名抄の『明心』に就いて考察し、第四章では、『明心』も含めた、仮名法語に見られる禅的な思想展開と『徒然草』との関係を追っている。(2)

『仏法大明録』と『沙石集』については、より直接的な関係がある。本章の礎稿の一つ「無住と円爾――『宗鏡録』と『仏法大明録』の周辺――」では、無住の師である円爾との関わりに注目して、『宗鏡録』とともに、『仏法大明録』の照らし出す問題を考究した。この論については、仏教学、宗教思想史、歴史学などの観点から、相応の批評を得たが、(3)現在の視点から、修正すべき点や対論すべき問題もある。

そこで本章では、上記の状況を承け、旧稿に整理と補訂を施しながらあらたな視点で再論し、『仏法大明録』受容のもっとも早い確例である良遍『真心要決』を軸とする、いくつかの問題についても考察を深め、現時点での定稿としたいと考える。

二　聖一国師円爾に於ける『宗鏡録』と『仏法大明録』

聖一国師円爾（一二〇二～一二八〇）は、その「禅風」いかにも「包容力に富」み、「教宗との関係が多く、『大日経』を講じ、『宗鏡録』『大明録』などの禅教融合の思想をさかんに説」いた、などと説明される（今枝愛真『禅宗の歴史』至文堂日本歴史新書、一九六二年）。『仏法大明録』は、仁治二年（一二四一）に帰国し、寛元元年（一二四三）

に上洛して、九条道家らの庇護を受けるようになった円爾が、将来し、そして自らの思想表現のために強調した新しい聖教であると考えられている。『仏法大明録』は、同じく円爾が講義して普及した『宗鏡録』とともに、特筆されるべき中世的仏典なのである。

『宗鏡録』の方は、今日でもよく知られている。(4) 円爾に関しても、「教禅一致を説く『宗鏡録』（永明延寿が宋の建隆二年（九六一）に著したもの、法相・三論・華厳・天台と禅の融合を説いたもの）を後嵯峨天皇や近衛兼経等の前で盛んに講じている」(5)と解説される如くである。円爾没の翌年、弘安四年（一二八一）に成立した『聖一国師年譜』(6)では、次のように記述されている。

（寛元三年（一二四五））師四十四歳○詣レ闕ニ進二宗鏡録一ヲ。帝（＝後嵯峨）万機ノ之暇ニ。常ニ読二此ノ録一ヲ。親ク題二其ノ後一ニ曰下ヘリ朕得二テ此ノ録ヲ於爾師一ニ。見性スル事已了上ヌト。
（寛元四年）師四十五歳……○岡屋ノ藤ノ兼経命シテレ師ニ講二シム宗鏡録一ヲ。円憲・回心・守真・理円等ハ咸《ミナ》預ルレ座ニ。唯理円ハ百日唱導ス。世ニ称二未曾有一ト。

（『聖一国師年譜』）(7)

『沙石集』に関連して、三木紀人は、『宗鏡録』の「我国への伝来は、寛治八年成立の「東域伝燈目録」にまで遡る事ができる」。「後には「学者修心之要法」（「禅籍志」）として特に禅林に流布するようになる」が、「その機運は、他ならぬ弁円（＝円爾）の重用（「年譜」寛元三年、同四年の条など）によって促進されたものであろう」(8)と述べている。『宗鏡録』受容史の側から観ても、円爾の存在は、切り離せない密接性を有している。

一方『仏法大明録』の受容は、円爾の披瀝した三教一致思想と一体的である。芳賀幸四郎のまとめを参照しておこう。

その年譜によれば、文永五年に堀河基具の質問に答えて三教の大旨をのべ三教要略を呈し、建治元年には亀山法皇に召されて三教の旨趣を進講したとある。またこれより先き正嘉元年には、北条時頼に対し南宋の圭堂の編した大明録——三教一致を旨趣とするこの書を講じたともある。(9)

ただし「学者修心之要法」と評された『宗鏡録』に比べて、『仏法大明録』の意義とその受容の具体相については不明な点が多い。近代以降初めての公刊となった『禅学典籍叢刊』第二巻（臨川書店、一九九九年）の椎名宏雄解題でも、「本書はほとんど近代学問研究の対象にされていない。その理由は」、「本書は大蔵経や叢書類には含まれず、単行本も稀覯書であって閲覧が容易でないこと、伝記や系統が不明な一居士の著作であること、わが碩学の虎関師錬が本書を論難し排斥したこと、などがあげられる」と記述されている。(10) 円爾に於いて一対のこの両書には、大きな評価の分かれ目があった。椎名が付言するように、『仏法大明録』については、無視ならぬ排除の歴史があるのである。(11)

三　虎関師錬の『仏法大明録』忌避

『年譜』によれば、円爾は、師の佛鑑禅師（径山無準師範）より『仏法大明録』を付託された。帰国後まもなくの進講が知られる『宗鏡録』に対して、『大明録』の場合は、十数年経ってようやく、前年に執権を辞任したばかりの北条時頼に講義されたと記録される。

（仁治二年（一二四一）、宋淳祐元年）四月二十日。辞二佛鑑一。佛鑑出二楊枝法衣。並大明録一。以付レ之。

（正嘉元年（一二五七））師五十六歳……平元帥時頼。請テ入テ二相州一。講セシム二大明録一ヲ。元帥敬二信之一。

ところが、先に触れたように、虎関師錬（一二七八～一三四六）は、この伝記的事項を徹底的に文献批判し、『元亨釈書』には載せないことを宣言した。

論曰。或《人ノ》言。爾師辞二佛鑑一。鑑付二大明録一曰。宗門大事備二此書一。子帰二本土一以レ是為レ準。爾携而帰。故平副帥屢聞二于爾一。今此書不レ収《ルハ》二此事一。恐遺漏与。曰。是伝者之妄也。蓋爾師帰時。将来経籍《ケイセキ》数千巻。見今普門之書庫。内外之書充レ棟焉。其中有二仏法大明録二十篇一。是以世人託《ツク》レ言耳。予見二其書一。謬妄之甚不レ可レ言矣。故我通衡之中。掇二其尤者一非レ之。凡数十条。又夫佛鑑老人《ハ》。楊岐中興。正眼洞明。寧有二斯言一乎。只其爾師屢閲二群書一。其間或采二大明之相似処一資二談柄一耳。後学不レ委。輙加二佛鑑付授之言一也。今我挙二通衡之一二一。学者択《ヘヨ》焉。

（『元亨釈書』巻七・浄禅三之二・慧日山辯圓、新訂増補国史大系）

或人が言う。円爾の師佛鑑は、『仏法大明録』を円爾に付属し、宗門の大事がこの書に備わっているから、日本に帰ってこれを目安とするように、と命じた。円爾は同書を携えて帰国した。北条時頼（平副帥）はしばしば円爾から『仏法大明録』について学んでいる。『元亨釈書』にそのことを載せないのは遺漏では無いか、と。虎関師錬は、それは「伝者之妄」である、と反論する。そんな風に誤解された理由は、円爾が数千巻将来して、汗牛充棟、普門院にもたらした経籍の中に、たまたま『大明録』二十巻が存していたために、世人がそれに託《かこつ》けて結び付けたものだ。自分も『大明録』を見てみたが、その書の内容たるや、「謬妄」甚しく話にならない。故に自分は採録しない。佛鑑ほどの人が、『大明録』を「宗門大事」としてこの書を備えよ、などと言うわけがない。

円爾師は群書閲覧の博学である故に、たまたま『大明録』と類似した記述を採って、講じ談ずる話柄に資しただけだと述べるのである。(12)

こうした論述を行う意図は、『聖一国師年譜』当該記事の抹殺にあるともいわれる。(13)『元亨釈書』は、『宗鏡録』については、全く別の対応をしている。右の『大明録』批判の前に、円爾付属の『宗鏡録』をめぐって、自らの体験を誌しているのである。自分（＝虎関師錬）はかつて幼い日、亀山院のおそば近くで『宗鏡録』全篇がうずたかく積まれているのを見た。閲読すると、その終わりに、亀山院の父後嵯峨帝の筆跡があった。そこには、朕は円爾師よりこの『宗鏡録』を得て見性した、と誌されていたという。

賛曰。余昔陪二文応上皇一（＝亀山）。御几上堆《ウツタカフス》二巨編一。跪而閲レ之。宗鏡録全篇也。其終有二寛元帝（＝後嵯峨）宝墨一。曰。朕得二爾師之此録一。見性已了。宸奎爛然。時余尚幼。以為《ラク》。慧日（＝円爾）之於二帝者一也拳拳タリ。逮レ修二此書一見二其侍レ病之事一。益欽二睿翰之不一レ謾矣。

これは、円爾が内裏に招かれ、後嵯峨に『宗鏡録』を進講したと伝える『聖一国師年譜』寛元三年の記載を意識しつつ、『釈書』円爾伝の本文中で述べる両院と円爾との師弟関係を前提にした賛である。また『釈書』円爾伝では、後嵯峨院が円爾を師として禅門菩薩戒を受けたこと、亀山宮に七日も留めて法要を敷宣させ、上皇手づから黄金の扇を円爾に与えたこと、文永九年の不予の時、円爾を宮に喚び長期の看病に当たらせたこと（「勅レ爾侍レ病。陪レ宮逾レ旬」）、また亀山天皇が、翌年冬、同じように円爾を召して禅門菩薩戒を受けたこと、などを記しているのである。

続けて『釈書』円爾伝は、建治元年（一二七五）に亀山院が亀山宮で「三教微旨」を談ぜしめたこと、同二年、今度は、宝治上皇（＝後深草院）が菩薩戒を受けるが、「又入レ宮問二禅要一。藤相国兼経屈レ爾講二宗鏡録一。多会二性相碩師一為二聴徒一。円憲。回心。守真。理円。皆一時之英髦《ホウ》也。輦下指為二未曾有勝集一」と記述され、亀山院はふたたび、円爾の『宗鏡録』講義を聴いている。さらに『釈書』円爾伝は、建治二年条に「近衛藤相国受二菩薩戒一。堀河源太師詢二三教大旨一。爾述二三教要略一呈レ之」などと円爾が盛んに「三教」を説いていたことを記す。そして同書円爾伝は、「爾赴二相州一。館二亀谷山一。副元帥平時頼延二府裏一受二禅門菩薩戒一。平帥問曰。今諸方説法各別。或曰。妄心縁起而有二生滅一。真心不動不生不滅。或曰。大疑下有二大悟一…」云々と北条時頼との逸話を叙し、円爾と時頼との問答へと続いていく。

『聖一国師年譜』では、まさしくこの箇所に『仏法大明録』講義のことが記されるのだが、『元亨釈書』には見えない。だがよく読めば、『釈書』円爾伝の前後の文脈にも「三教大旨」や「三教要略」などへの関説があり、『仏法大明録』の所説を強く想起させるものがある。しかしついに『元亨釈書』は、『仏法大明録』という固有名を円爾伝の時系列を記す本文中から排除して載せていない。いわばすべてを『宗鏡録』の手柄に帰してしまうのである。虎関師錬『元亨釈書』の権威と影響力は、両書の命運を決定づけてしまった。

四　普門院蔵の宋版『仏法大明録』と古写本が示すこと

『仏法大明録』自体についての評価と位置づけは、虎関師錬の眼力の問題であり、彼の自由だろう。しかしその記述に依拠して『聖一国師年譜』の伝記的事項そのものを葬り去ることは、思想史的真実をゆがめることになる。もっとも、『徒然草』の兼好とほぼ同時代を生きたとおぼしい虎関師錬がこれほどまでに『仏法大明録』を峻拒しようとするのは、逆に当時の流布を裏書きする、ともいえるだろう。先掲『元亨釈書』円爾伝の「論曰」

が或人との問答として自ら述べていたように、虎関師錬本人は『仏法大明録』を手にとって確認している。円爾将来伝書を中心とする、東福寺蔵『普門院経論章疏語録儒書等目録』（大道一以（一二九二～一三七〇）筆）には、「大明録　三冊」と記載されている。(14) 前掲『禅学典籍叢刊』解題が指摘するように、同叢刊に影印された宋版本（東福寺塔頭寺院の霊雲院蔵）は四冊本ではあるが、「普門院」の古い朱印が押されている。冊数に相違はあるものの、この宋版本自体を円爾将来本だとする推定もなされているのである。(15)

また椎名宏雄「『仏法大明録』の諸本」（本章注13所掲）は、松ヶ岡文庫蔵の写本に「正嘉元年」「普門寺書写了」云々の識語が存することを報告する。同年は、「円爾が」「時頼の請により『大明録』を講じた年」（同上論文）に当たる。

近時、この重要文化財指定の松ヶ岡文庫所蔵『新編仏法大明録』写本の修復が完成し、次の二篇の論文が発表された。

・石井修道「『新編仏法大明録』について」（『財団法人松ヶ岡文庫研究年報』二四号、二〇一〇年）
・半田昌規「新編仏法大明録の修理について――平成の大修理――」（同上誌）

石井論文には、『仏法大明録』松ケ岡文庫についての書誌的概観と諸本への言及、研究の現在の紹介があり、その個別的読解を通じて、本書の定位にも及ぶ。半田論文では、修復によって判明した細かな書誌的要素についての記述があり、今後の文献学的調査への反映が期待される。

石井論文により、その書誌事項についても詳細に確認することができる。松ヶ岡文庫本は石井積翠軒旧蔵本で、八冊本二十巻の内、十五巻が残る。

…同時に指定された重要文化財として、小田原市の松田福一郎蔵『新編仏法大明録』二冊（二〇巻の内、巻一〇・一二・一八・一九）があるが、残念ながら今のところ巻一二は所在不明である。

両所蔵本には諸所に「普門院」の蔵書印があり、やや小さ目の「光明院」の印も存していて、そのことは元来の所蔵が、東福寺普門院に所蔵されていたことが知られて重要である。なぜならば、文庫本の巻一の末尾に、次の識語が見られるからである。

正嘉元年閏三月廿二日、於普門寺書写畢。

石井はこのように、『大明録』の所在と円爾の時頼への『大明録』進講の事実に関わる年時の識語についても、明瞭に呈示する。(16)

『普門院経論章疏語録儒書等目録』には、先の三冊本「大明録」とは別に、「菓」の項に「大明録〈十一冊書本〉」（第二十五葉右、別筆）とも誌されている。石井論はこの松ヶ岡文庫写本をその「十一冊書本」に比定している。ともあれ、当時、東福寺普門院には、確実に刊写複数の『仏法大明録』が存していた。円爾がある時期、本書を熱心に弁じたことは、もはや否定しようのない事実である。

加えて、円爾が実際に『仏法大明録』の意義を強調していた時期があったことを傍証する資料がある。それが前掲旧稿「無住と円爾――『宗鏡録』と『仏法大明録』の周辺――」で指摘した、良遍の『真心要決』なのである。

五　良遍著『真心要決』における『仏法大明録』引用

私が専門領域とする日本文学研究ではなじみの薄い書物であるが、『真心要決』は、仏教学史上著名な学書である。法相宗の学侶で『観心覚夢抄』『法相二巻抄』ほか多くの著を持つ良遍が、法相宗の側から「禅宗と法相宗との対比異同を論述し、究極において両者は不異なるものとして融即せしめようと」（太田久紀「良遍の『真心要決』と禅」[17]）した「ものとしてきわめて貴重なものである」（同「法相宗にみられる禅の影響——特に良遍の場合——」）。[18]「前抄」一巻、「後抄二巻からなり、後書によると、「前抄」は寛元二年（一二四四）十一月に、「後抄」二巻は寛元四年（一二四六）三月に著されたもののようである」（太田「良遍の『真心要決』と禅」）。[19]

注目すべきは、同書「後抄」において、「法相同禅宗」を説明した次の部分である。

次以二禅宗一同二法相一者。若如二当時風聞説一者。彼宗亦許二修習増進一。非三得法即頓究竟一歟。（中略）今依二自宗一推二尋其類一。是当二前生修習之類一歟。幾分絶者亦当二十住初住等位一歟。此等位人亦難レ思故。何況伝二聞禅師説一云。大悟頓機夢中已経二三僧祇一人也。云云　如二此説一者等覚位歟。若爾両宗都不二相違一。是以彼宗仏法大明録第六云。伝燈録圭峯宗密禅師示二尚書温慥一云。能悟二此理一即是法身。本自无生何有二依託一。霊霊不昧。了了常知。无レ所二従来一亦无レ所レ去。然真理雖二然頓達一。此情難二以卒除一。豈可三一生所修便同二諸仏功用一。但可下以二空寂一為中自体上勿レ認二色身一。以二霊知一為二自心一勿レ認二妄念一。妄念若起都不レ随レ之。即臨二命終時一自然業不レ能レ繋。雖レ有二中陰一所レ向自由。天上人間随レ意寄託。〈注云。此是第三位受生自在也。〉若愛悪之念已泯即不レ受二分段之身一。自能易レ短為レ長易レ麁為レ妙。〈注云。此是第二位変易自在也。〉若微細流注一切寂滅。唯円覚大智朗然独存。即随レ機応二現千百億身一度二有縁衆生一名レ之為レ仏。〈注云。此是第一究竟自在位也。〉

（『日本大蔵経』法相宗章疏二）

ここで良遍は、『仏法大明録』巻六を明示して引用する。そしてこの後、「受生自在当二於地前一。変易自在当二於地上一。究竟自在即仏果也。全不レ違哉」と自らの言葉で論を進めていく。

所引部は『仏法大明録』巻六の文章そのままである。実は『仏法大明録』当該箇所もまた、『景徳伝燈録』巻十四（大正蔵三〇八頁）からの引用なのであるが、「注云」として記される山括弧で示した小書部分は『景徳伝燈録』には無い。『真心要決』は、この部分も『仏法大明録』に一致している。(20) ただし『仏法大明録』では、その前後に、編者「圭堂」の文章（「圭堂曰、雖レ有二中陰一、所レ向自由、此小乗之事也（中略）易レ短為レ長易レ麁為レ妙、此大乗之事也（下略）」）があるが、『真心要決』はそれを引かない。

そして右の引用部は、『仏法大明録』二十巻のうち、巻六という場所に存している。その引用の様相からも、良遍が『仏法大明録』を相応に読み込んでいたことが予想される。

とりわけ『真心要決』が「彼宗仏法大明録」と誌していることが重要である。良遍が『大明録』を禅宗の立場の書と捉え、その典型的・代表的記述を含むと認識して、この書を参看していたことが推察されるからである。一方で良遍は、引用された箇所が『景徳伝燈録』の孫引きになってしまっていることに頓着せず、また肝心の編者「圭堂」の文章を引かない。ここからは、法相の立場と、その視点からの禅宗受容の一面性と距離感とが知られる。

『仏法大明録』には、『景徳伝燈録』からの引用が非常に多い（椎名前掲「『仏法大明録』の諸本」の「引用文献索引」）。『景徳伝燈録』は大部で、法嗣の理解がない門外には、適所への簡便な参看が難しい書物である。『仏法大明録』の引用は、その助けになる。『大明録』は、他流や俗人にとって、『景徳伝燈録』のような禅宗本流の書物に対する索引の便をも兼ね、手頃な類書や語録集の如く用いられて、禅宗入門としての役割をも果たしたことだろう。(21) 本書が、時頼に講じられたことも、その性格の一端を物語る。(22)

六　良遍『真心要決』の成立と円爾そして『仏法大明録』所引のこと

加えて、良遍の論法に、より注意すべき点がある。良遍『真心要決』は「以二禅宗一同二法相一者」という、禅宗と法相の一致を論じていくところで、「当時風聞説」を引き、「彼宗」＝禅と「自宗」＝法相との類似を探る。さらに「何況伝聞禅師説云」と「禅師説」に踏み込んで論を確認する。そして「此説」を踏まえ、もしそうであるならば、禅・法相両宗には全く相違がないと判じ、「是以彼宗仏法大明録第六云」と『仏法大明録』の引証に至るのである。

この「禅宗」と「禅師」とは、どうやら円爾を指している。(23)『真心要決』は、良遍と円爾との直接的な関わりで生まれたと所伝する。(24)またそれは、円爾の『宗鏡録』講義をめぐる人物関係から傍証される。

「真心要決」は（中略）聖一国師円爾に呈したものと伝えられている。良遍が、円爾に呈した書状がつたえられているが（本朝高僧伝・蓮阿菩薩伝）、それは真心要決に添えて送られたものという。（中略）「蓮阿菩薩伝」によれば、円爾が東福寺に「宗鏡録」を講じたのを、木幡観音院の真空と共に聞きに行き、その講が終わった後に、真心要決と共にこの書状を呈したという。「聖一国師年譜」を見ると、寛元四年（円爾四十五歳）の条に、九条道家が普門寺を建てて円爾をこれに居らしめ、岡屋兼経が円爾をして宗鏡録を講ぜしめた。円憲・廻心・守真・理円等がみな座に預かったという。廻心は即ち真空の字《あざな》であるから、おそらく良遍もこの時に聴講したものであろう。　（田中久夫「著作者略伝（良遍）」『日本思想大系　鎌倉旧仏教』）

（建長元年（一二四九））師四十八歳……○相宗ノ良遍ハ。述ニス真心要訣三巻一ヲ。師序ニ其ノ後一ニ。　（『聖一国師年譜』）

（良遍は）嘗謁二聖一国師于東福寺一。諮二詢禅要一。寛元四年（＝一二四六）春。論二本宗極致一。著二真心要決一副二呈書簡㆒。以需㆓国師之跋語㆒。

（『本朝高僧伝』良遍伝、大日本仏教全書）

円爾弁円との相見であるが『本朝高僧伝』「良遍伝」によると、（引用略）とあり、良遍は、聖一国師円爾弁円に謁し、後『真心要決』を著わしてそれを円爾に呈し、円爾はそれに跋語を記したと言われている。『聖一国師年譜』にも建長元年の項に（引用略）とあり、この二つの記録には時期的にいささか曖昧な点があるけれども、いずれにしてもこの二人の間には深く通い合うものがあったと考えてよいであろう。（中略）良遍が、自ら円爾に謁して禅を問うたということは、余程強く禅への関心を持っていたと考えてよいであろう。『本朝高僧伝』によると、良遍がその生涯に、直接参じた人というのは、唯識教学を受けた覚遍と、受具した大悲覚盛と、この円爾弁円だけのようである。『伝』が全てを伝えているとはもちろん言えないが、少くも、生涯に大きな意味を持った人達であることには間違いなかろう。しかして、良遍の一乗的傾向への重要な要因となった人として、円爾弁円を考えることは無理ではないと思う。

（太田久紀「法相宗にみられる禅の影響——特に良遍の場合——」(25)）

この問題を決定的に論証付けるのは、良遍が『真心要決』の中で、「禅師説」を承け、「是以《ここをもつて》彼《かの》宗の『仏法大明録』巻第六に云はく」として引証することである。前述したように、円爾と『仏法大明録』は不可分の存在としてあったからだ。

改めて東福寺蔵『普門院経論章疏語録儒書等目録』を参看すれば、「水〈用之〉」の項目には「眞心要決〈上中下三巻〉」（第二十葉左、別筆）が掲載されている。大道一以とは別筆の箇所ゆえ、その評価には慎重でなければならないが、良遍の『真心要決』が、円爾もしくは東福寺側へと奉呈され流伝する経緯を考える上で、注目すべき記述である。

こうして、『真心要決』の成立時期と、一方で強調される『宗鏡録』との関係にも、あらたな視点を提供できるだろう。先引したように、寛元四年の円爾『宗鏡録』講義については『元亨釈書』も記録し、「一時之英髦が集結し、「輦下指為二未曾有勝集一」との評価を受けたと引用している。ただし、肝心の『真心要決』成立については、同書「後書」に寛元二年及び四年という年時が記されるのにもかかわらず、伝記資料間で成立年を異にしている。『元亨釈書』もその時日を記さず、「相宗之尤者良遍。稟二爾解銓一撰二真心要訣三巻一。就乞二跋語一」と叙述するのみである。

『聖一国師年譜』の所説に従って『真心要決』がたとえ建長元年（一二四九）の成立であったとしても、仁治二年（一二四一、宋淳祐元年）に、円爾が佛鑑から『仏法大明録』を付託されたことを十分に裏付ける年代関係である。そして正嘉元年（一二五七）になされたという、円爾から時頼への進講をはるかにさかのぼる古い受容例として特筆される。

そしてもし寛元二年（一二四四）に「前抄」、同四年に「後抄」が成立したという『真心要決』自身が記すとおりであるならば、それは『宗鏡録』の進講の年時と合致する。『本朝高僧伝』が記述する『宗鏡録』に加えて、『仏法大明録』の講義の事実を併記できることになる。虎関師錬のバイアスを外せば、円爾に於いて、『仏法大明録』と『宗鏡録』とが、本来の意味で、相補的に用いられた両輪の重要文献であったことが裏付けられる。

七　「真心」と「妄心」をめぐる『宗鏡録』と『仏法大明録』の位置

太田久紀は、『真心要決』には総体に「禅宗の影響」が見られることを指摘し、その「禅宗」のさす対象は「円爾」である「可能性」が「最も大きい」と推定した（「良遍の『真心要決』と禅」）。その理由として太田は、五つの要素を挙げている。私に整理して示そう。

第一、「良遍と円爾の直接の交渉」、

第二、「『前抄』の後書に、良遍が円爾に直接相見する以前に、すでに円爾の禅風に、間接的に触れていたらしいことを窺わせる表現」が存すること、

第三、表題の「真心」という語のこと。「良遍自身が『真心要決』という表題をつけているように、「真心」という語に相当重要な意味を含めて使っていると思われるのに」、「良遍は、書中に「真心」についてなにも説いていない。説いていないばかりではなく、自分自身のことばとしては、一度も「真心」という語を使っていない。「賛述云。亡妄想於空門。起真心於有府。」という引用文の中に一回見られるだけである」。「法相宗義の中では、「真心」という内容は説かれ」ず、「禅を正面から取扱おうとする本書においては、禅宗からとつたと考えてよ」い。「道元」が『正法眼蔵』の中で一度も「真心」という語を使っていないのに対して、「円爾が重視して講説したと言われる『宗鏡録』には「真心」という語がしばしば使われている所から考えると、「真心」の出所は、円爾或は円爾を経ての『宗鏡録』と考えるのが自然ではあるまいか」、

第四、良遍と『六祖壇経』の関係、

第五に、良遍の修行論。

太田による続稿である「法相宗にみられる禅の影響——特に良遍の場合——」では、あらためてそれぞれについて詳論がなされているが、[26] 三については、次のように述べられている。

これは、法相宗のことばではない。たとえば、慈恩大師の著作の中には「真心」という語は使われていないようである。良遍がはっきり書名を挙げていて「真心」という語が使われているものに『起信論』があるが、この場合、良遍が『起信論』からとったのか、禅宗からとったのか、どちらとも言えない。ただ禅宗との関係によって考えると、円爾を通してこの語を取り上げたとしてもよいかと思う。そして禅宗ならば、道元と円爾のどちらかというと、やはり、円爾だと言い得るようである。それは道元は『正法眼蔵』の中に一度も「真心」という語を使っていないのに対して、円爾には「真心」という語に接しうる可能性が十分にあるからである。というのは、円爾が常に尊崇し、自らも講じたと言われる『宗鏡録』の中には、「真心」という語はしばしば使われているのである。良遍が、書名にわざわざ冠した「真心」という語は、円爾――『宗鏡録』という繋りを通して得られたものと言ってよいように思うのである。この点からも道元ではなく円爾という感がする。

（太田久紀「法相宗にみられる禅の影響――特に良遍の場合――」）

このように、太田は、良遍の「真心」の用法の依拠を、円爾と『宗鏡録』にもとめた。田中久夫は、この説を「まことに重要な指摘と思はれる」[27]という全面的な賛意を表して承認している。一連のテーマに「真心」がキーワードであることを示す意味でも、この学説史は貴重である。しかし問題は、むしろ円爾が提示した『仏法大明録』という書の性格とその流伝にあるのではないか、というのが私の見解である。

『宗鏡録』は「一心」を教理的に解釈する百科全書と言われている[28]。同書には確かに「真心」という語が頻出する。特に巻三以降には「真妄二心」の理解が弁ぜられている（大正蔵四三〇頁～）。「一心」の問題」を論ずる『真心要決』（太田「良遍の『真心要決』と禅」）に、それはふさわしい先蹤であるが、対する『仏法大明録』では、冒頭に「明心」篇が立てられる。そこでは、引用経文を「圭堂曰」の形で釈して「真心妄心之弁」を「明」していく。この『仏法大明録』「明心」を仮名法語のように換骨奪胎したのが、本書でしばしば言及するように、『徒然草』読解に重要な視点を提供する、金沢文庫本亮順筆『明心』であった。

> 学道ノ人ハ先真心妄心ヲ可知一。（中略）又明心ト者、真心妄心ヲワクルナリ。諸法ノヲコルヲ我心ト思ケルハ妄心ナリ。此ヲ情識ト云。真心ト明鏡ノ如是ヲアキラムルヲ、明心ト云。

「明心」とは、まず「真心」を明らかにする要諦であった。『真心要決』に於ける「真心」という語の出所としては、そもそも明示的な依拠資料である『仏法大明録』を第一に挙げるべきなのである。[29] そのことは、用例からも明証される。

先述したように、『聖一国師年譜』によれば、正嘉元年（一二五七）、円爾は時頼に『仏法大明録』を進講する。その記事に相当する部分に『元亨釈書』は、禅門菩薩戒を受けた時頼が「今諸方説法各別…」以下の質問をするのを皮切りに展開する問答を描くのみ。『仏法大明録』の名前を記さなかった。しかし、当該問答の冒頭に「妄心縁起而有二生滅一。真心不動不生不滅」云々の記述が示されることを見落としてはならない。『元亨釈書』の中で「妄心」の用例はここ一箇所である。[30] それは、この「妄心」と「真心」とが、「真心妄心之弁」を「明」かす『仏法大明録』の所説に相当するということを、逆説的に証明するだろう。

一方『元亨釈書』に於ける「真心」の使用は、二例ある。右に示した時頼の質問中の一例と、もう一例は、書名『真心要訣』である。右に続けて記される先引の「相宗之尤者良遍。稟二爾解銓一撰二真心要訣三巻一。就乞二跋語一」という叙述である。そこには良遍の『真心要決』が円爾の教えを受けて書かれ、円爾に跋語を乞うたという記述があった。真心・妄心という語と『仏法大明録』そして『真心要決』とは、まさしく一対一に対応していた。

八　『真心要決』に対する『仏法大明録』のさらなる影響について

太田久紀は、『真心要決』の二巻「前抄」と「後抄」との間には、次のような興味深い差異があると指摘している。

「前抄」と「後抄」とには二年の歳月の隔りがあり、著作の態度にいささか異ったものがみられる。「前抄」は、良遍の一乗的傾向の強い法相教学の立場から、禅との対比異同を論述するもので、どちらかというと対他的な色彩を帯びている。これに対して「後抄」はずっと落ち着いた感じが強く、良遍自身の観心の到達点と、禅宗との異同を、自己の内面において、自ら問い自ら答えるという対自的な傾向のものと言ってよい。

（太田久紀「法相宗にみられる禅の影響——特に良遍の場合——」）

その融合的かつ内面的な「後抄」のほうに『仏法大明録』が所引されていた。『大明録』のインパクトは、思いの外、良遍に深い影響を及ぼしたのではないだろうか。「後抄」冒頭部は次のような譬喩から始まっている。

我弊室中〈宅識〉有㆓一愚人㆒〈妄執〉。常見㆓妄想㆒〈当情現相〉以為㆓実事㆒。多著㆓俗諦㆒〈随事差別〉不㆑信㆓勝義㆒。数数来現〈現行〉乱㆓吾正念㆒。本来習故〈種子〉欲㆑到不㆑得。然而志之処㆑及聊廻㆓方便㆒。所謂問答也〈心中簡擇〉。問是妄執。答即宗旨。皆対㆓自心㆒不㆑仮㆓外縁㆒。然雖㆓甚難㆑治、願縁当㆑得㆑悟而已。

すなわち、正念の乱るるを静めんとするけれども静めることができない。どうしたらそれを静めうるかと方便を廻らして、その方法として問答を考える。問答＝自問自答を通してその源を捉えようとする。しかし、それもまた妄執ではないのか。妄執を断つために、さらに妄執を重ねることではないのか、と反問する。そして、否、外縁を仮りずに自心に対して問答を重ねることは、法相の宗義として許される。これを通して乱心を正そうというのである。
（太田「良遍の『真心要決』と禅」）。

そういう本書の趣旨を述べるのに、「宅識」（阿頼耶識）として「弊室」を、そこに居る愚人を「妄執」に譬え、陸続と現れる「妄想」を説く。この譬喩の有り様が、その冒頭に選ばれたのは、あるいは『仏法大明録』の影響ではないだろうか。

（憍陳那が言う、客塵とは）「世尊、譬えば行客の旅亭に投寄して、或いは宿し或いは食す。食宿事畢《ことおわ》って、俶装《しゆくそう》して途《みち》に前《すす》み、安住するに遑《いとま》あらざるが如し。実の主人の若《ごと》きは、自《もと》より往く攸《ところ》なし。是《か》の如く思惟《しゆい》すらく、住せざるをば客と名づけ、住するをば主人と名づく、と。住せざる者を以て、名づけて客の義と為す。…」仏の言《のたま》わく、「是くの如し」…世尊、譬えば行客の旅亭に投寄して、或いは宿し或いは食す。食宿事畢って、俶装して途に前み、安住するに遑あらざるが如し。実の主人の若きは、自より往く攸なし。是の如く思惟すらく、住せざるをば客と名づけ、住するをば主人と名づく、と。住せざる者を以て、名づけて客の義と為す。…」仏の言わく、「是くの如し」。…
（『大仏頂如来密因修証了義諸菩薩万行首楞厳経』巻一、荒木見悟『仏教経典選中国撰述経典二　楞厳経』、本書第三章参照）

本書第三章で詳論したように、右を含む一連の『楞厳経』巻一の記述が、『仏法大明録』巻一・明心の劈頭に三段にわかって引用される（この部分は第三段目に相当）。『仏法大明録』はこの箇所に「此一段又以レ客喩二妄心一、主人喩二真心ニ一」云々の割注を付す。その後に「圭堂曰」として注を設け、「真心妄心之弁」を「明」して、「且何以謂二之妄心一。念々起滅。陸続而不レ息者是也」、「又何以謂二之真心一。本来面目。寂然不レ動者是也」と論を進める。『仏法大明録』にいう「真心」は、「主人」として「客人」たる「妄心」の「念々起滅。陸続不息」に対比される。仮名抄『明心』では、「妄心は影の如く、又客人の如し。真心は鏡の如く、又家主の如し。常の人此の如くなる影の客人を我が心と思ひ、念々に起滅してしばらくもやむ時なし」と説いている。

禅宗に対して「風聞」や「伝聞」など、相応の距離感をほのめかす良遍『真心要決』のような資料にとって、いささか専門的で煩瑣な『宗鏡録』よりは、むしろ『仏法大明録』の方が、彼の考える禅宗と法相の「融即」を論じるには、簡便で明快であった、ということになるだろう。こうして『宗鏡録』と併せて、『仏法大明録』についても、円爾の思想形成とその受容をめぐって、中世文学史上の大きな問題が存している。

九　『沙石集』の「真心」について

九・一　無住の「真心」用例――『聖財集』と『雑談集』

ここで、その受容相を考える上で重要な、無住『沙石集』の真心・妄心論の形成について考察を行っておこう。最初に管見の範囲で、無住の著作に見える真心・妄心の用例を示しながら概観しておきたい(31)。

まず着目すべきは「真心妄心ノ分別」を立項する『聖財集』中巻の一節である。

一　真心妄心ノ分別不レ可レ誤。首楞厳経ニ委細ニ説レタリ。知見ニ立テシヨリレ知、三細六麁ノ三道流転ハコレ妄心ノ始終也。知見ニ無レ見不生不滅ノ無相寂照、是レ真心ノ躰相也。地蔵ノ趣進大乗経曰、心ニ有二一種ノ相一。

一ニハ内相、二ニハ外相。復内相ニ有レ二。一ニハ真。二ニハ妄。真ト者ハ謂ル心躰本相如々ニシテ不レ異ラ。清浄円満ニシテ無障無碍。微密《ミ》ニシテ難レ見遍二スー切処一ニ云々。妄ト者ハ謂ル起念分別覚知縁慮憶想等ノ事。雖下モ復相続シテ能ク生中スト一切種々ノ境界上ヲ而内虚偽ニシテ無レ有二ル事真実心一。外相ト者ハ如二夢ノ所見一。略鈔経ニ細《コマカニ》説リ。要覧ノ人見給ヘシ。起信論ニ大綱相似タリ。殊ニ天台ノ祖師圭峯禅師大智律師等是ニ依用シ給ヘリ。愚僧多年持経ニセリ。(32)

『宗鏡録』と『仏法大明録』はともに、真心妄心の説明に『楞厳経』を軸に説明する。『聖財集』も同様だが、ここには『宗鏡録』や『大明録』の書名は見えない。その代わりに『禅源諸詮集都序』の著者、圭峰宗密の名が挙がっていることに注意される。(33)

次に『雑談集』の例に言及しておきたい。

真心ハ常住《ジヤウジュ》ナレドモ、悪心ハ浮雲《フウン》ノ如ク、水ノ泡ニ似タリ。時ニ随《シタカ》テ移《ウツ》リ行《ユ》ク。（巻四、中世の文学、一三四頁）

不動の「真心」の上を、雲のように、泡のように「移り行く」ものが「悪心」であるとするこの表現は、『徒然草』冒頭表現の注目すべき類例である。『雑談集』には他にも「忠国師の云、「真ハ水釈レク水ヲ、妄ハ水結レブ水ヲ」〈宝蔵論ニ有レ之〉」（七三頁）、「真ニ迷フヲ妄ト云。迷ヲ達スルヲ真ト云テ、迷悟ノ二心、如二ク水ト氷トノナレバ一」（二六一頁）という関連表現を見る。しかしここでは、右が直接的に『宗鏡録』に通じる表現であることに注意しておきたい。

古釈云。能推者。即是妄心。皆有二縁慮之用一。亦得二名心一。然不二是真心一。妄心是真心上之影像。故云。汝身汝心皆是妙明真精妙心中所レ現物。若執二此影像一為レ真。影像滅時此心即断。故云。若執二縁塵一即同断滅。以二妄心一攬レ塵成レ体。如二鏡中之像水上之泡一。

（『宗鏡録』大正蔵、四三一頁）。

問。真心常住遍二一切処一者。即万法皆真。云何而有二四時生滅一。答。了二真心不動一故。則万法不レ遷。即常住義。若見二万法遷謝一。皆是妄心。以二一切境界一唯心妄動。

（『宗鏡録』六〇六頁）(34)

九・二『沙石集』の「真心」と『宗鏡録』

さて『沙石集』の用例である。梵舜本を検するに、(35)「真心」という語を四例見出すことが出来、そのいずれもが「妄心（妄想）」という対概念に言及する。登場順に番号を付けて示そう。

（一）都仏《スベテ》〔ニ〕真身応身《しんじんおうじん》(ハ)オワシマス。又衆生《しゆじやう》ニ妄心智心《まうじんちしん》アリ。仏ノ真身《しんじん》ハ、無相常住《むさうじやうぢう》ノ法身《ほつしん》也。妄心《まうじん》ヲ以《も》テ縁《えん》スベカラズ。智心是《これ》ヲ照《てら》ス。（中略）慈悲《じひ》ノ応用ハ浪《なみ》ノ如ク、光ニ似タル也。水ヲ放《ハナレ》テ波ナク、燈《ともしび》ヲ離《はなれ》テ光ナク、体用無礙《たいゆうむげ》ニシテ、不二一体《ふにいつたい》也。分別《ぶんべつ》ニナス事ナカレ。衆生《しゆじやう》心モ真心《しんしん》ハ体也。水ノ如シ。情識ハ用也、波ニ似タリ。只波ヲシヅメテ水ヲエ〔え〕、応ヲ信ジテ真ヲ観《くわん》ズベシ。

（巻二―「（四）薬師観音利益事」、一〇一頁）

次の「無言上人事」の一節は、第三章他でも一部言及した四例目の「真心」だが、『宗鏡録』に枠組みを借りている点で、重要である。

（四）円覚経《ゑんがくきやう》ノ中《なか》ニ、観心《くわんじん》ノ用意《ようい》分明《ぶんみやう》ナル文アリ。四人ノ上人ガ風情《ふぜい》ヲ以テ為《して》レ譬《たとへ》ト、心ヲ可レし得。「居《こして》二一切時に一不レ起二さ妄念を一」ト云ハ、無言道場《むごんだうぢやう》ニハ、言語《ごんご》アルベカラズト、用意スルガ如シ。若《もし》妄念ヲ起スハ、「火カキアゲヨ」ト云如シ。「於二諸妄心に一亦不二息滅一」ト云《いふ》ハ、妄心《まうじん》モトヨリ〔虚《きよ》ナリ。体性寂滅セルユヘ（エ）ニ、コレ滅スベキニモアラズ。霊光《れいくわう》ハ又ケツベキニアラ〕ズ。滅セント思フ念、則妄分別《ちまうふんべつ》也。此故《の》ニ「瞥起《べつき》ハ是《これ》病、ツガザルハ是薬《これくすり》」トモ云《いひ》、「念《ねん》起ラバ覚《かく》セヨ、是《これ》ヲ覚スレバ則無《ちむ》也」トモイヘリ。「前念《ぜんねん》ハ是《これ》凡、後《ご》念《ねん》ハ是《これ》仏」トモイヘリ。又、「妄心シバシワ（バ）起ル。真心弥々明鏡也《しんしんいよいよめいきやう》」トモイヘリ。只本分《ほんぶん》ニ不レ闇《くらから》、妄念ニ目ヲカケザレバ、自本心《おのづからほんしん》明々タリ。猪金山《ゐのししこんぜん》ヲスリ、薪火《しんくわ》ヲ如レし増すガ。然《しかる》ニ念ヲ起シテ、滅セントスルハ、無言道場ニ、「物申様《まうす》ニ候《さふら》ハズ」ト云《いふ》ガ如シ。「住二して妄想境《まうざうきやう》に一不レ加二へ了知《れうち》を一」ト云《いふ》ハ、万境ニ向《むかひ》テ、現《げん》量《りやう》無分別《むふんべつ》ナラバ、道ニ相応スベシ。「六塵《ろくじん》不レ悪《あしから》、還《かへり》テ同二ス正覚一ニ」ト云ヘリ。然ニ知見《ちけん》ヲ起シ、比量《ひりやう》ニ随《したがひ》テ、分別計度《けたく》シ、能所《のうしよ》取捨ワスレザルハ、「クルワシタマフナ（ハ）」ト云《いふ》ガ如シ。「於二て無了知《むれうち》一に不レ弁二ぜ真実《しんじち》を一」ト云《いふ》ハ、無分別ニモ不レ可レから住す。所住ナキ是《これ》真実ノ所也。是《これ》ヲ無住ノ心体ト云《いふ》。所住有《ある》ハ本分ニ背《そむく》。智モナク得モナクハ、一念相応シ、霊智現前《れいちげんぜん》スベシ。若《もし》無分別の処ヲ執《しふ》シテ、真実ノ相《さう》ト思《おもは》バ、是妄執《これまうしふ》也。上座《じやうざ》僧ガ、只無言ナラバ咎《とが》アルマジキニ、吾《われ》無言ナリト思《おもひ》テ、「法《ほつ》バカリゾ物ハ申サヌ」ト云《いふ》ガ如シ。此の法門修行ノ肝要《かんえう》、覚者ノ亀鏡《ききやう》也。尤《もつとも》可二し用意一す。

（巻四「（一）無言《むごん》上人の事」、一七一頁）

所以円覚経云。清浄慧菩薩白レ仏言。（中略）此名二如来随順覚性一。善男子。但諸菩薩及末世衆生。居二一切時一不レ起二妄念一。於二諸妄心一亦不二息滅一。住二妄想境一不レ加二了知一。於二無了知一不レ弁二真実一。彼諸衆生聞二是法門一。信解受持不レ生二驚畏一。是則名為二随順覚性一。

釈曰。居二一切時一不レ起二妄念一者。念雖二即空一不レ可二故起一。或串習而生。或接続而起。或覚二前念非別一生後念二改悔一。総皆是病。但一坐之時内外心不レ生。即是真如定。設有二異境牽生一。唯明二正念一。正念者。即一心本法。心境倶虚。了二無所得一。於二諸妄心一亦不二息滅一者。即推二初念一不レ見二起処一。何須二断滅一。不レ見二起処一。是名二真滅一。住二妄想境一不レ加二了知一者。妄想内外諸境皆空。何須三強生二分別一。則不レ取不レ捨。妙定相応。於二無了知一不レ弁二真実一者。亦不レ住二無分別一。非レ実非レ虚。心無レ所レ寄。則得二本之正宗一。還原之妙性矣。

（『宗鏡録』八六八頁）

『宗鏡録』に引かれた『円覚経』は『沙石集』にも受け継がれるが、傍線を引いて示したように、それが、経文に対する「釈」の区切りに相当するところに着目したい。『沙石集』の当該個所には、この他にも『宗鏡録』からの引用が散見する。

又一念心起有二二種覚一。一約有心者。察二一念纔起一後念不レ続。即不レ成レ過。所以禅門中云。不レ怕二念起一。唯慮覚遅。又云。瞥起是病。不レ続二是薬一。故信心銘云。六塵不レ悪。

（大正蔵六三八頁）

還同正覚。智者無為。愚人自縛。

（四二〇頁）

覚二諸相空一。心自無レ念。念起即覚。覚レ之即無。修行妙門。唯在レ此也。

（六一四頁）

若前念是凡後念是聖。此猶二別教所レ収。今不動無明全成二正覚一。

（四九三頁）

故経云。仏性平等広大難レ量。凡聖不二一切円満。咸備二草木一。周遍二螻蟻一。乃至微塵毛髪。莫レ不レ含二一而生一。故云。能了二知一万事一畢也。是以二衆生一皆乗二一而生一。故云二一乗一。若迷故則異。覚故則一。故云。前念是凡。後念即聖。

（六一二頁）

なお、「猪金山ヲスリ、薪火ヲ増スガ如シ」は、大系頭注が言うように『摩訶止観』による。また、第三章他で言及した「妄心シバシワ起ル。真心弥々明鏡也」については、『渓嵐拾葉集』に、六祖得法の心地として、「異心散シ散ニ起ル心心弥弥明鏡ナリ」（大正蔵五三四頁）、「六祖恵能得法ノ語ニ云。妄心数数起ル心心弥明鏡」（同五三八頁）とあるのを見る。(36)

さらに、『沙石集』の該当章段「無言上人事」の後段には、次のように『宗鏡録』の名を挙げて論述する。

圭峰《けいほう》ノ宗密禅師《しうみつぜんじ》モ、「禅ハ仏ノ意、教《けう》ハ仏ノ言、諸仏ハ心口相応《しんくさうおう》ス」ト云《いひ》テ、三宗三教ノ和合《わがう》ノ事、宗鏡録《すぎやうろく》ノ第三十四巻半分《はんぶん》以下有リレ之。又、圭峰の禅源諸詮《ぜんげんしよせん》ノ中ニ在リレ之、上巻の終也。道人《だうにん》尤《もつとも》是《これ》ヲ給《たまふ》ベシ。

（一七四頁）

傍線部は、「故圭峯和尚云。謂ニ諸宗始祖一。即是釈迦。経是仏語。禅是仏意。諸仏心口。必不ニ相違一」という『宗鏡録』巻一の記述からの孫引きである。本例の『宗鏡録』依拠は、早く山田昭全の指摘するところである（『中世の文学　雑談集』解説）。(37)

九・三　無住の『宗鏡録』依拠が示すこと

しかし菅基久子「中世禅の仏語観――円爾弁円と無住一円――」(38)は、この部分について次のように問題提起をしている。

これまで、無住の記述に依拠して、延寿―円爾―無住という系脈が当然であるかのように提示されてきた。また『宗鏡録』の禅教融合を柱として、その融合思想の積極的な受容者円爾という位置づけがなされてきた。

しかし、無住がいみじくも述べているように、『宗鏡録』の禅教一致に関する部分は、ほとんど圭峰宗密の『禅源諸詮集都序』からの引用である。そうすると、禅教一致思想を継承する系脈は、遡って宗密に連なる系脈であることになるだろう。当該引用箇所に基づく禅教一致思想を基礎とする限り、永明延寿および『宗鏡録』は、系脈の起点ではなく中間点に位置する存在でしかない。それでは円爾自身はどうなのだろうか。

この問いについて、菅は、円爾『十宗要道記』の次の一節に注目する。

> 往生と成仏の両宗は、いはゆる三乗眼［根イ］性の可覚也。今此の仏心教外別伝は、黙示黙契の所悟也。……先達の云く、西天の釈迦文仏これを説くを教と為す、東山の菩提多羅これを示すを禅と為す、と。故に見性達道の説黙は即ち牟尼の意也、是心是仏の談論は実に多羅の素懐也。宗鏡録に云く、教は是仏語、禅は仏意なり、と。円覚経に云く、修多羅の教は月を標す指の如し、と。禅章に云く、十二の修多羅は十方の薄伽の空拳なり、と。（菅論文の訓読）

菅は「『宗鏡録』の「教」は『円覚経』や『禅章』に経典・教説を言っている「月を示す指・諸仏の空拳」に相当すると考え」、それは「仏意自体である禅を示すために設けられた、いわば仮の存在」であると解釈する。「円爾はこの引用によって〈教、すなわち仏の言説は仏意を示すもの〉であると規定して、〈仏の心意そのものである〉禅と区分し、教と禅と方法と本源と捉えている」。ここに「円爾の引用の典拠が、元々の『禅源』ではなく、『宗鏡録』である必然性が見えてくる」と論じている（前掲論文）。

本論では、そこまでの深読みは不要である。先引の如く原文に就けば、『十宗要道記』が引用する『宗鏡録』

が「故圭峯和尚云。謂二諸宗始祖一。即是釈迦。経是仏語。禅是仏意」とあることのほうが重要だ。『宗鏡録』は『禅源諸詮集都序』巻一からの明示的引用だが、『十宗要道記』は『宗鏡録』のみを挙げて「故圭峯和尚云」には言及しない。円爾が『宗鏡録』の所説として議論を進めようとした姿勢を見ることができるだろう。無住は敢えてこの部分を取り上げ、その背後に『禅源諸詮集都序』があることを確認する。しかも「円爾は『宗鏡録』からの引用中、「教」の字を用いて「教是仏語」としていた。この表記は、無住の引用においても同様に見られる。しかし、『宗鏡録』、『禅源』では、仏語とされているのは「教」ではなく、「経」である」（菅前掲論文）。これらは、無住が『宗鏡録』を受容する際に、『十宗要道記』をも参看した可能性を示唆するだろう。

九・四　無住の『仏法大明録』依拠の可能性

『沙石集』に現われる「真心」の語の残る二例は、（四）の例に近接して現れる。

（二）（三）近代道《きんだいみち》ニ志アル人アリト云ヘドモ、半《なか》バ遁世《トンせい》ノ風情《ふぜい》皆カハリタリ。此レ遁世ノアルベキヤウヲシラザルカ、乍《なが》レ知り難き二学一ビ歟《か》、思出ナキ身ニコソ。夫一切衆生《それいつさいしゆじやう》皆霊知覚了《れいちかくれう》ノ情ヲ具《ぐ》セリ。此の性《しやう》即ち仏性《ぶつしやう》也。此の仏性ヲ忘《ワス》ル、ヲ、生死《しやうじ》ノ凡夫《ぼんぶ》ト云《いふ》ゾ。本覚《ほんがく》ノ真心《しんしん》ヲ背《そむき》テ、幻化《げんけ》ノ塵境《ぢんきやう》ニ著《ジヤク》スルヲ、無明《むみやう》妄想《まうざう》ト云《いふ》。然《しかれ》バ法身ノ大我《だいが》ヲ忘レヌコソ、誠《まこと》ノ道人《だうにん》ノアルベキ様《やう》ニテ侍《はべる》ベキ。

圭峯《けいほう》ノ禅師《ぜんじ》云ク、「以て二空寂一を為《せよ》二自身《じしん》一、勿れレ認むる二コト色身《しきしん》一ヲ。以て二霊知一を為《せよ》二自心《じしん》一と、勿れレ認むる二こと妄念一を。作《なさ》二ば有義《うぎ》の事一を、是惺悟《これしやうご》の心、作二すは無義の事一ヲ、是〔狂乱の心〕。狂乱ハ由《よりて》二に情念一に、臨終《りんじゆう》ニ被るレ牽《ひか》レ業《ごふ》、惺悟《しやうご》ハ不レ随は情に、臨終ニ能々《よくよく》転レず業《ごふ》を」ト云ヘリ。

文《もん》ノ意《い》は、妄心分別《まうじんふんべつ》ハ、コレ狂乱也、真心《しんしん》ヲ忘ル。一念不生《ふしやう》ハ、コレ惺悟也、本心《ほんしん》ヲアラハス。情念ノ所作《しよさ》ハ、皆《みな》無義也、無常ノ果《くわ》ヲウク。無念ノ修行ハコレ有義《うぎ》也、常住ノ理《り》ニ叶《かなふ》。此の故ニ臨終ニ妄業《まうごふ》ニカヽミズシテ、自在《じざい》ノ妙楽《めうらく》ヲヱ《（エ）》ムト思ハヾ、行住坐臥《ぎやうぢうざぐわ》妄念ヲユルサズシテ、本心ヲ明《あきら》ムベシ。徳山云《とくさんいはく》、「無心に於事《こと》ニ、無事なれば於心に、虚《きよ》ニシテ霊《れい》也、空《くう》ニシテ妙《めう》ナリ。毫釐《がうりん》モ繋《カクレ》ば念ヲ、三途ノ業因《ごふいん》、瞥爾《べつじ》ニモ情生ズレバ万劫《まんこふ》ノキ鎖《サ》云云」。是行人《これぎやうにん》ノ用心、修観《しゆくわん》ノ亀鏡《ききやう》也。無心無事《むしんぶじ》ナルハ、真身《しんじん》ノアラハル、姿ヲ、繋念《けねん》ノ情生ズルハ、本心ヲ忘《ワス》ル、時也。此の故ニ、孔子ノ物語、アマネク天下《てんが》ノ人ヲ教《をしへ》テ、仏法ニ入ル、方便也。大唐ノ祖師ノ教誡、本朝ノ上人ノ物語、忘ル、事無クシテ、道人ノアルベキ様《やう》ヲ弁ヘバ、人身《にんじん》ヲ受《うけ》タル思出ナルベシ。古徳《ことく》ノ言《ことば》、先賢ノ誡《いまし》メ、識《しき》ニ薫《くん》ジ、神《しん》ニ染《そ》メ、骨《ほね》ニキザミ、紳《ヲビ》ニカクベシ。此の故ニ故人ノ云《イフ》、「神丹《しんたん》九たび転ずれば、点じて鉄を成す金《きん》ト、至理《しいり》一言、転ジテ凡《ぼん》ヲ成す聖と」ト云ヘリ。先賢ノ言《こと》バ、ヲ《（オ）》ロカニ思ハメヤ。

（巻三「（八）栂尾《とがのを》の上人の物語の事」、一六三～一六四頁）

この一節の結語に相当する部分に、先賢の言葉が引かれるが、これも、『宗鏡録』に拠る。

故先徳云。（中略）神丹九転点鉄成金。至理一言転凡成聖。狂心不歇歇即菩提。鏡浄心明本来是仏。

（四一九頁）

しかし、ここで注意すべきは、先行する「圭峯ノ禅師」と「徳山」の言である。『景徳伝燈録』（巻十三、圭峯。十五、徳山）、に拠るものだが（後者は『聖財集』中にも一部所引する）、『宗鏡録』には見出せず、『仏法大明録』に関連部分が引用されているのである。

伝燈録圭峯宗密禅師示尚書温慥云。（中略）但可以空寂為自体勿認色身。以霊知為自心勿認妄念。（同巻六）

圭峯宗密禅師曰、作有義事是惺悟心。作無義事是狂乱心。狂乱随情念臨終被牽業。惺悟不由情臨終能転業。（同巻二）

徳山宣鑑大師曰、（中略）汝但無事於心無心於事。則虚而霊空而妙。若毛端許言之本末者皆為自欺。毫釐係念三途業因。瞥爾情生万劫羈鎖。聖名凡号尽是虚声。（『仏法大明録』巻五）

『沙石集』が引く「圭峯」語録は『景徳伝燈録』巻十三末尾部分の二箇所の抜粋である（大正蔵三〇八頁上一二～一四行、同頁中五行～）。しかしその抄出の際、上記『仏法大明録』と同じく、『景徳伝燈録』に載せる偈文の注（大正蔵三〇八頁下参照）を引かない。さらに前掲『真心要決』が『仏法大明録』を引用した部分「伝燈録圭峯宗密禅師示二尚書温慥一云。（中略）但可下以二空寂一為中自体上勿レ認二色身一。以二霊知一為二自心一勿レ認二妄念一」と重なりをみせる。[39]

『景徳伝燈録』については、無住自身もしばしば言及しており、当然、直接参照していたはずであるが、『真心要決』との関わりで言えば、テーマに沿って、簡便に語録を参照するための工具書として、この例は、無住の『仏法大明録』を閲読を示す可能性を持つ。

十　無住と円爾――『宗鏡録』と『仏法大明録』をめぐって

十・一　円爾への述懐と『宗鏡録』

こうしたコンテクストの中で見るとき、先の文章に続いて記されるのが、無住自身が聖一和尚円爾の談義に参じた折の思い出であることが注目される。

故東福寺《ことうふくじ》ノ開山《かいさん》ノ長老、聖《しやう》一和尚《をしやう》ノ法門談義《だんぎ》ノ座ノスヱニ、ソノカミノゾミテ、時々聴聞《ちやうもん》スル侍《はべり》シニ、顕密《けんみつ》禅教《ぜんけう》ノ大綱《たいかう》、誠《まこと》ニ目出《めでた》クキコヘ《(エ)》侍《はべり》キ。其の旨《むね》ヲヱ《(エ)》ズト云ヘドモ、意ノ及ブ所、義門心肝《しんかん》ニ染《そみ》テ、貴ク覚ヘ《(エ)》侍《はべり》キ。ウラムラクハ、晩歳《ばんさい》ニアヒテ、久《ひさしく》座下《ざか》ニアラザル事ヲ。然而《しかれども》仏法ノ大意、ヨクヽヽ教訓ヲカブリ侍リキ。関東下向《げかう》ノ時、海道《かいだう》ノ一宿《いつしゆく》ノ雑事《ざふじ》営《いとなみ》テ侍《はべり》シニ、ヨノ常《つね》ノ人ノ風情《ふぜい》ニハ、「イミジクナム」ト、色代《しきだい》スル事ニコソ侍《はべる》ニ、「ナジカハカヽル事、営《イトナ》ミ給ヘル。アルベカラヌ事也。「初心ノ菩薩《ぼさつ》ハ、事ニ渉《わたり》テ紛動《ふんどう》スレバ、道《みち》ノ芽《め》ヲ破敗《はばい》ス」トコソ申セ」トテ、別ノ語《ことば》〔ナシ〕。此の語心肝ニソミ、耳ノ底ニ留《とどまれ》リ。此《これ》ハ天台ノ御詞《ことば》、玄義《げんぎ》中ニ侍ルニヤ。（下略）

（巻三「（八）栂尾《とがのを》の上人の物語の事」、一六四～一六五頁）

無住が聞いたという円爾の「法門談義」の内容はいかなるもので、いつごろなされたのか。右の文脈から、そして「顕密禅教ノ大綱、誠ニ目出クキコヘ侍キ」という無住自身の回顧から、それは『宗鏡録』の談義であったと想定しがちであろう。だが、どうやらそれは誤認である。

其後東福寺ノ開山（＝円爾）ノ下ニ詣シニ、天台ノ灌頂・谷ノ合行・秘密灌頂、事ノ次ニ伝了。大日経ノ義釈・永嘉集・菩提心論・肝要ノ録ナド聞キ了ヌ。本来《モトヨリ》疎略愚鈍晩学ノ故、何ノ宗モ不レ得二其旨一ヲ。只大綱聞クレ之ヲ。顕密禅教ノ大綱、銘シ二心肝一ニ薫ズ二識蔵一ニ。併《しかしながら》開山ノ恩徳也。宗鏡録《シユキヤウロク》退《シリゾイテ》披覧、開山ノ風情、宗鏡録ノ意也。仍テ処々思合セ侍リ。

（『雑談集』巻三「愚老述懐事」、一一〇頁～）

右に「宗鏡録を退きて披覧するに、開山の風情、宗鏡録の意也。仍りて処々思ひ合せ侍べり」とあり、そしてさらに『沙石集』に、「うらむらくは、晩歳にあひて、久しく座下にあらざる事を」と記述されるように、無住はおそらく『宗鏡録』自体を直接的対象とする講義を聞いていない（三木紀人前掲「無住と東福寺」）。「風情」という言い方とも相俟って、(40) 円爾の講説の記憶と、後の『宗鏡録』愛読の成果として、師の意図を再読していったのだろうか。三木は「あるいは、無住がはじめてこの書に接したのは、弁円の死後ではないか、とさえ思われる」（同上）という。

『聖一国師年譜』建長六年の条に「冬往二相陽一ニ。弟子一円在二尾州木賀崎《キカサキ》一ニ。聞三テ師ノ赴二クト相陽一ニ。営二シテ点心等ノ物一ヲ。祇二候旅邸一二」以下、円爾と無住の邂逅を記す（円爾は弁道に専念しない無住の世俗的応接を一喝して道を説く）。この時期に無住が円爾の門下にいたとすれば、安藤直太朗がかつて想定したように「恐らく建長年間」(41) の入門が想定されることになる。そのきっかけとして、良遍のごとく、あの寛元の『宗鏡録』講義が結び付けられてくる。『聖一国師年譜』のこの部分は、応永二十四年（一四一七）岐陽方秀により増補されたものと考えられている。(42) その意図は、案外そうした文脈を読みとった増補者の賢しらかもしれない。

十・二　無住と円爾、『宗鏡録』と『仏法大明録』

さて、いわば師の遺徳を偲ぶかのような『宗鏡録』愛読は、円爾という人格と分かち難く連合して、無住の思想上、重要な核となった。彼は、まさに『宗鏡録』を「愛」した。

愚老律学ノ事五六年、定恵ノ学欣《コン》二慕《ボ》シ顕学密教一ヲ、聞二ク禅門一。晩学ノ故ニ、不三何ノ宗モ得二其意一。然ドモ大綱聞レク之ヲ。依二ル此因縁一ニ。三学ノ諸宗同ク信ジ、別シテ宗鏡録禅教和会無二キ偏執一故多年愛ス。既ニ何ノ宗

モ如レシ此ノ。学行無実、但無ニシ偏執ノ心一。（『雑談集』巻一「三学事」、七四頁）(43)

この記述は、無住の「愛」の用法としても注目すべきものである。(44) ところが、『宗鏡録』講義と前後して、円爾がある時期、強い情熱をもって説いたはずの『仏法大明録』については、無住自身、直接的には何も語っていない。『聖一国師年譜』によれば、建長六年に、円爾が関東に下向した時、時頼の疑問の解決と受戒が行われた。その主要な議題に真心・妄心の弁がある。

時頼一日問曰。善知識。所レ説不レ一。或説妄心縁起而有ニ生滅一。真心凝然不生不滅。或説ニ大疑之下必有ニ大悟一。或説下須著ニ念起一謂中之回光返照上。如上諸説。何親何疎。師曰。這裏不レ論ニ疎親一。曰。豈無ニ方便一。師曰説似ニ一物一。即不レ中。時頼領レ之。即受戒受ニ衣鉢一。（下略）

これを受けるかのように、次の下向時に「真心」「妄心」を弁ずる「明心」を冒頭に置く『仏法大明録』が、時頼に請われて講義される。

無住は、一つ違いで早逝した、世俗的には最上級に恵まれた境遇の時頼（「累代ノ家ヲ継ギ、果報威勢、国王大臣ニモ猶勝《スグレ》テ、万人仰《アフク》レ之ヲ」『雑談集』「愚老述懐」一一一頁）を自らと「当寺」（長母寺）の貧窮に対比して慨嘆する。それでも、自らの「遁世ノ門ニ入テ、近代ノ明匠ニ、仏法ノ大綱聞レク之ヲ」という「大果報」（同上）を、「心ニハ勝レタリ」（同一一二頁）と再三誇り、貧にいて遁世する自らの仏教的境遇の豊かさを論じていく。「無住がこれを引き合いに出したのは、ほゞ同世代（無住が一年年長）のためであろう」（山田昭全『中世の文学 雑談集』頭注）。いや、あるいはそれ以上に、円爾が時頼から受けた恩顧へのルサンチマンを介在させて考えるべきではないだろうか。『聖一国師年譜』では、建長六年の出会い以降、(45)時頼に対して『仏法大明録』を講義し、たびたびの相州往きがあった。また弘長三年（一二六三）十二月には、十一月に没した時頼の訃報を受け、翌文永元年一月には「赴二相陽一。請二兀庵一為二故平時頼一陞座普説」したと記される。仏教的見地からも、無住にはまぶしいほどうらやむべき待遇である。しかし『雑談集』該当部は、時頼と円爾との関係に一言もせず、自らが「近代ノ明匠ニ、仏法ノ大綱聞之」果報のみを強調する。

円爾は、権力者達に請われて「三教」を説き、法体となった時頼には『仏法大明録』を直接に講じる。『沙石集』は、建長寺の檀那としての時頼について、「栄西」「僧正ノ後身」という伝承を伝えている（四五三頁）。しかしその一方で、虎関師練が厳しく指弾したように、『仏法大明録』の三教一致説には、禅宗門徒の立場からは容認できない部分があった。市川浩史は荒木旧稿「無住と円爾——『宗鏡録』と『仏法大明録』の周辺——」を承けて次のように述べる。

> 一三世紀の円爾の時は仏教界において、教・禅一致すなわち他宗とのあいだにいかなる関係を構想するかが時代の緊喫の要請であった。まだ禅宗という新来の宗派がいかにして存在意義を主張し得るかが大きな課題であった。このことはたとえば『野守鏡』などをみてもその事情は明らかである。
>
> しかし、もはや一四世紀の虎関の時は違った。こんどは禅宗という宗派の存在とそれなりの歴史的な意義がすでに既成事実化していた。禅宗の内部での諸寺院・諸流の対抗関係が生じており、そこでいかに思想的なアイデンティティーを確保するか、あるいは独自性を出すかが要請されていたのである。その独自性について、それが「禅」としての独自性であるとすればその禅を純化すること・あるいは純化していると宣伝することでしかありえない。では何をどのようにすることが禅の純化なのであろうか。それは、聖一派の禅と

は、儒が仏に優先される体のものではなく、純粋の禅そのもの（実は禅儒一致的傾向ではあったが）、そしてなによりもその純粋さは祖師円爾以来のものだという趣旨を前面に出すこととして一四世紀の虎関には観念された。その意味で『大明録』や『宗鏡録』といった〈三教一致〉的・不分明・曖昧な、そして純粋の禅思想ではないというイメージがつきまとい易い傾向の書物は円爾の周囲からできるかぎり排しておかなければならない、と虎関が考えたとしてもきわめて自然である。

円爾の像はかくしてその法孫によって整備されて叙述された。それは一四世紀にはそのことが必要であったからである。しかし、円爾を後代から逆に照射すれば、円爾の禅においては、虎関には不分明・曖昧と捉えられた『大明録』等の論疏は、虎関には不分明曖昧と捉えられていたということでもある。「兼修禅―純粋禅」の分類という横の視点よりも歴史的な縦の視点が求められているというべきだろう。(46)

無住の沈黙は、円爾が、特に『仏法大明録』という書について、あるいはその晩年に於いて、門徒に向かって積極的に説くことがなかったことを示すだろうか。(47)円爾の『宗鏡録』強調の背景に、圭峰の所説が存在することを敢えて指摘するほどの批判精神も持ち合わせていた無住のことだ、師がその書を、一時期、時頼に対して懇切に説いたことも、彼の念頭をよぎったバイアスであったのかも知れない。

十一　無住論の行方――おわりにかえて

円爾と、彼が盛んに説いた『宗鏡録』は、時に反発も生んだようだが、当時の顕密諸宗へも多大な影響を及ぼした。(48)加えて『宗鏡録』には、無住にとって重要な展開が内包されていた。『雑談集』掉尾近くに見える、次の記述を参照しよう。

コトニ観心ノ法門、行者ノ肝心也。楞厳、円覚、法華ノ寿量品等ハ、真言経也。故東福寺開山ノ義也。顕家ノ人ハ、其ノ意ヲ得ル事スクナシ。

宗鏡録ハ、禅門顕家ノ法門ニ似タレドモ、心ミナ密意ニカナヘリ。定テ内証ハフカヽルベシ。

（巻十、三一六頁）

無住がその署名に「金剛仏子」という語を織り込むことはよく知られている。また近年、伊藤聡により、真言僧としての彼の足跡を伝える資料が発見された(49)。

しかしその一方で原田正俊は、無住の「禅僧としての立場をより厳密にみていく必要がある」とした上で、『雑談集』巻九が記す東福寺の様相について、重要な分析を施している。すなわち、「禅の一種のデカダンス」は「あるいは一時の異端の現れとして看過されがちであるが、東福寺の周辺でも着実にこうした人々が増加していた」こと、そうした「邪見」の動向は、禅にとどまらず諸宗にも及んでいたこと、そしてまた「禅宗の徒の中にも、顕密の教えを否定する動向が現れていた」ことなどである。原田は如上、当時の実体を指摘した上で、「さらに禅宗はもとより、諸宗の内でも「偏執」による行動が目立ち、また顕密諸宗でも自宗を誇ることから他宗を謗」るという時代の状況をえぐり、次のように述べ至る。

こうした状況下に生きていたからこそ、無住は、『沙石集』『雑談集』『聖財集』といった著述の中で繰り返し、一宗に執着することによって他宗を批判することを禁じ、諸宗融合的立場を主張したのであった。また彼が、律とともに期待をもって近づいた禅宗の中にまでこうした傾向が次々と生み出されることにより、無住はこれを解消するため、円爾のもとで学んだ『宗鏡録』の思想を、『沙石集』等に注いだのであった。無住のめざすところは、「偏執」を排した諸宗の和合であり、密教もまた諸宗をつなぐ重要な役割をもった。

(注48所掲「『天狗草紙』にみる鎌倉時代後期の仏法」)

無住の『宗鏡録』重視は、その密教的解釈学の発見と不即不離であろう。『沙石集』という、きわめて面白い作品を読み解くためには、どうやら『宗鏡録』と『沙石集』の関係について、相応に深い分析が必要であるようだ。ただし『宗鏡録』は難しい。碩学の山田昭全をして、

実はこの宗鏡録百巻は、甚だ読みにくい本である。量的に厖大であると同時に、内容見出しがないから、煩瑣な行文を一々頭から読んで行かなければ何が書いてあるかつかめない。かりに無住が「宗鏡録に言う」と書いていても、何巻にあるかの指摘がなければ出典を検出することは大海の浮木に会うような僥倖を待つほかはない。

(『中世の文学　雑談集』解説)

と嘆かしめたほどだ。ただし幸い、今日では、字句的な関係については、電子データの柔軟な運用によって、ある程度の追跡が可能になった。しかし無住の発言を見る限り、『宗鏡録』は、単なる「タネ本」(山田同上)にとどまらず、思想上の中核にあり、行論の方法論的背景ともなったと思われる。その影響関係の解明が必須であろう。

少し隘路に渉ったが、以上、『仏法大明録』、『宗鏡録』、『真心要決』などを追いかけて、『沙石集』と『徒然草』の思想的背景を探ってみた。禅を軸としたが、当時の仏教社会史的背景を踏まえて、論究はさらに、唯識や

密教、天台、浄土思想など、幅広い宗教環境を前提に進めなければならない。本論はその一端を示したに過ぎないが、『徒然草』を読むために、かすかな一筋の途を示せたとしたら、その役割は果たせたことになるだろう。

注

（1）たとえば、小松操『日本文学研究資料叢書　方丈記・徒然草』解説（有精堂、一九七一年）、藤原正義『兼好とその周辺』（桜楓社、一九七九年）、曹景惠『日本中世文学における儒釈道典籍の受容――『沙石集』と『徒然草』――』（国立台湾大学出版中心日本学研究叢書4、二〇一二年）など参照。

（2）拙著『日本文学 二重の顔〈成る〉ことの詩学へ』第三章（大阪大学出版会、阪大リーブル2、二〇〇七年）に、関連することがらを書き下ろしの文章で述べた部分がある。参照されたい。

（3）たとえば『季刊日本思想史』六八号（ぺりかん社、二〇〇六年）は「特集中世の禅を読む――円爾弁円とその周辺」と題する論集であるが、その中の、原田正俊「九条道家の東福寺と円爾」、市川浩史「「円爾弁円」像の形成――円爾弁円と虎関師錬をめぐって――」に、拙稿及び『仏法大明録』に言及する論述がある。また後にあらためて取り上げるが、石井修道論文「『新編仏法大明録』について」（『財団法人松ケ岡文庫研究年報』二四号、二〇一〇年）にも本章旧稿への肯定的言及がある。

（4）寛治八年（一〇九四年）『東域伝灯目録』に掲げられて以来の栄西や能忍をめぐる受容と影響などについては、柳田聖山『日本思想大系　中世禅家の思想』解説、中尾良信「達磨宗の展開について」（『禅学研究』六八号、一九九〇年）など参照。

（5）原田正俊「東福寺の成立と「時代の妖怪」」（『日本中世の禅宗と社会』吉川弘文館、一九九八年所収、初出一九九四年）。石井修道前掲「『新編仏法大明録』について」は、円爾の著作『十宗要道記』に於いて『宗鏡録』が重視されていたことを指摘する。

（6）ただし後述するように、応永二十四年の刊行に際して、岐陽方秀の校正が入っており、個々の史料批判が必要である。

（7）元和六年跋版本による。蓬左文庫の古写本、大日本仏教全書を参照して一部本文を訂した。

（8）三木紀人「無住と東福寺」（『仏教文学研究』第六、一九六八年六月）。

（9）芳賀幸四郎『芳賀幸四郎歴史論集Ⅲ　中世禅林の学問および文学に関する研究』（思文閣出版、一九八一年、初出一九五六年）。

（10）臨川書店、一九九九年七月刊。以下に引用する『仏法大明録』も同書の影印による。

（11）注3前掲市川浩史「「円爾弁円」像の形成――円爾弁円と虎関師錬をめぐって――」は以下の問題を思想史的視点から分析したものであるが、『宗鏡録』と『仏法大明録』を「…『大明録』や『宗鏡録』といった〈三教一致〉的・不分明・曖昧な、そして純粋の禅思想ではないというイメージがつきまとい易い傾向の書物は円爾の周囲からできるかぎり排しておかなければならない、と虎関が考えたとしてもきわめて自然である」と両書を同一レベルで扱っている部分があり、検討の余地がある。

（12）虎関師錬は、円爾が「持ち帰って」「東福寺に置かれていた」「宋学の諸典籍」を「活用し、また顕密寺院に伝わる古註の儒典をも学ぶことで、宋学の意義を理解するに至った」（川本慎自「中世禅宗と儒学学習」『歴史と地理』六八七号「日本史の研究」二五〇、山川出版社、二〇一五年九月。川本は記述の根拠として、足利衍述『鎌倉室町時代之儒教』日本古典全集刊行会、一九三二年、久須本文雄『日本中世禅林の儒学』山喜房仏書林、一九九二年を注する）。

（13）椎名宏雄「『仏法大明録』の諸本」（『曹洞宗研究生研究紀要』第一一号、一九七九年）によれば、「たとえば、白石芳留氏は『続禅宗編年史』において、虎関が円爾将来の『仏法大明録』が佛鑑付授のものでないことを主張するのは、それをいう基礎資料『聖一国師年譜』の所説を抹殺する意図からであろう、と推定している」とされる（注2）。虎関師練は、詩文集『済北集』（『五山文学全集』）巻十七、十八の「通衡」で、具体的な項目を挙げて、批判を展開する。その概要については、『望月仏教大辞典』補遺編の「仏法大明録」の項目など参照。

（14）「閨」に分類する（東福寺蔵本第十一葉左、大道一以筆）。同目録については、今枝愛真「『普門院蔵書目録』と『元亨釈書』最古の写本――大道一以の筆蹟をめぐって――」（『田山方南先生華甲記念論文集』一九六三年）に影印と研究がある。目録の意義については、早く注9前掲書芳賀幸四郎『中世禅林の学問および文学に関する研究』に詳論される。

(15) 明版も同じく四冊本。椎名論では、古活字本も含めて、刊本は全て宋版に由来すると説明され（「本書はすべての刊本がほぼ同一の原型を保持する」）、そのように系統樹も示される。ただ現存本の冊数には若干の異同がある。古活字本について椎名は「駒大と松ヶ岡の蔵本を閲覧」し、「本版は無刊記の四冊本である」と記述し、川瀬一馬『古活字本の研究』を紹介する。川瀬一馬『増補古活字版之研究』（日本古書籍商協会一九六七年）に就けば、「雙邊無界、十二行二十二字。二十巻、五冊」本の古活字本を記録し、「元和か寛永初年頃の刊行と思はれる」とあり、所蔵は両足院、内閣文庫（二本）、石井積翠軒文庫とする。川瀬一馬編『石井積翠軒文庫善本書目』（複製版、臨川書店、一九八一年、初出一九四二年）にも五冊本とし、その書影（本文篇三一六、図録篇三〇七図）がある。なお国立公文書館内閣文庫本の一本は、林羅山旧蔵の五冊本（別〇四三―〇〇〇九）であるが、改装されている。古活字版とされる内閣文庫本のもう一本（内題「新編仏法大明」請求番号三一一―三七、〔元和・寛永間〕刊（古活）と『改訂内閣文庫漢籍分類目録』に記す）は三冊本になっている（巻一―六、七―十三、十四―二十）が、こちらも改装本であり、冒頭の序（紹定二年（一二二九）空隠道人）、「大明序」、「大明序後」（柱題による。圭堂撰）と、江州李居士序（端平二年（一二三五））の前半とを欠く。後の改編であろうが、松ヶ岡文庫本の古活字本も三冊である（石井修道「『新編仏法大明録』について」）。普門院の「大明録　三冊」との関係について検討が必要であろう。

(16) 川瀬一馬編『石井積翠軒文庫善本書目』では「（國寶）新編佛法大明録　二十巻（有缺）　七帖」と数に異なりがある。川瀬に依れば、「其の缺巻の中、巻十二を除く巻十・十一・十八・十九の四巻はもと島田藩根舊藏（松田福一郎氏現藏）にかゝる」と伝来を記す。なお石井論文は、宋版・明版・古活字版が持つ「端平乙未仲冬良月」の「江州李居序」を松ヶ岡文庫本が欠くことに着眼し、「端平乙未は端平二年で、西暦一二三五年のことで」「この序は他の序や跋より遅れて最も遅い年号である」ことから、「従来言われているように、文庫本は現在東福寺霊雲院に所蔵されている宋版を書写したのではなく、それ以前の宋版を書写した可能性を示唆しているのではないかと考えられる」と推測する。その上で、松ヶ岡文庫本が円爾の筆とは異なり、「しかも全体が同筆ではない」とされることから、円爾の手沢本であった可能性を示し、さらに「文庫本は日本では無く、中国で書写されたものを将来し、円爾が手沢本として所持していたとも考えられよう」と述べている。

(17) 『日本佛教』二五、一九六七年二月。

(18)『研究紀要』創刊号(駒沢女子大学、一九六六年十月)。

(19)前抄の後書には「…于時寛元二年十一月　日/小比丘良遍於竹林寺記矣」、後抄の後書には「寛元四年三月十一日巳刻記之畢……小苾蒭　良遍」などとある。なお太田の二篇の論考は、発表年時とは逆順に書かれたもので、「本論文は『日本佛教』第二十五号に掲載予定の「良遍の真心要決と禅」を補正したものである。実は『日本佛教』の原稿を送付した後、良遍と禅との関係にいささか考えなおす点があるように思えたのでそれを幾分補正して本紀要に提出した。ところが、その直後、あちらの校正刷が届けられてきて、多分に重複するものが同時に印刷されることになった」(太田久紀「法相宗にみられる禅の影響——特に良遍の場合——」「補記」)という関係にある。

(20)「伝燈録圭峯宗密禅師示₂尚書温慥₁云」の「慥」の部分は『仏法大明録』に従い本文を訂した。

(21)椎名宏雄は前掲注13論文で、『仏法大明録』の構成に触れて、「本書によって、項目別に先聖古仏たちの思想禅風や行履の状況を、容易に検索し活用することができる」と紹介している。

(22)川本慎自は注12所掲「中世禅宗と儒学学習」に於いて、原田正俊の研究(「日本中世における禅僧の講義と室町文化」(『東アジア文化交渉研究』二、二〇〇九年)を参照して、義堂周信(一三二五~一三八八)の講義について、「義堂は足利義満・氏満や斯波義将などの俗人向けには『孟子』『中庸』などの儒典を講義する一方で、門下の禅僧には『円覚経』『首楞厳経』などの仏典を講義しており、僧俗で講義内容の差が歴然としている。つまり、俗人に向けては中国文化への興味の喚起から禅宗への関心につなげるために儒典を講義し、すでに禅宗へ帰依している禅僧には仏典を講義するというわけである。なお、足利義満に対しては初期は『孟子』を勧めているが、のちに禅宗への関心が深まると『首楞厳経』などの仏典を講義しており、まさに義堂の思惑通りに進んでいることがわかる」と述べる。時代と状況を異にするが、参考になる指摘である。

(23)太田久紀は、前稿「良遍の『真心要決』と禅」に於いては、良遍が禅との関係を論じるときにしばしばこの「風聞」「伝聞」とことわることに留意して円爾との関係の断定に保留を付けているが、補正稿「法相宗にみられる禅の影響——特に良遍の場合——」では、後掲するように、それが円爾であると、より推定を強めている。一方、近時刊行された、箕輪顕量「良遍の『真心要決』と禅」(『印度学仏教学研究』第六十一巻二号、二〇一三年三月)は、『真心要決』に「禅法風聞」や「伝え聞く、禅宗は之を以て則ち本有仏と為す」、「禅宗は之を以て則ち法相と同じとは若し当時の風聞の如く説かば」、「伝聞に禅師説いて曰く」などと「禅の教説」が「伝聞の形で語られる」ことから、「良遍が述作した段階では、まだ実際には円爾の『宗鏡録』の講説を聞いていない可能性が高いのではなかろうか」と推定する。

(24) 現行本では後抄の良遍による後書のあと、「真心要決跋語〈卍此跋語依二薬師寺宝積院円紹房増忍手沢一補二入于茲一云〉」と始まり、「円爾学レ稼之愚難レ知二聖賢之趣一刻レ舟之見漢レ弁二魚魯之分一…」の一節を含んで、「京兆慧日東福寺沙門　円爾弁円　題」と終わる跋文が付せられている。

(25) 注23前掲箕輪顕量「良遍の『真心要決』と禅」は、東福寺の創建状態と円爾の状況から、『真心要決』前抄が作られる「寛元二年以前の段階で、建立途上の東福寺に『宗鏡録』の講説が行われ、それを良遍が聴聞したとするのは大いに疑わしく、伝記作者による付加と考えざるを得ない」とする。そして『元亨釈書』円爾伝が、建治二年（一二七六）に「藤相国兼経が円爾に『宗鏡録』を講ぜしめ、その折りには「多く性相の碩師を会し聴徒と為す。円憲、廻心、守真、理円、皆、一時の英雄なり」と記すことをもって、「法相系の僧侶が多く会座に集まったのは建治二年の『宗鏡録』講説の際であったと考えられる。おそらく良遍の伝記を作った人物が、この時の廻心らの『宗鏡録』聴聞に基づき、同聞の衆として遡って良遍をもその一人に加えたのではなかろうか」と推測する。さらに箕輪は「良遍は、貞慶の『勧誘同法記』を重視し、それを座右に置きながら本書を執筆したのではないか」、また「『宗鏡録』からの影響をみることができる」が、「円爾の『宗鏡録』講説を聴いていたかどうかは疑わしい。風聞により円爾の見解を理解したということだったのであろう。また、『真心要決』に用いられる「真心」「不観之観」「和会」「廃詮」「心外無法」などは、『宗鏡録』にも用いられる表現であり、良遍は貞慶の貞慶の著作を通じて、あるいは直接に、『宗鏡録』を知っていた可能性が高いと推定される」と論を閉じる。「風聞」の解釈や『元亨釈書』の文献批判など議論はいくつかありうるが、いまは紹介に留める。

(26) 太田久紀「法相宗にみられる禅の影響――特に良遍の場合――」では、

ではなぜ、良遍は、円爾に参じ、『真心要決』で禅を取り扱ったのか。それについては何も述べていない。しかし私は次のように考える。すなわち、良遍は唯識の教学と観法とによって、遮詮門或は廃詮談旨というような語で表わされるような安心を得ていた。ちょうどその時、円爾が九条道家に招かれて筑紫より上洛し東福寺に入って禅を宣揚した。それが何らかの形で良遍のもとに届いて来た。そして、伝え聞く円爾の禅の中に自己の安心と契合するものあるを発見し、直接円爾に謁して禅要を問い、自己において到達した安心の決着を得た、円爾との相見が決定的なものであったと言えるように思うのである。前に引用した「前抄」の後書に、

去春以来禅法風聞、求法人人間問来語、

とあり、この後書が書かれたのは寛元二年なので、その前年、すなわち寛元元年の春以来、良遍のもとに禅が届いていたと思われるのである。しかして、寛元元年二月には、円爾が上洛している。円爾の上洛と共に、良遍のもとに禅の噂がとんできた。そして、良遍は円爾との相見を志すに到ったと思うのである。（中略）（禅の影響、円爾か道元か）…円爾のはなばなしい上洛により、その噂が生駒にもおしよせてきたとする方が自然なように思う。良遍が風聞したのは円爾の禅法であった、他の理由との関連においてそういうことができるように思う。

と説明している。

（27）田中久夫「仏教者としての良遍」注19（同『鎌倉仏教雑考』思文閣出版、一九八二年所収）。

（28）王翠玲（釈智学）「『宗鏡録』と輯佚――校補，補闕の資料として――」（『印度学仏教学』五二―一、二〇〇三年十二月）。

（29）『仏書解説大辞典』によれば、「真心」を書名に冠する書物として高麗・知訥（一一五八～一二一〇）『真心直説』（大正蔵48）があるが、『真心要決』との関連は不明である。

（30）用例検索の確認には、電子ファイルgenkosha.txtを参照した。

（31）「真我」（二五七頁）他の関連語や「妄心」自体の分析を含め、調査すべき点は多いが、本論では「真心」に絞って分析した。なお以下示される無住著作の横断的検索については、追塩千尋「『沙石集』『雑談集』『妻鏡』『聖財集』索引（一）～（三）」『史料と研究』一二～一四を活用した。

（32）名大小林文庫蔵板本（国文学研究資料館紙焼写真）、天理大学附属天理図書館本（中世禅学叢刊にも所収）、東北大学狩野文庫を参照して一部本文を訂した。

（33）「略鈔経」をも含めて、ここにはわからない部分が多い。同書には「常住本覚ノ真心」（上）、「真妄本一」（下）などが見えるが、私の『聖財集』理解が不十分であるので、広いご教示を得て、後考を期したい。

(34)『宗鏡録』他、禅宗関係の本文の検索と引用については、花園大学国際禅学研究所発行のCD-ROM「ZenBase CD1」を活用し、C-BETA、SAT、大正蔵所載本文を参照した。

(35)『沙石集』本文の検索は、特に断らない限り国文学研究資料館の旧「古典本文データベース」を活用し（後に「大系本文（噺本）データベース」として再構築）、日本古典文学大系の原文を参照した。前者は、第一例を「眞身」と誤入力していた。なお『慶長十年古活字本沙石集総索引』も参照した。

(36)ただし『渓嵐拾葉集』の例は、他出をいまだに検索できていないのでご教示を請う。

(37)山田昭全以後の無住に於ける智覚禅師永明延寿の著作との影響関係の研究については、三国博「無住と智覚禅師延寿の著作（その一）」（『国文学踏査』通刊一一、一九八一年八月）、同「無住と智覚禅師延寿の著作」（『大正大学大学院研究紀要』第六号、一九八二年二月）参照。

(38)『日本思想史学』三八号、二〇〇六年。

(39)慶長古活字十二行本巻四・七「道人可捨執著事」（日本古典文学大系「拾遺」〔三八〕（一）、四八三頁下）にも引用される。この部分について阿岸本には「裏書追註之　禅師念仏下」以下の追記があり、その冒頭に「智覚禅師伝云」と『宗鏡録』撰者永明延寿（＝智覚禅師）の伝記に触れ、「宗鏡ノ録一百巻集之、一代肝要ナリ」と記す（「拾遺」〔三八〕（二））。なおこの一節は『雑談集』が再度引用する箇所でもある。（巻四「圭峯禅師云」一五〇頁、巻八「古徳云」二四七頁。引用部分は同じ）。

(40)箕輪前掲注23論文が「風情」「伝聞」という語を軸に、良遍が円爾の『宗鏡録』講義を聴いていないと推測したことが思い合わされる。

(41)安藤直太朗「無住国師の生涯」（同『説話と俳諧』安藤直太朗先生退職記念著作刊行会、一九六二年所収）。

(42)三木紀人「無住と東福寺」、小島孝之「無住伝記資料管見――研究ノートから――」（『中世の文学　雑談集』附録）。

(43)同様の発言は、『聖財集』下にもある。

(44)仏教者である無住にとって、「愛」は「執」に通ずる避け離れるべきものだが、『沙石集』に於いて「然《しかる》ニ世間ノ事ハ、無始《むし》ヨリナレキタリテ、好ミ愛スル人多シ。仏法ハ始《はじめ》テ逢《あへ》ルニコソ、愛シ学ブ人マレナリ。悲哉《かなしいかな》」（巻四「（一）無言太子事」、一六八頁）、「仏法ヲ愛シ、仏ノ音声《おんじやう》ニ歓喜《くわんぎ》ノ心カヽラン人、得果疑《とくくわうたがひ》ナシ」（同一六九頁）、「彼《か》ノ酒ヲ愛シ、碁《ご》ヲ如好、仏法愛楽《あいげう》シ、修行〔セ〕バ、道ヲ悟《さとら》ン事可安」（同一七〇頁）などと「愛」の文脈を詳述する。

(45)　『年譜』で時頼の名前が出るのは、これより前の建長元年（一二四九）、時頼が建長寺を開闢し、蘭渓道隆を第一世にし、蘭渓道隆と聖一との交誼が深いことを記すのが初出である。

(46)　注3前掲市川浩史「「円爾弁円」像の形成――円爾弁円と虎関師錬をめぐって――」。

(47)　無住は、『雑談集』などでも三教一致思想に触れるように、そしてまた『元亨釈書』が円爾の三教の要旨を説いたという事績については言及しつつ『仏法大明録』についてのみ抹殺を試みるように、問われているのはその書の内容であり、三教一致思想そのものではないだろう。なお芳賀幸四郎前掲『芳賀幸四郎歴史論集Ⅲ　中世禅林の学問および文学に関する研究』一篇第五章参照。

(48)　円爾の影響については、原田正俊「『天狗草紙』にみる鎌倉時代後期の仏法」（原田前掲書所収、初出一九九四年）に教えられることが多い。また『渓嵐拾葉集』巻九で展開される聖一批判「禅宗教家同異事」での重要な資料の一つはやはり『宗鏡録』であり、随所に同書を引く（中尾良信注4所掲論文）。『渓嵐拾葉集』の「達磨和尚天竺来時。別而持聖教不来云事如何　宗鏡録六巻持楞伽経来見。有禅僧問之ツマリ畢。宗鏡録不レ見ケルニヤ」（大正蔵五四〇頁）とは、その両面を穿つ皮肉である。

(49)　伊藤聡「猿投神社所蔵の無住道暁の新発見著作」（『県史かわらばん』二五号、愛知県総務部県史編さん室、一九九九年十一月十日）。

第十章　『徒然草』というパースペクティブ

一　『徒然草』前半部と『枕草子』――問題の所在

歌僧正徹（一三八一～一四五九）は、齢五十を前にした永享元年（一四二九）に『徒然草』を書写した。「此草子」を一見して、感に堪えざるの余りだという。後に、もとめに応じてその本は譲渡し、現存する『徒然草』最古の写本、所謂正徹自筆本は、二年後の永享三年に写されている。両三本との校合も試みたが、本文には不審が残ったままだという（同本上下奥書）。『崑玉集』のような伝説を措けば、正徹より前に、『徒然草』に言及したり、名を挙げて写したり読んだりした人は知られていない。(1)

このように、いわば『徒然草』の発見者である正徹は、稀有な読み巧者でもあった。『徒然草』享受史の第一歩である『正徹物語』の短評は、この作品の本質と主要を、すでに的確に捉えてしまっている。

74「花はさかりに、月はくまなきのみ見るものかは」と、兼好が書きたるやうなる心根を持ちたる者は、世間にただ一人ならではなきなり。この心は生得にてあるなり。（中略、兼好の伝記が記されるが後掲）つれづれ草のおもぶりは清少納言が枕草子の様なり。

（『正徹物語』上）

特立して言及する第一三七段は、正徹本下冊の巻頭に位置する。この称揚は、東常縁（『東野州聞書』）、心敬（『ささめごと』）などに受け継がれ、本居宣長は、逆に、批判の筆頭に掲げている（『玉勝間』四の巻「兼好法師が詞のあげつらひ」）。一言付された『枕草子』と『徒然草』の比較論は、『枕草子』を論ずる場に於いて、あらためて語られる。

129 枕草子は何のさまと（「さきら」「さほう」の異文あり）もなく書きたる物也。三札有る也。つれづれ草は枕草子をつぎて書きたる物也。

（同下）

『枕草子』は、「古くは「清少納言枕草子」と呼ぶのが一般的で」、「清少納言記」「清少納言抄」などとも呼称された（岩波文庫『枕草子』解説）。『徒然草』は、冒頭の第一段で早速、「法師ばかりうらやましからぬものはあらじ。「人には木の端《はし》のやうに思はるるよ」と清少納言が書けるも、げにさることぞかし」とその名を示して引用する。『徒然草』本文中の固有名詞は、この「清少納言」が初例である。さらに第一九段では、「言ひつづくれば、みな源氏物語・枕草子などにことふりにたれど」とも記し、『源氏物語』と並べて古典的価値観の代表のように言及していた。(2)

第一章他で論じた序段を筆頭に、作品名を明示しなくとも、一読して『枕草子』を想起させる書きぶりは『徒然草』に散見する。ただしそこには偏りがあるらしい。いま第一段と一九段に言及した如く、『枕草子』影響章段は『徒然草』前半部により顕著なのである。(3)

そもそも『徒然草』は、前半部のうち、三〇段あたりを目安にして、大きな区切りがあるという。諸説の整理を踏まえて立論した、永積安明のまとめを参照しておこう。

…巻頭からおよそ第三〇段くらいまでの部分には、とりわけ情念的な強い王朝文化への傾斜が認められることについては、近来、次第に確認されつつあり…（以下成立説について整理するが略す）…『徒然草』のおよそ第三〇段くらいまでの……各章段は、いわゆる第一部あるいは原徒然草ともいえる…

（永積安明『徒然草を読む』Ⅰ「若き日の兼好」岩波新書、一九八二年）

問題なのは、区切り自体ではない。そのことが成立論や兼好伝記との関わりの中でどう理解できるか、というふうに、論点が集約されていくことである。永積はこう続けている。

…原徒然草ともいえる、兼好法師が、この作品を執筆しはじめた初期の部分にあたるということである。……冒頭から第三〇段のあたりまでの諸段は……兼好が宮廷生活から離脱して間もない時期に執筆した部分と認められ、その論の基調は、宮廷を中心とする都市貴族生活、またその最も繁栄した王朝時代の文化への、やみがたい思慕の情によって貫かれており、作品の構想も、よかれあしかれきわめて懐古的な想念に緊縛されていた。（中略）…この第一部が執筆されたのは……宮廷生活から離れてまだ間もないころ、それまで兼好が日常的に接しつづけてきた貴族生活・文化の名残りが、まだ後ろ髪を引くように彼の心情を牽引しつづけていた時期であり、その精神風土は…一方では、このような世界から自由であろうとし、他方ではまたこの世界を、いまもなお慕わしきもの・よきものとして回想せざるをえない、そういった二つの世界のせめぎあいのなかで、第一部は書きつづけられたものであろう。

（同上、傍線は引用者）

そして永積は、不分明な兼好伝解明の難しさに配慮しつつ、[4]風巻景次郎説に添って、『徒然草』第一部の執筆時期を次のように整理した。

…けっきょく「三十位までに出家をとげた」であろうとする…風巻説の推定が、現在のところ妥当な見解と認められるであろう。以上の推論に従えば、これまで読み進めてきた第一部の諸段は、おそらく二十歳代に宮廷を致仕した後、ようやく「つれづれ」の境地を享受できるようになった兼好が、やがて書きはじめたことになるはずであるから、比較的、若年時代の執筆になるものと認められるのである。

このあと永積は「出家への道」という小見出しを立て、「出離を決意した後の兼好はかえって心に安らぎを感じ、急にはその決意を行動にうつすことなく、いたずらに月日を過し」たと推測する。そして「兼好が出離の道にたどり着くまでにはとつおいつする道程があり、内的な衝迫や逡巡がくりかえされる時間を経過し」たと想像を進め、『徒然草』の執筆過程を考えていく。少なくとも永積は、兼好が出家する以前の時間に『徒然草』第一部の価値観の熟成を見て、その執筆を想定しようとしていた（以上『徒然草を読む』）。

こうした見解を支える根拠として、宮内三二郎の成立論がある。木藤才蔵による要を得たまとめ（日本古典集成『徒然草』解説、一九七七年）によって、宮内論の概要を示そう。

序段から第三十二段までを、一応ひとまとまりと考えた場合、この部分のすべてを同じ時期の執筆と見なしてよいかどうかという問題であるが、その点について、序段から第二十四段までを在俗の頃の執筆となす宮内三二郎の説がある。

木藤は、宮内説を一～四に分けて説明するが、ここでは、本論に直接的に関係する一と二を掲げておく。[5]

一、この部分の第一段から第二十段までの六つの段において、仏道修行や出家遁世について感想が叙《の》べられているが、それらはいずれも、出家遁世者の立場に立って記されたものとは到底考えられないということ。

二、第二十二段・第二十三段に記されていることは、作者自身宮中に奉仕して、日常見聞していることとして語られているように感ぜられるということ。

宮内や永積のような理解は、逐次執筆説の見方である。しかし『徒然草』という作品が、はたして順を追って書き継いで成長し、いまのかたちに至ったものか。編集という視点が欠如しがちなその当否については、別途然るべき検証もある。[6]また第一章で論じたように、『徒然草』序段の「硯にむかひ」は、『源氏物語』手習巻の詞を使っているが、それは、浮舟が僧都に出家を願い出て、ようやく果たした翌朝の、尼としての行為であった。

こうした観点を措いても、宮内の判断は、『徒然草』解釈史の中では非伝統的なものである。詳しくは後述するが、たとえば宮内は、第一段「法師ばかり」の一節を「出家遁世者の立場に立ってしるされたものとは到底考えられない」と考える。しかしそれは、つとに北村季吟『徒然草文段抄』がいうように、従来は「俗家の願ひのかたより、法師を嫌《キラ》へるにつけて、かつは兼好桑門にて、つれ〴〵を好《コノ》む心ざしをいさゝかのべたるべし」として、むしろ、僧侶の視点からなされた記述と読んで、格別の齟齬を来さなかった部分なのである。

本章は、「第一部」をめぐって、兼好伝の推測と印象批評的解釈を交錯させて『徒然草』の成立と一体的に読解しようとする、如上の方法論への違和感に出発する。まずは当該の第一段で、『枕草子』を引用して進められる「法師」論の再読を端緒としたい。

二　「法師」をめぐる

はじめに『徒然草』第一段の内容と構造を確認しておこう。本段は、人として「この世に生まれ」た理想を、至上の御門から語り始め、漸次階層的に議論を展開する。その点で、第一段として似つかわしい姿を持っている。読解の便宜のため、記号を付して分割しつつ、その叙述を確認しよう。

(a) いでや、この世に生れては、願はしかるべき事こそ多かめれ。御門《みかど》の御位《おほんくらゐ》は、いともかしこし。竹の園生《そのふ》の、末葉《すゑば》まで人間の種ならぬぞやんごとなき。一の人の御有様はさらなり、たゞ人も、舎人など賜はる際《きは》は、ゆゝしと見ゆ。その子・孫《うまご》までは、はふれにたれど、なほなまめかし。

冒頭のこの箇所では、「かしこし」→「やんごとなき」→「ゆゆし」→「なまめかし」という階層で正の形容を連ね、身分的に著者兼好の遠く向こう側にいた貴紳を規定する。そして次に「それより下つかた」を描くのだが、「くちをし」など、負の記号を連ねていく点で、(a)とは明確に劃される。

(b) それより下つかたは、ほどにつけつつ、時にあひ、したり顔なるも、みづからはいみじと思ふらめど、いとくちをし。

そして続けて「法師」を描く。この部分に『枕草子』が引用されている。

（c）法師ばかりうらやましからぬものはあらじ。「人には木の端《はし》のやうに思はるるよ」と清少納言が書けるも、げにさることぞかし。勢ひ猛《まう》にののしりたるにつけて、いみじとは見えず、増賀聖《そうがひじり》の言ひけんやうに、名聞《みやうもん》ぐるしく、仏の御教《をし》へにたがふらんとぞ覚ゆる。ひたふるの世捨人は、なかなかあらまほしきかたもありなん。

「法師」は、（a）（b）と階層的な落差を付けて語られた人の「ほど」「きは」に続けて描かれる。本来は、僧／俗と別して理解されるべきものである。実際に、「是ヨリ別段ニシタル本アリ」と『徒然草寿命院抄』は注している。にもかかわらず、一連の記述の中で『徒然草』は、文脈的に「法師」が、「この世に生れては」、世俗から数えて最下層の位置にある存在だと印象づける。

そして本段は、ここで階層的な叙述を終える。以下には、「しな・かたちこそ生れつきたらめ」と「生まれ」を大前提とした上で、「生まれ」てしまったその人の「心」の問題が語られる。たとえ「くちをし」き「ほど」の身分であっても、それに相応じて、しかるべき「心操振舞を定べき事」（国会本『十訓抄』巻一の教訓の語を借りた）があることを語る。

（d）人は、かたち・ありさまのすぐれたらんこそ、あらまほしかるべけれ、物うち言ひたる、聞きにくからず、愛敬《あいぎやう》ありて、言葉多からぬこそ、飽かず向はまほしけれ。めでたしと見る人の、心劣りせらるる本性《ほんしやう》見えんこそ、くちをしかるべけれ。品《しな》かたちこそ生れつきたらめ、心はなどか、賢きより賢きにも、移さば移らざらん。かたち・心ざまよき人も、才《ざえ》なくなりぬれば、品くだり、顔にくさげなる人にも立ちまじりて、かけずけおさるるこそ、本意《ほい》なきわざなれ。ありたき事は、まことしき文の道、作文・和歌・管絃の道。また、有職《いうそく》に公事《くじ》の方、人の鏡ならんこそいみじかるべけれ。手などつたなからず走り書き、声をかしくて拍子とり、いたましうするものから、下戸《げこ》ならぬこそ、をのこはよけれ。

ここでは「才」が強調されており、記述の射程は（a）よりは（b）あたりの人に向いている。このような第一段の文脈に於いて、「法師」云々の『枕草子』引用は、どのような意味を持つのだろうか。

この分析と密接に関連するのが、引用される『枕草子』本文の系統である。先ずそのことから論を進めていこう。第一章でも触れたように、一般には、『枕草子』の跋文が『徒然草』の序段に影響しているという観点から、跋文を持つ雑纂形態の「三巻本」や「伝能因所持本」のような形態が『徒然草』の出典とする『枕草子』であろうと理解されることが多い(7)。そして『枕草子』としての本文の優越性の判断から、今日では、三巻本『枕草子』が『徒然草』の典拠として注釈対象とされることがある（新日本古典文学大系など）。

思はん子を法師になしたらんこそ心ぐるしけれ。ただ木のはしなどのやうに思ひたるこそ、いといとほしけれ。精進《さうじ》物のいとあしきをうちくひ、寝《い》ぬるをも、わかきは物もゆかしからん、女などのある所をも、などか、忌みたるやうにさしのぞかずもあらん、それをもやすからずいふ。まいて、験者などはいとくるしげなめり。困《こう》じてうちねぶれば、「ねぶりをのみして」などもどかる、いと所せく、いかにおぼゆらん。

　これはむかしのことなめり。いまはいとやすげなり。（三巻本第七段全文）

だが、当該箇所の本文の類似性に限定して比べるならば、類纂形態の『枕草子』最古本、前田家本の本文の方がより近い面がある。そのこともはやくに指摘されている（田辺爵『徒然草諸注集成』他参照）。

　思はん子を法師になさんこそいと心ぐるしけれ。同じ人ながら烏帽子・冠のなきばかりに、木のはしなどのやうに人の思ひたるよ。……（前田家本第三冊、二六八段、田中重太郎『前田家本枕冊子新註』古典文庫、一九五一年）

じつは堺本もほぼ同文なのだが、あまり注意されることはない。ともあれ通常、議論はここまでであった。後半の「ありたき事」列挙の姿勢を「「かくありたき事は」として、次々に挙げてゆく手法は『枕草子』の作風に由来するものであろう」（『徒然草全注釈』）などと「作風」レベルの類似を指摘することはあっても、対象本文の異なりを踏まえて本章段を再読する試みは、長くなされることはなかったのである。

三　山極圭司の『枕草子』影響論

　こうした通説に対して、前田家本『枕草子』と『徒然草』との関係を強調して、章段間を超えた影響関係や、あるいは〈対話〉を読み取ろうとした研究がある。正徹の言葉をタイトルに冠して論じる、山際圭司「枕草子をつぎて書きたる物——徒然草序段と第一段——」（『日本文学』一九八三年六月）である。

　山際は、両書の関係について、

第一段を書きはじめた時、兼好が頭に浮かべていたのは枕草子であり、とくにその「めでたきもの」の章段だったに違いない、と私は思うのである。「めでたきもの」の章段は、現存前田家本四冊中のいわゆる類聚的章段「何なになるもの」型一冊の最初の文章である。

このように論じた上で、「めでたきもの」の章段を、三巻本によって、次のように要約する。

清少納言は「めでたきもの」として「唐錦。飾り太刀。つくり仏のもくゑ。色あひふかく、花房ながく咲きたる藤の花の、松にかかりたる。六位の藏人」と列挙して、その後最後の「六位の藏人」について「いみじき君達なれど、えしも着給はぬ綾織物を、心にまかせて着たる、青色姿などめでたきなり」からはじまるかなり長文の讃辞を列ねているのである。その後は「博士の才ある」めでたさを述べ、「法師の才ある、すべていふべくもあらず」と転じ、更に「后の昼の行啓。一の人の御ありき」その他をあげた。以上が枕草子の「めでたきもの」のあら筋である。

山際は、「めでたきもの」章段の「主たる部分は六位の蔵人讃歌だと言える」と敷衍して、兼好の六位蔵人在任の問題と絡めていく。

兼好は枕草子の六位蔵人論をなかば否定しながら、彼自らの六位蔵人時代をなつかしんでいたのである。だから兼好の筆は、一転して現在の我が身を否定する。「法師ばかり羨ましからぬものはあらじ」ときわめて強い調子で法師を否定し、今度は清少納言の言葉を直接引いて、彼女に同感の意を示したのである。

（以下『徒然草』第一段該当本文引用、略す）

後述するように、山際の論説にはいくつかの点で問題があり、厳しい批評にさらされることになる。[8] だが、その斬新な視点と、興味深い推論の力学に対しては、限定付きで、然るべき評価が必要であろう。たとえば山際は、「めでたきもの」の章段は、現存前田家本四冊中のいわゆる類聚的章段「何なになるもの」型一冊の最初の文章である」とその形態と配置の意味を指摘する。たしかに「めでたきもの」章段は、前田家本第二冊の巻頭に位置するが、このことは、前田家本第一冊の巻頭と併せ考えれば、より重要な意味を持つ。すなわち、文字通り前田家本の「最初」には、「春はあけぼの」「ころは」「せちは」「正月一日は」などの「四季の風趣をあざやかに叙した段々の類聚」（『徒然草全注釈』一九段注）が連ねられる。そして、こうした形態を有する故に、前田家本は、たとえば第一九段などについて、『徒然草』に影響した『枕草子』の形態」が「前田家本のような類纂形態の本であると見る説」[9]の根拠の一つとなっていたのである。

しかし山際の論述には、決定的な瑕疵がある。それは、前田家本の意義を説く山際が、

枕草子諸本の中で兼好が読んだのは何本か、というのも無視できない問題であり、徒然草第一段が引く「人には木の端のやうに思はるゝよ」に一番近い文章を持つのが前田家本であることはすでに周知であるが、現存前田家本には一冊分の欠落があるし、ここでは便宜上枕草子も徒然草も『日本古典文学大系』本による。

などと説明して、肝心な本文は、三巻本を使って立論したことだろう。山際は何故か、論の方向とはうらはらに、前田家本を引用して『徒然草』と比べる必要性を感じていなかったのである。

それは、山際自身の議論にも、結果的にはマイナスの作用を来している。山際は「めでたきもの」章段について、

めでたきもの　唐錦。飾り太刀。つくり佛のもくゑ。色あひふかく、花房ながく咲きたる藤の花の、松にかかりたる。

六位の藏人。いみじき君達なれど、えしも着給はぬ綾織物を、心にまかせて…　（下略（八八段））

と続く旧日本古典文学大系の本文に拠ったために、「清少納言は「めでたきもの」として「唐錦……松にかかりたる。六位の蔵人」と列挙して、その後最後の「六位の蔵人」について」という言い方をするに留まった。だがもし前田家本に就けば、違う表現を選択していたのではないか。

めでたきもの　唐錦。飾太刀。つくり仏のもくゑ。色あひよく、花房長く咲きたる藤の、松にかかりたる。六位の蔵人こそなほめでたけれ。いみじき君達なれど…　（前田家本一〇八段）

前田家本には、傍線部の讃賞が付加されており、以下長々と続く六位蔵人の賞賛の意義も、より鮮やかに示される（伝能因所持本九二段も同じ）。

山際が一連の論考を刊行していた時、山際に向けて、直接的に対論をぶつけていったのが藤原正義である。藤原は、問題となる箇所を前田家本によって修正して対比する。そして山際の「枕と徒との関連についてのある思いこみ」を剔抉して、逐次的な批判を展開した（「徒然草をどう読むか・その一――一九段までと枕草子――」『徒然草とその周縁』風間書房、一九九一年所収）。

藤原の指摘は、傾聴すべきものを多く含んでいる。あとで詳細に検討しよう。けれども一つの疑問が残る。それは、議論の出発点に束縛されてであろうか、『枕草子』の影響をめぐる本文論が、前田家本とそれ以外という、二者択一に限定されてしまっていることである。なぜそのことが問題になるのかといえば、同じ類纂本系の堺本でも「類聚的章段「何なになるもの」型」の「最初の文章」として「めでたきもの」章段が存在するからである。しかもそこには、注目すべき独自異文が載せられていた。

四　堺本「めでたきもの」と『徒然草』第一段

「めでたきもの」章段に於いて、各系統諸本間の異同は相応に存する。だが、山際が立論に三巻本を使用して痛痒を感じなかったように、前田家本、三巻本、伝能因所持本の異同は、段落の前後や一部の略抄に留まる。ところが堺本だけは、本文のみならず、章段構成において、「諸本に比して甚しく相違」(岸上慎二『枕草子研究』大原新生社、一九七〇年)している。特に、六位蔵人論の圧縮はいちじるしい。

めでたき物。后の宮はじめ、又やがて御うぶやのあり様、行啓のおりなど、御こしよせて、名たいめんなどしたるほど、いとめでたし。その比の、一の人の御春日詣、さらぬ御ありきもめでたし。

今上・一宮などやうにやむごとなきみこ達の、まだわらはにをはしますを、いだきあつかひたてまつる御おほぢはさらなり。をぢなどにてもみたてまつり給へる気色こそよにめでたげなれ。御むまひかせて御らんじ、殿上人蔵人など、召仕遊せ給ほどなど、よそ人もみたてまつるは、げにこそまづゑまほしけれ。したぢのらでんのはこ。からくみ。よくそめたるむらごのいと、ひきときてみたるこゝち。からにしき。かざりだち。

六位蔵人。いみじき公達といへども、えしもきたまはぬあやをり物を、心にまかせてきるよりはじめて、みかどにちかくなれつかうまつるさまなどの、いとめでたきなり。御文かゝせ給へば、御硯のすみする。夏は、御うちわまいる。それのみならず、いとめざましきまでみゆることしもこそおほかれ。

又持経者いとめでたくあはれなり。さるべき所の御ど経にさぶらひても、又こゝかしこの寺にこもりなどしてきくにも、をのづからくらきおりにゐあひたるに、みな人はえよまでこゑやみたるに、ゆるゆるとゞこほる所もなくよみたる、まことにめでたくこそおぼゆれ。

又身のざえある男。めでたしともおろかなり。かほもにくげに、ことなる事なきげらうなれども、やむごとなき、さもあるべきことなどとはせ給ひなどするおりは、ちかづきまいりぬかし。まして、御ふみの師にてさぶらふはかせなどは、かぎりなくうらやましくめでたくこそおぼゆれ。詔書（「しよへう」＝序表の異文あり）勅答などつくりいだしてほめらるゝ、いとめでたし。

法師のざえあるもさらなり。すべて〳〵いふべきにもあらずめでたし。

ひろき庭に雪のおほうふりたる。よくをりたるゑびぞめのをり物、すべて花もいともかみもむらさきなるこそめでたくおぼゆれ。その中にはかいつばたぞすこしにくき。されどそれも色はめでたし。

（堺本一〇七段）(10)

山際の要約と比較しても明らかなように、堺本は、三巻本他とは大きく異なる。速水博司は「前田本は、第二巻「もの」章段の最初にあり、堺本も「もの」章段の最初にあってその点共通する。しかし、その後は違う。話題列挙が堺本は他系統と違う」とその相違をまとめている（『堺本枕草子評釈』）。

堺本では、『徒然草』第一段と直接的に照応する、「后宮…」「一の人」「今上一宮」など、「やんごとなき」「ほど」をめぐる話柄を冒頭に持つ。「御おほぢはさらなり。おぢなどにても…」という、階層的な比況の記述を有していることにも注意したい。対して山際が注目した「六位蔵人」については、他の章段との入れ替えもあり、五分の一ほどに縮小されて（「六位蔵人──この段落、三・能は堺本の五倍ほどの文章がある」『堺本枕草子評釈』）、他本に比せば、はるか簡潔な叙述に留まっている。

前田本、能因本は、六位の蔵人について、「めでたきもの」の段に、(甲)いみじき君達でも着られない綾織物を着るのがめでたいといひ、(乙)蔵人所の雑色が蔵人になると、急に自分が一変して、どこへ行つても非常な歓待を受けることをいひ、(丙)主上のお側近く仕へることのめでたさをいひ、(丁)それが三四年して、巡爵して殿上をおりることの甲斐なさを書いて居る。堺本は甲と丙とが「めでたきもの」の中にあるが、乙と丁とは「身をかへたりと見ゆるもの」の中にある。

（山脇毅『枕草子本文整理札記』一二三頁、山脇先生記念会、一九六六年）

三巻本も能因・前田両本とほぼ同じである。山脇は、「堺本のやうなのが初稿で、前田本、能因本のやうなのは」「増補」であり、「作者の再稿」だろうという。堺本による限り、「主たる部分は六位の蔵人讃歌だ」（山際）との印象は全くない。

一方堺本は「持経者」や「身のざえあるおとこ」に言及し、「かほもにくげ」などと容貌にも触れている。さらに「法師のざえある」を「すべていふべきにもあらずめでたし」と讃賞して区切りを付ける。以下、話柄は人事を離れて終わっている。(11)

こうした堺本「めでたきもの」章段への着眼は、『徒然草』第一段に於ける「めでたきもの」の影響とその内実について、再評価と新たな考察の必要性をもたらす。さらにそれは『徒然草』に於ける堺本『枕草子』の本文と形態の影響について、総体的な熟考を促すだろう。

五　堺本再評価と前田家本独自箇所の位置づけ

たとえば先述したように、藤原正義前掲論文「徒然草をどう読むか・その一——一九段までと枕草子——」は、前田本を以て『徒然草』との関係を再読し、次のように言及する。こうした分析についても、堺本の視点で論じ直す必要があるだろう。

兼好が「それより下つかたは」と云うとき、「それ」は文脈上「一の人」以外の公卿＝「たゞ人」を指しており、したがって「それより下つかた」は、公卿より下の、四位以下の身分の者であり、五位六位の受領も「六位の蔵人」もその中に含まれる。清少納言も、

同じ人ながら、侍従、兵衛佐などいふほどは、いとあなづりやすきこそ。宰相、中納言などになり給ひぬれば、やむごとなくおぼゆる事、いとこよなし。受領のほどもみな同じ事こそあめれ。（前田家本枕・第三冊、二四九段）

と書いていて、兼好と所見を同じくしていると云える。（中略）

枕・二三二段（前田家本第三冊。三巻本・伝能因本は欠）冒頭に、

かへすがへすもめでたきものは、后の御ありさまこそあれ。生れかへりてもある世ありなむや。宮はじ

めの作法、御竈などわたしたてまつるありさまは、この世とやはおぼゆる。

と見え、二四二段（同上。三巻本・伝能因本は欠）には、

帝皇子たちの御身をうらやましきものに思ひて、人となるならば、などさばかりのきはに生れざりけむと、身をくちをしく思ひ、（中略）声いとよくて、歌もうたひ、経などまめやかにたふとう読めど、すずろなるをり高やかにうち出しなど、したりがほにもあらず。

という男が描かれ、それを清少は「よし」と評している。後述する事を併せて考えると、兼好が「（いでや）この世に生れては、願はしかるべき事こそ多かめれ。帝の御位は」云々と書いたとき、これら枕の叙述を全く念頭にしていなかったとは思われない。また、枕・二四一段冒頭や二四八・二五〇段に、

をとこは、かたちこまやかにをかしげならねど、まみ心はづかしげに、愛敬なからで、大きさなどよきほどにて、おほかたのありさま、もてなしなどだに見ぐるしからねば、いとよし。（二四一段。三巻本・伝能因本は欠）

かほはさる事にて、しなこそ男も女もあらまほしき事なめれ。（二四八段。三巻本は欠）

かほはさるものにて、人は、しなこそ男も女もあらまほしけれ。（二五〇段。三巻本は欠）

と見え、二四一段の前掲文につづいて、

君達はさらにもいはず、それより下りたる人にても、実の心はいとようて、いたう心ありし、ざえよくありて、よき歌詠みなどして、まことしく心にくき世のおぼえありて、（中略）遊びの道なども、いみじう上手といはるるばかりこそなからめ、ものの音うち聞きしり、笛すこし心に入れたらむ、よし。

とある。二四二段にも「声いとよくて」云々（前掲）とある。

（藤原前掲「徒然草をどう読むか・その一――一九段までと枕草子――」）

このままでは見にくいので、藤原が言及して対比する、前田家本章段の全体を見ておこう。すべて堺本にも対応章段が有るので、章段番号を併記して掲載する。カギ括弧で示したのは、田中重太郎『前田家本枕冊子新註』頭注で、諸本がどのように対応するか、言及した部分である。

・前田二三二（堺本二七八）段「三巻本・伝能因本に特にこの段なく、後文はめでたきものの段中やや類似の文が見える」

かへすがへすめでたきものは、后の御ありさまこそあれ。生れかへりてもある世ありなむや。宮はじめの作法・御竈などわたしたてまつるありさまは、この世の人とやはおぼゆる。なにがし殿の姫君、中の君など聞えたるほどもわろからねど、なほひとつ口にいふべくぞあらぬや。

昼ありかせたまふをりに、女房の車まづみな乗りて、ひき出でて出でさせたまふを待つほどに、えもいはずかうばしきにほひうちかかへて、御輿のやうやううちゆるぎておはしますを見るは、御前近くつかうまつるわが身さへぞあなづらはしくおぼえぬ。うちにゐせんうちつかひさもあるまじき人のつくり出でたる名のりうちしてさぶらはむなど、罪得ぬべくこそおぼゆれ。

・前田二四一（堺本二七二）段「この段、三巻本・伝能因本にはない。堺本「をとこはかたちこまかにをかしからねど」としてある」

をとこは、かたちこまかに、をかしげならねど、まみ、心はづかしげに、愛敬ながらで大きさなどよきほどにて、おほかたのありさま、もてなしなどだに見ぐるしからねば、いとよし。君達は、さらにもいはず、それよりくだりたる人にても、実の心はいとよくて、いたう心あがりし、ざえよくありて、よき歌詠みなどして、まことしく、心にくき、世のおぼえありて、世間の追従などはなけれど、また、けにくすさましくはあらず、あそびの道なども、いみじう上手といはるるばかりこそなからめ、ものの音うち聞き知り、笛すこし心に入れたらむ、よし。すずろなるもの歎きし、世をはかなくあぢきなきものには知りながら、また見え聞えて、たちまちにそむき、身はいたづらになすべうなどはあらず。

・前田二四二（堺本二七三）段「三巻本・伝能因本この段がない」

帝・皇子達の御身をうらやましきものに思ひて、人となるならば、などか、さばかりのきはに生れざりけむと、身をくちをしく思ひ、人の、ものいふにも、ことばなどわろきは、いと憂き事にし、はかなき事も、をかしきふしあらむをば耳とどめて、ふと聞きとどめて、人にも語りなどしつべく、あはれなる事をばげにと思ひとりて、こゑいとよくて、歌もうたひ、経などもまめやかにたふとう読めど、すずろなるをり、高やかにうち出だしなど、したりがほにもあらず。

また、うち語らひなどしたる人のもとに来たるに、「詠め」などいふには詠まずなどもあらむ。親はかなくすれど、やむごとなきまゝ母の、ものわづらはしきに入れ立てなどもせねば、こゝちいとすさましく、つねに昔恋しくて、すこししづまりたる、をかし。

また、うちほこりかにうちさうどきたるかたもなしになくもなし。いもうとの面たゝしき、一人ぞあるを、ものいひあはせ人にして、おぼつかなからぬほどには行きつつ、心に思う事をもうち語らひ、さるべき人の文をも、をかしとおぼゆるをば、かならず見せなどして、かたみにいみじく思ひかはしたり。

・前田二四八（堺本二五七に類似）「二五〇段参照。三巻本にはない」

かほはさる事にて、しなこそ、をとこも女もあらまほしき事なめれ。家の君にてあるにも、誰かはよしあしをさだむる。それだにもの見知りたる仕人出で来て、おのづからいふべかめり。まして、まじろひする人は、いとこよなし。猫の地におちたるやうにて、をかし。

・前田二四九（堺本二五六）段「三巻本「位こそなほめでたきものはあれ。同じ人ながら、大夫の君、侍従の君などきこゆるをりは……」伝能因本もほぼ同じ」

同じ人ながら侍従・兵衛佐などいふほどは、いとあなづりやすきこそ。宰相・中納言などになりたまひぬれば、やむごとなくおぼゆる事、いとこよなし。ほどほどにつけて、受領のほどもみな同じ事こそあめれ。上達部などのやむごとながりたまふもなこそをなかけれ。

女は、内侍のすけなどになりぬれば、おもおもしけれど、さりとては、ほどよりは過ぎ、いかばかり高き位にかはなりたまふめる。また、おぼえあるは、受領の北の方にてくだるこそは、よろしき人のさいはひの事と思ひて、人のうらやむめる。

なほ、をとこは、わが身のなり出づる、いとめでたし。法師などの、なにがし供奉とてありくは、まして何とかはおぼゆる。経たふとく読み、みめきよげなるにつけても、女はあなづるさまになりかゝりこそすれ、僧都・僧正になりはつれば、仏のあらはれたまへるやうにかしこまりさわぐ事、何にかは似たる。

・前田二五〇（堺本二五七）段「二四八段参照」

かほはさるものにて、人は、しなこそをとこも女も、あらまほしけれ。われひとり家の君にてある時は、誰かしはよしあしさだめむ。それだにほどほどにしたがひては、人ども出で来ては、おのがどちほめそしりもいふべかめり。まして、まじらひする人は、きずなくいはれむ事、いとかたし。

右のうち、前田家本二四八段は、二五〇段と重出と言ってよいほどよく似ている。いずれも三巻本にはなく、伝能因所持本には「品こそ女も男もあらまほしき事なンめれ」（三一一段）として存在する。同本は、前田家本二四八段で傍線を引いた「猫の…」という異文を共有しており、二四八段は、伝能因所持本系の本文を受け入れたものに他ならない。そもそも前田家本は、「伝能因本系統本文と堺本系統本文と」の一混淆伝本なのである。[12] 一方、前田家本が堺本と一致するのは、二五〇段の方である。[13] この両段が混在してしまったのは、前田家本が、両系統本文を混成して、重複採用してしまった結果を示すものであろう。本論での『徒然草』の分析には、前田家本二四八段は除外して考える。

六　中世に於ける堺本の流行と『徒然草』

右の如く本文を確認した上で、藤原の精細な分析に補うべきことがある。それは、前田家本二四二段冒頭が「帝・皇子達の御身をうらやましきものに思ひて、人となるならば、などか、さばかりのきはに生れざりけむと」と始まり、『徒然草』第一段冒頭に類似していること。またその二四二段が、「君達はさらにもいはず、それより下りたる人にても…」とやはり『徒然草』第一段と類似する句を有する、前田家本二四一段と連続していること。三つ目に、藤原の着目する、前田家本二四九段と二五〇段がまた連続する章段であり、ここでも、官職から、人のしな、また「かほ」へと記述が展開する点で『徒然草』の理解に資する類似性を持っていること、などである。

こうした諸点を含めて考えれば、たしかに藤原が述べるように、これら前田家本・堺本限定の『枕草子』章段こそ、『徒然草』第一段読解に参照すべき記述であった。ただし対照すべき本文は、もはや前田家本に限定されない。ここに挙げられた章段は、すべて同じ類纂本系の堺本に存在する。しかも、前田家本二四一・二四二段は、堺本二七二・二七三段として、同じく前田家本二四九・二五〇段は堺本二五六・二五七段として、意味のある連続章段は全く同様に保持され、記載されているのである。

森本和子の調査によれば、今日の常識とは大きく異なり、中世に於いては堺本系統の『枕草子』が流通しており、むしろ、主流ともいうべき存在であった時期がある。(14) 堺本の本文集成を作成した林和比古の概観も同趣である。

能因本か三巻本かと学者の熾烈な論争が今日も続けられてゐる。江戸時代には能因本が流行し、木活字本や整版本がはじめて能因系の本文によって刊行せられた。しかし遡って鎌倉時代や室町時代では堺本が流行してゐて、源氏物語等の注釈には堺本本文が使用されてゐる。

（林和比古『堺本枕草子本文集成』序、一九六八年）

ただし、こうした流行と、現行伝本との関係は単純ではない。堺本系統として伝わる現存本は、善本に恵まれないからである。「素寂の『紫明抄』や『異本紫明抄』等、河内学派……の手になる『源氏物語』の註釈書に引用された『枕草子』の逸文が、堺本の、殊に宸翰本系統の本文に最も近い形を有していることは、大いに注目すべきである」と述べる萩谷朴も、現行の堺本とのつながりについては、慎重な姿勢を崩していない。

（＝堺本は）他の三系統の本文よりは…明らかに…接近してはいるが、しかもなおはなはだしく差異のあることは否定できない。そこで、現存堺本の本文系譜の上限をさらに遡ったところに、「古堺本」とでも称すべき伝本系譜の存在することを認めるにしても、その「古堺本」が、「現堺本」と同様に、類纂形態のものであったか否かは、全く判断し得るところではない。……いずれにもせよ（＝現堺本は）、物名・件名を恣意的に増補したり、難解な本文個所を任意に添削して、大きく改訂した不純な伝本であるという の他はない。近時、堺本に対する評価の低減は、こうした後人の手の加わった不純さに由来しているものではあるが、十三世紀末に、素寂が所持した『枕草子』の一本が、堺本の上流に立つ本文系譜の存在を証拠立てているということは、堺本本文の再検討を要求する重大な示唆であるといわねばならない。

（萩谷朴『日本古典集成　枕草子』解説）

それは『徒然草』との関係においても同じことである。既述の如く、現行形態の堺本には、『徒然草』序段との関連を指摘される跋文がない。[15]また『徒然草』第一三八段に「枕草子にも、「来しかた恋しき物、枯れたる葵」と書ける」と引用された『枕草子』本文は、現行伝本の中では、最も前田家本に近いとされる。[16]問題は単線的ではないのである。

しかし繰り返すことになるが、前田家本は「伝能因本系統本文と堺本系統本文と」の「混有」伝本に過ぎない。[17]その影響論が過剰に注目されるのは、中世の実体にそぐわず、問題の本質を見誤る危うさを内在する。すでに「めでたきもの」章段については、堺本を参照しなければ、適切な比較が出来ないことを指摘した。『徒然草』における『枕草子』の影響論は、堺本を軸に、広く『枕草子』の諸伝本の本文と系統論を視野に入れながら、個別的に成されなければならない。前田家本は、堺本の鎌倉期受容を示す、一古写本としての意味を持つ。

かくして堺本を軸に受容論を捉え直してみれば、直接的に『枕草子』が引用される「法師」論についても、再解釈が必要である。藤原正義は、「思はん子を法師に」（前田家本二六八段）の章段と「めでたきもの」章段との対比論を、前田家本本文の精読で承けとめ、山際論を批判して次のように論じている。

周知の様に、徒・第一段はその第二節で「法師」を取りあげる。枕・一〇八段（＝前田家本「めでたきもの」を指す、引用者注）では「法師のざえある」と「持経者」とが「めでたし」とされる。ところが、前掲「同じ人ながら……」とある枕・二四九段（前田家本第三冊）の第三節に次のように見える。「なほ男は、わが身のなりいづる、いとめでたし。法師などの、なにがし供奉とてありくは何とかは覚ゆる。経たふとく読み、みめきよげなるにつけても、女はあなづるさまになりかゝりこそすれ。僧都僧正になりはつれば、仏のあはれ給へるやうにかしこまりさわぐ事、何にかは似たる。」清少は「男」については「いとめでたし」としながら、「法師」については否定的であり、その点「法師ばかり羨ましからぬものはあらじ」とする兼好と同じであり、それは、「人には木の端のやうに思はるゝよ、と清少納言が書けるも、げにさることぞかし」と書いているのによっても明らかである。兼好は、「木の端などのやうに人の思ひたるよ」とある枕・二六八段（前田家本第三冊）を念頭にしていただけでなく、「げにさることぞかし」と強く同感しているのである。二六八段を念頭にしかつ同感している兼好は、おそらく二四九段をも念頭にしていただろうが、第一段の第二節を枕・二六八・二四九段に対しての〈（感想）批評〉であると、また両段を読んだ事が執筆の動機になったとするわけにはいかないであろう。（前掲論文）

藤原はこのように、前田家本二四九段（堺本二五六段）の記述を引用して、「清少は」、「「法師」については「否定的」であり」、「その点」「兼好と同じであ」ると一面的に捉えて、『枕草子』と『徒然草』との一致を強調する。そうだろうか。疑念が残る。

七　堺本から見た「法師」論

この『枕草子』堺本二五六段（前田家本二四九段）は三巻本にも存する章段で、身のほどと位の出世をめぐって、男女の違いを比較して論じている。男については、「あなづりやすき」侍従・兵衛佐と「やむごとなくおぼゆる」宰相・中納言との違いを述べ、「受領のほどもみな同じ」という。女に関しては、やや論法が異なり、「内侍のすけ」という位と「受領の北の方」を例示して身のほどに合った幸せを勧め、「ほどよりは過ぎ」「高き位」を求めることへの疑問を示す。そして「なほ、をとこは、わが身のなり出づる、いとめでたし」と結論付けて、法師へと論評を進めていく。

この文脈で述べられる「法師などの、なにがし供奉とてありくは、まして何とかはおぼゆる」という記述は、三巻本ともほぼ共通する（三巻本は「供奉」「まして」を欠く）。それは、「別にどうということもない」（上坂信男・神作光一『枕草子全訳注』講談社学術文庫）という法師への低い評価であるが、続いて「経たふとく読み、みめきよげなるにつけても、女はあなづるさまになりかゝりこそすれ」と述べるように、女（三巻本は「女房」）の視線や考え方への批判が含まれている。所詮女は、僧侶が本来尊まるべき、資質や能力が優れていても、とかく「あなづるさまになり」がちだという「否定的」な言葉が連ねられているのである。しかし、大事なのはそこからだ。『枕草子』は「…こそすれ」という逆説的接続を挟んで、「僧都僧正になりはつれば、仏のあらはれ給へるやうにかしこまりさわぐ事、何にかは似たる」と承ける。あなづりやすき法師が、ひとたび僧都や僧正という高位をきわめると、女は軽々しく手のひらを返し、価値を転ずる。その節操の無さを皮肉な口調で述べているのである。[18]逆に、法師の側から見れば、世の覚えや僧綱という、世俗的評価が高まれば、打って変わって「仏のあらはれ給」うように価値を高め、あっという間に尊重されるということだ。その扱いと内容と、そしてなにより視線に於いて、「否定的」とは一括できない。僧侶の名聞を否定する『徒然草』とも大きく乖離している。

このように捉えれば、堺本二四三段（前田家本二六八段）の「法師」論についても、新しい解釈がもたらされる。たとえば、『徒然草』第一段の『枕草子』引用箇所である。通常は、「清少納言が書けるも、げにさることぞかし」と区切られ、それ以降『徒然草』は『枕草子』を離れ、独自の見解で話柄を転じているかのように見える。各注釈書も、注解をそこで区切り、「勢まう…」「増賀聖」以下は別の内容として扱われている。『枕草子』該当章段の影響は、書名を挙げた直接的な引用部分に限られると認識されてきたのである。

しかし、そうした読解は、三巻本『枕草子』との対比が導くところでもあった。三巻本の本文は、「法師」について、主にネガティブな側面のみに記述が限定された、短い章段として存在している。そのため、限定的な文脈しか『徒然草』には提供し得ない。ところが、堺本や前田家本には、三巻本には存在しない、次の如き長い異文が続いている。

思はん子をほうしになさむこそいと心ぐるしけれ……きのはしなどのやうにひとのおもひたるよ。（中略）あるは、ことばもじづかひなどこそ、げに俗にはたがひたれ。かゆをばのむといひ、きぬをばつづらんといひ、ちめろをばかみといひ、湯あぶるをばあかすりせむといふよ。かかる事ども、いとおほかるべし。されど、それらももとよりあてなる人は、いとさしもなくやあらん。

いかなるにつけても、世の中にもちいられたるときおぼえあるは、いとめでたし。あやしき物いひ、ありさまもわろからぬものとなりをきたる、いとよし。まして、老いたるひじりなどは、いふべきにもあらずかし。

（堺本二四三段）

とりわけ傍線部の異文は重要である。しかし『徒然草』該当章段と前田家本文との関係はしば語られながら、寡聞にして、これら後半の異文に着目した論を知らない。三巻本の桎梏に加え、堺本・前田家本の章段が、文字遣いをめぐる記述を挟み込んで連なっていることもあってか、前田家本を精読した藤原でさえ、言及がないのである。

この「世の中に用ゐられたる時、おぼえある、いとめでたし」は、前掲した堺本二五六段（前田家本二四九段）の趣旨に通ずる記述である。対比して引用してみよう。

・おとこは、わが身のなりいづる、いとめでたし……そうづ・僧正になりはつれば、ほとけのあらはれたまへるやうにかしこまりさわぐこと、なににかは似たる。（堺本二五六段）

・いかなるにつけても、世の中にもちいられたるときおぼえあるは、いとめでたし。……まして、老いたるひじりなどは、いふべきにもあらずかし。（堺本二四三段）

・法師ばかりうらやましからぬものはあらじ。「人には木の端《はし》のやうに思はるるよ」と清少納言が書けるも、げにさることぞかし。勢ひ猛《まう》にののしりたるにつけて、いみじとは見えず、増賀聖《そうがひじり》の言ひけんやうに、名《みやう》聞《もん》ぐるしく、仏の御教《をし》へにたがふらんとぞ覚ゆる。ひたふるの世捨人は、なかなかあらまほしきかたもありなん。（『徒然草』）

このように並べてみると、どうやら『徒然草』は、『枕草子』の本文に沿いつつも、意識的にその逆を語っているようだと気付く。たとえば兼好は、「清少納言が書ける」ことを、ひとまず「げに」「さること」と「同心」（『徒然草諸抄大成』）して承けている。しかし「さること」の「さる」(19)とは、それなりの、という意味であり、いわば一面の真実だ。そこから漏れる観点がある。堺本を捉えて、ここにようやく『枕草子』と『徒然草』の対話を論ずる基盤が確立される。「さること」の間隙に向けて、清少納言とは違う立脚点にいる兼好から、「法師」の側面があらためて対論される。

『枕草子』は、女の目には、「仏のあらはれ給へるやうにかしこまりさわ」がれ、「世の中に用ゐられたるときおぼえある」ことこそが「法師」の唯一救われるべき評価であるかのように書く。『徒然草』は、あたかもそれに答えるように、「その法師が時を得て高い僧官になつて居て、偉い勢いで得意になつてわいわい騒ぎ立て居ても、別にえらいとはみえません」（山口剛『徒然草講義』『山口剛著作集』第六巻、中央公論社、一九七二年）という。「勢ひ猛《まう》にののしりたるにつけて、いみじとは見えず、増賀聖《そうがひじり》の言ひけんやうに、名聞《みやうもん》ぐるしく、仏の御教《をしへ》に違《たが》ふらんとぞ覚ゆる。ひたふるの世捨人《よすてびと》は、なかなかあらまほしきかたもありなん」と自らの見解を示し、随想的に綴っていく。これぞ「身の上によそへたる」（『野槌』）『徒然草』のナラティブであった。

しかもそれは、作品の方針を語って「枕草子をつぎて書きたる」序段に続き、巻頭の第一段という場に於いて、明示的になされた『枕草子』再読であり対話である。意味するところは大きい。ところが、こうしてなされた言述を、宮内三二郎は、「一般的感想」で、「法師一般を、古言を引用して観念的に、またあたかも他人事のように批判している」記述と読む。そして「法師としては不審」な「そらぞらし」い態度をとる章段であって、法師でない時期の人間の書いた文章の一証、と理解していた。[20] 屈曲する『徒然草』の筆法を正しく捉えていない。誤読ではないかと思う。

八　『徒然草』の地平と視界

正徹は、本論冒頭の引用で中略とした部分で、兼好の伝記を略述する。そこには簡潔ながら、重要な情報が盛り込まれている。

兼好は俗にての名なり。久我《こが》か徳大寺かの諸大夫《しよだいぶ》にてありしなり。官が滝口にてありければ、内裏の宿直《とのゐ》に参りて、常に玉体を拝し奉りけり。後宇多院崩御なりしによりて、遁世《とんせい》しける也。やさしき発心の因縁なり。随分の歌仙にて、頓阿・慶運・静弁《じやうべん》・兼好とて、その頃四天王にてありしなり。（『正徹物語』）

かつてこの記述をめぐって、風巻景次郎をはじめとする多くの研究史が訂正と付加を行い、近代の兼好伝を形成してきた。しかし近時、小川剛生により、卜部氏系図の文献学的批判が進められ、事情は大きく変わった。小川は、これまでの研究をリセットし、結局は、この正徹の言及に戻るべきであるという。

作者兼好法師は、卜部氏嫡流を汲む神祇官人で、京都吉田社の祠官《しかん》であった吉田家に生まれたとされる。風巻景次郎は、尊卑分脈の系図の記載によって、吉田家傍流の兼顕《かねあき》の子で、後二条天皇の六位蔵人なり、ついで五位に叙せられ、左兵衛佐に任じたと推定し（『西行と兼好』角川選書、角川書店、昭44、初出昭27）、これが通説となってきた。しかし、拙稿「卜部兼好伝批判――「兼好法師」から「吉田兼好」へ」（国語国文学研究（熊本大学文学部）49、平26・3）で考証した如く、この系譜と経歴は、戦国時代の吉田家の当主、兼倶《かねとも》（一四三五～一五一一）が捏造したものである。兄弟とされてきた大僧正慈遍《じへん》とも血縁はない。兼倶はなんらかの方法で兼好が一時卜部氏を称したことを知り、自らの家系に取りこんだらしい。吉田の家号は室町期に入って用いられたので「吉田兼好」の称が不適当であることは既に指摘されているが、兼倶以前に兼好が卜部氏であることに言及した者はいない。「兼好法師」の称を用いるべきであろう。したがって兼好の家系も生国も、まったく不明である。……その伝記は、兼好より百年ほど後に生まれた歌僧正徹（一三八一～一四五九）の証言を出発点としなければならない。

（小川剛生訳注『新版徒然草　現代語訳付き』解説、角川ソフィア文庫、二〇一五年）

小川は、論文の概要を右の如くにまとめ、『正徹物語』を引用して、その記述の分析を進めている。(21)

小川によれば、とりわけ「兼好が滝口であったとする記述は」、「十分に尊重しなくてはならない。兼好がある時期内裏に出入し、公家社会の教養を身に付けていたことは徒然草に徴しても明らかなことで」、「蔵人所に属する滝口・所衆《ところのしゅう》・出納《しゅつのう》などであったと考えられる。いずれも六位相当の下級職員で、「侍」身分の者から選ばれる」。「いずれも、新帝の践祚に際して補されるので、兼好の活動年代から見て、正安三年（一三〇一）に践祚した後二条天皇ないし延慶元年（一三〇八）に践祚した花園天皇に仕えたのであろう」。ただし、勅撰集には「兼好法師」の法名で入集していること、『勅撰作者部類』に「凡僧」で登載されていることから、「在俗時には六位の侍で終わった」ものだと論証している。

『徒然草』の視点や物のとらえ方を考察する本論にとっても、兼好の歌壇における評価と位置、またその職掌が「常に玉体を拝し奉」る地歩にあったことなど、正徹の記録は重要である。

彼が若いころに蔵人や左兵衛佐をつとめ、現実に天皇の側近に侍し、宮中を立ち鳴らし、摂関大臣公卿たちに接する機会を持っていたこと……殿上人にも容易に列する機会のない下層貴族にとって蔵人として宮中生活に慣熟することは、無上の経験であるばかりでなく、兼好のような人の場合であると、それが平安文化の伝統に一層の愛着と共鳴を深めるよすがになったことは疑う余地がないであろう。

（風巻景次郎「徒然草」『西行と兼好』角川選書、一九六九年）

風巻の指摘も、傍線部に留保を付けて読むならば、今でも有効な視点である。そんな兼好だからこそ逆に——兼好の地位により低下が予想されるのならばなおさらのこと——、清少納言の視座が気になり、強く意識されるのだと思う。彼女は女房として宮中に仕え、定子サロンの文化を担う。「宮廷のキラキラした光の中に」「身を置」き、「出仕以前には、遠く別世界の人のように思っていた主上や中宮を始め、畏れをさえ抱いていた関白や大納言といったお偉方が、すぐわが目の前にいて、しかも、いつも自分を引き立てて話しかけ、冗談まじりに対等につき合ってくれる」（萩谷朴『日本古典集成　枕草子』解説）。それが、読者なら誰にでも分かる、清少納言と『枕草子』のトポスであった。

清少納言の文章には「宮の、めでたく、盛りに、時めかせたまひしことばかりを、身の毛も立つばかり書き出て」、それ以外の「関白殿失せさせたまひ、内大臣《うちのおとど》流されたまひなどせしほどの衰《おとろ》へをば、かけても言ひ出でぬほどのいみじき心ばせ」（『無名草子』）が横溢している。降った「末の世」から、男性の視点で同じような世界を照射しようとする兼好にとって、その視点のずれは、常に自覚させられることであったろう。

おとろへたる末の世とはいへど、なほ、九重の神《かむ》さびたる有様こそ、世づかずめでたきものなれ。露台《ろだい》・朝《あさ》餉《がれひ》・何殿《なにでん》・何門《なにもん》などは、いみじとも聞ゆべし。あやしの所にもありぬべき小蔀《こじとみ》・小板敷《こいたじき》・高遣戸《たかやりど》なども、めでたくこそ聞ゆれ。「陣《ぢん》に夜《よ》の設《まうけ》せよ」と言ふこそいみじけれ。夜《よる》の御殿《おとど》のをば、「かいともし、疾《と》うよ」など言ふ、まためでたし。上卿《しやうけい》の、陣にて事行へるさまはさらなり、諸司《しよし》の下人《しもうど》どもの、したり顔に馴れたるも、をかし。さばかり寒き夜もすがら、こゝ・かしこに睡《ねぶ》り居たるこそをかしけれ。「内侍所《ないしどころ》の御鈴《みすず》の音は、めでたく優《いう》なるものなり」とぞ、徳大寺太政大臣《とくだいじのおほきおとど》は仰せられける。（第二三段）

この記述は、「おとろへたる末の世」から、「神さびたる」世界の向こう側をはるか遠くに振り仰ぐ。兼好の内なる外部者としての視界をうかがう、象徴的な章段である。この段では、「聞ゆ」「言ふ」「仰せ」の音に聞く世界と、実見する「下人」の相貌の描写とが、対比的に区切られて示される。目に見える世界と音に聞く世界。入れない向こう側に見えるはずの世界を写すためには、その世界を実見した人の言葉をもってする他はない。それは、『枕草子』や宮廷女流日記の視線が、記主の「見る」ことに機制されていたのと対照的で、裏返しに重なっていく。[22]「言ひつづくれば、みな源氏物語・枕草子などにことふりにた」る（『徒然草』一九段）。叙述を連ねれば連ねるほどに、兼好から見える『枕草子』の地平は、ジェンダーはむろんのこと、その視線の風景は、時に反転したパラダイムとして、意識されたはずである。

この第二三段は、その宮中への視線から、『徒然草』第一部が出家前に書かれたことの傍証とされてきた章段である（宮内前掲論文など）。だが、叙述に宮中への視点が保持されていることと、現実に宮中にいて、在俗の時に書かれなければいけないこととは、別次元の問題である。兼好が学んだ『枕草子』自体、失われてしまった華やかな過去を作品世界として具現したのは、むしろ零落した後のことであった。そのことは、回想記『枕草子』が、ビビッドな叙述で描き続けられたことと矛盾なく成り立つ。というよりはむしろ、そうした視座の獲得こそが『枕草子』の文学の方法であった。[23]清少納言の零落伝説は、兼好が読者であったとおぼしい『無名草子』をはじめとして、伝能因所持本奥書や『古事談』他に早くから記される。『徒然草』作者はむろん、『枕草子』のそういう現実をよく理解していた。

九　第一九段から見えること

これまで行ってきた分析を『徒然草』前半の代表的章段の一つ、第一九段に応用しつつ、読解してみよう。同段は、「折節《をりふし》の移り変るこそ、ものごとにあはれなれ。「もののあはれは秋こそまされ」と人ごとに言ふめれど、それもさるものにて、今一際《きは》心も浮き立つものは、春のけしきにこそあめれ」と始まり、以下に四季の風情を詳述する。その中で同段は、先述の如く、『源氏物語』と『枕草子』の名を挙げる。それは序段以来、『徒然草』執筆の上で最も意識された両極の作品であったが[24]、その物言いはやや唐突で、しかも屈折した自己言及を付している。

…五月、菖蒲《あやめ》ふく比、早苗とるころ、水鶏《くひな》のたたくなど、心ぼそからぬかは。六月のころ、あやしき家に夕顔の白く見えて、蚊遣火《かやりび》ふすぶるも、あはれなり。六月祓《みなつきばらへ》、またをかし。七夕《たなばた》祭るこそなまめかしけれ。やうやう夜寒《よさむ》になるほど、雁《かり》鳴きてくるころ、萩の下葉《したば》色づくほど、わさ刈り干すなど、とり集めたることは、秋のみぞ多かる。また、野分《のわき》の朝《あした》こそをかしけれ。言ひつづくれば、みな源氏物語・枕草子などにことふりにたれど、同じこと、また今さらに言はじとにもあらず。おぼしきこと言はぬは腹ふくるるわざなれば、筆にまかせつつあぢきなきすさびにて、かつ破《や》り捨つべきものなれば、人の見るべきにもあらず。

（『徒然草』一九段）

右は、直接には「野分」をめぐる、両作品の該当箇所を指している。[25] だが「言ひつづくれば、みな…」とあるように、「秋ばかりでなく、春からの、風物を列挙して来たことをすべて含」み、両作品に見られる四季の描写に「多少のひけ目を感じて、かく述懐した」(『徒然草全注釈』一九段)と理解するのが妥当である。

その引け目は、風景を自らの視点で見出し描き出しても、それは所詮、トートロジーに過ぎないという脱力と表裏であろう。そもそも『源氏物語』や『枕草子』を学んで『徒然草』の和文は成立している。言葉ばかりではない。物の見方や切り取り方も合わせてすり込まれる学習である。兼好が見出す風情は、いつも類似した表現としてすでに描かれてしまっており、いわば模倣される自然として現前する。しかもそれは、既に論じたように、時に「すべて」がネガとポジとして、逆向きの風景を眺めている。ジェンダーも地位も、そして届く視線もそうである。都の世俗の風景を素材に『徒然草』を書き進める限り、作者は、それをいつも意識に突き付けられ続ける。根本的なパースペクティブの問題がそこにある。

鳥の声などもことの外に春めきて、のどやかなる日影に、垣根の草萌え出づるころより、やや春ふかく、霞みわたりて、花もやうやうけしきだつほどこそあれ、折しも、雨風うちつづきて、心あわたたしく散り過ぎぬ、青葉になりゆくまで、よろづにただ、心をのみぞ悩ます。花橘《はなたちばな》は名にこそ負へれ、なほ、梅の匂ひにぞ、いにしへのことも、立ちかへり恋しう思ひ出でらるる。山吹の清げに、藤のおぼつかなきさましたる、すべて、思ひ捨てがたきこと多し。「灌仏のころ、祭のころ、若葉の、梢涼しげに茂りゆくほどこそ、世のあはれも、人の恋しさもまされ」と人の仰せられしこそ、げにさるものなれ。五月、菖蒲《あやめ》ふく比…

(『徒然草』一九段)

右に含まれる唯一の引用は、灌仏会、賀茂の祭という、年中行事に関する、ある貴紳の言であった。それは、誰でもがほぼ同じように思い浮かべることのできる、普遍的な四季の推移の一景として、夏の美しい風景を語っているように見える。だがそうではない。年中行事とは、身分によって、参加の形態と見物の位置、すなわち視点を絶対的に異にしてしまうものである。(26) 同じ景色を眺めているつもりでも、兼好は、その貴紳の視点で、あるいは真の意味でその貴紳に寄り添って、同じものを見ることはできない。逆説的な言い方になるが、同じ景色を観ているからこそ、深刻に実感される現実である。〈見ること〉が絶対的に不可能ならば、徳大寺太政大臣の言を引いて締めくくった第二三段と同様に、「人の仰せ」を引用して示す他はない。

こうして、表現者として優れていればいるほど、兼好の目は、絶望的な擬古の精神の矛盾や陥穽との対峙を余儀なくされる。もちろんその「ひけ目」は、全面的屈服とは違う。兼好の本分は、そうした桎梏を、きわめて冴えた感性――独自の「心根」で、創造的に展開していくことなのである。

たとえば『徒然草』一九段は、秋を描くところで、四季の叙述の背景に、常に『源氏物語』と『枕草子』への意識が横溢していることを明言して、冬に至る。もののあわれがまさる秋の後に訪れた冬という時間を、兼好はこう称揚する。

さて、冬枯《ふゆがれ》のけしきこそ、秋にはをさをさおとるまじけれ。汀《みぎは》の草に紅葉の散りとどまりて、霜いと白うおける朝、遣水《やりみづ》より煙の立つこそをかしけれ。年の暮れ果てて、人ごとに急ぎあへるころぞ、またなくあはれなる。すさまじきものにして見る人もなき月の寒けく澄める、廿日《はつか》余りの空こそ、心ぼそきものなれ。

この記述も、明らかに『源氏物語』と『枕草子』を意識して書かれている。そのことは『文段抄』を受けて

『諸抄大成』がつとに示しているところである。

すさまじき……▲朝貌巻に、時々につけて人の心をうつすめる花紅葉のさかりよりも、冬の夜のすめる月に雪のひかりあひたる空こそ、あやしう色なきものゝ身にしみて、此世の外のことまで思ひながされ、面白さもあはれさものこらぬをりなれ。すさましきためしにいひ置けん人の心あさゝよとて御簾《みす》捲上させ給ふ▲総角に、よの人すさまじきことにいふなるしはすの月夜の曇りなくさし出たる▲河海云、清少納言枕草紙に、すさまじきもの。師走の月夜。おうなのけさう。篁か日記に、師走の望月の比いとあかきに、物語しけるを人みて、これそあなすさまじ師走の月夜にもあるか、といひしもぞあはれなりける寿▲狭衣にも、げにすさまじき物にいひおきたる師走の月も、見る人からにや、宵過て出る影さやかにすみわたりて云々文

『諸抄大成』が引用するように、『源氏』朝顔巻で、光源氏は、冬の月を「すさまじきためしにいひ置」いた人を「心あささよ」と言い捨てて、わざわざ御簾を捲き上げさせ、雪明かりの外を眺めている。この所作までが『枕草子』のパロディである。

雪のいと高う降りたるを、例ならず御格子まゐりて、炭櫃《すびつ》に火おこして、物語などして集りさぶらふに、「少納言よ、香爐峯《かうろほう》の雪いかならん」と仰せらるれば、御格子《みかうし》あげさせて、御簾《みす》を高くあげたれば、わらはせ給ふ。

（引用は三巻本。堺本には欠く章段）

ただし『諸抄大成』に先行する『文段抄』は、「河海に云篁日記にしはすのもちのころ（下略）」と『河海抄』

を参照していながら、『河海抄』の挙げる「清少納言枕草子に、すさましきもの、おうな《老嫗也》のけさう、しはすの月夜と云々」を引かない。『文段抄』は『寿命院抄』や『野槌』によって『源氏』朝顔、『河海抄』所引『篁日記』、また「季吟云」として『狭衣』の例を挙げ、「枕草紙に「冷しき物　春の網代《アジロ》　しはすの扇などいへるも皆その心と見え侍り」とあるばかり。意識的に排除しているのである。季吟は、『源氏物語』の研究史を踏まえて、この部分に『枕草子』逸文を引証する『河海抄』の見解には、否定的であったとおぼしい。その事情は『湖月抄』に示されている。

細　河海に、枕草子すさまじき物、おうなのけさう、しはすの月夜と云云。但当時流布の枕草子に此事なし。他本に此事有るか。但清少納言が父元輔が歌に「いざかくてをりあかしてん冬の月、春の花にもおとらざりけり」と、冬の月を愛したる也。其むすめの身として冷《スサマ》じき物に云ひなさんはいかがと覚え侍る、如何。又此巻の奥にも此事見えたり。篁が詞同シ、具《ツブサ》に河海に見えたり。**師**　細の御説如此、師走の月の冷じき事は、小野篁の日記河海に引き給へり。奥にあり。嫗《オウナ》のけさうの事はたしかに枕草子に書けり。ひきあはせていへるなるべし。

（『湖月抄』槿「ありつるおいらく（のこころげさうも）」注）

河　篁ノ日記ニ云ク、しはすのもちの頃、月いとあかきに物語しけるを人見て、あなすさまじしはすの月にもある哉、といへりければ、「春をまつ冬のかぎりと思ふには、かの月しもぞ哀なりける」。**師**　河海清少納言が枕草子をひけり。枕草子に師走の月夜と云ふ詞なしと細哢孟諸抄の説なり。前にあり。

（『湖月抄』槿「すさまじきためしに」注）

たしかに、いまだ「師走の月夜と云ふ詞」を持つ『枕草子』伝本は出現していない。だがここは『源氏』の権威ある注釈書に引用された『枕草子』(『紫明抄』『河海抄』等の朝顔巻所引)という理解こそが重要である。『源氏』と一体的に実在する『枕草子』を兼好が踏まえているという構図である。兼好には『源氏物語』書写が伝えられる。(27)『徒然草』にはその学習と愛読の痕跡は顕著であり、注釈世界を踏まえた読解が予想される。『源氏物語』作者も『枕草子』のシニカルな愛読者であった。物語本文には、時に色濃く『枕草子』の影が揺曳している。

源氏物語には、しばしば枕草子のなかの一場面や、清少納言がはじめて気付き枕草子に取り上げておいた事柄を連想させられることが何と多いことか。枕草子はまるで源氏物語の取材ノートのような観を呈しているところがある。

(清水好子「清少納言と紫式部」『枕草子講座』第一巻(28))

このように述べる清水好子は、その代表例として、先に見た朝顔の巻を取り上げる。この巻は、特に『枕草子』を意識して構成されている部分が多いのである。兼好が『源氏物語』朝顔巻から、注釈書所引(29)を含めて『枕草子』の影を読み取るのは自然なことだ。

『源氏物語』自体が強く『枕草子』を意識して綴った朝顔の巻と、その本文を注釈する場に現れる『枕草子』の本文を巻き込んで、『徒然草』は〈対話〉する。『源氏物語』は「花紅葉のさかりよりも」「冬の夜のすめる月」を称揚し、「すさましきためしにいひ置けん人の心あさゝ」に言及する。『枕草子』の清少納言のことだ。兼好もそれを承けるのだが、「すさまじきためしにいひ置けん人の心あさゝよ」と「ためし」を用いる『源氏』本文に対し、『徒然草』は、「すさまじきものにして見る人もなき月」と表現する。この「もの」という形式名詞は、『源氏物語』古注所引の『枕草子』「すさまじきもの師走の月…」と一致する。ものづくしを一つの類型として列ねる『枕草子』の常套に合致する言い方であった。『徒然草』は、『源氏物語』を主調とする文脈の中に、あえて

「すさまじきもの」と語って『枕草子』の色彩を引き寄せる。ただしそれは、そもそも『源氏』古注に引かれた『枕草子』であった。ここでの『徒然草』の基調は、あくまでも『源氏物語』にある。

しかし『源氏物語』朝顔巻では、簾を巻き上げて外を眺めた光源氏に、「月は、隈《くま》なくさし出でて、一つ色に見え渡されたる」冬景色を見せている。煌々とあたりを照らす、〈くまなき月〉が描き出されるのである。『諸抄大成』が併せて引用する総角巻でも「しはすの月夜の曇りなくさし出たる」と叙述されている。対して『徒然草』は、『源氏物語』の世界からかろやかに逸脱して「時分過ぎつきなき頃」（『徒然草参考』）の「廿日余りの空」を嘆賞し、新しい「冬枯れのけしき」の美の発見を描く。こうした価値観の構造が、正徹の評する「「花はさかりに、月はくまなきのみ見るものかは」と、兼好が書きたるやうなる」「生得」の「心根」なのである。正徹は、その「心根を持ちたる者は、世間にただ一人ならではなきなり」と断言した。『枕草子』と『源氏物語』の伝統を踏まえつつ、『徒然草』独自のパースペクティブが、文学史上に刻印された瞬間である。

十　『徒然草』のパースペクティブ——都・あづま・片田舎の発見

しかし、右のようなレベルに留まるのみであるならば、兼好は『源氏物語』『枕草子』への「ひけ目」や亜流、もしくは擬古の桎梏から、永遠に解き放たれることはない。畢竟、『徒然草』が、今日に遺る傑作として、生まれ出ずることもなかっただろう。あと少しの補助線が必要だ。仏者であること、中世びとであること…。しかし『源氏』や『枕』という古典世界に伍して、『徒然草』がいま一段飛翔するのは、次のような論理展開を可能ならしめた、「あづま」体験があったからではないか。

御仏名《おぶつみやう》、荷前《のさき》の使立つなどぞ、あはれにやんごとなき。公事ども繁く、春の急ぎにとりかさねて催し行はるるさまぞいみじきや。追儺《ついな》より四方拝《しはうはい》に続くこそ面白けれ。晦日《つごもり》の夜《よ》、いたう暗きに、松どもともして、夜半《なか》過ぐるまで、人の門たたき走りありきて、何事にかあらん、ことことしくののしりて、足を空に惑ふが、暁がたより、さすがに音なくなりぬるこそ、年の名残《なごり》も心ぼそけれ。亡き人のくる夜とて魂祭るわざは、このごろ都にはなきを、東《あづま》のかたには、なほすることにてありしこそ、あはれなりしか。かくて明けゆく空のけしき、昨日に変りたりとは見えねど、ひきかへめづらしき心地ぞする。大路《おほち》のさま、松立てわたして、はなやかにうれしげなるこそ、またあはれなれ。

（『徒然草』一九段）

年の瀬の心細さと、明けた年初の華やかな慶びとの対比。それを彩る、年内最後の「公事」として、兼好は、失われた幻想の「魂祭るわざ」の故実に言及する。都では過去のものとして失われてしまった魂祭りは、「東のかた」にのみ残っている。彼はそれを「ありしこそ」と実見の知識を提供して記述した。都人の知らない「あづま」というトポスを体験することで、自分だけが、時間的にはさかのぼれない、いにしえに、わずかばかり近づくことが出来た。そのいにしえとは、たとえば『枕草子』の記録である。

ゆづりはの……なべての月ごろは、つゆも見ゑぬものの、しはすのつごもりにのみときめき、なき人のくひものにしくをみるがあはれなるに…

（堺本八段「花の木ならぬは」[30]）

『枕草子』の古代の故実が、「あづま」実見によって証される。そして「おとろへたる末の世」から「神さびたる」「九重」や「都」のいにしえをも照らし出す。この爽快なロマンは、自らがいま立脚する「都」を相対化する、「あづま」という視線の獲得と一体のものなのだ。

兼好の志向をそのように理解する時、通説によれば『徒然草』が第二部に入っていく端緒となる二つの章段に、次のような意図的配列が成されていることに気付く。

今の内裏作り出されて、有職の人々に見せられけるに、いづくも難なしとて、既に遷幸の日近く成りけるに、玄輝門院《げんきもんゐん》の御覧じて、「閑院殿の櫛形《くしがた》の穴は、まろく、縁《ふち》もなくてぞありし」と仰せられける、いみじかりけり。これは、葉《ゑふ》の入りて、木にて縁をしたりければ、あやまりにて、なほされにけり。（三三段）

甲香《かひかう》は、ほら貝のやうなるが、小さくて、口のほどの細長《ほそなが》にさし出でたる貝の蓋《ふた》なり。武蔵国金沢《かねさは》といふ浦にありしを、所の者は、「つなたりと申し侍る」とぞ言ひし。（三四段）(31)

ここでは、玄輝門院愔子（一二四六～一三二九）と兼好とが、「今」の「都」には希有なる実見を、それぞれ、時空を超えて語り、故実を確定するという役割を演じている。その意味で同型の類話として、あるいはそう読まれることを期待して、この二つの逸話が配置されていることは明白である。「き」で統叙される部分が、鋭く対比的に照らし合う。

それ故に際立つ、両段の決定的な違いもある。三三段は「―けり」を六回用いて叙述を統一し、全体を回想の形で表現している」（『全注釈』解説）。対する三四段は、兼好自らの「し」によって閉じられ、描き分けられていることである。三三段の「けり」は「回想」ではなく伝承だが、その伝承は、兼好によって「いみじかりけり」と詠嘆の「けり」で受けられている。その追懐は、すでに失われた「玄輝門院」という存在の遠さであり、彼女一人が知っていたという、「故実」のさらなる遠さである。そしてそれは、兼好が隔絶した遠さを実感していた、今ある「内裏」のうちなる「神さびた」時空に対しても、再び決定的な距離感を主張する。しかし兼好は、その対極に、自らが見聞した武蔵国金沢という「あづま」体験を配置する。

「あづま」とは、彼にとってもはや単なる地方の空間ではない。それはいわば、思考の装置であった。

鎌倉の海に、鰹《かつを》といふ魚は、かの境《さかひ》には、双《さう》なきものにて、このごろもてなすものなり。それも、鎌倉の年寄りの申し侍りしは、「この魚、おのれら若かりし世までは、はかばかしき人の前へ出づる事侍らざりき。頭《かしら》は、下部《しもべ》も食はず、切りて捨て侍りしものなり」と申しき。かやうの物も、世の末になれば、上《かみ》ざままでも入りたつわざにこそ侍れ。（一一九段）

「鰹」はついに「鰹」であり、そこは「鎌倉の海」に他ならない。だがこの「あづま」が導く教訓は、「世の末になれば、上ざままでも入りたつ」高尚に連なる。「あづま」はついに「都」ではないが、たとえば第三四段の如く、兼好の叙述姿勢に於いて、構造的なメタファーとして、「都」に相当しまた相対化する、独自の価値観を現出する。次の章段では実際に、「都」と「あづま」が、修辞的には、対等に言及されている。

あづまの人の、都の人に交《まじ》はり、都の人の、あづまに行きて身を立て、また、本寺・本山を離れぬる、顕密の僧、すべて、我が俗にあらずして人に交はれる、見ぐるし。（一六五段）

次の著名な逸話も、兼好が発見した「あづま」という装置を前提にすれば、ごく自然に発想されてくるものであろう。

悲田院尭蓮上人《ひでんゐんのげうれんしやうにん》は、俗姓《ぞくしやう》は三浦《みうら》のなにがしとかや、双なき武者《むしや》なり。故郷《ふるさと》の人の来りて、物語すとて、「吾《あ》妻人《づまびと》こそ、言ひつることは頼まるれ、都の人は、ことうけのみよくて、まことなし」と言ひしを、聖、「それはさこそおぼすらめども、己れは都に久しく住みて、馴れて見侍るに、人の心劣れりとは思ひ侍らず。なべて心やはらかに、情あるゆゑに、人の言ふほどのこと、けやけくいなびがたくて、よろづえ言ひはなたず、心よわくことうけしつ。偽りせんとは思はねど、乏《とも》しく、かなはぬ人のみあれば、自ら、本意《ほい》とほらぬこと多かるべし。吾妻人は、我が方なれど、げには心の色なく、情おくれ、ひとへにすぐよかなるものなれば、始めより否《いな》と言ひてやみぬ。にぎはひゆたかなれば、人には頼まるるぞかし」とことわられ侍りしこそ…　（一四一段）

もちろん従来指摘されているように、兼好の東国観には侮蔑的な要素もある。また彼自身の出自と東国体験の実態については、伝記的事実に不明の部分が多く、すぐさま結論を導くことがむずかしい。しかし少なくとも『徒然草』という作品には、「あづま」という視点の獲得によって見えてきたもの・ことを、「よき」こととして確言的に語る、都人兼好がいる。尭蓮上人の逸話を承けて、次段は、次のように記されている。

心なしと見ゆる者も、よき一言《ひとこと》はいふものなり。ある荒夷《あらえびす》のおそろしげなるが、かたへにあひて、「御子はおはすや」と問ひしに、「一人も持ち侍らず」と答へしかば、「さては、もののあはれは知り給はじ。情なき御心にぞものし給ふらんと、いとおそろし。子ゆゑにこそ、よろづのあはれは思ひ知らるれ」と言ひたりし、さもありぬべきことなり。…　（一四二段）

それは「田舎」ならざる「あづま」の発見であり、同時に、比喩的な意味での「片田舎」の再発見である。正徹が兼好の天才を鋭く見抜いた「月はくまなくを…」という一三七段の主題の一つは、「都」の価値観の称揚であり、同時に、対照的に示される「片田舎の人」の唾棄すべき姿であった。

…「心あらん友もがな」と、都恋しう覚ゆれ。……すべて、月・花をば、さのみ目にて見るものかは。春は家を立ち去らでも、月の夜は閨《ねや》のうちながらも思へるこそ、いとたのもしうをかしけれ。よき人は、ひとへにすけるさまにも見えず、興ずるさまもなほざりなり。……片田舎の人こそ、いろこく、よろづはもて興ずれ。花のもとには、ねぢよりたちより、あからめもせずまもりて、酒飲み、連歌して、果ては、大きなる枝、心なく折り取りぬ。泉には手足さしひたして、雪には下り立ちて跡つけなど、よろづの物、よそながら見ることなし。……都の人のゆゆしげなるは、睡《ねぶ》りて、いとも見ず。若く末々《するずゑ》なるは、宮仕へに立ちゐ、人のうしろにさぶらふは、さまあしくも及びかからず、わりなく見んとする人もなし。（下略）　（一三七段）

兼好のアイディアルな「都」という概念は、いずれ、いにしえとの時間差をも超え、「よき人」という高次の理想像の中に抽象化されていく。対して「片田舎」は、「かたくな」という評価語と結びつき、ともに『徒然草』の基調的な価値観を構成していくことになる。

何事も入りたたぬさましたるぞよき。よき人は、知りたることとて、さのみ知り顔にやは言ふ。片田舎《かたゐなか》よりさし出でたる人こそ、よろづの道に心得たるよしのさしいらへはすれ。されば、世に恥づかしきかたもあれど、みづからもいみじと思へるけしき、かたくななり。よくわきまへたる道には、必ず口重く、問はぬ限りは言はぬこそいみじけれ。　（七九段）(32)

「都の人」と「片田舎の人」の重要な違いは、ものを見る時の〈構え〉にある。第一三七段で兼好はそう語っていた。よき人・都人は、「ひとへにすけるさまにも見えず、興ずるさまもなほざり」であり、「いとも見ず」。対して「片田舎の人こそ、いろこく、よろづはもて興ずれ」。その決定的な違いは、「よそながら見る」ことができるかどうかだと兼好は言いたそうである。

　いかなる女なりとも、明暮《あけくれ》添ひ見んには、いと心づきなく、憎かりなん。女のためも、半空《なかぞら》にこそならめ、よそながら時々通ひ住まんこそ、年月経てもたえぬなからひともならめ。あからさまに来て、泊《とま》りゐなどせんは、珍らしかりぬべし。（一九〇段）

　これは「妻《め》といふものこそ、をのこの持つまじきものなれ」と始まる、極論の一節であるが、「法師」についても、宮中についても、兼好の視線には、どこか同じような外部性がほの見える。よそながら見る、他者としての視点こそ、兼好の志向を集約した〈方法〉であった。それは、独り「心にうつりゆく」ことを書く、鏡のようなパーソナリティの設定と、おそらくは深く関わっている。しかしその方法は、彼の宗教的体験とともに、現実の「あづま」経験がなければ達成されないものであったのではないか。さらにそれは、逃れがたく「おとろへたる末の世」の末端にいて、しかも貴族という階層の果てに所在する男性に過ぎなかった兼好が、『源氏物語』や『枕草子』に対峙して『徒然草』という散文を書くための、視座の獲得と必然的、一体的に結び付いている。

　風巻景次郎は、『徒然草』を読む際の留意点として、著者兼好が「京都人であったという点」、「下層貴族であったこと」、「しかも三十歳にして既に出家人であったという、非常に個人的な、知識人としての特殊な経歴……社会的な枠から自由になりえ…現世に交わることを捨てて出家人となったということ抜きにしてはかんがえられない」（風巻景次郎「徒然草」『西行と兼好』）と列挙する。このすぐれた要約に、兼好の「あづま」体験とその醸成を付け加えておきたい。そうして、いったんご破算となった兼好伝の再構築が、あらためて焦眉の課題となるだろう。

注

（1）頓阿や二条良基の享受についての推定はあるが、確定的ではない。福田秀一『中世文学論考』（明治書院、一九七五年）など参照。

（2）『枕草子』の書名は、あと一例、一三八段に「古き歌の詞書に……枕草子にも……鴨長明が四季物語にも……とぞ書ける」とある。

（3）異なった視点による複数のアプローチから、同一の検証が提出されており、今日、ほぼ定説であると言ってよいだろう。福田秀一「徒然草の文学史的位置」（『中世文学論考』明治書院、一九七五年所収）、三田村雅子「徒然草の源泉――枕草子――」（『徒然草講座』第四巻、同『枕草子 表現の論理』有精堂出版、一九九五年に再収）、山際圭司「徒然草の成立」（『文学』一九八五年四月）他参照。

（4）たとえば『徒然草講座』第一巻「兼好とその時代」所収の林瑞栄、鎌田元雄、田辺爵諸氏の論を併読のこと。研究の現在については小川剛生「卜部兼好伝批判――「兼好法師」から「吉田兼好」へ――」（『国語国文学研究（熊本大学文学部）』四九号、二〇一四年三月）参照。なお後述する。

（5）宮内説は『とはずがたり・徒然草・増鏡新見』（明治書院、一九七七年）に集成された。宮内説への同時代的な理解と批判については、同書に付された福田秀一の解説が意を尽くしている。

（6）関連する問題については、細谷直樹の論への批判の形で書かれた福田秀一「徒然草研究の現段階と問題点」のⅣ「その後の成立論について（一）」（注3前掲書所収）に整理の行き届いた論述がある。

（7）三田村雅子前掲注3所掲論文など参照。
（8）山際の一連の論文と自己評価については、山際圭司「徒然草研究の課題」（『国文白百合』二二号）、同『徒然草を解く』（吉川弘文館、一九九二年）参照。
（9）三田村雅子前掲注3論文。
（10）引用はひとまず田中重太郎『堺本枕冊子』及び『校本枕冊子』（古典文庫）により、諸本を参照し、句読点、濁点等を付して一部改めた。章段番号は速水博司『堺本枕草子評釈――本文・校異・評釈・現代語訳・語彙索引――』（有朋堂、一九九〇年）に倣う。
（11）前田家本は、法師論に続けて、堺本とは異なる文章で「持経者」を論ずる（「法師のさえあるすへていふへきにあらす、また持経者いとあはれにめでたし。ひとりして読むよりも、あまたが中にて時などさだまりたる御経などに暗うなりて、「いづら、御殿油遅し」などいひて、みな人は読みやみたるに、ゆるゆるととどこほる所なく読みなるは、まことにめでたし」、能因本にも異文を含んで同様の記述がある）。この部分、三巻本には欠く（岸上慎二前掲書参照）。「持経者」に関する記述の有無と配置について、検討の余地がありそうだが、今は注意喚起に留める。
（12）前田家本は「伝能因本系統本文と堺本系統本文とを混有する」もので「両系統本文の集成本として」理解すべきものだとされる（楠道隆「枕草子異本研究（上）（下）」（『枕草子異本研究』笠間書院、一九七〇年）。
（13）速水博司『堺本枕草子評釈』は二五七段に「三（ナシ）能（三一二）前二五〇」と対照し、《評釈》で「前田家本〔二五八〕にも類似の文あり」とするが不正確である。
（14）森本和子「中世における源氏古註引用枕草子について」（『皇學館論叢』四・二、一九七一年）参照。
（15）萩谷朴の考察する方向で考えれば、当然、跋文を持つ「古堺本」の存在も考えられる。実際、林和比古前掲書「余録」は、堺本から切り離された跋文の行方を、能因本に付された長短二種の跋文の読解から推理しようとする。それはあくまでも一つの想定だが、現行堺本が「不純な伝本」である以上、現存本に跋文がないからといって、そのことをもって中世に於ける堺本系統の本文に跋文がなかったと考えるのも、またあまりレベルの変わらない想定にすぎない、ともいえる。
（16）『全注釈』他。なお斉藤徹也「『徒然草』第一六段考――兼好が見た神楽と『枕草子』――」（『二松學舍大学人文論叢』六〇輯、一九九八年）は、第一六段の分析を軸に、前田家本と『徒然草』の近さを再説する。

（17）注12に所掲した楠道隆『枕草子異本研究』他参照。今日の研究でもその認定は動かない。たとえば山中悠希『堺本枕草子の研究』（早稲田大学博士論文、二〇〇九年、同題で武蔵野書院、二〇一六年刊行）参照。

（18）新日本古典文学大系は「僧都僧正になりぬれば、仏のあらはれ給へるやうに、おぢまどひかしこまるさまは、なににか似たる」という三巻本の本文を「手のひらを返したように尊敬するのである」、「軽視から尊敬へのあまりの変り方を、譬えようもないと、あきれて見る言葉」と釈する。

（19）この「さる」について、第五段「さるかたに、あらまほし」、第一九段「それもさるものにて」などの用例が理解を資ける。

（20）宮内三二郎「徒然草（序〜第三〇段）の成立」（前掲注5書）。

（21）小川のその後の研究として「徒然草と金沢北条氏」（荒木編『中世の随筆――成立・展開と文体――』竹林舎、二〇一四年）、「卜部兼好の実像――金沢文庫古文書の再検討――」（『明月記研究』一四、二〇一六年一月）他がある。

（22）本書第一章「心に思うままを書く草子――徒然草とは何か――」に関説した。

（23）前掲『無名草子』、また萩谷朴「古典集成」解説など参照。『徒然草』の理解にそれは決定的である。

（24）序段は、言葉において、まさに『源氏物語』と『枕草子』の表現に溺れ絡まるように叙述される（契沖『鉄槌書入』岩波版『契沖全集』、及び本書第一章、拙著『日本文学二重の顔』第三章など参照）。

（25）ただし宮崎荘平「源氏物語・枕草子などにことふりにたれど――『徒然草』第十九段をめぐって――」（『新潟大学国文学会誌』二七号、一九八四年）は『源氏』野分の内容と『徒然草』の照応については否定的である。

（26）たとえば『徒然草』一〇一、一〇二段には行事の内弁、上卿を勤める貴紳の失態が、兼好と同位程度の「外記」の有職に救われたことを賞賛する。そうした有職は、摂関家の有職が問題化する伝承（池上洵一「『富家語』有職故実的諸条の背景」『国語と国文学』一九九九年三月号、『池上洵一著作集第二巻　説話と記録の研究』和泉書院、二〇〇一年再収）とはまったくレベルを異にするものである。

（27）伝称としての「七毫源氏」、また宮内庁書陵部蔵本「河内本桐壺の巻の巻末に」「康永二年（＝一三四三）七月廿八日校合訖兼好宣名」とあり、「今川了俊が出家後応永十五年（＝一四〇八）五月に至つて奥書を加へた源氏六帖抄」に「抑青表紙と申正本、今は世に絶たるは、昔かの本末失時、兼好法師を縁にて、堀河内府禅門の本に校合有し時、一見仕し也。其は詞もあまた替てみえし也。其時草紙の寸法までも伝たりし本有之」（『源氏物語大成研究篇』、五九〜六〇頁）とあることなど。
(28) 有精堂、一九七五年。『清水好子論文集』第三巻（武蔵野書院、二〇一四年）に再収。
(29) 『河海抄』の掲出に限っても、上例の他に「ありつる老いらくの心げさうも、『よからぬ、ものゝ世のたとひ』とか聞きし」と、おぼし出でられて、をかしくなむ」に対して「清少納言枕草子すさましきものおうな（老嫗也）のけさうしはすの月夜と云々」と先行してこの『枕草子』を挙例するほか、「みすまきあげ…」、「一とせ中宮の御前に雪の山…」に『枕草子』が引用される。
(30) 『全注釈』は前田家本を掲出する。堺本も、既述の如く、冒頭に四季の推移に関わる章段が連ねられているが、これもその内の一つである。
(31) ただし、常縁本では三四段が四三段の位置に配され、こうした対をなさない。なお「さし出でたる」、「つなたり」は正徹本による。烏丸本はそれぞれ「して出でたる」「へなたり」。角川ソフィア文庫の補注参照。
(32) 第七三段には〈かたくな・よき人〉、第七九段には〈片田舎・よき人〉、第八一段〈かたくな・よきがよきなり〉、第一三七段には〈かたくな・片田舎・よき人〉、第一二一段には「「何事も、辺土は賤しく、かたくななれども、天王寺の舞楽のみ都に恥ぢず」と云ふ」などの対比が見られる。

あとがき

「日暮れて途遠し」という。『徒然草』にも引く成語である。意味するところは、いやになるほど明瞭だ。私も人ごとではなくなった。『徒然草』について、そろそろ自分の見解をまとめておこう。機縁があって、そう決めた。ところが、初出稿を手に、原典の当たり直しなど始めてみると、執筆の当時をとりとめもなく想い出す。なかなか先へ進まない。

＊

もう四半世紀以上も前のことになる。「徒然草への途」と副題を付して、長い論文を書いた。本書すべての発端である。資料を整理していたら、懐かしい小文が出てきた。気恥ずかしい追憶だが、原点回帰ということで、該当箇所を抄出しておく。

＊＊

……昭和の最後に、論文が書けなくなった。スランプです、と愚痴る私に、いや、単なる力不足だよ。ある先輩が看破した。その言葉通りである。

きっかけは、「宇治拾遺物語の時間」という論文の執筆過程である。周りから妙におだてられ、書き終えてなった。

もいないのに、続編をと、欲張ったのがいけなかった。ロラン・バルトの『恋愛のディスクール』に熱中して、「不在の人」という論文を、タイトル先行で構想した。口頭発表を試みて空中分解し、それからなにも出来なくして自分が情けなかった。

あのころ、早朝に届けられる新聞を眺めては、毎日毎日、よくこんなに文章が書けるなあと不思議だった。そして自分が情けなかった。弟が新聞記者になり、名前を見かけるようになった時分である。

暦が変わって平成になり、名古屋の同朋大学で、説話文学会の大会が開催されるという。発表するようにと、断わりにくい依頼が舞い込んだ。全く何のネタもない。一月に、本務校の国文学会で「説話文学小史」と題する、苦し紛れのあやしげな講演を行った。その折に少しだけアイディアをつかんだ『徒然草』について、ぶっつけ本番、初めて論じてみるしかない。崩壊は織り込み済みだと、すさんだ気持ちでそう思った。

ところが、ある晩、さすがに切羽詰まってやむなく机に向かい、鉛筆で資料を書きだすと、なぜかイメージが湧いて来る。幻が消えないうちにと追いかけて、いつしか無我夢中で筆を進める自分自身に驚いた。かすかにゴールが見えてきた時、いろんな意味を重ね合わせて「心に思うままを書く草子」と名付けた。何とか発表原稿もできそうだ。途中で頭が真っ白になったら、最悪でも、これを棒読みすればいい…。

会場窓側の席に、久保田淳氏が座っておられるのが見えた。発表が終わるころ、六月下旬の雲間の光が差し込んでいた。久保田氏は、まぶしそうに手をかざしながら、私の拙い発表に、好意的な質問をしてくださった。

発表内容を論文化してみると、万年筆のペン先は、見えない文字をなぞるように原稿用紙へと吸い込まれ、文章は、あきれるほどスムーズに刻まれていった。副題を少し変えたが、論文のタイトルは、発表のままをあえて残した。それが活字となるまでには、もう一悶着あったのだが、ここでは記さない。原稿の枚数は、迷いの数と同じだけ。ちょうど一〇八枚だった。

三年ほど経ったある日のこと。とある催しの二次会は、神田のバーへと流れた。偶然にも久保田淳氏と臨席し、しばしお話しをうかがう僥倖を得た。謦咳に接するのは、振り返ればあの時以来、まだ二回目である。久保田氏は、私が初めて学会発表をした、成城大学での中世文学会（昭和六十二年五月）を話題にされた。その時の発表題目が「宇治拾遺物語の時間」である。

六月下旬の静かな宵、円環する時の中で、少し苦い水割りを飲んだ。（「手書きのころ」二〇〇六年、一部補訂）

＊＊

過日、勉誠出版の吉田祐輔氏より、中世の随筆に関する本をまとめてみませんか、と声をかけていただいた。少しだけ考えてから、やってみますと返事をし、おそるおそる、あの論文を読み返してみた。「思ひ出はなほ昔にぞなる」（『菟玖波集』）。こんな文章を書いていたのか…。自分の構想には確信を固めつつも、心あまりて言葉たらず。没入と背中合わせの屈曲に、なんだかとても驚いて、独り苦笑せざるを得なかった。

草稿をしたためて推敲を重ね、ようやく清書に至る。いまよりずっと、文字を残すのが大変だった時代である。ゲラが出るまでは、印刷のイメージを持つことすらできない。回想とは矛盾するようだが、あのつたなさも大半は、手書きとの格闘のせいに違いない……。

＊

こうして本書は、「心に思うままを書く草子」を起点とする関連論文を改稿・補訂して再構成し、一冊の論著と成したものである。外題のとおり、『徒然草』へと至る文学史と、中世の人々が思い描いて表現した、心とことばの所在をテーマとする。全編が一つの流れを織りなすように、十章を整序し、いざないとしての序章を添えた。

＊

この本の外側で行った、関連する研究経緯にも触れておこう。

『日本文学 二重の顔〈成る〉ことの詩学へ』（阪大リーブル2、大阪大学出版会、二〇〇七年）では、第三章に『徒然草』論を書き下ろした。本書の第一～四章と十章の旧稿の一部に関係する内容を盛り込んでいる。「謝霊運の宋代――源隆国『安養集』と『徒然草』をめぐって――」（西山美香編『日本と《宋元》の邂逅 中世に押し寄せた新潮流』アジア遊学122、二〇〇九年五月）という論文でも『徒然草』を取り上げた。同稿のテーマについては、その後、源隆国をめぐって考察を拡げたが、『徒然草』に関しては、まだこれからの課題である。

また『方丈記』八〇〇年に関連して、幾篇かの文章を記した。とりわけ『京都新聞』では、二十五回の連載（「方丈記を味わう」二〇一一年十月二日～二〇一二年三月二十五日、毎週日曜日掲載）の機会を与えられ、『方丈記』全編の現代語訳とエッセイを書くことができた。また『中世の随筆――成立・展開と文体――』（中世文学と隣接諸学第10巻、竹林舎、二〇一四年）という論集を編纂し、収録の諸編から多くを学んだ。本書にも反映している。

＊

昨年の八月頃から、本腰を入れて旧稿と向き合い、日課のように改訂を繰り返した。熱中しすぎて、いくどか奇妙な袋小路に迷い込み、いささかしんどい思いもした。どうやら『徒然草』とは、腐れ縁が根深いらしい。いまは、書き下ろしに近い心持ちで、擱筆の時を迎えようとしている。それでもまだ、至らぬところも多いだろう。いずれ書いてみたい本書の続編として『徒然草』作品論を夢想する。その時までの課題としたい。

*

執筆途次の十月末、初めてブルガリアに渡航して、ソフィア大学を訪ねた。黄金色に変りゆく木陰を歩けば、くるくると菩提樹の実が舞い落ちる。ふと向こうの空に、遠くかげりゆく夕陽を観た。遅まきながら、その時ようやく「翳」の文字に「翳《かす》み」という訓みがあるのに気が付いた。少し前に『源氏物語』の論著を書いたせいだろうか。霞みゆく風景とは、若紫巻のように物憂い春の専有で、どこかあでやかな雰囲気を秘め、いつしか晴れ渡る未来への予兆だとばかり思っていた…。所詮、おろかさも中くらいなり、おらが秋である。

二〇一六年三月、イタリアから帰国の機中にて

荒木　浩

初出一覧

序章――本書へのいざないと展望

↓「〈心〉と〈外部〉――はじめにかえて――」（荒木浩編『〈心〉と〈外部〉――表現・伝承・信仰と明恵『夢記』――』大阪大学大学院文学研究科広域文化表現論講座共同研究研究成果報告書、二〇〇二年三月）、「「心」の分節――中世日本文学研究の視点から――」（『臨床哲学ニューズレター』第二号、大阪大学文学部倫理学研究室、一九九八年三月）の二稿をもとに書き下ろした。

第一章　心に思うままを書く草子――徒然草とは何か

↓「心に思うままを書く草子――徒然草への途――」上（『国語国文』五八巻一一号、一九八九年十一月）を全面的に改稿した。

〈補論〉

↓同上論文の注をもとに書き下ろした。

第二章　心に思うままを書く草子――〈やまとうた〉から〈やまとことば〉の散文史へ

↓「心に思うままを書く草子――徒然草への途――」下（『国語国文』五八巻一二号、一九八九年十二月）を全面的に改稿した。

第三章　徒然草の「心」

↓「徒然草の「心」」（『国語国文』六三巻一号、一九九四年一月）をもとに、修正補足を施して改稿した。

第四章　徒然草と仮名法語

↓「随心院所蔵『光聖問答法語』（聖一国師仮名法語）翻刻――付・『徒然草』と禅宗仮名法語のことなど――」（荒木浩編『小野随心院所蔵の文献・図像調査を基盤とする相関的・総合的研究とその展開　Vol. I――講演録・随心院聖教調査報告・笠置寺調査報告――』大阪大学大学院文学研究科、二〇〇六年三月）をもとに、翻刻編を省略し、修正補足を施して改稿した。

第五章　ツクモガミの心とコトバ

↓コラムとして執筆した「モノの極北――ツクモ・心・コトバ――」（西山美香編『東アジアを結ぶモノ・場』（アジア遊学一三二、勉誠出版、二〇一〇年五月）に注を付けて全面的に改稿した。

第六章　和歌を詠む「心」

↓「和歌を詠む心――中世古今集注釈書の一隅を読む――」（三谷邦明・小峯和明編『中世の知と学――〈注釈〉を読む――』森話社、一九九七年）に修正補足を施して改稿した。

第七章　和歌と阿字観――明恵の「安立」をめぐって

↓「明恵と阿字観の周辺――「安立」の用例から――付・随心院蔵『阿字観広略　檜尾口決／覚鑁阿字観』

翻刻」（荒木浩編『小野随心院所蔵文献・図像調査を基盤とする相関的・総合的研究とその展開 Vol.Ⅱ――講演録・随心院聖教調査報告・笠置寺調査報告――』二〇〇七年三月）をもとに、翻刻編を省略して全面的に改稿した。

第八章　沙石集と〈和歌陀羅尼〉説――文字超越と禅宗の衝撃

↓『『沙石集』と〈和歌陀羅尼〉説について――文字超越と禅宗の衝撃――』（荒木浩編『仏教修法と文学的表現に関する文献学的考察――夢記・伝承・文学の発生――』平成14年度～16年度科学研究費補助金（基盤研究（C）（2））研究成果報告書、二〇〇五年三月）をもとに、修正補足を施して改稿した。

第九章　仏法大明録と真心要決――沙石集と徒然草の禅的環境

↓『『仏法大明録』と『真心要決』――『沙石集』『徒然草』の禅宗的環境をめぐって――』（西山美香編『古代中世日本の内なる「禅」』アジア遊学一四二、勉誠出版、二〇一一年五月）、「無住と円爾――『宗鏡録』と『仏法大明録』の周辺――」（『説話文学研究』三五号、二〇〇〇年七月）の両論文をもとに改稿して一本化した。

第十章　『徒然草』というパースペクティブ

↓『『徒然草』というパースペクティブ　◎第一段・第十九段、堺本『枕草子』、「あづま」・「都」』（前田雅之・小島菜温子・田中実・須貝千里編著『〈新しい作品論へ〉、〈新しい教材論へ〉［古典編］3　文学研究と国語教育研究の交差』右文書院、二〇〇三年一月）に修正補足を施して改稿した。

引用本文等一覧

本書で用いた古典作品などの依拠本文については、適宜当該箇所に注記したが、数章に渉って繰り返し用いられる作品や、共通の叢書類に収載された本文については、ここで一括して簡略に示す。なお原典の閲覧については、各所蔵図書館や文庫などのご高配を賜った。旧稿の改訂に当っては、国立国会図書館、国文学研究資料館（高乗勲文庫他）、早稲田大学図書館などをはじめとする、Ｗｅｂサイト公開の電子資料の恩恵も多く受けたことを付記しておく。なお引用に際しては、振り仮名等も含めて、原則底本を踏襲したが、解釈の提示や読解の便を考え、表記や句読に変更を加えた場合がある。

＊

○『徒然草』…角川ソフィア文庫（小川剛生校注）、安良岡康作『徒然草全注釈』（角川書店）、高乗勲『徒然草の研究』（自治日報社）、桑原博史『徒然草研究序説』（明治書院、一九七六年）他を適宜参照。
・『徒然草寿命院抄』…高木浩明『中院通勝真筆本『つれ〳〵私抄』――本文と校異――』（新典社研究叢書、二〇一二年）、同底本の京都府立総合資料館本、吉沢貞人編『徒然草古注釈集成』など参照。
・『徒然草文段抄』北村季吟古註釈集成、徒然草古注釈大成を参照。
・加藤磐斎『徒然草抄』…加藤磐斎古注釈集成。

・恵空『徒然草参考』…新潟県立図書館蔵本。
・『野槌』『徒然草諸抄大成』『徒然草拾遺抄』…徒然草古註釈大成。
・各務支考『つれ〴〵の讃』…国語国文学研究史料大成。
○『兼好自撰家集』…『新日本古典文学大系　中世和歌集　室町篇』の『兼好法師集』により、稲田利徳・稲田浩子『兼好法師全歌集総索引』（和泉書院）、尊経閣叢刊の影印を参照。
○『沙石集』…日本古典文学大系。新編日本古典文学全集、『慶長十年古活字本沙石集総索引』、岩波文庫を初めとする活字・影印本の他、国文学研究資料館のマイクロフィルム・紙焼本を軸に、主要諸本を参照。
○『枕草子』三巻本…岩波文庫、伝能因所持本…日本古典文学全集。『枕草子抄』…加藤磐斎古注釈集成及び国文註釈全書。『枕草紙旁註』…国文註釈全書。
○『源氏物語』…日本古典集成。『紫明抄』『河海抄』…玉上琢弥編、山本利達・石田穣二校訂『紫明抄　河海抄』（角川書店）。『原中最秘抄』…武蔵野書院。『湖月抄』…講談社学術文庫。
○『方丈記』…大福光寺本を底本として厳密な翻刻を行う新日本古典文学大系によるが、一部大福光寺本の姿に復して本文を変更したり、解釈本文を示す場合がある。
・『発心集』…角川ソフィア文庫。
○和歌・歌集…特にことわらない限り『新編国歌大観』（角川書店）。
・『六百番歌合』…岩波文庫。
・『為兼卿和歌抄』…歌論歌学集成（三弥井書店）により、日本古典文学大系『歌論集　能楽論集』を参照して句読点等を変更。
・『正徹物語』…角川ソフィア文庫、番号も同書、『日本古典文学大系　歌論集能楽論集』、歌論歌学集成を参照。
・『奥義抄』『古来風体抄（再撰本）』『古来風体抄（初撰本）』『近代秀歌（遣送本）』『毎月抄』『八雲御抄』『野守鏡』『歌苑連署事書』『延慶両卿訴陳状』『愚問賢註』『和歌口伝（愚管抄）』『井蛙抄』『落書露顕』…日本歌学大系。
・『俊頼髄脳』…『日本古典文学全集　歌論集』。
・『近来風体抄』…『岩波文庫　中世歌論集』。
・北畠親房『古今和歌集注』…神道大系により、一部宮内庁書陵部本、続群書類従本（『親房卿古今集序註』）を参照。

○その他
・『伊勢物語』『大鏡』『無名草子』『十訓抄』…新編日本古典文学全集。
・『更級日記』『今昔物語集』『宇治拾遺物語』…新日本古典文学大系。
・『法相二巻抄』『却廃忘記』…『日本思想大系　鎌倉旧仏教』。
・『観心略要集』…西村冏紹・末木文美士『観心略要集の新研究』（百華苑、一九九二年）。
・『雑談集』…中世の文学（三弥井書店）。
・『愚管抄』…日本古典文学大系。

著者略歴

荒木　浩（あらき・ひろし）

1959年生まれ。京都大学文学部卒、同大学院博士後期課程中退。京都大学博士（文学）。大阪大学教授などを経て、現在国際日本文化研究センター教授・総合研究大学院大学教授。

著書に、『日本文学 二重の顔―〈或る〉ことの詩学へ』（大阪大学出版会、2007年）、『説話集の構想と意匠―今昔物語集の成立と前後』（勉誠出版、2012年）、『かくして「源氏物語」が誕生する―物語が流動する現場にどう立ち会うか』（笠間書院、2014年）などがある。

徒然草《つれづれぐさ》への途《みち》
――中世びとの心とことば

著者　荒木　浩
発行者　池嶋洋次
発行所　勉誠出版(株)
〒101-0051 東京都千代田区神田神保町三―一〇―二
電話　〇三―五二一五―九〇二一(代)

二〇一六年六月十日　初版発行

印刷　太平印刷社
製本　若林製本工場

ISBN978-4-585-29123-7　C3095

索　引

凡　例

1 本索引は、人名、書名及び関連事項、そして『徒然草』の章段名・諸本名の索引である。対象語は、論述本文を軸にするが、引用文や論著筆者名などにも渉る。但し本書の読解と参照の便宜に資するために作成したもので、網羅的であることを意図しない。掲出は本文登載の形に準ずるが、人名に姓氏や家名を付すなど、記述を整えたところがある。

2「書名・事項等索引」には、書名の他に、作品の巻名や登場人物、重要術語などを含む。

3 本書の中心的対象である『徒然草』については、具体的章段及び諸本の名称が出てくる箇所のみを掲出した。

人名索引

【あ行】

青木賢豪　61
青木宗胡　48
赤瀬信吾　233, 299
浅香山井　184
朝木敏子　61
浅見(田村)緑　123, 124, 165, 166, 230
飛鳥井雅縁　42
飛鳥部常則　72
安達敬子　78
阿仏尼　57, 67, 71
阿部秋生　114
阿部泰郎　296
雨宮隆雄　63, 64
新井栄蔵　233
新井素子　4
荒木尚　62, 101, 103, 116, 118
荒木見悟　18, 147-149, 186, 191, 192, 321
荒牧典俊　232
在原業平　200
安藤直太朗　333, 345
飯尾宗祇(宗祇)　65, 117, 121, 123, 124, 165
伊井春樹　66
家永三郎　72
井口牧二　220, 221, 233
池上洵一　394
石井修道　169, 310, 311, 339, 341
石神秀美　165, 232
石田瑞麿　239
伊地知鐵男　102
石埜敬子　79
和泉式部　6
市川浩史　335, 339, 340, 346

一行禅師　218, 256, 269
市古貞次　66
一条兼良　29, 75
井筒俊彦　294, 301
伊藤聡　279, 280, 299, 337, 346
伊藤伸江　167, 191
伊藤博　64
伊藤正義　211
稲賀敬二　65, 66
稲田利徳　50, 61, 65, 77, 79, 87, 115, 118
乾克己　230
井上宗雄　78, 100, 118
井上夢人　1, 3, 18
猪瀬千尋　298
今井清　297
今井源衛　64
今井卓爾　63
今枝愛真　304, 340
今川範政　53
今川了俊　22, 24, 62, 102, 103, 116, 118, 394
今谷明　297
今成元昭　10, 19
岩佐美代子　52, 89, 115, 221, 222, 233, 244, 260
岩橋小弥太　79
上野英二　109, 110, 119
上野理　298
内海弘蔵　27, 33, 37
雲棲寺沙門袾宏（雲棲寺袾宏）　149, 169
海野圭介　61
永明延寿（延寿、智覚、智覚禅師）　305, 327, 328, 345
恵空　51, 174
恵心僧都→源信
閲微　65
恵能大師　190
江部鴨村　174
円憲　305, 309, 314, 343
円爾→聖一国師
追塩千尋　344
王翠玲　344
大高康正　205
太田青丘　115
太田全斎　194
大谷節子　297
太田久紀　312, 315, 316, 318, 320, 321, 342, 343
大伴池主　51
大西陽子　28, 63
大道一以　310, 315, 340
大森望　4
岡﨑真紀子　299
岡嶋二人　1, 4
岡西惟中　36, 70
岡見正雄　232
小川剛生　171, 375, 376, 392, 394
小川豊生　264, 273, 274, 276, 278, 299
奥村恒哉　79
小田晋　12
織田得能　64, 243
落合博志　95, 119, 191
小幡正信　94, 95, 116, 117, 121, 163, 229
折口信夫　7

【か行】

回心　305, 309
華海　300

各務支考　104
加賀元子　301
柿本人麿（人丸）　228, 265, 297
覚鑁→興教大師覚鑁
筧真理子　204
風巻景次郎　126, 350, 375, 377, 391, 392
花山法皇（花山院）　73, 79
粕谷隆宣　300
片桐洋一　79, 95, 115, 117, 165, 204, 230, 232, 233, 288, 297
加藤静子　79
加藤磐斎　31, 32, 51, 124, 125, 141
兼顕→吉田兼顕
金沢貞顕　168, 171
兼倶→吉田兼倶
加納重文　79
鎌田元雄　392
上條彰次　78, 117, 119
亀山院（亀山天皇、亀山法皇）　306, 308, 309
鴨長明　8, 63, 111, 193, 392
河合俊雄　18
川上新一郎　115, 165
川崎寿彦　129, 134, 195
川瀬一馬　10, 155, 298, 341
川端春枝　204
川平敏文　61, 63
川本慎自　169, 340, 342
徽安門院　52
菊地仁　265, 266, 269, 271-273, 289, 291, 292, 297, 298, 300, 301
岸上慎二　359, 393
北尾隆心　260, 261
北畠親房　120, 161, 174, 227
北村季吟　65, 125, 351, 383
北山円正　297
木藤才蔵　66, 191, 350, 351
義堂周信　169, 342
紀貫之（ツラユキ）　275, 295
紀淑望（キノヨシモチ）　275
行基　243, 275, 281
行仙房　176
行尊　251
京極為兼　88-92, 98, 99, 102, 103, 115, 118, 161, 163, 220-222, 226, 233-236, 244
京極為基（玄誓）　102
尭蓮上人　389
空海（高野（ノ）大師、弘法大師）　233, 255, 261, 269, 272, 273, 275, 285, 286, 290, 294-296, 301
九条道家　188, 305, 314, 339, 343
楠道隆　393, 394
久須本文雄　169, 181, 191, 340
工藤重矩　73, 74, 79
久保田淳　52, 53, 86, 115, 118, 119, 127, 228, 234
熊原政男　155
黒川由純　38, 48
黒田俊雄　272, 291, 292
桑原博史　36, 46, 64
慶雲　98, 114, 118
慶政　44
契沖　48, 49, 51-53, 55, 65, 86, 394
圭堂居士　16, 143, 148, 177, 304, 306, 313, 318, 322, 341
圭峰（圭峰ノ宗密禅師）　323, 327, 328, 336
恵命院宣守　67
玄輝門院愔子　387
兼好　17, 21-26, 29, 47, 54, 57, 61,

62, 66, 69, 74, 75, 77, 81, 84-87, 93-103, 105-108, 111, 114-120, 126, 133, 135, 144-146, 155, 160, 162, 163, 165, 167, 169, 171, 173-176, 184, 187, 229, 230, 303, 309, 347-352, 356, 357, 362, 363, 370, 373-378, 380, 381, 384-394
顕昭　213, 233
賢助　171
顕助　171
源信（恵心僧都）　135, 146, 185, 210, 261, 274, 281
劔阿　154, 155, 171
興教大師（覚鑁）　185, 192, 245, 246, 250-252, 258-261
孔子　168, 217, 271, 273-275, 288, 330
高乗勲　144, 173
高信　235
河野哲也　18
弘法大師→空海
洪邁　28
虎関師錬　19, 169, 170, 188, 306-310, 316, 335, 336, 339, 340, 346
後嵯峨天皇（寛元帝）　305, 308
小島孝之　263, 301, 345
呉曾　28
後藤昭雄　298
後藤祥子　58
胡道静　63
小西甚一　115, 220, 233, 234
後二条天皇　375, 376
近衛家基　64
近衛兼経（近衛藤相国、藤相国兼経、岡屋ノ藤ノ兼経）　305, 309, 314, 343
小林智昭　93, 116, 173, 174, 191
小林秀雄　105
護法　241
小松和彦　196, 204, 205
小松英雄　62, 65, 67, 68
小松操　26, 94, 95, 116, 117, 168, 173, 191, 339
小南一郎　167
小峯和明　64, 78, 120, 298, 299
惟宗孝言　298
近藤春雄　28

【さ行】

西行　89, 115, 118, 207, 208, 211, 213, 223, 224, 228, 230, 233, 234, 285, 375, 377, 392
西郷信綱　6-8
斎藤彰　118
斉藤徹也　393
阪口玄章　265
嵯峨天皇后橘嘉智子（檀林皇后）　286, 299
坂部恵　129
佐々木孝浩　297
佐々木光　203
佐竹昭広　120, 166, 171, 205
早苗憲生　151, 167, 187, 189, 191, 192
讃岐院　276
実材母　78
佐野保太郎　33
山谷老人　190
三条西実枝（西三条三光院殿）　21, 22, 23, 62
椎名宏雄　151, 154, 168, 177, 178, 306, 310, 313, 340-342
子睿　149
慈円（慈鎮）　89, 110, 111, 164, 165,

170, 265, 271-276, 278-280, 285, 291, 292
実恵　250
慈遍　133, 375
島内裕子　61, 62, 119, 133
島地黙雷　174
島津忠夫　77, 78, 298
島津久基　60, 63, 67, 86, 115
清水好子　384, 395
寂蓮　92
ジャック・デリダ　294, 301
周信　169, 173, 342
守覚　101
守真　305, 309, 314, 343
宗峰妙超→大燈国師
朱子　124, 145, 168, 171
聖一国師（円爾、弁円、辯圓、東福寺開山）　17, 154, 157, 167, 169, 170, 178, 187-189, 191, 192, 288-291, 295, 304-311, 314-319, 322, 327-329, 331-346
勝覚　246, 247, 251, 252
上見房行弁　249
聖憲　286-288, 296, 299, 300
正徹　30, 31, 37, 119, 347, 355, 375, 376, 385, 389, 390
聖徳太子　129, 275, 281
静弁（浄弁）　114, 118, 375
白石大二　37, 62, 115, 118
白石芳留　340
沈括（沈中存）　28, 51
心敬　348
神秀大師　190
新村出　38
親鸞　174
末木文美士　170, 177, 183, 184, 191, 298
菅基久子　327-329
鈴木佐内　258, 261
鈴木徳男　297
鈴木元　123, 166, 233, 281, 299
鈴木弘恭　115
世阿弥　174
清少納言　30, 31, 39, 49, 70, 86, 115, 119, 348, 353, 356, 358, 362, 370, 372-374, 377, 378, 382-384, 395
清弁　241
関敬吾　205
禅恵　251
宣光院実子　191
選子内親王家宰相　131
増賀　5, 7, 69, 372, 374
宗祇→飯尾宗祇
曹景惠　339
宗訊　165
相馬御風　173
素寂　368, 369
蘇軾（蘇東坡）　63, 299
曽根原理　278, 279, 281
尊円　277
尊舜　298

【た行】

大応国師　79, 173-176, 180, 187, 189, 191
太子→聖徳太子
大智律師　217, 288, 323
大徹　300
大燈国師（宗峰妙超）　142, 176, 180, 187, 191
平親清五女　78
高瀬承厳　174
高瀬梅盛　66

多賀宗隼　110, 111
高津柏樹　174
高橋実　205
武石彰夫　173
多田智満子　166
橘純一　126
橘成季　111
立原道造　193, 194, 203
田中重太郎　355, 364, 393
田中貴子　197, 199, 204, 300
田中久夫　314, 318, 344
田中道雄　116
田辺爵　26, 62, 126, 355, 392
谷川恵一　13
玉上琢彌　58, 60, 81, 109
為兼→京極為兼
達磨　169, 183, 217, 256, 281, 288, 290, 291, 293, 339, 346
湛睿　64, 155, 171, 176
檀林皇后→嵯峨天皇后橘嘉智子
智覚→永明延寿
智顗(天台大師)　136, 166, 185
知訥　344
忠国師　323
趙英山　65
長円　101, 236
鳥窠禅師　173
澄憲　290, 298
次田香澄　52, 67
辻本裕成　78
角田文衛　79
(程)伊川　143, 144, 181, 191
定子　31, 377
(程)明道　143, 144
寺本直彦　65, 118
伝教　275
天親　241
洞院公賢　22
道眼　155, 156, 176
道元　104, 108, 173, 175, 176, 317, 318, 344
道津綾乃　64
東常縁(常縁)　121, 166, 348, 395
時枝誠記　106, 166
土岐善麿　91
徳江元正　120, 198, 199, 204
徳山宣鑑大師　330, 331
徳大寺太政大臣　378, 381
所京子　205
苫米地誠一　261
富倉徳次郎(冨倉二郎)　22, 30, 61, 62
頓阿　23, 94, 98, 114, 118, 375, 392

【な行】

中井龍瑞　250, 251, 253
中尾良信　339, 346
中嶋朋恵　79
中田剛直　205
永積安明　37, 349-351
中野貴文　61, 64
中村生雄　7
中村元　214, 242
中村好文　203
中山一麿　19
南浦国師　189, 192
仁木夏実　297
西尾光一　113, 114, 118
西尾光雄　63
西尾実　158, 233
西下経一　26, 94-97, 116
西村聡　268
西山美香　286, 299

二条為世　90, 103
二条良基　54, 64, 98, 99, 392
西脇哲夫　300
日蓮　174
二程子　144, 154
仁海　188
沼波瓊音　27, 36
納富常天　19, 140, 151, 154, 171, 178, 224
野村八良　105

【は行】

芳賀幸四郎　169, 305, 340, 346
萩谷朴　32, 36, 368, 369, 377, 393, 394
萩原皇后　178, 184, 191
白居易（白楽天）　12, 70, 266-268, 297, 298
橋本朝生　231
長谷雄（紀納言）　275, 276
長谷川眞理子　18
菩提（婆羅門僧正）　243, 281
畑山栄　298
抜隊得勝　159, 168, 170
花園天皇（花園上皇）　180, 191, 376
林和比古　368, 393
林読耕斎　29
林瑞栄　173, 392
林羅山　341
速水博司　360, 393
原田正俊　337, 339, 342, 346
盤珪永琢　141
伴蒿蹊　29
半田昌規　310
人丸（人麿、人麻呂）→柿本人麿
日野資朝　163
日野龍夫　84, 85, 255
檜谷昭彦　66
平泉澄　265
平岡武夫　297
平沢五郎　165
平野宗浄　191
平野多恵　19, 239-242, 244, 248, 260
廣渡正利　192
福嶋昭治　79
福田秀一　90, 115, 116, 392
福山敏男　298
藤岡作太郎　61
藤平春男　115
藤原敦光　276
藤原克己　297
藤原清輔　88
藤原公任　70, 72-74, 79
藤原公教　207
藤原定家　35, 77, 89, 118
藤原実資　73, 74
藤原彰子　72-74, 79
藤原孝道　64, 65
藤原斉信　74
藤原為家　118, 214
藤原俊成　34, 35, 39, 44, 87-89, 91, 99, 103, 104, 118, 122, 201, 231
藤原教長　275, 276
藤原道綱　74
藤原道長　73, 74
藤原頼長　297
藤原正義　158, 171, 173-177, 186, 191, 339, 358, 359, 362-364, 367, 369, 370, 373
藤原行成　73
佛鑑禅師（径山無準師範）　306, 307, 316, 340

古田紹欽　170
弁円→聖一国師
宝治上皇（後深草院）　309
北条顕時　168
北条重時　45
北条時頼（平元帥時頼、平副帥）　306, 307, 309-311, 313, 316, 319, 334-336, 346
法燈国師　176
法然　173, 232, 296
細谷直樹　392
牡丹花肖柏　122
堀田善衛　14
堀河源太師（基具ヵ）　309
堀河内府禅門　394
堀河基具　306
本田義憲　78

【ま行】

前田雅之　299
松田武夫　94, 95, 96
松永貞徳　29
三木紀人　27, 53, 62, 63, 305, 333, 340, 345
三国博　345
三角洋一　230, 233, 269, 297, 298, 300
三田村雅子　392, 393
光貞（伊与太郎光貞）　22
源俊賢　74
箕輪顕量　342, 343, 345
宮内克浩　120
宮内三二郎（宮内）　350, 351, 374, 378, 392, 394
宮崎荘平　64, 394
明恵（高弁、高辨）　11, 12, 15, 19, 89, 101, 115, 160, 223-225, 228, 234-240, 242, 244, 247-249, 257-261
明覚　279, 280
命松丸　22-24, 62
明遍　207
三輪正胤　233
無住（無住道暁、愚僧）　17, 19, 113, 120, 154, 157, 173, 188, 234, 263, 265, 266, 268, 272, 286, 288, 290-293, 295, 296, 300, 301, 303, 304, 311, 322, 325, 327-329, 331-338, 340, 344-346
夢窓疎石　12, 173
紫式部　57, 74, 104, 384
本居宣長　81-85, 87, 104, 112, 114, 115, 253-255, 261, 348
森口光俊　300
森正人　167
森本和子　368, 393
森本謙蔵　38

【や行】

安田孝子　230
安田徳子　233
安良岡康作　50, 79, 93, 116, 173
柳井滋　267
柳田國男　27, 166, 193
柳田聖山　169, 339
簗瀬一雄　9, 13, 298
櫛田良洪　278
山際圭司　63, 119, 355-361, 369, 392, 393
山口剛　374
山口眞琴　230
山崎淳　19
山下宏　173
山田晶　171

山田昭全　14, 19, 223, 233, 234, 238-240, 244, 249, 260, 265, 273, 297, 327, 334, 338, 345
山田利博　67
山田孝雄　119, 142, 168
山中悠希　394
山部赤人　228
山本登朗　204
山本一　230
山脇毅　361
祐宜　300
祐潤　259
永縁　209
栄西　335, 339
横山紘一　231, 232
慶滋保胤　281
吉田兼顕　375
吉田兼倶　375, 376
吉田幸一　78
吉野瑞恵　67
米田真理子　116

【ら行】

蘭渓道隆　346
理円　305, 309, 314, 343
劉子（石匏子）　167, 168
龍樹　241
亮順　16, 151, 154, 155, 169, 177, 226, 319
了然　65
了尊　280
良尊（高野山西南院良尊）　287, 300
良遍　182, 208, 214, 304, 311-322, 333, 342-345
了誉聖冏　276-279
六因義覚房（義覚）　236-238, 240-242, 247-250
六祖（恵能）　179, 327

【わ行】

若林美弥子　203
和島芳男　154, 168, 169, 171
渡辺麻里子　298
渡部泰明　297-299

【A-Z】

Abe, Ryuichi　301
Morrell, Robert E.　296

書名・事項等索引

【あ行】

阿字観　18, 115, 235, 244-247, 250-255, 257-261, 286-288, 296, 299, 300
阿字観(覚鑁)　261
阿字観　覚鑁作　明恵作　261
阿字観儀　252
阿字観寓言鈔　300
阿字観広略　檜尾口决　覚鑁阿字観　245, 246, 250-252, 260
阿字観次第　246, 247, 251-253
阿字観鈔　287, 300
阿字観節解　300
阿字観秘决集　258, 300
阿字観秘伝鈔　300
あづま　303, 385-389, 391, 392
海人藻芥　67
漢部内麻呂　202
十六夜日記　57
和泉式部集　86, 106
伊勢物語　8, 197, 198-201, 203, 204
伊勢物語奥秘書　199, 204
石上私淑言　83, 84, 104, 254, 261
一言芳談　176
一乗拾玉抄　281, 282
逸題無住聞書　296
一遍上人語録　232
異本紫明抄　368
妹尼(妹)(なにがし僧都の妹)　59, 75, 77
上坂信男・神作光一全訳注　371
浮舟(手習の君)　6, 53-56, 59, 60, 66, 67, 71, 75-77, 79, 81, 83, 109, 351
宇治拾遺物語(宇治拾遺)　69
うつほ物語　201
卜部氏系図　375
卜部兼好書状懸紙　155
卜部兼好伝　22-24, 61, 62, 375, 392
永嘉集　332
詠歌大概註　123, 124
栄花物語　79
江口　211, 212, 225
円覚経(円覚)　156, 158, 226, 241, 312, 325, 326, 328, 337, 342
延慶両卿訴陳状　103
塩山仮名法語　159, 168, 170
園太暦(洞院公賢)　22
園太暦(偽文)(偽園太暦)　22, 23, 47, 61
奥義抄　88
往生要集　281
黄檗　142, 143, 148, 152, 179
大君　54, 55
大江広貞注(古今集註)　96, 117, 212-215, 230
大鏡(世継の翁の物語)　43, 106, 119, 164, 167
おもひのまゝの日記　64
女三の宮　58
陰陽記　197, 199
陰陽雑記　196, 197, 200

【か行】

歌苑連署事書　90, 91, 99
薫　55, 56, 59, 83
河海抄(河海)　66, 153, 382-384, 395

鏡　15-18, 55, 120, 124-126, 128-135, 138-150, 152, 153, 158, 162-170, 178-186, 190, 192, 194, 195, 224-227, 229, 230, 245, 246, 304, 322, 330, 354, 391
柿本講式　265, 297
柿本人麿影供　265, 297
かぐや姫　201, 202
片田舎　385, 389-391, 395
花鳥余情　66, 75, 76, 79
謌道之大事本歌次第不同　77
金沢文庫　19, 64, 95, 140, 151, 154, 155, 168, 171, 178, 224, 319, 394
兼倶本日本書紀神代巻抄　140
神代小町　265
勧学会　297, 298
閑居友　44
閑吟　12
観心覚夢抄　312
観心略要集　135, 139, 146, 147, 232
観智院本類聚名義抄　118
却廃忘記　101, 236
狂歌合永正五年正月二日　196
狂簡　70, 78, 266, 298
教訓抄　40, 46
狂言綺語　12, 41, 70, 71, 78, 162, 210, 222, 227, 230, 233, 264-269, 279, 290, 297, 298, 300, 301
京極派　89, 93, 98, 102, 115, 118, 167, 191, 221, 244, 260
経旨和歌　134
行者用心集　173
凶宅詩　153
御記　101
玉葉集　90, 91, 99, 233
近代秀歌　35, 119
公任集　72, 74, 78
近来風体抄　98
寓言鈔　288, 299, 300
愚管抄　117, 164, 165, 229, 280
旧事本紀玄義　133
愚迷発心集直談　149
愚問賢註　104, 124, 125, 166
愚問賢註見聞抄　124, 125
くらもちの皇子　201, 202
群書解題　46, 64
景徳伝燈録　142, 313, 330, 331
渓嵐拾葉集　272, 288-291, 293-295, 300, 301, 327, 345, 346
華厳経（花厳）　14, 180, 216, 232, 283
華厳仏光三昧観冥感伝　249
華厳唯心義　244
結網集　300
元亨釈書　170, 307-309, 316, 319, 340, 343, 346
顕家　292, 337
兼好自撰家集（兼好法師集、家集）　61, 66, 74, 77, 87, 99-103, 118, 135, 146
兼好法師が古今鈔（兼好鈔、兼好注）　94, 95-98, 101, 103, 117, 162, 229, 255
源氏大鏡　53
源氏世界　71, 72, 78
源氏大綱　65
げんじのちう小かゞがみ　54
源氏秘義抄　65
源氏物語（源氏）　6, 18, 22, 48-50, 52-58, 60, 65-67, 71, 72, 74-79, 81-85, 87, 104, 109, 113, 114, 118, 153, 201, 230, 348, 351, 368, 378-385, 391, 394, 395
　葵（巻）　49
　明石（巻）　56
　総角（巻）　382, 385
　朝顔（巻）（槿）　382-385

東屋（巻）　54
浮舟（巻）　6, 48, 54-56, 59
空蟬（巻）　56
絵合（巻）　201
須磨（巻）（須磨）　48, 49, 60
手習（巻）　6, 52, 58-60, 67, 72, 75-77, 83-85, 109, 351
橋姫（巻）　49, 54
夕顔（巻）　55, 56, 153,
夕霧（巻）（夕霧の御息所）　55, 56, 75, 76, 79
蓬生（巻）　153
源氏物語絵詞　66
源氏物語巻名和歌　77
源氏物語梗概書　53
源氏物語提要　53
源氏寄合　54, 65, 66
遺心和歌集（遺心和哥集、遺心集）　89, 235, 236, 238-240, 244, 247, 249, 251, 260
顕密　184, 271, 272, 288, 290-293, 295, 298, 332, 336, 337, 340, 388
顕密円通成仏心要　155, 176
建礼門院右京大夫集（右京大夫集）　109, 119
恋路ゆかしき大将　65, 72
弘安源氏論義　113
香山寺白氏洛中集記　70, 267
高山寺明恵上人行状（仮名行状）　258
江州李居序　341
光聖問答法語　188, 189, 192
興禅大燈国師年譜　180
校註徒然草文段抄　51
弘長百首　130, 131
広燈録　290
弘文荘待賈古書目　94, 95
高野山金剛三昧奉納短冊　134
孝養集　185, 192
古今集（古今和歌集, 古今）　85, 87, 89, 92, 93, 95-98, 101, 102, 112, 116, 121, 123, 125, 126, 164-166, 171, 196, 211-213, 219, 220, 224, 227, 233, 251, 253-255, 265, 276, 288, 293
古今集序注（顕昭）　213, 233
古今集註（教長）　275
古今序聞書　165
古今序注（尊円）　277
古今和歌集灌頂　228, 229
古今和歌集序聞書三流抄（三流抄）　255
古今和歌集序註（古今和歌集序鈔小幡正信注）　94, 116, 121, 163, 229
古今和歌集序注　伝頓阿作（頓阿序注）　94, 96
古今和歌集注（北畠親房）　120, 163, 227
古今和歌集注（伝兼好法師筆）　94, 95, 116
国文世々の跡（国津文世々跡）　29, 63
極楽寺殿御消息　45
湖月抄　79, 383
後光厳院文私之比　170
古今著聞集　70, 78, 111, 119, 267, 298
古今秘歌集阿古根伝　218, 256, 288
古今秘伝抄　219, 225, 229
古事談　29, 378
近衛尚通本　121, 123
古本説話集　79
古聞（肖柏聞書）　122, 165
古聞抄延五秘抄（古聞）　117
古来風体抄　34, 35, 44, 122, 165, 266

権記　73
崑玉集　21-25, 47, 61, 62, 87, 347
金剛経　179, 190, 293, 299
今昔物語集(今昔)　69, 78, 79, 128
言塵集　103

【さ行】

西宮記　201
才葉抄　47
嵯峨のかよひ　67
狭衣物語　65, 72, 78, 382, 383
ささめごと　348
坐禅論　189, 192
雑秘別録　43, 65
讃岐典侍日記(讃岐)　40, 41, 64
実材母集　78
更級日記　19, 67, 119, 204
三界唯一心　14, 15, 140, 180, 216, 217, 223-225, 232, 283
三教　112, 146, 154, 178, 305, 306, 308, 309, 327, 335, 336, 340, 346
三十四箇事書(天台本覚論)　130, 166
山賤記　107, 109
残夜抄　64
三論　241, 305
詞花集(詞花)　117
止観座禅記　135
四季物語　392
指月集　189
慈元抄　45
紫塵愚抄　65
七毫源氏　394
十巻本伊勢物語注　冷泉家流　198, 199, 204
十訓抄　29, 70, 113, 267, 353
十宗要道記　188, 192, 328, 329, 339
四天王　98, 114, 118, 375
紫文要領　84, 85
詩魔　12
紫明抄　368, 384
除目大成抄　201
寺門高僧記　71
釈名　51, 261
邪正問答抄(邪正問答鈔)　11, 12, 19
沙石集　17, 57, 62, 70, 78, 112, 114, 120, 142, 154, 157, 158, 171, 188, 215-219, 222, 223, 227, 230, 233, 241-243, 255-257, 260, 261, 263-269, 271-273, 275, 278, 281-283, 285-293, 299-301, 303-305, 322, 324, 326, 327, 329, 331, 333, 335, 337-339, 344, 345
拾遺集(拾遺和歌集)　73, 79, 131
十王本迹賛嘆修善抄図絵　129
拾玉集　110, 170, 271, 274, 275
首楞厳経→楞厳経
首楞厳三昧経　169, 171
聖一国師仮名法語(聖一国師法語、聖一仮名法語)　134, 167, 188, 189, 191, 192, 294
聖一国師語録　188, 189
聖一国師伝補遺　192
聖一国師年譜(年譜)　170, 188, 305, 306, 308, 309, 314-316, 319, 333-335, 340, 346
小学書　156
琑玉集　70
聖財集　188, 286, 292, 295, 301, 322, 323, 330, 337, 344, 345
声字実相義　272, 273, 294-296, 301
小蔵経目録　155
正徹物語　30, 81, 114, 118, 347, 348, 375, 376

聖徳太子伝暦　129
浄土　179, 184, 216, 230, 232, 274-276, 282, 284, 292, 297, 339
正法眼蔵　317, 318
正法眼蔵随聞記　103, 104, 107, 108, 175
浄名(浄名居士、浄名(経))　9, 293
称名寺　64, 154, 155, 176
勝命序注　233
小右記　73, 74, 76
成唯識論述記　243
性霊集　286, 292
続教訓抄　64, 67
続古今集　57
続後撰集　131
続千載集(続千載)　127, 130, 166
続門葉集　251
諸国里人談　129
諸子彙函　167
諸説一覧徒然草　66
書法新義　65
心経鈔　141
新古今和歌集(新古今集)　123, 131, 166
新後撰集　251
真言　173, 174, 218, 219, 223, 229. 245, 252, 253, 256, 265, 269, 270-272, 274, 282, 285, 287-292, 294, 295, 301, 337
新続古今集　134
真心　13, 14, 16, 17, 148-153, 156-160, 163, 170, 178, 187, 226, 284, 300, 309, 316-319, 322-325, 327, 329, 334, 343, 344
真心直説　344
真心要決(眞心要決、真心要訣)　300, 303, 304, 311-322, 331, 338, 342-344
進大乗経　322
新勅撰和歌集(新勅撰集)　67, 131
神道　112, 133, 263, 264, 266, 275, 277-279, 281-283, 299
神道灌頂修軌　282
神皇正統記　132, 133
新編仏法大明録(大明録、仏法大明録)　16, 17, 143,146-148, 151, 152, 154-157, 168-170, 177, 178, 182, 300, 303-307, 309-316, 318-323, 329-331, 333-336, 338-342, 346
新明題和歌集　132
随自意抄　64
随筆　27-29, 31, 39, 61, 63, 64, 105, 114, 119, 169, 195, 203, 394, 399, 400
宗鏡録　17, 192, 260, 273, 284, 288, 290, 291, 299, 301, 304-306, 308, 309, 311, 314, 316-318, 322-324, 326-340, 343-346
駿牛絵詞　43
井蛙抄　117
世諺問答　107
清少納言枕草紙抄　31
正註つれづれ草通釈　126
済北集　340
性理大全　124, 125, 127, 143-145, 170
摂大乗論　214
禅教　304, 327, 328, 332, 333
禅源諸詮集都序(禅源諸詮、禅源)　323, 327-329
千載集　88, 117, 131
撰集抄　64, 207-213, 219, 222, 230
禅宗(禅、禅門)　18, 78, 134, 146, 151, 154, 168-171, 173-178, 181-183,

185-189, 191, 192, 216, 217, 234, 256, 257, 261, 263, 264, 277, 278, 282-292, 294-296, 299, 304, 305, 309, 312-318, 320-322, 326, 332, 333, 335, 337-340, 342, 343, 345, 346
禅章　328
禅籍志　305
禅林　169, 286, 299, 305
禅林句集　299
草庵集　23, 62, 132
増纂伊勢物語抄　冷泉家流　198, 204
荘子　168, 284
捜神記　195, 196
雑談集　17, 188, 288, 291, 322, 323, 327, 332, 334-338, 344-346
草堂暇筆　51
草堂筆記　65
祖苑聯芳集　173
続草庵集　23
尊卑分脈　375

【た行】

大応国師法語　180, 189, 191, 192
體源抄　64
太子伝玉林抄　129
大乗起信論(起信論、起信)　157, 216, 232, 283, 318, 323
大乗止観法門宗円記　65
大燈国師法語　142, 187, 189, 191
大徳寺開山示萩原皇后仮名法語　184
大徳寺文書　79
大日経　166, 218, 256, 269, 272, 288, 292, 295
大日経見聞　192
大日経疏　218, 223, 256, 269
大日経ノ義釈　332
平親清五女集　72
代李琮論京東盗賊状　63
篁(が)日記　382, 383
竹取翁　201
竹取翁物語解　202
竹取物語　201, 202, 205
玉勝間　84, 348
たまきはる(健寿御前日記)　42, 107
玉の小櫛　82-85
玉藻前物語　272
為家古今序抄　96
為家序抄　214
為兼卿和歌抄　88, 89, 115, 160, 221 235, 242, 243, 255
達磨大師安心法門　幷明心　169
竹窓随筆　169
中世古今集注釈書(中世古今注、中世古今集)　95, 96, 115, 121, 122, 165, 217, 218, 225, 228, 230, 233, 255, 256
中右記　19
中庸　342
長弁私案抄　272, 296
勅撰作者部類　376
月詣和歌集　130
付喪神記(付喪神)　196-201, 203, 204
堤中納言物語　38, 63, 64
妻鏡　107, 290, 301, 344
貫之集　213
徒然草講義(山口)　374
徒然草諺解　141
徒然草講義(佐野)　33
徒然草講話　27, 36
徒然草参考　51, 141, 167, 169, 385
徒然草寿命院抄(寿命院抄)　27, 52, 104, 119, 127, 143, 153, 169, 353, 383

徒然草拾遺抄　38, 47, 48
徒然草集説　63
徒然草抄(磐斎抄)　32, 33, 51, 125, 127, 138, 141
徒然草詳解(詳解)　27, 33, 37
徒然草諸抄大成(諸抄大成)　47, 51, 125, 127, 141, 154, 168, 184, 373, 382, 385
徒然草諸注集成(諸注集成)　26, 64, 70, 126, 168, 335
徒然草全注釈(全注釈)　50, 79, 116, 127, 141, 171, 355, 357, 380, 387, 393, 395
徒然草全訳注　53
徒然草大全　184
徒然草直解　70
徒然草鉄槌　48
徒然草文段抄(文段抄)　25, 27, 29, 39, 51, 63, 65, 81, 84, 104, 112, 125, 130, 141, 351, 381-383
つれつれの讃　104
程子遺書　145, 168, 170
訂正増補枕草子春曙抄　115
鉄槌書入(契沖書入)　48, 51, 52, 55, 65, 86, 394
手習　44, 46-48, 53-56, 58-60, 67, 72, 74, 77, 81, 83-85, 111, 120
伝兼好筆古今集注　94, 95, 116
伝心法要(黄檗心要)　142, 143, 148, 161, 168
天台　10, 128, 136, 137, 139, 166, 170, 173, 174, 185, 216, 219, 222, 230, 233, 241, 260, 272, 275, 277, 279, 281, 283, 285, 289-291, 305, 323, 332, 339
天台小止観　11, 135
天台ノ祖師　323
東域伝燈目録　305
東国高僧伝　300
東斎随筆　29
東大本古今和歌集　兼好筆　95, 116
東野州聞書　348
当流切紙(古今切紙集)　128, 139, 140
栂尾上人記　258, 261
栂尾明恵上人伝　223
土左日記　48, 55, 65
俊頼髄脳　69

【な行】

長綱集　85, 87
中の君(宇治中の君)　83, 364
匂宮　55, 56, 59
二条派　89, 90, 93, 97, 98, 102, 103, 118, 160, 163
二程語録　184
二程集　168
二程文集　181
日本往生極楽記(極楽記)　281
庭の訓(庭の訓)　45
能改斎漫録　28
納和歌集等於平等院経蔵記　298
野槌　168, 171, 374, 383
野守鏡　90-93, 99, 104, 106, 116, 161, 175, 226, 266, 335
教長集　274

【は行】

誹諧　78, 91, 98, 99, 101, 103, 117, 119
俳諧類船集　66
裴相国伝心偈　142
佩文韻府　52
白氏文集　70, 153, 297

白楽天影供　297
光源氏（源氏）　50, 58, 82, 85, 113, 382, 385
光源氏一部歌　65
光源氏一部連歌寄合之事　54, 60, 66, 76, 85
毘尼蔵　216, 283
百鬼夜行絵巻（法具変妖之図）　201, 204, 205
病中寓言　300
風雅集（風雅和歌集）　52
袋草紙　210
藤原政範集　72, 78
風情集　105
普門院経論章疏語録儒書等目録　310, 311, 315
宝治百首　132
方丈記　8, 9, 10, 12-15, 17, 19, 63, 71, 111, 116, 160, 193, 194, 203, 228, 230, 232, 339
宝蔵論　323
法華経（法華ノ寿量品、法花）　19, 46, 134, 281,282, 297, 337
法華経和歌百首　134
菩提心論　332
発心集　5, 10, 14, 111, 149, 408
法相　117, 182, 183, 208, 209, 211, 212, 214, 215, 230, 231, 241-243, 260, 305, 312-315, 317, 318, 320-322, 342, 343
法相二巻抄　183, 208, 214, 231, 312
本覚讃釈　185
本朝高僧伝　300, 314-316
梵灯庵袖下集　76

【ま行】

摩訶止観　136-139, 156, 167, 173, 185, 326
枕草子（枕、枕草紙）　18, 22, 29-37, 39-41, 44, 49, 50, 63, 64, 66, 70, 86, 87, 105, 106, 115, 119, 194, 347, 348, 352-363, 367-374, 377-386, 391-395
　堺本　355, 359-362, 364-374, 382, 386, 393-395
　三巻本　31, 32, 354-357, 359-368, 371-373, 382, 393, 394
　伝能因所持本（能因本）　32, 33, 36, 63, 354, 358, 359, 361-369, 378, 393
　前田家本（前田本、前田）　355-362, 364-373, 393-395
枕草子全訳注　371
枕草紙旁註　36
真字本徒然草　70
万葉集（万葉）　24, 51, 74, 88, 160, 194, 231, 235, 297
密教（密宗）　18, 171, 217-219, 223, 228, 234, 243, 250, 253, 255-257, 260, 261, 263-266, 269, 272, 277, 278, 281-288, 290-292, 294-296, 333, 338, 339
御堂関白記　73, 79
都　98, 110, 380, 385-391, 395
明恵上人歌集　235-238, 241, 244
明恵上人伝　142, 223
明恵上人法語（法語）　15, 19, 140, 224, 225, 228
明心（大明録）　16, 148-152, 154-156, 158, 169, 177, 178, 226, 304, 319, 322
民部卿家歌合　201
夢渓筆談　28, 29, 43, 51, 63
夢中問答（夢中問答集）　12, 173, 286

無名草子　47, 48, 65, 109, 110, 377, 378, 394
無門関　183, 184
紫式部日記　74
紫の上　50, 58, 59
孟子　342
毛詩　122-124, 161, 166, 195, 196, 204
妄心　8-10, 13-17, 138, 148-152, 156-160, 163, 178, 226, 228, 309, 316, 318, 319, 321-327, 329, 334, 344
物語二百番歌合　66

【や行】

八雲御抄　231
屋代本平家物語　128
柳殿　74
山城名跡巡行志　75
唯識　18, 115, 117, 182, 183, 207-214, 216, 219-223, 230-233, 241-244, 277, 315, 338, 343
瑜伽師地論　243
夢記（明恵『夢記』）　12, 19
容斎随筆　28, 63
横川のなにがし僧都（横川の僧都）　59, 75, 77
よしなしごと　38, 63, 64

【ら行】

礼記（楽記）　195
落書露顕　24, 62
洛中集　267
俚言集覧　194
龍鳴抄　46, 47, 64, 65
楞迦経（楞伽）　291, 293, 346
両界口伝〈理法隆永ノ口歟〉　261
楞厳経（『大仏頂如来密因修証了義諸菩薩万行首楞厳経』、首楞厳経、楞厳）　18, 143, 147-149, 152, 155-157, 169-171, 176, 321-323, 337, 342
楞厳経義疏注経　149, 170
楞厳摸象記　149
梁塵秘抄　231, 267, 268, 297
了俊歌学書　102
了俊日記　102
両度聞書　117, 121, 123, 165, 166
了誉古今序注（古今序註、了誉古今序注）　112, 120, 229, 276
臨済録　183, 184
冷泉家流伊勢物語抄　197, 200
冷泉家流伊勢物語注　198
冷泉派　102, 118
連珠合璧集（合璧集）　53, 65, 66
蓮心院殿説古今集註　96
老子道徳経（老子）　216, 273, 283, 284
鹿苑院殿をいためる辞　42, 57, 71
六祖壇経　317
六巻抄　90, 91, 122
六百番歌合　104, 117
論語　168

【わ行】

和歌政所一品経供養表白　290, 298
和歌色葉　71
和歌口伝（愚管抄）　117
和歌講式　297
和歌陀羅尼（和歌ノ陀羅尼）　18, 78, 122, 218, 219, 223, 233, 255, 261, 263-266, 269, 271-273, 275, 276, 278-283, 288, 289, 291-293, 295-298
和歌秘伝抄　61
和歌政所一品経供養表白　290, 298
和漢朗詠集　70, 267, 268, 297, 301

徒然草章段・諸本索引

序段　17, 25-33, 36-39, 48-50, 55, 68, 71, 77, 84-87, 112, 115, 125, 167, 228, 348, 350, 351, 354, 355, 369, 374, 379, 390
一段　39, 63, 168, 348, 351-357, 361-363, 367-370, 372-374, 370
五段　394
六段　108, 119
七段　108
一一段　74
一二段　108, 109, 110, 120
一三段　108, 110
一四段　93, 116, 118
一六段　393
一九段　394, 47, 106, 346, 357, 378-386, 388
二一段　7
二二段　351, 395
二三段　351, 378, 381
二六段　131
二九段　47, 120
三〇段　349
三三段　387
三四段　387, 388, 395
五八段　156, 167
七一段　77, 81
七三段　395
七五段　111, 167
七九段　390, 395
八一段　395
九八段　176
一〇一段　394
一〇二段　394
一〇四段　77
一〇八段　166
一一九段　388
一二三段　166
一三七段　8, 110, 348, 390, 391, 395
一三八段　116, 369, 392
一四一段　389
一四二段　389
一四四段　258
一五三段　118, 163
一五五段　8, 166
一五七段　137, 167, 171
一六五段　388
一七〇段　110
一七二段　156
一七五段　110
一七九段　155, 176, 191
一八一段　40
一九〇段　391
二一七段　138
二三五段　17, 125, 127, 133, 138, 139, 141, 145, 147, 152, 159, 160, 167, 177, 180, 185, 187, 191, 195, 228, 229, 304
二三八段　155, 171
二四一段　138, 157

烏丸本　119, 166, 395
常縁本　166, 395
正徹本　119, 166, 347, 348, 395